Cœurs insoumis

De la même auteure aux éditions

addictives

Toi + Moi. L'un contre l'autre
Toi + Moi. Envers et contre tout
Toi + Moi. Seuls contre tous
Call Me Baby – volumes 1 et 2
Love Me if You Can
Call Me Bitch
Kiss Me if You Can
Bliss. Le faux journal d'une vraie romantique – volumes 1 et 2
Jeux interdits
Jeux insolents
Fallait pas me chercher ! – volumes 1 et 2
Corps impatients (aussi en poche)
Cœurs insoumis (aussi en poche)
Bliss. Le faux journal d'une vraie romantique – l'intégrale
Âmes indociles (aussi en poche)
Cent facettes de Mr Diamonds – l'intégrale
Jeux imprudents
(Im)parfait
Une toute dernière fois
Love Me if You Can – l'intégrale
It's Raining Love!
Kiss Me if You Can – l'intégrale
The Boy Next Room
Call Me Baby – l'intégrale
Call Me Bitch – l'intégrale
PS: Oublie-moi!
Fallait pas me chercher ! – l'intégrale
Recherche coloc : emmerdeurs, râleurs, lovers… s'abstenir!
10 bonnes raisons de te détester !
Just 17
Love & Lies on Campus
Bien plus forte que toi !

EMMA GREEN

Cœurs insoumis

addictives POCHE

TABLE

« Le monde ne sera sauvé, s'il peut l'être,
que par des insoumis. »
André Gide

À toutes les paumées, les allumées,
les « Touteseule » et les ficus abandonnés.

I

L'énigme Dante Salinger

1

Toute seule

Toute ma vie d'adulte, je suis passée inaperçue. Ni brillante ni invisible, juste là, au milieu des autres, pas meilleure ni pire, juste une fille ordinaire. *Girl next door*, disent les gens qui aiment coller des étiquettes (juste pour oublier une minute que la leur les gratte). J'ai bien essayé de me démarquer pendant l'enfance, avec mon don pour la danse : internat à 8 ans, école de ballet, pointes aux pieds, étoiles dans les yeux, fierté dans ceux des autres, joli avenir, peut-être… Et puis j'ai échoué. Merci, au revoir. Retour à la case départ. À ma vie médiocre : quartier moyen de Chicago, famille moyenne (voire un peu moins que ça), quotidien banal (ou carrément mortel), et moi. Quelconque aussi. Beauté classique, teint gris comme mon humeur, look *casual*, longs cheveux sans vraie coiffure ni couleur identifiable. Ça a duré de mes 16 à mes 23 ans. Sept ans de transparence, c'est long.

Mais le reflet que me renvoie aujourd'hui le rétroviseur intérieur de ma voiture me fait sourire. Ce carré court et ce blond platine sont les meilleures choses qui me soient arrivées depuis longtemps. Depuis deux ans, en fait. Quand j'ai décidé d'arrêter d'être transparente. Et ça, je ne m'y habitue toujours pas.

– Salut toi, dis-je à mon image en faisant semblant de me draguer. Tu serais pas mal si t'évitais de transpirer ton mascara. Merci la canicule ! Le *waterproof*, c'est pas pour les chiens. Bref, brillante idée, le maquillage de panda ! Et puis t'aurais peut-être l'air moins folle si tu ne parlais pas toute seule dans ta bagnole.

« Touteseule », c'est un peu mon deuxième prénom, ces derniers temps. Mais je m'en accommode plutôt bien. Et je me demande si je n'ai pas fait une grosse erreur en planifiant ce *road trip* à deux. Je chasse mes doutes en secouant la tête. Puis j'improvise une mini queue-de-cheval pour dégager ma nuque brûlante et tente d'estomper les dégâts charbonneux sous mes yeux du bout des doigts. Un méchant coup de klaxon me vrille le cerveau :

– Tu pars ou tu te remaquilles, Blondie ?! me braille le conducteur impatient qui s'arrête à hauteur de ma vitre ouverte.

– C'est con, j'allais libérer la place. Il suffisait de demander gentiment. Mais je crois que je vais rester là encore un petit moment, finalement. Dommage, Dégarni ! balancé-je avec mon plus beau sourire.

C'est totalement faux : je ne comptais pas bouger, j'attends quelqu'un. Mais ce con l'a bien cherché. Quand on cumule autant de tares que moi (être une femme, blonde de surcroît, faire jeune, conduire un tacot pourri et vivre à New York City), on apprend vite à se défendre. Je suis l'archétype de la fille qui va se faire bouffer tout cru par le premier con venu. Sauf que je mords plus fort.

Je me regarde à nouveau et grogne en montrant les dents à mon reflet. Hyper impressionnant.

Il faut vraiment que j'arrête de dire « con » à tout bout de champ.

Je mords et je dis des gros mots dans ma tête, donc. Ah oui, parce que malgré ma petite existence tiède et morne, j'ai quand même vite pris l'habitude de serrer les dents. À m'en faire mal. Et tout en souriant. À 8 ans, je quittais ma famille, la boule au ventre et les yeux trempés, pour entrer à l'opéra. À 10 ans, j'étais promise à un avenir de danseuse étoile. Douée, déterminée, le sourire toujours figé. Mais une vilaine blessure au genou en a décidé autrement. À 16, tout s'est arrêté. Alors, à 18 ans tout pile, j'ai quitté l'école et laissé à nouveau mes parents, pour prendre un nouveau départ, les yeux secs et qui regardaient droit devant. Petit studio, petits boulots, amis rares, mecs inintéressants... Grand néant. Mais avec le sourire, toujours.

Ça m'allait bien, cette petite existence tranquille, sans surprise ni problème, sans passion ni déception. Juste normale, sans vraie saveur ni vraie couleur, à mon image. Quand j'ai eu 20 ans, le destin a voulu être sympa avec moi : j'ai rencontré l'homme de ma vie, un médecin urgentiste qui ne me trouvait pas si transparente que ça. J'étais hôtesse d'accueil aux urgences, sous-payée, insultée toute la journée, jamais remerciée. J'encaissais et je souriais pour de faux, comme d'habitude. Le Dr Preston Camden avait tout pour lui. Et il a voulu m'épouser quand même, après trois ans d'un bonheur insolent. Je n'ai jamais compris pourquoi. Pourquoi lui, pourquoi moi, pourquoi tout ça. Mais j'ai tout pris, tout goûté, tout senti, tout savouré. Avec lui, je souriais tout le temps. Sans me forcer. Sauf que le destin aime bien briser les os, les cœurs, les rêves. Plusieurs fois. Lui aussi, on me l'a repris. Preston a été tué dans un accident de la route dix jours après être devenu mon mari. C'était il y a deux ans. Ah, et mes parents aussi sont morts entre-temps.

– Bonjour, je m'appelle Solveig Stone, j'ai 25 ans, je suis orpheline et veuve. Beau départ dans la vie, hein ? Vous vous demandez encore pourquoi je me parle à moi-même ?

– Tu racontes encore ta vie à ton ami imaginaire ? se marre la brune en sautant sur la place passager. Désolée pour le retard !

– Ali, tu sais que c'est interdit par la loi de laisser les enfants et les chiens en plein cagnard dans une voiture ? J'aurais pu mourir de déshydratation cent fois en t'attendant ! Je me parlais juste pour ne pas m'évanouir ! « Tiens le coup, Sol, elle va venir ! Reste avec nous, tu peux le faire ! Non, tu ne vas pas mourir. Ce blond platine est trop canon pour finir trempé de sueur dans un sac funéraire ! »

Alicia éclate de rire après mon monologue à peine surjoué.

– Tu regardes trop de séries télé, ma poule. Tiens, pour me faire pardonner.

Ma copine fouille dans son sac à main, en sort une enveloppe kraft bien garnie et un petit brumisateur blanc avec lequel elle m'asperge le visage. Je pousse aussitôt un cri de bête enragée en enfonçant mes paumes dans mes orbites.

– Ahhh, tu as confondu avec ta bombe lacrymogène ! braillé-je de plus belle.

– Merde, merde, merde, pardon ! Ça va, Sol ?! se met-elle à paniquer. Mais comment j'ai pu faire ça ? Attends, je n'ai même pas de…

– Je plaisante ! la coupé-je net en ricanant et en lui montrant mes yeux intacts. C'était juste pour voir si tu méritais mon amitié. Et mon appart !

– T'es complètement folle, ma pauvre fille… respire enfin Ali. Mais qu'est-ce que tu vas me manquer !

– File-moi l'argent avant de te mettre à pleurer et de te déshydrater pour de vrai, me moqué-je.

– Il y a un mois de loyer d'avance, je t'enverrai le suivant quand j'aurai touché mon salaire.

– Merci. Si mon proprio demande qui tu es et où je suis, dis-lui qu'on est jumelles. Et que l'une de nous se teint les cheveux mais que tu préfères ne pas révéler laquelle…

Alicia pouffe en attrapant une longue mèche de ses cheveux noir corbeau, qu'elle se met à lisser nerveusement.

– Tu es sûre que tu veux faire ça, Solveig ? New York-Seattle, d'une côte à l'autre… Tu ne pouvais pas faire plus court ? Franchement, cinq mille kilomètres dans cette épave qui sent le chewing-gum trop mâché ?

– Tu plaisantes ? m'indigné-je. J'ai acheté un désodorisant pour voiture tout neuf, parfum « rosée du matin ». Attends, à moins que ce soit « fraîcheur de cerise » ? Le type de la station essence a accepté de regarder le moteur et de vérifier les niveaux si je lui achetais un lot de cinq arbres magiques !

En plus, j'ai trouvé la seule fille de New York qui soit volontaire pour sous-louer mon studio miteux et payer en avance. Je ne pourrais pas être mieux préparée !

– Tu pourrais juste… prendre l'avion ? suggère ma copine, amusée mais pas pour autant rassurée.

– Non, j'ai besoin de ce *road trip*… expliqué-je en redevenant sérieuse une seconde. De ce nouveau départ, de ce sentiment de liberté. En fait, je n'ai pas été aussi excitée depuis la scène hot de *Dirty Dancing*. Et je vais pouvoir faire exactement tout ce que je veux, pour une fois. Juste conduire, me vider la tête, chanter par-dessus la radio, m'évader. J'espère seulement que le type du covoiturage ne sera pas un emmerdeur. Du genre roi des cons.

– Tiens, tu n'auras qu'à le neutraliser avec ça s'il dépasse les bornes, me propose gentiment Ali en me tendant son brumisateur.

– J'ai toujours rêvé d'aveugler un mec avec de l'eau de source, confirmé-je.

– Fais attention à toi, me sourit-elle avant de me serrer dans ses bras.

– Fais attention à mon ficus, je veux le retrouver aussi desséché qu'il l'était en partant. Ça me donne l'impression d'être plus forte et plus vivante que les autres, ironisé-je.

– Tu l'es, Sol. À dans… deux mois ?

– Quelque chose comme ça, acquiescé-je.

Alicia quitte mon tas de ferraille et on va dire que c'est la canicule et le maquillage premier prix qui nous piquent les yeux à toutes les deux. Mais je n'ai ni le temps de sangloter ni même celui de démarrer. La tête flippante et le sourire vorace de Jack Nicholson sur l'affiche de *Shining* s'affichent à l'écran de mon portable, accompagnés d'une sonnerie façon film d'horreur : c'est mon banquier qui m'appelle (on s'amuse comme on peut avec les joujoux du XXIe siècle). Normalement, je ne décroche jamais. Ce type ne me téléphone que pour me vendre de nouveaux services, des cartes bancaires qui brillent et « de judicieux placements qui sauraient faire fructifier intelligemment l'argent de votre défunt mari ». Sauf que ça fait plusieurs jours que je ne peux pas retirer un seul dollar alors que mon compte est plein. Et celui de Preston aussi. Tout ce que je voudrais, moi, c'est une carte qui m'obtienne quelques billets quand je tape le bon code secret.

C'est pas sorcier, pauvre c... !

Non, rien.

– Miss Stone, bonjour.

– C'est toujours Mrs Camden, rectifié-je avec un sourire exagéré dans la voix. On ne m'a pas arraché mon nom de femme mariée en même temps que le cœur, vous savez ?

– Toutes mes excuses...

À la réflexion, je n'ai porté le nom de Camden qu'une dizaine de jours. Un peu court pour s'y habituer... Et je n'arrive pas à me faire appeler autrement que Solveig Stone depuis qu'il est mort. Parce que c'est mon nom. Et parce que porter le sien me rappelle tous les jours que je l'ai perdu.

– Je vous appelais justement pour faire le point sur vos comptes joints, poursuit le banquier face à mon silence.

– Je crois qu'il y a comme un problème.

– En effet. On m'a laissé entendre que les ressources de votre mari ainsi que vos ressources communes étaient gelées pour le moment.

– Gelées ? Mais par qui ? Et par cette canicule ?! Vous vous fichez de moi ?

– Malheureusement pas. Il semble que l'avocat de la famille Camden a demandé officiellement à bloquer les comptes et suspendre toute activité bancaire le temps de l'investigation... Et cette requête a été légitimement acceptée par notre établissement. Provisoirement, bien entendu, et jusqu'au dénouement de l'enquête qui vous concerne, Miss Stone... Camden.

– Arrêtez un peu avec vos mots de douze syllabes et vos adverbes en -ment ! Ça ne vous rend pas plus intelligent ! beuglé-je dans mon portable. Comment je fais, moi, sans argent ?!

– Il vous reste toujours votre compte personnel à disposition, évidemm… se coupe lui-même le banquier.

– Super, vous venez de me sauver la vie, Jack !

– Je m'appelle George. George Williams… précise-t-il d'une voix penaude.

– Non, vous vous appelez Jack Nicholson, c'est moi qui ai décidé. Et votre sourire carnassier de banquier sans pitié me donne des envies de meurtre, Jacky ! J'ai combien sur mon compte ? Cent, cent cinquante dollars ? De quoi voir venir pour au moins… deux jours ?

– Soixante-dix-neuf dollars et trente-huit cents exactement, m'annonce-t-il tout bas. Nous avons dû vous facturer malencontreusement les différents frais de dossier pour les retraits inexécutables que vous avez tentés ces derniers jours. Ils vous seront intégralement remboursés, cela va de soi, dès lors que…

– Je vais raccrocher, Jack. Aussi délicatement, cordialement et respectueusement que possible, d'accord ? Au revoir…

J'appuie sur le téléphone rouge et envoie mon portable valser sur la banquette arrière. La colère me monte au nez et je me laisse être, presque en jubilant, la Solveig que ma belle-famille détestait : spontanée, immature, parfois survoltée, incapable de réfléchir avant de parler ou d'agir. Mes poings puérils cognent cent fois contre le volant et mon front brûlant se met à jouer du klaxon à intervalle régulier, pour rythmer cette mini-crise de nerfs. Ça ne résout rien, mais ça fait un bien fou. Et ça aurait sûrement fait rire Preston. Et soupirer mes parents. Et enrager les siens.

Je n'avais plus que ça : « un peu » d'argent sur lequel compter. Et ils me l'ont pris.

Pourquoi ?

2

Nouveau départ

Je me savais en mauvais termes avec les Camden, mais pas à ce point. Oui, ils ont enterré leur fils unique à l'âge où il aurait dû leur donner des petits-enfants à gâter, pourrir, couver, surprotéger à leur tour. Mais comment peut-on transformer son chagrin en pareille cruauté ? Comme si me couper les vivres allait le ramener. Ou honorer sa mémoire. J'ai déjà remarqué que les gens malheureux ont ce besoin primaire de répandre le malheur autour d'eux, de faire du mal aux autres pour se soulager un peu, de s'assurer qu'il y a quelqu'un, quelque part, qui souffre encore un peu plus.

L'être humain est vraiment formidable. Et certains encore plus que d'autres.

De toute façon, mes beaux-parents (ou ce qu'il en reste) me détestent depuis le tout premier jour. Comment leur fils chéri, brillant et bien né, a-t-il pu seulement poser les yeux sur la gamine banale et sans avenir que j'étais ? Ils n'ont jamais pu l'admettre.

Quoique, moi aussi, j'ai eu du mal à y croire.

J'avais 20 ans, lui 33. Il fallait voir comment les infirmières et les patientes rougissaient à la simple vue de ce spécimen en costard sous sa blouse blanche, toujours souriant même avec du vomi plein ses chaussures vernies, toujours bien coiffé même quand il réanimait avec passion une petite vieille qui n'en demandait pas tant. Grand, élancé, des yeux noisette d'une douceur infinie, des pattes d'oie précoces sur un visage presque enfantin, toujours rasé de près, une voix forte et des mots toujours bien choisis, Preston aurait pu sans souci jouer les doublures du Dr Carter dans *Urgences*. Le mélange parfait du bon parti raisonnable et du grand séducteur fougueux. Je me foutais pas mal du premier mais je n'ai pas résisté au second.

– Et vous m'avez abandonnée, tous les deux… murmuré-je à son souvenir.

Tout en observant vaguement l'animation que m'offre la rue de l'autre côté du pare-brise, je me laisse aller contre mon appuie-tête. Une vague de chagrin m'envahit.

Je me souviendrai toujours de notre rencontre explosive. Je n'ai qu'à fermer les yeux pour revivre cette scène comme si j'y étais. Accueil des urgences surpeuplé, surchauffé. Moi, cachée sous mes cheveux trop longs, coincée derrière mon guichet vitré, en train de pointer du doigt l'affichette qui dit « Agresser le personnel ne fera pas venir votre tour plus vite ». C'est moi qui avais inventé et scotché ce slogan stupide et inefficace. De l'autre côté de la vitre, des patients trop nombreux, trop serrés, pas si patients que ça. Un grand noir de plus en plus énervé qui se tient la tête à une main et cogne de l'autre contre le plexiglas incassable. C'est à ce moment que débarque le Dr Camden, débordé, mais qui prend quand même le temps de venir à côté de moi pour faire reculer le type qui joue des percussions contre mon espace vital.

– Merci mais je suis assez grande pour me défendre, j'ai dit en grommelant.

Puis j'ai déplié mon mètre soixante tout frêle face à ce médecin qui frôlait le mètre quatre-vingt-dix et qui a trouvé ça plutôt drôle. Il a souri. J'ai fondu intérieurement. Et je me suis sentie obligée de continuer à faire la gueule pour lui montrer que je ne suis pas du genre à rougir ou glousser quand un homme vole à mon secours. Aussi grand soit-il. J'ai quitté mon bocal transparent et suis allée me planter au milieu des patients. J'ai grimpé sur un bout de siège pour me donner de la hauteur (et du courage) et j'ai braillé :

– Les petits bobos, les rages de dents et les chevilles foulées, rentrez chez vous. Vous ne serez pas pris en charge avant demain matin et croyez-moi sur parole, vous passerez une meilleure nuit dans votre lit qu'ici. À moins que vous perdiez du sang, beaucoup de sang, ou que vous ayez un objet non identifié enfoncé dans un orifice qui n'est pas prévu à cet effet, partez. Vos maux de tête ne vous donnent pas le droit de filer la migraine à tout le monde en criant ou en cognant contre le mur le plus proche. Si vous préférez rester, souffrez en silence. Et si vous voulez avoir une chance de montrer une partie de votre anatomie au Dr Beau-Gosse derrière moi, merci de faire preuve de patience. Tout le monde dans cet hôpital fait déjà la queue. Merci de m'avoir écoutée et bonne soirée.

Je suis redescendue de mon estrade improvisée, j'ai croisé des visages déconfits, quelques sourires et regards amusés aussi, et je suis retournée me cacher derrière mon guichet en réalisant que c'était la première fois de ma vie que je parlais en public. Que je haussais le ton et donnais des ordres à des gens. Que je tentais de m'imposer et que ça marchait. C'est bouche bée que j'ai regardé le grand black migraineux s'en aller en ouvrant la porte battante d'un coup de pied.

– Faites-moi penser à vous épouser et vous faire trois ou quatre enfants dans la foulée, m'a balancé le Dr Camden quand je me suis rassise derrière ma vitre. On peut aller boire un verre avant si vous voulez. Ou passer directement à la partie anatomie, comme vous préférez.

Il a encore souri, fier de lui. Et cette fois je l'ai imité, parce que ça faisait une éternité que je ne m'étais pas sentie aussi fière, moi aussi. Aussi importante. Quelques heures plus tard, on est allés boire ce verre. Puis on s'est montré nos anatomies respectives. On a aimé ça alors on a recommencé, plusieurs fois. Les nuits sont devenues des semaines, des mois. Et sans que je comprenne comment ni pourquoi, je suis devenue la petite amie du Dr Camden. Puis sa fiancée. Et enfin sa femme. Notre mariage a duré dix jours. C'est un peu court pour les quatre enfants qu'il m'avait promis. Mais les trois années passées avec lui m'ont donné l'impression d'exister enfin. Toujours dans son ombre, bien sûr, parce que Preston était si brillant, si présent, si fascinant. Mais on s'aimait vraiment. Quoi qu'en disent les rumeurs à l'hôpital, les infirmières jalouses, ses parents intolérants ou ses banquiers suspicieux. Malgré notre différence d'âge, de salaire, de milieu. On s'aimait. Il me donnait confiance en moi, me prenait comme j'étais mais me poussait à faire mieux. J'aimais sa chaleur, son charisme, sa désinvolture, son optimisme, et même son ego légèrement développé. J'adorais son envie de plaire, d'être admiré, de continuer à vouloir me séduire et m'impressionner. Et sa façon de bouffer la vie, de vouloir toujours plus alors qu'il avait déjà tout. Je crois qu'il aimait ma simplicité. Que je ne me prosterne pas à ses pieds. Que je sois plus légère et spontanée que sa petite famille bourgeoise et coincée. Plus indépendante que ses précédentes conquêtes qui se reposaient sur lui en attendant d'en faire leur parfait petit mari. Sauf que c'est moi qu'il a fini par épouser. Je n'étais pas à la hauteur de sa famille mais Preston s'en fichait. Plus les Camden me méprisaient, me rejetaient, plus il m'imposait. C'était sa façon à lui de se rebeller, à 36 ans passés. Il disait que j'étais sa « crise d'adolescence pour l'éternité ».

Dieu que j'aimais quand il me baratinait !

Mon mascara premier prix ne résiste pas à cette vague de nostalgie. Je vois les larmes noires couler sur mon visage défait dans le rétroviseur intérieur. Se regarder pleurer est la meilleure façon d'arrêter. Je me reprends et m'essuie les joues puis cherche où m'essuyer les mains… Tout en insultant intérieurement celui qui n'a pas pensé à inventer la boîte à mouchoirs qui s'auto-remplit à l'infini parmi tous les gadgets débiles dont peut disposer une voiture de nos jours. La sonnerie de mon portable retentit à l'arrière et je me souviens que l'engin du diable a fait un vol plané dans l'habitacle après ma petite conversation cordiale avec Jack le banquier. Je me contorsionne pour aller récupérer le téléphone porteur de mauvaises nouvelles à tâtons sur la banquette arrière.

– Allô ?

– Patsy Camden à l'appareil.

Qu'est-ce que je disais ?! Comment un coup de fil de mon ex-belle-mère peut-il m'apporter quoi que ce soit de bon ?

Mon sang se glace, mes muscles se crispent, j'inspire longuement, puis réponds en me retenant de lui hurler dessus pour m'avoir quasiment mise à la rue.

– Bonjour Patsy… tenté-je d'une voix prudente. Comment allez-v… ?

– Je peux savoir pourquoi votre banquier appelle le mien catastrophé ? Si vous avez des problèmes d'argent, vous n'avez qu'à vous en prendre qu'à vous-même.

– Je pensais qu'on allait au moins passer par les formules de politesse d'usage mais si vous préférez entrer dans le vif du sujet… Donc vous êtes l'hôpital et je suis la charité, c'est ça ? Vous vous moquez de moi ?!

– Ne prenez pas vos grands airs, Solveig ! Preston détestait ça…

– Ne me parlez pas de ce que Preston aimait ou détestait, Patsy, vous risqueriez d'être surprise de savoir de quel côté il vous situait !

– Comment osez-vous ?! s'indigne-t-elle au bout du fil.

– Je ne suis plus la petite blonde effacée que vous avez pris tant de plaisir à malmener, figurez-vous ! La mort de votre fils m'a brisé le cœur mais elle m'a aussi mis le plus grand coup de pied aux fesses de toute ma vie. C'est terminé ! Je ne me laisse plus rabaisser, écraser, marcher sur les pieds. Et pour une fois, c'est vous qui allez m'écouter !

– Qu'est-ce qui vous prend, Solveig ?! Rien ne vous autorise à me parler sur ce ton !

– Ah bon ? ironisé-je dans un éclat de rire forcé. Pas même le fait que vous ayez fait geler tous mes comptes ?

– Ses comptes ! précise-t-elle d'une voix perfide. Il s'agit de l'argent de Preston et vous le savez mieux que personne !

– On était mariés, que ça vous plaise ou non, Patsy ! éructé-je.

– Oui, on se demande bien pourquoi…

– Je peux savoir ce que vous insinuez ? fais-je un ton plus bas, la voix coincée dans la gorge.

– Oh ne faites pas l'innocente, Solveig. Vous n'aviez absolument rien en commun. Si ce n'est pas pour son argent que vous l'avez épousé, dites-moi pourquoi !

– Je sais à quel point vous aimez vous mêler des histoires de cœur et des histoires de fesses des autres, mais ce qu'il y avait entre lui et moi ne vous regarde absolument pas, dis-je en tentant de garder mon aplomb.

– Ce qui me regarde, en revanche, c'est l'assurance-vie que Preston avait contracté à votre bénéfice. Et le fait que mon fils soit mort dix jours après qu'il est devenu votre mari. Dix jours ! Vous n'avez même pas pu faire semblant plus longtemps, n'est-ce pas ? Vous pensez berner votre monde mais nous savons ce que vous avez fait, Solveig ! Et son père et moi allons tout faire pour le prouver.

– Mais qu'est-ce que vous racontez ?! demandé-je en commençant à le pressentir.

– J'ignore comment vous vous y êtes pris mais je sais que vous vous êtes débarrassée de lui. Pour toucher l'argent et pouvoir refaire votre vie.

Là, je marque une pause. Parce que j'ai du mal à respirer. Parce que ce qu'elle raconte est tellement gros. Tellement faux. Et tellement blessant.

– Vous lisez trop de mauvais polars, Patsy… soupiré-je finalement.

– Non, vous avez fait disparaître mon Preston et vous avez maquillé ça en accident de voiture ! D'une manière ou d'une autre, c'est vous qui êtes responsable de sa mort ! Comment a-t-il pu être aussi naïf ? Oh mon fils… Tombé dans les pattes d'une femme vénale, prête à tout…

– Je croyais que j'étais bonne à rien ! la coupé-je. Et vous m'accusez de meurtre ?!

– Je ne sais pas qui vous êtes, Solveig Stone, mais je n'ai jamais cru à votre histoire. Et je vais faire en sorte que la vérité éclate, vous pouvez compter sur moi. Vous n'avez aucune idée de ce qu'une mère est capable de faire pour venger son enfant. Et je me réjouis seulement que Preston soit mort avant de vous avoir laissée porter le sien.

– Ça suffit, Patsy, vous en avez assez dit, bredouillé-je en sentant les larmes monter.

– Russell et moi avons réussi à relancer l'enquête et à la diriger sur vous, nous ne nous arrêterons pas là. Tous les comptes sont gelés jusqu'au procès. Laissez donc tranquille votre pauvre banquier… Croyez-moi, c'est plutôt d'un avocat dont vous avez besoin, siffle ma belle-mère que je sens jubiler à l'autre bout du fil.

– Je ne sais pas pourquoi j'ai épousé Preston, me dépêché-je d'ajouter avant qu'elle raccroche. Mais ce n'est certainement pas pour sa famille de cons, coincés, sadiques et paranos !

J'entends la tonalité pour toute réponse à ma série d'insultes. Et je ravale mes larmes en me félicitant intérieurement d'avoir parlé sans réfléchir, pour une fois. J'aurais dû dire aux Camden ce que je pensais d'eux il y a longtemps. Et ces accusations ridicules pourraient presque me faire rire si je ne me retrouvais pas sans argent pour les deux mois qui viennent. Et sans job, puisque j'ai démissionné pour partir à l'aventure à l'autre bout du pays. Et sans appart, puisque je l'ai sous-loué à Ali. Et sans famille, puisque mes parents et mon mari adoré sont tous morts.

Vive la vie. Vive moi et mes grandes idées !

– Je dérange ? me demande un type sur le trottoir.

Sa voix profonde me fait sursauter.

– Si tu veux la place, je ne pars pas, j'attends quelqu'un… me justifié-je machinalement sans le regarder.

– Oui, moi.

– Pardon ?

Cette fois, c'est son regard sombre qui me fait frémir quand je le croise enfin. Ses yeux noirs, leur intensité et le fait qu'ils appartiennent au plus beau visage que j'aie jamais vu. Plus viril, plus animal, tu meurs.

– C'est moi que tu attends, répète-t-il sans sourire.

– Oh, le mec du covoiturage ! Oui, bien sûr. Je t'avais presque oublié. Enfin, je n'allais pas partir sans toi, hein ? Désolée, je parle trop. Et je réfléchis après. D'habitude je parle toute seule, du coup, je ne saoule que moi. Mais on me prend pour une folle. Ce qui n'est pas ton cas, n'est-ce pas ? Haha ! Bref, salut…

J'ouvre enfin la portière pour sortir de la voiture et arrêter de me ridiculiser. Je lui tends la main en essayant de me présenter.

– Je m'appelle Solveig Stone, deuxième prénom « Toute-seule », âge 25 et… je ne sais pas du tout pourquoi je te dis ça…

– Parce que tu parles trop et sans réfléchir. Tu viens de le dire.

Aucune expression sur son visage. Aucune émotion au fond de son regard ébène, si ce n'est une étrange lueur qui me déstabilise. Seuls ses sourcils froncés semblent vouloir dire quelque chose. Mais quoi ?

Mon jean clair me colle aux cuisses après avoir passé une heure et deux coups de fil insupportables dans la canicule de ma vieille Chevrolet à l'arrêt. Je sens la moiteur new-yorkaise s'insinuer entre ma peau et mon débardeur noir, en même temps que le malaise s'impose entre nous. L'inconnu et moi. Il a daigné serrer ma main un quart de seconde avant de la reprendre. Et il n'a pas jugé bon de se présenter à son tour comme le font les gens normaux quand ils se rencontrent pour la première fois. En tout cas, mon nom, mon âge et mes petites blagues vaseuses ne semblent lui avoir fait ni chaud ni froid. Je vois le genre. Insensible, intouchable, inaccessible. Et… beau. Il n'y a pas d'autre mot. J'ai fait une croix sur les hommes il y a deux ans, à la mort de Preston. Mais je sais encore reconnaître un mec vraiment canon. Pas mon genre mais canon. Le style brun ténébreux, les cheveux courts mais en bataille, la barbe naissante, le teint hâlé, l'air soucieux sur des traits parfaits, une belle bouche charnue et des bras entièrement tatoués. Un look cool qui lui va bien : jean noir, T-shirt blanc échancré, chemise en jean aux manches mal retroussées. Ce type semble aussi sombre, austère et torturé que mon mari était brillant, bavard et souriant. Aussi négligé que Preston aimait être élégant, toujours rasé, coiffé, bien habillé. Moins grand mais beaucoup plus musclé. Une allure plus virile mais moins racée.

Et je ne sais même pas pourquoi je suis en train de les comparer.

– Je m'appelle Dante, ajoute-t-il de sa voix caverneuse en se passant la main sur la barbe, comme si cette minuscule information lâchée lui avait fait mal aux mâchoires.

Un taiseux, je vois… Au moins, on n'aura pas à faire semblant d'avoir des choses à se dire. Ce n'est pas pour avoir de la compagnie que j'ai cherché un compagnon de voyage. Juste pour partager les frais et les emmerdes. Je n'ai choisi un homme que pour deux raisons : avoir de l'aide en cas d'ennui mécanique et ne pas être obligée de m'arrêter tout le temps. Ça fait deux clichés sexistes en une seule phrase mais la plupart des filles ne savent pas changer une roue, ont envie de faire pipi toutes les heures et refusent de régler le problème au bord de la route. Un mec, c'est juste plus pratique. Même si celui-là m'a l'air d'un cas.

– Prête ? me demande-t-il comme s'il était pressé de s'en aller.

– Oui, je crois… réponds-je, hésitante, en me mettant aussitôt à réfléchir à la question.

Sa simple présence me fait douter. Pendant qu'il inspecte ma Chevy en plissant les yeux, je fais de même avec lui. Sac en toile kaki sur l'épaule, bouteille d'eau à moitié vide à la main, appareil photo gigantesque pendant autour du cou. Il pourrait avoir l'air d'un touriste mais il ne semble gêné ni par la chaleur oppressante, ni par le bruit, la foule ou le trafic typiquement new-yorkais. Soit il est du coin, soit il connaît bien. Il pourrait être tout à la fois, en fait. Américain ou Italien. Photographe de mode ou mannequin. Aventurier « sac à dos » ou voyou en cavale. Et ne pas pouvoir lire en lui m'agace. Je suis plutôt bonne pour cerner les gens. Et d'habitude, je les fais réagir facilement. Son indifférence est louche. D'autant plus qu'elle ne me semble même pas surjouée.

Peu importe, je ne suis là que pour une seule chose : me rendre à Seattle, à l'autre bout des États-Unis, pour aller affronter l'homme qui a tué mon mari. Le chauffard qui me l'a arraché. L'abruti qui a brisé l'homme de ma vie en mille morceaux et mon cœur de la même façon. Et qui n'a même pas eu la bonne idée de mourir aussi. Ce procès, c'est la seule façon d'obtenir justice pour Preston. D'honorer sa mémoire. Rien ne le ramènera, mais quelqu'un doit payer, être puni. Ce jour-là, peut-être, je m'autoriserai à vivre à nouveau. À être moins… « Touteseule ».

– On y va ? insiste l'inconnu qui me sort de mes pensées, une fois son inspection terminée.

Sans attendre ma réponse, il ouvre la portière passager et balance son sac sur la banquette arrière. Il semble comprendre qu'il devra se passer de clim puisqu'il retire sa chemise en jean et la jette aussi en boule au fond de la voiture. Je remarque que ses tatouages remontent haut sur ses bras. Et je me surprends à me demander où ils s'arrêtent. Ce qu'ils recouvrent d'autre sur son corps. Les épaules ? Le torse ? Le dos ? La portière claque. Dante s'est installé. Dans ma voiture.

– Je te rappelle juste les règles pour que les choses soient claires, dis-je en le rejoignant à l'intérieur. C'est moi qui conduis, moi qui change la radio, moi qui décide des arrêts, sauf cas d'extrême urgence.

Je boucle ma ceinture en attendant une réaction de sa part. Qui ne vient pas. Donc je continue mon monologue, juste pour me convaincre que je contrôle la situation. Et que cet énergumène ne va pas en faire qu'à sa tête jusqu'à l'autre bout des États-Unis.

– Étapes obligatoires à Cleveland, Chicago et Minneapolis. Pour commencer. Après ça, on verra…

Le beau brun observe tout autour de lui, comme si je n'étais pas là, sans donner l'impression d'écouter ce que je dis. J'ai l'habitude d'être transparente. Mais ça ne me vexe pas autant, normalement. Et puis Dante acquiesce quand même, en silence, d'un mouvement du menton à peine visible. Avare de mots comme de gestes, donc.

– Et je ne l'avais pas précisé dans l'annonce, tenté-je de conclure, mais je ne cherche ni un ami ni un amant, encore moins un amoureux.

Cette dernière règle lui fait tourner la tête vers moi. Soudain, il me voit. Me fixe de ses yeux noirs et intenses. Je ne sais toujours pas ce que je dois y déchiffrer. Et je crois voir un quasi-sourire s'esquisser sur son visage sombre. Une petite victoire pour moi. Et une drôle de chaleur qui me gagne, à l'intérieur.

– C'est bien résumé, s'amuse-t-il. Maintenant on peut y aller ?

Il regarde à nouveau à travers le pare-brise, comme si je n'avais pas d'autre choix qu'accepter et que la conversation venait de se terminer. Je démarre. J'ai déjà envie de faire demi-tour. Trop tard, il paraît que je viens de prendre un nouveau départ.

3

Complètement bouché

– Hé Boucles d'Or, on est au milieu d'une route, pas au café du coin !

La jolie provinciale (probablement venue tenter sa chance à New York en quittant son patelin perdu au milieu de nulle part) sursaute, tire sur la laisse de son carlin puis décampe avec sa copine boulotte en lâchant un rire strident. C'est le problème dans cette ville. Compliqué d'y entrer, difficile d'en sortir, impossible d'y circuler. Si vous voulez mon avis, le *jaywalking* devrait être la première cause légale d'homicides, dans les parages. Les gens traversent n'importe où, n'importe comment, s'arrêtent au pire endroit pour papoter, finir leur café, lire leur journal, sans se soucier le moins du monde des automobilistes qui tentent de trouver leur chemin dans cette ville de fous.

Pour ça, ils mériteraient une mort cruelle. Ou au moins une punition. Quelques heures de *community service*. Une amende bien salée. Peu importe la sentence, tant qu'elle est efficace et qu'on me laisse rouler.

– Elle a de la chance d'être tombée sur moi, grommelé-je en passant la première. D'autres n'en auraient fait qu'une bouchée.

– Les joies de New York… résume laconiquement le beau brun qui m'accompagne.

Un taxi manque de nous percuter à l'angle suivant, Dante place instantanément sa main gauche devant moi, comme pour me protéger du choc. Après avoir pilé, je le fixe, un peu hébétée.

– Juste un réflexe, dit-il avec un haussement d'épaules en récupérant son bras tatoué.

Ça ne devrait pas, mais son geste me donne des papillons dans le ventre. Une sensation jusque-là oubliée… qui me prend totalement de court. Et me donne envie de dire des gros mots. Juste dans ma tête. Un marchand ambulant de hot-dogs traverse alors devant la Chevrolet. Je pose mon front sur le volant, hésitant entre rire aux larmes ou exploser en sanglots. Tout à coup, la voix suave de Sia m'enveloppe. Ne sachant probablement plus quoi faire de moi, mon copilote vient d'allumer la radio (en totale opposition avec l'une de mes précieuses règles). Ça commence. Mais je ne lui fais pas remarquer, préférant quitter la tête de mon volant pour l'observer à la dérobée.

Il est beau à crever.

Pas franchement bavard, certes. Ni souriant. Mais beau à crever.

Ses yeux intenses ne quittent pas sa fenêtre. Dante regarde tout. Partout. Sans jamais se lasser. Comme si les rues bouchées, bruyantes et crasseuses de la Big Apple le fascinaient. L'inconnu au regard noir profond dégaine son appareil photo, prend quelques clichés, puis le repose à ses pieds.

– C'est comme ça que j'apprivoise les choses, plutôt que me braquer, murmure sa voix rauque. Tu devrais peut-être essayer…

***

Évidemment, je me suis trompée trois fois de sortie entre Triborough Bridge, Harlem River et le New Jersey. Évidemment, j'ai raté le bon échangeur et me suis retrouvée sur des routes à quatre, cinq ou six voies, sans savoir comment faire demi-tour. Finalement, Dante a daigné s'intéresser à la question (ou j'ai simplement daigné me fier à son sens de l'orientation, clairement supérieur au mien) et à nous deux, nous avons réussi à rejoindre l'Interstate 80 en direction de Cleveland.

Qui, évidemment, à deux heures de l'après-midi, est complètement bouchée.

– Tu me prêtes ton appareil ? fais-je en serrant les dents. J'ai sérieusement besoin d'apprivoiser quelque chose, là...

Mon copilote lâche un rire discret, puis se rembrunit et retourne à sa contemplation. En deux heures de covoiturage, nous avons dû échanger dix phrases en tout et pour tout. Ça m'agace. Et plus que tout, ça m'agace d'être agacée. Mais c'est plus fort que moi : j'ai *besoin* de m'occuper.

– Qu'est-ce que tu observes ? lui demandé-je en étudiant son profil.

Nez fin et droit. Lèvres charnues. Regard vif sous des sourcils soucieux. Cils noirs, longs et épais. Peau mate, sans le moindre défaut. Jamais croisé de spécimen pareil. Et quelque chose au plus profond de moi m'incite à creuser pour essayer de connaître, de comprendre cet homme aussi captivant qu'avare de mots et de contacts humains.

– Le couple dans la voiture à notre droite ne se parle plus, finit-il par me répondre. Il reste figé dans le silence. C'est assez beau à voir.

– Tu t'intéresses à la vie de tous les étrangers que tu croises ?

– Non, affirme Dante. Juste aux images qu'ils renvoient.

– Pas aux émotions qu'ils dégagent ?

– Les émotions ? Pour quoi faire ? rétorque-t-il avant de se reposer sur l'appui-tête et de fermer les yeux.

Je roule en silence pendant quelques kilomètres, m'interdisant de jeter des regards dans sa direction. Je m'offre quelques passe-droits, surtout lorsque je suis à l'arrêt. En redémarrant, je roule sur un nid-de-poule qui fait couiner la carcasse de la Chevy. Coup d'œil à droite. Mon mystérieux passager ne rouvre pas les yeux, mais étire sa nuque comme si elle était douloureuse. Puis il croise ses bras tatoués derrière sa tête, juste histoire que je vérifie à quel point ils sont musclés.

– Bon, lancé-je en me raclant la gorge. Je ne sais rien sur toi, Dante…

– Exact, souffle-t-il sans pour autant ouvrir les yeux.

– On pourrait partager un peu plus, se dévoiler pour apprendre à se connaître, tu ne crois pas ?

– Je ne crois pas, non.

Ses iris noirs me fixent un instant, puis me quittent. Son ton n'avait rien d'agressif, mais il était déterminé. Du genre « Tu peux toujours essayer, tu n'obtiendras rien de moi ».

Ça tombe bien, j'adore les challenges. Je n'ai plus peur de rien. Rien à perdre. Et je n'hésite pas à le prendre par les sentiments pour obtenir ce que je souhaite : une réaction. N'importe laquelle.

– Je m'appelle Solveig, j'ai 25 ans, je suis veuve. Presque à découvert. Et même mon ficus m'a lâchée, la semaine dernière.

Bingo. L'homme à ma droite se redresse sur son siège. Il est clairement déstabilisé. Peut-être ressent-il de la compassion. Mais il ne montre rien. Ou presque…

– Je suis désolé.

Sommaire. Clair. Précis. Sans sentimentalisme inutile.

– Tu n'y es pour rien, lui souris-je. Mais c'était un sacré beau ficus…

Un infime sourire s'esquisse sur ses lèvres, puis se fait la malle. J'ai définitivement affaire à un dur à cuire.

– Et… ? demandé-je en m'attendant à ce qu'il se dévoile à son tour.

– Tu sais déjà que je suis photographe. Que j'ai des origines italiennes, d'où mon prénom. Et que je ne suis pas un *serial killer*. Sur ce…

Il s'installe à nouveau confortablement contre son siège,

croise les bras sur son torse et ferme les yeux. Comme si ses fausses révélations allaient me suffire…

– Ce dernier point reste à prouver.

– Pardon ? dit-il en plissant les yeux dans ma direction.

– Rien ne me dit que tu n'es pas un Ted Bundy, un Dennis Rader ou un Gary Ridgway en puissance.

– Tu t'y connais sacrément en *serial killers*… lâche-t-il, impressionné.

– Ça ne répond pas à ma question.

– Tu es toujours entière, non ?

– Tu es peut-être en phase d'observation… fais-je remarquer.

– C'est vrai. J'hésite encore entre la tronçonneuse et l'acide.

– Je peux choisir ? Ou émettre une troisième proposition ? ajouté-je en riant.

Dante monte le son de la radio et reprend sa position, comme pour me signifier que la conversation est terminée. À cet instant, les mots s'échappent de ma bouche, sans que je parvienne à les arrêter.

– Je crois que certains hommes ne font des mystères que pour mieux attirer l'attention…

D'où sort cette connerie ? Aucune idée. Et je m'en veux presque de chercher autant à creuser. De le provoquer ainsi. Mais quelque chose m'y force… Quelque chose qui m'échappe totalement. Et je n'aime pas ça.

Il éteint la radio. Son regard me fixe plus longuement cette fois, me jauge un bon moment, puis descend sur mes lèvres. Je déglutis difficilement et suis presque soulagée lorsqu'il me quitte pour aller se poser sur la route.

– Si je voulais attirer l'attention, je saurais exactement comment le faire, riposte-t-il enfin, de sa voix grave.

– Je ne voulais pas… Je veux dire… Je me suis mal exprimée, m'excusé-je à moitié.

– Je n'aime pas qu'on me pose trop de questions, c'est tout.

– C'est noté.

Je m'ordonne intérieurement de ne pas relancer la conversation, de m'arrêter là, d'éviter de faire fuir la seule personne assez folle pour vouloir faire ce *road trip* avec moi. Mais là encore, ma langue se délie de façon incontrôlable.

– Dante, tu as conscience qu'on va passer plusieurs semaines enfermés dans ce tas de ferraille ?

– Oui.

– Et ?

– Et je n'ai rien contre le silence.

Il tourne à nouveau son visage vers la fenêtre. Mais pas assez vite pour dissimuler son sourire.

Qu'est-ce que tu caches, beau brun ?

Et pourquoi est-ce que je cherche tant à le savoir… ?

***

Ce *road trip* a démarré il y a trois heures seulement, mais il m'aura déjà appris quelque chose : on a beau les haïr, les bouchons peuvent nous faire faire de *belles* rencontres.

Voilà plus d'une heure que je fais quasiment du surplace, berçant contre mon gré le sommeil paisible de mon compagnon de voyage. Sur la file d'à côté, dans la Civic blanche qui joue au chat et à la souris avec ma Chevy, trois gamines blondes comme les blés s'amusent à me faire des grimaces depuis la banquette arrière. Leur mère met un peu de temps à s'en rendre compte, tente de les réprimander d'un doigt accusateur et pointé vers l'arrière, mais lâche rapidement l'affaire en réalisant que je me comporte bien plus mal que ses filles. Les grimaces, ça a toujours été mon truc.

Madame Effarouchée se laisse alors doubler pour éloigner sa progéniture de mon influence néfaste et je me retrouve au coude-à-coude avec une rousse flamboyante, qui chante à tue-tête en se prenant pour Mariah Carey. Sa vitre est entrouverte, la mienne aussi, vieux tacots obligent. Nos voix s'accordent sur quelques mètres, jusqu'à ce que mon copilote se réveille et me grommelle de changer de répertoire. Malheureusement pour moi, les astres l'entendent et ma collègue de *girlsband* emprunte la sortie avant la fin de *Always be my baby*.

– Plus personne pour m'accompagner… murmuré-je pour moi-même.

Littéralement. Je ferais la route seule, ce serait pareil. Tu parles d'un covoiturage.

Le doux vrombissement d'un moteur puissant me fait tourner la tête. Au volant de son SUV luxueux, caché derrière ses lunettes de soleil prétentieuses, un homme en costard se fait mousser en me doublant à plusieurs reprises. Toujours la même danse. Nous roulons côte à côte en nous jaugeant, (lui plus que moi, même si je rentre dans son jeu) puis l'orgueilleux gagne quelques mètres, avant de n'avoir d'autre choix que ralentir et d'apparaître dans mon rétroviseur. Et ce sourire arrogant qui me hérisse le poil. Sale con.

Je déteste les hommes qui se croient tout-puissants. Et pourtant, j'ai consciencieusement choisi un *mâle protecteur* pour m'accompagner sur la route. L'ironie de la situation ne m'échappe pas…

– Lui ne fait pas de mystères, grogne soudain la voix rocailleuse de Dante. Mais pas de doute : il cherche à attirer ton attention.

Mon copilote a repéré le *con* en question. Et ne semble pas l'apprécier plus que moi.

–Je crois que j'ai enfin rencontré l'homme de ma vie… commenté-je en riant jaune alors que mon bel inconnu s'étire. Il fait mille degrés ou c'est moi ?

– La clim était spécifiée dans l'annonce, non ? marmonne-t-il en bidouillant les boutons H.S.

– Elle m'a lâchée hier… m'excusé-je à demi-mot. Mais ça va ça vient, elle ne devrait pas tarder à se relancer.

Le brun ténébreux n'insiste pas, il me tend sa bouteille

d'eau. Je le remercie vaguement, bois trois gorgées étonnamment fraîches et lui rends. Il se désaltère à son tour et bêtement, l'idée que nous ayons posé nos lèvres sur le même goulot me déstabilise. Puis Dante s'empare à nouveau de son appareil photo et prend des clichés du gros lourd qui revient à la charge dans son SUV. L'homme semble surpris d'être espionné ainsi et décide de lever un peu le pied pour rester à distance.

– Ta prochaine victime ? ironisé-je.

– On n'a pas déjà établi qu'il s'agissait de toi ? souffle l'insolent. Tronçonneuse ou acide, alors ?

– Pas encore décidé. Il faut dire que les deux me tentent tellement…

Le trafic semble miraculeusement se fluidifier sur quelques kilomètres, faisant entrer un peu d'air dans l'habitacle étouffant de la Chevrolet. La vitesse me redonne de l'énergie, mille interrogations me traversent à nouveau l'esprit. Dont une question en particulier qui me brûle les lèvres.

– Pourquoi Seattle ?

Dante me fixe de son regard aussi noir qu'intense, puis détourne les yeux. Je réitère ma question, il se mure dans le silence. Alors que je la pose pour la troisième fois, il daigne enfin répondre, du bout des lèvres :

– Pourquoi pas ?

– Réponse un peu trop évasive, même pour quelqu'un qui n'aime pas se livrer…

– Je cultive le mystère, tu te souviens ? rétorque-t-il en souriant au loin.

– Et si tu cultivais un peu moins et parlais un peu plus ? proposé-je en lisant le panneau lumineux qui indique de nouveaux ralentissements à deux kilomètres, dus à un accident.

Je maudis cette foutue route, cette foutue clim qui m'a abandonnée (et transforme mon débardeur en serviette-éponge) et cette foutue curiosité qui m'empêche de me contenter de son silence.

– Je ne suis pas bavard, Solveig. Il va falloir t'y faire.

– Et je ne renonce pas facilement, Dante. Il va falloir t'y faire.

Il y a trois heures et demi, nous étions de parfaits inconnus l'un pour l'autre. Je me serais probablement retournée en le croisant dans la rue, et ça se serait arrêté là. Mais le destin (ou mes plans foireux) nous a réunis dans cette voiture et voilà le résultat.

Le brun ténébreux et la blonde culottée se défient ouvertement, un sourire impertinent aux lèvres, juste pour le principe.

– Ça ne fonctionne pas comme ça. Tu ne peux pas forcer quelqu'un à parler, insiste-t-il.

– Oublie toutes tes certitudes, répliqué-je avec un sourire. Tu n'as encore jamais fait la route avec un spécimen comme moi…

– Vrai. Mais tu rêves si tu crois que je vais céder.

– Si tu y mettais un peu plus du tien, je ne serais pas obligée d'être aussi pénible !

Face à mon air déterminé, il soupire et passe la main sur sa barbe naissante, geste viril que je l'ai déjà vu accomplir plusieurs fois. Puis il descend un peu plus sa vitre lorsque la Chevy ralentit jusqu'à l'arrêt. J'ai du mal à ignorer les muscles de son bras tatoué qui se contractent en saisissant la poignée.

Ça fait combien de temps que je n'ai pas caressé la peau d'un homme, déjà ?

– Il paraît qu'en se livrant soi-même, on arrive à faire parler les gens… lancé-je pour me sortir cette question inavouable de la tête.

– Rien ne t'empêche d'essayer, réagit nonchalamment mon voisin en haussant ses épaules carrées. Mais je ne garantis rien.

Je serre mes doigts autour du volant, légèrement crispée par son manque d'implication. Et j'improvise :

– Je vais à Seattle pour raison familiale.

– Pour « raison familiale » ?

– Oui.

– Et c'est moi qui suis évasif ? riposte-t-il.

– Ce n'est pas une assez bonne raison ?

– Si, sûrement. Mais c'est vague, comme raison.

– Ça reste une bonne raison, murmuré-je.

Le silence qui suit est légèrement inconfortable. Lui qui semblait jusque-là au-dessus de tout paraît préoccupé, embêté, gêné. Je ne peux m'empêcher de me demander pourquoi mais je fixe la route, attendant que quelque chose se produise. N'importe quoi. N'importe quoi d'autre que ses froncements de sourcils, en tout cas. Après s'être éclairci la voix, Dante finit par ajouter :

– Pareil pour moi.

– Pardon ?

– Seattle… précise-t-il.

– Oui ?

– Raison familiale, glisse-t-il avec un petit sourire triste.

Son visage aux lignes parfaites se tourne à nouveau vers le paysage et je lui souffle un *merci*, en repassant la première. Je n'en sais pas plus sur lui. Mais il a fait un minuscule pas vers moi. C'est déjà ça.

4

Briser la glace

Seize heures, quelque part dans le New Jersey.

Nous atteignons enfin les cinquante kilomètres heure, le trafic reste dense mais la Chevy ne fait plus du surplace. Dante pianote sur son téléphone, toujours muré dans son silence. J'allume la radio (*ma* radio), zappe de station en station jusqu'à m'arrêter sur FM News.

« Vous nous donnez vingt minutes de votre temps, nous vous donnons le monde ! ».

Menaces terroristes, crise au Parlement, fusillade, suicide d'une célébrité, système de santé qui défaille… Je suis sur le point de changer de station quand le journaliste prononce un nom qui me fait frémir :

– Finn McNeil fait encore parler de lui ! annonce l'animateur.

Mon estomac se serre, la voix continue son monologue.

– L'écrivain aux innombrables best-sellers affole à nouveau toutes les librairies du pays ! Son dernier roman *À l'encre de ses mots*, sorti il y a seulement quarante-huit heures, est déjà en rupture de stock un peu partout.

Je resserre mes doigts autour du volant et fixe aveuglément la route.

– Lors d'une récente interview, Finn McNeil a précisé que les premières pages de son roman ont été rédigées depuis la cellule où il a été retenu pendant plusieurs jours. Arrêté à tort il y a deux ans pour sa potentielle implication dans un accident de la route ayant fait un mort, l'écrivain millionnaire avait rapidement été innocenté et libéré. Une excellente nouvelle pour son éditeur… et pour tous les lecteurs accros à ses textes engagés et haletants.

Soif. Gorge sèche.

– Le procès de cette sombre affaire se tiendra dans quelques…

La voix s'éteint. Dante, dont j'avais presque oublié la présence, vient brusquement de couper le son de la radio.

– Désolé, tu écoutais ? Je dois passer un coup de fil, m'explique-t-il lorsque nos regards se croisent.

Il l'ignore, mais son geste soudain vient de m'éviter une crise d'angoisse. Pendant trente secondes à peine, alors que je reprends mes esprits et me concentre sur ma conduite, je l'entends échanger quelques banalités avec ce qui semble être une collègue, puis raccrocher.

– Ça va ? me demande-t-il doucement.

– Oui… J'ai simplement soif. Très soif.

Sa bouteille atterrit à nouveau entre mes lèvres, sans que j'y voie un quelconque inconvénient. Besoin vital de boire. Pour retrouver mon souffle. Lorsqu'il se penche pour remonter le son de la radio, je l'en dissuade.

– Je n'aurais rien contre un peu de silence, pas toi ? lui souris-je de manière forcée.

Un haussement d'épaules plus tard et le voilà à nouveau happé par le décor, de l'autre côté de la vitre.

Moi ? Toujours les mêmes images qui me hantent…

« Assassin ! ai-je hurlé ce jour-là en me jetant sur lui… sur Finn McNeil. On est mariés depuis dix jours ! Comment avez-vous pu faire ça à mon mari ? Il est toute ma vie ! Et vous l'avez tué ! Pourquoi, pourquoi lui ?! »

À ce moment, je pensais l'écrivain coupable. Responsable de mon malheur. Peu importe le regard bouleversé de la fille qui l'accompagnait, je les détestais tous les deux, par principe. J'avais tort, ils n'y étaient pour rien, mais j'avais furieusement besoin de haïr quelqu'un.

C'était au fin fond du couloir des soins intensifs de l'Harborview Medical Center, il y a deux ans. Preston venait de mourir d'un traumatisme crânien et de tant d'autres choses. Des flammes sortaient de ma gorge. Des larmes comme des lames de rasoirs lacéraient mes yeux. Mon corps était habité par une force maléfique, qui s'insinuait douloureusement dans chacune de mes veines et remontait jusqu'à enserrer mon cœur. Le mal que j'éprouvais était inqualifiable. Inhumain.

Et s'il s'est estompé depuis, il ne m'a jamais vraiment quittée.

***

La station-service est déserte, si ce n'est deux ou trois conducteurs pressés qui avalent un sandwich ou un mauvais café avant de retourner à leur véhicule. Dante a préféré rester à l'extérieur, cherchant à capter la lumière ou un instant fugace, son fidèle appareil photo à la main.

Il faudra qu'on m'explique où peut bien se trouver la beauté, dans ce coin infâme.

Après un passage éclair aux toilettes, à la machine à café et au présentoir des boissons, je quitte la boutique miteuse mais climatisée et remonte derrière le volant. Ce qui fait office de café est déjà bu et ma canette de soda bien entamée quand le brun à la peau mate me rejoint. Je l'observe alors qu'il approche de sa démarche nonchalante et virile. La carrure de ses épaules, son port de tête, ses bras musclés dont l'un disparaît dans la poche gauche de son jean. Ses cheveux courts en bataille sont humides, je devine qu'il a trouvé un point d'eau.

Regarder ailleurs. La jauge d'essence à nouveau pleine. Fascinant.

– Désolé, je t'ai fait attendre ?

– Pas grave, j'ai tout mon temps, rétorqué-je en rallumant le moteur. Coca ou Sprite ?

– De l'eau.

– Qu'est-ce que tu as contre les sodas ?

– Rien. Je préfère l'eau.

– Ah… Tu es l'un des leurs…

– Ce qui veut dire ? dit-il tout bas en regardant la voie sur laquelle je vais m'engager.

– Tu préfères les cocktails sans alcool. Les burgers sans *cheese*. Les légumes vapeur aux frites. Le blanc sec du poulet aux cuisses juteuses.

– Je n'ai rien contre les cuisses juteuses, lâche-t-il de sa voix grave… et suave à mourir.

Je déglutis difficilement. Il ajoute :

– Et de manière générale, je n'ai rien contre les bonnes choses. Mais quand il fait chaud, j'aime juste boire de l'eau.

Je croise son regard noir… intense… déstabilisant. M'interdis de contempler sa bouche entrouverte… pleine… tellement invitante. Depuis Preston, je n'ai jamais été tentée de la sorte. Mais ça passera, l'attirance est une chose éphémère. Superficielle. Idiote. Je lance la Chevy en avant. Le bitume défile, encore et toujours. Même immensité grise et longiligne, sans grand attrait. La radio nous occupe pendant une bonne heure, l'éternel débat faisant rage sur la 93.9 FM : « Trump sera-t-il le pire président que les États-Unis aient jamais connu ? » Pour une fois, mon compagnon de route et moi sommes sur la même longueur d'onde.

L'air devient un peu plus respirable aux alentours de dix-huit heures. Dante me propose de prendre ma place derrière le volant, je refuse poliment en lui expliquant que la *bête* n'est pas facile à maîtriser. Il sourit, malicieux, en me demandant de laquelle il s'agit, je rougis à moitié et précise que c'est ainsi que je surnomme la Chevrolet.

– La *bête*, répète-t-il, sans grande conviction.

– Une meilleure proposition ?

– Le four, improvise-t-il en s'étirant. Ou le brise-lombaires. Il y a encore des suspensions là-dessous ?

– Tu savais dans quoi tu t'embarquais, Dante, riposté-je pour défendre mon tas de ferraille. J'avais précisé dans l'annonce que ma voiture n'était pas de première jeunesse…

– Je n'ai rien contre les vieilleries, grogne-t-il en se faisant craquer le cou. Mais vu le temps qu'on va passer dans cette bagnole, je commence à m'inquiéter.

– Tu vas t'y faire. À la fin de ce périple, je te parie que tu chercheras à tout prix à trouver une parfaite réplique de ma Chevy !

– Tu lis dans mes pensées. J'y songe déjà…

Le plus bel homme que j'aie jamais croisé me fixe, très sérieusement, avant de se détourner vers sa vitre. Je jurerais que je l'ai vu caresser ma bouche du regard. Et que ses yeux brillaient d'une lueur… étrange.

Un match de baseball est retransmis en direct sur je ne sais quelle station, Dante laisse aller sa tête en arrière et écoute, les yeux mi-clos.

Solveig Stone. À nouveau seule au monde.

– Notre première halte pour la nuit est dans quatre-vingt-dix kilomètres. Il va falloir me divertir un peu jusque-là. C'est l'occasion de briser la glace, non ?

– C'était stipulé dans le contrat ? se méfie mon passager.

– Oui, écrit en tout petits caractères et en italique, tout en bas, inventé-je. Ça et le fait que le sport est prohibé dans cette voiture…

– Décidément, ce covoiturage est… plein de surprises.

– Couleur préférée ?

Sa grimace m'indique qu'il n'a pas très bien compris où je voulais en venir. Mais qu'il est plutôt amusé. Ou complètement désespéré.

– Couleur préférée ? insisté-je.

– J'imagine que toute résistance serait inutile…

– Bonne intuition, souris-je en dépassant une Chevrolet encore plus vieille que la mienne.

– Les plus foncées.

– Original…

– Dans l'œil d'un photographe, c'est commun.

J'observe une seconde ses tatouages, me demandant ce qu'ils représentent exactement. Il me surprend, je replace mes yeux sur la route.

– Sushi ou maki ?

– Sashimi.

– Animal fétiche ?

– Sauvage. N'importe lequel.

– Brune ou blonde ?

– Personnel, lâche-t-il en passant la main sur sa barbe de deux jours.

Je plisse les yeux, décidée à en savoir plus sur lui… et à le dérider.

– Première fois ratée ou réussie ?

Silence. Lorsque je l'observe à la dérobée, je le vois se mordre la joue, comme s'il hésitait, puis répondre :

– Et si je te retournais la question, Solveig ?

– Complètement ratée.

Étonné par ma franchise (et peut-être mon manque de pudeur), il secoue la tête en lâchant un rire rauque et sexy.

– Question suivante, décrète-t-il.

– Des gens connus dans ton entourage ?

– Tes questions n'ont aucun lien, aucun sens !

– C'est ce qui les rend pertinentes.

– C'est toi qui le dis…

– Réponds.

– Qu'est-ce que tu appelles « connus » ? soupire-t-il en passant la main dans sa nuque.

– J'ai été serveuse. Et je peux te dire que Madonna est généreuse en pourboires, tandis que Ryan Gosling est un vrai radin.

– Merci pour l'info, souffle-t-il comme si ça lui faisait une belle jambe.

– À ton tour…

Il inspire longuement, remonte une jambe pour renouer les lacets de sa Converse droite puis marmonne :

– Disons que je suis l'ami d'un présentateur télé et le fils d'un homme d'affaires à la tête d'une marque très connue.

– Et tu as attendu tout ce temps pour me le dire ?!! m'écrié-je, excitée par cette nouvelle… cruciale.

– Ouais… Et j'aurais mieux fait de la fermer.

Les trente minutes suivantes passent à une vitesse folle. Je le harcèle de questions, réclame des indices, lance des propositions en l'air, mais rien n'y fait : Dante ne cède pas. Il s'enferme dans son silence, m'envoie des réponses monosyllabiques quand l'envie lui prend et observe encore et toujours le paysage.

– Tu ne ressembles pas à un fils à papa plein de fric, pourtant. Avec ton air rebelle… et tes tatouages, lancé-je, à bout d'arguments, pour le faire passer aux aveux.

– Solveig ?

– Oui ?

– Tu dis ça pour me provoquer, en espérant me faire parler ?

– Oui.

– Perdu, sourit l'effronté en rallumant la radio.

Je pose soudain ma main sur la sienne, sans savoir ce qui me prend et sans quitter la route des yeux. Sa chaleur m'irradie. Et ce simple contact me remue bien plus que ce qu'il ne devrait.

– Dante, si tu as les moyens, pourquoi est-ce que tu t'apprêtes à parcourir cinq mille kilomètres dans ce tas de ferraille avec une parfaite inconnue ?

Il récupère sa main, puis répond le plus simplement du monde :

– Envie de changer d'air.

Je connais ce sentiment…

***

Le motel où nous avons prévu de passer notre première nuit n'est plus qu'à quelques kilomètres. J'ai mal à la nuque. Aux mains. Aux mollets. La Chevy grince un peu de partout, comme une vieille femme rouillée en fin de journée. À son bord, impossible de rouler plus de trois ou quatre cents kilomètres par jour, elle ne tiendrait pas le choc. Dante est prévenu. À un feu rouge, je dégaine mon téléphone et découvre que Patsy m'a laissé trois nouveaux messages.

Et je me réjouis à l'avance de savoir de quels nouveaux crimes elle m'accuse.

– Je tuerais pour un *chimichanga* ! lâché-je en garant la voiture dans la ville de Luzerne, tout près d'un petit marché.

– Tu n'es plus à New York, me fait remarquer Dante, amusé et l'air de dire que je peux toujours rêver.

Je l'ignore et traverse en courant. Du pain, du cheddar, quelques fruits et sucreries : on est loin de mon fantasme d'orgie mexicaine, mais je vais devoir m'en contenter. Je règle mes derniers achats avec l'argent du loyer que m'a donné Alicia (et en essayant de calculer combien de jours je vais pouvoir tenir). Quand je retourne à la voiture, Dante est adossé contre la carrosserie, un sourire en coin sur les lèvres, sandwich dans une main et son appareil photo dans l'autre. Alors que je le rejoins, il pointe son objectif dans ma direction et m'immortalise.

Drôle de terme, quand on y pense…

– Ça se paie, des modèles, non ?

– Tu es particulièrement photogénique, commente-t-il simplement, sans relever ma blague.

– C'est un compliment ?

– Non. Juste un constat.

OK. Donc si je comprends bien, ça lui écorcherait la bouche d'être sympa…

5

Naturels

J'aurais dû me méfier de cette promotion «*Moins cinquante pourcents : deux chambres pour le prix d'une !* ». Le motel que j'ai pris soin de réserver en ligne la veille semble encore plus minable que ce que laissaient présager les photos. Le néon rouge de la grande pancarte grésille et n'affiche qu'une lettre sur deux, le parking ressemble à peu de chose près à un terrain vague et la façade de l'hôtel n'inspire pas franchement confiance.

Quelqu'un a dit Bates Motel ?

Mon sac de voyage d'une tonne sur l'épaule, je verrouille la Chevy et prie pour la retrouver intacte demain matin. Dante prend son sac en toile kaki comme il soulèverait une plume et s'engage en direction du motel sans faire de commentaires. J'ignore si ma nervosité y est pour quelque chose, mais il fait à nouveau une chaleur étouffante. Tout en m'éventant d'une main (technique totalement inutile et contre-productive, puisque le fait de m'agiter me donne encore plus chaud), je suis mon compagnon de voyage. En chemin, je passe la tête au-dessus d'une barrière en bois et découvre une petite piscine qui, contrairement à tout le reste, semble à peu près propre vu l'odeur de chlore qu'elle dégage.

J'observe l'eau turquoise avec envie, me perds dans les reflets du néon rouge sur le bleu lagon, puis réalise que mon beau brun s'est fait la malle. Aucune envie de traîner seule, dans les parages. Je me résigne à le rejoindre au petit trot dans le bâtiment lugubre.

– Bienvenue au RedLight Motel, marmonne le vieil homme derrière son comptoir. C'est pour quelques heures ou toute la nuit ?

– La nuit. Deux chambres. On a une réservation, lui rétorque Dante.

– Quel nom ?

– Stone, lâché-je en posant mon sac sur la moquette crasseuse.

– Stone… Stone… répète l'hôtelier en se penchant sur son écran d'un autre âge. Ah oui, la promotion. La six et la onze.

– Il nous faudrait deux chambres attenantes, précise le brun.

Je le fixe soudain, le cœur battant. Son regard reste braqué sur le comptoir de la réception, mais il sait probablement que je l'observe. Et que je suis immensément reconnaissante qu'il songe à ma sécurité. Le vieil homme secoue la tête, l'air profondément las, et répond :

– Ça vous coûtera plus cher.

– Dante… interviens-je doucement pour le dissuader, même si je ne suis pas rassurée.

– Peu importe. Je compléterai, lâche le brun.

– On fait cinquante cinquante ! insisté-je.

– On ne va pas discuter des heures pour une poignée de dollars, grogne-t-il en sortant son portefeuille de sa poche arrière.

Le vieil homme s'empare de deux clés et les tend à celui qui lui remet les billets. Moi ? J'assiste à la scène, sans plus savoir si je suis touchée ou blessée dans mon ego. Je n'aime pas qu'on décide à ma place.

– Elle prendra la onze, décrète mon sauveur aux yeux noirs. Moi la douze.

– Merci, j'imagine…

– De rien, murmure-t-il en haussant les épaules et en prenant la direction de la sortie qui mène aux bungalows.

Enfin, j'imagine que s'il était vraiment mon « sauveur », il aurait porté mon sac...

***

La nuit est tombée et la chambre surplombant la piscine tient ses promesses. C'est-à-dire aucune. L'air y est rare et suffocant, la climatisation archaïque et bruyante. Le lit est grand mais grinçant et inconfortable, recouvert d'un tissu verdâtre légèrement poisseux. J'ose le toucher du bout des doigts, puis le dessus-de-lit vole à l'autre bout de la pièce. Le drap blanc lavé un millier de fois à la javel me convient mieux.

La petite télévision fonctionne, mais émet un sifflement strident à chaque fois que je change de chaîne. J'avais mal aux yeux à cause du papier peint rustique éclairé par des ampoules trop puissantes, j'ai désormais mal aux tympans à cause de la télé hurlante.

Direction la salle de bains. Murs rose saumon, carrelage bleu nuit, baignoire sabot et miroir fissuré : je glousse sans plus pouvoir m'arrêter, éreintée nerveusement par cette première journée de *road trip*. Soudain, un bruit curieux me parvient et m'incite à retourner dans la chambre pour me coller à la fenêtre. Quelqu'un vient de plonger dans la piscine éclairée. Un homme. Sa longue silhouette nage sous l'eau puis remonte à la surface.

Cheveux bruns, épaules larges, peau mate et bras tatoués.

Dante.

Dieu que j'ai chaud.

– Et pourquoi est-ce que j'ai oublié de prendre un putain de maillot ?

Je croque dans une pomme, retire mes tennis blanches, déboutonne mon jean… Tout ça sans jamais cesser de le regarder à travers ma fenêtre. Le corps humain a quelque chose de diabolique et d'innocent, de purement esthétique, à tel point que ça en devient hypnotisant. Surtout lorsqu'il est si parfaitement dessiné que je peux discerner chacune de ses lignes, de ses courbes, chacun de ses abdominaux à distance. Dante est une œuvre d'art… Un appel aux sens. Sa peau bronzée, mouillée, offerte à mon regard, luit dans la nuit. Ses muscles se tendent à chaque mouvement. Ses tatouages attirent irrésistiblement mon regard, accentuant son côté *bad boy*, dangereux, interdit. Je devrais me détourner. Je ne le fais pas.

Ce qui explique pourquoi je mate mon compagnon de voyage en croquant si fort dans ma golden.

L'énorme bloc de climatisation situé au-dessus de ma porte se met à geindre, comme si on le torturait à mort. Et puis… plus rien. Plus un son. Plus d'air. Je m'empare de la télécommande, appuie dix, vingt, trente fois sur le bouton *power* mais l'engin refuse de se remettre en marche.

Motel à la con !

– Bon. Plus le choix.

Je ne suis pas particulièrement pudique. Des années de danse, de vestiaires et de tenues « seconde peau » m'ont appris à accepter mon corps tel qu'il est et à ne pas ressentir le besoin de le protéger du regard des autres. Pas de complexes (ou un seul : ma cicatrice) et pas de timidité inutile. Je retire mon jean, mon débardeur, vérifie que ma culotte noire et mon soutien-gorge à pois sont bien en place et retourne à la salle de bains pour m'enrouler dans une serviette. Sans me laisser le temps d'y réfléchir à deux fois, je m'empare de la clé numéro onze et claque la porte derrière moi. Je dévale les escaliers, pousse la barrière en bois, balance ma serviette sur un transat troué et saute dans l'eau en me bouchant le nez.

Oui, le détail qui tue.

L'eau est fraîche, les sensations délicieuses, grisantes. Je nage et tournoie sous l'eau jusqu'à en avoir la tête qui tourne. Lorsque je retrouve la surface, Dante est assis sur le rebord du bassin, les paumes à plat sur la pierre, ses jambes musclées pendant dans l'eau et son regard sombre braqué sur moi.

– Pas pu résister, lui souris-je, essoufflée par ma séance d'apnée.

– Pas de clim non plus dans la onze ?

– Je te laisserai choisir le prochain motel… articulé-je en nageant jusqu'à avoir pied.

– On ira peut-être t'acheter un vrai maillot de bain, aussi, lâche-t-il en fixant ses genoux.

Les gouttes d'eau ruissellent sur sa peau ambrée. Ses tatouages prennent vie dans la nuit et je crois reconnaître un oiseau et des flammes sur son biceps gauche. Un phœnix ? Lorsque mon regard remonte sur ses yeux, je réalise qu'il me dévisage, la mâchoire serrée, les sourcils froncés.

– Un maillot de bain ? relancé-je en cachant mon décolleté de mes mains. Pour quoi faire ? Et qu'est-ce qui te dit que ça n'en est pas un ?

– Quelques années d'expérience en lingerie féminine… sourit-il d'un air insolent.

Lentement, son long corps sculptural glisse à nouveau dans l'eau et part dans la direction opposée. Je réalise que je n'ai pas pu m'empêcher de sourire à sa dernière réflexion, ni de ressentir un petit quelque chose et je m'en veux. La culpabilité me gagne tandis que je sors du bassin et récupère ma serviette.

Flirter, ça ne m'est jamais arrivé depuis Preston. Je suis en train d'oublier ma promesse. De trahir le seul homme que j'aie jamais aimé et qui n'est plus là pour se battre pour moi. Mon cœur se serre, la tristesse m'envahit. Sans un mot, sans un regard en arrière, je regagne la chambre onze et passe vingt minutes sous le jet faiblard d'une douche froide. En laissant couler mes larmes.

***

J'ai décidé de l'apprivoiser. De devenir son amie. Comme ça, pas d'ambiguïté, de gêne ou de flirt inapproprié entre le brun ténébreux et moi. Nos rapports seront plus naturels, nos échanges plus légers. Il nous reste quatre mille sept cents kilomètres à parcourir côte à côte, dans une épave sans climatisation ni suspension, alors autant faire en sorte de bien s'entendre.

Je frappe à sa porte un peu avant vingt-et-une heures, sans savoir comment je vais être reçue. Il m'ouvre, en jean taille basse et serviette sur les épaules, et j'hésite un instant entre faire demi-tour ou lui demander un strip-tease intégral. Dante m'inspecte de la tête aux pieds dans ma combi-short Liberty, comme pour vérifier que je suis entière, puis me fait signe d'entrer.

– Ma télé ne marche pas et *Le Silence des Agneaux* va commencer… balbutié-je.

– Tu devrais dormir, non ?

– Impossible. Besoin de ma dose d'Hannibal Lecter !

– C'est ça ta drogue ? Les films qui font peur ?

– Ça t'étonne ? rétorqué-je.

– Pas vraiment, en fait…

J'observe sa chambre et découvre qu'elle est encore pire que la mienne. Sa moquette est orange et ses murs violets. Quant à sa climatisation, elle ne fonctionne que pour souffler de l'air chaud. Après un long soupir, Dante me fait signe de m'asseoir où je veux et disparaît dans sa salle de bains. Je m'empêche de le suivre des yeux et dépose mes victuailles sur son lit. Un sachet de Circus Peanuts, une boîte de Milk Duds et une bouteille de Cherry Coke, directement achetés au distributeur qui jouxte ma chambre.

Oui, j'aime le sucre, ça pose un problème à quelqu'un ?

Preston a essayé de me convertir au smoothie. Ça n'a fait qu'aggraver mon cas.

Je m'empare d'un des deux coussins, le balance au bout du lit et m'allonge à plat ventre face à la télé.

Dans la salle de bains, l'eau du robinet coule, mais il me semble entendre Dante qui parle à voix basse. Lorsque je tends l'oreille, plus rien. Le film démarre et je me concentre sur Clarice et mes bonbons à la cacahuète. Le brun mystérieux réapparaît au bout d'un quart d'heure, dans un T-shirt noir.

– Bien installée ? fait-il de sa voix grave en me voyant affalée sur son lit.

– Il y a largement de la place pour deux ! répliqué-je avec un sourire en tapotant sur le drap à côté de moi.

Aucun jeu. Aucune tentative de flirt. Je suis l'innocence même. Tout ce que je veux, c'est l'apprivoiser. Mais le farouche ignore mon invitation et s'assied sur le fauteuil, tout près du lit.

– Je ne connais même pas ton nom de famille… lui dis-je soudain.

– Si c'est pour enquêter sur mon père, ça ne te mènera nulle part, lâche-t-il sans me regarder. On ne porte pas le même patronyme.

– Rien à voir. C'est toi qui m'intéresses, pas ton célèbre paternel.

Je croque dans un bonbon en attendant qu'il se décide à parler. Un ange passe, suivi d'un énième soupir :

– Salinger. Mon nom est Dante Salinger.

– Salinger, répété-je. Ça claque.

– Ravi que ça te plaise, marmonne-t-il en se penchant en avant pour me piquer un caramel.

Les minutes défilent. Son regard reste rivé à la télé. Le mien fait des allers-retours entre l'écran et son visage éclairé.

– Dante ? chuchoté-je.

– Hmm ?

– Je te donne toute la boîte si tu me révèles qui est ton père.

– Tais-toi, regarde le film ou sors de ma chambre, grogne le brun ténébreux tandis que je pouffe.

J'ai beau avoir vu ce thriller dix fois, entretenir une relation fusionnelle avec Hannibal et me fantasmer en agent du FBI, je me laisse surprendre et terroriser à tous les coups. D'où mes hurlements qui doivent réveiller tous les bungalows du périmètre… et agacent *légèrement* mon voisin de chambre.

– Doucement, ils vont finir par appeler les flics !

– Désolée, j'ai un peu de mal à contenir mes émotions, on me l'a toujours dit. Mais tu as vu sa tête ?! Et là, tu as vu ce qu'il bouffait ?

– Pourquoi tu t'imposes ça si ça te met dans des états pareils ? me demande Dante en quittant son fauteuil.

– Sais pas. Il doit y avoir une cannibale qui sommeille en moi… ris-je toute seule.

– Putain, je suis pas dans la merde, murmure-t-il.

D'un geste sûr, il éteint la télé et va ouvrir la porte. Je le regarde, un peu ahurie, pour comprendre ce qu'il manigance.

– Bonne nuit, Solveig.

– Quoi ? Mais le film n'est pas fini !

– Bonne nuit, Solveig, insiste-t-il en fronçant les sourcils.

– Il n'y avait pas de couvre-feu dans le contrat ! riposté-je en me levant.

– Non, mais je tiens à ma vie. C'est toi qui conduis, il faut que tu dormes.

Je le fusille un instant du regard, puis réalise qu'il n'a pas complètement tort. En plus, je suis à court de Circus Peanuts, j'ai la voix cassée à force d'avoir crié et je suis tellement épuisée que si ça continue, je vais m'endormir dans son lit. Et ça, ce serait une *très* mauvaise idée.

– Si tu ne m'avais pas foutue dehors, je t'aurais laissé la fin des Milk Duds, murmuré-je en passant devant lui. Bonne nuit, Salinger.

– Bonne nuit… Clarice, grogne-t-il en imitant la voix et l'accent d'Anthony Hopkins.

***

La nuit a été courte. Ou plutôt, mouvementée.

D'abord, il a fallu que je m'endorme malgré les trente degrés, les ressorts du matelas et l'homme au phœnix allongé juste de l'autre côté du mur. C'est comme si mon corps était en train de se réveiller, tout doucement, à son contact, après deux ans de traversée du désert. D'hibernation. Ou de deuil, appelez ça comme vous voulez.

Ensuite, Hannibal m'a poursuivie dans mon sommeil, me proposant de boire à sa bouteille. Au beau milieu de la nuit, la chambre numéro dix est devenue le terrain de jeu d'un couple, disons… chaud. Très chaud. Vers cinq heures du matin, ma télévision s'est allumée toute seule, en même temps que la climatisation. Je suspecte les deux engins diaboliques de travailler en bande organisée. À six heures, j'ai renoncé et me suis traînée jusqu'à la salle de bains pour étudier les dégâts dans le miroir.

En sale état. Comme mon visage.

Après une bonne douche, je recharge mon téléphone et en profite pour supprimer les trois messages de Patsy Camden. Pas envie de me soucier de ça aujourd'hui. Je me réinstalle sur le lit, zappe jusqu'à la chaîne des infos et suis le programme sans vraiment écouter. Lorsque mon portable se met à vibrer, mon sourire revient.

Ali !

[Dis-moi que tu es sur le chemin
du retour. Et que tu as laissé la notice
de ta machine à laver quelque part !]

[Notice dans le tiroir
de la commode de l'entrée.
De retour dans deux mois !]

[Ça va être long, sans toi !]

[Tu as mon ficus. Autorisation
de lui faire un câlin.]

[Fais gaffe à toi, quand même…]

[Je suis bien accompagnée,
je ne risque rien.]

Je m'apprête à rentrer dans les détails quand des coups retentissent en faisant quasiment trembler les murs. Je vais ouvrir en restant à moitié dissimulée derrière la porte.

– On se casse d'ici ? me supplie presque Dante. J'en peux plus de ce trou à rats !

– Oui ! Enfin, laisse-moi le temps de m'habiller…

Ses yeux descendent le long de mon corps et me déshabillent du regard. La tâche est aisée : je ne porte qu'un débardeur échancré et une petite culotte.

– OK, se détourne le farouche, en se raclant la gorge. Je t'attends à la bagnole.

– Elle est toujours là ? m'inquiété-je soudain.

– Oui. Ça fait plus d'une heure que je la surveille…

– Mon héros ! m'exclamé-je en m'élançant en avant pour faire semblant de me jeter à son cou.

Je ne le touche pas mais il recule quand même, comme si la moindre tentative de contact était par principe prohibée. Je m'excuse pour mon geste un peu trop « spontané », il grommelle je ne sais quoi et s'éloigne.

Sept minutes plus tard, nos sacs sont dans le coffre, nos corps épuisés dans la Chevy et nous quittons Luzerne pour *toujours*. Au bout d'une petite demi-heure, nos estomacs crient déjà famine et nous nous arrêtons dans un *diner*, le long de l'Interstate 80.

Rita, comme le stipule son badge, note nos commandes et adresse un clin d'œil à Dante avant de retourner en cuisine dans son tablier aussi rose que son fard à paupières.

– Ça doit être lassant à la longue, non ?

– Quoi donc ? me demande le brun en reposant son mug de café.

– La drague, les clins d'œil, les filles qui en font un peu trop pour que tu les remarques…

– Je ne sais pas. Ça te lasse, toi ? riposte sa voix rauque, légèrement taquine.

– Ça ne m'arrive pas.

– Tu rigoles ?

– Non.

– Solveig, tous les hommes qu'on croise te matent. Même lui ne peut pas s'empêcher de te reluquer !

Je me retourne et croise le regard hébété d'un petit garçon qui doit approcher les… neuf mois.

– Très drôle.

– Sérieusement. Tu es perchée donc tu ne t'en rends pas compte, mais tu ne passes pas inaperçue, loin de là.

– Ça doit être parce que je suis *extraordinairement photogénique*, lui souris-je en accueillant mon assiette gargantuesque de pancakes.

– Je n'ai jamais dit *extraordinairement*, grogne-t-il en détournant le regard.

– Non, mais tu l'as pensé.

– Faux.

– Mange et arrête de me contredire, grommelé-je en louchant sur son bacon.

En fin de repas, alors que je refais ma minuscule queue-de-cheval, Dante sort son appareil et me canarde à plusieurs reprises. Un peu flattée, surtout gênée, je ne peux m'empêcher de commenter :

– Ça fera dix dollars.

– Je n'ai pas l'habitude de payer.

– Je propose une autre sorte de compensation, alors.

– Je t'écoute… murmure-t-il en plissant ses beaux yeux noirs.

– Ton bacon. Dans mon assiette.

Du bout des doigts, Dante s'empare de la dernière tranche restante, l'approche de mon assiette puis, d'un geste brusque et calculé, le fourre dans sa bouche. Et le provocateur sourit. Enfin.

– Je te préfère les cheveux lâchés, ajoute-t-il une fois le bacon avalé.

Un brin déstabilisée, je l'interroge du regard, mais n'y vois rien de louche. Il ne cherche pas à me séduire. Ou si c'est le cas, il cache diablement bien son jeu. Alors je m'ouvre à lui, en espérant que ça nous aide à devenir… « amis ».

– Mon mari me traitait de sauvageonne. J'avais les cheveux longs, avant, et ils n'étaient pas toujours très… disciplinés. Du coup, lui, il les préférait attachés.

– Je préfère ce qui est spontané, naturel. Je n'aime pas particulièrement l'ordre, sourit doucement mon copilote.

– Mon blond platine n'est pas tout à fait naturel, mais tout le reste chez moi l'est, précisé-je alors.

– J'ai cru remarquer, oui.

Mon corps mouillé, en sous-vêtements, dans cette piscine… Il a tout vu…

Pendant que mes joues se transforment en brasier, il fait signe à Rita pour régler la note. Cette dernière est déjà occupée par une autre tablée mais l'expédie pour retrouver plus vite son bel inconnu. Toute chamboulée, la serveuse aux gros atouts se rend à la caisse et tente de retrouver la bonne addition.

Les yeux de Dante se reposent sur moi, ils lisent ma perplexité, peut-être même la pointe de désir que j'essaie de réprimer. Nos regards restent aimantés de longues secondes, jusqu'à ce que le charme soit rompu… par ma nouvelle meilleure amie et sa voix mielleuse.

– Ça fera vingt-quatre dollars ! Plus mon pourboire ! minaude-t-elle en direction de mon compagnon de route.

Dante lui tend trois billets de dix et lui fait signe de tout garder. Il mord dans un toast tiède, le balance dans son assiette puis se lève en tirant sur son T-shirt gris. Le petit déjeuner est fini.

Et moi, je me surprends à trouver toutes ces petites choses anodines qu'il dit ou qu'il fait incroyablement sexy. Et ce mystère qui plane autour de lui incroyablement intriguant. Je devine que Dante cache quelque chose. Probablement un passé lourd, douloureux, qui le suit à la trace. On ne se réfugie pas dans le silence pour rien. Et malgré cette foutue curiosité qui me travaille, je ne creuse pas plus pour ne pas le brusquer. Pas encore.

– Si jamais vous repassez dans le coin… murmure Rita en griffonnant son numéro sur la note. Appelez-moi.

Je me force à en rire et m'empêche de ressentir quoi que ce soit quand je vois le brun glisser le papier dans sa poche. Puis le balancer dans la poubelle, une fois à distance de la serveuse nympho.

– Pourquoi avoir pris la note, si c'est pour la jeter ? demandé-je en souriant intérieurement.

– Je n'aime pas humilier les gens.

Je le suis jusqu'à la voiture, m'assieds derrière le volant, démarre le moteur et ne peux m'empêcher de l'ouvrir :

– Je ne voudrais pas dire, mais son décolleté n'avait pas grand-chose de naturel…

Mon copilote sombre et mystérieux m'offre un grognement teinté de sourire, avant de se tourner vers sa vitre pour se murer dans le silence.

6

Esprit de contradiction

Back on the road. Encore et toujours sur l'Interstate 80 en direction de Cleveland. Il reste un peu moins de six cents kilomètres, ma Chevy ne pourra sans doute pas les avaler d'ici la fin de la journée. Ce qui veut dire un nouvel arrêt, un nouveau motel. Et peut-être de nouvelles chambres sans clim, une nouvelle piscine déserte. Je prie les dieux de la tension sexuelle que rien de tout ça ne se reproduise. C'est ridicule. C'est juste mon corps en sommeil depuis deux ans qui fait mine de se réveiller. Juste des réactions primaires, spontanées. Je n'ai pas l'habitude de me contrôler. Il faudra juste que je pense à essayer.

Et à me rattacher les cheveux.

Pendant une bonne heure, on traverse les paysages monotones de Pennsylvanie en silence. Une voie dans un sens, une dans le sens inverse, des bois plus ou moins denses et des champs plus ou moins secs de part et d'autre. De rares voitures qui me dépassent de temps en temps. Pas très intéressant. Parfait pour penser. Mon esprit vagabonde entre Ali et mon ficus *(est-ce qu'elle va bien depuis nos derniers SMS ? Est-ce qu'il va toujours aussi mal ?)*. Entre mon banquier et l'enveloppe kraft qui contient mon pécule (*maigrissant à vue d'œil, contrairement à moi*). Entre Patsy et Russell Camden (*lequel des deux je déteste le plus, en fait ?*). Entre Preston et mes amants précédents. Peu d'hommes sont entrés dans ma vie, je peux les compter sur les doigts d'une main. Et aucun à part mon mari ne m'a laissé de souvenir impérissable. Au mieux, des anecdotes marrantes (qui ne l'étaient pas du tout sur le coup). Davy et sa manie de plier son pantalon bien proprement sur le dos d'une chaise avant de « passer à l'action ». Adam qui n'enlevait jamais ses lunettes, même au lit, et qui les avait au bout du nez quand il s'activait au-dessus de moi. Mitch et sa forêt de poils sombres sur le dos, qui m'obligeait régulièrement à me demander s'il portait un pull ou pas. Je souris à ces souvenirs. Après tout, j'étais une fille quelconque, pas très délurée, mes petits amis avaient bien le droit à leurs défauts eux aussi. Je devais les ennuyer autant qu'ils me faisaient rigoler. J'entends mon éclat de rire résonner dans la voiture avant même de m'en rendre compte.

– Tu ris toute seule, maintenant ? grogne mon passager que j'ai dû réveiller.

– Je t'ai déjà dit que c'était mon deuxième prénom, Toute-seule. C'est joli, hein ? lui souris-je.

– Pas toute seule dans ta tête, en tout cas, commente-t-il en se renfrognant.

– Dante, sois sincère avec moi, qu'est-ce que tu préfères dans la vie ? Froncer les sourcils ou dormir ?

Je ris à nouveau, très fière de ma question. Le ténébreux n'esquisse même pas un sourire.

– Je ne dors pas, je réfléchis.

– Ah, d'où les sourcils froncés quand tu dors.

– Puisque je te dis que je ne… Laisse tomber, soupire-t-il en réalisant qu'il est tombé dans le piège.

Il se passe les doigts sur le menton, puis les mâchoires, faisant crisser sa barbe de trois jours. Je le regarde faire un peu trop longtemps, avant de me rappeler de regarder la route.

– La ride du lion, tu connais ? relancé-je.

– Non.

– Tu vas avoir une ride entre les deux yeux à force de faire cette tête.

– Et ?

– Et je ne sais pas si certaines filles t'ont dit que c'était sexy, cet air soucieux et ces sourcils qui essaient de se rejoindre, mais ça ne l'est pas.

OK, ça l'est. Mais les hommes ne savent pas qu'il faut toujours entendre le contraire de ce qu'on dit.

Je le regarde encore en attendant sa réaction mais Dante a l'air de se foutre pas mal que je le trouve sexy ou pas. Il me fixe de ses yeux noirs énigmatiques, puis détend ses sourcils, par pur esprit de contradiction. J'ai du mal à quitter son regard qui me défie presque.

– Solveig, devant toi ! crie sa voix rauque.

Un abruti qui double en face de moi se rabat au dernier moment dans sa voie.

– Oh le con ! Le con, le con, le con ! braillé-je au rythme de mon cœur qui cogne.

– Tout va bien, tente de m'apaiser mon copilote.

– Il aurait pu nous tuer !

– Il ne l'a pas fait…

– Non, mais c'est un type comme lui qui a tué mon mari ! Et pour quoi faire ? Pour arriver cinq minutes plus tôt ? Pour se prouver qu'on est le meilleur ? Qu'on a la plus puissante voiture ? La plus grosse paire de… ?

– J'ai compris, me coupe-t-il.

– Le chauffard qui a causé la mort de Preston était ivre. Je te l'ai dit, ça ? Encore un pauvre gars qui s'est cru plus fort que les autres, plus fort que l'alcool ! m'emporté-je. Ce que les hommes peuvent être stupides ! Tous des cons ! Toujours à vouloir prouver des choses !

Longue pause. Un grand corps qui se tend, à ma droite. Et puis…

– Je suis d'accord, conclut-il d'une voix caverneuse.

Pour une fois, il ne me contredit pas. Sa réponse me surprend et son timbre profond coupe court à mon emportement. Ce n'est pas seulement un taiseux. Il sait aussi comment faire taire les autres, apparemment. Et je ne sais même pas si j'aime ça ou pas. Pendant plusieurs kilomètres, il regarde à nouveau par la fenêtre, sourcils plus contrariés que jamais. Je profite du silence pour apaiser mes nerfs, me concentrer sur ma conduite et réfléchir avant de parler. Pour une fois. Mais je ne peux pas m'empêcher de relancer.

– Je ne parlais pas forcément de toi, tout à l'heure. Juste des hommes en général. Mais je sais qu'ils ne sont pas tous comme ça.

– Pas besoin de te justifier, tente-t-il de m'arrêter.

– C'est juste que… Entre mon père et mon frère, je n'ai pas eu de très bons exemples. Et je n'ai pas toujours choisi les bons mecs non plus. À part Preston, évidemment.

– Évidemment, répète-t-il sur un ton monocorde.

– Je ne veux pas que tu croies que je suis une de ces féministes extrêmes qui déteste tous les hommes juste parce que quelques-uns lui ont fait du mal.

– Je ne crois rien.

– Je veux juste préciser que je n'ai rien contre la gent masculine. Et rien contre toi.

– OK.

– Enfin, sauf quand tu me fais des réponses monosyllabiques alors que je viens de parler hyper longtemps. Ce n'est pas très équilibré. Et ça me chiffonne, le manque d'équilibre. Au bout d'un moment, on tombe forcément.

– Deux syllabes.

– Quoi ?

– Il y a deux syllabes dans « okay ». Ce n'est pas un mot monosyllabique, m'explique-t-il sans sourire mais avec une espèce d'insolence joueuse dans la voix.

– Wow ! Tu viens de faire deux phrases de suite, tu es sûr que ça va ? Dante, regarde-moi. Combien j'ai de doigts ?

J'en croise deux que je lui agite sous le nez pour corser l'affaire et je me mets à loucher quand il se tourne vers moi. Cette fois, il sourit vraiment.

Ce type est peut-être doué pour faire taire les bavardes… Mais j'ai mon propre don pour dérider les êtres humains les moins souriants.

– Tu ne veux pas tenir le volant et regarder la route, Solveig ?

– Bonne idée, copilote.

En tentant d'ignorer l'effet que me fait son sourire gagné, je me concentre sur l'autoroute qui défile et serre le volant à m'en faire blanchir les phalanges.

– Preston était un bon conducteur, lâché-je sans y penser. Je veux dire, je sais qu'il faisait attention. Que cet accident ne peut pas être de sa faute. On peut tous faire des erreurs, bien sûr. Mais il était le genre d'homme à s'appliquer dans tout ce qu'il faisait. Pour exceller. Que ce soit en tant que médecin, pour se cuire un steak ou pour conduire, il faisait les choses bien. Jamais il n'aurait pris le risque de doubler s'il n'était pas sûr d'avoir le temps. Jamais il n'aurait bu avant de prendre le volant. Et il disait toujours que je conduisais n'importe comment. Mais ça le faisait rire. Et c'était sa façon de me protéger.

– Il ne devait pas te laisser conduire très souvent, commente mon passager.

– Non, dis-je en souriant. Avec lui, je me laissais porter…

– Je vois. Pas comme là, quoi.

– Le perdre m'a fait changer. Me prendre en main. Maintenant je n'ai qu'un seul but : que ce procès démontre que Preston Camden était un mec bien. Et qu'il est mort pour rien.

– Je comprends, acquiesce-t-il après un lourd silence.

– Tes oreilles sont meilleures que ta bouche.

– Pardon ?

– Tu n'es pas très fort pour papoter mais tu sais écouter.

– Peut-être. D'ailleurs j'en ai trop entendu. Il vaut mieux que je… réfléchisse, lâche-t-il avant de poser sa tête en arrière, de croiser les mains à l'arrière de son crâne et de fermer les yeux.

– Dors bien, me moqué-je.

Et une petite moue amusée se dessine sur ses lèvres pleines, qui semblent lutter pour ne pas sourire trop fort.

Je rectifie aussitôt dans ma tête : sa bouche est bien meilleure que ses oreilles et beaucoup d'autres choses. C'est peut-être même ce qu'il a de plus beau.

***

Après une nouvelle heure de route à nouveau silencieuse, la Chevy décide d'utiliser son propre temps de parole. Elle émet des sons variés, tantôt sifflants ou rocailleux, tantôt liquides ou métalliques, et mes quelques connaissances automobiles ne me suffisent pas à décrypter ses cris de douleurs. Mais ils ne me disent rien qui vaille.

– Je crois qu'on va devoir avoir une petite discussion toi et moi, annoncé-je à ma voiture en l'arrêtant doucement sur le bas-côté en terre.

Dante ne semble même pas remarquer qu'on ne roule plus. Je l'abandonne endormi (ou réfléchissant) sur son siège passager et quitte mon tacot pour aller lui ouvrir le capot. Brûlant. Mon père ne m'a pas transmis de grandes valeurs ou de jolies leçons de vie, mais je me souviens des bases de la mécanique qu'il a tenté de m'inculquer quand j'avais 17 ou 18 ans.

« C'est simple comme bonjour, Sol : moteur qui surchauffe égal problème de radiateur. Problème de radiateur égal manque de liquide de refroidissement. N'attends pas que le voyant s'allume pour vérifier les niveaux ! C'est pas moi qui viendrai te chercher quand t'auras bousillé ton moteur au milieu de nulle part. »

L'apprentissage par la menace. Pas très moderne. Et pas franchement efficace.

Je pars à la recherche du gros bouchon du radiateur et me

brûle en l'effleurant à peine. D'autres pseudo-menaces de mon père me reviennent aussitôt en mémoire :

« C'est pas moi qui t'emmènerai à l'hôpital si tu te brûles au troisième degré ! T'auras qu'à pleurer dans les jupes de ta mère. On laisse toujours le moteur refroidir avant de toucher à quoi que ce soit ! Du liquide de refroidissement qui bout, ça peut t'exploser au visage comme une cocotte-minute, compris ? »

Impossible de me souvenir combien de temps il faut attendre. J'en profite pour aller chercher des chiffons, mon bidon de liquide de refroidissement et l'entonnoir qui va avec dans le coffre de la *bête*. Pas peu fière de ma super préparation, je retourne vers le capot en dansant façon *Lac des Cygnes*. Ce spectacle de bord d'autoroute semble plaire à mon photographe de passager qui ne dort plus : il passe juste le torse à travers sa vitre ouverte et me mitraille. Je m'arrête aussitôt de danser. Et je suçote la pulpe de mon pouce endolori comme une petite fille qui aurait fait une bêtise.

– Tu t'es fait mal ? s'enquiert Dante en sortant enfin de la voiture.

– Non, mens-je à moitié.

– OK, alors je peux te laisser ?

Comme d'habitude, le brun ténébreux n'attend pas ma réponse. Il s'éloigne de quelques dizaines de mètres et se met à photographier ce qui l'entoure. Je regarde dans la même direction que lui et ne vois toujours pas l'intérêt de ces paysages. Alors je le regarde lui. Par défaut. Quand on passe autant de temps assis dans une voiture à côté de quelqu'un, on en oublie facilement sa taille, la largeur de ses épaules, la nonchalance de sa démarche. Et on ne voit que trop rarement le côté pile de son corps. Le verso, quoi. Enfin, je me comprends. Joli cul musclé, c'est tout ce qu'il y a à noter. Et c'est fait. Passons à autre chose.

En attendant, je ne sais toujours pas ce que tu fais là, Dante Salinger. Ni ce que tu caches.

Une vingtaine de minutes plus tard, la chaleur et la déshydratation me font voir mille culs de toutes les couleurs. On dirait que « passer à autre chose » n'a pas très bien marché. Il est grand temps que je m'occupe de ce radiateur. Et que je fasse redescendre la température de tout le monde.

– Écoute-moi bien, tas de ferraille, tu m'as promis de m'emmener à Seattle et tu vas tenir ta promesse. Entre mes parents, Preston, mon ficus et toi, c'est quoi cette manie de m'abandonner sans arrêt ? Bois ça, roule en silence et je te promets de ne pas te tromper avec une jolie petite Toyota, dis-je en la remplissant de liquide de refroidissement.

– On peut y aller ? me demande le photographe de retour parmi nous. Ou tu as encore des ultimatums à lancer à ta bagnole ?

– Tu ne comprends rien, rétorqué-je en fermant le capot, ce sont des mots d'amour…

Puis je caresse lascivement la carrosserie de ma Chevy pour faire sourire le rabat-joie. Qui préfère se cacher derrière sa main en frottant son front. Peu importe, ses yeux noirs ont souri pour lui.

Une trentaine de kilomètres plus tard, ma voiture chérie se rebelle et les bruits reprennent. Je suis forcée de m'arrêter à nouveau, en me demandant quels souvenirs paternels vont bien pouvoir remonter cette fois pour me sortir de là.

– C'est le moment ou jamais de ne *pas* faire de commentaires sur mes aptitudes mécaniques et ma maîtrise des ultimatums amoureux, préviens-je en coupant le moteur.

Dante se contente de me regarder depuis son siège passager, légèrement amusé, et fait le geste de zipper ses lèvres charnues et bien fermées. Puis il me suit à l'extérieur, sans doute pour photographier je ne sais quel champ asséché.

– N'hésite pas à mitrailler, hein. Je crois que tu as raté quelques brindilles mortes tout à l'heure, me moqué-je dans l'espoir qu'il me laisse seule pour réfléchir.

– Je peux regarder ? Ou il y a aussi une règle qui m'interdit de t'aider ?

– Je vais faire une exception pour cette fois, accepté-je aussitôt, soulagée.

Après quelques minutes à manipuler des tas de pièces dont j'ignore le nom et la fonction, Dante a les mains noires de graisse et la peau brillante de sueur sur la nuque et les bras. Penché sous le capot ouvert, il s'éponge le front du revers de la main et se laisse une trace sombre sur la tempe. Je le regarde en coin pour ne pas avoir l'air de profiter du spectacle. Mais je trouve qu'il fait chaud, vraiment très chaud. La canicule de New York n'est rien à côté de ce morceau d'autoroute de Pennsylvanie. Et je finis par lâcher, spontanément :

– Rassure-moi, tu essaies vraiment de la réparer ou juste d'être un cliché ?

– Hmm ? grommelle-t-il, sourcils froncés.

– Mais si, tu sais, le cliché du mec qui te vient en aide au bord de la route, tout transpirant et bien musclé, qui fait semblant de s'y connaître en voiture…

– Tu préfères que j'arrête ? me défie-t-il pour me faire taire.

– Non non, je t'en prie. Tant que tu cajoles ma Chevy.

– Ce n'est pas grand-chose, je crois que ça devrait aller jusqu'à…

– Tu ne vas quand même pas enlever ton T-shirt, hein ? le coupé-je pour continuer sur mon idée.

Et je me fais rire moi-même à l'idée de l'agacer. Alors Dante se redresse, plante son regard noir dans le mien, s'essuie consciencieusement les mains sur son T-shirt gris foncé… et le retire. Purement et simplement.

– Toi et ton esprit de contradiction, dis-je pour éviter de me laisser impressionner.

– Toi et ta manie de tout commenter… réplique-t-il sans me quitter des yeux.

Je ne trouve rien à dire de plus. Et il y aurait pourtant de quoi écrire un long discours sur ce torse masculin du plus bel effet. Sur les iris noirs dans lesquels on ne peut pas lire. Sur les réactions des hommes difficiles à prévenir. Et sur les bouffées de chaleur des femmes impossibles à réprimer. Encore une fois, ça ne rate pas : Dante me met dans tous mes états. Il me donne chaud. Le tournis. Envie. De tout un tas de choses inavouables.

Rappel des règles pour moi-même : je ne cherche ni un ami ni un amoureux. Ni un amant…

***

Le provocateur a enfilé un T-shirt propre et repris sa position préférée sur le siège passager : jambes étendues et bras croisés. Selon les moments, il oscille entre paupières fermées et yeux rivés sur sa vitre, à observer je ne sais quoi de passionnant. J'avale les kilomètres en écoutant la radio pour m'éviter de penser. Et en m'obligeant à regarder droit devant moi, sécurité routière oblige. Il doit rester un peu moins de deux heures avant d'atteindre Cleveland, je commence à me dire que la Chevrolet pourrait le faire. J'ose juste espérer que Dante ne me demandera pas de s'arrêter pour manger ou assouvir d'autres besoins primaires. Ce mec n'a l'air d'avoir besoin de rien ni personne.

– Ralentis… m'ordonne soudain sa voix grave, mais sur un ton doux.

– Quoi ?

– Arrête-toi, s'il te plaît.

– Pourquoi ?

– Il y a une fille, là-bas.

– Dante, tu ne peux pas attendre deux heures de plus pour aller voir une…

– C'est une gamine ! me coupe-t-il en rapprochant ses sourcils indignés. Elle fait du stop. Et elle n'est pas près de trouver une autre voiture que la nôtre dans ce coin paumé.

– Tu parles beaucoup quand tu veux ! lui souris-je en commençant à freiner.

– J'aurais aimé qu'on s'arrête pour moi à l'époque, c'est tout, lâche-t-il avec un haussement d'épaules.

– Ado fugueur, hein ? Ça te va bien.

– Elle a l'air apeurée… m'ignore-t-il.

– Je ne veux même pas imaginer qui d'autre pourrait s'arrêter… acquiescé-je en stoppant la Chevrolet un peu après l'adolescente et son pouce levé.

Je la vois courir dans mon rétroviseur puis elle s'engouffre dans la voiture en bredouillant un « merci ». Je ne lui donne pas plus que 14 ou 15 ans. Elle a des cheveux noir ébène et une frange trop longue qui mange la moitié de son visage. Quand je me retourne pour la saluer, je remarque aussi un anneau dans chaque narine, un bracelet à clous autour de son poignet et une superposition de vêtements noirs qui doivent la faire crever de chaud. Si l'on devait avoir une et une seule chose en commun, c'est ce mascara coulant qui lui fait comme deux coquards charbonneux.

– Salut, ça va ? tenté-je de la jouer cool. Comment tu t'appelles ? Tu as quel âge ? Et tu vas où, au fait ? Tu n'es pas un peu jeune pour voyager toute seule ? C'est gothique, ton style, c'est ça ?

– Désolé, intervient Dante, elle pose trop de questions, elle essaie juste d'avoir l'air sympa.

– Alors que lui, il n'essaie même pas, ajouté-je vexée.

– Qu'est-ce qu'on peut faire pour toi ? essaie-t-il à sa façon.

– Rien, juste rouler, répond la brune à voix basse.

– On ne peut pas faire ça, chérie. Si tu as fait une fugue, il faut…

– OK, on y va, me contredit mon copilote, décidément bien agaçant.

D'un regard, il me convainc de démarrer et de lui faire confiance, sur ce coup-là. Je n'ai pas la moindre idée de ce qui me fait accepter.

Sans prononcer un mot de plus, Dante tend une bouteille d'eau à notre nouvelle passagère. Qui l'accepte. Puis il la laisse pleurer longuement. Quand ses larmes se tarissent, il parvient à lui faire avaler une de mes barres chocolatées, toujours dans le silence le plus total. Je me sens à la fois mal à l'aise de cette présence étrangère et pleine de compassion pour cette ado triste à mourir. Mais surtout admirative des talents de mon voisin, que je n'imaginais pas une seconde tourné vers les autres, fin psychologue, capable de jouer les sauveurs pour une jeune fugueuse gothique qui n'a pas envie d'être sauvée.

– Vous savez ce qui manque dans une voiture ? dis-je doucement pour détendre l'atmosphère.

– Un bouton *mute* ? propose Dante avec un regard amusé vers la fille.

– Non mais franchement ? De nos jours, les bagnoles les plus luxueuses ont des sièges chauffants, des diffuseurs de parfum, des télés dans les appuie-tête et même des minibars… Mais toujours pas de mouchoirs ! Juste un rouleau de Sopalin quelque part, quoi ! Ça éviterait à certains de s'essuyer sur leur T-shirt et à d'autres d'être maquillées comme des pandas. Vous ne trouvez pas ?

Aucune réaction dans l'habitacle. Je vais commencer à me sentir sérieusement boycottée. Je tente une dernière blague avant de jeter l'éponge.

– Imaginez comme vous pourriez facilement me faire taire avec tous ces mouchoirs enfoncés dans ma bouche ?!

La gothique se marre à l'arrière et mon copilote daigne sourire du bout des yeux. C'est un feu d'artifice dans mon cœur mais j'évite toute danse de la joie ou expression trop voyante de ma satisfaction. C'est dur. Après quelques kilomètres un peu plus détendus et un peu moins silencieux, Dante parvient à faire parler notre auto-stoppeuse. Elle dit s'appeler Hell (j'en doute mais je me la ferme), avoir 14 ans (j'avais vu juste) et ne plus supporter les regards des deux cents habitants de son bled face à son look original (ça, je veux bien le croire).

Ne rien commenter est une vraie torture. Heureusement pour moi, les kilomètres suivants servent à une âpre et bruyante négociation pour déterminer le dénouement de ce voyage à trois. Je voulais déposer Hell au commissariat le plus proche, on m'a fait comprendre que c'était hors de question. Elle espérait poursuivre la route avec nous, Dante et moi avons refusé d'un commun accord (assez rare pour être souligné). Le brun ténébreux proposait de la déposer chez une amie, j'ai rappelé à toutes fins utiles qu'il était illégal de ne pas remettre une mineure en fugue à sa famille. On a tranché pour un petit détour vers chez ses grands-parents, qu'elle déteste juste un peu moins que sa « folle de mère qui ne comprend rien ».

Cleveland me semble bien loin, maintenant. Mais j'ai le sentiment du devoir accompli quand nous quittons Hell, en sécurité avec son grand-père, qui lui tend gentiment son vieux mouchoir en tissu pour qu'elle s'essuie les yeux. À la place, elle l'agite longuement pour nous dire au revoir jusqu'à ce que la voiture sorte de son champ de vision. À l'intérieur, l'ambiance est étrangement calme, différente.

– Désolé pour le détour, lâche mon voisin quand on rejoint l'autoroute 80.

– Pas de souci, la Chevy a l'air de tenir le coup.

– Toi aussi ? me demande-t-il avec un regard plus doux que d'habitude.

– Oui… J'ai cru que j'allais mourir de ne pas pouvoir parler.

– J'ai vu, s'amuse-t-il.

– Comment tu as su t'y prendre, avec elle ?

– Elle m'a fait penser à ma petite sœur, Calliopé. Notre enfance n'a pas toujours été…

Dante s'interrompt et fronce gravement les sourcils, contrarié d'en avoir trop dit. Il fixe la route en se passant la main sur la barbe, retrouve son air sombre et soucieux, se renferme dans sa bulle inaccessible. Je ne saurai peut-être jamais la fin de cette phrase. Mais cette fois, je ne cherche même pas à insister. Aujourd'hui, j'ai peut-être appris à me taire. Et en l'observant, en l'écoutant, je crois en avoir plus appris sur lui qu'il ne l'aurait jamais dit.

7

Sauts de biche

Nous voilà dans l'Ohio.

Cleveland est encore à cent vingt kilomètres quand le jour commence à faiblir. L'idée était d'atteindre la « ville-forêt » dès ce soir, mais notre petite passagère aux yeux de panda a légèrement modifié notre itinéraire, la canicule de septembre sévit toujours et la Chevy n'en peut plus. Les bruits suspects débutent sous le capot et sous mes pédales.

– La *bête* ne va pas tarder à nous lâcher…

– Je sais, je m'occupe du plan B, m'informe le brun à ma droite.

En un rapide passage sur son téléphone, Dante nous trouve un motel digne de ce nom à Youngstown, ville la plus proche de là où on se trouve. Enfin, « digne de ce nom » selon lui, je n'en ai aucune preuve.

– Je peux voir des photos ?

– Tu conduis.

– Donc la réponse est non ?

– Tout compris.

Je grommelle en fixant la route.

– Tu es sûr qu'on aura la climatisation, au moins ? Je transpire à des endroits… indécents.

– Sûr, souffle-t-il. Et épargne-moi les détails.

– Et des chambres attenantes ?

– Aussi.

– L'hôtel fait resto ?

– Trop de questions, Solveig…

Le farouche m'indique comment me rendre à bon port, en se repérant sur son téléphone. Il refuse un appel quand celui-ci se met à vibrer, mais semble soudain préoccupé. Décidément, cet homme entretient une relation étrange avec son portable.

– Un problème ? demandé-je doucement.

– Non.

Je n'insiste pas, même si ça me tue. Après quelques minutes, je gare la Chevrolet sur le parking du Motel 6. Néon blanc qui fonctionne de mille feux, jolie façade en brique, numéros des chambres bien lisibles, portes bleues récemment repeintes : je suis agréablement surprise.

– OK, un point pour toi, Salinger… souris-je en récupérant mon sac dans le coffre.

Cette fois, le tatoué me le prend des mains et le balance sur son dos, avant d'y ajouter le sien.

– Merci…

– Pas de quoi, juste pas envie d'attendre trois plombes.

Alors que je trottine derrière lui pour atteindre la réception, je ne peux m'empêcher de le torturer un peu plus. Après tout, je suis comme je suis.

– Mais dis-moi, tu es d'une humeur charmante, ce soir ! lâché-je en lui tenant la porte pour qu'il entre dans le bâtiment.

Ses sourcils se froncent, puis un sourire mauvais se dessine sur ses lèvres. En me coupant le souffle, Dante se penche lentement sur moi, tout près de mon oreille (je respire malgré moi son odeur fraîche et virile) et chuchote :

– Continue et tu seras privée de clim…

– Ah oui ? Comment ça ?

– Tu dormiras dans ta caisse.

Il me plante là, pénètre dans l'hôtel en laissant la porte se refermer à moitié sur moi.

Aïe. Tu parles d'un chevalier servant.

– Bonsoir, bienvenue chez nous ! nous accueille une jolie blonde derrière un comptoir où les brochures sont parfaitement alignées. Comment allez-vous ce soir ?

– Très bien, si ce n'est que ma copilote me donne mal au crâne, lui sourit l'enfoiré avant de lui dicter son numéro de réservation.

Depuis quand il sourit ?

Qu'est-ce qu'il lui trouve à celle-là ?

Chambres quatre et cinq. Cette fois, je choisis la mienne, celle qui porte mon numéro fétiche : le cinq. Dante dépose mon sac devant ma porte, puis se barre rapidement après m'avoir donné rendez-vous dans une heure pour aller manger un morceau. Je ne dis pas non, mon estomac crie famine. Mais d'abord, une douche de quarante-cinq minutes s'impose. Et une inspection en règle…

Pour quarante dollars et des brouettes, la chambre est exceptionnellement propre, spacieuse et de bon goût. Du faux parquet au sol, des murs blancs, une tête de lit orange, assortie aux coussins, aux tables de nuit et aux rideaux. Miracle : la climatisation fonctionne, la télévision également. Une porte donne directement dans la chambre d'à côté et j'imagine Dante en train de se déshab…

Stop !

Ma salle de bains est petite mais fonctionnelle, la douche récente et le jet… puissant ! Je me déshabille en un éclair et vais me prélasser sous l'eau tiède pendant une éternité.

Ce soir, je me maquille face à un miroir intact, me coiffe comme je peux (mon carré court lâché, cheveux légèrement ondulés) et enfile une robe bleu nuit et des sandales camel. Rien de très sophistiqué, mais cette tenue me met en valeur. Ali est généralement la première à me le dire.

« Taille de guêpe. Jambes galbées. Nichons présents. Cul d'enfer ! »

Enfin prête, je vais me poster devant la chambre d'à côté et je patiente. Deux minutes à peine. Dante sort de son antre, tout de noir vêtu. Il a bonne mine, il sent bon, ses tatouages semblent glisser sur sa peau hâlée. Danger…

– Quelle conne ! J'ai oublié les clés de la voiture ! m'écrié-je en m'apprêtant à faire demi-tour.

– Pas besoin. On y va à pied.

Curieuse de savoir où il m'emmène, je me retiens cependant de l'interroger. Ça ne le mettrait pas de bonne humeur. Et à cet instant, le farouche semble étonnamment… léger.

– Dur pour toi, hein ? dit-il avec un sourire en coin, en prenant la première à droite.

– Quoi donc ?

– De la boucler.

– Charmant… sifflé-je en accélérant le pas.

Je traverse sans l'attendre, il me rejoint au pas de course après avoir laissé passer un véhicule.

– Solveig, ralentis, je ne voulais pas te vexer !

– Raté.

– Désolé. Toi et moi on est juste… différents.

– Aux antipodes, tu veux dire, grogné-je.

– Ça nous promet au moins une chose…

– Quoi ?

– On ne va pas s'ennuyer pendant les prochaines semaines…

Il a prononcé cette phrase de sa voix rauque et sans sourire, mais j'ai vu passer une lueur de joie dans son regard. Et c'est con, très con, terriblement con, mais ça me réchauffe le cœur.

***

Dante vient de décimer son burger… puis la moitié du mien. J'ai terminé son coleslaw, tandis que nos frites, elles, n'ont pas eu le temps de dire « ouf ».

Le Big Joe's est tenu par un tout petit bout de femme qui ne s'est pas privé de placer mon brun ténébreux juste en face de son bar… pour pouvoir mieux l'admirer. La musique country est un peu lassante, la déco un peu kitsch et les tables un peu bancales, mais l'endroit a son charme. Quelques couples sont venus dîner, quelques bandes d'amis boivent des coups, trinquent ou se disputent avant d'en rigoler. Et puis il y a les éternels piliers de bar, quatre hommes entre 40 et 70 ans installés directement au comptoir, qui lèvent le doigt toutes les dix ou vingt minutes pour en demander « encore un petit, Christy ».

– Un petit remontant ? me propose soudain Dante. On ne reprend pas la route avant demain…

Je hoche la tête et passe commande tandis qu'il se lève :

– Une part de cheesecake et un gin tonic !

Mon complice se marre, puis se rend jusqu'au bar et ajoute un « scotch pur » à la liste. Christy se noie dans ses yeux, puis lui glisse quelque chose à l'oreille. Mes orteils se crispent. Aïe. Crampe. Crampe !

– Plus de cheesecake, mais une part de *cherry pie*, annonce-t-il en la déposant devant moi, ainsi que nos deux verres.

– C'est ça que Christy t'a chuchoté à l'oreille ? Tu as une touche, au fait…

Dante plisse les yeux en m'observant, puis avale une gorgée de son liquide ambré.

– Elle m'a glissé très subtilement qu'elle avait une chambre, à l'étage…

La crampe est de retour. Mais pas au niveau de mes orteils.

– Oh ! Elle veut nous héberger gratuitement pour la nuit, m'écrié-je d'une voix théâtrale et ridicule. Comme c'est généreux de sa part !

– Solveig, derrière toi, murmure Dante entre ses lèvres.

– Quoi ?

– Derrière toi…

Je me retourne et croise le regard de deux jeunes, qui se détournent rapidement. Plutôt beaux garçons, sûrement sportifs et collectionneurs de pom-pom girls. Ils doivent avoir dans les 18 ans et juste assez d'argent de côté pour se payer un burger.

Cela dit… moi aussi.

– Touche, sourit étrangement mon compagnon de voyage. Ils te matent depuis qu'ils sont arrivés. Un point partout, balle au centre.

L'alcool me monte un peu à la tête et j'adore ça. La deuxième tournée est pour moi. Je commande la même chose (sans le dessert, cette fois), ignore les regards malveillants de la barmaid qui pense probablement que Dante est mon mec et retourne à notre table les mains chargées de verres.

– Je t'ai pris un double, dis-je en lui tendant son scotch.

– Pour te donner bonne conscience ?

– Bon, OK. Je *nous* ai pris un double, avoué-je en riant.

Je me rassieds, trempe les lèvres dans ma boisson et remarque que les deux gamins ne sont plus les seuls à me fixer. Dante ne me quitte pas des yeux, un stupide sourire aux lèvres.

– Tu as été danseuse, lâche-t-il soudain.

– C'est une question ?

– Non.

Il avale une gorgée et écarte les bras derrière lui, sur la banquette. Il se met à l'aise. Moi, j'ai du mal à respirer. Pas seulement parce que j'ai atrocement chaud rien qu'en le regardant, mais parce que le sujet qu'il vient d'aborder est… sensible.

– Tu es médium, en plus d'être charmant ? Beau pedigree ! commenté-je en lui souriant faussement.

– Tu ne te rends même plus compte quand tu danses.

– J'ai dansé ?

– En allant commander nos verres, acquiesce-t-il. Des petits pas chaloupés. C'était très joli.

– N'importe qui peut faire des « petits pas chaloupés et très jolis », riposté-je d'une voix morne. Ça ne fait pas de moi une danseuse étoile.

Mon verre descend aussi rapidement que la goutte de sueur le long de ma colonne. Pour une fois, c'est moi qui suis mal à l'aise. Je n'aime pas le tournant que prend cette conversation.

– Tu es souple. Ton corps est fin mais musclé. Tous tes mouvements sont gracieux.

– Bravo, Sherlock, soupiré-je.

– Je ne suis pas médium. Juste observateur.

– J'oublie que c'est ceux qui en disent le moins qui en savent le plus…

– Je n'aime pas les raccourcis, se rembrunit-il.

– Donc c'est ça ta technique ? M'observer en silence jusqu'à tout savoir de moi, plutôt que communiquer comme un être humain ? Si tu me posais des questions, j'y répondrais, tu sais ?

– Solveig ?

– Oui ?

– Tu as été danseuse ?

– Oui.

Il a gagné, il le sait. L'insolent sourit légèrement, ses yeux descendent sur mes lèvres, puis se baissent brusquement. Dante passe la main sur sa barbe naissante, finit son verre et le repose avec fracas.

– Prête à partir ?

– Je n'ai pas fini mon verre.

– Alors montre-moi ce que tu sais faire.

– Pardon ?

– Danse pour moi.

– Non.

– S'il te plaît.

– J'y gagne quoi ?

Il soupire puis réfléchit, ses sourcils froncés sur ses yeux sombres.

– Un service. Ce que tu veux.

À mon tour de cogiter. Cette offre est alléchante. Et pourrait s'avérer bien utile…

– Je pourrai m'en servir quand je voudrai ?

– Oui.

– Il peut vraiment s'agir de n'importe quoi ?

– Rien d'illégal, grogne-t-il. Ni de sexuel.

J'éclate de rire, lui se fend d'un sourire, puis je me lève. Avec en fond sonore *Cotton Eye Joe*, devant les yeux médusés des piliers de bar et de Christy et son débardeur trop serré en dentelle, j'effectue des pas de danse classique. Je m'envole, je ne réfléchis pas. Sur cet air de country totalement décalé, j'enchaîne un balancé, une arabesque, un chassé, quelques sauts de biche… puis un grand jeté. Une sorte de grand écart, exécuté dans les airs. La figure est impressionnante, j'en ai conscience. Et je me nourris des regards admiratifs.

Ça fait tellement longtemps…

Mes cuisses souffrent un peu, mon genou me tiraille, j'aurais dû m'échauffer, mais je mets cette erreur sur le compte de l'alcool. Et du beau mâle tatoué qui me fixe étrangement.

Et plus intensément que jamais.

– Dis ma jolie, tu veux bien me refaire tout ça en privé ? me demande soudain Ivrogne Numéro Un.

– Ouais ! Et sans cette petite robe ! se marre Ivrogne Numéro Deux.

En un souffle, Dante est derrière moi, ses mains posées sur mes hanches pour me diriger vers la sortie.

– Viens, on se casse d'ici, Tutu, me souffle le brun ténébreux à l'oreille.

Frissons.

***

Le chemin du retour me semble étrangement long. Sûrement parce que j'oblige mon sauveur à faire des détours, juste pour le plaisir de l'entendre râler. Et de sentir ses mains, parfois, me ramener dans le droit chemin. Je ne suis pas saoule, pas à ce point, mais pas loin. Je traverse un peu n'importe comment, sans trop regarder, il grogne en m'attrapant par le poignet pour m'obliger à courir.

– La prochaine fois, je te confisque ta carte d'identité et tu ne pourras boire que des sodas…

– Tu me dois un service, beau brun, ris-je toute seule en y repensant.

– Pas ce soir, tranche-t-il. Ce soir, tu rentres, tu te pieutes et tu dors.

Un peu refroidie par son humeur, je le suis en renonçant à faire un ultime détour. De toute façon, j'ai mal au genou, donc cette jolie pelouse qui semble si douce devra attendre. Une sonnerie retentit, je mets plusieurs secondes à comprendre qu'elle émane de mon sac à main.

– Tu ne devrais pas décrocher, vu ton état… me conseille le super-héros en costume noir qui m'escorte jusqu'au parking du Motel 6, puis va regagner sa chambre.

Esprit de contradiction oblige, j'appuie sur le bouton vert sans me soucier du *« Numéro inconnu »* qui s'affiche. Erreur de débutante.

– Allô, ici Solveig ! lâché-je d'une voix joyeuse.

– Je vois que votre deuil ne vous attriste toujours pas, Miss Stone.

Mes jambes ne parviennent plus à se mouvoir, mon sang se glace et mon cœur se serre. Cette voix rigide, ce ton méprisant, ce charisme qui vous broie en quelques mots. Russell Camden.

Mon ex-beau-père. Mon pire cauchemar.

– Et le chagrin vous rend toujours aussi cruel, réponds-je d'une voix éteinte.

– Vous vous débarrassez de notre fils en orchestrant son meurtre… gronde-t-il. Et ensuite vous osez manquer de respect à ma femme ? Et vous plaindre de ne plus avoir accès à la fortune de Preston ? Vous êtes une manipulatrice, Solveig ! Une garce ! Une veuve noire ! Vous méritez la peine de mort !

– Je vais raccrocher, maintenant…

– Je vais vous faire payer. Cher. Très cher ! Pas aussi cher que nous, parce que dans votre médiocre existence, vous n'avez personne à qui je pourrais ôter la vie, mais cher quand même. Dites adieu à votre joie de vivre, Solveig. Elle ne sera bientôt qu'un lointain souvenir. Patsy et moi allons…

J'éloigne mon portable de mon oreille et raccroche, les

yeux remplis de larmes. Je trouve la clé de ma chambre, sprinte jusqu'à la porte, m'y enferme et me rue sur le minibar. Une mignonnette de vodka y passe. Une autre de rhum, mais je m'arrête à la moitié. C'est mauvais, ça me brûle la gorge, mais je me sens vivante. Mes prochaines victimes : un sachet de M&M's, quelques Pringles et une mini bouteille de Jack Daniel's. Épuisée, nauséeuse, je me laisse aller contre le mur, en m'asseyant à même le sol.

C'est cliché. Je déteste les clichés. Mais je ne trouve rien de mieux à faire. Et très franchement, la terre tourne bien trop vite pour que j'envisage autre chose.

J'ai dû m'endormir puisque vers minuit, des bras fermes et solides me déposent sur le lit. Je sursaute d'abord, lâche un cri ensuite, puis m'agrippe à l'homme en noir. Dante.

– J'ai frappé plusieurs fois à ta porte pour savoir si tu étais bien rentrée mais tu ne répondais pas. Alors je suis passé par la porte commune.

– Je vais bien, lui souris-je, éméchée. Au top…

– Qu'est-ce qui s'est passé ici ? murmure-t-il. Pourquoi est-ce que tous ces cadavres de mini bouteilles jonchent le sol ?

– Longue histoire.

– Je déteste les longues histoires, soupire-t-il en recouvrant mes jambes nues de la couette. Bois.

Il me tend une bouteille d'eau, je la repousse.

– Bois je te dis, ça t'évitera une méchante gueule de bois demain matin, m'ordonne-t-il. Et ça m'évitera de rester bloqué dans ce bled paumé !

– Charmant, acte II, murmuré-je.

J'avale quelques gorgées, jusqu'à ce que mon estomac me signale qu'il est à deux doigts de rendre une partie de son contenu. Message reçu.

– Ne touche plus à rien, me souffle le brun. Dors. Je suis à côté si ça ne va pas…

– OK, boss… ris-je, à moitié assoupie.

– Je ne suis ni ton boss, ni ton ange gardien, ni ton père, grommelle-t-il en s'éloignant.

– Ça tombe bien, je n'ai rien de tout ça, continué-je à divaguer. Ni patron, ni garde du corps, ni mari, ni père, ni mère. Le néant…

Il me semble qu'il s'arrête dans son élan, comme si ma dernière réplique l'avait touché, puis repart en claquant la porte derrière lui. Ou alors c'est l'alcool qui me fait croire qu'il tient *un tout petit peu* à moi.

Dans tes rêves, Tutu !

8
Culotte jaune et jean noir

J'ai dormi cinq heures d'une traite. C'est le réveil qui me l'indique et c'est assez rare pour que je m'en étonne. Depuis que Preston est mort, le sommeil est mon ennemi. Il se fait capricieux, changeant, fugace. J'ai appris à faire avec. Mais en deux ans, je ne me suis jamais réveillée en songeant au corps d'un autre. À ses épaules larges, ses bras tatoués, sa peau ambrée et ses mains viriles. Je n'ai jamais fantasmé qu'un autre me touche. Pas comme ça.

La tête dans le coaltar mais débarrassée des effets de l'alcool, je me rends dans la salle de bains et me rince le visage. Plusieurs fois. Je me lave les dents et retourne me coucher.

Pas sommeil.

Les yeux grands ouverts braqués en direction du plafond, je fais des sauts de biche mentalement. Marche pas. Alors je joue intérieurement à *Osera, osera pas ?* La partie dure quelques secondes à peine. Tout à coup, je suis debout, déterminée à changer quelque chose dans ma vie. Je dois avancer. Me libérer. Juste une fois.

Alors j'emprunte la porte communicante et je me retrouve dans la chambre de mon fantasme fait homme. J'ai dit que Dante n'était pas mon genre ? Depuis que je connais son genre, j'ai changé d'avis. Enfin, mon corps en a décidé ainsi.

Dans la semi-pénombre, je distingue son corps allongé de tout son long en travers du grand lit. Il est encore habillé de noir, exactement comme hier soir. Sa tête est tournée vers moi, éclairée par le faisceau de lumière de la salle de bains qu'il a laissée éclairée.

Peur des monstres, Salinger ?

Je m'approche à pas de loups, pieds nus, sur le parquet frais. Je sais que je ne devrais pas me trouver là, que je suis en train de commettre une énorme erreur, mais j'avance sans m'arrêter. Je m'assieds au bord du lit, tout près de lui, et je m'allonge pour me blottir contre son grand corps endormi. Il sent si bon. Et son souffle chaud et régulier me chatouille le visage.

J'avais oublié comme c'était bon de se sentir protégée.

Soudain, sa silhouette immense se soulève, saute du lit puis se place au-dessus de moi d'un geste menaçant.

– Qu'est-ce que… ?! Quoi ? Solveig ?

Tremblante, je me lève à mon tour et tente de justifier ma présence :

– Une insomnie. Je suis désolée. Je ne voulais pas t'effrayer. Tu peux ranger tes poings !

Dante baisse les yeux sur ses mains et se rend compte qu'elles sont serrées, prêtes à cogner. Il les décrispe, les passe rapidement dans ses cheveux courts et grogne :

– Qu'est-ce que tu fous là ?

– Pourquoi est-ce que tu es tout habillé ?

– Réponds à ma question, bordel !

– Toi d'abord.

Réalisant que je suis plus coriace que lui, le brun ténébreux soupire, puis s'explique :

– Je voulais être prêt. Au cas où tu aurais un problème.

– Dante…

– C'est bon, pas la peine d'en faire des tonnes. Je n'abandonne pas une personne en détresse, c'est tout.

– Alors laisse-moi rester.

– Quoi ?

– Je… J'ai besoin… Je ne veux pas être seule.

Je m'approche de lui, de son corps tendu, de sa peau

brûlante, de son souffle court et je me mets sur la pointe des pieds, pour que nos bouches se frôlent.

– Tu ne vas pas le regretter ? souffle-t-il contre mes lèvres.

– Non.

– Tant mieux. Parce que j'en crève d'envie depuis que je suis monté dans ta bagnole.

Juste après cet aveu, Dante m'embrasse doucement, puis descend dans mon cou, pour mieux revenir sur mes lèvres. Sa bouche est chaude, charnue, étourdissante. Cette fois, sa langue se fraie un chemin et m'envahit, tandis que ses mains caressent la courbe de mes hanches. Je gémis entre ses lèvres et j'oublie tout.

Je ne pense plus. Je n'ai plus peur. Plus mal. Son corps dans mon corps, c'est tout ce que je désire.

Debout au milieu de cette chambre, face à cet homme captivant, intriguant, irrésistiblement attirant, je réalise une chose : je ne suis pas sûre que « Touteseule » m'aille si bien, comme deuxième prénom. Ou alors, c'est qu'il me colle à la peau depuis trop longtemps. Et j'ai l'impression qu'il s'apprête à disparaître en même temps que mes vêtements vont glisser sur mon corps. Doucement. Sans douleur. Ni remords.

À la seconde où je réalise ce que je suis en train de faire, de ressentir, je pense à Preston. Parce que Dante sera le premier homme depuis lui. Le seul. Est-ce que c'est mal ? Est-ce que c'est interdit ? Est-ce que je devrais me sentir coupable ? Je n'en sais rien. Je n'ai pas envie de répondre à ces questions. Pas maintenant. Et le beau brun me prend dans ses bras, me serre. Comme pour me ramener sur terre. Ici, avec lui. Et personne d'autre que lui.

Les doigts masculins s'insinuent sous les bretelles de ma robe. Mais ne les descendent pas encore. À la place, ils font le tour de mes épaules, descendent le long de mes bras en laissant un frisson derrière eux. Puis ils remontent en sens inverse, pour répandre de la chaleur là où ils m'ont donné froid. Ces doigts, au bout de ces bras solides et recouverts de tatouages, je ne les aurais jamais imaginés si tendres, si patients. Ils suivent le décolleté galbé de ma robe, contournent mes seins, recommencent, comme s'ils voulaient deviner leur forme, leur rondeur. Mes tétons, pas même effleurés, pointent sous le tissu bleu nuit. Ils réclament leur caresse, eux aussi. Mais les doigts têtus poursuivent leur chemin. Je crois qu'ils savent parfaitement où ils vont. Même s'ils refusent de me le laisser deviner. Les deux index dérivent vers mes flancs, un de chaque côté, parfaitement synchronisés. Je sens leur frôlement le long de mes côtes, de mes hanches, de mes cuisses. Je sais que ma robe s'arrêtera bientôt. Je frémis à l'idée de ce nouveau contact peau à peau. La pulpe chaude et douce des doigts atteint mes jambes nues. Et remontent sous le tissu. Ces caresses, encore si innocentes, m'électrisent comme une adolescente. Je ferme les yeux pour mieux les savourer. Ça fait si longtemps…

– Tu peux m'arrêter, Solveig.

Il y avait autant de désir que de bonté dans cette voix profonde, parfaitement posée. Je rouvre les paupières pour me plonger dans ces yeux noirs impossibles à cerner. Et leur prouver que je sais ce que je fais. Ce que je veux. Les iris mystérieux ont l'air étonnamment doux, sous ces sourcils tourmentés. Cet homme est tout à la fois, solitaire et altruiste, intense et bienveillant, ardent et admirable de sang-froid.

– Ne t'arrête pas, m'entends-je lui répondre. Je n'ai plus envie d'être seule. Pas cette nuit. Pas avec toi.

C'est lui qui me donne envie de rompre ma solitude. Lui le solitaire. Lui qui semble si bien placé pour savoir ce que je ressens. Mon corps abandonné. Mon lit vide et froid. Mes nuits partagées avec un fantôme, depuis de si longs mois. Dante comprend tout ça. Alors une flamme nouvelle éclaire son regard sombre. Et les doigts continuent leur lente et sinueuse route sous ma robe. Ils atteignent le tissu de ma culotte, s'infiltrent sous l'élastique, de chaque côté de mes hanches… Et s'en vont, joueurs et insolents. Ils remontent en suivant les courbes de ma taille jusqu'à la naissance de mes seins. Les pouces se joignent aux index pour vérifier ce qu'ils croient avoir compris. Je ne porte pas de soutien-gorge. La canicule. L'habitude des tenues de danseuses. L'envie de me sentir libre. Et des tas d'autres raisons encore. Je ne sais même pas pourquoi, pour qui je me justifie. Je n'ai rien calculé, rien cherché. Et jamais je ne pensais adorer autant ce que j'ai trouvé.

Dante me couve du regard en effleurant mes seins nus. Il semble amusé de ma liberté. Peut-être attisé, aussi. Et décidé à en profiter. En cachette sous le tissu bleu, les paumes de ses mains frôlent mes tétons qui surréagissent. Ils se tendent, crépitent, s'enflamment et me font gémir malgré moi. Je devine dans le brun ténébreux l'amant doué, qui doit connaître parfaitement la frontière entre plaisir et douleur. Entre cajoler et embraser. Assouvir et faire languir.

Ma robe flotte autour de mon corps, relevée très haut, laissant la clim de la chambre rafraîchir mes cuisses incendiées de désir. Je crève d'envie qu'il m'arrache mes vêtements. Il n'en reste que deux, ça semble à sa portée. Presque trop facile. Alors mon amant d'une nuit quitte mes seins, laisse ma robe retomber sur ma peau et plaque ses mains viriles de part et d'autre de mon visage. Il m'embrasse à nouveau. Comme s'il voulait recommencer à zéro. En plus fou, plus fort, plus fougueux.

Je le laisse me goûter, mélanger ses lèvres aux miennes, caresser ma langue de la sienne. La sensualité de ce baiser me ferait presque rougir. Tandis que sa barbe naissante fait rougir et gonfler ma bouche. Plaisir et douleur, toujours.

– J'adore ça… murmuré-je contre ses lèvres charnues, entrouvertes, qui semblent avoir faim de moi.

Deux ans sans ne rien ressentir. Je réalise à quel point ça m'a manqué. À quel point la peau d'un homme, son souffle, son désir me transportent et me rendent vivante à nouveau, après mon éternelle solitude. C'est un peu comme une première fois.

– Arrête de penser, Solveig, m'ordonne-t-il plus qu'il me le conseille.

Et sa main glisse dans mon carré court, empoigne mes cheveux et me force à le regarder droit dans les yeux.

– Reviens avec moi, souffle-t-il sur ma bouche, un ton plus bas.

– Ici et maintenant, acquiescé-je en allant poser mon front sur le sien.

Il me plaque contre le mur froid, m'embrasse encore comme si sa vie en dépendait. Comme si j'étais la femme la plus désirable du monde. Comme s'il retenait sa fougue depuis trop longtemps.

Depuis le premier jour, apparemment...

Nos nez et nos lèvres se frôlent. Je respire son air, une fois. Deux fois. Trois fois. Je me noie dans son regard profond. Blottis mon corps un peu plus près du sien. Me laisse envoûter par l'odeur de son cou, le grain de sa peau, le rythme lent et fort de son cœur. Dans la chambre numéro quatre de ce motel de Youngstown, le temps s'arrête. Mon esprit aussi. Il ne fait plus vraiment nuit. Pas encore jour. Quelque part suspendu entre le crépuscule et l'aube. Moi aussi, j'ai appuyé sur *off*. Je ne parle plus. Je me contente de sentir, vibrer, agir. Je laisse mes sens me guider. Ma peau hypersensible est couverte de frissons, je suis troublée par toutes ces sensations inédites. Sa barbe naissante sous mes doigts. Sa langue dans mon cou. Sa chaleur contre mon corps frémissant. Cela faisait si longtemps... Et je ne suis même pas sûre d'avoir déjà ressenti ça avec un autre. J'ignore jusqu'où mon inconnu va m'emmener. Mais je brûle de le découvrir. Je n'ai toujours pas peur. Sans doute l'effet Dante Salinger.

Face à moi, un fantasme fait homme. Sa carrure m'impressionne. Sa hauteur aussi. Et malgré la largeur de ses épaules, l'épaisseur de ses biceps, sa présence imposante, il n'a rien d'une brute. Il semble connaître parfaitement la différence entre force et violence, fougue et démesure. À cette idée, mon désir grimpe un peu plus et le creux entre mes reins s'enflamme. Je le bouffe du regard, comme une possédée. Je trouve de la grâce dans ses gestes virils, de la douceur dans ses caresses pourtant urgentes, une désinvolture sexy dans sa façon de se planter face à moi, souple mais sûr de lui. Un parfait mélange de détermination et de nonchalance, d'animalité et de maîtrise de soi. Ce sex-appeal débordant est tout nouveau pour moi. Je ne suis pas certaine d'être à la hauteur. Et pourtant, j'ai l'étonnante impression que sa sensualité est contagieuse. Qu'il me rend plus séduisante, plus sauvage, plus intrépide que je ne l'ai sans doute jamais été. Et tellement plus vivante que ces deux dernières années…

Alors je relance les hostilités et défais les boutons de sa chemise noire. Mes doigts fébriles et empressés découvrent la peau hâlée et sans défaut de ce torse parfait. Je glisse sur sa peau, la caresse, la cajole, en me retenant de gémir. Ce contact m'avait tant manqué. Ce torse de dieu grec, j'ai déjà eu le loisir de l'admirer deux fois. À la piscine du premier motel. Sur le bord de la route quand mon copilote a joué les mécanos sexy. À chaque fois, je me suis empêchée de le détailler. Me suis interdit d'y toucher. Je me venge cette nuit en laissant courir mes mains sur ses abdominaux dessinés, ma bouche sur ses pectoraux musclés et ses tétons sombres. Dante émet un grognement et finit de retirer sa chemise lui-même. Il n'est peut-être pas si patient qu'il veut bien le faire croire, après tout ?

– Déshabille-moi, susurré-je à son oreille avant d'y passer ma langue.

– C'est un ordre ? s'amuse-t-il à me défier, sourcils froncés.

– Il n'est pas encore né celui qui me fera taire, ajouté-je d'une voix joueuse.

– Ça tombe plutôt bien. Pour une fois, j'ai envie de t'entendre crier.

J'ai à peine le temps de frémir que Dante fait glisser les bretelles de ma robe. Il tire jusqu'à ce que le tissu bleu échoue sur le parquet clair. Ses yeux noirs et brillants dévorent du regard mon corps presque nu. Je devrais sûrement être gênée, me sentir mal à l'aise d'être exposée ainsi après tout ce temps passé dans ma bulle. Mais l'homme en face de moi, sa beauté sauvage, son regard brillant, son sourire en coin me donnent suffisamment confiance. Envie. De lui.

Ma nudité semble lui plaire. Tout comme la lingerie que je porte. J'avais oublié que j'avais enfilé une culotte en dentelle jaune vif. Et dans la semi-pénombre de la chambre, je nous trouve parfaits. Incroyablement différents et, pour cette raison, terriblement beaux. Ma peau pâle, mon carré blond platine et ma lingerie dorée. Son teint hâlé, ses cheveux bruns, son phœnix noir et ses fringues foncées. La lumière et l'obscurité. Sans qu'aucun de nous deux ne déteigne sur l'autre. Le parfait équilibre. Je n'ai jamais eu autant envie de me mélanger à lui.

Un sourire s'esquisse au coin de ses lèvres. Déclic.

Je fonds sur sa bouche pour l'embrasser voracement et je m'attaque à la ceinture de son jean noir. Défais la boucle. Commence à faire sauter les boutons. Mais le beau ténébreux a une autre idée en tête. Il m'attrape sous les fesses et me soulève, croise mes jambes autour de sa taille. Et m'entraîne vers le lit. Je me sens minuscule entre ses bras musclés. Gracieuse comme la danseuse qu'il avait devinée. C'est lui qui me donne des ailes. À cet instant, c'est Dante qui me rend libre, audacieuse.

Et moi, je me sens enfin libre de ressentir toutes ces choses que je jugeais interdites depuis que ma vie est partie en fumée.

Alors qu'il m'allonge sur le matelas ferme aux draps blancs et défaits, je reste agrippée à son corps comme une liane. Je colle mes seins nus et tendus contre son torse. Caresse ses jambes du bout du pied. Fais glisser ma culotte humide contre son ventre. Pour la première fois, je sens la bosse déformant son jean. Sa dureté me fait tourner la tête. En amant expert, il presse son érection entre mes cuisses. Ces frottements divins me font lâcher de longs gémissements. Est-ce qu'un homme m'a déjà donné plus de plaisir juste en me frôlant ? Je n'en suis pas sûre. Est-ce qu'un corps masculin a déjà suscité plus de désir chez moi ? Jamais, c'est certain.

Avide de lui, je plonge la main dans son jean entrouvert pour y caresser son sexe, sur le boxer. Je marque un temps d'arrêt, tant ma paume est remplie. Je le touche encore, pour m'assurer que mes doigts ne me trompent pas. Sa taille aurait de quoi faire frémir la plus expérimentée d'entre nous. Que je ne suis pas. Et si cet amant était simplement trop pour moi ? Trop beau, trop puissant, trop sauvage ?

Mais c'est le moment que choisit le beau farouche pour se faire tendre et sensuel. Suspendu au-dessus de moi, il dépose des baisers partout sur ma peau, malaxe mon sein qui semble si parfait pour sa main, attise mon téton du bout de sa langue, caresse ma cuisse remontée sur sa hanche. Tout mon corps brûle. Même la climatisation ne parvient plus à apaiser ma fièvre. Je ne connais qu'un seul moyen de la faire passer.

Je plaque mes mains sur les fesses de Dante, trouve son portefeuille dans sa poche arrière, l'en sors et lui agite sous le nez.

– Dis-moi que tu as un préservatif là-dedans…

– Peut-être, lâche-t-il en me l'arrachant des mains, comme si j'avais empiété sur son intimité.

Je regrette de l'avoir brusqué. Je n'ai pas envie de tout gâcher. Moi et ma maudite spontanéité…

– J'ai envie de toi, déclaré-je tout bas pour me rattraper. De ton corps affolant, de tes muscles bandés, de ta voix rauque et tes regards intenses, de tout mais pas de tes mystères. S'il te plaît…

– J'en ai un, répond-il simplement, de sa voix grave.

– Bon…

– Dans ta voiture, c'est peut-être toi qui es aux commandes, Solveig Stone. Mais pas dans cette chambre, m'annonce-t-il d'un ton viril, indiscutable.

Je me tais, happée par son intensité, le sex-appeal qui émane de tous les pores de sa peau bronzée. Alors mon amant d'un jour se redresse, retire son jean et son boxer avec un naturel déconcertant, sourit en coin quand il me surprend à l'observer, le regard sans doute gourmand, impatient. Je ne sais décidément pas cacher mes émotions. Je ne suis pas sûre d'en avoir encore envie. Son torse sculpté, le dédale hypnotisant de ses tatouages sombres, presque incompréhensibles, le V de ses abdominaux qui descendent vers ses hanches, comme si le chemin était fléché, la perfection de son sexe long, large, fièrement dressé, tout chez lui est alléchant. Grisant. Renversant.

L'homme au phœnix vient se planter à nouveau entre mes cuisses, ses yeux brillants balayant mon corps presque nu. Il achève de me déshabiller en faisant glisser lentement ma culotte jaune le long de mes jambes. Et vient reposer ses mains de part et d'autre de mon visage. Il me surplombe et j'aime ça. Il me désire et j'adore ça. Plus que tout, il me possède. Et je suis folle de ça.

La langueur se mêle à l'urgence et Dante entre en moi d'un coup de reins lent et profond. Comme une vague brûlante qui m'envahit. Il recommence, un peu plus loin à chaque fois. J'en redemande, un peu plus fort à chaque fois. Peu à peu, il redevient fougueux, attisant l'incendie qu'il a lui-même allumé au creux de mon ventre. Mes cris se font entendre, plus profonds, plus sauvages. Ses assauts se font plus rapides, plus enflammés. Et je perds pied. Sa peau claque contre la mienne. Je me rends. Il prend possession de mon corps. Je m'envole. Je m'agrippe à lui pendant qu'il décolle avec moi. Nos sexes s'imbriquent et fusionnent comme s'ils étaient faits exactement pour ça.

La chambre numéro quatre de ce motel banal voit nos corps s'unir, au petit jour. Et je doute qu'elle ait déjà vu plus beau spectacle, plus torride, plus sensuel. Une danse charnelle, jamais répétée, et pourtant tellement naturelle. Une fusion entre lumière et noirceur. Entre mystères et spontanéité.

À cet instant, hors du monde et hors du temps, Dante Salinger n'est plus mon compagnon de voyage, mon copilote avare de gestes et de mots, le type étrange que je vais devoir supporter pendant tout ce *road trip*, il est juste l'homme qui me fait jouir. Et taire.

L'homme qui me rend moins seule.

9

Sur la route

Je ne sais pas si Dante dormait vraiment ou s'il faisait semblant, mais j'ai quitté sa chambre à pas de loup au moment où le soleil commençait à inonder les fenêtres. Complètement déboussolée, j'ai traversé la porte communicante et me suis rendue directement dans ma salle de bains. J'ai allumé le jet d'eau. Ma robe bleue dans les bras, serrée contre mon corps, j'ai pris une douche, sans me soucier de la température.

Mon corps bouillait encore de ses mains, de sa bouche, de sa virilité.

Et de ma culpabilité.

***

Si Russell Camden avait su… En dessinant dans mon esprit l'organigramme des causes et conséquences des événements de la nuit dernière, je réalise que le psychopathe qui me sert d'ex-beau-père se situe en plein centre du schéma. C'est à cause de son ignoble coup de fil que je me suis retrouvée dans cet état minable. Que Dante a joué aux chevaliers servants. Que je me suis réveillée au petit matin avec l'envie irrépressible de me lover dans les bras de quelqu'un. Les siens.

La suite, on la connaît…

– 7 h 45, on décolle !

Ma voix se veut autoritaire, engagée, tandis que je martèle de coups la porte numéro quatre. Pas celle qui communique, non, l'autre, celle à l'extérieur, qui établit *clairement* les frontières. J'ai décidé de jouer les dures, aujourd'hui. De préférer l'action aux jérémiades. De ne pas laisser mon attirance pour lui et notre petit coup de folie me dévier de ma trajectoire. Ce *road trip*, je le fais pour Preston. Pour honorer sa mémoire. Venger sa mort. Pour lui uniquement.

Et l'homme aux yeux noirs, à la peau brûlante et au phœnix tatoué ne me fera pas changer d'avis.

Son visage hâlé apparaît dans l'embrasure de la porte. Mâchoire crispée, sourcils froncés, cheveux en bataille et regard de feu : le farouche s'évertue à m'inonder de son sex-appeal mais ne daigne pas ouvrir davantage sa porte. Il semble passablement irrité par mon raffut et soupire en me découvrant ici, sac à l'épaule, prête à décamper.

– Putain, j'ai cru que le FBI était à ma porte…

– Non. Juste moi.

– Je vois ça, grogne-t-il. Déjà prête à partir ?

– Oui. Je t'attends dans la Chevy.

Je fais un pas en direction du parking, le brun ténébreux me stoppe en m'attrapant par le bras.

– Solveig, tu ne crois pas qu'on devrait éclaircir certaines choses ? me demande sa voix rauque, empreinte d'une douceur particulière.

– Il n'y a rien à éclaircir, Dante. C'est fait, on en parle plus. OK ?

Une lueur inhabituelle traverse ses yeux plissés, je devine qu'il doute, qu'il me teste. Il se demande probablement si je suis sérieuse ou non. Les filles doivent en redemander toujours plus avec lui. Il doit toutes les faire fondre. Les rendre accros. Ce n'est pas mon cas. Je ne suis pas l'une de *« ces filles »*.

– Si je peux me permettre… gronde-t-il soudain.

Méfiance de mon côté.

– Non, tu ne peux pas, riposté-je.

– Tutu…
– Ne m’appelle pas comme ça, *Phœnix*.
– Insoumise ? se marre-t-il tout bas face à ma repartie.
– Non plus.
– Emmerdeuse ?
– Encore moins…
Pause. Lui et moi nous jaugeons du regard.
– J’ai quelque chose qui t’appartient, je crois que tu l’as oublié sous mon oreiller… murmure-t-il finalement en me bouffant du regard.
– À part ma fierté, je ne vois pas. Ma raison, peut-être ? Mon bon sens ?
– Non. Ta petite culotte. Elle est dans la poche arrière de mon jean…
Tout se fait la malle. Son aplomb est sur le point de me faire craquer. Sa beauté sur le point de me faire flancher. J’étudie mes options. Le gifler : impossible. L’embrasser jusqu’à en perdre haleine : interdit. Alors je me raidis un peu plus, le fusille du regard et vais retrouver ma seule alliée. Ma bagnole aussi cabossée et imparfaite que moi.

***

Plus d’essence. Tandis que Dante s’occupe de nourrir la *bête* en carburant, j’avale mon deuxième café d’autoroute. Cleveland n’est plus qu’à trente kilomètres, nous avons bien roulé, dans un silence légèrement oppressant. Il fixait son téléphone, je fixais le bitume. La radio aurait pu nous sauver, au moins nous divertir, mais le grésillement est revenu.
Ça aussi, j’aurais peut-être dû le spécifier dans l’annonce…
Depuis la vitrine de la station-service, je peux voir mon compagnon de route nettoyer le pare-brise de mon tas de ferraille. Les muscles de ses bras tatoués roulent sous sa peau à chaque mouvement. Et je culpabilise de plus belle de le

trouver si beau, si sombre, magnétique. J'essaie de ne pas penser. Je fais tout mon possible pour repousser les flash-back de la nuit dernière. Je m'en veux de tant de choses. D'avoir tant aimé qu'on me touche. Tant aimé que ce soit Dante qui le fasse. Tant aimé être une autre, pendant juste une heure.

Je lui achète un café court et noir (c'est comme ça qu'il les aime), une gaufre molle (rien de mieux en rayon) et le rejoins d'un pas décidé. Cleveland arrivera probablement à nous changer les idées, alors autant accélérer le mouvement.

– Merci pour le café, murmure Dante deux kilomètres plus tard, le visage tourné vers le paysage.

– De rien. La gaufre est pour toi, aussi.

– On partage ?

Sa question était anodine, elle ne comportait aucun double sens ni sous-entendu, mais mon cœur s'emballe. Se serre. Je repense à ce qu'on a partagé, la nuit dernière… Et je m'en veux encore. Mais sans parvenir à regretter mon « passage à l'acte ». Résultat : je m'en veux à nouveau, mais un peu plus.

– Arrête de cogiter Solveig, c'est juste une gaufre… lâche-t-il avant de croquer dedans.

– Je n'en veux pas, merci, soufflé-je.

– J'avais cru comprendre.

Plus que vingt-six kilomètres… Avance, saloperie de bagnole !

La ville posée sur la rive sud du lac Érié se matérialise enfin sous nos yeux. Entre cité industrielle et temple Art Déco, Cleveland est une ville fascinante. C'est la troisième fois que je m'y rends. La première, c'était pour un ballet, il y a dix ans de ça. La seconde, une halte avant d'aller enterrer ma mère à Chicago, pour passer chercher mon frère qui vit là. Jonas, l'homme fantôme, que je n'ai plus revu depuis. C'était il y a quatre ans.

Et que j'espère retrouver aujourd'hui.

– J'ai quelqu'un à voir, expliqué-je sommairement en me rapprochant du Gateway District, où habite le seul membre de ma famille encore de ce monde.

– Je m'en doutais. Tu en as pour longtemps ?

– Aucune idée…

– Tu as besoin que je t'accompagne ?

– Si tu continues à jouer au garde du corps, je vais devoir te payer, Phœnix. Et je n'ai pas les moyens…

Il sourit fugacement, jusqu'à ce que je lâche un grognement en réalisant ce que je viens de dire.

– Je ne parlais pas de cette nuit… Tu… Je…

– Je sais, détends-toi.

– Donc je vais voir mon frère. Que je n'ai pas vu depuis un moment. On n'est pas très proches, lui et moi…

– Prends ton temps, j'ai de quoi me tenir compagnie, fait mon copilote en s'emparant de son appareil photo.

– Tu devrais aller faire un tour au Rock and Roll Hall of Fame ! Et flâner sur le Waterfront ! Ah, et à Coventry Village, il paraît que c'est…

– Pas besoin d'un guide, merci. Tu me déposes ici ?

Je freine et me range sur le bas-côté.

– On se retrouve où ? Comment ? lui demandé-je d'une voix un peu trop stridente.

– Pas de panique ! Tu as mon numéro, non ?

– Si, je suis bête ! grimacé-je.

Un hochement de tête dans ma direction et le voilà parti. Mon brun mystérieux s'éloigne de son pas nonchalant et sexy, sans se retourner. Pas une seule fois. Dans ma tête, Touteseule se réveille.

Je m'empare de mon portable, appelle Jonas et tombe (pour changer) sur son répondeur :

– Salut grand frère ! Huitième message que je te laisse en une semaine. Je n'ai pas oublié ton adresse… Enfin, si elle n'a pas changé. Je serai chez toi dans dix minutes. J'espère que tu es aussi heureux que moi de me revoir ! Et que c'est pour ne pas gâcher ce grand moment que tu filtres mes appels… Allez, bisous Jo !

L'ironie : l'une des rares choses que l'on partage, lui et moi. Ou que l'on partageait, du moins.

La façade de l'immeuble est grisâtre, la cage d'escalier miteuse et la peinture de sa porte caillée. La sonnette ne fonctionne pas, alors je tape sur le bois, de plus en plus fort. Victoire. La porte s'ouvre sur mon frère, en T-shirt blanc jauni par le temps et bermuda beige trop grand. Les mêmes fringues depuis quinze ans, le même bouc, le même épi sur la tête : un ado mal dans sa peau dans le corps d'un homme. Il n'a définitivement pas changé.

– Sol ? s'étonne-t-il en me reconnaissant.

– C'est tellement gentil de répondre à mes appels… déclaré-je avec un sourire jaune en rentrant dans son appartement.

– Plus de portable. Je me suis fait agresser en sortant du lavomatic la semaine dernière…

– Et si tu t'achetais une machine à laver ?

– Et si tu me filais du fric ? sourit le blond avant de me serrer maladroitement dans ses bras.

Je ne le repousse pas, mais ne suis pas franchement à l'aise. Je suis mon frère jusqu'à ce qui ressemble à un salon, m'assieds sur le canapé et accepte la bière qu'il me tend.

– Quatre ans, lui souris-je tristement. Ça fait quatre ans que je n'ai pas vu ta sale tronche…

– L'enterrement de papa ? rigole-t-il.

– De maman, le corrigé-je.

– À six mois près, j'avais bon…

– Ça te fait rire ?

– On est orphelins Sol, on ne va pas en pleurer !

Il trinque avec moi en cognant nos bouteilles, puis regarde ses pieds nus.

– Tu m'as manqué. Tu sais comment je suis, je ne donne pas de nouvelles, je n'en prends pas non plus… Mais ça ne veut pas dire que je ne ressens rien.

– Je sais, m'adoucis-je.

– On pourrait essayer de réparer tout ça…

– Comment ?

– En se parlant plus…

– Jo… Je t'appelle tous les mois, tu ne réponds jamais, soupiré-je.

– Je pourrais changer. J'ai envie de changer.

Cette rengaine, je l'ai déjà entendue mille fois. Jonas a toujours été comme ça. Fuyant, puis débordant d'amour. Puis fuyant à nouveau. Solitaire de nature. Comme nous tous dans (feue) cette famille.

– Comment tu vas ? lui demandé-je. Et je veux la vérité.

– Comme tu vois, je vis au paradis ! ironise-t-il. Pas de job stable. Les femmes, j'en parle pas…

– Mon mari est mort il y a deux ans, fais-je, la voix tremblante.

– Solveig…

– Je t'ai écrit. Appelé. Tu ne m'as jamais répondu. Ni pour mon mariage, ni pour ses funérailles.

– Je vais changer… me promet-il, les larmes aux yeux.

Il se lève de son fauteuil et s'assied tout près de moi, sur le canapé.

– Petite sœur, je suis là. Je ne vais plus te lâcher.

– Juste un coup de fil par mois. C'est faisable, non ? reniflé-je.

– Oui. Et je viendrai te voir à New York. Il faudra juste que tu me paies mon billet.

Et voilà. Mes sanglots se transforment en éclat de rire. L'effet Jonas Stone.

***

Un appel, un lieu de rendez-vous fixé et on roule à nouveau. Prochaine étape : Chicago. La ville de mon enfance. Des souvenirs que je n'ai pas forcément envie de voir remonter. Sans que je me l'avoue vraiment, les retrouvailles avec mon frère m'ont un peu perturbée. Je suis contente d'être en paix avec lui. Mais je reste lucide, ce rapprochement ne durera sûrement pas. Et je sais trop bien pourquoi j'ai fui tout ça.

C'est encore sur la route que je me sens le mieux : libre,

pour une fois. Seule, mais libre. Et plus vraiment si seule…

J'appuie sur l'accélérateur. La vitesse me grise. Il fait un peu moins chaud, aujourd'hui, mais j'ai laissé ma vitre ouverte quand même. Envie de sentir le vent dans mon cou. Mes cheveux lâchés qui claquent et volent un peu partout. L'air qui fait couler mes larmes le long de mes tempes, sans tristesse. Je ne ressens rien de particulier. Juste l'envie de rouler. J'aurais pu prendre le temps de faire la route de la côte, longeant le lac Érié. La vue est jolie, et j'en connais un qui aurait sans doute aimé photographier les eaux grises, les pierres d'un marron délavé, tous ces trucs ternes et morts auxquels il trouve un quelconque intérêt.

Sympa pour moi.

Mon copilote va devoir se contenter de la fille transparente à côté de lui. J'ai choisi l'Interstate 90 et je roule en silence sur la quatre voies rectiligne et sans charme. Ne rien ressentir fait vraiment un bien fou.

– Tout va bien ? s'enquiert le brun à ma droite.

– Vraiment ? demandé-je en en faisant des tonnes.

– Quoi ?

– Vraiment, tu inities des conversations, maintenant ?

Je ris pendant qu'il se renfrogne.

– Tu ne poses pas de questions, tu ne racontes rien, tu ne fais pas de commentaires pour meubler… Ce n'est pas ton état normal, c'est tout, explique-t-il avec un haussement d'épaules.

– Ne fais pas semblant de me connaître, Salinger, le préviens-je.

– Ne fais pas semblant de résister, Stone. Je sais que tu meurs d'envie de tout me balancer.

– Finalement, je crois que je préférais quand tu ne parlais pas ! continué-je à le provoquer.

– Comme tu veux.

Il pose sa tête en arrière, étend ses jambes devant lui, croise les bras sur son torse et ferme les yeux. Sa position préférée. Celle qui dit « interdit d'approcher ». Celle où il fait semblant de réfléchir, pour ne pas être dérangé. Et il suffit qu'il s'éloigne de moi, qu'il se renferme dans sa bulle sombre, pour que j'aie envie d'y entrer.

– Je n'avais pas vu mon frère depuis quatre ans, lâché-je pour l'appâter.

Aucune réaction.

– La dernière fois, c'était à l'enterrement de ma mère.

Toujours rien.

– Et la fois d'avant, à celui de mon père. L'année précédente.

Pas assez intéressant pour lui, apparemment. Je perds mes deux parents en l'espace de six mois, alors que j'avais à peine plus de vingt ans, et ça ne l'émeut pas.

– Avant ça, on avait déjà coupé les ponts, Jonas et moi. Quand j'avais 18 ans et que je suis partie de chez mes parents. Il en avait 23. Il vivait dans le garage. Sans aucune envie d'en sortir. Sans boulot, sans copine. Juste occupé à faire pousser ce bouc ridicule qu'il porte toujours. J'aime mon frère, mais je crois qu'il ne changera jamais.

– Les gens font ce qu'ils veulent, grommelle enfin le ténébreux.

C'est *ça* qui le fait réagir ?

– Donc on a le droit de rater sa vie, c'est ça ? Sans même essayer ?

– Si on en a envie, lâche sa voix rauque pendant qu'il hausse une épaule.

– Je n'ai été entourée que de ratés, raconté-je alors. Pas des gens mauvais, non. Juste des gens sans vision. Sans but. Sans folie. Mes parents n'étaient pas méchants, simplement pas très aimants. Ils ne s'intéressaient pas beaucoup à moi. Et à rien en particulier. J'ai tout fait pour me sortir de cette médiocrité. L'internat à 8 ans. L'école de danse jusqu'à 16. À la dure. Les heures et les heures d'entraînement. De souffrance. Je suis passée à côté de mon enfance, j'ai tout sacrifié… et j'ai échoué. Mais je me suis relevée, j'ai rebondi. Je me sentais vide, finie. Mais j'ai terminé le lycée et je suis partie. Je me suis prise en main, j'ai bossé, je me suis payé un appart. À 18 ans, j'étais indépendante, je n'attendais pas qu'on m'aide, qu'on m'entretienne. Je menais ma petite vie, simple, rude, mais je faisais de mon mieux.

– Si tu veux la médaille du courage, demande à Obama, pas à moi.

– Pourquoi tu es aussi dur ? soufflé-je, blessée.

– Désolé, se reprend Dante en passant sa main sur sa barbe. Et ça te rendait heureuse, tout ça ?

– Je ne sais pas. Juste… pas malheureuse.

– C'est déjà pas mal, confirme-t-il un ton plus bas, ses yeux noirs tournés vers la vitre.

Je me concentre sur la route, étire mes poignets douloureux en faisant des moulinets, tourne la tête dans tous les sens et fais craquer mon dos, avant de me souvenir de la raison de toutes ces courbatures. Ça fait bien longtemps que mon corps n'avait pas repoussé ses limites. Allongé. Avec un autre corps déchaîné. J'ai un peu mal partout mais je me sens incroyablement légère, à l'intérieur. Comme libérée. Je ne sais pas trop si c'est normal. Bien ou mal. Sûrement mal.

Parler. Meubler pour ne pas penser. Rire pour s'empêcher de pleurer. Avec ma voix enjouée, à la limite de la provocation, je tente le coup :

– Si je te le demande *hyper* gentiment, tu vas me parler de ton enfance, Salinger ?

– Non. Bien essayé.

– Et si je te le demande en italien ?

– Essaie toujours.

– OK, euh… Alors… *Buongiorno… Come stai ?* Et… C'est tout ce que je sais dire !

– C'est bien ce qui me semblait, se moque-t-il gentiment.

– Et si je fais toutes les questions et que tu n'as à répondre que par oui ou par non ?

– On est obligés de jouer à un jeu, Solveig ? Tu ne veux pas compter les voitures rouges pour t'occuper ?

– Des frères et sœurs ? À part Calliopé, je veux dire ?

demandé-je en ignorant ses sarcasmes.

Son regard, lorsque j'ai prononcé le prénom de sa sœur. Comme si c'était… douloureux.

– Sujet suivant.

– Ce serait mal me connaître… rétorqué-je, décidée à en savoir plus.

Il serre les mâchoires, plisse les yeux, fronce les sourcils. Dante Salinger, quoi.

– Tu connais le concept « se mêler de ses affaires » ? siffle-t-il, énervé.

– Pas vraiment.

– Il n'est jamais trop tard pour apprendre, fait-il en fixant la route.

Je l'ignore superbement et ne lâche rien.

– Des frères et sœurs à part Cal…

– Oui, concède-t-il finalement, en serrant les dents.

– Frère ou sœur ?

– Frère. Ça va mieux ? Tu es contente ? Et je ne devais pas dire que « oui » ou « non » ?

– Ce jeu est nul, je viens de changer les règles ! décrété-je. Vous êtes proches ?

– Oui… et non, murmure l'homme aux yeux noirs.

– Ce que tu peux être mauvais en conversation !

– Tu n'avais pas précisé que tu cherchais une dame de compagnie dans ton annonce de covoiturage…

– Je sais au moins que tu as une petite sœur gothique avec des yeux de panda ! dis-je en ignorant encore le cynique.

– Ce n'est pas ce que j'ai dit.

– Mais si, Hell t'y a fait penser ! continué-je sur ma lancée.

– Tu me fatigues, Solveig… souffle-t-il en croisant ses mains derrière ses cheveux courts en bataille.

Ne pas me souvenir que j'y ai passé les doigts. Ne pas regarder son phœnix qui me fait de l'œil. Ses muscles qui m'ont portée. Sa peau qui a épousé la mienne, mélangeant le clair et le sombre.

– Tu sais comment s'appelle ma mère ? lancé-je pour interrompre le flot de mes pensées.

– Non. Et je ne vais pas m'amuser à deviner.

– Sharon ! m'écrié-je en éclatant de rire, comme si c'était la meilleure de l'année.

– Et ? demande-t-il en plissant les yeux.

– Elle s'appelle Sharon ! Enfin, s'appelait. Tu te souviens de mon nom de famille ? Allez, fais un petit effort, Rabat-Joie !

– Sharon… Stone ?

Il sourit un peu en me regardant rire de plus belle.

– Moi aussi, je suis une fille de célébrité !

– N'oublie pas de conduire, starlette.

– Bon, ma mère n'avait pas vraiment le même physique. Il lui manquait un peu trop de dents, sur le côté. Mais elle était blonde et elle se coupait quand même les cheveux courts pour essayer de lui ressembler. Mon père se moquait, en disant qu'il restait du boulot. Faut dire qu'elle n'était pas vraiment du genre coquette. Elle ne prenait pas plus soin d'elle que de ses enfants, en fait…

Je ne ris plus vraiment. Comme chaque fois que les souvenirs affluent.

– Comment elle est morte ? relance Dante comme pour m'aider.

– Bêtement. Elle est tombée d'une échelle, la seule fois de sa vie où elle a essayé de réparer quelque chose. La maison tombait en ruine. Mais mon frère ne faisait rien pour l'aider.

– Et ton père ?

– Il était parti depuis longtemps. Ils ont divorcé quand j'avais 12 ou 13 ans.

– Tant mieux.

– Pardon ?

– Tant mieux pour eux, si c'est ce qu'ils voulaient, s'explique le ténébreux. La plupart des couples s'en empêchent. Ils restent alors qu'ils souffrent, je n'ai jamais compris ça.

– Tes parents ?

– Ouais. Toujours mariés après… trente-deux années, je crois.

– Je trouve ça beau, moi.

– Je ne sais pas lequel des deux déteste le plus l'autre, lâche-t-il sur un ton amer.

– Ah. Et tu… ?

– De quoi est mort ton père ? me coupe-t-il pour changer de sujet.

– On n'a jamais vraiment su. Ma mère n'a pas voulu payer pour l'autopsie. On l'a retrouvé endormi, le nez dans son Big Mac, devant la télé toujours allumée. Peut-être une crise cardiaque, vu le probable état désastreux de ses artères et son amour des fast-foods. Ou il s'est peut-être juste étouffé avec son burger. Il s'appelait Ronald. Ouais, comme Ronald McDonald. On a un truc avec les noms dans la famille, ils nous portent la poisse, je crois.

– Pourquoi Solveig, alors ?

– Mes parents croyaient que ça voulait dire « soleil », en français. Alors que c'est un prénom nordique. Ça signifie « querelle dans la maison » en norvégien, ou quelque chose comme ça.

– Pas de bol, commente-t-il simplement.

– De toute façon, tout le monde m'appelle Sol.

– Je préfère Tutu, s'amuse-t-il en m'envoyant un de ses regards provocateurs.

C'est fou comme se moquer de moi allume aussitôt la lumière dans ses yeux noirs. C'est rare. Cette nuit aussi, ils brillaient. Mais d'un autre genre de flamme.

– Bon, je n'ai toujours pas le droit de savoir qui est ton père célèbre ?

– Non.

– Attends, il faut que je cherche des Italiens célèbres ! m'excité-je un peu.

– Ne te fatigue pas, Sol.

– DiCaprio ? Non, trop jeune ! Madonna ? Non, pas assez couillue.

– T'es vraiment nulle en devinettes… se marre-t-il dans sa barbe.

– Je sais ! Robert de Niro ! Ça expliquerait ta mine renfrognée… « *You fuck my wife ?* » tenté-je avec un sourcil relevé et une voix virile.

– T'es encore plus mauvaise en imitation ! rigole-t-il franchement, cette fois.

– Bon, alors Al Pacino, c'est forcément lui !

– Je n'ai jamais dit qu'il était acteur.

– Ah oui, marque de luxe… Alors Gucci ? Non, les autres, là ! Dolce ou Gabbana ?

– Ils sont gays, non ?

– Ce que tu peux manquer d'imagination, Salinger !

– Ferme-la et conduis, Soleil !

J'essaie de lui envoyer une tape à l'aveugle mais il esquive le contact. Je replace ma main sur le volant, sans pouvoir m'empêcher de me demander si je toucherai un jour à nouveau cette peau.

La réponse est non.

« C'est fait, on en parle plus. » Ce sont mes propres mots.

– Alors tu es né avec une petite cuillère en argent dans la bouche, c'est ça ? relancé-je la discussion, pour profiter du Dante qui s'ouvre un peu.

– Si tu veux, concède-t-il.

– C'était bien ?

– Pas vraiment.

Je sens qu'il se ferme à nouveau. Et ça me titille, dans ma boîte crânienne. Partout, en fait. Tout ce mystère, ça commence à me fatiguer.

– Pourquoi ? essayé-je à voix basse.

– Tout avoir… ça ne rend pas plus heureux que ce que tu as vécu, c'est tout.

– L'argent, ça aide un peu, non ?

– Pas toujours.

Je tente de le provoquer, juste un peu.

– Alors quoi, tu as vécu une enfance malheureuse avec ton père célèbre, ta mère sûrement sublime, ton frère et ta petite sœur gothique ? Tous enfermés dans votre jolie prison dorée ?

– Le fric, la condition sociale, la renommée n'ont rien à voir avec le bonheur, dit-il gravement.

– Je vois.

– Ma famille est loin d'être parfaite, elle aussi, conclut-il pour que je cesse de l'interroger.

Il se replie dans sa coquille incassable, les sourcils froncés et les lèvres fermées, son beau visage sombre et tourmenté. Le sujet semble douloureux, je respecte son silence. Pour une fois. Je continue à parler, mais plus pour moi-même. En fixant la route. Et en revoyant mon passé défiler sous mes yeux.

– Quand j'ai dû arrêter la danse, j'ai cru que ma vie n'aurait plus jamais aucun sens. Que j'allais continuer à vivoter, comme mes parents, sans passion pour rien ni personne, en attendant que la mort arrive. Que je ne ressentirais plus jamais ce feu sacré qui m'habitait quand je dansais. Rencontrer Preston a tout changé. J'étais vide, éteinte, un peu morte à l'intérieur : il m'a remplie de tous ses rires, tous ses grands discours, il m'a redonné goût à la vie. C'était le genre d'homme à prendre toute la place. Tu ne pouvais pas être malheureuse à côté de Preston Camden. Il aimait briller mais c'est moi qu'il éclairait, tu vois ? Il était follement généreux. Il aimait tellement la vie que c'était contagieux. Je ne veux pas en faire mon sauveur, mais… je crois que parfois, il suffit de quelqu'un pour appuyer sur l'interrupteur à ta place. Quand toi tu vois tout en noir. Qu'est-ce que tu penses de cette superbe métaphore ?

Je me moque de moi-même et souris en me retournant vers le brun ténébreux. Il me regarde longuement. Je dois quitter ses yeux sombres pour regarder la route. J'y reviens. Je les trouve doux, différents, peut-être que mes mots l'ont touché. Une lumière étrange habite tout à coup son regard.

Indéchiffrable. Dante entrouvre ses lèvres charnues et semble hésiter.

– Je…

Il s'arrête. Inspire profondément en se mordant la lèvre inférieure. Et reprend :

– Et merde…

Ses mains dans ses cheveux, sa paume sur sa barbe naissante. Des tics sexy, mais nerveux. Mon copilote semble perdu. Au bord du gouffre. Et si j'ignore pourquoi, j'ai un sacré mauvais pressentiment. Tout à coup, je le ressens comme un fer ardent vous brûle la peau : Dante prend sa décision. De celles qui font mal. Je frémis, me prépare au pire. Sans savoir quoi. Je m'accroche un peu plus fort au volant, par instinct. La survie, ça me connaît bien.

– Solveig… lâche sa voix grave et solennelle. Je me rends à Seattle pour la même raison que toi… Je vais au procès. Je suis le frère d'Andrea. L'homme qui a tué ton mari.

J'écrase le frein. Arrête de respirer. Devant mes yeux, le noir total.

II

Amants interdits

10

Putain de karma

Sur l'Interstate 90 en direction de Chicago, ma vie s'écroule à nouveau.

« Je vais au procès. Je suis le frère d'Andrea. L'homme qui a tué ton mari. »

Ces trois phrases bourdonnent dans ma tête pendant que je pile. Les freins de la Chevy crissent sur le bitume. Ça sent le chaud et le pneu fondu quand je parviens enfin à m'arrêter sur le bas-côté. Je garde mes bras tendus cramponnés au volant. J'hyperventile. Je vois des étoiles. Incapable de parler, de le regarder, j'essaie seulement de me souvenir comment on respire.

– Solveig, calme-toi… dit doucement la voix grave à côté de moi.

– …

J'ai des sueurs froides.

– Comment tu te sens ?

– …

Je crois que je fais une crise de panique. Ou d'angoisse.

– Ça va ?

– …

Ou une crise de tétanie. Quelque chose comme ça.

– Sol…

– Ne m'appelle pas !

Ah, j'ai retrouvé ma voix.

– OK, OK.

– Tais-toi, Dante.

– Je suis désolé…

– La ferme !

– Ça va ?

– Tu n'as pas le droit de me demander ça !

Je crois que je retrouve aussi peu à peu mes esprits.

– Est-ce que… ?

– Ne me parle pas ! le coupé-je net en hurlant plus fort que je ne l'aurais voulu.

Je ne supporte pas de l'entendre. De le savoir à côté de moi. La moindre de ses respirations me donne des frissons. Toute ma peau me fait mal. Je n'arrive plus à penser, à bouger. Ni même à déglutir. Sans dire un seul mot, le brun à ma droite me tend une bouteille d'eau, bouchon ouvert. Je déteste cette petite attention. Mais je meurs de soif, il a raison.

Je cède et bois de longues gorgées en laissant l'eau fraîche couler le long de mon menton, de mon cou. Cette sensation m'apaise un peu. Le calme et l'aplomb de ses gestes aussi, quand il récupère lentement la bouteille, la rebouche, la pose entre ses pieds, puis appuie sur le bouton qui défait ma ceinture de sécurité. Je me sens un peu moins oppressée. Même si je déteste qu'il soit celui qui m'aide, qui me soulage.

– C'est ironique… soufflé-je enfin.

– Quoi ?

– Soigner celle à qui on vient de planter un couteau dans le dos.

– Solveig, je…

– Tu quoi ? l'interromps-je à nouveau. Tu vas vraiment trouver une explication à ça ? Ou tu vas encore te contenter de froncer les sourcils en serrant les mâchoires et en regardant par la vitre ? Tu comptais jouer les beaux bruns mystérieux combien de temps, Dante ?

Ma voix se brise quand je me tourne vers lui. Mes yeux se remplissent de larmes quand ils se posent sur son regard sombre. Le voir me fait encore plus mal. Je ne supporte pas de le trouver beau, dans son T-shirt noir, avec son air grave greffé sur le visage. Je crève de chaud. Je sors de la voiture et claque la portière de toutes mes forces.

– Je ne supportais plus de te mentir. Je devais te le dire… lâche-t-il en me rejoignant à l'extérieur.

– Ne me suis pas.

Je fais quelques pas le long de la route. Pas une voiture à l'horizon. Des champs bruns et secs à perte de vue. Quelques fermes plantées çà et là, au milieu de nulle part. L'air est presque encore frais à cette heure matinale. Mais je ne parviens toujours pas à redescendre, ni en pression, ni en température. L'autre rebelle ne m'écoute pas. Il reste à bonne distance mais marche derrière moi. Je fais volte-face et me plante face à lui.

– Tu es un psychopathe ? Pourquoi tu m'as retrouvée ? Pourquoi tu t'es embarqué dans ce *road trip* avec moi ? Tu aurais pu sauter dans ton jet de fils à papa et traverser le pays en six heures. Qu'est-ce que tu fous là ? Le procès est dans plusieurs semaines !

Au fur et à mesure de mes questions qui fusent, je tente de recoller les morceaux. Mais rien ne va.

– C'est un pur hasard, répond simplement le brun.

– Trop facile.

– C'est la vérité.

– Je ne te crois pas.

– Solveig…

– Il va falloir un peu plus de mots que ça, Salinger.

Il se passe une main sur la barbe puis les deux dans ses cheveux. Ses tatouages roulent sur ses muscles qui se tendent. Dante quitte mes yeux pour aller poser les siens ailleurs. Au loin. Comme si les réponses se trouvaient quelque part dans ces paysages de l'Ohio.

– Ce *road trip*, c'était pour changer d'air. Voir du pays. J'en avais besoin. J'imagine qu'il n'y a pas beaucoup de gens aussi fous que toi et moi pour aller de New York à Seattle en bagnole. Mais je ne savais pas que ce serait toi.

Je ne sais rien de l'histoire à part que mon frère est dans de sales draps. Je n'ai pas l'habitude de me mêler des affaires des autres. Je ne t'ai pas menti. Je n'ai juste… rien dit. Je ne suis ni un psychopathe, ni un *serial killer*. Je suis désolé… Que tu sois toi… Que je sois moi. Ce n'était pas calculé. Je te le promets.

En prononçant ces quatre derniers mots, il vient replanter ses billes noires dans mes yeux humides. Et quelque chose d'indicible dans sa voix, dans son regard, me pousse à le croire.

Putain de karma qui l'a mis sur ma route. Littéralement.

– Depuis quand tu sais ? Quand est-ce que tu as compris qui j'étais ?

– En Pennsylvanie. Le deuxième jour. Quand le gars a failli nous rentrer dedans et que tu as pété les plombs. Quand tu as parlé de Preston, du chauffard ivre qui lui est rentré dedans. Quand tu as dit que les hommes étaient tous des cons. Et que j'étais d'accord avec toi.

Mon cœur se serre. Preston. Dante. Son frère. Tout se mélange dans ma tête. Mon père, mort. Mon frère, handicapé de la vie. Mon mari, qui ne l'est resté que dix jours. Mon beau-père qui pense que je l'ai tué. Ce type bourré qui me l'a arraché. Et cet inconnu, qui ne l'est plus vraiment, et qui vient encore de tout bouleverser. Pourquoi les hommes ont tant d'emprise sur moi ? Me causent tant de problèmes ? De peine ? De dilemmes ? Pourquoi faut-il que le monde soit si petit… et si cruel ?

Je recommence à marcher au bord de la route, dans l'autre sens, juste pour faire quelque chose. Je croise mon copilote et le bouscule du bout de l'épaule. J'ai envie de lui faire mal. Je n'en ai pas la force.

– Tu aurais dû partir sur-le-champ, Dante. Ne rien me dire. Déguerpir avant que je… que l'on…

– Je sais, dit-il à voix basse.

– J'ai couché avec toi ! m'écrié-je soudain, comme un reproche à moi-même.

– Je sais, je ne voulais pas…

– Pas quoi, putain ?!

– Te séduire. Te faire ça. J'ai essayé de m'en empêcher.

– Tu n'as pas assez essayé ! lui reproché-je à lui, cette fois.

Dante croise les mains derrière sa tête et regarde le ciel, gris, lourd, si bas qu'il a l'air de peser de tout son poids sur ses épaules. Sous ses sourcils froncés à l'extrême, ses iris s'assombrissent encore. Mon esprit tourmenté, incapable de se concentrer, se demande s'il existe une couleur plus foncée que le noir.

– C'est moi qui suis venue te chercher. Cette nuit-là, ajouté-je tout bas comme si je m'en excusais. Moi qui suis venue me réfugier dans tes bras.

– J'aurais dû te dire non. Te repousser. Je n'ai pas pu… soupire-t-il longuement. Tu as raison… Depuis le début… On est tous des cons.

Le poids du ciel s'abat sur moi, cette fois. Je me sens lasse, vide, épuisée, mes jambes me portent à peine. Je m'assieds avant de tomber. Les fesses dans la poussière. Je me mets à triturer l'herbe sèche à côté de moi. Je tente de faire un tri dans les milliers de questions qui m'assaillent. De réfléchir avant de parler.

– C'est lui qui t'appelle sans cesse ?

– Hmm ?

– Ton frère.

– Oui, avoue-t-il après un silence. Presque tous les jours à la même heure. Depuis la prison.

– Pourquoi tu ne décroches pas ?

– Pas devant toi.

– Mais tu lui parles, parfois ? Quand je ne suis pas là.

– Oui.

– C'est injuste, soufflé-je tristement. Ça fait deux ans que je n'ai pas entendu la voix de Preston…

– Je sais.

Dante croise les bras sur son T-shirt noir. Puis s'adosse contre l'aile de la voiture, croisant une jambe tendue sur l'autre.

– Qu’est-ce qu’il te dit ? le questionné-je encore.

– Qu’il a tout foutu en l’air. La vie de quelqu’un. La sienne. Les nôtres.

– C’est un sale type ?

– Non.

– Je crois que si.

– Juste un petit con.

– Encore un, soupiré-je.

– Oui…

– Si tu savais comme je lui en veux.

– Moi aussi.

Je lève les yeux vers le brun ténébreux. Je crois avoir entendu sa voix se briser un peu. Sa coquille se fissurer. Je réalise qu’il y a deux ans, cet accident a brisé encore plus de vies que je ne le croyais. Pas seulement celle de Preston. La mienne. Celles des Camden. Il y a une autre famille déchirée, de l’autre côté. Peut-être une autre épouse qui se retrouve toute seule. Une autre mère qui a perdu l’un de ses fils. Une sœur et un frère qui souffrent, à leur manière. Je ne sais pas ce qui me prend de compatir. Je crois que s’oublier un peu, parfois, permet juste de moins souffrir. Voilà, on va dire que c’est ça.

Une voiture passe et fait voler mes cheveux, puis sortir Dante de sa bulle.

– Je vais marcher, annonce-t-il en se redressant. Trouver un moyen de rentrer.

Je le regarde ouvrir la portière passager derrière lui, se pencher pour attraper son sac sur la banquette arrière, enfiler la bandoulière de son appareil photo, récupérer sa bouteille d’eau. Vider peu à peu les lieux. Quitter ma Chevy. Mon monde. Je n’ai pas envie d’être abandonnée sur le bord de la route. Pas encore une fois. Pas envie d’être seule, à nouveau.

– Je ne peux pas continuer ma route si tu t’en vas, lâché-je sans réfléchir, d’une voix que je ne reconnais pas.

Comme si c’était celle d’une autre.

Je saute sur mes pieds, me frotte les fesses pour essuyer la poussière sur mon jean. Il se tourne vers moi et me regarde faire.

– J'ai besoin de tes connaissances en mécanique, ajouté-je. Et de ton fric pour l'essence.

– Solveig, tu n'es pas obligée de…

– Et de tes gros bras si le gars du prochain motel est louche, insisté-je en lui coupant la parole.

– Je vois…

– Et il me faut quelqu'un pour me faire penser à regarder la route.

– Je crois que c'est dans mes cordes.

– Et me donner à boire de temps en temps.

– J'ouvre les bouteilles plus vite que mon ombre, confirme-t-il.

– Et je ne pourrais jamais dormir si je n'ai pas un garde du corps dans la chambre attenante.

– Je peux faire ça aussi, acquiesce-t-il en plissant les yeux.

– On fermera juste la porte communicante, OK ?

– Ça va de soi.

Je m'arrête là. J'ai du mal à soutenir son regard qui m'enveloppe, à la fois intense et tendre. Grave et bienveillant. Je n'arrive pas à savoir ce qu'il pense. S'il a vraiment envie de ce *road trip* ou non. S'il nous croit capables de nous supporter, dans le huis clos d'un tas de ferraille poussif, avec clim et radio capricieuses, maintenant que l'on sait qui on est.

Et moi, qu'est-ce que je crois ? Qu'est-ce que je veux, au fond ? Il est plus que temps que je me pose la question. Et c'est seulement à ce moment que je réalise que toutes les raisons que je viens d'énumérer ne servaient pas à le convaincre, lui, de rester, mais à me persuader moi que je ne fais pas une énorme connerie. En invitant dans ma voiture et dans ma vie le frère de l'homme qui a tué mon mari. Après tout, je ne suis pas responsable des erreurs de Jonas. Dante n'a pas à payer pour les crimes de celui dont j'ai tant de mal à prononcer le prénom. Andrea.

C'est moi qui choisis. Moi seule. Ce qui est juste et ce qui ne l'est pas. Et je décide qu'il n'est pas question de trahison, ici. Que Preston ne m'en voudrait pas de penser à moi, pour une fois. Quant à Dante… J'aurai juste à me tenir éloignée de ses bras.

– Sérieusement, ajouté-je pour conclure. J'ai besoin d'un compagnon de route.

– OK.

– Et de rien d'autre.

– J'ai compris.

– Alors on est d'accord.

– Tu recommences, Solveig…

– À quoi ?

– Tu radotes.

– C'est faux.

– Tu parles trop.

– N'importe quoi !

– Alors on y va ?

– C'est moi qui t'attends, là !

– Je ne crois pas, non… fait-il en balançant son sac kaki à l'arrière, avec un petit sourire à peine dissimulé.

– Ça y est, tu m'énerves déjà, grommelé-je en m'installant derrière le volant. N'oublie pas que c'est encore frais, pour moi… Que tu dois faire tes preuves.

– Je sais. Démarre, on y va.

– Si je veux ! me rebellé-je tout en allumant le moteur.

– Attends !

– Quoi, encore ?!

– Écoute, dit-il en coupant le contact.

– Arrête de me contredire ! râlé-je un peu plus fort.

– Chut, fait-il en venant couvrir ma bouche de sa main. Écoute, je te dis !

Il tend l'oreille, fronce les sourcils, regarde par sa vitre, puis se penche par-dessus moi pour voir à travers la mienne. Je réprime un frisson. Sa main quitte mes lèvres et pose un doigt sur les siennes pour me faire signe de me taire. Il manipule lentement la petite manivelle pour faire descendre ma vitre. Je m'empêche de fixer son biceps qui se contracte. De décrypter ses tatouages qui dansent juste sous mes yeux. Je résiste à l'envie de respirer l'odeur de ses cheveux. D'écouter son souffle calme et régulier. Je m'interdis de détailler le grain de sa peau hâlée dans son cou. D'apprendre par cœur les traits de son visage parfait.

Saloperie de sex-appeal.

Traître de corps qui se réveille au moindre stimulus visuel, olfactif, tactile...

– C'est bon, les cinq sens, on a compris ! chuchoté-je pour moi-même.

– Quoi ?

– Non, rien. Je parle toute seule.

– J'en étais sûr ! s'exclame-t-il, toujours à voix basse.

– Quoi, que j'étais folle ?

– Pas toi, le chien !

– Quel chien ? Tu délires, Phœnix… grogné-je.

– Ne fais pas de geste brusque. Et je t'en supplie, tais-toi.

Dante sort tout doucement de la voiture, avance de sa démarche nonchalante mais d'un pas parfaitement assuré, contourne ma Chevy, traverse la route, et s'enfonce un peu dans les fourrés asséchés.

– Si tu te fais écraser par une voiture ou attaquer par un sanglier sauvage, je ne viendrai pas te secourir ! le menacé-je quand il s'éloigne.

Puis le brun ténébreux réapparaît aussitôt, un sanglier maigrichon dans les bras. D'accord, ça ressemble plutôt à un labrador noir. Mais quand même.

– Ce *truc* ne monte pas dans ma voiture, déclaré-je par la fenêtre.

– Elle est toute seule !

– C'est une fille, en plus ?!

– Je crois qu'elle est blessée, viens m'aider.

Je m'exécute en soupirant. Dante pose délicatement la bête par terre, elle émet un long couinement plaintif qui fendrait le cœur à n'importe qui, même à une fille qui préfère les ficus morts aux animaux de compagnie bien vivants.

– Il faut que tu lui tiennes la patte avant.

– Malheureusement, je ne peux pas la toucher… Ma religion me l'interdit, improvisé-je.

– Sol, prends sur toi ! Juste le temps que j'aille chercher un bout de bois.

L'ami des bêtes saisit ma main et la cale sous la patte de l'animal, qui me semble effectivement ne plus tenir toute seule attachée au reste du corps. J'ai légèrement envie de vomir.

– Regarde ailleurs, dit-il en poussant doucement mon visage sur le côté.

Il va vraiment falloir qu'il arrête de me toucher tout le temps…

Pendant qu'il part à la recherche de son bâton, j'examine la chienne qui lève la tête vers moi comme pour s'assurer que je suis aussi sympa que l'autre humain. Je lui souris. Jaune. Ses yeux noirs sont d'une tristesse infinie. Ses oreilles asymétriques, l'une dressée et l'autre cassée, tombant sur le côté. Je ne saurais dire si ses poils sont courts ou longs. Sales, en tout cas. Et rangés dans tous les sens. Ces animaux ne sont pas censés être au moins doux pour qu'on ait envie de les caresser ?

La chienne repose sa tête sur le bord de la route en poussant un soupir rocailleux. Je peux voir ses côtes sous son pelage hirsute. Et ses longues pattes fines et décharnées n'ont pas l'air assez solides pour pouvoir la porter. Même les trois qui ne sont pas cassées. Elle n'a pas dû manger depuis un moment.

– Ça devrait faire l'affaire, annonce l'homme des bois en revenant vers nous. Elle tient le coup ?

– Je crois… Moi, c'est moins sûr.

– Pourquoi ?

– Tu ne sens pas ? Elle pue la brandade de morue, ronchonné-je en respirant par la bouche.

– Hein ?

– Mais périmée depuis très longtemps !

– Je vais lui faire une attelle, décide Dante en m'ignorant totalement.

– Tu ne veux pas l'opérer à cœur ouvert sur le bord de la route, plutôt ? Histoire qu'on passe dans les journaux.

– Je vais enlever mon T-shirt, mais ce n'est pas ce que tu crois, dit-il avec un sourire au fond des yeux.

– Fais donc… soupiré-je, dépitée.

– J'en ai d'autres dans mon sac.

– Ça va, pas la peine d'en rajouter.

– Tu peux regarder ailleurs si tu préfères, me provoque-t-il encore un peu.

– Fais gaffe à toi, Salinger. Je peux encore changer d'avis, remonter dans ma bagnole chérie et vous laisser crever de faim tous les deux.

– Si tu veux. On se retrouvera à la prochaine station-service quand tu seras en panne, assoiffée et ruinée.

– Bon, ampute-la, qu'on en finisse ! Elle sent vraiment, *vraiment*, la morue.

Malgré moi, je caresse doucement la tête de l'animal blessé. L'apprenti vétérinaire se met torse nu et fixe le bâton en enroulant son T-shirt noir autour de la patte cassée de la chienne. Je la caresse doucement chaque fois qu'elle émet un nouveau couinement. Dante lui parle de sa voix grave et calme. Tente de la faire boire et manger, en vain. Puis me demande de faire une gamelle avec mes mains pour qu'elle puisse laper l'eau.

– Pourquoi les chiens ne savent pas boire au goulot ? râlé-je en obéissant quand même.

– Pourquoi les femmes n'aiment pas se salir les mains ?

– C'est sexiste.

– C'est vrai, concède-t-il avec un nouveau petit sourire agaçant.

– Et c'est tout ?

– Oui. Aide-moi à l'installer sur la banquette arrière.

– C'est hors de question. Ce *truc* ne fait pas la route avec nous. J'ai acheté des désodorisants pour voiture qui sentent la cerise fraîche et la rosée du matin. Si j'avais voulu le parfum « brandade », j'aurais choisi ça.

Dante se marre dans sa barbe et ça soulève ses pectoraux beaucoup trop musclés pour pouvoir les ignorer. Deux minutes de négociation plus tard, le chien est allongé sur sa chemise en jean (et accessoirement sur la banquette de ma Chevrolet).

Oui, j'ai abdiqué. Non, ce n'était pas seulement pour qu'il se rhabille.

J'ai un cœur, moi aussi.

Cette boule de poils m'a eue rien qu'avec son regard...

Je roule avec la tête penchée par ma fenêtre ouverte pendant que le sauveur à ma droite cherche une clinique vétérinaire ou un refuge pour animaux sur son téléphone portable.

Dieu merci, il a remis un T-shirt.

– On va vraiment ramasser tout ce qui fait du stop ou couine sur le bord de la route ? demandé-je machinalement.

– Peut-être.

– Ça ne faisait pas partie des règles de base, lui rappelé-je pour le principe.

– Je pense qu'on a foutu en l'air ces règles il y a longtemps.

– Hmm. Touché, répliqué-je d'une voix triste.

– Je ne parlais pas de *ça*. Désolé.

– Laisse tomber, répliqué-je en balayant le sujet d'un revers de main. Pour Hell, je peux comprendre. Elle te rappelait ta sœur, elle titillait ta fibre d'homme protecteur... Mais ce chien ?!

– Une vieille histoire, tente-t-il d'éluder.

– Je peux l'entendre ?

– Non.

– J'ai laissé ce bâtard puant me lécher l'intérieur des mains juste parce que tu me l'as demandé !

– OK... cède-t-il. Mon père a fait pareil que l'enfoiré qui

a largué cette pauvre bête au milieu de nulle part. On partait en vacances. J'avais 12 ans. Il trouvait notre chien encombrant. Alors que c'est lui qui nous l'avait offert. Il l'a laissé sur une aire d'autoroute. J'étais trop jeune, trop faible, trop peureux pour me rebeller. Ça fait seize ans que je me demande ce qu'il est devenu. Et si quelqu'un l'a secouru.

OK. Là, je n'ai rien à ajouter. À part que je me sens légèrement stupide…

Merci, le karma.

11

Morue et abricot

Grand ciel bleu, bitume usé, champs de maïs, petites bicoques et fermes abandonnées.

On roule environ dix kilomètres, jusqu'à un patelin nommé Bloomingville. À un feu rouge, mon brun ténébreux baisse sa vitre et demande aux passants où on pourrait trouver un vétérinaire ouvert (le refuge qu'il avait repéré sur Internet étant apparemment devenu un terrain vague). Le premier type qui daigne répondre à Dante n'en a aucune idée et passe son chemin. Le deuxième, un quinqua en bleu de travail, me fait un clin d'œil libidineux au lieu de répondre à mon copilote… à ses risques et périls, puisqu'il reçoit un doigt d'honneur de ma part et un regard de tueur de la part du passager baraqué assis à ma droite. Enfin, une petite dame voûtée s'approche de la Chevy et accepte de nous renseigner.

– Le docteur Barkley prend bien soin de ma Sweetie ! Vous verrez, il est charmant. Vous le trouverez sur la grande avenue.

– Laquelle ? demandé-je naïvement.

– On est à Bloomingville Tutu, il n'y en a qu'une… grommelle mon copilote.

– Où est votre petite merveille ? nous interroge la dame du coin, soudain curieuse.

Dante et moi nous retournons en même temps, pour lui faire comprendre que le clébard se trouve sur la banquette arrière (et qu'elle risque de ne pas être déçue du spectacle). Allongé de tout son long, l'animal dort d'un œil, répandant son ronflement irrégulier et son odeur fétide dans tout l'habitacle.

– Ah ? Il est très… Enfin… Comment dire ? C'est quelle race ? demande-t-elle, clairement dégoûtée de ne pas être face à un bichon toiletté et manucuré comme l'est sûrement le sien.

– « Trouvé au bord de la route » : une race du tonnerre ! Vous ne voudriez pas l'adopter, par hasard ? répliqué-je en souriant faussement. Ça ferait un bon compagnon pour Sweetie !

– Je dois y aller, quelqu'un m'attend. Mais bonne chance ! couine la vieille avant de s'éloigner au petit trot, en claudiquant.

Je ris jaune, tandis que l'homme aux yeux noirs m'observe en silence.

– Un commentaire, Salinger ?

– Non, pas vraiment.

– « Non » ou « pas vraiment » ? Ce n'est pas la même chose…

Le brun se racle la gorge, puis murmure, en détaillant le paysage.

– Tu t'es attachée, Sol…

– Quoi ? riposté-je en sentant mes joues virer au rouge. N'importe quoi ! À qui ?

– Au clébard qui vient de lâcher une caisse…

Mon cœur ralentit, je reprends mes esprits.

– Faux. Je cherche juste à m'en débarrasser !

– C'est ça, réplique-t-il avec un sourire insolent. Tu viens de défendre son honneur en envoyant balader la vieille, tu crois que je n'ai rien vu ?

– Bon, on la trouve cette grande avenue ? grogné-je en passant la première. Le feu est vert depuis cinq minutes, qu'est-ce qu'on fout encore là ?

À ma droite, ça ricane. Derrière moi, ça ronfle et ça lâche des gaz. Moi ? Je suis tentée de quitter l'aventure. Sauf que je n'en ai pas *vraiment* envie. La faute au Phœnix mystérieux et sexy qui me pourrit la vie.

Je n'ai pas oublié son « mensonge », mais quelque part, je l'ai compris. Et ça me suffit.

***

– Cette petite a sérieusement besoin d'être retapée, soupire le binoclard chauve en sortant le thermomètre de l'arrière-train du chien.

– Elle va s'en sortir ? lui demande gravement mon compagnon de voyage.

– À part la patte fracturée, son état général est plutôt bon. Elle est jeune, tout juste adulte, c'est probablement pour ça qu'elle s'en sort bien. Mais quelques jours de plus sans rations suffisantes de nourriture et d'eau, et elle y passait ! Vous avez fait une bonne action…

Le vétérinaire, qui a accepté de nous prendre en urgence en constatant la maigreur du chien et son attelle de fortune, place son stéthoscope pour écouter le cœur. Dante gratte la tête de l'animal qui tremble de tous ses membres sur la table d'examen, tandis que je reste à distance. L'endroit est plutôt cossu, plein de bonnes ondes, des photos de chiens et de chats peuplent les murs et je dois avouer que Sweetie n'avait pas tort : le docteur Barkley inspire confiance. Finalement, Bloomingville a son charme. Et son utilité.

En retirant ses lunettes, le véto pense à voix haute :

– Elle a besoin d'être réhydratée. On va commencer par la perfuser. Puis on plâtrera sa patte. Ensuite, les vaccins, le traitement anti-parasites et le…

– Faites tout ce qui est nécessaire, l'interrompt Dante.

Barkley le regarde un instant, agréablement surpris par l'investissement de l'homme sombre aux tatouages, puis se sent obligé de préciser :

– C'est un sauvetage, donc j'accepte de prendre en charge la moitié des frais, mais pas la totalité. Je ne fais pas d'exception…

– Ne vous inquiétez pas pour ça, rétorque le brun de sa voix rauque. Soignez-la.

– Et si vous pouviez lui trouver une famille… ajouté-je en m'approchant. Quelqu'un de confiance.

– Ah. Vous ne pouvez pas la garder ?

Je me sens coupable, tout à coup. C'est idiot. Et quand les yeux de Dante se plongent dans les miens, habités par cette lueur étrange, c'est encore pire.

– Non. Les chiens et les *road trips*, ça fait deux, répond-il finalement à ma place.

– Je comprends. Je vais passer quelques coups de fil.

La porte se referme derrière lui et je me retrouve seule avec mon *dark stranger*. Dante ne m'adresse pas la parole. Il descend le chien de la table d'examen en lui parlant doucement. Une jolie rousse entre soudain, nous salue et dépose une gamelle pleine de croquettes devant la bête maigrichonne qui se tient sur trois pattes. Elle se jette sur la bouffe en couinant de bonheur. L'assistante de Barkley s'échappe à son tour.

Seuls, à nouveau. Ses iris noirs, sa carrure nonchalamment adossée au mur, ses mains dans les poches et… moi. Il est beau à crever. Sauvage à me faire frémir.

– Tu m'en veux ? murmuré-je.

– De ?

– Je ne sais pas. De l'abandonner ?

– C'est un chien, Tutu. Pas notre fille illégitime.

Il sourit presque, mais sa voix reste dure.

– Elle ne peut pas faire la route avec nous. Pas quatre mille kilomètres, en tout cas…

– Je sais.

– Mais on ne la laissera pas à n'importe qui. On va trouver la bonne personne.

– J'espère, fait-il en se tournant vers l'animal qui se goinfre.

Je l'imite et mes yeux se heurtent à ses côtes apparentes, ses pattes si hautes et si fines, son poil terne. Je n'aime pas particulièrement les chiens. L'odeur de celui-là n'arrange rien. Mais j'ai un cœur malgré mon profond dégoût pour la brandade de morue.

– Ce voyage aura au moins sauvé quelqu'un…

Dante sourit en fixant le sol, puis passe la paume sur sa barbe naissante. J'observe ses muscles qui se contractent, sa veine saillante, près de son poignet, sa montre qui brille.

– Quand on pense t'avoir cernée, on a tout faux, lâche le brun en me fixant enfin. Tu es un vrai mystère, Tutu…

Déstabilisée, je fais un tour sur moi-même sur la pointe des pieds, histoire qu'il ait une bonne raison de m'appeler « Tutu ». Nos regards s'aimantent pendant de longues secondes. La tension monte. Je meurs d'envie de l'embrasser. Et puis le chien lâche un énorme rot, à nos pieds. Et notre bulle éclate.

– Putain de clébard, sourit celui qui me faisait frémir l'instant d'avant.

– Elle aussi, elle te fait penser à Calliopé ? demandé-je soudain, en riant.

– Fais gaffe à ce que tu dis, Stone… marmonne Dante.

– Moi je dirais qu'elle te ressemble, ajouté-je. Quelque chose dans ses yeux noirs et faussement durs, son poil en bataille et sa façon de faire semblant de ne pas avoir mal. Les grognements qu'elle émet, aussi ! C'est du Salinger tout craché.

– Tu plaisantes ? Avec ses longues pattes gracieuses, elle marche comme une danseuse. Et elle couine en permanence. Non, c'est sûr, c'est tout toi !

La porte du cabinet s'ouvre sur nos élucubrations et le docteur Barkley nous annonce qu'il a trouvé une maison d'accueil pour notre protégée. Apparemment, une riche veuve a déjà recueilli une douzaine d'animaux et se porte volontaire pour un de plus.

– Le seul problème… nous avoue le vétérinaire, gêné, c'est qu'il va falloir vous rendre jusqu'aux portes de Chicago.

– C'est exactement là qu'on va, réponds-je au binoclard. On devrait y être dans deux ou trois jours.

– C'est rare que la vie soit si bien faite… conclut-il en souriant de toutes ses dents.

Il sourit encore plus, une heure plus tard, quand Dante remplit le chèque monstrueux qui lui est destiné. L'adresse de la famille d'accueil en poche, sept kilos de croquettes, une gamelle en plastique, un collier affreux, une laisse assortie et un panier pour chien hors de prix dans le coffre, nous reprenons la route à la recherche d'un motel potable.

– Vu ce que le *truc* vient d'avaler, on va éviter de trop rouler… résumé-je en descendant ma vitre jusqu'en bas.

– Ça me semble plus raisonnable, acquiesce mon copilote en dégainant son téléphone pour trouver une adresse.

– Dante ?

– Oui ?

– Tu te souviens des trois critères essentiels ?

– Climatisation, chambres attenantes et restaurant, récite-t-il en soupirant.

– Il en faut un de plus…

– Quoi encore ?

– « Chiens acceptés ».

Le brun sexy lâche un petit rire vaincu, puis me glisse un *« bien joué »* à l'oreille en effleurant mon bras. J'en frissonne. Il reprend aussitôt sa main et se referme sur son portable, sourcils froncés, comme s'il regrettait ce geste spontané.

– Il faut qu'on lui donne un nom, relancé-je.

– Hmm ? me demande distraitement mon voisin, concentré sur son écran.

– Le chien. On va se le coltiner pendant trois jours, il lui faut un nom.

Silence à ma droite.

– Interstate ? proposé-je en me marrant toute seule. C'est là qu'on l'a trouvée…

Le brun me fusille du regard, puis retourne à son écran. J'en déduis que c'est non.

– Petit cœur ? Parce qu'elle a besoin de beaucoup, beaucoup d'amour, ironisé-je.

Mon copilote ignore totalement mes sarcasmes.

– Je sais ! m'écrié-je. Chevy ! En hommage à celle qui l'a ramassée sur le bord de la route !

Après quelques secondes (interminables) de silence, Dante se décide enfin à me répondre. D'un seul mot :

– Morue.

– Pardon ?!

– Morue, sourit-il en fixant la route. Ça me semble évident.

Oui, bon, quand on y pense. Ce chien, on le sent avant même de le voir…

***

Le Bloom Motel est franchement perdu au milieu de nulle part, mais il semble propre et possède un snack ouvert vingt-quatre heures sur vingt-quatre. Il n'en fallait pas plus pour me convaincre d'y passer la nuit. Dante, Morue et les croquettes se rendent dans leur chambre, moi dans la mienne. Je me fais couler un bain en examinant le menu, puis m'introduis dans l'eau moussante, mon téléphone à la main.

J'ai beau être une solitaire, une « sans-amis », Alicia me manque. Parfois.

[Comment va mon ficus ?
Et ma locataire ?]

[Probablement mieux que toi.
Toujours pas sauvagement assassinée
sur une aire d'autoroute ?]

[Non. Ou alors c'est
mon fantôme qui te parle.]

[« Ouuuuh ».]

[Tu fais très mal le fantôme, Ali.]

[Retire ce que tu viens de
dire ou tu ne retrouveras
pas ton ficus vivant !]

[OK je retire. Et j'ai un chien, maintenant.
Enfin, pour les trois prochains jours.]

Je lui envoie une photo de Morue. Celle où on voit peu sa maigreur, mais beaucoup ses crocs.

[C'est lui, Dante ?
Belle dentition…]

Je rigole toute seule, puis lui envoie le seul cliché volé que j'ai du beau brun.

[Non, c'est lui.]

[C'est ça. Et moi, je suis
Ellen DeGeneres.]

[Non, JE suis Ellen DeGeneres.
Cette femme est un génie.
Mais on s'égare.]

[Et c'est bien Dante, sur la photo.
Mon copilote. Je le jure sur
la tête de mon ficus.]

[Vraiment ?]

[Vraiment.]

[Et tu arrives à garder
les yeux sur la route ???]

[C'est un challenge de chaque minute.
Parfois, je frôle la mort.]

[Solveig, fais attention à toi.]

[Oui maman.]

[Et envoie-moi au moins une photo de lui par jour.
La survie de ton ficus en dépend…]

Je glousse, balance mon téléphone sur la moquette de la chambre et me laisse glisser jusqu'à avoir la tête sous l'eau. Dieu que c'est bon.

J'ai juste le temps de me laver les cheveux, de quitter la baignoire et de me sécher (avec le tapis de bain râpeux que j'ai pris comme serviette) que des coups résonnent à ma porte. En sous-vêtements, enroulée dans mon tapis riquiqui, j'entrouvre et me retrouve face à un Dante fraîchement douché, changé et rasé. Je n'avais encore jamais vu son visage à nu. Je crois qu'il est encore plus beau, même si j'aime le côté dur que lui donne sa barbe de quelques jours. En fait, je suis incapable de choisir. Alors je me concentre sur le reste du spectacle : un jean foncé près du corps et un T-shirt clair au col en V qui laisse voir un peu de sa peau hâlée. Sur son bras, le phœnix est plus noir, plus vivant, plus sexy que jamais.

Picotements dans tout mon corps.

– Je vais au snack, fait-il de sa voix rauque, en se détournant pour échapper à mon regard. Tu veux quelque chose ?

– Et Morue ?

– Profondément endormie.

– Donne-moi trois minutes, je t'accompagne !

– Deux.

Le sourire qui barre ses lèvres ourlées est fait pour me provoquer, j'en suis persuadée. Les yeux légèrement plissés, il attend que je riposte verbalement. Je n'en fais rien, mais sans refermer la porte, je laisse tomber ma « serviette », attrape mon jean avec le premier haut qui passe par là, et m'habille sous ses yeux interloqués. Pas de raison que je sois la seule à le dévorer du regard. Une paire de tongs plus tard, je claque la porte derrière moi en le frôlant au passage.

– Une, murmuré-je en le sentant frissonner.

Une fois arrivés au snack, nous observons la grande pièce quasiment vide. Je m'approche du comptoir et étudie distraitement la carte. La tension due à mon petit *show* n'a pas encore disparu et Dante ne m'approche plus à moins de trois mètres.

Le farouche est de retour…

Finalement, il se décide à commander un hot-dog, des chips et une eau gazeuse. J'opte pour une salade et un milk-shake aux Oreo. Derrière son comptoir, l'homme à la casquette nous dit d'aller nous asseoir en attendant que tout soit prêt. Mon brun ténébreux ne se fait pas prier et va s'installer près du grand aquarium qui décore le mur du fond.

– Je n'ai jamais compris l'intérêt d'avoir des poissons, déclaré-je en le rejoignant. Aucune interaction. Aucun contact. Rien.

– Toi qui aimes tant le contact avec les animaux… se moque-t-il.

– Quoi, tu es aussi un fervent défenseur des poissons rouges en voie de disparition ?!

– C'est à la fois cruel de les voir enfermés là-dedans, fait-il en les observant. Et à la fois captivant.

– Ça te tue d'avoir oublié ton appareil photo là-haut, hein ?

– Tu commences à trop bien me connaître… grommelle-t-il.

Le serveur nous apporte notre commande, je me jette sur mon milk-shake.

– Je crois qu'on peut considérer ça comme une addiction, commente le brun.

– Mon amour du sucre ? ajouté-je en riant.

– À ce stade-là, ce n'est plus de l'amour…

Il croque dans une chips en me regardant fixement, l'air joueur. Je ne me laisse pas déstabiliser et continue de descendre ma boisson à la paille. Geste suffisamment explicite.

– Et toi, c'est quoi ton addiction ? lui demandé-je en retour.

– La photo.

– Non, ça, c'est ton métier.

– Seulement la moitié.

– Comment ça ?

– J'ai deux jobs. Photographe et directeur adjoint de l'entreprise familiale.

– Quelle entreprise ?

– Si je te le dis, tu sauras qui est mon père.

Le silence s'installe entre nous. Je me noie dans ses yeux noirs, il ne bouge pas d'un cil.

– Dante, qui est ton père ?

Il semble hésiter un instant, presque prêt à se confier, puis ses yeux se ferment, ses sourcils se rejoignent et sa voix se durcit à nouveau :

– Tu n'as pas besoin de le savoir.

Son immense corps se lève avec une grâce étonnante, il me fait un signe de tête et décampe en emportant son hot-dog.

– À demain, Tutu, lâche-t-il avant de sortir de mon champ de vision.

***

Douze heures (dont presque six de sommeil) plus tard, je suis réveillée en sursaut par les aboiements tonitruants d'un chien. Totalement dans le coaltar, je mets un temps fou à comprendre qu'il s'agit de Morue. Et qu'elle se trouve juste derrière la porte communicante (fermée à double tour hier soir) qui relie nos deux chambres.

Un tantinet agacée par tout ce boucan, je sors du lit, me traîne jusqu'à la porte et tourne le verrou. Dante a apparemment fait de même un peu plus tôt, puisque la porte s'ouvre comme par magie (ou plutôt, sous les coups de pattes, de plâtre et de fesses du chien hystérique).

– Ah ! Morue ! Couchée ! m'exclamé-je d'une voix ensommeillée.

Échec cuisant. La bête frétille de plus belle et me saute dessus pour atteindre mon visage, qu'elle lèche avec délectation. Alerté par mes cris, Dante vient à ma rescousse et attrape le chien par son collier. Ses yeux descendent ensuite sur mon corps… et je réalise que je fais *encore* preuve d'un manque de pudeur flagrant et irréfutable.

Débardeur et shorty.

Rose, le shorty…

Minuscule, le débardeur…

– Rendez-vous dans une heure pour le départ, sifflé-je avant de refermer la porte… sur le clébard et l'homme au phœnix.

Ses yeux. Leur intensité. Leur noirceur. Je ne m'y ferai jamais.

***

Quelque chose a changé depuis hier. Quelque chose de crucial. Vital, presque. Ça ne sent plus la brandade ni la station d'épuration dans la voiture. Je m'en rends compte après avoir roulé quelques kilomètres.

– C'est moi ou ça sent l'abricot ? m'exclamé-je.

Je me tourne vers Dante, aucune réaction, si ce n'est un haussement d'épaules. Mon regard retourne à la route, mais l'odeur fruitée m'emplit à nouveau les narines. Coup d'œil sur la banquette arrière. Gagné.

– Et c'est moi ou Morue a le poil brillant ? continué-je avec un sourire en coin.

– C'est probablement toi… grogne mon passager.

– Vraiment ? C'est le Saint-Esprit qui a donné un bain à ce chien ? Qui l'a lavé avec un shampoing qui sent bon l'abricot ?

Le tatoué soupire mais ne répond pas. Comme si ça allait suffire à me faire taire…

– C'est trop mignon ! ajouté-je d'une voix irritante. Le méchant rebelle qui lave son petit chien-chien…

– C'est bon, j'ai compris, marmonne-t-il.

– Tu lui as tricoté un petit manteau, aussi ?

– C'est bon, j'ai dit.

– Et limé les ongles ?

– Solveig…

Plus sa voix se fait menaçante et plus j'ai envie d'en rajouter.

– Tu avais des cotons-tiges pour ses oreilles ?

– Tu vas te taire, oui ?

Je glousse, il croise les bras sur son torse pour me signifier que la conversation est terminée. Je garde le silence pendant quelques secondes, histoire de lui laisser un peu de répit. Mais quelques secondes seulement.

– Et tu lui as brossé les dents ?

– Solveig, putain !

12

Chienne de vie

Quatrième jour de ce *road trip* insensé, bordélique, sans queue ni tête. Seulement quatre. J'ai l'impression d'avoir croisé la route de l'homme au phœnix il y a des mois. Et de respirer l'haleine poissonneuse de ce chien depuis des semaines.

– Le poil, c'était un bon début, dis-je en me couvrant le nez. Mais j'étais sérieuse pour les dents. Il n'y avait vraiment rien à faire ?

– Rien. À part faire abstraction. Si tu y penses un peu moins, tu finiras par oublier.

Mon *dark stranger* n'est pas d'humeur causante. Il baisse un peu plus sa vitre et respire l'air extérieur. J'admire un instant son profil sans barbe. Ses traits parfaits. Sa peau ambrée qui semble si douce.

– Faire abstraction… Faire abstraction…

Mais je ne sais plus de quoi *faire abstraction*, justement : mon copilote sombre et sexy ou la boule puante à l'arrière. Je décide de me concentrer sur le chien. Ou plutôt, de me faire à son « doux fumet ». Mais plus j'essaie et plus j'ai l'impression que l'animal (pourtant endormi et totalement inerte) empeste et m'inonde de son odeur.

Soudain, une idée de génie.

Je freine, me range sur le bas-côté de la route après un regard dans le rétroviseur et me penche vers Dante pour farfouiller dans la boîte à gants.

– Espace personnel, l'entends-je grommeler tandis que je l'effleure à peine.

– Quel charmant compagnon de voyage tu fais ! commenté-je en souriant faussement avant de me retourner vers Morue.

Dans ma main, une poignée de bonbons à la menthe.

– Le sucre, c'est mauvais pour les chiens, me stoppe mon copilote en saisissant doucement mon poignet. La menthe aussi.

– La puanteur, c'est mauvais pour les humains normalement constitués, ronchonné-je en tentant de récupérer mon bras.

Il ne me lâche pas et me fixe de plus belle de son regard noir.

– Je ne suis pas normalement constitué ? lance-t-il en haussant un sourcil.

– Faut croire que non… marmonné-je.

– Solveig… dit-il avec un sourire en coin.

– Quoi ?

– Tu as pourtant pu le vérifier, murmure-t-il. De la tête aux pieds.

Cette fois, je ne me laisse plus faire. Je lui arrache mon poignet en bougonnant, balance les bonbons par la fenêtre et fais crisser les pneus en démarrant.

– On ne parle plus de *ça*, lui rappelé-je d'une voix acide.

– OK. On peut ne plus parler de rien. Ça me va.

Le ténébreux attrape son appareil photo, appuie sur un bouton et se plonge dans ses clichés. Pendant une bonne trentaine de minutes, je ne l'entends plus. Touteseule allume la radio, zappe jusqu'à trouver une chanson potable et se concentre sur la route en chantonnant. Quand Michael Jackson s'invite à bord, je monte le son. Et le volume de ma voix.

– « Billie Jean is not my lover ! She's just a girl who claims that I am the one, but the kid is not my… »

Soudain, Morue se réveille en sursaut sur la banquette arrière et fait elle aussi des vocalises. Surprise (voire terrifiée), je donne un coup de volant malencontreux et manque de nous envoyer dans le décor. Dante réagit, redresse le volant à ma place et siffle en direction du chien pour le faire taire.

– Putain, vous allez tous nous tuer avec vos conneries ! s'exclame-t-il alors que je reprends le contrôle du véhicule. Plus personne ne chante, compris ?!

Il me fixe, l'air accusateur, puis fait de même en direction du clébard. Comme si un chien pouvait comprendre quoi que ce soit. Bon, elle se couche, l'air penaud. Et couine un truc qui ressemble presque à un « désolée ».

Ce road trip est en train de me transformer en illuminée...

Je mets les infos, c'est plus prudent. Bidouille quelques boutons parce que j'ai l'impression que le chauffage s'est mis en route. C'est ça ou le fait que Dante vient de vider une demi-bouteille d'eau... et que je me suis surprise à envier le goulot.

Un panneau indique que Chicago se situe maintenant à trois cents kilomètres. Faisable en une journée, si la *bête* veut bien coopérer. J'ai finalement trouvé le moyen de faire abstraction des odeurs émanant de notre passager canin : bonbons à la menthe. Dans *ma* bouche.

Un bruit familier me fait quitter la route des yeux, juste un instant. Dante vient de me photographier. Puis il se tourne vers Morue et la mitraille. La question est peut-être maladroite, presque indélicate, mais elle passe la barrière de mes lèvres :

– Pourquoi est-ce que tu aimes tant photographier des banalités ?

Il se tourne vers moi, marque une pause avant de répondre :

– C'est elle ou toi, les « banalités » ?

– Je ne sais pas, rétorqué-je dans un sourire en haussant les épaules. Les deux. Les paysages, toujours les mêmes. Le bitume et l'herbe séchée. Tu ne préférerais pas plutôt capturer des top-modèles, des œuvres d'art, de jolis endroits ? Des choses qui ont de la valeur, quoi.

L'homme tatoué passe sa paume sur sa barbe disparue, puis rétorque de sa voix grave et virile :

– Je capture tout, Tutu.

– Comment ça ?

– Des gens importants, des objets d'exception, des filles paumées, des chiens abandonnés, des paysages sans prétention… Mon œil est attiré par tout. Le beau et le moins beau.

– Je ne suis pas paumée, m'entends-je souffler.

Un sourire ténu, presque triste, traverse ses lèvres, puis il se tourne à nouveau vers sa vitre.

– La « banalité » comme tu dis, il suffit de la capter au bon moment, de l'apprivoiser pour en faire de l'art, conclut-il.

Je ne riposte pas. Je m'enferme dans le silence, en repensant à ce qu'il a dit de moi. « Paumée ». Ça me blesse. C'est vraiment comme ça qu'il me voit ? Au bout de quelques kilomètres, mon trouble semble être évident, puisque mon copilote tente pour la première fois de me forcer à parler.

– Tutu…

– Arrête avec ce surnom, je le déteste.

– Menteuse, sourit-il, insolent.

Je me mords les joues pour l'ignorer, fais tout mon possible pour ne pas répliquer, mais c'est plus fort que moi. Il faut que je rentre dans son foutu jeu…

– Qu'est-ce que tu en sais ? grogné-je. Tu ne me connais pas ! Tu ne sais rien de moi ! À part que je suis *paumée*…

– Je ne parlais pas de toi, Sol !

– C'est ça, oui…

– Ce que tu peux être butée ! grommelle-t-il.

– De qui alors ?!

– Yeux de panda, ça te dit quelque chose ?

– Hell… murmuré-je, soudain embarrassée.

– Hell, confirme-t-il.

Je n'ai pas besoin de m'excuser, de préciser qu'il avait raison, que j'avais tort. Dante se fout de tout ça. Il me balance un nouveau bonbon, nous échangeons un sourire et le débat est clos.

J'aime ça chez lui. Il a la victoire discrète. Peu de gens possèdent cette qualité. Et ce corps de dieu g…

Hors sujet, Tutu !

Nous nous arrêtons cent kilomètres plus loin, pour que Morue puisse dégourdir ses trois pattes, se vider la vessie et se bâfrer de croquettes. C'est l'heure du déjeuner, j'en profite donc pour faire le plein de sucre (et prends un café noir avec un paquet de chips en plus, pour mon copilote).

En me voyant sortir de la boutique, le chien se rue sur moi comme si je l'avais quitté il y a des semaines de ça, et le café brûlant se renverse sur mon T-shirt blanc. Je hurle, plus de surprise que de douleur, mais je hurle quand même. En deux-trois mouvements, Dante est sur moi, éloignant le chien, me retirant mon T-shirt et m'entourant de ses bras pour protéger ma quasi-nudité.

Vérification... C'est bon. J'ai eu la bonne idée de mettre un soutif.

– Rentre dans la voiture, Solveig, me souffle l'autoritaire en ouvrant la portière. Je vais chercher ton sac.

« Solveig ». J'ai l'impression qu'il ne m'appelle comme ça que quand la situation est grave. Et qu'il s'est sincèrement inquiété pour moi. Je tente d'ignorer les papillons qui font la java dans mon ventre. J'entends le coffre s'ouvrir, puis claquer. Le beau brun dépose mon sac à côté de moi, sur la banquette arrière et me balance :

– Tu peux te changer, je bloque la vue.

Dos à moi, il ordonne à Morue de venir « au pied » et surveille les alentours. Un sourire niais aux lèvres, je retire mon short et enfile la première fringue que je trouve. Une robe vert pâle, courte et légère, parfaite vu la chaleur qu'il fait dans la bagnole.

Lorsque je ressors de la Chevy, Dante m'inspecte de la tête aux pieds, un sourire en coin greffé sur sa bouche à lui.

– Bien joué Morue, se marre-t-il en direction du chien. Ça valait le coup...

J'ai l'impression que cette phrase lui a échappé. Je ris pour qu'il ne la regrette pas, lui montrer que j'ai encore de l'humour, malgré tout ça. Amusée par son regard gourmand posé sur moi, je vais jusqu'à lui donner une petite claque derrière la tête, mais il stoppe mon geste en me fixant de son regard noir… et effrayant.

– Pas de violence. Jamais.

Je ne l'ai jamais vu, jamais entendu, jamais senti aussi intense. Complètement déboussolée, je récupère ma main en m'excusant comme une gamine et vais m'installer fissa derrière le volant. J'entends le coffre claquer à nouveau (mon sac a retrouvé sa place) et le chien monter sur la banquette arrière. Ensuite, mon copilote s'assied à l'avant et me fait un signe de tête pour m'indiquer que je peux démarrer.

Nous parcourons les cent kilomètres suivants dans un silence absolu. Lorsqu'une goutte de sueur glisse sur ma tempe, que ma robe me colle à la peau, je triture à nouveau ces foutus boutons.

– Putain de chauffage, soupiré-je. Il fait déjà vingt-cinq degrés dehors, pas besoin de ça…

– Il va falloir qu'on s'arrête.

Cette voix. Seulement une heure que je ne l'ai pas perçue et pourtant, elle résonne en moi comme si je l'entendais pour la première fois.

– Non, on peut atteindre Chicago, rétorqué-je en reprenant mes esprits.

– Il fait quarante degrés, Sol. Ça devient vital : il faut qu'un mécano fasse quelque chose avant qu'on crève tous de déshydratation.

– Ça va encore me coûter un bras… gémis-je en pensant à ma précieuse enveloppe qui maigrit à vue d'œil.

Je quitte l'Interstate 90 à la sortie suivante et entre dans un bled paumé nommé New Carlisle. Je dépasse un stade de football américain (une religion, dans le coin), un fast-food, une station essence et tombe sur un petit garage qui ne paie pas de mine. Dépitée, je me gare juste devant et contemple la devanture grisâtre où se battent en duel quelques lettres mal fixées.

– Dylan Motors, déchiffré-je.

Je suis… sceptique. Je meurs de chaud, mais pas encore suffisamment pour laisser ma plus précieuse possession entre les mains de n'importe qui.

Sauf que je ne suis pas la seule dans cette bagnole. Morue halète tellement que sa langue pendouille sur le côté comme une escalope de veau périmée. Sa respiration rocailleuse semble imiter le bruit d'une vieille mobylette qui essaie de démarrer. Quant à Dante… il ne dit rien. Monsieur Lunatique souffre en silence, passant régulièrement son avant-bras tatoué sur son front et sa tête par la fenêtre.

– Chevy, il va falloir que tu sois courageuse… soupiré-je en tapotant mon volant.

Mon voisin sort de la voiture en premier, faisant craquer sa grande carcasse et ses lombaires douloureuses avant de se rendre jusqu'au garage. Un petit homme ventripotent le repère, marche jusqu'à lui et lui serre la main après s'être essuyé sur un tissu noir de suie. Les deux hommes discutent quelques minutes, je les vois fixer ma « Précieuse », puis se mettre d'accord.

Je ne quitte pas Dante des yeux lorsqu'il revient vers la voiture de sa démarche nonchalante, une main dans une poche, l'autre sur sa nuque (probablement raidie par les kilomètres parcourus).

– Le boss est d'accord pour s'en occuper tout de suite, m'apprend-il en se penchant par la vitre ouverte, ses deux mains posées sur le toit de la voiture. Un de ses gars connaît bien ce modèle apparemment, ça ne devrait pas prendre trop de temps.

– Vous avez discuté du prix ? demandé-je en me forçant à fixer autre chose que ses biceps bandés.

– T'inquiète pas pour ça.

– Dante, c'est ma voiture. Les frais de réparation sont pour moi. Pas de négociation.

Je sors de la voiture, ouvre à Morue qui couine déjà de

peur qu'on l'abandonne et lui remplis une grande gamelle d'eau. Lorsque je me redresse, je croise le regard ténébreux qui se détourne immédiatement. Et je réalise que quand je me penche, ma robe remonte très haut. Trop haut.

– Je vais aller visiter le cimetière de bagnoles, prendre quelques photos, m'annonce Dante en se raclant la gorge. Je ne serai pas loin si tu as besoin.

– C'est beau, une carcasse de voiture ? De la tôle froissée ? Des pneus explosés ?

– Tout est beau, Sol. Il faut juste que tu apprennes à regarder.

Sur ce, mon compagnon de route m'abandonne et me laisse en tête-à-tête avec un chien en manque de câlins. Génial. J'emmène la bestiole sur un petit carré d'herbe à l'ombre et m'y assieds avec elle. C'est trop de bonheur d'un coup pour Morue, qui prend ça pour une invitation et se couche sur moi, en tentant de se mettre en boule sur mes jambes croisées.

Les griffes de chien sur la peau nue, ça fait mal.

– Belle caisse, me fait soudain sursauter une voix nasillarde.

Je pousse le chien, me relève en tirant sur ma robe et rejoins l'homme qui pose déjà ses sales pattes sur ma Chevy.

– Le chauffage s'est mis en route tout seul, expliqué-je sommairement. Vous pouvez l'éteindre ?

– Je suis Hank. Et je peux tout faire, ma jolie.

L'homme qui doit avoir la quarantaine ne m'inspire pas confiance. Très grand, très maigre, la peau très pâle, les cheveux rares, gras et les yeux rougis. Sur son avant-bras, je remarque une grosse cicatrice, comme une ancienne marque de coup de couteau qu'il aurait tenté d'arrêter. En essuyant ses paumes sur son marcel blanc dégueulasse, il me sourit d'un air étrange. Ses yeux passent des miens à… ma bouche… ma poitrine… mes jambes nues. C'est tout juste s'il ne me demande pas de me retourner pour inspecter mon arrière-train.

– Vous faites la route toute seule ? C'est pas bien prudent, ça… me sourit-il en me mettant mal à l'aise.

– La voiture. C'est la seule chose dont vous devez vous soucier.

Mon ton ferme et définitif semble l'étonner.

– Il va falloir que je bidouille quelque chose au niveau du volet du mixage de l'air, fait-il en se grattant la tête. Ça devrait tenir.

– Vous comptez « bidouiller » ou « réparer » ?

– Réparer ? se marre-t-il. Ma jolie, ta voiture commence à dater. Sur ce modèle, il faudrait carrément changer le bloc de chauffage. Et bon courage pour le trouver où que ce soit…

En s'adressant à moi, il reluque mes seins, puis mes cuisses. Qui a dit qu'un homme n'était pas capable de faire deux choses à la fois, déjà ? Plus ça va et plus le regard lubrique de ce type me fout les jetons. Je jette un coup d'œil en direction de la casse mais ne vois Dante nulle part.

– Mon nom, c'est pas « ma jolie », finis-je par bougonner. Et faites ce que vous pouvez, mais faites-le vite.

– Dis donc, tu vas me parler autrement et être un peu plus gentille si tu veux que je t'aide…

– Je vous paye, ça devrait vous suffire, rétorqué-je d'une voix glaciale.

Je fais un pas en arrière pour m'éloigner de l'homme que je trouve de plus en plus menaçant, mais il a le bras long et parvient à me retenir en saisissant le mien. Soudain, un grognement sourd et puissant me fait sursauter, avant que j'aie le temps de crier. Morue vient de s'interposer entre nous, le regard fou, le poil hérissé, tous crocs dehors. Malgré son plâtre, l'animal fait peur. Et le mécano me lâche.

– Il faut le piquer, ce clébard ! siffle le sale type en reculant. Remarque, avec mes outils, je peux peut-être lui apprendre qui est le maître…

Une colère sourde et aveuglante monte en moi à l'idée qu'il la touche, qu'il la blesse. Alors je me jette en avant, lui balance un énorme coup de genou dans les bijoux de famille et me rue dans la voiture en faisant monter Morue avec moi.

L'homme est plié en deux, il m'insulte, me promet de me « mater moi aussi ». Je lui décoche mon habituel doigt d'honneur, puis démarre en marche arrière, tout en klaxonnant comme une dingue pour alerter mon copilote.

Je n'ai jamais vu Dante courir aussi vite. Ses sourcils se froncer autant. J'ouvre sa portière en catastrophe, il saute dans la voiture et beugle :

– Quoi ? Qu'est-ce qu'il y a ? C'est ce mec ? Il t'a touchée ? Putain, je vais le buter !

Prise d'un fou rire (sûrement l'adrénaline), je repars en trombe pour ne pas lui laisser le temps de descendre et de régler son compte à Hank et son unique testicule restant.

– Solveig, il s'est passé quoi bordel ?

– Trouve juste un autre garage, Dante. Tout va bien…

– Sûre ?

– Sûre.

Quelque part, je suis fière. Fière de n'avoir pas eu besoin d'un homme pour me sortir de là. En regardant Morue dans le rétroviseur, je lui adresse un clin d'œil et lui promets mentalement de ne plus jamais critiquer son haleine, son poil hirsute ou ses couinements intempestifs.

Dante avait raison. Je m'attache…

Chienne de vie.

***

– Bon, Chicago ce sera pour demain, soupiré-je en caressant la tête du clébard. Tu gagnes une nuit de plus avec nous, Morue.

Nous nous sommes arrêtés dans la ville suivante pour régler ce problème de chauffage. Et avons appris qu'on ne récupérerait pas la Chevy avant le lendemain matin. C'était ça ou mourir desséchés.

– Tu peux t'estimer heureuse qu'un vrai garagiste ait

accepté de réparer ton vieux tacot, lâche Dante en reposant son verre de soda.

– Ouais… Et sans totalement me ruiner, souris-je, soulagée.

– Je t'ai déjà dit que…

– Et je t'ai déjà répondu non, le coupé-je.

La serveuse du diner nous apporte nos plats. Spaghettis pour l'Italien, poulet rôti pour moi. Et pour le chien, à qui je donne régulièrement la becquée.

– Tu vas enfin me raconter ce qui s'est passé ? se marre le brun au phœnix.

– Ce chien, on aurait dû l'appeler *SuperMorue*.

La bestiole avale un gros bout de poulet, puis me tend son regard suppliant pour en obtenir un autre. Dante nous observe derrière ses longs cils, de son beau regard, tendre et intense à la fois.

– Tu ne me diras rien, c'est ça ? devine-t-il.

– Non.

– Plus j'insisterai et moins j'en saurai ? murmure-t-il.

– Affirmatif.

– Tu essaies de me prouver que les gens qui font des mystères sont pénibles ?

– Exactement.

– Donc tu reconnais être pénible ? sourit l'insolent.

– Oui. Mais uniquement parce que c'est nécessaire.

Il se marre doucement, s'attaque à ses pâtes sans cesser de me fixer. Je ne montre rien, je joue l'indifférente, mais j'en ai presque le tournis. Et je me rends compte à quel point j'aime ça, qu'il me regarde, qu'il cherche à me comprendre, me décrypter, me connaître.

Danger…

– Le mec était lourd. Très lourd. Il t'a fait des avances en se comportant comme un bourrin. Tu as flippé, le chien l'a senti et t'a protégée.

Il vient de débiter cette phrase comme si c'était l'évidence même.

– J'ai tout bon ? insiste-t-il.

– Tu m'énerves.

Dante lâche un petit rire rauque, communicatif, puis se ravise. L'air à nouveau sombre, il repousse son assiette et grogne :

– Putain, j'aurais dû lui casser les dents à cet enfoiré…

« Pas de violence ». Apparemment, ça ne vaut que pour moi…

13

L'arabesque

Chicago. La ville où j'ai grandi, avant de m'exiler pour l'école de ballet. La ville où j'ai enterré mes parents. La ville que j'ai fuie, à 18 ans. La ville dans laquelle je ne peux pas m'empêcher de revenir, alors que plus rien ne m'y retient. Chicago, c'est la maison, les bons et les mauvais souvenirs. J'ai toujours un pincement au cœur en mettant les pieds ici. Et je suis contente d'y passer deux jours, libre de flâner, de penser, seule ou presque. Sans avoir à conduire. Sans avoir à me demander ce qui m'attend au bout de ce *road trip*. Et ce que je fais là, avec Dante à côté de moi.

– C'est ici que nos chemins se séparent, lancé-je solennellement en arrêtant la Chevy.

– Quoi ? me demande doucement le brun à ma droite, en fronçant un seul sourcil sur deux.

– Je crois qu'on devrait faire un break, tous les deux… insisté-je en gardant mon sérieux.

– Je ne comprends pas… marmonne-t-il en frottant sa barbe qui commence tout juste à repousser.

– Je plaisante ! lâché-je dans un éclat de rire. J'adore les phrases toutes faites.

– Ah. Et j'adore tes plaisanteries, grogne-t-il en retour.

– Bon, prends ta Morue et ta mauvaise humeur, et foutez-moi le camp, j'ai des trucs sympas à faire, moi !

– Avec plaisir ! grommelle encore mon copilote en attrapant son appareil photo et son sac à l'arrière.

– Dante, ajouté-je en attrapant son avant-bras pour le retenir. Deux jours, c'est long, c'est court… Mais pas la peine de faire cette tête, on se reverra, tu sais ?

Ma bouche continue de blaguer mais ma main posée sur sa peau chaude et tatouée ressent des trucs pas drôles du tout. Il la regarde. Je la retire.

– Pas sûr que je revienne, marmonne-t-il pour entrer dans mon jeu.

– Suspense… dis-je avec un air mystérieux.

– Tu as besoin d'un hôtel ou pas ?

– Non, c'est chez moi ici. Je vais dormir chez une copine.

– OK, répond-il sobrement (même si j'ai l'impression qu'il est un tout petit peu déçu).

– Et toi ?

– T'inquiète pas pour ça. J'ai des gens à voir aussi.

– Super, conclus-je d'une voix enjouée.

Une femme ?

Oui, sans doute une femme. C'est forcément ça, son point de chute. Les hommes comme Dante ont toujours une « amie » qui les attend dans chaque ville où ils sont passés un jour. Une fille qui met sa vie entre parenthèses dès qu'il lui passe le fameux coup de fil. « Je suis dans le coin, je peux passer ? ». Une fille qui se précipite sous la douche pour se raser les jambes, qui change ses draps rien que pour lui et qui fait semblant de l'accueillir nonchalamment, un crayon dans les cheveux faussement décoiffés, genre « je ne t'attendais pas ». Cette fille, ça a déjà été moi. Et cette fille qui va *héberger* Dante ce soir, je ne peux pas m'empêcher de la haïr un peu.

Morue, je compte sur toi pour péter au meilleur moment, lécher toute la tronche de la fille pour qu'elle sente la brandade jusqu'au lendemain, et mettre un coup de plâtre bien placé à Dante qui le rendra impuissant.

– Amusez-vous bien tous les deux, lancé-je, détachée.

Il faut qu'ils sortent de là. Il faut que j'arrête de penser aux parties intimes de cet homme qui doit rester mon compagnon de route. Et rien d'autre. C'est notre *deal*. Il faut que j'arrête de toucher son avant-bras. Qu'il arrête de me regarder comme ça. Et de s'inquiéter pour moi et ma nuit passée sans lui. Ces « au revoir » qui s'éternisent sont parfaitement ridicules. Ces deux jours sans lui vont me faire un bien fou.

***

Deux heures de flânerie plus tard à travers la ville, je sonne chez Phoebe, une amie d'enfance que je n'ai pas vue depuis des années. On allait à l'école ensemble. On a quitté Chicago ensemble. On a même partagé un petit appart miteux pour nos débuts à New York. Mais on s'est un peu perdues de vue quand elle est entrée à l'université de Columbia, alors que j'ai préféré me mettre à travailler pour gagner ma vie. On n'a jamais cessé de s'appeler ou de s'écrire depuis, deux ou trois fois par an. Et je n'en reviens pas qu'elle soit revenue s'installer ici.

La grande sportive m'accueille avec un *hug* aussi brutal que chaleureux. Elle n'a pas changé d'un pouce. Si, peut-être encore plus large et plus musclée.

– Phoebe Sloan, quand est-ce que tu vas arrêter la gonflette ?

– Quand Solveig Stone dépassera enfin le mètre soixante.

On se tombe à nouveau dans les bras en riant.

– Entre ! Cette couleur de cheveux te va hyper bien.

– Arrête, je suis sûre que tu détestes.

– Non, se défend-elle, c'est très… blond.

– On appelle ça « platine ». Je vois que tu es toujours très à cheval sur les questions look et mode ! me moqué-je.

Phoebe porte un bas de survêtement blanc brillant et un sweat à capuche bordeaux aux couleurs de l'université de Chicago. Sur son ventre se dessine un phœnix blanc aux larges ailes déployées, que je fixe un peu trop longuement.

C'est bon, le karma, pas besoin de m'envoyer des signes tout le temps.

– Absolument, confirme la sportive. J'hésite même à me faire tatouer Phil le Phœnix sur toute la cuisse. C'est la mascotte de la fac.

– Ah oui ? Je pense que tu devrais hésiter encore un peu…

Et moi, je devrais arrêter de visualiser un certain phœnix noir sur une peau ambrée…

Le regard bienveillant de mon amie m'aide à revenir sur terre. Je lui répète à quel point je suis heureuse de la retrouver, elle me dit sensiblement la même chose et nous rions comme deux gamines. Elle m'invite à entrer dans son salon où les trophées trônent un peu partout, m'explique modestement qu'ils ne sont pas tous récents, je m'assieds sur un canapé moelleux et l'écoute me raconter ses derniers exploits sportifs. Phoebe est drôle. Simple. Franche et loyale. Elle me fait du bien.

– Alors, pourquoi tu as quitté New York, Phoebs ? lui demandé-je finalement. Je n'ai jamais vraiment compris, je croyais que tu t'y plaisais.

– Oh, j'ai demandé mon transfert à l'université de Chicago il y a deux ans. Il y a une meilleure équipe de natation ici… Et moins d'histoires qu'à Columbia.

– D'histoires ? Du genre croustillant ?

– Plus ou moins… Des étudiantes qui se tapent le prof, des copines qui se trahissent, qui convoitent les mecs des autres, qui se déchirent et se rabibochent… Pas vraiment mon truc, quoi. J'étais coincée au milieu de tout ça, j'ai préféré prendre mes distances.

– Comment tu peux continuer à faire des études, franchement ? On a 25 ans, tu n'en as pas marre ?

– Tu rigoles ? J'ai une bourse, on me paye pour nager et ramer plus vite que les autres, annonce fièrement la blonde en gonflant un biceps.

– Ah oui, c'est vrai, l'aviron sur le lac Michigan, aux aurores le matin et par toute saison… Tu es toujours aussi maso, alors ?

– On ne change pas une équipe qui gagne, se marre-t-elle en embrassant son sweat aux couleurs de la ville.

Et le phœnix qui me saute à nouveau aux yeux...

Penser. À. Autre. Chose.

– Et il n'y a toujours pas de place pour un mec entre ton sweat et tes bras musclés ? relancé-je.

– Curieuse ! Tu poses beaucoup de questions mais tu ne racontes rien ! râle Phoebe.

Et ça aussi, ça me fait penser à quelqu'un.

Penser. À. Autre. Chose. Plus. Fort.

– C'est parce qu'il n'y a pas grand-chose à dire, éludé-je... Alors, toi ?

– Il rame encore plus vite que moi. Il est pompier. Mon père l'adore. Et il se fout complètement qu'on partage la même garde-robe. Je crois que c'est le bon, m'avoue-t-elle en rougissant.

– Vraiment ?! Je suis tellement contente pour toi, Phoebs !

– Oui. Il faudra que je te le présente. Il s'appelle Dan.

Dan... Dante...

Comment je suis censée faire ?! Même quand je n'y pense pas, c'est lui qui revient à moi !

– Tout va bien, Sol ?

– Oui, je suis dans la lune, excuse-moi.

– Je suis désolée... Tu penses à ton mari ?

– Non, non, pas du tout. Enfin, si. C'est compliqué.

– Tu n'as jamais voulu me raconter ce qui s'est passé... À part l'accident de voiture.

– On ne va pas gâcher ces belles retrouvailles ! lui souris-je tristement.

Mon amie d'enfance m'avoue avoir enfin trouvé « le bon ». L'homme de sa vie. Et ce n'est pas Preston qui me vient à l'esprit. Tout à coup, je m'en veux terriblement de ne pas avoir songé à lui. Spontanément. Et j'en veux encore plus à l'autre brun ténébreux de prendre toute la place, dans ma voiture, dans ma tête, dans ma vie. Même quand il en sort.

Deux jours sans lui. C'est tout ce dont j'ai besoin pour faire le point.

– Toute cette route, ça a dû t'épuiser, reprend Phoebe avec une petite moue triste. Tu veux une bière ? Un café ?

– Volontiers.

– Un billet d'avion pour Seattle ? propose-t-elle dans la foulée.

– Je n'ai pas besoin d'argent, Phoebs, mens-je à moitié.

– Je ne roule pas sur l'or mais tu sais que tu peux m'en demander, ajoute-t-elle quand même.

– Ce n'est pas pour ça que je suis venue te voir. Je suis contente de faire une pause dans mon *road trip* et d'avoir atterri ici. Je peux compter mes amis sur les doigts d'une main, j'ai déjà de la chance que tu m'offres le couvert et le logis !

– Tu vas voir, j'ai le meilleur canapé-lit de toute la ville ! m'annonce-t-elle avec une bonne tape sur l'épaule qui me fait valser. Et Dan fait des cheeseburgers à mourir !

– Cool. Il sait faire des attelles aussi ? Je crois que tu viens de me briser la clavicule.

Attelle… Morue… Dante…

Stop, les associations d'idées !

– D'ailleurs, on voulait aller voir une expo demain soir ! Ça s'appelle « Corps de femmes », ou un truc comme ça. Des photos de sportives en pleine action, ça avait l'air beau ! Tu veux venir avec nous ?

– Pourquoi pas ! J'ignorais que Phoebe Sloan s'était mise aux activités culturelles, me moqué-je gentiment.

– J'ai une sensibilité artistique sous cette masse musculaire, figure-toi ! Non, je déconne. C'est juste que les filles de la caserne de Dan ont été prises en photo pour l'expo. Les pompiers y vont juste pour se rincer l'œil. Je l'accompagne histoire qu'il ne bave pas trop sur ses collègues féminines.

– Amoureuse *et* jalouse, donc !

– Ouais, je crois que je suis en train de mal tourner. Préviens-moi quand je commence à me vernir les ongles des pieds !

– C’est noté.

On continue à rire comme des ados et à se raconter nos vies d’adultes une bonne partie de l’après-midi. La bière aidant, je me confie un peu sur la mort brutale de Preston, mes deux années de solitude, le procès qui arrive, mes beaux-parents qui m’ont coupé les vivres et mon avenir plus qu’incertain. J’élude toute la partie covoiturage, flirt, copilote sexy et petite erreur de parcours dans un motel de l’Ohio. J’enjolive un peu beaucoup mes rencontres de bord de route, cette fugueuse que j’ai raccompagnée chez elle, toute seule, ce chien que j’ai sauvé de l’agonie, au péril de mes narines, encore toute seule. Je ne sais pas pourquoi je me retrouve à mentir à une de mes plus vieilles amies. J’ignore pourquoi je tiens tant à me glisser à nouveau dans la peau de cette fille au deuxième prénom ridicule, Solveig Touteseule Stone.

Peut-être pour qu’il me manque un peu moins.

Je me lève pour déambuler dans l’appart de Phoebe et me changer les idées. Médailles et coupes bien alignées en haut d’une étagère. Dizaines de paires de basket soigneusement rangées dans leurs boîtes, sans couvercle. Collection de casquettes suspendues à des clous, dans l’entrée. Des photos encadrées posées sur une petite console.

– C’est Dan ? demandé-je en brandissant le cliché d’un grand blond baraqué enveloppant de son bras les épaules de nageuse de Phoebe.

– J’ai l’air débile, hein ?

– Non, juste amoureuse, rectifié-je en souriant. Son casque de pompier te va à ravir !

– OK, je vais jeter cette stupide photo !

– Et ça, c’est qui ? demandé-je en me creusant la tête. J’ai l’impression de les connaître…

J’observe la jolie brune aux cheveux ondulés, qui tient une petite fille asiatique dans ses bras. Elle a une plume tatouée sur le poignet. Pourquoi elle me dit quelque chose ?

– C’est Thelma, m’apprend Phoebe. Une copine de New York.

C'est elle qui a couché avec le prof quand j'étais à Columbia. Sauf qu'il a fini par l'épouser et qu'ils ont adopté un enfant ensemble. Heureusement, ça s'est bien fini pour eux. Il y a des histoires comme ça, rien ne peut les arrêter… Je suis la marraine de leur fille, d'ailleurs ! Elle n'est pas trop mignonne ?

– Adorable, acquiescé-je, pensive.

– Thelma, tu dois la connaître sous le nom de Louise November, poursuit-elle. Elle écrit des nouvelles. Et lui, c'est déjà une star, Finn McNeil, tu sais, l'écrivain ? Il est aussi présentateur télé. Tu ne situes pas ? Beau gosse, des lunettes à monture noire…

– Je vois très bien, la coupé-je.

Et j'ai un peu de mal à respirer.

– Je suis désolée, il faut que j'aille à l'entraînement. Fais comme chez toi. Et ne m'attends pas pour dîner. À ce soir, Sol !

Phoebe quitte son appartement au pas de course et je me retrouve seule chez elle, les yeux toujours rivés sur la photo. Ce n'est pas parce qu'ils sont célèbres que je les connais. J'ai croisé ce couple en personne, il y a deux ans, à l'hôpital de Seattle. La nuit où Preston est mort. J'ai accusé ce type d'avoir tué mon mari. Je l'ai traité d'assassin. J'ai essayé de le frapper, il m'en a empêchée et m'a prise dans ses bras. Puis je l'ai vu se faire arrêter. Et ça m'a soulagée, l'espace d'une minute. Mais c'était seulement sa voiture, il ne la conduisait pas et n'avait rien à voir avec l'accident. Je ne l'ai su qu'après.

Je ne les connaissais pas mais ils m'ont pourtant marquée, tous les deux. Je me souviens de l'impression que j'ai eue, cette nuit-là. Mon mariage venait de se briser et il y avait entre eux un amour intense qui crevait les yeux. La brune a hurlé quand les flics ont emmené son mari. Je les ai enviés, parce qu'ils étaient encore là l'un pour l'autre. Et je les ai haïs, juste de s'aimer autant. Alors que je venais de perdre l'homme de ma vie. Leur vie de couple commençait, la mienne venait de s'arrêter net.

Une nouvelle vague de chagrin m'envahit. Sans réfléchir plus longtemps, je compose le numéro des Camden sur mon téléphone portable. J'ai besoin de leur parler. Qu'ils sachent la vérité.

– Russell ? Bonjour, c'est Solveig.

– Comment trouvez-vous le culot de nous appeler ?

– Je veux seulement vous…

– Vous n'avez pas fini de nous torturer ?! siffle mon beau-père avant de lâcher le combiné.

– Vous voulez me le tuer, lui aussi ?! crache à son tour ma belle-mère qui prend le relais.

– Patsy, je voudrais juste vous dire…

– Je ne veux rien entendre de vous ! m'interrompt-elle froidement.

– Je l'aimais ! crié-je pour qu'elle m'écoute. Votre fils, mon mari, je l'aimais, Patsy ! Je n'avais que lui. Preston était l'homme de ma vie.

La vieille harpie se tait un instant, comme sonnée. Je l'imite, essoufflée. Étonnée de ma propre confession. Et je reprends, plus doucement.

– Je n'aurais jamais fait ce dont vous m'accusez. Vous pouvez me trouver trop jeune pour lui, pas assez bien pour vous, quelconque, transparente, vénale ou tout ce que vous voulez, mais il y avait de l'amour entre nous. J'étais sincère. Et Preston me manque terriblement, chaque jour depuis deux ans. Sans lui, je n'ai plus rien…

– Je ne débloquerai pas les comptes, Solveig, marmonne la vieille entre ses dents serrées.

– Bon sang Patsy, je vous parle d'amour, pas d'argent !

– Je sais très bien ce que vous êtes en train de faire. Et je ne me laisserai pas amadouer… Vous n'aurez pas un sou de nous !

– Je travaillais, vous savez ! lâché-je pour me défendre. Je gagnais ma vie, alors qu'il avait bien assez pour nous deux. Je n'étais pas obligée, Preston me disait d'arrêter mais non, je voulais bosser ! Cet argent sur nos comptes communs, c'est aussi le mien ! J'ai toujours été indépendante ! Depuis mes 18 ans ! Je n'ai jamais dépendu de personne, ni de mes parents, ni d'un homme. Et ce n'est pas aujourd'hui que ça va commencer !

– Alors débrouillez-vous seule et arrêtez de nous appeler ! m'ordonne la voix stridente de Patsy juste avant de raccrocher.

De rage, je balance mon téléphone sur le canapé. Puis je cours le chercher pour vérifier qu'il va bien. Ce n'est pas le moment d'avoir à en changer. Je ravale mes larmes et m'affale sur les coussins, dépitée. Me retourne sur le ventre et rédige un mail à mon avocate. Il va bien falloir que quelqu'un se décide à m'aider.

Quelqu'un d'autre que Dante.

Je me mets à penser à l'homme au phœnix. À ce qu'il est en train de faire. Aux gens qu'il doit voir. Aux autres que moi qui profitent en ce moment de sa voix profonde et économe, de son beau visage grave, de ses petits sourires rares, âprement gagnés, de son regard sombre et précieux, capable de rendre beau tout ce qui passe sous ses yeux. Je n'aurais jamais imaginé que mon copilote insupportable puisse à ce point me manquer. Et me donner tant de mal à être seule.

Je décide de quitter l'appart de Phoebe pour aller prendre l'air. Je flâne dans les quartiers que je connais. M'achète des cochonneries sucrées à grignoter. Passe devant l'école où j'ai traîné mon ennui et ma médiocrité. M'arrête un moment devant la cour où je dansais, toute seule, à chaque récréation, au lieu de prendre part aux jeux des autres. Revois le banc auquel je me tenais, rêvant qu'il était une barre de danse classique à laquelle je répétais mes positions, jusqu'à l'épuisement. Puis je retourne voir la maison de mon enfance, habitée par une autre famille moyenne, banale, sans doute aussi ordinaire que la mienne. Je me rends sur la tombe de mes parents, pour leur redire que je ne leur en veux de rien. Que mon existence un peu fade, un peu tiède, a sûrement forgé mon caractère de feu d'aujourd'hui. Et que je les ai aimés, eux aussi, même si je ne l'ai pas souvent dit.

Je m'autorise à laisser couler quelques larmes. Parce que parfois, on a le droit d'être faible.

Un coup de fil de mon avocate me sort de ma nostalgie et m'apprend qu'elle ne peut rien faire pour ces histoires de comptes gelés. A priori, ce sera comme ça jusqu'au procès. J'hésite à réclamer à Ali une avance sur le loyer suivant. À faire appel à la générosité de mon frère. À accepter l'offre de Phoebe. Mais je m'abstiens. Ce n'est pas parce que je n'ai plus rien que je dois prendre à ceux qui n'ont pas grand-chose. Je trouverai bien une solution.

***

Après une bonne nuit dans ce canapé-lit qui a tenu ses promesses, une nouvelle journée de flânerie dans les rues de Chicago, une rencontre avec le fameux Dan et de nouvelles heures de bavardage avec Phoebe, on se rend à l'exposition en début de soirée.

Je me suis évidemment demandé si j'allais distinguer le beau visage de Dante parmi la foule. Croiser son regard sombre, son phœnix jaillissant. Et je suis terriblement déçue de constater que non.

Quoi ? Un photographe à une expo photo… C'était plutôt logique. Rationnel. Ça n'avait rien de personnel !

L'endroit est bondé, à tel point qu'on distingue à peine les immenses photos placardées aux murs. Ça sent le parfum de luxe et l'argent. D'après l'homme en costard trois pièces qui vient de me bousculer, l'immeuble dans lequel se situe la galerie d'art est classé au patrimoine. Dans le Gold Coast Historic District, quartier le plus huppé de Chicago, il ne fait apparemment pas exception.

Et ça me fait une belle jambe.

– Phoebs, qu'est-ce qu'on fout là ?

– Petits fours à quinze heures ! me chuchote mon binôme en louchant sur les feuilletés.

Dan et ses deux copains pompiers filent saluer leurs collègues, je cherche le bar du regard.

– Je vais prendre une coupe. Tu en veux une ?

– Peux pas, j'ai entraînement aux aurores demain ! m'explique la sportive.

Nos chemins se séparent ici et je fends la foule pour me rapprocher de ma cible : la coupe de champagne remplie à ras bord qui m'attend. Soudain, un regard me frappe, m'apostrophe, m'arrête en chemin. Celui qui me fixe, depuis le mur central. Celui d'une danseuse en pleine arabesque.

La photo me fait monter les larmes aux yeux. La jeune fille doit avoir dans les 15 ans. Elle me rappelle celle que j'étais. Celle que je rêvais d'être. Juste avant que tout s'arrête. Son regard fier me transperce, sa grâce me bouleverse. L'œil du photographe a su absolument tout saisir : la légèreté du corps, la douceur de l'air, la profondeur de l'âme. Je suis subjuguée.

Je passe l'heure suivante à détailler chacun des clichés, les uns après les autres. Quinze au total. Je joue des coudes pour accéder aux photos, parmi les corps qui trinquent, parlent politique, capital, mode, météo, friment et en oublient les œuvres d'art qui les entourent.

Je m'émeus à nouveau devant une nageuse sortant d'un bassin. Sur son visage en noir et blanc, les larmes et les gouttes d'eau se mélangent et se confondent. Un peu plus loin, une vieille femme sourit à l'objectif, en pleine séance de tai-chi sur une pelouse de Central Park. Dans son justaucorps trop lâche et son short trop grand, elle semble tellement gracile, fragile, dans une position impossible à tenir. Mais dans son regard, on peut lire toute la détermination du monde.

Les femmes pompiers posant en simulant l'effort, la basketteuse prise sur le vif, en suspension dans les airs, la joggeuse du dimanche, chaque portrait me touche, à sa façon. Et je repense au discours de Dante : la beauté est partout, il suffit de la reconnaître et de l'apprivoiser. Je retourne me poster devant le premier cliché. Celui de la danseuse. Cela aurait pu être moi, sur ce papier glacé, si la vie l'avait bien voulu.

Ça n'a pas été le cas.

Un serveur passe près de moi, j'attrape une nouvelle coupe et la vide d'un trait. Je cherche Phoebe du regard, la repère en compagnie de Dan et de toute leur bande. Pas envie de me sociabiliser. Touteseule reprend du service.

Je me heurte à son torse en faisant demi-tour pour gagner la sortie. Un torse, une odeur, une présence que je connais par cœur. Le résultat de cinq jours en huis clos. Et de notre attirance farouche.

Dante.

Dans un costard noir que je ne lui connais pas. Qui le rend beau, délicat, renversant d'élégance, mais sans rien lui enlever de son sex-appeal rebelle, viril, presque animal.

– Ça te plaît, Tutu ? me sourit le brun ténébreux, l'air moins surpris que moi.

– Beaucoup, soufflé-je, faute de mieux.

Je m'apprête à lui demander si je lui ai manqué autant que lui, mais Dieu merci, un type aux cheveux gris nous interrompt.

– Tout simplement magnifique, lui dit-il, la main tendue.

Mon *dark stranger* accepte le compliment, lui serre la main et le remercie poliment. Je ne suis pas sûre de le reconnaître. Pas sûre de comprendre. Il semble être un autre, ce soir. Puis c'est au tour d'une femme de l'approcher, puis d'un groupe entier… De plus en plus de gens affluent, nous sommes rapidement encerclés et je réalise qu'ils en ont tous après Dante.

Après le photographe qui a su capturer la beauté de tous ces corps de femmes.

– Je suis longue à la détente, hein ? lancé-je dans sa direction.

– Légèrement, se marre l'insolent en ignorant tous ceux qui tentent de l'accaparer.

Nous échangeons un sourire, au milieu de cette cohue. Puis Dante me fait un signe de tête en direction de la photo de la danseuse à l'arabesque.

– Si tu la veux… Elle est à toi.

Si seulement je savais ce que je veux, Phœnix…

14

Nom de code : Lazzari

– Tu ne m'avais pas dit que tu étais aussi connu.

– Tu ne m'as pas demandé.

– Tu aurais quand même dû me parler de cette expo, j'aurais pu la louper ! insisté-je.

– Pareil : pas demandé, répond Dante avec un sourire en coin.

– Le hasard est tenace, hein ? D'abord ce covoiturage. Ensuite l'expo. Et maintenant quoi ?

– Aucune idée, murmure-t-il.

Le feu passe au vert, j'accélère doucement et tente de me concentrer sur le bitume. J'ai mal dormi sur le canapé de Phoebe. J'ai trop pensé. À lui, principalement. À ses photos. À ses yeux noirs. À ses tatouages sombres. À sa bouche ourlée. À tout ce qu'il pourrait me cacher d'autre. Et puis j'ai quitté mon amie il y a une heure environ, en la remerciant pour son accueil, en tâtant ses biceps (ça lui faisait tellement plaisir) et en lui promettant que ce n'était pas un « adieu » mais juste un « à plus ! ».

Alors qu'on roule à nouveau depuis peu, une odeur atroce se répand dans tout l'habitacle. Putain de clébard. J'ouvre ma fenêtre en pestant, Dante lâche un rire guttural qui m'horripile.

Juste parce qu'il est atrocement sexy.

– Elle va te manquer, retentit sa voix grave.

– Faux.

– Assume, Tutu.

– Ma banquette arrière crie *au secours* depuis trois jours, tu ne l'entends pas ?

– Tu parles, elle sert enfin à quelque chose…

Silence dans la Chevy. Je réalise qu'il n'a pas tort. Et pourtant, je m'obstine.

– N'empêche, cette odeur, c'est plus possible.

– Trente minutes, soupire-t-il. Dans trente minutes, on dépose Morue chez la vieille et on repart en direction de Minneapolis.

Silence, à nouveau. Quitter Chicago à neuf heures du matin, ce n'était sans doute pas la meilleure idée. Non seulement toutes les rues sont bouchées, mais les conducteurs aussi.

– Bande de cons ! sifflé-je alors que personne ne daigne respecter les priorités.

– Tu as dormi un peu, chez ta copine ? s'inquiète mon copilote.

– Pourquoi ?

– Parce que tu as l'air *légèrement* sur les nerfs.

– Pas du tout. J'aime qu'on respecte le Code de la route, c'est tout.

– Ah… les règles, rétorque-t-il en souriant.

– Quoi ? Qu'est-ce que tu as contre les règles ? Tu vas me dire que tu es un anarchiste, maintenant ?

Le tatoué hausse les épaules dans sa chemise noire, fait craquer sa nuque et répond finalement :

– Je tiens à ma liberté. Je n'aime pas être contraint.

– Certaines règles sont faites pour nous protéger, fais-je remarquer.

– Et d'autres pour nous briser, souffle-t-il avant d'allumer la radio.

Message reçu. Le silence est de mise. Je me retiens de lui poser mille questions, écoute sagement le flash info, me retiens aussi d'insulter deux ou trois idiots et emprunte enfin le Lake Shore Drive qui nous fera sortir de la ville plus rapidement. Je profite du spectacle à travers le pare-brise :

la voie sur berge traverse d'immenses pelouses avec vue sur le lac et les gratte-ciel.

Chicago va me manquer. Mais pas seulement…

– Ce ne sera pas pareil sans elle, avoué-je dans un murmure. Morue. La banquette va me paraître vide, après…

Nos regards se croisent alors. Le sourire de Dante me couvre de frissons. La tendresse dans ses yeux me déstabilise. Mais la noirceur revient, comme à chaque fois, lorsqu'il réalise qu'il va trop loin, qu'il s'ouvre trop. Une fois encore, l'homme au phœnix se renferme en se perdant dans le paysage.

Moi, je fixe l'animal dans le rétroviseur. Et j'ai un petit pincement au cœur.

***

Wanda Deeter est l'amour même. La bonté personnifiée. La douceur incarnée.

Elle nous ouvre les grilles de son domaine en lâchant un petit cri de joie dans l'interphone, puis nous accueille dans la cour de sa belle demeure comme si nous étions des anges envoyés par les dieux. La riche veuve se rue d'abord sur Morue, l'embrasse, la caresse, la cajole, avant de nous serrer dans ses bras. Je ris à gorge déployée, Dante semble un peu plus crispé.

Puis nous faisons le tour du parc et découvrons tous les petits protégés de ce refuge de luxe. Sept chiens, du plus petit au plus énorme. Cinq chats. Quelques rongeurs, oiseaux et reptiles, eux aussi abandonnés par leurs précédents maîtres. Dante parle peu, prend quelques photos, marche de son pas nonchalant, le cœur probablement lourd. J'observe Morue, qui boitille sur ses trois pattes sur la pelouse fraîchement tondue et paraît heureuse comme jamais. La bestiole semble déjà folle amoureuse d'une espèce de monstre baveux aux yeux globuleux.

– Il s'appelle Phœnix, nous explique Wanda. Parce qu'il a été blessé dans un incendie, mais il s'est remis. Enfin, je crois qu'il n'a plus toute sa tête, mais c'est une bonne bête.

Elle lui tapote le crâne pendant que Morue lui sent les fesses et que je me plie en deux, prise d'un fou rire. Dante, lui, se contente de m'adresser une moue agacée. Et puis notre « fille illégitime » lui saute dessus et son sourire revient. Il la caresse doucement en lui soufflant quelques mots que je n'entends pas. Leur petit secret.

Jalouse d'un chien ? Moi ?

La matinée s'écoule doucement, Dante et moi avons du mal à partir. Mais l'heure fatidique arrive, accompagnée de ses tristes adieux.

– Salut, SuperMorue, chuchoté-je au chien, accroupie dans l'herbe.

– Elle aura une belle vie, ici, me console la voix grave, quelques pas derrière moi.

– Je vous donnerai des nouvelles chaque semaine ! ajoute sa nouvelle maîtresse.

Dante et moi nous regardons un instant, partagés mais lucides. Dans ses yeux, je lis les mêmes émotions que celles que je ressens. Nous savons tous les deux que la place de Morue est ici. Pas à l'arrière d'une vieille Chevy en fin de vie, en compagnie d'une fille paumée et d'un mec torturé.

Sympa, la photo de famille.

Nous reprenons la route sans nous retourner. Sans oser prononcer la question qui nous brûle les lèvres : « est-ce qu'on a bien fait ? ». Et sans faire remarquer que l'odeur a disparu.

Enfin, presque. Il en reste un peu, incrusté dans les sièges.

Les kilomètres défilent lentement. Je quitte la banlieue chic de Chicago et me rapproche de l'embranchement de l'Interstate 90. Plus beaucoup d'essence. Et puis j'ai atrocement envie d'un café. D'un énorme café. Et du muffin qui va avec. Énorme, lui aussi. J'interroge mon compagnon de route, il hausse les épaules, l'air de dire « je m'en fous Stone, fais ce qui te chante ». Alors je m'arrête, je nous prends deux cafés, deux muffins et un livre tout près de la caisse : *Petit guide de la bonne humeur*.

Je tends son café à Dante, sa sucrerie et son petit cadeau. Il lit le titre du bouquin, plisse ses beaux yeux noirs et… le balance sur la banquette arrière.

– La bonne humeur, ce sera pour un autre jour, Tutu… grogne-t-il.

– C'est sûr que c'est tellement plus facile de faire la gueule, l'imité-je en allumant le moteur.

Je regarde la jauge et m'étonne :

– Tu n'as pas fait le plein ?

– Si.

– La jauge dit le contraire.

– La jauge déconne, comme tout le reste dans cette foutue bagnole… soupire-t-il en ouvrant sa portière.

Dante va inspecter l'arrière du véhicule à la recherche du problème et revient se pencher par sa fenêtre, l'air exaspéré.

– Elle fuit, maintenant. Cette putain de caisse va me rendre dingue !

Le brun ténébreux se barre en direction de la station-service, je m'extirpe de la Chevrolet et le suis au pas de course. Pas question qu'il parle mal de ma Précieuse à quiconque, et surtout pas en mon absence !

Lorsque je le rejoins, il est déjà en pleine conversation avec un type derrière la caisse.

– Ouais, il y a un bon garage vers Kenilworth, à dix bornes d'ici environ, entends-je dire le mec à la casquette. Il suffit de reprendre la…

– Je connais Kenilworth, merci pour l'info, réplique Dante avant de déguerpir.

Retour à la Chevy. Derrière le volant. Ceinture attachée. Prête à suivre les directives de l'homme en noir.

– Je sens qu'on va devoir faire une halte dans le coin, soupire-t-il.

– C'est sympa, Kenilworth ?

– Pourquoi tu me demandes ça ?

– Tu viens de dire que tu connaissais. Et puisqu'on va y laisser la voiture, autant dormir là-bas, non ?

Dante me fixe d'un air suspicieux, puis sort son téléphone de sa poche arrière en se soulevant de son siège. Dieu qu'il est… imposant. Viril. Entier. Je passe la tête par la fenêtre, à la recherche d'air frais.

– Je vais nous trouver un hôtel, déclare-t-il.

– Tu connais quelqu'un qui y habite ?

Une intuition.

– Tu peux te concentrer sur la route ? rétorque-t-il en ignorant ma question.

– Ça dépend… Tu comptes me répondre ?

– Solveig…

– Dante…

Le rebelle se mord la lèvre, glisse la main dans ses cheveux, puis passe aux aveux :

– Ma famille a une baraque dans le coin.

– Parfait ! m'exclamé-je. Pas besoin de payer pour la nuit !

– Quelqu'un t'a dit que tu étais invitée ? gronde-t-il.

– Tu me dois un service !

– Quoi ?

– Le saut de biche ! souris-je en réalisant que je vais l'emporter. J'ai dansé pour toi dans le bar près de Cleveland ! En échange, tu t'es engagé à…

– Je me souviens, me stoppe-t-il.

– Et ?

– Et je te paie l'hôtel de ton choix pour la nuit. Un palace, si tu veux.

– Non.

– Quoi, non ?

– Ce n'est pas ça, mon souhait.

Dante se tourne vers sa vitre, pèse le pour et le contre, tergiverse intérieurement, puis délivre son verdict d'une voix rauque :

– Il n'y a jamais personne dans cette baraque, donc pourquoi pas.

Je lâche un cri de victoire, il me fusille du regard.

– Que ce soit très clair, Stone : tu ne fouilles pas. Tu ne joues pas à Miss Détective. Et tu ne me poses pas *une seule* question. Compris ?

– Oui, Phœnix ! ris-je en appuyant sur l'accélérateur.

***

Derrière l'impressionnant portail en fer forgé, le paradis. En tout cas, celui d'un agent immobilier.

Les immenses pelouses parfaitement entretenues et fleuries me frappent en premier. Au centre, une jolie route qui mène à un manoir ancien, de la taille d'un petit village. Plus la Chevy grignote le sentier de graviers, plus ma bouche s'entrouvre malgré moi. Je pose les yeux sur le somptueux bâtiment en brique, possédant plusieurs ailes et dépendances. Je suis dans un film. Dans un rêve. Non, mieux que ça.

– Putain, murmuré-je. J'ai atterri dans un conte de fées. Et tu es le Petit Prince.

À ma droite, Dante soupire, secoue la tête et pose sa main sur la poignée de sa portière. Il rêve déjà de descendre de voiture. Et de ne plus m'entendre. Je me gare à l'endroit qu'il m'indique, sous un grand platane, proche de l'entrée du manoir. J'éteins le moteur. Il sort, va ouvrir le coffre, je l'observe depuis le rétroviseur intérieur mettre un sac sur chaque épaule et se rendre jusqu'au grand escalier. Encore sous le choc de ce décor irréel, je me retrouve incapable de bouger. Piégée sur mon siège.

– Stone, tu dors dans ton infâme tacot ou tu me suis ? grogne-t-il dans ma direction.

Montée d'adrénaline. Je fais claquer ma portière derrière moi et sautille jusqu'à lui en respirant le bon air. Ma joie de vivre l'agace, mais il fait avec, il n'a pas d'autre choix. Dante sonne à la grande porte, j'admire les vitraux anciens qui la décorent et réalise soudain quelque chose.

– Tu ne m'avais pas dit qu'il n'y aurait personne ?

– Personne de ma famille, précise-t-il en fixant la porte.

Un homme d'une cinquantaine d'années nous ouvre soudain, un sourire poli sur les lèvres. D'après sa tenue endimanchée et ses gants blancs, je devine qu'il s'agit d'un… Comment on dit déjà ?

Un majordome ?!

– Mr Lazzari, bienvenue !

– C'est Salinger, Silvio. Vous le savez très bien.

Lazzari…

Le pingouin me salue d'un signe de tête et s'efface pour nous ouvrir la porte. En moi, l'ébullition est totale. Le malaise me guette.

– Je vous prépare une chambre ? demande l'employé de maison alors que je me force à tenir debout.

– Deux, merci.

– Je vais également prévenir le cuisinier pour le dîner.

– Entendu.

L'homme s'éloigne en empruntant les escaliers en marbre qui mènent à l'étage. Dante se retourne vers moi, curieux de lire mes impressions sur mon visage. En moins d'une seconde, j'explose :

– Lazzari ? LAZZARI ?!

– Tu as ta réponse.

– Vittorio Lazzari est ton père ?!

Il hoche simplement la tête et, le regard grave, dépose les deux sacs à ses pieds. Lentement, il s'étire le dos en poussant des grognements. Moi ? J'atterris. Ou je plane. Je ne sais plus.

– C'est un Lazzari qui a fauché mon mari… soufflé-je. *Andrea L.*. Je comprends mieux pourquoi son nom entier n'a jamais été divulgué. Même à moi, sa première victime…

D'une voix à la fois douce et amère, Dante confirme.

– Vito « Le Tout-Puissant » a tout mis en œuvre pour protéger l'anonymat de son fils. Pour ne surtout pas écorcher le clan et la marque Lazzari…

Je digère cette information, lentement, en silence. Puis décide de la ranger dans un coin de mon cerveau.

– L'empire Lazzari… c'est… toi ? relancé-je.

– Non, c'est *lui*, précise le rebelle d'une voix sombre.

Les Lazzari règnent sans conteste dans l'univers du luxe et plus précisément de la mode. Du prêt-à-porter à la haute couture. Des grands magasins aux défilés à travers le monde. Vittorio Lazzari est avant tout connu pour sa fortune, sa marque, son succès, mais aussi pour être un homme bon, altruiste, respectable. Pour ses dons aux œuvres caritatives, son implication, son dévouement pour certaines nobles causes.

Et pourtant, j'ai senti qu'il n'avait pas été un bon père pour Dante… Loin de là.

– On a tous deux visages, hein ? murmuré-je doucement en direction du beau brun.

– Ouais, on va dire ça.

Son sourire triste me touche, je lis de la reconnaissance dans ses yeux, presque de la complicité, mais déjà, le farouche me quitte pour aller passer un coup de fil dans la pièce d'à côté. Au bout de quelques secondes à peine, son beau visage réapparaît, sourcils froncés.

– Tu ne touches à *rien*. Tu regardes avec les yeux, pas avec les mains. Et tu ne parles à personne.

***

Moulures, cheminées, bois laqué, tapisseries, œuvres de grands maîtres. Ça me rappelle les sorties de classe, quand gamine, on me faisait plonger dans un autre monde.

Je montais dans un bus, m'installais tout au fond, le plus loin possible de la maîtresse et des gosses émerveillés ou lèche-bottes. Et j'attendais d'arriver à destination, l'estomac noué. Je n'aimais pas être déstabilisée par les changements. Confrontée à la cruelle réalité qu'il existait autre chose que ce que je connaissais déjà. Quelque chose de mieux. Souvent un château. Un édifice époustouflant. Ou un musée. Quelque chose qui valait le coup d'œil, contrairement à ma vie banale. Tout en bas de la classe moyenne.

Ici, la richesse côtoie la richesse, tout n'est que matières nobles, meubles précieux, décoration soignée. Je laisse traîner mes yeux sur ce qui ressemble à un grand salon, puis une salle de réception, une autre aux lustres scintillants, une bibliothèque aux ouvrages couverts de dorures. Tout est tellement beau, opulent. C'est presque trop.

Je ressens une légère oppression. Et je me rappelle ce que m'a expliqué Dante, un jour. Que tout ça ne rend pas forcément heureux. Que ça vous enferme, parfois.

– C'est bon, tu as fait le tour du propriétaire ?

Je sursaute. Son regard est intense, comme toujours. Mais un léger sourire s'esquisse sur ses lèvres et me force à lui répondre de la même manière.

– C'est étrange… murmuré-je en étudiant le plafond.

– Quoi ?

– Cette demeure… Ses ondes…

– Oublie les ondes. C'est des conneries tout ça.

Sans me laisser l'occasion de riposter, le brun ténébreux me fait signe de le suivre jusqu'au grand corridor et nous retournons dans l'entrée.

– Dante, on va où ?

– Le mécano va arriver. Allons voir la *bête*.

Je retrouve ma Chevy dans le même état qu'une heure auparavant, sous son platane majestueux, et ne peux m'empêcher d'en rire. Jaune. C'est ironique, ce tas de ferraille rouillé, éreinté, hideux, au milieu de toute cette opulence.

– Le choc de deux mondes, me confirme Dante en s'adossant à la bagnole.

– Je suis une plouc, pour toi…

– Quoi ?

Ma voix était plus dure, plus aigre que nécessaire. La sienne plus grave encore que d'ordinaire.

– Je suis cette voiture. Toi, tu es… tout ça, lâché-je en regardant autour de moi.

– Solveig, en sept jours, je t'ai déjà trouvée pénible, folle, fatigante. Mais jamais stupide.

Sa phrase se voulait tranchante, ses mots sifflants comme les balles d'un flingue. Et pourtant, à voir son air tourmenté, c'est moi qui l'ai blessé.

– Ce n'était pas contre toi, riposté-je. Mais c'est la vérité. Toi et moi, on…

– Toi et moi, on fait la route jusqu'à Seattle, point barre, gronde-t-il. Toi et moi, ça s'arrête là.

Je retiens mes larmes, trop fière pour le contredire ou lui montrer qu'il m'a fait mal, à son tour. Un bruit de moteur se rapproche, son regard brûlant me quitte pour se poser sur la remorqueuse rouge qui avance jusqu'à nous. Je fais de même. Et sens ma colère monter en flèche.

– Qu'est-ce qu'il vient faire là avec son truc ? Si tu crois que je vais le laisser emmener ma Chevy, tu rêves Salinger !

– Du calme, il vient pour la *réparer*, pas la kidnapper.

L'engin menaçant s'arrête à deux mètres de ma voiture. Je me place entre les deux, bras croisés, et refuse de bouger. Oui, une femme d'un mètre soixante peut faire de la résistance.

– J'en ai assez que tu décides de tout ! grommelé-je en direction du tatoué.

– Solveig, arrête de te braquer et…

– J'ai dit NON ! répliqué-je agressivement en fixant le mécano qui s'approche.

– Ça suffit ! siffle Dante en se plantant devant moi, son visage à quelques centimètres du mien. Si tu veux que je me casse le cul encore trois mille cinq cents kilomètres dans ce tas de ferraille, on fait quelque chose ! Soit on le répare, soit j'y fous le feu !

Je le défie du regard, moi la petite souillon, lui le grand prince. Le temps semble s'arrêter dans notre pseudo-conte de fées, les oiseaux cessent de chanter, l'air de circuler. Ses yeux noirs plongent et replongent sans cesse un peu plus loin dans les miens. Et puis je cède. Pas pour lui, mais pour moi. Parce que cette guerre des ego est futile. Et qu'elle cache bien d'autres choses…

Je souris, quitte son regard et balance mes clés de voiture au mécano.

– Tu as carte blanche, Phœnix, murmuré-je au beau brun. Tant que tu prends soin d'elle comme il faut…

Il continue à me bouffer du regard, déglutit, se mord la lèvre. Je l'ai troublé, ça ne fait aucun doute. Et j'adore cette idée.

– J'ai cru comprendre qu'il y avait une piscine, dans le coin ?

Il acquiesce. Je souris de plus belle. Et nous pensons probablement à la même chose…

Je n'ai toujours pas de maillot.

15

Une maison de fous

Je fais le tour de la propriété à la recherche de la fameuse piscine que j'ai aperçue à travers une baie vitrée pendant ma visite. Une fois derrière le manoir, je la repère, légèrement en contrebas, et m'y rue tout en essayant de me faire discrète. Je n'ai ni maillot de bain ni serviette (et encore moins demandé si je pouvais me baigner), mais je ne peux pas résister plus longtemps. Je traverse la large terrasse en pierres blanches sur la pointe des pieds. Puis je dois encore descendre trois petites marches entre deux colonnes basses surplombées de vieilles gargouilles en pierre, bouches grandes ouvertes, qui doivent faire office de fontaine quand elles marchent. Elles me font penser à Morue avec un petit pincement au cœur. Ou à des surveillants de baignade pas commodes. Je les regarde, une à une. Elles me fixent en retour, l'air mauvais.

– Retournez-vous, je me déshabille ! leur lancé-je.

Je retire mes tennis, mon débardeur jaune, mon short en jean, abandonne tout ça dans un coin près des marches.

– Oui, je vais me baigner en sous-vêtements. Et oui, je vais me boucher le nez en sautant. Ne me jugez pas, OK ?

C'est très important de parler à l'architecture quand on ne connaît pas les lieux. Et que les lieux sont en forme d'animaux flippants. Et qu'ils appartiennent à une famille de milliardaires italiens. Je m'approche du bord, trempe un orteil pour vérifier que je ne vais pas mourir d'hydrocution, et sursaute quand l'une des gargouilles me répond :

– On se mouille la nuque d'abord !

La voix féminine et légèrement cassée part dans un grand éclat de rire quand je cherche, affolée, sa propriétaire. Dans un angle mort de la piscine, je découvre une brune hilare, allongée sur un transat à l'ombre. Elle retire les énormes lunettes de soleil qui lui mangent le visage et me montre de jolis yeux noirs en amande, maquillés façon *smoky eyes* hyper travaillé. Des milliers de phrases me traversent l'esprit pour m'excuser, justifier ma présence ici ou juste avoir l'air poli, mais c'est celle-ci qui décide de sortir :

– Ça existe, du maquillage aussi waterproof que ça ?

Il y avait autant de naïveté que d'admiration dans ma voix.

– Tu parles aux gargouilles et tu poses les questions essentielles. Toi, tu es complètement perchée et je t'aime déjà ! répond-elle en riant à nouveau. Qui es-tu ?

– Solveig. C'est scandinave. Mais ça ne veut pas dire « soleil », contrairement à ce que pensaient mes parents. Plutôt « querelle dans la maison », ou quelque chose comme ça. Mais tout le monde m'appelle Sol. Ou Tutu, parfois. Désolée, je parle trop quand je suis gênée. Et toi, tu dois être Calliopé… ?

– Gagné ! sourit-elle en me faisant le V de la victoire avec deux doigts.

Elle est aussi avare de mots que son frère, apparemment. Mais plus souriante, c'est déjà ça.

– Tu ne veux pas savoir comment je le sais ? ajouté-je.

– Dante n'amène jamais aucune fille ici… mais je ne vois pas d'autre explication.

– Gagné, l'imité-je timidement.

– J'ai un maillot de bain pour toi, si tu veux. J'ai longuement hésité entre ces deux-là.

La jolie brune me tend un amas de tissu blanc et je frémis d'avance en découvrant celui qu'elle porte : un maillot noir une pièce qui m'a tout l'air d'être en cuir et qui découvre entièrement ses flancs pour ne former qu'une minuscule bande de tissu verticale entre le bandeau et la culotte. Soit c'est de la haute couture, soit la petite sœur de Dante a des tendances sado-maso très assumées.

– Tu peux te changer dans le *pool house* juste là. Ou devant moi, je m'en fous. Par contre, fais gaffe, les gargouilles sont deux petites voyeuses.

Calliopé se marre bruyamment puis rechausse ses lunettes noires gigantesques avant de s'allonger à nouveau sur son transat. Je continue à l'observer tout en me changeant discrètement dans un coin. Sa coiffure est aussi excentrique que son maillot de bain : des cheveux noir corbeau réunis en un *bun* parfait perché au sommet de son crâne, une épaisse frange qui s'arrête au milieu de son front dans un style rétro, le tout surplombant deux sourcils très fournis, qui contrastent avec la finesse et la féminité de ses traits.

Ils ont décidément un truc avec les sourcils, dans cette famille.

Elle a la peau plus claire que Dante. Mais la même bouche charnue. Et si elle a l'air plus sociable et volubile que lui, j'ai perçu la même gravité dans son regard sombre.

– Corps musclé… Hyper souple… Pas pudique pour un sou… Tu es une actrice X ? me demande la voix cassée et amusée.

– Non, juste go-go danseuse à la retraite, rétorqué-je sans y penser.

– Mais qu'elle est drôle ! Ça m'étonnerait, tu ne galérerais pas autant avec le maillot.

– Putain, mais c'est un filet de pêche ou un maillot de bain ?! m'agacé-je, le bras coincé entre des lanières trop serrées.

La brune remonte ses lunettes par-dessus sa frange et se lève pour venir m'aider, un immense sourire aux lèvres. Avec des gestes gracieux, patients et délicats (qui me rappellent étrangement quelqu'un), elle étale sur mon ventre les fines bandes de tissu blanc qui partent comme un soleil du bas du maillot vers le soutien-gorge riquiqui.

– Ce sera la pointe de la tendance l'été prochain, m'explique-t-elle.

– Tu veux dire pour la *fashion week* des rôtis bien ficelés ? demandé-je à tout hasard.

– Exactement. Les bouchers de Paris et Milan vont se les arracher ! lâche-t-elle dans un rire rauque et communicatif.

– Je plaisantais, hein, précisé-je à ce moment-là. Dante ne me paye pas… Enfin, il paye parfois pour l'essence et l'hôtel… Mais ce n'est pas ce que tu crois ! On fait juste un *road trip*. Je ne suis pas son *escort*, quoi. Je ne danse pas pour lui non plus. Enfin, c'est arrivé, mais… ça ne compte pas. C'était des entrechats, sur de la country, dans un bar… Bref, je crois que je m'égare.

– Je ne sais pas ce que vous fabriquez tous les deux, mais ça a l'air marrant. Je peux venir ?!

– Oui, on recueille tout et n'importe quoi sur le bord de la route ! Non pas que tu sois n'imp… Bon, bâillonne-moi avec ton truc en cuir, faut vraiment que je me taise !

Elle rit de plus belle et je réalise que je ne me suis pas sentie aussi à l'aise avec une inconnue depuis longtemps. Je ne fraternise pas facilement, d'habitude. Ali me manque. Je n'ai pas tant de copines que ça et je les aime légères, drôles, si possible aussi folles que moi. Cette fille me fait un bien fou, juste en riant, en étant elle-même et en me prenant comme je suis. Mais son ténébreux de frère apparaît à ce moment-là, planté sur la plus haute marche de la terrasse. Il a changé sa chemise noire pour un T-shirt gris clair. Mais ça n'empêche pas l'ambiance de s'assombrir d'un coup. Son regard noir se pose durement sur sa sœur et moi, nos sourires complices et notre proximité physique.

Tout ce qu'il déteste…

– Salut frangin ! s'exclame la brune excentrique. Tu te joins à nous ? On voulait monter un groupe de go-go danseuses de country déguisées en rôtis. Avec ton air affable, tu peux faire le boucher si tu veux !

– Callie, je peux te parler ?

– Quoi ?! À nous trois, on a un début de Village People, non ?

Andy pourrait faire le bagnard avec une tenue de prisonnier hyper sexy…

– Calliopé, gronde le brun pour la faire taire.

Et ses iris s'abattent sur moi, avec un mélange de colère, de compassion et de désolation. Je me rends compte à cet instant que j'ai maintenant sympathisé avec toute la fratrie. « Andy ». C'est bien sûr Andrea, le chauffard qui a brisé ma vie. Entendre ce petit surnom fraternel me le rend encore plus détestable. Je ravale ma bile, mes larmes et tente de donner le change. J'ai craqué pour le frère aîné. Et me voilà en train de faire de la petite sœur ma nouvelle meilleure amie. Quand est-ce que ça va s'arrêter ?

– Désolée, je crois que la *pool party* est finie, me glisse Calliopé dans une grimace.

Elle rejoint son frère sur les marches et je les entends marmonner en italien. Peut-être pour que je ne les comprenne pas. Peut-être parce que c'est la langue qui leur vient en temps de crise. J'imagine Dante en train de lui expliquer qui je suis. Pourquoi je suis là. Et tout ce que je ne dois pas savoir. Ou peut-être qu'il lui ment, sur mon identité, sur notre rapprochement. Mais pour protéger qui ? Lui ? Moi ? Andrea ? Tout le clan Lazzari ?

Ce flou me donne le tournis. J'hésite à aller me réfugier dans le *pool house*. À me rhabiller sur-le-champ et repartir d'où je viens. Mais Calliopé s'en va. Et Dante s'approche de moi, un air grave sur son beau visage, une main tenant le phœnix tatoué sur son bras opposé.

– Je ne savais pas que ma sœur serait là, s'excuse-t-il à moitié.

– Je m'en doute.

– Elle peut être un peu…

– Géniale.

– Spéciale, dit-il en même temps que moi.

– Elle est parfaite, rectifié-je. Marrante, chaleureuse, directe, un peu allumée… Tout ce que j'aime.

– Tout le contraire de moi, c'est ça ?

– Non… Tu es dingue aussi, à ta façon.

– Ouais, je crois que tu es tombée dans une maison de fous, conclut-il dans un soupir lourd de sens, en s'asseyant sur la marche la plus basse.

– Vous êtes chiants… J'ai envie de vous détester… Et c'est tout l'opposé, avoué-je à voix basse.

Dante pose ses coudes sur ses genoux écartés, passe ses deux mains dans ses cheveux bruns et les arrête sur sa nuque. Puis il relève les yeux pour les poser sur moi, mon maillot de bain ajouré, mon corps bien trop dénudé. L'intensité de son regard me déshabille encore un peu. Et le tiraillement que je perçois sous ses sourcils froncés me désarme encore plus. Mon *dark stranger* ne sait pas plus que moi ce qu'il doit faire, désirer, ressentir ou penser.

Alors, juste pour que ça s'arrête, je me mets à courir, je me bouche le nez et je fais le grand saut. Je reste un bon moment sous l'eau, les yeux fermés, le corps léger, l'esprit complètement vidé. Quand je ressors, c'est en poussant un grand cri de joie. Ou de rage. Ou un peu les deux à la fois. Je n'ai plus envie de réfléchir, de souffrir. Juste de nager et de tout oublier.

Je me laisse flotter un instant sur le dos, vois Dante se relever, monter les marches de la terrasse, s'éloigner de sa démarche nonchalante. Puis se tourner vers moi. Il me sourit, simplement, tendrement, sincèrement. Comme s'il ne pouvait pas s'en empêcher. Et repart, pendant que mon cœur pétille d'un étrange petit bonheur.

***

Après ma baignade salvatrice, je me suis accordé une sieste paresseuse au soleil. Puis j'ai regagné la chambre d'ami, j'ai échangé des mails avec mon avocate, des textos avec Alicia, une conversation avec le répondeur de mon frère, une autre avec mon banquier désolé que je n'ai même pas insulté. J'ai passé deux heures dans la salle de bains luxueuse en testant tous les produits de luxe mis à la disposition des invités. J'ai traîné dans un peignoir encore plus moelleux que ceux des hôtels dans lesquels Preston m'emmenait. Rarement. J'ai entendu Dante parler tout seul, au loin, avant de réaliser qu'il téléphonait. Et j'ai décidé que je ne voulais pas savoir qui était à l'autre bout du fil. Je me suis coiffée, habillée et maquillée comme je n'avais pas pris le temps de le faire depuis un long moment. Sans me demander pour qui je le faisais. Et je suis sortie de ma bulle douillette pour déambuler dans ce manoir immense à la recherche d'une cuisine. D'un frigo. Ou d'un majordome capable de secourir mon ventre criant famine.

Je tente de repérer d'où proviennent les odeurs alléchantes mais décide de suivre plutôt les voix que je perçois. Je retrouve tout ça réuni derrière une lourde porte, dans une ambiance survoltée et une cuisine grande comme mon appartement. Un homme en uniforme de cuisinier fait goûter une sauce rouge à une Calliopé gémissante de bonheur, assise en tailleur sur le plan de travail. Le pingouin de tout à l'heure raconte avec de grands gestes une histoire qui semble captiver Dante, adossé à un frigo américain, sourire en coin, bras croisés sur son torse. Le tout dans un italien tonitruant auquel je ne comprends évidemment rien.

– Entre, le dîner est prêt ! m'invite la sœur. J'allais venir te chercher !

– Ne fais pas ta timide, Tutu, me provoque le frère.

– Faudra que vous m'expliquiez d'où vient ce surnom mignon, ricane la brune.

– Tu peux toujours rêver, la rembarre son aîné.

Bizarrement, je me sens de trop au milieu de cette scène festive et clairement familiale. Mon copilote le perçoit et prend les choses en main.

– Assieds-toi. Tu te souviens de Silvio ? Et lui, c'est Luigi, il fait les meilleures *bucatini all'amatriciana*.

– Papa disait que c'était un plat de pauvre, il ne supportait pas qu'on réclame ça, raconte Calliopé dans un sourire.

– Vin ? me propose Dante en me tendant un verre à pied.

J'acquiesce, il s'approche pour le remplir d'un liquide rouge sombre et s'assied sur la chaise près de la mienne. La chemise noire a fait son retour sur le torse musculeux du brun ténébreux. Ses manches sont remontées et sa sœur me voit regarder d'un peu trop près les tatouages qui barrent ses avant-bras musclés posés devant lui sur la table. Je meurs d'envie d'y passer mes doigts, de sentir sa peau douce et chaude qui me manque. Je me retiens en me forçant à regarder ailleurs.

– Comment vous êtes-vous rencontrés ? demande-t-elle simplement.

– Le hasard, lâche-t-il, sporadique.

– Je l'ai ramassé sur le bord de la route, en train de photographier des chiens errants, des brindilles mortes et des filles paumées, ironisé-je.

– Mon frère tout craché, se marre-t-elle.

– Et toi, tu as une passion aussi… passionnante ? la questionné-je.

– Je dessine et je colorie toute la journée. De temps en temps, je crée des vêtements que personne ne veut porter. Six mois plus tard, on met une étiquette Lazzari dessus, un mannequin filiforme dedans, Dante les prend en photo et ils se vendent à des prix exorbitants.

– Et papa est content, grommelle le brun en soupirant.

– Pas vous ? m'étonné-je.

– Moi, je n'ai pas à me plaindre, dit-elle en haussant les épaules. Je fais ce que j'aime. Je n'ai pas hérité du gène torturé des mâles de cette famille. Et je dois être la seule femme sur terre que mon père respecte à peu près. Il est bien obligé, je lui rapporte de l'argent. Mais je créerai ma propre marque un jour. Quand quelqu'un aura eu la bonne idée ou juste le courage de faire couler la maison Lazzari.

– Callie… grogne l'aîné de la famille.

– Quoi, ce n'est pas ce qu'on veut tous ? rit-elle en levant son verre.

– Solveig n'a pas besoin de le savoir, décrète-t-il en me fixant de ses yeux noirs.

Je sens le sujet lourd et profondément douloureux. Ça fait des jours que j'essaie de percer ses mystères, mais je n'ai pas envie de le forcer à me parler. De profiter de sa sœur délurée pour entrer dans leur intimité. Au lieu de contredire l'homme au phœnix, je me range de son côté. Pour une fois.

– Ça ne m'intéresse pas, confirmé-je tout bas.

– Pourtant, j'ai l'impression qu'elle a plus d'un tour dans son tutu pour te faire parler… souffle Calliopé, amusée.

Puis elle saute sur ses pieds, attrape deux torchons, saisit la marmite de pâtes à pleines mains et lance gaiement :

– Vous venez, les gars ? On va manger devant la télé comme quand papa n'était pas là ! Et foutre de la sauce tomate plein sa moquette.

La jolie excentrique quitte la cuisine en riant, emportant Silvio, Luigi et le dîner avec elle.

– C'était quoi, ça ? demandé-je, perplexe.

– Une façon très subtile de nous laisser seuls, sourit Dante. À la Calliopé Lazzari.

– Pourquoi tu portes un autre nom de famille ?

– Salinger est celui de ma mère. Je l'aime bien.

– Et tu détestes celui de ton père. Ou plutôt ton père tout court.

– Peut-être bien, concède-t-il.

– Ça m'intéresse, tu sais ? dis-je doucement en allant poser mes doigts sur son avant-bras.

– Oui, je sais.

– Mais tu n'es pas obligé de…

– Merci de ne pas avoir insisté, tout à l'heure. Devant elle, ajoute-t-il un peu plus bas.

– Je suis chiante. Pas cruelle.

– Je sais ça aussi…

– Merci de m'avoir laissé venir ici, murmuré-je en caressant sa peau du bout du petit doigt.

– Arrête de me toucher, Sol… prononce sa voix grave sur un ton beaucoup trop doux.

– Pourquoi ? demandé-je pendant qu'il fixe ma main sur son bras.

– Parce que je vais être obligé de t'embrasser.

Il relève le visage et pose son regard intense sur ma bouche. C'est à la fois la plus dangereuse et la plus douce menace que j'ai entendue de toute ma vie. J'hésite une seconde à le laisser faire. À m'abandonner au désir qui crépite dans tout mon corps. Et je retire ma main.

– On ne devrait peut-être pas rester là, bredouillé-je avant de me lever.

Toujours assis, Dante attrape mon poignet pour m'empêcher de quitter la pièce. Je me retourne, il me lâche. Puis vide d'un trait son verre de vin.

– J'ai pété les plombs à 15 ans. Je me suis battu avec mon père et j'ai fugué, pour ne pas avoir à revenir l'affronter. Il n'est pas du genre à pardonner. Alors je me suis retrouvé à la rue. Pendant trois ans, j'ai enchaîné les conneries, les mauvaises rencontres, les plans foireux pour survivre. J'ai volé des bagnoles. Arnaqué des gens. J'ai pris de la drogue, un peu. J'en ai vendu pas mal. Je suis devenu tatoueur, mécano, pickpocket, dealer, selon les jours ou les nuits… Je faisais n'importe quoi mais j'essayais de ne pas sombrer. De ne pas devenir complètement fou.

Ma peau frémit. Il passe longuement sa main sur sa barbe de quelques jours. Se lève, m'apporte mon verre presque vide et le remplit à nouveau. J'ai une furieuse envie de le prendre dans mes bras, d'embrasser son visage dur et fermé, de le faire défroncer les sourcils. À la place, je recule, me hisse sur le plan de travail où Calliopé s'était assise. Dante s'adosse au mur en face de moi et poursuit son récit en fixant ses chaussures.

– Un jour, j'ai volé un appareil photo à un touriste dans le métro. Il ne valait rien, je n'ai pas réussi à le revendre. Alors j'ai appris à m'en servir. Et ma vie a changé, du jour au lendemain. Je me suis passionné pour la lumière, le ciel, les paysages urbains, les visages des passants. J'ai essayé de trouver le beau dans tout ça.

Il lève les yeux vers moi. Je me noie dans son noir intense. S'il savait à quel point il est beau, lui, à travers sa douleur et sa sincérité. Pour ne pas me jeter sur lui, je me rabats sur mon verre. Je sirote mon vin rouge en restant suspendue à son regard sombre qui retourne dans le vague, à ses lèvres charnues qui s'entrouvrent à nouveau, à sa voix profonde qui me fait frissonner.

– J'ai arrêté la drogue, j'ai commencé à économiser ce que je volais pour faire développer mes photos. Et à les vendre dans la rue, au lieu de faire des conneries. Un galeriste m'a repéré. Quelques mois plus tard, je faisais ma première expo. Ça a marché pour moi, j'ai gagné de l'argent, j'ai pu me refaire, prendre un nouveau départ. Je suis allé rembourser tous ceux que j'avais volés et que j'ai pu retrouver. J'avais 19 ans, je crois que ma vie a vraiment commencé à ce moment.

Il finit son verre et le pose sur la table près de lui. L'homme aux yeux aussi noirs que son passé me semble soudain si vulnérable, si humain, si mis à nu que mon cœur se serre. Que mes pieds me portent jusqu'à lui. Et que mes lèvres se soudent aux siennes. Il se laisse faire, sans me toucher d'abord. Sans même répondre à mon baiser. Je presse mon corps contre le sien. Je tremble à ce contact retrouvé. Me hisse sur la pointe des pieds, glisse mes mains sur son beau visage triste, embrasse ses yeux fermés, pose mon front contre le sien.

Tout à coup, Dante recouvre mes mains des siennes et me fusille de ses iris noirs. J'y lis ce désir viril et animal que j'aime tant. Qu'il a dû tenter de réprimer. Qui explose maintenant. Il m'embrasse langoureusement et me serre, fort. Il ne subsiste plus un millimètre entre nos corps. Plus aucune règle non plus.

– Solveig… Tu sais qu'on ne devrait pas, chuchote-t-il au creux de mon oreille.

Son souffle chaud, sa voix grave, mon prénom entre ses lèvres, sa proximité me transportent. Ailleurs. Dans un autre monde. Un monde où je n'ai plus de passé, plus de barrières, où la culpabilité n'existe pas. Dans mon esprit, des images de son corps nu, bandé, transpirant, haletant, en action. En moi. Des flash-back tellement vivants, tellement érotiques, que j'en gémis. Ces souvenirs brûlants, impossible de les bloquer, de les repousser plus longtemps.

Le phœnix et moi nous tournons autour dans une danse lente et sensuelle, dans cette grande cuisine où nos deux cœurs insoumis battent frénétiquement.

Et se battent en duel.

– Tais-toi, soupiré-je enfin contre sa bouche entrouverte. N'arrête pas, Dante ! Continue. Viens me chercher…

Je laisse tomber l'une des fines bretelles de ma robe blanche, il dévore mon épaule nue du regard. Deuxième bretelle, il fixe longuement la naissance de mon décolleté. Face à son regard aussi noir qu'intense, mes tétons durcissent et mes cuisses se réveillent. Divins picotements. L'effet Dante Salinger. Mais le ténébreux tente encore, malgré son désir évident, de me raisonner :

– Il est encore temps de…

Et c'est là que je réalise à quel point le sombre, le tatoué, le rebelle, le taiseux me respecte. Que je sais à quel point j'ai envie de lui. Malgré ses foutus vêtements qui me barrent la route, je laisse glisser ma main sur son torse, lascivement. Elle effleure ensuite sa taille, suit la courbe de son fessier ferme et rebondi… et frôle sa bosse déjà si fière, si alléchante.

– Putain… Tutu… Tu es dure en affaires, grogne le mâle entre ses dents serrées.

– Embrasse-moi encore, Dante ! le provoqué-je en plongeant dans son regard farouche. Touche-moi !

– Sol, grogne-t-il en me plaquant soudain contre le mur frais. Je n'ai envie de rien…

– Quoi ?

Je ne parviens pas à y croire. Son regard enflammé, son timbre voilé, son corps tout entier me disent le contraire.

– De rien, sauf de toi, sourit-il insolemment avant de fondre sur ma bouche.

Je mords sa lèvre inférieure, pulpeuse, charnue, pour le punir de m'avoir menée en bateau. Il grogne entre mes lèvres, puis m'embrasse de plus belle. Sa langue s'insinue en moi, m'arrache un cri rauque et bestial et je glisse ma main dans ses cheveux pour m'agripper à quelque chose.

Légère… perte… d'équilibre.

Le farouche n'essaie plus de me dissuader. Plus du tout. Il prend des initiatives qui font grimper mon rythme cardiaque comme si j'étais prisonnière de montagnes russes.

Sans ceinture de sécurité. Aucune. Pas de filet. Rien pour me rattraper.

Et quelque part, ça m'excite encore davantage. Il me mordille sensuellement la lèvre. Me caresse voluptueusement la poitrine à travers ma robe. S'arrête sur mes tétons. Je frémis. Il s'aventure alors sous le tissu, plus bas, pour faire connaissance avec ma culotte échancrée. Titiller mon clitoris. Je gémis. Halète. Me liquéfie. L'encourage en levant une cuisse et en la collant derrière lui.

Tellement… envie… de lui…

Son grognement est sans équivoque : il approuve.

Sans rompre notre baiser, l'homme en érection plaque son grand corps un peu plus près du mien, histoire de rendre ses intentions un peu plus évidentes. Mais pas plus honorables. Tant mieux. Je soupire en sentant chaque particule de mon corps se réveiller à son contact, grogne de désir et… réalise soudain où nous nous trouvons.

– Dante… soufflé-je en m'arrachant à ses lèvres.

– Hmm ?

– Et si tu nous emmenais dans un endroit moins… exposé ?

Une drôle de lueur traverse ses iris sombres, puis ses lèvres s'étirent dans un sourire de sale gosse.

– Quoi ? Solveig Stone fait sa timide ?

– Je ne suis pas spécialement pudique, mais je n'ai pas non plus l'habitude de *tout* partager avec des étrangers.

– Et avec moi, tu veux bien *tout* partager ? demande-t-il soudain, plus grave.

– Toi tu n'es plus un étranger.

– Mais pas ici… murmure-t-il dans mon cou.

– Non, pas ici.

L'homme au phœnix me claque un baiser sur les lèvres, me rend ma cuisse dépravée qui s'était fait la malle pour aller se fixer derrière son fessier et s'empare de ma main. Sur mes jambes un peu vacillantes, je le suis en riant hors de la cuisine, dans le grand couloir qui mène à l'escalier en marbre. Sur la troisième marche, il se tourne vers moi, me fait taire en m'embrassant sauvagement, puis repart en m'emportant avec lui. Direction le premier étage. Non, le deuxième ! Encore un couloir. Tout droit. À gauche. Je m'essouffle. Des portes, encore des portes. Ce manoir est sans fin.

– Ça, c'est la chambre d'amis, la tienne… lâche-t-il, sûr de lui. Mais ce soir, tu viens dans la mienne.

Finalement, Dante donne un coup de pied dans une porte déjà entrouverte et me fait signe d'entrer. Je m'exécute, impatiente, excitée, insoumise. J'admire à peine l'immense pièce aux triples fenêtres, le mobilier ancien, le lit à baldaquin. Je ne regarde que *lui*. Son torse sculpté, ses bras musclés, ses tatouages envoûtants lorsqu'il claque la porte derrière lui et retire sa chemise, une lueur de défi dans le regard.

– Ton tour, Tutu, me lâche-t-il en fixant ma robe.

Postés à un mètre l'un de l'autre, nous nous jaugeons du regard, des idées salaces plein la tête. Il s'attend à ce que je retire ma robe ? Raté. C'est ma culotte humide qui glisse le long de mes jambes et disparaît. Les muscles de l'homme frémissent. Le sourire qu'il me tend semble légèrement plus crispé. Plus… affamé.

Ses pompes volent à l'autre bout de la pièce. J'enlève mon bracelet. Son jean n'est plus qu'un tas de tissu, affalé sur le parquet massif. Je retire mes talons, consciente de le rendre fou. Son boxer noir passe à la trappe. Je déglutis difficilement, suffoque un peu en redécouvrant sa virilité. Son sexe immense et tendu me désigne comme sa prochaine proie. Plus le choix : ma robe est mise K.-O. Et j'ai à peine le temps de la piétiner que mon amant est sur moi, me soulève et me dépose sur le lit de la Belle au bois… gémissant.

– Je veux tout savoir de ton corps… murmure celui qui me domine de toute sa hauteur.

Je recule sur le matelas, m'allonge en ouvrant les bras et écarte les jambes pour mieux lui présenter. Lui offrir. Il plisse les yeux quelques secondes, profitant de la vue, puis inspire profondément. Il me rejoint lentement, son grand corps musclé se mouvant avec grâce et virilité. Je fonds. Je veux le sentir en moi. Il y a urgence.

Et il le ressent aussi, puisqu'il plonge sur moi. Il s'arrête d'abord sur ma cicatrice. Le seul et unique complexe physique que j'ai. Dante la caresse, l'apprivoise, l'embrasse, comme pour m'aider à guérir de mon passé. Sous ses doigts, sous sa langue, cette petite saillie de chair, j'en viens à la détester un peu moins. L'homme se rend maintenant entre mes cuisses. Il frôle ma féminité, souffle dessus, la caresse du bout des lèvres, puis entoure mon clitoris de sa bouche et l'aspire tel un bonbon fruité. Je commence à hoqueter, je soupire, gémis des mots sans aucun sens, m'accroche à ses épaules avant de perdre mes doigts dans ses cheveux en bataille.

Ça faisait… si longtemps… qu'on ne m'avait pas embrassée… là…

– Aaah. Ta langue est démoniaque, gémis-je alors qu'il l'introduit en moi.

Dante me dévore de plus belle. Mes lèvres se gonflent d'un désir fou, grisant, j'ondule sous ses caresses, me tortille, me cambre. Ses mains se placent sur mes hanches et me contiennent. Le phœnix prend le pouvoir. Ma féminité s'ouvre, s'épanouit, lui lance un appel au secours. J'ai besoin de plus. Plus fort. Plus loin. Alors mon amant remonte des abysses, embrasse mon nombril, suce mes tétons, les agace, lèche la ligne de mon épaule, mordille ma peau fine et revient chercher ma bouche.

Je me goûte sur ses lèvres et me surprends à aimer ça.

Notre baiser s'approfondit encore, mes paumes visitent la peau du ténébreux, mes ongles se plantent dans son dos, mes doigts caressent son postérieur. Chaque muscle se tend, sur mon passage. Il émane de tout son corps une puissance presque inhumaine… Une puissance qu'il me tarde de sentir grandir et exploser en moi.

– Dante… susurré-je, en proie à mon propre désir. Maintenant !

– La patience, ce n'est pas ton truc…

– La soumission non plus ! grogné-je en parvenant à nous retourner tous les deux.

L'adrénaline, l'excitation, le désir : j'imagine qu'ils décuplent mes forces, ma hargne, ma volonté. Je m'installe à califourchon sur l'homme au phœnix, lui adresse un regard qui laisse peu de place au doute. Je le veux. Immédiatement. Et je réalise que je n'ai jamais fait preuve d'autant de témérité, face à un homme prêt à me posséder.

Je m'empare de son sexe, le caresse de haut en bas en appréciant sa longueur, sa dureté, sa réceptivité. Sous mes yeux, sous mon corps fiévreux, Dante se mord la lèvre, se cambre, balance sa tête en arrière, puis tente de se redresser pour m'embrasser. Je l'en empêche. Le sourire et le regard qu'il me tend alors me couvrent de frissons.

Il n'a jamais été aussi beau. Aussi farouche. Aussi insoumis, lui aussi.

Dante me désigne le tiroir de la table de nuit et me fait

comprendre de l'ouvrir. J'obéis et découvre avec soulagement la présence d'une boîte de préservatifs. Je ne joue pas avec le feu, jamais. Mais je n'imaginais pas non plus devoir me passer de lui. De son corps. Dans le mien.

Pressée, je pioche au hasard dans la boîte, déchire le sachet entre mes dents, ce qui fait doucement rire mon amant. J'ondule contre son érection, il ne rit plus du tout. J'enfile le préservatif le long de son sexe et reprends mes caresses. Frissons d'anticipation.

Il grogne. Se raidit encore dans ma main. Grandit.

– Tu veux ma peau ? murmure le mâle à ma merci.

OK. Il est temps.

Je m'enfonce lentement sur lui, soupire de bonheur et démarre une danse lascive, une sorte de salsa entêtante, mêlée à un tango érotique, tantôt rapide et puissante, tantôt lente et délicate. Mes mouvements saccadés le rendent dingue, il lâche des grognements sexy sans jamais cesser de me contempler. La tête me tourne déjà, son sexe coulisse dans mes chairs, je me cambre pour mieux l'accueillir. Son regard, son expression, son intensité, son corps en tension : tout est sublime chez lui.

Je me penche en avant, l'embrasse langoureusement tandis qu'il me donne un puissant coup de reins. Je gémis, il recommence. Je l'embrasse de plus belle, par intermittence, nous respirons de plus en plus fort, haletons de plus en plus vite. Ses mains se posent sur mes seins, les soupèsent, les caressent, les malmènent. J'adore ça.

Soudain, mes poignets sont emprisonnés, mon dos se retrouve plaqué au matelas et le beau tatoué est sur moi. Dante me pénètre à nouveau et me prend avec force. Sa fougue m'arrache des cris plus ou moins aigus, mon corps est assailli de frissons. J'ai chaud, terriblement chaud. Une boule de feu prend naissance entre mes reins et irradie mon bas-ventre.

Je me sens partir, petit à petit, dans les confins du plaisir.

– Reste avec moi, me murmure mon amant. Encore un peu…

Alors je résiste à mon corps qui était sur le point de capituler. Je dévisage le phœnix sombre alors qu'il me possède comme jamais je n'ai été possédée. Je me retiens de m'envoler. Je savoure chaque assaut sensuel, chacun de ses prodigieux coups de reins, me remémorant à quel point ma traversée du désert a été longue, avant lui.

Soudain, dans un gémissement rauque, je quitte la terre. Dante me rejoint. Il met un point final à notre corps-à-corps majestueux et m'accompagne jusqu'au septième ciel.

Un ciel sans nuage. Plein d'étoiles.

Plein de tutus bondissants et de phœnix flamboyants.

16

C’est comme ça

Je me suis endormie dans ses bras. Comme si c’était la chose la plus naturelle qui soit.

J’ai dormi trop longtemps. Dans la chambre de Dante. Il n’était plus dans le lit qu’on a partagé, quand je me suis réveillée. Alors j’ai rejoint la chambre d’amis, juste à côté, sur la pointe des pieds. J’ai observé mon reflet dans le miroir de la salle de bains, en craignant de détester cette image de moi, mais je me suis trouvée… belle. Belle de culpabilité. Belle comme on l’est après une nuit d’amour qui a tout emporté. Mes cheveux volumineux, joliment décoiffés. Mes traits détendus, reposés. Ma bouche gonflée d’avoir été autant embrassée. Mes yeux brillants, encore émerveillés. Comme si mon âme était un peu plus habitée. Je ne suis pas sûre de m’être déjà sentie aussi… femme. Coupable mais presque fière de mon erreur torride. Presque courageuse de l’avoir commise.

Alors j’ai pris une très longue douche, pour tenter de redevenir la fille quelconque que je connais. Solveig Touteseule Stone. Mais l’eau brûlante n’a pas suffi à soulager mon corps endolori par toutes ses folies. J’ai changé de stratégie, mais l’eau fraîche n’a pas non plus réussi à effacer le souvenir ardent de Dante. Alors j’ai enfilé les fringues les plus simples que j’ai pu trouver dans mon sac : un jean *boyfriend* que j’ai retroussé aux chevilles, un débardeur bleu ciel, même pas moulant, mes vieilles tennis blanches, même pas jolies. Puis j’ai rejoint la cuisine du manoir en espérant que Dante se cache autant que moi. Et que Calliopé ne soit pas du matin.

–Entre, Tutu, se marre-t-elle bruyamment en m'apercevant dans l'embrasure de la porte. Tu es passée de la danse classique au breakdance dans la nuit ?

Elle observe mon look *casual*, un peu masculin, et je dois paraître grotesque à cette styliste tellement pointue. Il ne doit même pas être huit heures du matin et son chignon bombé trône fièrement au sommet de son crâne, sa frange épaisse retombe parfaitement au milieu de son front, ses yeux sont maquillés comme un panda futuriste et glamour – si une telle chose peut exister.

–Salut, bredouillé-je. Il y a du café ?

– Là, répond-elle en me montrant la cafetière italienne. T'es nettement moins drôle le matin, on dirait !

La jolie brune porte une robe qui me fatigue rien qu'à la regarder : le haut n'a qu'une seule bretelle et de larges rayures roses et blanches, le bas forme une jupe boule asymétrique, avec un imprimé à grosses fleurs rouges. Je dirais que tout jure, mais je dois être totalement à côté de la plaque.

–Ton regard n'est pas habitué aux choses qui ne sont pas censées aller ensemble, m'explique-t-elle en me tendant un mug. Mais moi, j'adore ça. Et au fond de toi, je crois que tu aimes aussi…

Elle m'envoie un petit coup de hanche et un sourire complice qui me font comprendre qu'elle parle de Dante et moi. Subtilement. Ou pas tant que ça. Je souris malgré moi, en fermant les yeux. Calliopé retourne se percher sur son plan de travail, j'hésite à quitter la cuisine avec mon mug rempli mais ce ne serait pas très poli. Alors je vais m'asseoir en silence, sur la même chaise qu'hier soir. Je tombe soudain nez à nez avec une tasse à moitié pleine devant une chaise vide.

Il est là. Ou en tout cas, il était là. Et mon cœur bat.

–Les regrets, ça ne sert à rien, ça fait souffrir deux fois, lâche la petite sœur de sa voix cassée.

–Ce n'est pas un problème, ça… Je suis capable de souffrir mille fois, rétorqué-je dans un soupir.

– Ah non ! Tu ne vas pas t'y mettre aussi ! C'est une colonie de vacances spécial rabat-joie ou quoi ?

– Spécial emmerdements, je crois.

– Solveig ? dit-elle en me touchant l'épaule du bout de l'orteil.

– Hmm ?

– Regarde qui j'imite.

Et Calliopé croise les bras sur sa poitrine, fronce durement les sourcils, me fixe avec intensité puis se passe la main sur son menton imberbe et féminin. Je ne peux pas m'empêcher de rire.

– Très ressemblant, avoué-je.

– Putain, cet enfoiré fait pleurer maman. Je ne sais même pas pourquoi je prends ses appels ! gronde la voix de Dante au moment où il pénètre dans la cuisine.

Ce n'est qu'après avoir refermé la porte qu'il m'aperçoit. Ses yeux noirs croisent les miens et s'enfuient aussitôt. Puis ils reviennent. Sur ma bouche. Ils repartent, fixent son portable qu'il tient à la main et fait disparaître dans sa poche. Comme pour faire oublier ce qu'il vient de dire.

– Hey, grommelle-t-il dans ma direction.

– Bonjour, répliqué-je machinalement.

– Hahaha ! s'esclaffe la brune en nous regardant l'un après l'autre. Super bien interprété, le coup des retrouvailles. Pour que ce soit plus crédible, vous auriez pu ajouter « Salut, toi que je n'ai pas vu depuis hier soir, bien dormi ? »

– C'est bon, Callie… la coupe-t-il sèchement. Mêle-toi de tes affaires, tu as déjà de quoi faire.

– Non, souffle-t-elle en peignant sa frange entre ses doigts. Je n'ai pas d'histoires, moi. Je n'en aurai jamais.

Je perçois une douleur en elle.

– Et tu prends ses appels parce qu'Andy reste ton petit frère, même en prison, reprend-elle d'une voix un peu tremblante. Et que tu restes le grand frère protecteur, même quand il fait des conneries impardonnables ! Et maman pleure tout le temps, de toute façon…

« Andy ». Encore lui. Respirer. Bloquer la douleur. Regarder droit devant. Inspirer.

Le brun ténébreux m'observe un instant, l'air attristé, puis son regard implacable vient se reposer sur sa sœur.

– Stop, s'il te plaît, lui balance-t-il d'une voix grave mais douce, en se plantant face à elle, devant le plan de travail.

– OK, OK… On change de sujet.

– Le mécano m'a dit qu'il ramenait la bagnole dans dix minutes, m'informe Dante sans plus oser me regarder.

– Super, rétorqué-je sans vrai entrain.

– On n'est pas non plus obligés de passer à des sujets aussi inintéressants ! s'indigne Calliopé. Je ne sais pas ce que vous en pensez, mais on a quand même bien fait de demander à Silvio de préparer deux chambres, hein ?

Et elle recommence à ricaner, très fière d'elle. Dante va coller sa main entière sur le visage de sa sœur, avec autant de fermeté que de douceur, et lâche :

– Tu te tais ou tu sors.

Elle rit de plus belle, étouffée contre la paume de son aîné, et j'ai l'impression qu'ils connaissent ce geste par cœur, l'un et l'autre. Qu'il la tient sans lui faire mal, qu'elle fait semblant de ne pas pouvoir se dégager, comme quand ils étaient enfants. Je n'ai jamais connu ce genre de complicité avec Jonas. Nos bagarres étaient bien réelles. Et rares. La plupart du temps, on préférait s'ignorer.

– Solveig, relance la brune en dégageant la main de son frère, il te tient aussi la tête comme ça quand il te… ?

Dante la coupe à nouveau en écrasant sa paume sur sa bouche. Puis il la soulève du plan de travail, la balance sur son épaule et l'emmène hors de la cuisine, avec un petit sourire irrépressible aux lèvres.

– Je reviens, me souffle-t-il au passage.

Ces deux mots tout simples me font frissonner. Parce qu'ils avaient le goût de ses baisers d'hier. Le son rauque et doux de ses murmures. Ces souvenirs me font rougir. Je regarde l'homme au phœnix s'éloigner dans le couloir de sa démarche nonchalante, sa sœur hilare sur le dos. Et je leur souris sans qu'ils me voient.

Il y a trois minutes, j'avais envie de pleurer...

Quand il revient, Dante a ajouté une chemise en jean sur son T-shirt blanc échancré. Avec son jean noir près du corps, c'est la tenue qu'il portait le jour où on s'est rencontrés. À New York. Il y a huit jours. Et mille cinq cents kilomètres.

Pourquoi j'ai l'impression que ça fait dix ans ?

– Tu veux manger quelque chose ? me propose-t-il en ouvrant un placard.

– Non.

– On a des conneries sucrées.

– Non merci.

– Il te faut ta dose...

– Non, pas faim.

– OK... Tu veux en discuter ? demande-t-il en allant s'adosser au mur le plus éloigné de moi, bras croisés.

– Non.

– Sûre ?

– Oui.

– On fait le jeu des réponses par oui ou par non et tu ne m'as pas prévenu, c'est ça ? tente-t-il de me faire sourire.

– Si tu veux.

– Non je ne veux pas, Solveig. C'est moi qui ne parle pas, normalement. Si tu prends ma place, je suis obligé de prendre la tienne.

– C'est chiant, hein, de n'avoir aucune réponse ? soufflé-je sur un ton amer en allant poser ma tasse vide dans l'évier.

Je dois avoir l'air triste, perdue, dépassée, à la façon qu'a Dante de me regarder. Avec de la tendresse dans ses yeux noirs. Il plisse un peu les paupières puis murmure :

– Sinon, il suffit de ne pas se poser de questions.

– Ça, je ne sais pas faire.

On échange un nouveau regard, long, intense, mais impossible à décrypter. Je ne sais même pas si je regrette la nuit dernière. Ce nouveau coup de canif dans le contrat. Celui que j'ai moi-même établi. Je ne peux même pas lui en vouloir, c'est moi qui me suis jetée sur lui. Mais je m'en veux, terriblement, d'avoir craqué encore une fois. Cédé à son charme fou, à son sex-appeal puissant. Hier soir, je crois que rien n'aurait pu m'arrêter. Ce matin, je fais tout pour lui échapper. Mais ce petit jeu ne peut pas durer éternellement. Il ne mérite pas ça. Moi non plus. Et puis mon cœur ne tiendra pas la route.

Je détourne les yeux et me mets à faire la vaisselle, comme si laver ce mug allait effacer quoi que ce soit.

– Ne fais pas ça, dit-il doucement en passant son bras par-dessus le mien pour aller fermer le robinet.

– J'en ai besoin, bredouillé-je.

Alors il rouvre l'eau. Sa peau frôle la mienne. Son soupir balaye ma joue. Mes larmes coulent en silence, en même temps que l'eau dans la tasse. Mais plus brûlantes encore.

Quand j'ai fini, de nettoyer et de pleurer, il me regarde toujours. Mains dans les poches, tête penchée, mâchoires serrées. Il y a de la douceur dans ses iris noirs. Une sorte d'impuissance aussi. Ou de résignation, peut-être. Impossible de savoir ce qu'il ressent. J'ai l'impression qu'il a simplement décidé de ne pas y penser. J'aimerais tant avoir son aplomb, sa force de caractère. J'aimerais pouvoir faire comme si ça n'était jamais arrivé.

J'aimerais surtout ne pas avoir autant envie de recommencer.

– On va s'occuper de la *bête* ? suggère-t-il en relevant un sourcil.

– C'est la meilleure idée qu'on ait eue depuis longtemps, confirmé-je.

Il se cache pour sourire et part devant, l'air nonchalant. Sans même le vouloir, je souris aussi.

***

Ma Chevy d'amour est de retour sous le grand platane, devant le manoir. Elle me semble un peu plus propre, un peu moins vieille, et je n'aime pas trop ça. Le mécano d'hier est là, lui aussi, en train de frotter une tache inexistante d'un coup de chiffon sur le capot.

– Pas la peine de faire tant de zèle, marmonné-je dans ma barbe. Tout le monde n'aime pas être caressé…

Le brun ténébreux tousse d'une drôle de façon, à côté de moi.

– Il n'a pas intérêt à avoir lessivé la banquette arrière sans ma permission, chuchoté-je encore.

– Détends-toi, Tutu, aucune bagnole n'a été maltraitée durant cette nuit.

– J'ai réussi à régler le problème du chauffage, annonce le garagiste fier de lui. Mais croyez-moi, c'était le dernier de vos soucis. J'ai réparé ce que je pouvais mais je suis mécano, pas magicien. Cette voiture n'atteindra jamais Seattle, c'est tout ce que je peux vous dire.

– Super, ironise Dante.

– N'importe quoi ! m'offusqué-je.

– J'ai des petits bijoux d'occasion à vendre au garage, si ça vous intéresse.

– N'y pense même pas, préviens-je aussitôt mon acolyte.

– On va se contenter de cette épave, capitule-t-il avant d'aller payer le garagiste. Merci d'avoir fait aussi vite.

Pendant que Dante balance nos sacs dans le coffre, je cours derrière lui en promettant de le rembourser, en lui expliquant que je suis un peu raide, en ce moment, mais que je ne compte pas me laisser entretenir pour les deux prochains mois.

Près de la porte du manoir, Calliopé m'interrompt en riant :

– Tu n'auras qu'à danser pour lui, Tutu, ça paiera ce qu'il faut !

– Ferme-la, Callie, lui lance son frère de loin.

Puis il va la serrer dans ses bras et je reste à distance pour leur laisser un peu d'intimité. Une fois leur conversation terminée, je dis au revoir à la brune d'un signe de la main.

– Heureuse de t'avoir connue, me crie-t-elle.

– Moi aussi, je me sens un peu moins folle à côté de toi, plaisanté-je.

– Je te retourne le compliment ! J'espère qu'on se recroisera.

– Je crois que oui… dis-je plus doucement en pensant au procès qui risque de nous réunir.

– On y va ? me presse Dante qui m'ouvre la portière.

– Allez, salut les Village People ! conclut Calliopé, presque triste. Amusez-vous bien sans moi ! N'oubliez pas qu'on ne vit qu'une fois ! Et ramassez bien tous les paumés sur le bord de la route, il nous manque trois membres pour le groupe. Je vais commencer à faire leurs costumes !

Je ris en montant dans la voiture, Dante me rejoint sur le siège passager en courant et allume lui-même le contact.

– Démarre avant qu'elle saute dans la bagnole ! Une, je peux supporter. Mais deux, c'est au-dessus de mes forces.

– Pauvre chou, ironisé-je.

– Ne m'appelle pas comme ça, grogne-t-il. Et pourquoi tu souris ?

– Je suis contente… Ça sent toujours la morue.

– Putain, j'y comprendrai jamais rien, soupire-t-il avant de renverser sa tête en arrière.

Le cœur un peu plus léger, je prends la direction de l'autoroute qui va nous faire quitter l'Illinois pour traverser le Wisconsin. On roule en silence, pendant plus d'une heure. Dante retrouve sa position d'avant et fait semblant de réfléchir, les jambes étendues devant lui, les bras croisés et les yeux fermés. En passant Milwaukee, il se redresse en bougonnant et bidouille les boutons sur le tableau de bord de la Chevy.

– C'est pas vrai, ça recommence…

Il retire sa chemise en jean, la roule en boule et la balance sur la banquette arrière. Je commençais à crever de chaud, moi aussi, mais je n'osais pas le dire. Je crois que le problème du chauffage est de retour.

– J'avais bien vu que ce garagiste était un escroc !

– Ce n'est pas lui, le problème, Sol, c'est ta putain de bagnole !

– Ne parle pas d'elle comme ça ! chuchoté-je en couvrant la bouche d'aération d'une main comme si je lui bouchais les oreilles.

– Bon, tant pis pour toi, lâche-t-il avant de se contorsionner dans l'habitacle.

– Qu'est-ce que tu f… ?

Dante défait sa ceinture de sécurité et enlève son T-shirt, qu'il fait voler à l'arrière lui aussi. Il reboucle sa ceinture sur son torse nu et je dois lutter de toutes mes forces pour me concentrer sur la route. Poings serrés sur le volant. Paupières écarquillées. Je m'interdis de ciller, me mords les joues et regarde loin devant moi. Sa peau mate, ses tatouages noirs et ses muscles dessinés s'obstinent à danser dans le coin droit de mon champ de vision.

– C'est totalement contre les règles ! finis-je par ronchonner.

– C'est de ta faute.

– Tu n'as qu'à avoir chaud habillé, comme tout le monde !

– Non. Tu n'avais qu'à avoir la clim. Ou me laisser acheter une autre caisse.

– On n'abandonne pas une *bête* sur le bord de la route. Jamais ! C'est toi qui me l'as appris.

– Quand elle est morte, si !

– Han ! m'indigné-je, bouche grande ouverte. Retire ce que tu as dit.

– Non.

– Si !

– C'est la vérité, ta Chevy est foutue.

– Ce n'est pas une raison pour te foutre à poil devant elle ! râlé-je de plus belle.

– Je fais ce que je veux ! s'énerve-t-il.

– Et si je conduisais toute nue, moi aussi, tu trouverais ça normal ?!

– Je trouverais ça… sexy.

Ses grognements de colère se transforment en éclat de rire rauque, communicatif. Il est encore plus beau quand ses sourcils se défroissent, quand sa bouche charnue s'étire et que ses yeux noirs rieurs illuminent son visage grave. Je replante les miens sur le bitume. Pour arrêter de fondre. Mais je ne peux pas m'empêcher de rire avec lui.

Quand le silence revient dans la voiture surchauffée, il se fait lourd. Et dure un peu trop longtemps. Je cherche quelque chose à dire, mais Dante intervient le premier.

– Tu ne devrais pas tant réfléchir.

– Ah bon ?

– Ni culpabiliser.

– Facile à dire… murmuré-je.

– Tu te fais du mal pour rien. Alors que je veux juste… te faire du bien, souffle-t-il un ton plus bas.

– Quoi ?

– On pourrait dire… je ne sais pas, hésite-t-il. Que je suis à ton service. Quand tu en as besoin.

– C'est toi le *go-go dancer*, maintenant ? demandé-je, perplexe. Tu es photographe, mécano, vétérinaire et même gigolo ?

– Non, je suis juste ton compagnon de route. Et je peux te tenir compagnie… comme tu en as envie. Quand tu en as envie. Si tu en as envie.

Je rougis à cette proposition parfaitement indécente. Il sourit en coin et je ne réponds rien. Mes pensées se bousculent. Ce serait mentir de dire que je ne suis pas intéressée. Mais j'ai un pincement au cœur stupide en comprenant les termes tacites de ce nouveau contrat. Pour l'homme au phœnix, c'est purement sexuel.

Et ça non plus, je ne sais pas faire…

– Dante, dis-je en serrant le volant à m'en faire mal aux mains. Toi et moi… on n'a simplement pas le droit. C'est comme ça.

– C'est comme ça, répète-t-il, déjà presque absent.

Et ses yeux noirs et durs vont se perdre de l'autre côté, à travers sa vitre ouverte. Ses bras musclés, tatoués, viennent se recroiser sur son torse nu. La bulle s'est refermée. C'est sans doute mieux comme ça.

On roule encore un moment dans une chaleur étouffante et un silence interminable. Puis la sonnerie de mon téléphone nous fait sursauter tous les deux.

– Il faut que je m'arrête, c'est mon avocate, annoncé-je en observant mon écran de loin.

– Tiens, conduis, grogne mon copilote.

Il décroche et approche le téléphone de mon oreille. Je déteste quand il me donne des ordres, mais je dois prendre ce coup de fil, et je n'ai pas le temps de l'engueuler. Sa main reste en l'air, près de mon visage, la peau fine et soyeuse de son bras, brûlant, frôle celle de mon épaule nue. Bouillante. Je reçois une petite décharge d'électricité statique. Il la ressent aussi. Et je perds le fil de ce que je dois faire ou dire.

– Allô, allô ? Il y a quelqu'un ? entends-je au loin.

– Oui, je suis là ! Bonjour, Maître.

– Solveig, j'ai quelque chose de pas très agréable à vous apprendre.

– Je ne suis plus à ça près aujourd'hui, rétorqué-je, blasée.

– Bon, j'ai épluché les relevés de vos comptes communs, pour voir si je pouvais contourner l'interdiction bancaire.

– Et je suppose que non… deviné-je.

– Non, mais j'ai découvert autre chose. Ça risque de vous faire du mal mais gardez en tête que ça nous sera très utile pour le procès.

– Je vous écoute, m'impatienté-je, nerveuse.

– Votre mari…

– Oui ?

– Preston entretenait au moins deux autres femmes. Il avait des maîtresses, Solveig. Je suis désolée.

Il se forme un trou dans mon cœur. Et l'air qui s'engouffre

dans la voiture réussit à me donner froid. Malgré le chauffage, la canicule, l'homme ardent à côté de moi. Je me sens trahie, abandonnée, vide. Je ne comprends pas. Une nouvelle décharge se produit. Mais cette fois, je suis la seule à ressentir le choc.

« Touteseule », à nouveau. C'est comme ça.

Puisque même les morts se foutent de moi.

III

Un envoûtant adversaire

17

Encaisser

Deux jours. Ça fait deux jours que les deux phrases terribles tournent en boucle dans ma tête. Accompagnées des milliards de questions qui vont avec.

« Preston entretenait au moins deux autres femmes. Il avait des maîtresses. »

J'ai choisi cette avocate pour une raison, en plus de ses tarifs un tout petit peu moins exorbitants que les autres : elle est directe. Elle n'a jamais cherché à me ménager. Elle n'a jamais penché la tête sur le côté pour me parler, elle ne m'a jamais traitée comme une gamine, une débile, une petite chose fragile qu'il faut épargner. Annette Ewing vient de me donner une preuve supplémentaire de mon choix judicieux. De sa franchise sans artifice. Du courage qu'ont les femmes et qui manque si souvent aux hommes. Elle m'a balancé mes deux vérités. M'a arraché mon étiquette de veuve, comme un pansement qu'on enlève trop vite, sans prévenir, pour me coller celle de femme trompée.

Je ne sais pas laquelle des deux fait le plus mal… à cet instant.

Une maîtresse, ça m'aurait déjà paru impensable. Mais deux. Au moins deux. Donc peut-être dix. Ou plus. Et qui ? Je n'ai même pas songé à demander leurs noms à mon avocate. Est-ce que je les connais ? Preston passait toute sa vie à l'hôpital. Ces femmes étaient sans doute ses collègues. Plus sûrement les miennes, puisqu'il les « entretenait ». Des filles comme moi, pas très riches, facilement impressionnables. Des infirmières que je croisais tous les jours. Des copines de l'accueil. Peut-être des patientes rencontrées aux urgences. Bien sûr qu'il était séducteur, beau parleur. Mais ceux qui en parlent le plus en font le moins, non ? Bien sûr que ses parents avaient raison, que je n'étais pas assez bien pour lui, mais il m'avait choisie, non ? Pourquoi épouse-t-on une femme si on en aime plusieurs ? Est-ce qu'il aimait aussi les autres ? Ou est-ce qu'il se contentait de se faire du bien, dans la salle de repos, après une garde trop longue, une nuit trop dure, une mort de trop ? Je suis déjà en train de lui chercher des excuses. Peut-être qu'il les emmenait dîner, avant ou après. Qu'il les baratinait. Est-ce qu'il les faisait rire ? Sûrement. Est-ce qu'il les faisait se sentir importantes ? Plus belles, plus vivantes qu'elles ne l'étaient. Je connais ce sentiment par cœur. Est-ce que mon mari disait à d'autres femmes qu'elles étaient la seule ? Est-ce qu'il m'aimait seulement, moi ? Plus que les autres ou pas ?

Et pourquoi, finalement, tout ça ne m'étonne pas tant que ça ?

Alors je ravale mes questions en même temps que mes larmes et je continue à rouler. Comme depuis deux jours. Sans parler. La première journée, j'ai conduit presque six heures d'affilée. Si mon copilote ne m'y avait pas forcée, je ne me serais même pas arrêtée. Je n'avais pas la force d'aller dans un motel, de me coucher dans un lit, de me retrouver seule et obligée de penser. Alors il a accepté qu'on dorme dans la voiture, quelques heures. Et on a repris la route. À la vitesse d'escargot de la Chevy de plus en plus capricieuse, on a roulé une journée de plus, à travers le Wisconsin. Sur l'Interstate 90, puis la 94. Depuis avant-hier, j'ai ce besoin viscéral que la vie avance, que le paysage défile derrière ma vitre, que les heures s'écoulent, que les vérités restent derrière moi, là où elles ont été prononcées. Que le monde ne s'arrête pas de tourner. Que mon existence ne reste pas figée sur cette révélation qui envoie tout valser. Mon mariage. Mon titre de veuve éplorée. Et mes miettes de confiance en moi.

Faire confiance aux hommes ? Je n'en parle même pas.

Celui à ma droite a respecté ma bulle, mon silence, mon espace vital. Depuis deux jours, Dante se contente de me demander si ça va, de sa voix grave, parfaitement dosée, de son ton soyeux qui parvient à ne pas me déranger. Il accepte mes hochements de tête et de cils pour toute réponse. On arrive à communiquer, presque sans un mot. Parfois, il allume la radio. J'ai l'impression qu'il change de station chaque fois que c'est nécessaire, à la seconde où j'ai envie de le faire. À chaque chanson d'amour. À chaque flash info qui parle de morts sur les routes, de couples déchirés, d'hôpitaux surpeuplés. Ce taiseux sait décidément bien écouter. Régulièrement, il me tend une bouteille d'eau, bouchon ouvert, je bois et je la lui rends. Il me propose une barre chocolatée, à moitié déballée, avec le papier encore là pour que le chocolat ne fonde pas sous mes doigts. Quand j'ai fini de manger, il récupère l'emballage dans ma main, sans que j'aie à lui demander. Ces petites attentions me donnent envie de pleurer. Mais c'est aussi la seule chose qui m'aide à tenir. À ne pas piler, m'arrêter sur le côté, sortir pour vomir sur le bas-côté et m'accroupir pour pleurer.

Pourquoi est-ce que j'ai tant besoin qu'on s'occupe de moi ?

La nuit dernière, quand l'air est devenu frais et que je roulais encore, le tatoué a retiré sa chemise pour envelopper ma chair de poule. Ça sentait lui, mais tant pis. Ça m'a rappelé les vestes de costard de Preston sur mes épaules, mais tant pis. Je n'avais même pas réalisé à quel point j'avais froid. Alors j'ai enfilé les manches, j'ai ri bêtement quand j'ai vu à quel point elles étaient trop grandes pour moi, les souvenirs ont afflué et mes rires nerveux se sont mués en larmes amères. Dante a soigneusement replié les manches sur mes avant-bras, pendant que je conduisais de l'autre main, et ça m'a fait du bien. Juste qu'il règle le problème.

Ça m'en faisait un de moins.

Et puis les autres me sont revenus en pleine face. Problèmes d'argent, problèmes de famille, problèmes de cœur. Les deux phrases se sont à nouveau abattues sur moi comme une gifle, un aller-retour cinglant. *Au moins deux autres femmes. Des maîtresses.* À ce moment-là, j'ai eu une envie soudaine et irrépressible d'appeler les Camden. De leur raconter quel homme est leur fils adoré. Était. Ce qu'il faisait de notre argent auquel je n'ai plus le droit de toucher. J'aurais pu demander à mes beaux-parents s'ils comptaient me rembourser ce que leur parfait Preston avait dépensé pour ses autres femmes. Leur dire que maintenant, ils avaient une bonne raison de penser que j'ai fait assassiner l'homme qui me trompait. Et puis Dante a saisi mon poignet, doucement. Il a récupéré mon portable serré entre mes doigts tremblants de colère. Il a reposé ma main sur le volant. Et sa voix rauque et calme a décrété :

– Pas à chaud, pas comme ça.

Il avait raison. J'ai roulé encore, en regardant droit devant moi. En sentant ma peau frémir là où il l'avait touchée. En écoutant mon pouls cogner, juste là, sous mon poignet. Et en visualisant mon sang s'enfuir de mon cœur, à toute vitesse, comme s'il savait qu'il n'y avait plus rien à faire. À sauver.

Alors je tente d'accélérer plus fort, pour me griser, pour m'enfuir à mon tour. Mais la pédale résiste sous mon pied. Le moteur peine. Je le sais depuis des kilomètres. Je n'ose pas l'avouer. La *bête* avance de plus en plus lentement et mon copilote ne pose toujours pas la moindre question. « Pourquoi tu ne roules pas ? Pourquoi tu pleures en riant ? Qu'est-ce que tu as appris qui te met dans cet état-là ? Pourquoi tu tapes sur ton volant ? » Voilà ce qu'il devrait me demander, s'il était normalement constitué. Alors je frappe deux fois plus fort du poing sur ce foutu klaxon qui émet un son ridicule, comme le jouet fatigué d'un chien.

– Énerve-toi sur moi, si tu veux, dit-il d'une voix posée en stoppant mon accès de violence.

– Arrête d'être gentil, Dante ! lui hurlé-je en retour. Rends-moi service et sois un sale type, comme tous les autres !

Arrête de me toucher, de m'aider, de me cajoler ! Je t'ai déjà dit qu'on n'avait pas le droit, toi et moi !

Je mélange tout, je crie, je cogne, je pleure et ma Chevy rend l'âme en même temps que moi.

***

Ça, c'était hier soir. Il était tard, j'étais épuisée. J'ai laissé Dante prendre les choses en main. Appeler une dépanneuse. Trouver un motel. M'y porter, presque à bout de bras. Façon de parler. Il n'y avait plus qu'une seule chambre. Je n'ai pas bronché. Je me suis affalée sur un lit, tout habillée. Le Phœnix s'est assis sur l'autre, dos à moi, loin de moi. Et j'ai dû m'endormir sans même avoir le temps d'y penser.

Treize heures plus tard, je me réveille dans un état second, comme dans du coton. Ce sommeil profond et réparateur m'a fait du bien. Mais je ne sais plus trop où je suis, quel jour on est, où est passé mon acolyte. Et ma Chevy chérie. Debout devant la fenêtre de la chambre, je ne la vois pas sur le parking du motel. C'est pourtant là que la remorqueuse l'a laissée, hier soir. De ça je me souviens parfaitement. Garé sur la même place, un SUV flambant neuf, massif, brillant, viril, avec une peinture métallisée gris foncé dans lequel le soleil se reflète à m'en éblouir.

– Qu'est-ce que c'est que ça ? commencé-je à réfléchir tout haut, paniquée. D'où ça sort ? Pourquoi c'est là ? Où est la *bête* ? Je deviens folle ou quoi ? Bien sûr que je parle toute seule, puisque je suis toute… Dante ?! Tu es là ?

Je porte toujours sa chemise en jean trop grande qui arrive plus bas que mon short, comme si je ne portais rien dessous. Je vérifie à toute vitesse. J'ai encore toutes mes fringues. Et mes sous-vêtements. Je souffle. Je me dirige vers la salle de bains d'où je crois percevoir des bruits d'eau.

– Phœnix, c'est toi derrière ce rideau ? Dis-moi que c'est

toi ou je crie ! Qui êtes-vous, monsieur qui prenez votre douche dans *ma* chambre de motel ?

– C'est bon, Tutu, calme-toi, c'est moi.

– Je veux une preuve.

– Non, je ne crois pas.

– Montre-moi un truc que je connais !

– Tu ne viens pas sérieusement de me demander ça ? lâche sa voix grave et amusée.

– Tes tatouages, n'importe quoi !

Dante sort un bras de derrière le rideau de douche. Je reconnais le phœnix noir sur sa peau mouillée et savonneuse. C'est beaucoup trop beau à regarder. Je me détourne. Parle à mon reflet dans le miroir.

– Où est ma Chevy ?

– Je n'ai pas pu la sauver, désolé.

– Tu plaisantes ?!

– C'est déjà un miracle qu'elle ait tenu quasiment deux semaines.

– Dante, sors de cette douche que je puisse te faire du mal !

– Je te jure que le garagiste a tout essayé. Mais j'ai récupéré quelques centaines de dollars pour toi, contre les pièces détachées.

– Tu as désossé ma voiture ?!

– Pas moi, lui. Le fric est dans la poche arrière de mon jean.

Je regarde les fringues sombres jetées en boule sur le carrelage vert d'eau de la salle de bains. Je ne vais certainement pas glisser mes mains entre son jean et son boxer noirs. L'eau coule toujours, dans mon dos, et j'essaie de ne pas imaginer le beau tatoué juste derrière le rideau. En train de frotter ses muscles, de rincer sa peau bronzée, de passer les mains dans ses cheveux trempés, de détendre sa nuque et ses larges épaules sous le jet puissant. La buée recouvre peu à peu le grand miroir et je ne me vois plus. Je pourrais m'en aller. Au lieu de ça, je me retourne et parle à la silhouette invisible sous la douche.

– C'est quoi cette horreur garée à la place ?

– Une bagnole qui marche.

– Que *tu* as payée, grommelé-je.

– Ce n'est pas un cadeau, Sol. Je me la suis achetée à moi-même. Comme ça, ce sera ma caisse, mes règles, ajoute-t-il avec un brin de provocation dans la voix.

– Tu peux toujours rêver, Salinger ! C'est mon *road trip* !

– Ça va, Tutu, je te laisserai conduire.

– Arrête de m'appeler comme ça !

– Mais à une condition…

– Quoi ? Non mais je… !

– Seulement si tu regardes la route. Et rien d'autre.

C'est le moment que choisit Dante pour couper l'eau et sortir de la douche. Nu. Terriblement nu. Je le regarde, forcément. Je me tais, évidemment. Et ce salopard sourit, tout naturellement. Trempé, luisant, fier de lui, sexy à crever.

– Besoin de réconfort ? me demande l'insolent sans se départir de son petit sourire horripilant.

Je lui balance une serviette en pleine tête et pars en courant, pendant qu'il se sèche les cheveux. Je claque la porte de la salle de bains et vais m'affaler à nouveau sur le lit. J'ai perdu ma Chevy. Ma langue. Un peu de ma fierté. Je porte sa foutue chemise en jean qui transpire son odeur. J'ai les rétines traumatisées par ce spectacle criant de sex-appeal et de virilité. Et pour tout ça, je n'ai même pas pensé à l'engueuler.

***

J'ai pris un bon petit déjeuner pendant que l'autre allumeur finissait de se préparer. J'ai passé une heure dans la salle de bains, à mon tour, pour bien le faire patienter. M'imaginer. Enrager. Puis je lui ai rendu sa chemise et j'ai récupéré l'argent qui me revenait. Je l'ai rangé dans mon enveloppe kraft maigrichonne, avec la toute fin de mes économies, en réalisant que ces presque sept cents dollars allaient me sauver un peu la vie. Je devrais pouvoir tenir jusqu'à ce qu'Ali me fasse parvenir le loyer suivant.

On a échangé nos places et repris notre route. Moi sur le siège passager, inutile, désœuvrée. Lui derrière le volant, un peu moins renfrogné qu'avant. Je le regarde conduire du coin de l'œil, de cette façon qu'il a de vivre, à la fois nonchalant et concentré. Ses yeux noirs rivés sur la route, ses sourcils froncés, son bras droit tendu sur le volant, le gauche replié contre la vitre, avec sa main qui se promène sur sa barbe, son menton, ses joues, ses tempes, son cou. Puis qui recommence. Comme un tic rassurant. Comme s'il se caressait à défaut d'être caressé. Enfin, ça, c'est ce que j'en dis.

Mais je m'en fous, je lui fais toujours la gueule.

– Tu aurais pu me laisser lui dire au revoir, bougonné-je.

– Hein ? À Morue ? Tu es encore bloquée là-dessus ? me demande-t-il, perplexe.

– À ma voiture ! Je m'endors, elle est là. Je me réveille, elle a disparu !

– Tu as un sérieux problème d'abandon, Solveig…

– Et toi tu fais des câlins à toi-même ! répliqué-je, vexée.

Le brun ténébreux cesse son geste répétitif et finit par sourire, comme s'il se rendait à l'évidence. Puis il ralentit et arrête le SUV sur le bas-côté. Défait sa ceinture et se tourne pour me fixer de ses beaux yeux sombres et plissés.

– Tiens, conduis.

– Quoi ?

– Tu vas prendre le volant, pour exorciser. Passer à autre chose.

– Jamais de la vie ! Je ne saurai pas…

– Ces bagnoles de luxe se conduisent presque toutes seules. Tu n'as rien à craindre.

– Et si j'abîme ton nouveau joujou ?

– Je m'en fous, Sol, c'est juste une caisse.

– J'oubliais que l'argent n'avait aucune valeur pour toi… sifflé-je, plus méchante que je ne l'aurais voulu.

– Je ne sais pas ce que t'a dit ton avocate, l'autre jour. Et tu peux t'en prendre à moi, si ça te fait du bien. Mais je suis en train de payer pour quelqu'un d'autre, là. J'espère que tu le sais. Ce n'est pas moi que tu détestes, en vrai.

– Non… avoué-je après un long silence. Je ne te déteste pas. Sauf quand tu te fous à poil devant moi.

– Désolé pour ça, dit-il avec un petit reste de sourire en coin. Je sais que tu étais attachée à ta Chevrolet… mais je ne suis pas comme ça. Je me fous des choses matérielles. Des possessions. J'ai vécu avec tout ce dont j'avais besoin. Puis avec rien. Ça ne change pas grand-chose, à la fin.

Je me tais à nouveau face à la profondeur de son regard, celle de sa voix, de ses mots. Je le maudis d'avoir raison, encore. Je me maudis de le trouver si touchant, si juste, si intelligent. De l'aimer et de l'admirer un peu plus que je ne le devrais. De m'attacher à lui, malgré moi. Alors je plaisante, comme d'habitude, pour éviter d'avoir à réfléchir à ce que je dis.

– On pourrait quand même dire un petit mot d'adieu à ma Chevy…

– Putain, t'es encore plus atteinte que je le pensais ! se marre Dante en laissant tomber sa tête en avant.

– Je t'écoute ! insisté-je.

– Adieu, vieux tas de ferraille, on t'aimait bien ! déclare-t-il sobrement.

– Tu puais, tu surchauffais, mais tu nous as donné tout ce que tu avais… continué-je.

– Sauf la clim, marmonne le brun.

– Merci de nous avoir menés jusqu'ici… relancé-je avec un petit coup de coude vers le tatoué.

– Et d'avoir recueilli Morue sur ta banquette arrière.

– Et une fugueuse aux yeux de panda…

– Et je crois que la *bête* préférerait qu'on s'arrête là dans son éloge funèbre, me coupe Dante. C'était une modeste. Respectons ça.

– Je sais très bien que tu te fous de moi, mais ça ira pour cette fois, décidé-je.

– Amen, conclut-il avant de sortir du SUV.

Je change de place à l'intérieur de la voiture pendant que mon copilote fait le tour à l'extérieur. Il se réinstalle à ma droite, je règle mon siège, les rétroviseurs, actionne les essuie-glaces sans le vouloir, il les arrête et allume le contact à ma place.

– Ne commence pas à jouer les machos et à tout faire pour moi ! l'engueulé-je.

– OK ! répond-il en levant les mains en l'air. J'ai confiance.

– Menteur…

– Tu peux casser la bagnole autant que tu veux. Mais pas nous… Enfin, si tu veux bien… Je ne voudrais surtout pas te donner des ordres…

– Arrête de prendre des pincettes !

– Démarre, Tutu, soupire-t-il.

– Et arrête de m'appeler comme ça !

– Arrête de me demander d'arrêter et conduis, je t'en supplie.

Sa patience s'émousse et sa voix grave se fait traînante. Je prends mon courage à deux mains et m'élance sur l'autoroute presque déserte, en direction de Minneapolis, avec plus de peur que de mal. Le SUV atteint presque tout seul une vitesse de croisière, je n'en reviens pas de rouler aussi vite, sans effort, sans bruit étrange vers le moteur. Dante active la clim qui rafraîchit agréablement mon front. Puis la radio qui n'émet pas le moindre grésillement. Puis il s'empare de son appareil photo et mitraille dans ma direction.

– Tu immortalises quoi ?

– Ton air béat, se moque-t-il.

– N'importe quoi !

– Je vois bien que tu aimes déjà cette nouvelle *bête*.

– Je t'interdis de comparer ! me rebellé-je.

Dante rit dans sa barbe et repose son appareil entre ses pieds.

– Regarde, ça ne sent rien du tout ! m'écrié-je.

– Je ne peux pas regarder une odeur, Tutu. Et encore moins une absence d'odeur.

– Ce que tu peux manquer d'imagination, pour un artiste !

– Depuis quand c'est toi, la rabat-joie ? grogne-t-il.

– Depuis que je conduis une voiture neuve. Sans odeur. Sans surprise.

– Ce n'est pas ce qu'on lui demande.

– Je suis désolée mais elle n'a pas d'âme ! ronchonné-je encore.

– Comme ça, tu n'auras pas à lui boucher les oreilles pour dire des horreurs sur elle, se moque mon copilote.

– Avoue que ça manque de charme.

– C'est confortable, me contredit-il avec un haussement d'épaules.

– Oui, mais presque trop facile, tu ne trouves pas ?

– C'est pratique, c'est tout, tente-t-il de conclure.

– On va s'emmerder, je crois…

– Avec toi ? Jamais, lâche-t-il dans un sourire désabusé.

– Je ne vois pas pourquoi tu dis ça.

Mais je souris à mon tour, sans pouvoir m'en empêcher.

– Ça t'a manqué, hein ?

– Quoi ?

– Que je parle trop.

– Même sous la torture, je n'avouerais jamais un truc pareil.

– Quand même… désolée pour ces deux derniers jours, répliqué-je à voix basse. Ça a dû te sembler long. Et chiant.

– Tu n'as pas à t'excuser, Sol.

– Je viens de le faire.

– OK, accepte-t-il simplement.

– Pourquoi tu ne me demandes pas ce qui s'est passé ?

– Parce que tu l'as dit toi-même, je suis plus doué pour écouter que pour parler.

– Et… ?

– Et j'attendais que tu sois prête. Tu avais besoin de temps pour encaisser.

– Peut-être, avoué-je, perturbée.

Je m'accroche au bitume qui défile sous les roues. Je retiens les larmes qui tentent à nouveau d'affluer. Je laisse le SUV silencieux me bercer.

– Qui t'a blessée, Solveig ? me demande doucement Dante après un long moment.

– Mon avocate m'a appris… que mon mari me trompait.

Soupir lourd de son côté.

– Pauvre fou, lâche-t-il.

Et c'est comme si mon cœur se faisait un peu plus léger.

18

Le Lac des cygnes

Depuis deux heures qu'on roule, je dois bien reconnaître que ce nouveau moyen de locomotion est… sympathique. Les sièges sont moelleux et fermes à la fois. Dans l'habitacle qui me paraît immense, il ne fait ni trop chaud ni trop froid. L'odeur ambiante est fraîche, épurée. Pas de bruits louches mais un système audio dernière génération et un GPS parlant à la voix suave et apaisante.

– Je hais cette voiture, râlé-je encore, pour la forme.

– Ta Chevy est dans un monde meilleur, maintenant, se retient de sourire l'impertinent à ma gauche, à nouveau installé au volant.

– Quand je pense que tu l'as abandonnée !

– Pour la dernière fois, Sol, c'était un vieux tacot infâme !

– Je n'ai pas grand-chose. Pas grand monde. Elle était presque « quelqu'un », pour moi, avoué-je en exagérant à peine.

Silence.

– Il était temps, Tutu, murmure alors Dante d'une voix presque peinée.

Soupir.

– Je sais.

Minneapolis n'est plus très loin, mais à ce rythme, on n'y sera pas avant la nuit tombée. Dante s'est déjà arrêté à trois reprises pour répondre à des coups de fil « importants ». Je lui ai proposé de conduire à nouveau pour qu'il puisse gérer ses affaires tout en roulant, il a refusé. J'ai insisté. Il m'a ignorée.

Charmant.

Quatrième arrêt inopiné, cette fois dans une station-service, à la frontière entre le Wisconsin et le Minnesota. Dante s'éloigne de sa démarche nonchalante en balançant des « oui » et des « non » à voix basse, puis disparaît carrément de mon champ de vision. Évidemment, mon esprit se met à divaguer. On ne s'est rien promis lui et moi, ni exclusivité ni fidélité, j'en ai parfaitement conscience. Et j'ai été la première à insister pour que plus rien ne se produise entre nous. « Pas le droit », tout ça. Mais je ne peux m'empêcher de me demander…

Y a-t-il une femme qui l'attend quelque part ?

Brune ? Rousse ? Une Italienne ? Plus jeune ? Plus pulpeuse ? Plus expérimentée ? Une photographe, comme lui ? Une mannequin ? Ou une *businesswoman* accomplie ?

Tout ce que je ne suis pas...

Je me lâche sur le café. Je teste d'abord un cappuccino classique. Du pipi de chat. J'écrase mon doigt sur la touche « café long aromatisé vanille ». Imbuvable. Je finis par prendre un café noir, court, puissant, pour mon chauffeur, un paquet de bonbons et un soda pour moi. Retour à la case départ.

Sauf que Dante n'est toujours pas revenu quand je retrouve le cuir confortable du SUV. J'avale son café en une gorgée, histoire de me venger. Je grimace et mords dans un Twizzlers. Rien de tel qu'une réglisse rouge bien chimique pour vous remettre les idées en place. Lorsque mon brun ténébreux réapparaît, l'air farouche et tourmenté, j'ai la bouche trop pleine pour lui parler.

Tant mieux, je n'ai rien de très agréable à lui dire.

– Un accident ? me demande Dante en découvrant le gobelet de café vide.

– Non. Tu as mis trop de temps à revenir, alors je l'ai bu.

Silence gêné. Mon copilote s'étire, fait craquer sa nuque, puis pose les mains sur son volant. Quelque chose le travaille, j'ignore quoi. Et ça n'a rien à voir avec le café.

– Désolé de t'avoir fait attendre, marmonne-t-il en redémarrant.

***

Les kilomètres défilent et ma foutue langue me démange. Je jette des regards à ma gauche, espérant que Dante va se décider à m'expliquer ces mystérieux coups de fil, quand il aura fini d'encaisser, lui aussi. Mais rien ne traverse la barrière de ses lèvres. Pas un seul mot.

– Ta maîtresse va bien ? demandé-je soudain, d'une voix sûrement trop agressive et trop aiguë.

L'homme au phœnix est surpris. Il quitte la route des yeux plusieurs fois de suite pour me regarder, puis balance d'une voix mauvaise :

– Parce que ça t'intéresse ?

Déstabilisée, je ne sais absolument pas quoi répondre et me contente de hausser les épaules. C'est un peu lâche, pas très malin, mais c'est tout ce qui me vient.

– C'est bien ce que je pensais, grommelle le farouche.

– Ton humeur charmante est de retour, à ce que je vois… sifflé-je. Tu remercieras celle qui en est responsable pour moi.

–Arrête Solveig, fait-il, menaçant.

– Non.

– Arrête, je te dis !

– Et je te dis NON !

Le brun ténébreux serre un peu plus son volant et ajoute, son regard noir perdu dans le bitume :

– Il me semblait que toi et moi, c'était juste pour passer le temps. Tu sais, qu'on n'avait « pas le droit ».

Ce sont mes mots, impossible de le nier. Ils sont sortis de ma propre bouche, quelques jours plus tôt. Et pourtant, ils font mal. Très mal.

Dante Salinger. Le Phœnix. Cet inconnu qui ne l'est plus. Cet amant d'un jour. De deux nuits. Je voudrais tellement plus avec lui. Mais je n'ai pas le droit de désirer ça. Encore moins de l'obtenir. Et pour m'en convaincre, je me force à repenser à ce qui nous empêchera à jamais de nous aimer.

Son frère a tué mon mari.

Le débat est clos. Définitivement.

– Désolée d'en avoir trop demandé, murmuré-je avant de me murer dans le silence.

***

Mon copilote, à nouveau taiseux et renfermé, a quitté l'Interstate il y a près d'une heure pour rouler sur des petites routes de campagne qui rallongent sérieusement l'itinéraire. Il s'arrête fréquemment pour prendre en photo les lacs, cours d'eau, rivières et prairies du Minnesota. Tout ce qui me passionne.

Je profite de ces nombreux arrêts pour appeler Ali (qui me passe mon ficus), faire le point avec mon avocate (qui ne m'épargne toujours pas), m'arrêter dans un supermarché pour m'acheter quelques fringues et produits de beauté (merci à feue ma Chevy).

Jour 11 de mon road trip : j'ai acheté un déodorant et un lot de rasoirs.

Oui, n'ayons pas peur de le dire : ma vie est un rêve éveillé.

Lui continue à prendre ses photos. Et à ne pas décrocher un mot.

***

Le jour est sur le point de tomber lorsque nous atteignons enfin Minneapolis, plus grande ville du Minnesota. Il me tardait d'y mettre les pieds pour la première fois, de retrouver le monde urbain, les buildings, le trafic, la pollution, le chaos, d'oublier un peu l'Amérique profonde, ses lacs reposants, ses rivières chantantes, ses prairies trop vertes. Et de découvrir le deuxième plus grand *mall* au monde.

Le tout, c'est d'assumer sa superficialité.

J'indique l'adresse de notre motel à mon chauffeur tatoué, mais il continue de n'en faire qu'à sa tête. Je lui demande de prendre la prochaine à droite, il opte pour la gauche, roule sous un tunnel, traverse un pont, grille quasiment un feu pour s'arrêter devant un grand bâtiment ancien, constitué de briques et de baies vitrées.

Gravé en lettres travaillées, au-dessus de l'entrée, je peux lire… *OPÉRA*.

– Qu'est-ce qu'on fait là ? demandé-je soudain au brun.

– On va changer d'air, murmure l'homme ombrageux à ma gauche. Et tu vas faire la paix avec ton passé.

Sa dernière phrase était plus douce, plus prudente que la précédente. La voiture redémarre et roule sur quelques mètres, jusqu'à l'entrée d'un grand parking.

– Mon passé ? On va voir un ballet, c'est ça ?

Dante acquiesce et j'ai soudain du mal à respirer. Je suis inquiète, excitée, anxieuse, paniquée, fragilisée… Un peu tout à la fois. Mon copilote se gare au troisième sous-sol et éteint le moteur.

– Ça va aller, Sol…

– Un ballet… murmuré-je.

– Tu peux le faire.

– Sûr ?

– Sûr.

Nous échangeons enfin un regard et dans le sien, je lis une grande tendresse.

– On peut encore faire demi-tour.

– Non. Je veux… essayer.

– Déterminée, sourit-il. Comme j'aime.

Une agréable chaleur me traverse le ventre en entendant ces mots, tandis que Phœnix détourne déjà le regard.

– Il y a juste un problème, réalisé-je soudain.

– Lequel ?

– Nos fringues. Impossible d'aller à l'opéra en ressemblant à ça !

Jean blanc et T-shirt gris pour moi, total look noir pour le tatoué. Passe-partout mais pas assez élégant pour l'occasion, loin de là.

– Regarde dans le coffre… me sourit Mr J'ai-pensé-à-tout. On est à la bourre : tu as cinq minutes pour te changer.

Une magnifique robe blanche en satin, longue et vaporeuse, et un costume chic s'y cachent bel et bien. Aucune idée depuis quand. Ni comment. Et peu importe. Je ris, oubliant presque à quel point je redoute l'instant suivant.

« Tu peux le faire. »

***

Face à la façade de l'opéra, j'hésite un instant. Alors Dante me prend la main et ne me laisse plus le choix : c'est maintenant ou jamais. J'inspire profondément et le suis, salue le guichetier, apprends au passage qu'une loge privée nous attend, dans les tribunes hautes, face à la scène.

Je connais ces places. Les plus exclusives, les plus chères d'entre toutes. Celles qui me faisaient rêver étant gamine, mais que je ne pouvais jamais me payer.

– Dante, tu vas trop vite !

Il me sourit, l'air heureux, très fier de sa surprise. Je le suis dans ces escaliers recouverts de velours rouge, en remontant ma robe longue et indisciplinée d'une main. Mon esprit est obnubilé par deux éléments fascinants : son corps sublime dans ce costard de créateur, qui monte les marches à toute allure… et ce qui m'attend. Revoir un ballet pour la première fois depuis ma rupture soudaine, violente, forcée avec la danse. Mon brun ténébreux ouvre la porte de notre loge aux murs sombres incrustés de décorations dorées, m'invite à y entrer. Je le frôle au passage et vais m'asseoir sur l'un des deux uniques fauteuils.

Frissons.

Pile à temps. Quelques notes de musique classique, vibrantes, profondes, retentissent et l'immense rideau s'ouvre. Mon cœur bat la chamade tandis que Dante s'assied à mes côtés. Je n'arrive plus à savoir si je suis pleine d'espoir ou complètement désespérée.

Le premier acte débute, je suis en apnée. J'observe la souplesse des corps mouvants, la coordination des mouvements, la synchronisation des figures. Ce ballet, je l'ai dansé. Des dizaines de fois. J'ai été le cygne blanc. Le noir. J'ai porté ces costumes, donné vie à ces personnages. La danse était mon langage, ma technique irréprochable était mon armure, mon corps mon instrument le plus précieux, mon plus beau moyen d'expression. Il m'élevait. Me rendait vivante. Il donnait un sens à mon existence.

Je me remémore tout ça sans jamais quitter la scène des yeux. Les larmes affluent, je ne les retiens plus. Je les laisse couler sur mes joues comme l'eau coule sur les plumes de la femme-oiseau.

– Raconte-moi l'histoire, me glisse soudain Dante à l'oreille, en posant doucement sa main sur la mienne.

Je devine qu'il cherche à comprendre ma douleur, mais surtout à l'apaiser. Alors je me force à lui répondre. À lui raconter l'extraordinaire, la bouleversante, l'intemporelle histoire d'amour qui se joue admirablement sous nos yeux :

– Lui, c'est le jeune prince Siegfried. Quand il fête sa majorité, sa mère lui annonce qu'il devra choisir, dès le lendemain, une épouse lors du grand bal donné pour son anniversaire. Mais Siegfried est un romantique, un rebelle, un insoumis.

– Comme nous… sourit le beau brun en fixant mes lèvres.

– Contrarié, il sort la nuit aux alentours du château avec l'arbalète qui vient de lui être offerte, continué-je en ignorant les frissons qu'il provoque en moi. C'est là qu'il repère au loin, près du lac, une nuée de cygnes. Il s'apprête à tirer mais arrête soudain son geste ! Devant lui se tient une magnifique femme vêtue de plumes blanches…

– Je vois… souffle l'homme au phœnix en caressant ma robe du regard.

– Elle lui raconte son histoire : elle se prénomme Odette…

– Je préfère Tutu. Ou Soleil.

– Tu vas me laisser finir, oui ? lancé-je tout bas en riant.

Dante hoche la tête, son sourire de sale gosse au bord des lèvres. Dieu qu'il est beau.

– Donc je disais… Odette a été ensorcelée par le terrible sorcier Von Rothbart.

– Von quoi ?

– Rothbart, répété-je un peu plus fort pour couvrir la musique.

– OK. Continue.

– Siegfried tombe fou amoureux de la belle créature, cygne le jour et femme la nuit. Pour la délivrer de son sortilège, il devra l'épouser. Il en fait le serment…

– Sauf que ce n'est jamais aussi simple.

– Jamais, confirmé-je. Le lendemain, au bal, Von Rothbart amène Odile, cygne noir, ressemblant à s'y méprendre à Odette. Siegfried l'épouse et ne se rend compte de son erreur que lorsque la véritable Odette arrive…

– Merde. Et ?

– Et si tu suis, tu connaîtras la suite.

– Tutu ! Ne me fais pas ça !

– Tais-toi. Écoute. Regarde. Laisse-toi emporter.

Acte deux. Tout m'émeut. L'orchestre symphonique, magistral. Les danseurs, qui luttent contre tout ce qui les retient et nous content leur histoire sublime, déchirante. L'homme à ma droite, concentré, mystérieux, entier, qui, en m'entraînant ici, tente de guérir l'une de mes blessures.

Troisième acte. Le prince se trompe de cygne lors de la fête au palais. Mes pensées vont à Preston, puis à Dante. Me serais-je trompée, moi aussi ? Et puis l'histoire me happe enfin. Totalement. Corps et âme. Je m'oublie, je ne suis plus que spectatrice. Même la peau douce de Dante contre la mienne ne parvient plus à m'arracher à ma contemplation.

– Tu es belle quand tu vibres, Tutu, murmure sa voix grave dans mon cou.

Dernier acte. Le prince remporte son combat contre le mal et le cygne blanc retrouve sa forme humaine. Les larmes emplissent mes yeux, mais la tristesse m'a quittée. Je réalise que j'ai renoncé. La danse représente mon passé, j'ai enfin fait la paix avec ça.

Le rideau se referme sous des applaudissements fournis, interminables, puis l'assistance se lève sous nos pieds. Perchés dans les airs, seuls au monde, Dante et moi restons silencieux, assis l'un contre l'autre, nos deux mains en contact depuis plus de deux heures. Il n'a pas cherché à enlever la sienne. Je n'ai pas cherché à la repousser.

– Merci, murmuré-je en me tournant vers lui.

– Ça fait du bien de lâcher prise, non ? me sourit-il doucement.

– Tu n'imagines pas…

Son regard intense et lumineux me transperce, je jurerais qu'il est sur le point de dire quelque chose, mais le mystérieux se reprend juste à temps. Il rit un instant dans sa barbe, comme s'il se traitait intérieurement d'idiot, puis se lève.

– Je meurs de faim, Tutu. Je pourrais bouffer un cygne !

– Très drôle…

J'attrape la main qu'il me tend et nous quittons la loge sans nous retourner, l'esprit encore plein de belles arabesques, de sauts de biche et de corps émouvants.

Dante retire sa veste en chemin et desserre sa cravate pour se sentir libre, à nouveau. Une fois à l'extérieur, je jette un regard derrière moi et face au grand opéra de Minneapolis, l'émotion me gagne à nouveau.

– Tu sais, Dante…

– Quoi ?

Curieux, il s'arrête pour me dévisager.

– Tu bouleverses beaucoup de choses dans ma vie.

J'ai lâché ces quelques mots comme on lâche une bombe. Sans réfléchir, sans plus chercher à me protéger. Le brun ténébreux me scrute plus intensément, gravement, attendant la suite. Je me lance à nouveau :

– Ça me dépasse un peu, tout ça…

– Ça me dépasse aussi.

Cette voix grave, ces yeux noirs, cette mâchoire serrée, cette animalité. J'en frissonne.

– Les sentiments, j'étais contre, soufflé-je à nouveau.

– Moi aussi.

– C'est dangereux.

– Je sais.

– Alors qu'est-ce qu'on fait ?

– On fait ce que tu veux.

– Non, grogné-je.

Il fronce les sourcils, passe la main dans sa barbe de trois jours et rétorque :

– Quoi, non ?

– C'est trop facile. On ne fait pas ce que *je* veux.

– On fait quoi, alors ? sourit l'insolent.

– À toi de me le dire.

L'homme soupire, à la fois amusé et agacé par cette conversation.

– Tu es bornée, Tutu.

– Et toi tu veux tout décider à ma place.

– Je te propose de faire ce que *tu* veux !

– Et je refuse.

– Alors on ne fait rien du tout.

Nos regards s'aimantent, se défient et ses yeux descendent sur tout mon corps. Je me sens soudain ridicule dans cette robe en satin hors de prix et croise mes bras sur ma poitrine.

– Arrête de te cacher, me souffle le brun.

– Arrête de me regarder, riposté-je, tremblante.

– Je ne peux pas.

– Pourquoi ?

– Parce que tu es… addictive.

– Addictive ? répété-je.

Mon cœur bat un peu trop vite, tout à coup. J'ai beaucoup trop envie de l'embrasser.

– Tu me rends dingue, Solveig, murmure l'homme au phœnix.

– Dingue comment ?

– Ne joue pas à ça, gronde-t-il.

– Je ne joue pas !

Il me jauge du regard et finit par me croire.

– Tu sais très bien que c'était foutu dès le départ, ajoute-t-il en soupirant. Toi et moi… L'attirance était trop forte.

– Ce n'est que ça pour toi ? De l'attirance ?

– C'est bien plus que ça, lâche-t-il sombrement. Mais j'essaie de l'oublier. De lutter contre moi-même. Pour te protéger.

– De quoi ?

– De moi, Solveig. Je ne suis pas celui qu'il te faut.

– Ça, c'est à moi de le décider… soufflé-je.

Notre ballet à nous commence. Nos jambes nous portent en avant et nos corps tombent l'un contre l'autre, dans une douce violence. Ses lèvres pleines s'entrouvrent pour accueillir les miennes et sa langue s'invite, m'arrachant un gémissement sourd. Dante me serre contre lui, ma poitrine s'écrase contre son torse, je sens sa passion, son désir, tandis que je l'embrasse jusqu'à manquer d'air.

Un jeune homme passe près de nous et lâche un petit sifflement. Je ris entre les lèvres de mon amant, qui m'embrasse de plus belle. Soudain, j'ai envie de lui de toute urgence. Je romps notre baiser, j'attrape sa main et je le guide en courant jusqu'au parking souterrain.

Dans l'ascenseur, je glisse mes mains sous sa chemise et respire son odeur. Il grogne et me mordille l'oreille. Je fonds. Il m'embrasse férocement et me plaque contre le miroir froid. Je lâche un cri, puis ris contre sa bouche.

– Tu ris pour un rien, Tutu… prononce-t-il de sa voix rauque.

– Ça te dérange ?

– Non. C'est ce qui te rend si vivante, si belle… murmure-t-il. Quand tu vibres. Quand tu ris. Quand tu jouis.

Les portes métalliques s'ouvrent, je saisis sa main puissante et l'emporte avec moi jusqu'au SUV. Le véhicule s'ouvre tout seul (les miracles de la technologie) et j'attire mon amant sur la banquette arrière, déjà prête à en découdre.

J'ai envie de lui. Faim de lui. Besoin de lui.

Sa cravate est ma première victime. Les boutons de sa chemise y passent aussi. Et alors que mes lèvres se perdent déjà sur sa peau, je sens mon ténébreux se raidir. Et pas au bon endroit.

– Solveig…

Juste mon prénom, mais je perçois quelque chose qui ressemble à de la détresse dans sa voix. Alors je lâche tout, immédiatement.

– Il y a quelque chose que tu dois savoir, lâche le brun.

– …

– Quelque chose de crucial.

– …

– Qui pourrait tout foutre en l'air, achève Dante en quittant mon regard.

19

Chambre *single*

– Dante, qu'est-ce qu'il y a ?

Je sens son profond malaise, sa respiration qui s'accélère. L'homme au phœnix se laisse aller contre la banquette du SUV, comme s'il rendait les armes. Puis il passe la main sur sa barbe naissante, soupire, secoue légèrement la tête. Je commence à sérieusement m'inquiéter.

– Tu peux tout me dire, lui soufflé-je tout bas.

Ses iris noirs se plantent dans les miens avec une intensité qui me déconcerte. Mais je tiens bon. Je soutiens son regard, quitte à en avoir le tournis.

– Sûre ? me demande-t-il de sa voix rauque.

– Sûre.

Le brun ténébreux se lance enfin, d'une voix tellement grave que j'en frissonne :

– Tous ces coups de fil, aujourd'hui… Je viens de l'apprendre… Par Andrea. Et ses avocats.

Il me quitte des yeux et fait une pause. Quelques infimes secondes qui s'apparentent à de la torture pour moi.

– Ne t'arrête pas, par pitié, répliqué-je tremblante. Continue.

– Je vais devoir témoigner, Sol… murmure-t-il alors.

– Quoi ?

– Au procès… Je vais devoir passer à la barre. Et le défendre.

Je vois des petites étoiles. Le choc, la colère, la peine affluent en moi en même temps… Mon cerveau ne parvient plus à suivre.

– Tu… Quoi ? insisté-je.

– Je n'ai pas d'autre choix. C'est mon frère. Je lui dois bien ça…

– Tu *lui dois bien ça* ?!

– Solveig…

– Il a tué mon mari !! explosé-je soudain.

– Je n'ai pas oublié.

– Il a mis fin à sa vie ! Bousillé la mienne ! Alors ta loyauté, ton sens du devoir, tu sais où tu peux te les mettre ? sangloté-je.

Je m'apprête à ouvrir ma portière pour m'échapper de cette maudite voiture, mais Dante s'empare de mes poignets et m'en empêche.

– Ça me tue, Solveig, gronde-t-il en me retenant. Ça me retourne à l'intérieur. Je suis déchiré entre lui et toi. Tu comprends ?

Il est tellement intense, tellement sauvage, tellement beau. Mais il est aussi sans pitié. Pour moi, ma peine, mon fardeau. Entre son frère et moi, je sais pertinemment qui il choisira.

– Lâche-moi et sors d'ici ! hurlé-je soudain. Sors de ma vie ! Tu n'étais pas censé y entrer ! Dégage !

– Ne fais pas ça… souffle-t-il en me libérant de son emprise. Tutu, s'il te plaît.

Tutu. Le mot de trop, qui agit comme un déclic. Obstinée, furieuse, aveuglée par ma colère, je quitte la banquette arrière dans ma robe en satin ridicule et vais m'installer derrière le volant.

– Sors, je t'ai dit, grogné-je froidement en le fixant dans le rétroviseur.

Je le vois hésiter un court instant, puis s'exécuter. Le brun en chemise blanche retroussée sur ses bras tatoués et pantalon de costard abandonne le véhicule… et moi par la même occasion.

Mais quelque chose ne va pas. Deux choses, plus exactement. Un : son départ aurait dû me réconforter… et ce n'est absolument pas le cas. Deux : je n'ai pas la clé pour faire démarrer cette saloperie de SUV. L'homme adossé au mur, quelques mètres plus loin, est le propriétaire de cet engin maléfique. Et le détenteur de l'unique clé.

L'impuissance m'achève. Je lâche prise. Une larme coule sur ma joue, suivie d'un millier d'autres. Je pose la tête sur le volant en cuir et laisse sortir un peu du chagrin qui m'étrangle. Je me sens trahie. Encore une fois.

Preston… Et maintenant Dante…

Je regrette tant de m'être laissée séduire. Par mon défunt mari, déjà : menteur professionnel, comédien de génie, que j'ai pleuré tant de nuits sans savoir que je n'étais qu'un numéro pour lui. Mais surtout par le farouche. Le ténébreux. Celui qui m'est *interdit*. Je pensais que Dante était différent. Qu'il ne me manipulerait pas comme tous les autres, qu'il ne m'abandonnerait pas au premier obstacle. J'avais tort. Pour arriver à ses fins, il n'hésitera pas à me laisser au bord de la route. Façon de parler.

Et pourtant, quelque chose m'empêche de le haïr…

Les minutes défilent, je reprends lentement mes esprits, y vois un peu plus clair. Dante patiente à distance, sans jamais essayer de s'imposer. J'apprécie ça chez lui. Et tant d'autres choses que je ne devrais pas.

Mais je n'oublie pas le reste. Ou plutôt l'essentiel. Le fait que dans ce tribunal, nous serons adversaires. Il n'y aura pas deux gagnants. Ce sera lui ou moi.

– Tu as la clé ? lui demandé-je soudain en entrouvrant ma portière.

– Je l'ai, confirme-t-il simplement.

Je m'extirpe de la voiture et me rends jusqu'à lui, main tendue.

– Tu me la donnes ?

– Non.

Son regard est noir. Intense. Tenace.

– Dante… grogné-je.

– Je t'ai laissée encaisser le coup. Monte dans cette bagnole Solveig, m'ordonne-t-il d'une voix calme et autoritaire. Sur le siège passager. Tout de suite.

– Je suis censée t'obéir, maintenant ? sifflé-je.

– Tu n'es pas en état de conduire. Fais ce que je te dis.

– Tu rêves, Salinger.

Soudain, l'homme au phœnix quitte son mur et s'approche de moi de sa démarche nonchalante. Tout près. À quelques centimètres de mon visage.

– Si tu ne montes pas dans cette voiture, je serai obligé de t'y emmener de force, chuchote-t-il.

– Je hurlerai.

– Peu importe.

– Je me débattrai.

– Ça ne m'empêchera pas de te mettre à l'abri.

– À l'abri ? répété-je d'une voix acide. De toi ?

– Non. Avec moi.

– Tu plaisantes ?

– Tu viens ou pas ? murmure-t-il, de plus en plus sombre.

– Pas.

– OK. Tu ne me laisses pas le choix.

Ma robe de gala et moi atterrissons lamentablement sur son épaule carrée. Je m'égosille, le menace des pires sévices, bats des jambes et des bras… et finis sur le siège passager, comme il le souhaitait.

– Refais ça une seule fois et dis adieu à ta virilité ! fulminé-je alors qu'il démarre le moteur.

– C'est noté.

À peine trois mots, c'est tout ce que le farouche trouve à me répondre. Le SUV prend la direction de la sortie et quitte le parking en quelques minutes. Renfrognée, collée contre ma vitre, j'observe Minneapolis *by night*. Ses lumières, ses rues quasi désertes, ses façades en brique.

– Stop ! m'écrié-je soudain.

Dante pile et lâche un grognement sourd.

– Putain Solveig, tu veux nous tuer ?

– First Hotel ! lancé-je en pointant du doigt un bel immeuble. C'est là qu'on s'arrête.

– Quoi ? Tu ne sais même pas s'il reste une chambre disponible !
– Deux.
– Deux chambres, pardon, soupire-t-il.
– Je veux sortir de cette voiture. Gare-toi, c'est là qu'on va.
– Ça m'a l'air cher, Tutu…
– Je t'ai dit d'arrêter avec ce surnom à la con !
Je quitte la voiture alors que mon pilote n'a même pas fini son créneau, trébuche sur ma robe de soirée et lâche toute une série de jurons qui font beaucoup rire un passant. Je patiente en trépignant, puis récupère finalement mon sac dans le coffre et fonce jusqu'à l'entrée de l'hôtel. Sans attendre Dante…
Qui avait raison. Ça va me coûter un bras.
De la brique, du cuir, du mobilier de style industriel et des sources de lumière tamisée, un peu partout. Une table de billard à ma droite, un bar lounge à ma gauche, un fond sonore jazzy, apaisant, et un réceptionniste hipster qui m'accueille en me décochant un clin d'œil.
– Je savais que je rencontrerais un ange, un de ces jours… me sourit l'homme aux yeux verts et au « *man bun* ».
– Ne vous fiez pas à sa robe, elle n'a rien d'angélique. Elle est plutôt du genre démon, rétorque la voix glaçante du Phœnix, qui vient de me rejoindre.
Le hipster calme ses ardeurs en voyant les mâchoires crispées de mon protecteur, puis se met à faire son job.
– Une chambre, j'imagine ?
– Deux, riposté-je.
– Vous avez des chambres doubles ? intervient Dante. Avec deux lits ?
– Bien sûr, je regarde… répond le réceptionniste en fixant son écran plat.
– Pas la peine. Je veux une *single*, tranché-je.
Le hipster est totalement perdu. Je réitère clairement ma requête, puis songe enfin à demander le tarif des chambres.
– Cent vingt-neuf dollars pour une *single*, cent quarante-neuf pour une double.

– Ah oui… Quand même…

– Quatre étoiles si près de l'opéra, ça se mérite, me sourit un peu trop l'homme au chignon.

– Peu importe le prix. Deux *single*. À côté l'une de l'autre, grogne Dante.

– Petit déjeuner inclus ?

– Vous allez nous les filer, ces clés ?

Je me retiens de rire en entendant la voix exaspérée de mon compagnon de voyage et en croisant le regard un tantinet inquiet de son interlocuteur. Quand il veut, Dante peut faire peur.

Serais-tu jaloux, Phœnix ?

Chambre quinze. Je récupère mon sac et file dans le couloir du rez-de-chaussée. Dante, qui a obtenu la numéro seize, est sur mes talons. Impossible de le semer. Ses jambes sont plus longues. Son sac plus léger. Je tente d'ignorer sa présence dans mon dos et presse le pas. Lorsque j'entre enfin dans ma chambre et referme rapidement la porte derrière moi, j'entends sa voix grave murmurer, de l'autre côté.

– Ma porte restera déverrouillée toute la nuit, Tutu. Au cas où tu as besoin de quoi que ce soit…

Toutes ses petites attentions me touchent. Je n'ai pas l'habitude qu'on prenne soin de moi. Personne ne l'a jamais fait comme ça. Je suis tentée de céder, de mettre de côté la seule chose qui nous sépare, qui nous empêche de nous aimer. Mais je ne peux pas.

– J'ai besoin que tu ne témoignes pas à ce procès, murmuré-je à mon tour, en direction de la porte. J'ai besoin que tu ne sois pas contre moi.

– Tu pourrais me demander un milliard de choses, je les ferais toutes, juste pour toi. Mais ça, je ne peux pas… soupire le ténébreux avant de s'éloigner.

Je perçois ses pas, une porte qui s'ouvre, puis qui se referme. Il ne ment pas. Sa douleur est bien réelle.

Et ça aussi, ça me fait un mal de chien…

***

J'allonge minutieusement la robe de soirée sur le lit immaculé et fais le tour de ma chambre en sous-vêtements. Et sur la pointe des pieds : ça me détend. Je respire enfin, libérée du satin et de tout ce qu'il représente. Le lit est immense mais n'occupe même pas un dixième de la pièce. Mes yeux se promènent sur l'unique mur en brique et sur les autres, sobrement blancs, décorés de toiles graphiques noires, grises, minimalistes et tendance. Une grande fenêtre à neuf carreaux et aux montants chromés donne sur la grande avenue. Je m'en approche, observe la rue calme, me perds un instant dans ma contemplation, puis reviens sur terre.

Prendre une douche. Ou un bain. Laver mon corps et mon esprit de cette journée harassante… écrasante. C'est ça. Je mets enfin le doigt sur ce que je ressens. Sur ce malaise qui m'étreint depuis la révélation de Dante. Je me sens diminuée. Toute petite. Face au clan Lazzari, « Touteseule » n'a aucune chance de s'en sortir. Je ne fais définitivement pas le poids.

Bêtement, je pensais que le Phœnix pourrait me protéger jusqu'au bout. J'étais naïve. À côté de la plaque. C'est à sa famille que revient ce privilège. Moi ? Je n'ai plus personne.

Je me glisse dans la baignoire balnéo en lâchant un cri bestial. Ce que je retiens à l'intérieur vient de sortir. Et l'eau est beaucoup trop chaude. Pendant une petite éternité, je me laisse aller à une douce torpeur, mon esprit flotte dans cette salle de bains bien trop luxueuse pour moi.

Je repense à un détail.

« Je lui dois bien ça. »

Que voulait dire Dante par là ? Quelle dette a-t-il envers son frère ? Le chauffard irresponsable qui avait bu et a broyé mon mari en mille morceaux.

La colère remonte en moi. Je la sens se faufiler dans mes veines, gagner du terrain. J'ai besoin d'en parler à quelqu'un. Besoin qu'on m'écoute. Pas qu'on me plaigne, mais simplement qu'on me comprenne. Je sors du bain, me rends jusqu'au grand bureau en trempant tout sur mon passage, ouvre mon sac, le vide à moitié en balançant tout par terre, mets la main sur mon téléphone et retourne m'ensevelir sous l'eau devenue tiède.

Je sélectionne le numéro d'Alicia, patiente dix sonneries, tombe sur sa messagerie. Je recommence, trois fois. Rien. Je vérifie l'heure : l'aiguille est presque sur le onze ici, ce qui signifie qu'il est presque minuit à New York. Alicia est une insomniaque comme moi. Ou une fêtarde, ça dépend des nuits. Mais une chose est sûre : elle ne dort jamais à cette heure-là.

Je renonce et change mon fusil d'épaule. Je suis un peu gênée de l'appeler si tard, parce qu'elle n'a pas franchement le même rythme de vie que moi, mais je lance le numéro de Phoebe. Sa franchise et ses gros bras sauront peut-être me requinquer à distance.

Deux sonneries et elle décroche. Pas une de plus.

– Allô ? me répond sa voix percutante. Sol, tout va bien ?

– Je te réveille ?

– Non, non… ment-elle (terriblement mal).

– J'aurais dû attendre demain, mais…

– Balance.

– Quoi ?

– Ta voix… J'ai compris. Je suis là. Dis-moi ce qui ne va pas, insiste mon amie.

J'inspire profondément, fixe mes doigts de pieds qui sortent de l'eau et me lance.

– Je t'ai menti. Je ne fais pas la route toute seule. J'ai un copilote depuis le début.

– Ah.

– Tu m'en veux ?

– Non.

– Il s'appelle Dante. Il est… Je ne sais pas comment il est. Mais lui et moi on a… Tu vois ?

– Ah.

– Plusieurs fois. Ce mec est une drogue. Mais douce. Très douce !

– OK.

– Le problème, tu vois, c'est que… Enfin, c'est compliqué.

– Solveig ?

– Oui ?

– Tu as peur que je te juge ?

– Un peu… soufflé-je.

Mon amie d'enfance rit tout doucement, se fait craquer quelque chose, sûrement les doigts, puis lâche :

– S'il y a bien quelqu'un que j'admire, c'est toi, Sol. Je te jure que tu peux tout me raconter.

Nouvelle inspiration. Expiration. Et saut dans le vide :

– C'est le frère du chauffard, avoué-je enfin.

– Quoi ? Qui ?

– Dante. Mon… copilote. Son frère était au volant de la voiture qui a fauché Preston.

Phoebe reste muette un instant. Je continue.

– On s'est retrouvés par hasard, j'ai posté une annonce sur un site de covoiturage et… voilà.

– OK.

– Et j'ai couché avec lui, tu vois ?

– Je vois…

– Et je commence à avoir des sentiments pour lui.

– OK.

– Et il doit témoigner au procès. Pour son frère. Pour l'aider.

– OK…

– Contre moi, murmuré-je tristement.

De l'autre côté du fil, ça cogite. Ça pèse intérieurement ses mots, sûrement pour ne pas me blesser. Phoebe va me dire que je fais une énorme connerie. Que je dois fuir. Quitter Dante sur-le-champ et me rendre seule à Seattle. Comme j'aurais dû le faire dès le départ…

– Tu l'aimes ? me demande-t-elle de manière abrupte.

La manière Phoebe Sloan.

– Je ne sais pas. Je ne sais plus ce que ça veut dire. Disons que… je ne suis pas indifférente.

– Alors laisse le passé là où il est, me conseille-t-elle soudain. Faites un pacte, tous les deux : ce procès ne devra pas entacher votre histoire. Ce sera dur, ce sera douloureux, violent même, mais vous en sortirez peut-être plus forts.

– Et libres, ajouté-je tout bas.

– Oui.

– Qui es-tu ? ris-je soudain nerveusement. Rendez-moi ma Phoebe ! Celle qui me sermonne ! Qui m'empêche de faire des conneries. De craquer un peu plus pour le mec que je ne devrais pas aimer !

– Les regrets, c'est ce qu'il y a de plus cruel, Solveig. C'est suffisamment rare de trouver l'amour une fois. Alors deux…

– Je t'ai dit qu'entre-temps, j'ai appris que Preston me trompait ? répliqué-je amèrement.

Phoebe la pragmatique, la rationnelle, l'anti-romantique, n'est plus. Elle soupire, puis conclut :

– Alors fonce ! N'hésite plus ! Prends garde à toi, mais ne t'interdis rien ! Dante, c'est peut-être ton futur. Et vous ne vous êtes peut-être pas retrouvés dans cette bagnole par hasard…

– Tu crois au destin ? lui demandé-je soudain.

– Non. Je ne crois à rien. Mais je pense que tout est possible.

20

Seule ou mal accompagnée ?

Minuit. Je suis seule. Dans la *single* que j'ai voulue. Et je viens de me ruiner, juste par fierté. Pour une stupide chambre d'hôtel bien trop grande et bien trop belle pour moi. Bien loin de celui qui est censé me tenir compagnie quand j'ai envie. Ou besoin. De toute façon, je lui fais encore la gueule. Enfin, je crois.

Je m'allonge en travers du lit, immense, en me demandant à combien on pourrait dormir, en s'alignant bien. Quatre, minimum. Cinq en se serrant. Mon esprit, comme à chaque fois qu'il est trop encombré, trop tourmenté, se met à errer pour oublier, à penser à tout sauf à l'essentiel. Si je devais choisir quatre compagnons de lit, je prendrais qui ? Benjamin Millepied, le danseur et chorégraphe français tellement sexy avec sa barbe de rebelle, même s'il a osé épouser Natalie Portman plutôt que moi. Gene Kelly, même s'il ne sentirait sûrement pas très bon vu qu'il est mort il y a vingt ans. Patrick Swayze, mais il transpirait un peu trop à mon goût. Et enfin Pharrell Williams, avec sa peau de bébé qui ne sue jamais, et qui pourrait me chanter « Happy » à longueur de nuit.

– Mon Dieu que ce serait fatigant ! soupiré-je en me retournant pour m'affaler sur le ventre.

– Et pourquoi choisir des danseurs si c'est pour rester allongés dans un lit ? me lancé-je à moi-même.

– Parce qu'il paraît que les bons danseurs font de bons amants, évidemment…

– Mais depuis quand j'ai envie de coucher avec Gene Kelly

et ses pantalons remontés sous les aisselles ?!

– Donnez-moi une bassine, je vais vomir !

– Gene, laisse-moi tranquille et retourne chanter sous la pluie en faisant des claquettes ! continué-je en riant toute seule.

– Et bon sang, descends de ce lampadaire, tu vas te faire mal !

– Je veux Dante Salinger dans mon lit ! gémis-je avant de m'enfoncer la tête dans la couette.

Je me redresse aussitôt pour vérifier que personne ne m'a entendue. Non, toujours aussi seule dans cette maudite chambre.

– Ce n'est pas ma faute, chuchoté-je en regardant le plafond comme si je m'excusais auprès de Dieu. Je sais que vous créez les hommes à votre image… mais vous ne pouviez pas faire celui-ci un peu moins canon ?

Le Phœnix a tout. La barbe sexy de Benjamin, la peau douce de Pharrell, la grâce et l'élégance de Gene, les muscles et la sensualité de Patrick. Tout. Et bien d'autres trucs encore.

– Il faut que j'arrête de penser à lui ! décidé-je en m'emparant de mon téléphone portable.

Je consulte mes textos… Rien de nouveau. Mes appels… Pareil. Mes mails ? Juste un petit nouveau, en provenance de mon avocate. Minuit dix un samedi soir, (1 h 10 chez elle), et ce bourreau de travail bosse encore. Cette fois, pas de document illisible avec un jargon incompréhensible. Pas d'histoire de dossier à constituer, d'enquête en cours, de preuves à réunir, de paperasse à remplir. Juste un petit mot gentil, d'une femme à une autre.

De : Annette Ewing
À : Solveig Stone Camden
Objet :
Bonjour Solveig,
Comment allez-vous depuis notre dernier coup de fil ? Je comprends que vous ayez raccroché, pas de souci. Appelez-moi si vous voulez discuter de quoi que ce soit. J'espère que vous n'êtes pas seule en ce moment. Quoique parfois, ça vaut mieux.
Annette

J'ai déjà dit que j'adorais cette femme ? Des phrases courtes, des mots simples, des messages qui vont droit au but. De la compréhension, pour me mettre à l'aise. Une solidarité féminine, sans vouloir jouer à la meilleure copine. Pas de sentimentalisme inutile. C'est décidé, je l'appelle.

– Allô ?

– Bonsoir, Maître.

– Oh, Solveig. Appelez-moi Annette, je vous le demande à chaque fois !

– Je ne vous dérange pas… Annette ? Il est tard, murmuré-je.

– Oh, bien sûr que non ! Puisque je viens de vous écrire !

– Comment vous faites pour avoir une voix aussi enjouée à une heure passée ?

– Oh, je ne dors jamais, rit-elle en montant dans les aigus.

En fait, sa voix est vraiment très haut perchée plus qu'enjouée. Pas franchement agréable.

– C'est compliqué les objets, hein ? relancé-je, pensive.

– Pardon ?

– Dans les mails, les objets… On ne sait jamais quoi mettre.

– Oh, ne m'en parlez pas ! J'ai longuement réfléchi, mais entre « bonjour », « nouvelles » et « pas de souci », j'ai tout trouvé ridicule. J'ai préféré ne rien écrire.

– On devrait créer une pétition pour demander la suppression pure et simple de la case objet, proposé-je.

– Oh ça, je suis bien d'accord avec vous ! réplique-t-elle en riant encore.

Pourquoi commence-t-elle toutes ses phrases par « oh » ? Comme si la vie entière n'était que surprises et exclamations. Elle aurait dû faire du théâtre à la place du droit. Et c'est sûrement pour ça qu'elle est un si bon avocat.

– Parfait ! Je vous embaucherai comme avocate de lutte anti-objet… quand je n'aurai plus que ce combat-là à mener, plaisanté-je.

– Comptez sur moi !

– Vous n'êtes plus obligée de m'appeler Stone Camden, vous savez ?

– Oh, j'ai hésité pour ça aussi… Désolée. Vous aviez l'air d'y tenir, quand on s'est rencontrées.

– C'était avant de savoir que j'avais un mari non seulement mort, mais aussi infidèle, rétorqué-je avec ironie.

– Oh, je comprends. J'espère ne pas avoir été trop abrupte en vous l'apprenant l'autre jour.

– Non, vous étiez parfaite. Vous voulez m'épouser, Annette ?

– Ah ah ah !

Un « oh », ça va. Mais trois « ah »…

J'éloigne mon portable de mon oreille pour laisser passer son rire grinçant comme une craie sur un tableau noir.

– Vous ne seriez pas gâtée avec une vieille fille comme moi ! Je suis impossible à vivre, j'ai mes affreuses petites habitudes et un rire insupportable ! annonce-t-elle d'une voix toujours aussi joviale.

– Vous ne voudriez pas en changer ? grimacé-je. De vie, je veux dire…

Et oui, de rire aussi…

– Non, je suis mariée à mon boulot, de toute façon.

– On s'y fait, à la solitude ? demandé-je dans un soupir.

– À force, oui. Et ça vaut toujours mieux qu'un mariage raté, vous savez ! Mais vous retrouverez quelqu'un, Solveig.

Quelqu'un qui me ment sans arrêt et qui hante mes pensées ? Déjà fait.

Quelqu'un qui n'est pas fait pour moi ? Trouvé !

Quelqu'un de tatoué, de ténébreux et de tourmenté ? Merci, mais non merci.

Enfin, peut-être pour une nuit. Mais pour la vie… ?

– Annette ? relancé-je en tentant de sortir Dante de mon esprit.

– Oui ?

– Les deux maîtresses de Preston… Vous savez qui c'est ?

– Oh… Elles sont trois, au fait. J'en ai trouvé une de plus dans les relevés.

–Aïe, soufflé-je d'une voix étouffée. Je crois que vous devriez arrêter de chercher.

–Désolée. Vous voulez les noms ?

–Oui, je crois…

–Ann Patterson.

–Putain. Sa collègue urgentiste, avec qui il partait sans cesse en séminaire !

– Oh…, se contente-t-elle de répondre.

– Elle était mariée, elle aussi ! Et ils bossaient tout le temps, comment ils pouvaient…

–Ne cherchez pas, Solveig. Je continue ?

–Allez-y…

–Meredith Butler, énumère encore mon avocate.

–Celle-là, ça ne m'étonne pas. Une infirmière avec le feu aux fesses, qui se croyait dans *Grey's Anatomy* parce qu'elle avait un prénom de série…

–Je vous donne le dernier nom ? me coupe-t-elle.

–Si c'est un homme, je ne réponds plus de rien ! tenté-je de plaisanter.

–Tonya Reed.

–Ce n'est pas possible ?! Une soi-disant copine d'enfance ! Fille d'amis de ses parents ! Qu'on a hébergée chez nous plusieurs semaines ! Une métisse tellement jolie que j'avais dit à Preston que je comprendrais s'il était tenté… Il m'a juré qu'elle n'était pas son genre !

– Solveig, vous vous faites du mal.

–Tonya ! répété-je sans y croire. Vous croyez qu'ils ont fricoté sous mon toit ? Pendant que j'étais là ? Je vais le tuer !

– Oh, évitez de dire des choses pareilles lors du procès… me rappelle-t-elle.

–Annette, il faut que je raccroche. Merci pour la discussion nocturne.

–Pas de souci. Bonne nuit. Et n'appelez pas les Camden !

Merde. C'est exactement ce que j'allais faire.

Je suis furax. Je me sors de ce lit trop grand. Tourne en rond dans cette chambre d'hôtel en rageant. Revois la sublime Tonya errer dans notre appartement new-yorkais. Qui ne mettait qu'un T-shirt pour dormir. À qui j'avais prêté mon plus beau bas de pyjama à carreaux… et qui ne l'avait jamais enfilé ! Comment j'ai pu être aussi naïve ? Aveugle ? Comment Preston a-t-il pu me mentir à ce point ? Comment les hommes peuvent-ils se regarder dans la glace avec tout ce qu'ils cachent ? Et pourquoi je tente de les mettre tous dans le même panier, sauf un seul, toujours le même, qui continue à en sortir, tête haute et regard fier ? Pourquoi j'ai tant besoin que cet homme-là me prenne dans ses bras, me serre, m'empêche de faire des conneries ?

J'oublie mon envie de réveiller Russell et Patsy en pleine nuit, balance mon téléphone sur le lit trop grand, sors de la chambre et vais marcher dans le couloir, pieds nus sur la moquette. Je me colle à la porte suivante, la seize. Pas un bruit derrière. Est-ce que Dante l'a vraiment laissée ouverte, pour moi ? J'ai besoin d'en avoir le cœur net. La poignée cède. Sans y réfléchir davantage, je me faufile en silence dans cette *single* qui m'est interdite. Son lit aussi est immense. Mais moins vide que le mien, occupé par l'homme au phœnix, allongé sur le côté. Seule la lampe de chevet est allumée. Une lumière dorée, tamisée, qui rend sa peau nue encore plus soyeuse, plus hâlée. J'ignore si le tatoué a remarqué ma présence. Il ne bouge pas. N'ouvre pas les yeux pour les braquer sur moi. N'entrouvre pas ses lèvres charnues pour me balancer une de ses phrases assassines, de sa voix grave et autoritaire. Alors je prends ça pour une invitation. Retiens ma respiration et soulève doucement le drap blanc qu'il a rabattu sur lui. Je découvre son torse nu qui me donne le tournis, son boxer noir qui fait battre mon cœur un peu plus vite. Et je me glisse dans son lit, dos à Dante. Je me blottis contre son corps chaud, puissant, rassurant. Je colle mon dos à son ventre. Ma peau à sa peau.

Presque instantanément, ma colère s'apaise. Mon pouls ralentit. Je retrouve un peu d'air. Dans une langueur infinie, Dante remonte les jambes et les plaque sous mes cuisses. Peu à peu, il m'enveloppe de sa chaleur, de sa présence. Son bras tatoué bouge lentement, lui aussi, pour venir m'entourer. Je m'enroule un peu plus, m'abandonne à ce cocon douillet, protecteur. M'enfonce dans cette impression que rien ne peut m'arriver. Me pelotonne contre cet homme à qui j'ai demandé de ne pas me cajoler. De ne plus me toucher. J'ignore combien de temps dure cette étreinte tendre, précieuse, mouvante, comme si chacun de nos gestes était au ralenti. Il règne un tel silence que chaque souffle du Phœnix dans mon cou me paraît follement érotique, indécent, chaque bruit de drap froissé me semble hurler.

« Pars. Ne reste pas là. Ne fais pas ça. », me crie ma voix de la raison, à l'intérieur.

« Accorde-toi cet instant de bonheur, tu le mérites, pense à toi, pour une fois. », me chuchote la voix douce de mon cœur.

« Ce n'est pas bon pour le procès... Cet homme est contre vous, pas avec vous. On est mieux seules... », me rappelle mon avocate.

« Prends garde à toi, mais ne t'interdis rien ! », me conseille Phoebe.

– Depuis quand tu réfléchis avant d'agir, Tutu ? murmure une voix rauque et douce dans ma nuque.

Cette phrase-là, je l'ai vraiment entendue. Elle n'était pas dans ma tête. Mon cœur s'arrête à nouveau. Je me retourne dans ce grand lit, entre ses bras, pour faire face au brun ténébreux. Ses yeux noirs me fixent intensément, ses sourcils froncés frôlent mon front, sa respiration se mélange à la mienne, sa douceur m'envahit, son charme me contamine, sa bouche folle m'appelle. Et je l'embrasse. Ce baiser lent et langoureux me remplit de chaleur, de désir, de bonheur, comme une vague délicieuse et dangereuse, qui risque de m'emporter trop loin. Dante ne force rien. Il me tient contre lui mais ne me serre pas. Il m'enveloppe mais ne m'enferme pas. Il me câline, innocemment, mais ne me caresse pas encore. Il est à l'écoute, comme toujours. De mon langage secret. Il devine mon corps et mon cœur. Et je recule, apeurée, bouleversée par sa subtilité, sa façon de me comprendre, de me respecter. Je m'enfuis, incapable de parler. Je me glisse hors de ce lit, de cette chambre *single* qui doit le rester. Je cours comme une idiote, une criminelle en cavale, et vais me renfermer dans la mienne.

– Qu'est-ce que je suis en train de faire ? me lamenté-je à voix haute. Cet homme ne peut pas être mon défouloir. Je ne peux pas me ruer sur lui chaque fois que je me sens seule, triste, trahie. Je ne peux pas le rejoindre la nuit, chaque fois que j'ai mal, pour qu'il me fasse du bien. Je ne peux me venger sur lui chaque fois que je regrette d'avoir si mal choisi mon mari. Je ne peux pas essayer d'oublier tous les hommes qui m'ont déçue en me jetant dans les bras d'un autre. Je ne peux pas panser mes blessures à coups d'orgasmes. Je ne suis pas ce genre de fille. Pas non plus le genre qui croit au grand amour après avoir perdu le sien. Pas bête à ce point. Non, je ne peux pas tomber amoureuse de lui. Je ne dois pas.

– C'est trop tard ?

– Oui, peut-être. Et alors ?

– Tu l'aimes ?

– Non ! Bon, peut-être un peu.

– Aimer, être amoureuse, ce n'est pas pareil.

– Si.

– Non, c'est différent.

– À qui tu parles ?

– À qui je veux !

– Putain, je suis de plus en plus folle ! Et complètement paumée. Peut-être amoureuse, mais paumée.

– Si je parle toute seule, je dois bien être capable de dormir seule, non ?

– Va te coucher !

Je me laisse tomber sur le lit, en arrière, les bras écartés. Je rebondis sur le matelas et mon téléphone portable abandonné là sautille en même temps que moi. Je le saisis à deux mains et le brandis vers le plafond, bras tendus. J'ai plusieurs textos d'Ali qui m'attendent.

[Désolée d'avoir raté tes appels.]
J'étais en boîte.
Bah quoi, on est samedi soir !]

[On a 25 ans, merde ! Je ne veux pas
finir comme toi à parler à mon ficus…]

[Désolée, je plaisantais.
Je crois que je suis saoule.]

[Ne me juge pas, Sol. Je suis rentrée.
Ma jupe était d'une longueur raisonnable.
Et je n'ai pas tant bu que ça. J'ai embrassé
un type dans les toilettes qui sentait
la cacahuète. Le type. Pas les toilettes.
Elles, elles sentaient autre chose.
Mais tu n'as pas besoin de le savoir.]

[Bon, ton insomnie doit être terminée.
Tant pis pour moi. J'ai plus qu'à aller
demander pardon à ton ficus
de l'avoir abandonné.]

[Je suis là, je dors pas !]

[Et je suis sûre qu'il t'a pardonné.]

[Je ne te juge pas, Ali, je viens
de passer à deux doigts de
faire une grosse connerie.]

[Quand tu dis « deux doigts »,
c'est bien ce que je crois ?]

[T'es vraiment bourrée !]

[Psa du totu. Et c'ets pas ma fauet
si les lettrse veuelnt chagner d'ordre !]

[Tu me fais rire.]

[Tu me manques aussi, Sol !]

[À ton avis, en vrai, on est mieux
seules ou mal accompagnées ?
Dis-moi la vérité.]

[Il faudrait déjà qu'on trouve
de la compagnie, pour
certaines d'entre nous…]

[Preston me trompait.
Sans doute avec tout l'hôpital.
Et peut-être tout New York.]

J'ai l'impression d'avoir raconté cette histoire cent fois aujourd'hui. Je devrais peut-être arrêter un peu de m'épancher.

[Désolée. Quel enfoiré !]

[Tu me promets que t'en
fais pas partie, hein ?]

[Jamais de la vie ! Juré, craché.]

[Ali, tu viens de cracher
dans mon appart, là ?]

[Oui… Mais ça faisait longtemps
que je n'avais pas arrosé ton ficus.
Il dit qu'il est ravi.]

[J'ai couché avec mon copilote.]

Tiens, cette histoire-là aussi, je la raconte un peu beaucoup. Qu'est-ce qui me prend d'avoir tant besoin de me confier, tout à coup ?

[T'es championne pour passer
du coq à l'âne, toi !]

[Il m'a emmenée voir
un ballet ce soir.
Enfin hier soir.]

[Classe ! Il a l'air de savoir
s'y prendre avec toi, celui-là.]

[N'empêche qu'on a couché ensemble
et qu'on ne devrait pas.]

[Pourquoi ?]

Cette partie de l'histoire, je crois que je vais la garder pour moi. Ce n'est pas celle que je préfère. Et mon cœur anéanti a bien le droit à un peu de répit.

[C'est arrivé deux fois.
Presque trois.]

[Tu ne veux pas me répondre, OK.
Et c'était bien ?]

[Beaucoup trop…]

[La chance ! Vous êtes ensemble ?]

[Pas vraiment…]

[Mais t'aimerais bien.]

[J'en sais rien…]

[T'es en train de tomber amoureuse ?]

[…]

[Ouais, il y a beaucoup trop
de points de suspension pour
que tu ne sois pas amoureuse.]

…

21

Encore une danse

Après deux semaines de *road trip*, le décor change enfin. L'ambiance, aussi. Radicalement. Le Minnesota a laissé place au Dakota. Le Dakota au Montana. Plus de mille cinq cents kilomètres parcourus en trois jours, pendant lesquels le Phœnix et moi avons échangé… le strict minimum.

Deux étrangers dans le même SUV.

Dante a conduit autant que moi et j'ai pu dormir, contempler le paysage, revivre notre dernier baiser volé, notre étreinte manquée mille et une fois dans ma tête. Il n'a pas cherché à me faire parler, il a respecté mon silence… en se disant probablement qu'il était aussi rare que précieux. Lorsque j'étais au volant, le farouche a « réfléchi », rédigé des mails sur son téléphone, pris quelques appels professionnels et mitraillé tout ce qu'il pouvait, ses yeux de lynx saisissant l'instant comme personne.

Je me suis retenue de le contempler de manière trop flagrante. Ses sourcils froncés par la concentration, ses mâchoires carrées (et rasées), ses muscles saillants, ses tatouages sombres, hypnotisants. Yeux sur la route. Sur le bitume.

Trois jours, ça peut sembler terriblement long.

***

Le SUV progresse péniblement sur les routes mal pavées, pleines de bosses. Je roule sur un énième nid-de-poule, le ténébreux grommelle sur le siège passager. Depuis qu'on a quitté le National Forest Motel ce matin, on emprunte des petits chemins, à la demande express du photographe. J'ai bien essayé de me rebeller, ça n'a pas marché.

En tout, presque dix mots ont été échangés lors de ce dialogue passionné.

– On ne peut pas reprendre l'autoroute ? ai-je ronchonné.

– Demain.

– Mais…

– Demain, a insisté mon copilote, avant de dégainer son appareil pour immortaliser une sorte de pélican.

Ma Chevy me manque. Morue aussi. Mon ficus, n'en parlons pas. Voilà deux heures que je conduis sans but, si ce n'est de servir de chauffeur à un artiste tyrannique. On s'arrête tous les deux kilomètres, je roule soit trop vite, soit trop lentement. Lorsque je perds patience et l'envoie balader, l'insolent sourit en coin et me prend en photo. En pleine grimace, au summum de ma mocheté, donc.

Merci bien.

Je me détends peu à peu et parviens à profiter de ce qui m'entoure. Sur notre route, on croise de grands lacs, de vastes plaines, quelques rares humains et des troupeaux de bétail curieux. On traverse aussi des villes fantômes, nées lors de la ruée vers l'or puis rapidement abandonnées. On s'arrête dans un diner quasiment désert, à l'exception de quelques cowboys en panoplie complète. Chapeaux, pantalons à franges, santiags : la totale. Dante dévore des boulettes de bison, je me régale d'un poisson frais pêché tout près.

– Envie de changer de look ? lancé-je, riant toute seule en voyant Dante photographier l'un des *Lone Ranger*.

– On se parle à nouveau ?

Il pose son appareil photo sur la table et me fixe de ses yeux noirs. Impossible de déchiffrer son expression.

– C'est ce que je viens de faire, non ?

– Pourquoi maintenant ? insiste-t-il.

– Parce que c'est venu naturellement.

Il prend quelques secondes de réflexion, puis hoche la tête. Son regard m'abandonne et se focalise à nouveau sur la faune locale. Je me venge sur ma *cherry pie*.

Pourquoi est-ce que ce mec me donne ces foutus papillons dans le ventre ? Pourquoi est-ce que son regard me happe, comme la toute première fois ? Pourquoi est-ce que je suis incapable de ne plus le désirer ?

De ne plus l'aimer…

Con. Con. Trop con. Bordel de con.

***

– Dante, c'est quoi ce chemin ? On va où ?

Le soleil a beau m'aveugler à moitié, je vois bien que mon copilote, qui a repris le volant après notre déjeuner, sait parfaitement où aller.

– Tu connais Great Falls ? me demande-t-il.

– Non. Enfin, juste de nom. C'est une ville au bord du fleuve Missouri. Et visitée par des ovnis, si ma mémoire est exacte.

– Elle ne l'est pas, gronde-t-il de sa voix rauque. Toutes ces conneries sur les extraterrestres, ça me fatigue.

– Qu'est-ce qui ne te fatigue pas, Dante Salinger ?

Il quitte la petite route des yeux et me fixe un instant.

– Toi. Quand tu ne parles pas pour ne rien dire.

– Très drôle, ronchonné-je.

Nous roulons en silence pendant quelques secondes, jusqu'à ce que ma curiosité reprenne le dessus.

– Et donc ? Great Falls ?

– J'y ai passé tous mes étés étant gamin. Enfin, la plupart.

– En famille ?

Le beau brun acquiesce, l'air grave. Et se décide enfin à m'expliquer ce qu'on fout là :

– Je t'emmène au ranch Lazzari. C'est seulement à quelques bornes. On va y passer la nuit.

– Un ranch ? m'exclamé-je. Il y a des chevaux ?

– Plus maintenant.

– Des vaches ?

– Non plus.

– Des… lapins ?

– Solveig… soupire-t-il.

Je l'observe à nouveau tandis qu'il enfile ses lunettes de soleil d'une main, l'autre ne quittant pas le volant. Il est… insolemment beau.

– Je ne vois pas pourquoi ça s'appelle un ranch, alors, rétorqué-je.

– Parce que c'en était un, dans le temps. Et que depuis, mon père l'a transformé en… maison de vacances.

– Tu ne me parles jamais de ta mère.

– Pardon ?

– Tu dis toujours « mon père », comme si ta mère ne faisait jamais partie de l'histoire. Comme si elle n'existait pas.

– Elle existe, dit-il sombrement.

– D'accord, murmuré-je.

– Vraiment, insiste-t-il.

– Je te crois.

– Non, tu doutes.

– Tu lis dans mes pensées, maintenant ?

Il se braque, lèvres pincées, sourcils froncés, corps tendu.

– Dante, je te crois… répété-je doucement.

– Ma mère est douce. Discrète. Pacifiste. Elle existe. Ma mère, c'est la lumière.

– Comme celle que tu gardes allumée quand tu dors ?

Ma question le prend par surprise. Dante freine brusquement, ferme les yeux un instant, puis relance le moteur après avoir longuement inspiré. Je devine que j'ai touché un sujet ultrasensible. Une blessure très profonde. Très secrète. Et si je m'en veux de le faire souffrir, de provoquer ces démons qui le tourmentent, je ne peux m'empêcher de creuser.

– Dante… continué-je.

– Solveig, arrête.

– Tu as peur de quoi ? soufflé-je.

– S'il te plaît… me supplie-t-il presque.

– Des monstres ?

Il accélère.

– Les monstres n'existent pas, riposte soudain sa voix grave, puissante, affirmée. Ils ont été créés par l'imaginaire collectif pour endosser la cruauté, les crimes, les ignominies de tout un chacun. Les monstres, ce sont les hommes. Toi et moi.

– Mais…

– Maintenant tu arrêtes de remuer tout ça, m'ordonne le farouche. Tu ne me poses plus de question. Tu penses à autre chose, tu comptes les arbres, tu parles dans ta tête s'il le faut. On arrive dans cinq minutes.

Je me tais, un peu ébranlée par ce que je viens d'entendre. *« Les monstres, ce sont les hommes. Toi et moi. »*. Ses mots étaient tranchants. Sa voix amère. Sa respiration presque laborieuse.

– Tu n'es certainement pas un monstre, conclus-je. Et je ne pense pas en être un non plus. Alors les monstres, ce sont les autres.

Aucun sourire sur ses lèvres, mais une lueur étrange dans son regard. Et dans mon cœur, un battement s'échappe.

***

Nous passons les grilles de la propriété exactement cinq minutes plus tard.

Tout à fait. J'ai vérifié en surveillant l'heure affichée sur le tableau de bord de l'engin maléfique : j'avais besoin de m'occuper.

Face à nous, un long chemin de terre, parfaitement entretenu, délimité des deux côtés par une haie verte aussi haute qu'un basketteur de NBA. Je suis déjà en transe. L'idée d'en apprendre plus sur mon brun ténébreux, son passé, son enfance, découvrir où il a grandi et comment, tout me réjouit. Je meurs d'impatience de plonger un peu plus dans sa vie. Le véhicule progresse sur ce tapis rouge version Montana et débouche finalement dans une grande cour pavée.

Devant mes yeux qui ne savent plus où regarder, trois bâtiments somptueux, rustiques et modernes à la fois. Dante éteint le moteur et me fait la visite guidée depuis le siège conducteur, mais en version accélérée.

L'homme-oiseau est avare de mots, vous voyez.

– La grande bâtisse rouge du milieu…

– Tu veux dire le palais, le château, le…

Il m'interrompt d'un simple regard. Glacial.

– C'est la maison principale, relance-t-il. Elle contient dix-sept chambres et donne sur le fleuve Missouri, à l'arrière. On va dormir au troisième étage, là où la vue est la plus spectaculaire.

– Je sens que je vais me perdre, dans ce nouveau labyrinthe, murmuré-je, ébahie.

– Possible. Le petit bâtiment à droite, c'est…

– Petit ? l'interromps-je. « *Petit* » ?!

– OK. Le bâtiment à droite, c'est les anciennes écuries. Reconverties en piscine intérieure, hammam, sauna et toutes ces conneries.

– OK, salut ! m'écrié-je en m'apprêtant à ouvrir ma portière.

– Je n'ai pas fini ! me retient le Phœnix de sa voix autoritaire.

Je croise son regard et découvre qu'il ne plaisante pas du tout avec ses propres règles. Je l'écoute, je n'ai pas le choix, mais mon corps court déjà partout, à l'intérieur :

– Le bâtiment à gauche, plus excentré, c'est la maison des gardiens.

– Les gardiens ? Ils vivent là-dedans ? Tu plaisantes ? Ils sont millionnaires, eux aussi ?

– Ce sont des amis de mon pè... de mes parents, se reprend-il. Vito sait être *très* généreux quand ça lui prend. Ou que ça l'arrange. Bref, ils viennent souvent ici pour jeter un œil sur la propriété, mais ils n'ont pas l'air d'être là actuellement : les volets sont fermés.

Cette fois, la visite interactive est bel et bien terminée. Dante s'extirpe du SUV d'un bond et va ouvrir le coffre. Je le rejoins en sautillant, pour me dégourdir les pattes.

– Pas de Calliopé ? lui demandé-je, presque à regret.

– Elle ne vient plus jamais ici.

– Pourquoi ?

– Parce que, c'est comme ça.

– C'est ton dernier mot, Phœnix ? le provoqué-je.

– Oui, grogne-t-il en balançant les deux sacs sur son dos. Viens, suis-moi et tais-toi.

Je me laisse guider par le tatoué jusqu'à la porte principale, en sentant le soleil taper sur mes épaules. Tout à coup, Dante se plante face à moi et fond son regard dans le mien.

– Je reviens dans une minute. L'alarme va se déclencher, je vais la désactiver, tu ne paniques pas, Tutu. C'est compris ?

– Comment ça ? Pourquoi tu ne rentres pas par là ? demandé-je naïvement en lui montrant la porte.

– Je n'ai pas la clé, sourit l'insolent. Mais je sais parfaitement comment entrer...

Je partage son sourire, puis rétorque :

– Dépêche-toi Phœnix. Et si tes conneries m'envoient en taule, je te le ferai payer jusqu'à ton dernier souffle...

– Brrrr, se marre-t-il en faisant semblant de trembler.

Deux minutes plus tard, j'entends un bruit de verre cassé, puis l'alarme stridente qui se déclenche, mais pas assez longtemps pour inquiéter qui que ce soit. Avant que j'aie eu le temps de réciter ma prière païenne, elle se tait déjà. La porte s'ouvre face à moi, je retrouve mon ténébreux qui serre le poing. Entre ses doigts, je distingue une goutte de sang.

– Tu t'es blessé ?! m'écrié-je alors que le rebelle se penche en avant pour récupérer nos sacs.

– C'est rien.

– Lâche ça et montre-moi !

– Non, on y va.

– Dante !

Il soupire, puis me tend sa main estropiée.

– C'est juste une petite coupure, confirmé-je. Rien de méchant.

– Soulagée ?

– Oui.

– Tu t'inquiètes pour moi, Tutu ? demande-t-il avec un sourire.

– J'ai besoin de mon copilote jusqu'au bout, c'est tout… grommelé-je.

Nous échangeons un long regard, lourd de sens des deux côtés, puis grimpons jusqu'au dernier étage en silence.

Je sais qu'il sait.

Et il sait que je sais.

Sur le chemin, je me mords les joues et m'empêche de produire le moindre son en découvrant les lieux. Les incroyables vitraux qui colorent les fenêtres de trois mètres de haut, le double escalier qui mène aux étages supérieurs, les portes sculptées, les œuvres uniques accrochées aux murs, le parquet ancien qui s'exprime sous nos pieds. C'est somptueux. Vaste. Non. Immense. Mais ça ne ressemble pas à une maison de vacances.

– Voilà ta chambre, m'indique la voix entêtante de Dante.

J'entre dans la pièce aux murs rose pâle et au mobilier blanc. Ce ne sont pas mes couleurs préférées, mais l'ensemble est joli, féminin, sans être kitsch ou de mauvais goût. La lumière entre par la grande double-fenêtre située près du lit et éclaire un grand tapis sur lequel a été cousu le sigle de la marque « Lazzari ». Un L et un Z entrelacés.

– Je serai juste à côté, m'informe mon compagnon. Je vais prendre une douche et passer quelques coups de fil.

– OK…

– Ça va aller ?

– Oui…

– Tutu ?

– Comment tu as pu ne pas être parasité par tout ça ?

– « Tout ça » ?

– L'argent. Le luxe. L'abondance. Tu aurais dû devenir un sale type imbu de sa personne, un snob, un narcissique.

– Tu ne sais pas tout de moi… sourit-il tristement.

Il voudrait quitter ma chambre, je voudrais pouvoir lui échapper. Pour éviter de sombrer un peu plus. Mais un fil invisible nous retient. Un regard qui s'éternise.

– Je sais au moins une chose.

– Quoi ?

– Tu as pété un carreau pour nous faire entrer ici.

Son rire grave, chaud, communicatif m'enveloppe, mais juste un instant. Celui d'après ? Mon Phœnix est déjà reparti.

Je m'écroule sur le grand lit rose et blanc de princesse en me demandant si cette chambre était celle de Calliopé, avant. Je repense à la jolie brune, à ses fringues aussi perchées qu'elle, à ses irrésistibles reparties, à son regard triste, parfois. Mon téléphone vibre, je le sors de ma poche arrière et vois s'afficher sur l'écran *Le Diable en personne*. Alias Russell Camden. Mon beau-père.

Non merci.

À la place, j'appelle Phoebe et lui laisse un message, pour la rassurer et lui prouver que j'ai retrouvé toutes mes facultés intellectuelles et émotionnelles.

– Salut Phoebs ! Merci pour l'autre jour. Tu sais, le coup de fil en pleine nuit. Bref, tout va bien. Enfin, rien ne va, mais ça va aller. Tu vois ce que je veux dire… Je t'ai dit merci ? Oui. C'est bon. Tu connais le Montana ? C'est beau, tu devrais y emmener ton amoureux. Pourquoi je dis tout ça, déjà ? Ah, oui : je vais bien, ne t'en fais pas.

Je raccroche avant de passer au sujet suivant et de m'enfoncer un peu plus. C'est incroyable cette incapacité que j'ai de laisser un message court, précis, sensé, allant droit au but. Mon cerveau est défaillant, je crois. Il emprunte toujours un milliard de chemins escarpés au lieu de prendre la voie la plus simple et la plus directe. C'est une maladie, ça ?

Je file me délasser sous la douche et tente d'ignorer les L et les Z présents un peu partout dans la salle de bains de la taille d'un T2 : sur les serviettes, les peignoirs, les savons, les flacons de gel douche, de shampoing et même sur le pommeau de douche.

Question : Vito en ferait-il un peu trop ?

Enroulée dans un peignoir moelleux qui sent bon l'amande douce, je retourne dans ma chambre. Le voir assis sur mon lit, dos à moi, me surprend d'abord. Puis m'inquiète. J'avance vers lui à pas de loup en l'observant. Dante tient sa tête entre ses mains. Ses cheveux brillants sont mouillés, coiffés en bataille. Son T-shirt noir remonte assez haut sur ses bras musclés, laissant apercevoir ses biceps tatoués.

Il est à couper le souffle… et terriblement tourmenté.

– Dante ? murmuré-je.

Il se retourne vers moi et nos regards s'entrechoquent.

– J'ai besoin de savoir ce que tu veux, Solveig. Ce que tu attends de moi… gronde sa voix.

Interdite, le cœur battant, je laisse passer plusieurs secondes avant de répondre d'une voix fébrile :

– Pourquoi tu me demandes ça ? C'est à cause de l'autre nuit, à Minneapolis ? Je ne voulais pas…

– Parce que cette petite danse me fatigue, soupire-t-il en se levant.

Son corps se déplie, comme au ralenti, puis vient s'ancrer dans le sol. Le face-à-face peut commencer. Un mètre à peine nous sépare.

– Quelle danse ?
– Assume, Tutu… souffle-t-il doucement.
– Mais assumer quoi ?
– Tu as la tête dure…
– Il paraît.
– Assume ce que tu ressens, murmure-t-il.

Ses yeux noirs plongent un peu plus profondément dans les miens et je frissonne. Ma gorge se serre, j'ai du mal à respirer.

– Mais pour quoi faire ? chuchoté-je. Pour souffrir à nouveau ? Tout donner, tout perdre et me retrouver sans rien ?

Le plus bel homme que j'aie jamais rencontré m'observe longuement, sans rien dire. Dans son regard, dans chacune de ses expressions, je lis de la compassion, de la tendresse, mais aussi un soupçon de colère.

– Tu peux prendre l'avion pour finir la route sans moi, si tu veux… déclare-t-il soudain en se détournant. Le billet est sur le lit. Avec un peu de cash.

Il marche jusqu'à la fenêtre, observe l'extérieur puis s'adosse au mur rose. Le contraste avec ses fringues noires, ses tatouages, sa virilité ne m'échappe pas. Et me trouble un peu plus. Je pose enfin les yeux sur le lit, découvre le billet d'avion et les autres billets, verts. Il y a au moins mille dollars.

Et je vois rouge.

– C'est ça que tu veux ? m'écrié-je soudain. Te débarrasser de moi ?

– Non. Je veux que tu choisisses ! aboie-t-il d'une voix puissante.

– Mais choisir quoi ?!

– De regarder devant toi… ou en arrière !

Sa colère m'a contaminée. Tout à coup, je lui en veux. Atrocement. De m'imposer cet ultimatum. De me mettre au pied du mur. De ne pas comprendre mes hésitations, mes doutes, mes craintes.

– Chaque jour que je passe avec toi, je me sens coupable !

lâché-je soudain. Tu comprends ça ?

– Alors prends ce billet, dit-il de sa voix rauque, légèrement adoucie. Et laisse-moi.

Dans son regard, un mélange de défi et de douleur. Mon cœur cherche à tout prix à s'extraire de ma poitrine tellement il bat fort. Pour lui. Pour le rebelle, le tourmenté, l'insoumis.

« Laisse-moi. »

Deux mots. Deux simples mots. Qui me révoltent, me dégoûtent, me font mal.

– Te laisser ? murmuré-je. Je ne peux pas.

– Pourquoi ?

– Tu le sais très bien.

– Dis-le.

– NON !

Comme une furie, je me jette sur le lit, m'empare du billet, du fric et je lui tends comme s'ils me brûlaient les doigts.

– Prends ça, je n'en veux pas ! Ton argent, tu peux le garder ! Je suis peut-être terrifiée par ce que je ressens pour toi, Dante, mais ça ne fait pas de moi une œuvre de charité !

Soudain, il saisit mes poignets, son élan m'emporte et son corps me plaque contre le mur. Et puis ses lèvres sont sur moi. Elles forcent le passage et sa langue s'invite à son tour. Je gémis contre sa bouche, je m'abandonne à ses mains. Elles sont partout. Dans mes cheveux, mon cou, sous mon peignoir. Dante m'embrasse avec une fougue inouïe, il me serre contre lui, m'emprisonne de sa chaleur, de son désir, puis… m'abandonne.

La porte claque derrière lui, je sens encore la morsure de sa bouche sur la mienne.

22

En cascade

J'aurais aimé pouvoir aller marcher dans ces plaines interminables de Great Falls. Courir, même, jusqu'au fleuve Missouri et respirer son grand air. Danser jusqu'à perdre haleine et me laisser tomber dans l'herbe. Mais il s'est mis à pleuvoir des cordes. C'est rare dans le Montana à cette période. À notre arrivée, en début d'après-midi, il faisait plus de vingt degrés et le beau soleil de septembre inondait le ranch. Je pensais que le temps pouvait influer sur nos humeurs. Pas l'inverse.

Après cette conversation houleuse, sous tension (et ponctuée par un quasi-infarctus) avec le Phœnix, j'ai besoin de solitude. De réfléchir au calme et de me vider la tête. Ma vie n'a jamais été un long fleuve tranquille mais cette fois, c'est une vraie cascade. Déchaînée, violente, interminable. Sous mon crâne, les tensions s'accumulent et les problèmes se bousculent. Le procès qui se rapproche, inexorablement. Les maîtresses de Preston qui se multiplient, jusqu'à quand ? Les mensonges du Phœnix. Son ultimatum. Mon désir pour lui, qui n'en finit pas de grandir. Et surtout mes sentiments, qui jaillissent à mesure que je les étouffe.

Alors j'ai abandonné mon peignoir et enfilé des fringues douillettes. Un jean blanc et un long pull en laine taupe dont les manches me recouvrent toutes les mains. Dans cette tenue rassurante, j'erre dans le dédale des couloirs, descends au deuxième étage, puis au premier. Tout semble inhabité. Je visite chaque pièce du ranch, comme si mes réponses pouvaient se trouver quelque part par là, au fond à gauche, cachées dans un coin sombre. J'allume la lumière sur mes pas, en espérant voir plus clair. J'écoute le bruit de la pluie qui cogne contre toutes les baies vitrées. Qui lave tout, au dehors. En sachant pertinemment qu'elle ne pourra rien effacer, en dedans. Je m'imprègne un peu de la vie des Lazzari, dans cette énième « maison de vacances ». Je me demande encore ce que ça fait, d'avoir vécu dans le luxe, l'espace, la facilité. Et pourquoi Dante a tant détesté ça.

Tout au fond d'un couloir, tellement loin des pièces de vie principale que je ne suis pas certaine de pouvoir en retrouver le chemin, je tombe sur une porte fermée à clé. Étrange, sachant que toutes les autres étaient grandes ouvertes. Il n'en faut pas beaucoup pour attiser ma curiosité. Surtout quand mon esprit tourmenté a besoin de distraction, d'autre chose que tourner sur lui-même et ressasser.

Quand on a fait le vide, on a besoin de se remplir d'autre chose, non ?

Je force un peu sur la porte, qui pourrait être coincée. Mais elle me résiste. Je m'accroupis pour regarder dans le trou de la serrure : noir total. Je ris toute seule en pensant à la voyeuse que je fais. Pour la discrétion, on repassera. Mais je suis aussi bornée que curieuse, j'essaie déjà d'imaginer ce qui se cache derrière cette porte verrouillée. Et ce détail qui me titille encore : l'obscurité… Toutes les pièces du ranch donnent sur l'extérieur. Malgré le temps gris et lourd, il fait suffisamment jour pour éclairer à l'intérieur. Est-ce que cette pièce-là serait dépourvue de fenêtre ? Ou est-ce qu'on aurait tiré les rideaux, fermé les volets, pour la plonger dans l'obscurité ? Je ferais une piètre détective. Mais j'ai ma ténacité pour moi.

Je pars à la recherche de la clé comme si ça avait une quelconque importance. Je ne recule jamais devant un défi, même vain. Quand on aime autant gagner, il faut se trouver des occasions de jouer. Et aux jeux de Dante, je perds tout le temps. Là, je tiens ma revanche. Alors je retourne fouiller discrètement les pièces précédentes, les tiroirs des bureaux, les boîtes remplies de choses inutiles, les meubles sans fonction alignés le long des murs du couloir.

– Quand on verrouille une porte, on emporte la clé… me chuchoté-je à moi-même, pour m'obliger à renoncer.

Je continue pourtant à promener mes yeux partout, au cas où la clé me sauterait aux yeux, au dernier moment. C'est toujours quand on arrête de chercher qu'on trouve.

– Ou alors… on garde la clé à proximité, pour ne pas avoir à aller fouiller au fond de son sac, qu'on a laissé dans l'entrée, à environ trois kilomètres de là… ajouté-je en réfléchissant à voix haute.

Et je repars dans ma chasse au trésor grotesque, comme si je n'avais rien de plus important à faire. Comme régler mes problèmes. Prendre des décisions. Être une adulte. Quand on n'a pas eu trop le temps d'être un enfant, je crois qu'on le reste longtemps. Je repère un tableau suspendu au mur près de la porte fermée. Un truc tellement moche qu'il n'a pas pu être accroché là par plaisir. Je n'y connais rien en art mais cette croûte cache forcément quelque chose. Je passe mes doigts tout autour du cadre, en haut, sur les côtés. J'ai peur de me prendre une écharde. Je me suis brisé le genou et je n'ai même pas pleuré, mais je déteste les petits bobos. Sous le bord inférieur du vilain cadre doré, mes doigts prudents effleurent un objet froid. Et ressortent avec une vieille clé en métal noir, un peu écaillé.

En silence, je la brandis dans mon poing victorieux comme si j'avais gagné une épreuve de *Survivor* et j'improvise une danse de la victoire à base de twist endiablé.

Oui, mesdames et messieurs, j'ai fait une école de ballet. Non, ça ne se voit pas forcément, là, tout de suite. Mais vous n'avez qu'à regarder plus loin que le bout de votre nez.

Je tempère mon enthousiasme en me demandant ce que Dante dirait s'il me trouvait en train de danser au fond d'un couloir du ranch et de faire ma curieuse alors qu'il m'a expressément demandé de ne rien remuer. Et mon cerveau tordu se demande aussitôt si je pourrais avaler la clé pour la faire disparaître sans risquer l'occlusion intestinale.

Je passe outre ces charmantes considérations entériques et me rapproche de la porte fermée, sur la pointe des pieds. J'ai le cœur qui bat un peu plus vite. Mes soucis personnels se sont envolés bien loin et je suis devenue l'héroïne d'un jeu. La commissaire persévérante et futée à la tête d'une enquête insoluble. L'actrice un peu sotte d'un film d'horreur à qui le spectateur souffle « non, n'entre pas, n'y va pas seule ». La petite fille curieuse et téméraire incapable de résister à la tentation de la bêtise.

Je glisse la clé dans la serrure en ayant l'impression de faire quelque chose de mal, de très mal, mais sans pour autant pouvoir m'arrêter. Tout en déverrouillant la porte, j'essaie d'imaginer ce qui peut se cacher dans cet antre bien gardé : tous les objets de valeur de la famille Lazzari. L'atelier de création de la marque et ses dernières pièces inédites. Une chambre noire pour développer les photos secrètes de Dante, avec des bains de liquide révélateur et une ampoule de lumière rouge au plafond. Je m'attends à tout. À ce qu'une alarme stridente retentisse dans tout le ranch à la seconde même où j'aurai ouvert la porte. À ce que le FBI débarque en hélico, me plaque au sol et m'arrête pour chasse au trésor illégale.

Quand on grandit seule, on développe une imagination à toute épreuve.

Je finis de tourner la clé. Abaisse la poignée. Déglutis difficilement et retiens ma respiration en poussant la porte du pied. Seule la lumière du couloir éclaire cette pièce obscure. Je m'attendais à tout… sauf à ça. Un air poisseux, irrespirable, suintant le renfermé. Un matelas une place à même le sol, avec un creux au milieu, des taches jaunies un peu partout. De vieilles peluches râpeuses et rabougries, comme si elles avaient été trop serrées. Des auréoles par terre, comme des traces de flaques asséchées. Une fenêtre barricadée au fond, de trois barres métalliques retenant un tissu noir opaque. Un énorme clou au mur de droite, duquel pend une épaisse ceinture en cuir. Glaçant. Cette fois, on ne joue plus. Je suis revenue sur terre et mon esprit tente de trouver une explication à tout ça. Une raison d'être. Un nom à cette pièce infâme. « Salle de torture » est tout ce qu'il me souffle.

La nausée me guette. Je ne peux ni entrer ni reculer. Comme l'appel du vide, je suis happée par cette chambre hideuse où tout me débecte pourtant. J'entrouvre encore un peu la porte, du bout des orteils, trouve un interrupteur et l'abaisse. La lumière est faible, l'ampoule du plafonnier bringuebale comme si elle avait été vissée et dévissée cent fois. Je découvre ce que me réserve encore le mur de gauche. Ce qu'il pourrait y avoir de pire. À un peu plus d'un mètre de hauteur, le plâtre est abîmé par endroits. Comme écorché par des ongles crispés. Troué par des poings rageurs. Un peu plus haut, des inscriptions fébriles, penchées, plus ou moins effacées. Dans une écriture d'enfant incertaine. Je ne peux en déchiffrer que des bribes. « Plus mon père » dans un rouge délavé. Je frissonne. « Aide », « te déteste », « trop mal », « pas ma faute », « tu verras », « plus jamais », dans des nuances de noir. J'en tremble. Et les larmes me montent aux yeux quand, au milieu de ces mots terribles, se détachent des prénoms que je connais bien. Dante. Andrea. Calliopé.

Je comprends sans comprendre. Mon cerveau refuse d'admettre. Mais mon cœur a mal pour eux. Mon corps se tend comme s'il recevait les coups. Tout dans cette pièce respire la souffrance, la peur, la maltraitance, la noirceur. Des crimes indicibles. Des châtiments que vous ne pensez même pas possibles avant d'en entendre parler dans les pires faits divers, dans les émissions de télé à sensations.

Impossible pour moi d'imaginer Dante en victime. Cet homme si fort, si protecteur, si sûr. Il y a quelque chose d'intouchable dans son regard. D'invincible dans ses muscles puissants. Et pourtant.

D'où vient ta renaissance, mon Phœnix ?

Quelles cicatrices invisibles cachent tes tatouages sombres ?

Quels cris terribles t'ont rendu si muet ?

Quels souvenirs immondes t'empêchent de dormir dans le noir ?

Quels gestes cruels te rendent la violence intolérable ?

Quelle enfance insoutenable t'a fait préférer la rue, à l'adolescence ?

Quelles blessures t'ont rendu si dur ?

Quel père ignoble a fait de toi un homme si doux ?

Des larmes plein les joues, j'éteins la lumière, referme cette porte, glisse à nouveau la clé sous le tableau et m'enfuis en courant dans le couloir. Je ferme les yeux très fort en espérant pouvoir effacer ces images. Je me cogne contre les murs, dans l'embrasure d'une porte, rouvre les paupières et reprends le double escalier pour rejoindre Dante. Dans son donjon, tout là-haut. À l'étage où il semble se sentir bien, à peu près libre. Presque sans démon.

Je ne peux pas rester loin de lui plus longtemps.

Je cours de plus belle, une fois arrivée au troisième. Passe devant ma chambre rose et blanche, où on s'est engueulés. Vide de lui, désormais. Continue jusqu'à sa chambre à lui. Et trouve le Phœnix de dos, debout devant sa baie vitrée. En jean brut et pull noir à manches longues, près du corps, les deux mains croisées à l'arrière du crâne, il semble subjugué par la pluie qui tombe sur le fleuve.

Je me jette contre lui. Appuie mon front entre ses omoplates. Enroule mes bras autour de sa taille. Replie mes mains sur ses pectoraux. Je sens son cœur battre sous ma paume. Et le mien qui cogne dans son dos. Dante ne se débat pas. Il glisse ses avant-bras sur les miens, sa peau me réchauffe. Il entrelace nos doigts et sa tendresse m'apaise.

Il ne parle pas de notre dernier combat, ni de notre dernier baiser. Tant mieux.

– Qu'est-ce qui t'arrive, Tutu ? me demande sa voix rauque et calme.

Je pourrais lui mentir, pour me protéger. Pour qu'il ne m'en veuille pas. Mais aussi pour le protéger lui, pour ne pas réveiller ses démons endormis. Oui, on peut sans doute mentir par amour, je le comprends à cet instant. Mais moi, je ne sais pas faire.

– J'ai vu… au premier… bredouillé-je.

– Vu quoi ? demande-t-il gravement en se tendant un peu.

– La pièce secrète… J'ai trouvé la clé… Je suis entrée… Pardon.

Je m'enfouis encore dans son pull, entre les muscles de son dos qui se contractent un peu plus.

– Tu es impossible, soupire-t-il après un long silence.

– Tu es incroyable, répliqué-je à voix basse. Être comme toi, après avoir enduré tout ça…

– Solveig… fait sa voix étranglée.

– Tu n'es pas obligé de m'en parler. Je veux juste que tu saches à quel point je t'admire. À quel point je…

– Je n'ai eu aucun courage, me coupe-t-il durement. Je l'ai laissé faire. Sur moi, sur mon frère, ma sœur… Et j'ai fini par fuir.

– Parce que tu as un instinct de survie plus fort que tout le reste, tenté-je doucement, pour l'apaiser.

– Peut-être.

– Parce que tu as besoin de lumière.

– Sans doute.

– N'importe qui aurait été bousillé. Serait devenu violent, amer, incapable d'aimer.

– Je suis un peu tout ça, lâche-t-il comme un aveu. Un peu détruit, un peu foutu, un peu incapable de tout.

Ses mots me blessent et sa voix voilée me pousse à le contourner, sans jamais relâcher mon étreinte. Je tourne autour de son corps solide, immobile, et me fais une place entre lui et la baie vitrée.

– Tu es tout sauf ça, Dante. Tu es plein de mystères, de blessures. Tu es des tas de choses encore que je ne sais pas.

Mais de l'amour, de la douceur, tu m'en donnes. À ta façon.

J'effleure du bout du nez la peau soyeuse en haut de ses pectoraux, à la naissance du V de son pull. Je respire son odeur que j'aime tant. L'écoute respirer difficilement. L'entends lutter à l'intérieur.

– On est ce que l'on fait, murmuré-je encore. Et tu fais beaucoup pour moi.

En haut, au-dessus de ma tête, j'observe son visage grave sur lequel se dessine un sourire minuscule, presque invisible. Et de ma vie, je n'ai jamais vu un sourire aussi triste.

– Voilà qui je suis, souffle-t-il dans mes cheveux. Né avec une cuillère en argent dans la bouche. Mais à l'autre bout de la cuillère, il y avait un martinet.

– Oh, Dante, qu'est-ce qu'il vous a fait ? demandé-je doucement.

Je sens ses bras ballants venir m'envelopper. Comme s'il avait besoin de s'accrocher à quelque chose, à quelqu'un, avant de se livrer.

– Mon père est un homme respecté. Il est craint dans le monde des affaires. Apprécié du grand public. Il a réussi à donner une image impeccable de lui. Un type génial, charmant, symbole de réussite et de générosité. Mais en privé…

– Oui ? chuchoté-je.

– Vito est un monstre. Il est plus violent, plus pervers que tu ne pourras jamais l'imaginer. Il a traité ses enfants comme des esclaves. Sa femme comme un objet.

– Pourquoi ? tremblé-je.

– Pour son propre plaisir. Pour contrôler tout et tout le monde. Il nous enfermait, nous battait, nous humiliait. Nous privait de sommeil, de nourriture, de lumière. Il nous montait les uns contre les autres. Nous isolait. Puis il nous regroupait et nous rendait responsables de ce qu'il faisait subir aux autres. Et nous forçait à nous excuser de ce qu'on venait de le pousser à faire.

– Comment c'est possible ? balbutié-je, incrédule.

– C'est un malade. Il est capable de tout. Il n'y a que

Calliopé qu'il ne touchait pas. Mais les violences psychologiques sont pires, parfois…

– Vous ne pouviez pas vous enfuir ?

– Ma mère a essayé plusieurs fois, en nous emmenant avec elle. Il nous rattrapait toujours.

Sa voix rocailleuse se coince à nouveau. J'imagine les souvenirs qui remontent, les fuites en pleine nuit, les plans sur la comète, les échecs… Et les retours à la maison, encore plus douloureux. L'emprise de cet homme sur sa famille. Sa femme et ses propres enfants. La chair de sa chair. J'ai mal jusque dans la mienne. Je pose doucement mes mains sur les joues rasées de Dante. Il me semble si vulnérable sans sa barbe, si innocent. Ses yeux noirs, perdus dans le fleuve, sont aussi humides et maussades que le temps.

– Tu as fait ce que tu as pu, ajouté-je en sentant la culpabilité l'étreindre.

– Non. J'ai juste attendu d'être assez grand pour lui tenir tête, assez fort pour lui faire mal. À 15 ans, je me suis rebellé contre mon père, on s'est battus et je me suis tiré. Il n'a pas cherché à me retenir. Je les ai tous abandonnés. Pour sauver ma peau.

Il fait non de la tête, fuit mon regard et mes caresses, serre les mâchoires et un peu plus ses bras autour de moi.

– Tu t'es retrouvé à la rue, Dante. Seul. Tu étais un enfant. Quel courage ça a dû exiger ! Quelle force de caractère. Quelle envie de vivre. Tu ne peux pas être coupable de ne pas avoir sauvé le monde à 15 ans.

– Je ne veux pas que tu aies pitié de moi, lâche-t-il soudain en éloignant encore ses yeux sombres.

– On ne peut pas avoir pitié de ceux qu'on aime, rétorqué-je spontanément.

Alors son regard ébène plonge dans le mien. Et touche mon âme.

– De ceux qu'on quoi ? tente-t-il de me faire répéter, ses beaux yeux plissés.

– On ne peut qu'essayer de prendre un peu de leur douleur, continué-je en l'ignorant.

– Je t'aime aussi.

Et ce dernier aveu se déverse dans mon cœur avec un millier d'émotions. En cascade.

Je soude mes lèvres aux siennes comme pour protéger ces trois mots précieux. Pour les enfermer dans un baiser inoubliable. Ils sont déjà gravés en moi, mais je veux savoir leur goût, leur odeur, leur force. Dante m'embrasse comme seul lui sait le faire, avec ce parfait mélange de tendresse et de passion. Je glisse mes mains sur la peau imberbe et chaude de son visage. Faufile mes doigts dans son cou, sa nuque, ses cheveux courts et soyeux. Pour une fois, tout n'est que douceur chez cet homme. Son pull fin qui épouse ses muscles. Ses joues sans barbe. Ses lèvres charnues qui ne me brûlent pas en m'embrassant. Ses gestes si délicats.

Il me serre un peu plus fort et me renverse en arrière. Je n'ai qu'à m'abandonner dans ses bras. Il me tient. Son baiser se fait plus fougueux encore. Son émotion se mue en désir. Je peux le sentir à la tension dans son corps. À sa façon de fermer les yeux. De poser ses mains sur moi, comme s'il avait besoin que je lui appartienne, là, maintenant.

Je me redresse, tire sur son pull et faufile mes mains sous le tissu stretch. Caresse ses abdominaux dessinés, ses larges pectoraux, le grain de sa peau veloutée. Il empoigne mes fesses et me plaque contre lui. Les confidences, c'est fini. J'ai poussé Dante dans ses derniers retranchements pour le faire parler. Il s'est livré. Puis m'a fait taire, de sa plus sincère et plus belle déclaration. Désormais, c'est le langage des corps qui prend le relais. Plus besoin de mots pour se dire toutes ces choses évidentes. Nos mains qui se cherchent. Nos bouches qui se trouvent. Nos jambes qui s'emmêlent. Nos peaux qui s'aimantent.

Soudain, le Phœnix me retourne entre ses bras puissants. Je ne le vois plus. Je le sens. Il presse son corps contre mon dos. Ses mains sont partout sur moi. Ses manches un peu relevées sur ses avant-bras tatoués. Il caresse mes seins à travers mon pull. Descends et plaque sa paume entre mes cuisses. La couture de mon jean se presse contre mon clitoris qui s'enflamme. Je gémis pendant que le visage de mon amant s'enfouit dans mon cou, embrasse la peau fine de mon oreille à ma gorge, la lèche et la mordille. Il tire sur mon pull pour dénuder mon épaule qu'il s'empresse de dévorer, elle aussi. En bas, l'incendie s'allume et j'ondule presque malgré moi contre sa main dure, douce, divine. Qui s'en va.

Je soupire. Je meurs de chaud dans ce pull trop long, trop épais, trop couvrant. Mon amant le fait disparaître d'un seul geste en décoiffant mes cheveux, en électrisant ma peau, en envoyant la laine taupe valser à l'autre bout de la chambre. Aussitôt, ses mains sont sur mes seins. Mes tétons durcissent et pointent à travers le lycra blanc de mon soutien-gorge. Les doigts de Dante suivent lentement le liseré de dentelle transparente qui forme comme un cœur sur ma poitrine puis il oublie sa délicatesse, ma lingerie, pour empoigner fougueusement mes seins. Par surprise. Je gémis de plus belle. Incapable de savoir si je préfère sa douceur ou son ardeur. Ses dents s'attaquent à mes bretelles qu'il fait claquer sur ma peau puis glisser le long de mes épaules.

Chaque fois que je crois qu'il est quelque part et qu'il va y rester, il change d'avis. De direction. De sévices. Ces caresses à l'aveugle me semblent d'un érotisme fou. Tout à coup, ses mains font céder les boutons de mon jean blanc et se fraient un chemin vers mon intimité. Le farouche n'attend pas d'invitation à entrer. Il s'insinue sous ma culotte et glisse un doigt entre mes lèvres. Ce majeur expert monte et descend le long de mon clitoris en feu. Pendant que le reste de sa main caresse tout mon sexe. Je me sens à sa merci. Capable de jouir sur-le-champ.

Mais la main folle s'enfuit. Plonge encore dans ma lingerie. Et ce doigt démoniaque s'introduit en moi en m'arrachant un long cri plaintif.

– Tu m'as manqué… à l'intérieur, murmuré-je, essoufflée.

Dante grogne près de mon oreille. Se fige dans ma féminité.

– Ne me dis pas des choses pareilles, lâche sa voix rauque, presque animale.

Et son doigt ressort pour s'enfoncer encore en moi, plus loin, plus fort. Je soupire et gémis, gémis et soupire, en me mordant les lèvres.

– Tu me manques encore, le provoqué-je à voix basse.

Et mon amant piqué dans son orgueil me punit comme je le mérite. Ce n'est plus un doigt mais deux qui coulissent dans mon sexe trempé, avide, embrasé. Cette fois c'est un cri qui s'échappe de ma gorge. Et le Phœnix fier de lui me répond, plein de défi :

– Et maintenant ?

Je renverse ma tête en arrière pendant qu'il me caresse à en mourir de plaisir. Je réclame un baiser qu'il me donne, fougueux, passionné. Nos lèvres se happent et nos langues se mélangent. Je ne respire presque plus tant c'est bon, tant c'est fort, tant c'est vrai. L'amour qui se mêle au sexe me bouleverse.

Dehors, la pluie fait rage. Dedans, je me liquéfie aussi. Dante cesse de m'embrasser et me plaque contre la baie vitrée. Le froid mord ma peau brûlante. La vue sur le fleuve Missouri est renversante. Mais j'aimerais tant pouvoir me retourner et voir l'envers du décor. Le spectacle qui se joue derrière moi. L'homme en noir qui me désire, me caresse, joue avec mes nerfs et mes sens. Le brun ténébreux qui se transforme en bête sauvage. D'un coup de reins, je tente un demi-tour en poussant sur la vitre mais son corps implacable m'en empêche.

– Pas encore, Tutu… grommelle sa voix grave. Tu danseras plus tard. Pour l'instant, je vais te déshabiller. Entièrement. Et te faire jouir. Entièrement…

Je frémis à ce programme indécent. Cède à son autorité naturelle. Fonds face à son sex-appeal débordant. Dante glisse ses pouces dans mon jean ouvert et le fait descendre le long de mes jambes. Il s'accroupit derrière moi, fait passer mes chevilles et remonte en passant sa langue tout le long de ma cuisse, derrière. L'autre meurt de jalousie. Sa langue humide et chaude continue son chemin autour du galbe de ma fesse, s'arrête sur ma hanche. Et il mord dans ma chair nue et blanche, à m'en faire pousser un cri. Mélange de douleur et plaisir.

Le farouche reprend sa descente, avec ses pouces enfilés dans le lycra blanc de ma culotte. Il la glisse tout en bas et fait le chemin inverse en léchant mon autre cuisse, mon autre fesse, nue, désormais. J'ai la chair de poule. Et le feu qui brûle toujours, à l'intérieur. Je ferme les yeux pour mieux profiter de cette sensation subtile, de ces caresses mouillées, de ces lentes et déferlantes vagues de sensualité. Dante prend son temps. Il me fait languir et gémir. Et il tient délicieusement ses promesses.

Le farouche se relève encore un peu et dégrafe mon soutien-gorge avec les dents. Je sens l'agrafe céder. Le tissu blanc, tomber. Et ma nudité s'afficher aux yeux de tous, face à cette immense baie vitrée. Mais il n'y a personne à l'horizon. Pas une seule autre maison autour du ranch. Pas une voiture sur les routes, aux abords de la propriété. Pas une âme pour nous déranger. Et le fleuve est trop occupé à se déverser à toute vitesse vers les cascades de Great Falls. Comme mon sang qui s'enfuit de mon cœur déchaîné pour courir dans mes veines, palpitantes, gonflées. Tout mon corps est en surrégime, en tension, en attente. Tous mes sens en alerte. Toute ma nudité offerte.

– Entièrement déshabillée, soufflé-je à Dante, provocante. Mais il reste une autre partie du contrat…

Le brun se redresse complètement et je crois percevoir un petit rire rauque en réponse à mon audace. Alors il empoigne mes cheveux courts et tire dessus, doucement, pour amener mon visage près du sien.

– Légèrement insolente… gronde-t-il tout près.

Et il pose sa main sur ma joue.

– Plutôt impatiente… continue-t-il de sa voix virile.

Et il frôle ma bouche de son pouce.

– Et beaucoup trop insoumise, conclut-il, les yeux brillants.

Je glisse mes lèvres autour de son pouce, lentement, mon regard rivé au sien. Je suçote son doigt, le lèche, mordille sa pulpe et l'avale entièrement. Des gestes sans équivoque. Qui lui font plisser les yeux et lâcher un râle bestial.

Puis le Phœnix reprend sa main et me contrôle. Il retire son pull en un geste souple et pressé qui lui laisse les cheveux en bataille. Il me saisit par les hanches et colle son torse nu à mon dos. Je sens la douceur de sa peau contre la mienne. La dureté de ses muscles bandés contre mon corps fragile. Son érection enfermée dans son jean pressée contre mes fesses. Et je me cambre un peu pour l'aguicher davantage. Mais Dante ne se préoccupe pas de lui, de son plaisir, seulement du mien.

Sa main empoigne mon sein qu'elle pétrit, soupèse, masse, malmène. Son autre main revient épouser mon entrejambe trempé. Ses doigts, en haut, attisent mon téton. Les autres, en bas, titillent mon clitoris. Les cercles savants me font pointer, durcir, gonfler. Les caresses simultanées me donnent le tournis. Ses tatouages sombres dansent sur ma peau claire, embrasée. Mes soupirs se muent peu à peu en cris. Des flèches de désir me traversent de part en part. Des vagues de plaisir montent et redescendent, pour remonter plus haut encore, m'emporter un peu plus loin dans le vertige. Les deux doigts démoniaques de tout à l'heure s'invitent à nouveau dans mes chairs, sans prévenir. J'accueille cette brûlure avec délice. Je laisse mon amant invisible me visiter, me toucher, me transcender. Il me pénètre plus fort et sa paume experte frotte tout entière sur mon sexe. Je perds pied, je ne sais plus où donner de la tête ni pourquoi je crie. Tout mon corps se tend, vibre entre ses mains. Et le beau brun me fait jouir, comme promis, entre cette baie vitrée glaciale et lui, ardent. Mon orgasme s'envole pendant qu'il me serre. J'ai l'impression de ne plus toucher terre. De ne plus habiter ma peau. D'avoir laissé Dante se glisser sous la mienne.

Et je voudrais qu'il n'en parte jamais.

Encore tremblante, fébrile, haletante, je me retourne dans

ses bras pour me lover contre lui. Il me laisse faire, cette fois. Je me niche dans son cou, je le respire, le temps de me remettre de mes émotions. Comme si son odeur, son aura, son charisme protecteur étaient les meilleurs remèdes au tourbillon de sensations qu'il a lui-même créé en moi. Le Phœnix, à la fois bourreau et soigneur. Il est tout à la fois. Le ténébreux, intense et tourmenté, au bord des larmes tout à l'heure. L'homme tendre et délicat, qui caresse doucement mes cheveux, ma nuque, mes épaules, à cet instant, apaisant mon pouls affolé, soulageant mon souffle court. Et l'amant brut, contenu sous son armure, qui veille non loin de là, pas encore rassasié de moi.

Soudain, son plaisir étouffé, endormi, pour laisser libre cours au mien, me saute en plein visage. Je lis son appétit dans l'intensité de ses yeux noirs. Son impatience dans ses sourcils froncés, ses mâchoires contractées. Malgré la maîtrise de ses gestes doux, sensuels. Je sais que l'animal n'attend que d'être réveillé.

Je me rue sur la boucle de sa ceinture, le bouton de son jean, la braguette qui résiste. Je plonge mes mains dans son boxer tendu à l'extrême. M'empare de son sexe dur, long, qui m'impressionne comme si je le découvrais pour la première fois. Je le caresse lentement et vais frôler de ma bouche celle de son propriétaire.

– Lui aussi, il m'a manqué, soufflé-je dans un petit sourire insolent.

– Il te retourne le compliment, réplique le farouche, amusé.

Et puis il ne rit plus. Il glisse sa main dans sa poche arrière de jean, en sort son portefeuille, dont il extirpe un préservatif doré. Le Phœnix est toujours paré. Il sait aller droit au but, quand le besoin s'en fait sentir. Je lui arrache des mains et déchire l'emballage, m'occupe du reste. Descends son jean et son boxer sur ses jambes musclées, me retrouve en tête-à-tête avec son intimité, fièrement dressée. J'hésite une seconde à le déguster mais il y a plus urgent, plus impérieux, plus évident.

Alors je saute sur mes pieds, de toutes mes forces, et me

jette contre le corps de mon amant. Je m'agrippe à ses larges épaules, enroule mes jambes haut sur sa taille. Dante plisse les yeux comme j'aime tant, à la fois surpris de mes initiatives, et pas tant que ça. Il s'empare de mes cuisses. Me plaque contre la vitre fraîche qui me frappe à nouveau. Il pleut toujours autant dans mon dos, de l'autre côté. Mais pas assez pour éteindre l'incendie, ici.

Le tatoué me tient fermement et plonge son regard noir dans le mien. Je sens que l'heure a sonné. Que sa patience a suffisamment été éprouvée.

Son sexe frôle mes fesses, en dessous. À la seconde suivante, il est en moi. Tout au fond. Son coup de reins me coupe le souffle. Et il reste logé dans ma féminité qui brûle. Comme pour savourer cette sensation inouïe qui me renverse aussi. Je voudrais qu'il reste là pour l'éternité. Mais je meurs d'envie qu'il s'en aille pour recommencer. Je tergiverse mais pas lui. Dante se retire et me pénètre à nouveau, encore un peu plus fort, un peu plus loin. Je perds pied. M'accroche à ses cheveux, lui griffe le dos, enfonce mes talons dans ses fesses bombées pendant qu'il me percute encore. Nos corps s'épousent et nos fronts se reposent l'un sur l'autre. Nos bouches se trouvent parfois et se quittent. Mes seins s'écrasent sur son torse pendant qu'il enfonce ses doigts dans mes cuisses. Nos sexes fusionnent et nos peaux claquent de se retrouver. Il accélère la cadence, me prend, me laisse, me fait rebondir sur sa virilité qui me transperce. Il me comble comme personne. Écarte encore un peu mes cuisses pour gagner du terrain. S'engouffre dans mes profondeurs, là où jamais aucun homme n'est allé. Il soupire, grogne, râle. Je souffle, gémis, crie. Et nos orgasmes explosent comme si l'on ne faisait plus qu'un.

L'insoumis, l'insoumise, réunis.

Enfin.

23

De l’ombre à la lumière

Légère. Libérée. Vivante. La liste pourrait continuer ainsi, peut-être jusqu’à l’infini.

C’est ce que je ressens en me réveillant dans ses bras, ce matin. Impossible de savoir quelle heure il est et j’adore ça. Je pose mes lèvres sur le phœnix gravé sur sa peau, mon ténébreux ouvre un œil noir, puis le second. Sourcils froncés, puis levés. Je ris doucement, un sourire insolent s’esquisse aux coins de sa bouche et je devine que sa liste à lui est tout aussi longue que la mienne. Les ombres de la veille l’ont quitté.

– Salut Soleil… murmure-t-il en s’étirant.

Cette voix rauque… un peu cassée. Et cet immense corps sculpté… terriblement nu.

– Salut Phœnix, chuchoté-je en l’embrassant dans le cou.

– Ce tatouage, je savais qu’il allait faire craquer les filles… souffle-t-il en me serrant contre lui.

– Je suis la seule, grondé-je en lui pinçant la peau.

Il gémit et emprisonne mes mains pour m’empêcher de recommencer.

– Quoi ?

– Je veux être la seule, Dante, insisté-je.

– Tu *es* la seule, Tutu.

– Parce que je ne sais pas partager, affirmé-je.

– Ce n’est pas ce que je te demande.

– Tant que c’est clair entre nous…

– Limpide, sourit-il.

Il dépose un tendre baiser sur mes lèvres, puis me chuchote gravement à l'oreille :

– Et si tu crois que je laisserais qui que ce soit poser une seule main sur toi… Tu rêves, Tutu. Et ça, depuis le premier jour.

– Possessif, Salinger ?

– Tu m'appartiens, résonne sa voix virile. Je ne peux pas faire autrement.

Nos yeux se retrouvent à cet instant. Tant d'intensité dans les siens.

– Je n'appartiens à personne, rétorqué-je en caressant sa joue. Je suis une insoumise.

– Et moi un insoumis. Et pourtant, quand on aime, on appartient forcément à quelqu'un…

– « Quand on aime », répété-je en sentant mon cœur danser, à l'intérieur.

Ses bras de fer se referment sur moi, sa bouche retrouve le chemin de mon corps et je m'enivre de son odeur, de sa peau, de ce désir qui nous dépasse, nous transporte.

J'ai désormais une certitude : je lui appartiens.

***

Je me suis rendormie, épuisée par son insatiabilité… et la mienne. Lorsque je me réveille pour la seconde fois aujourd'hui, il est presque midi. Et plus personne ne partage mon lit. Son lit. Bref, on a compris. Je suis seule. Touteseule.

Sur l'oreiller qui sent son odeur, un petit mot.

« Le café t'attend. Et moi aussi. »

J'embrasse stupidement ce tas de plumes qui n'a rien demandé, saute sur mes pieds, enfile la première fringue que je trouve par terre, son pull noir et fin qui me fait une robe courte. Avec rien en dessous. Je file en courant en direction des escaliers. Dans ma précipitation, je loupe une marche et frôle la catastrophe. Le mur me rattrape in extremis, mais mon cœur bat à tout rompre. J'aurais pu me briser quelque chose. Le genou. L'autre, celui qui n'est pas traversé par des broches, des plaques, des vis.

Calme tes ardeurs, Solveig. Ou tu finiras en morceaux...

Voilà ce que me dit la voix (pénible, radoteuse et donneuse de leçon) de la raison, là-haut. Et elle ne parle pas de mon genou, mais du brun ténébreux en direction duquel je me précipite à nouveau.

Vis plus vite, plus fort, laisse tes doutes, tes craintes, ta culpabilité derrière toi !

C'est cette voix que je choisis d'écouter. Celle qui vient du cœur. La rebelle, la téméraire, l'insoumise.

– Tu en as mis du temps... m'accueille la voix de velours lorsque j'entre enfin dans la cuisine chromée.

– Tu n'avais qu'à pas autant me fatiguer, lancé-je à mon amant, en acceptant le mug de café qu'il me tend.

Adossé au plan de travail, il me fixe de son regard intense et gourmand. Je le contemple, ces foutus papillons battant des ailes dans mon ventre. Dante a pris une douche, je reconnais son odeur d'agrumes et de menthe. Contrairement à moi, il s'est habillé : jean noir et T-shirt gris clair, sobre mais efficace.

– Pancakes ou gaufres ? me demande le tatoué.

– Les deux ! Avec des œufs ! Du bacon ! Et un litre de sirop d'érable !

– C'est parti...

Il sort toute une panoplie de casseroles et de poêles, ouvre le frigo, en sort une tonne de victuailles. Excitée, je me rapproche en faisant de petits entrechats, me hisse sur mes bras et m'assieds directement sur le plan de travail, tout près de lui.

– Pas plus près, dit-il avec un sourire en me découvrant là.

– Parce que le feu ça brûle, c'est ça ? me moqué-je.

– Quelque chose comme ça, oui.

– Je sais, je m'y suis frottée toute la nuit...

Il lâche un petit rire guttural en passant la main dans ses cheveux, me jette un regard en coin, puis retrouve toute sa concentration.

– Tu es allé faire des courses ? réalisé-je soudain. D'où vient toute cette nourriture ?

– J'ai appelé notre fournisseur habituel, m'explique-t-il en cassant des œufs. Livraison dans l'heure.

– Ça doit être pratique d'être riche…

– Parfois, ça aide, confirme-t-il.

Encore une chose que j'ignorais sur lui : Dante Salinger est un vrai cordon-bleu. Les pancakes sont fondants, les gaufres craquantes, assorties de fruits frais, le bacon croustillant et les œufs moelleux m'arrachent quelques gémissements incontrôlés. Je dévore mon assiette sous ses yeux amusés. Lorsque l'inconscient me pique mon dernier bout de bacon, je grogne et brandis ma fourchette :

– Je peux tuer pour moins que ça…

– Tout doux, je me rends ! lâche-t-il en levant les mains.

– Je suis sûre que tu n'as jamais vu une femme qui aimait manger. Pas picorer. Pas croquer dans une asperge et laisser son pain de côté. Non, *manger.*

– Tu as déjà rencontré ma sœur ?

– Calliopé ? Elle est comme moi ?

– Disons qu'elle dévore, explique-t-il tendrement. Tout. La vie en général. Il faut dire qu'elle a pas mal de temps à rattraper…

Je m'apprête à creuser, à poser des questions difficiles, délicates, mais le visage lumineux et apaisé du Phœnix me fait changer d'avis. Sa joie de vivre me réchauffe le cœur, ce matin. Alors je ne l'attire pas dans ses ténèbres.

– Tu m'emmènes le voir, ce fleuve ? proposé-je soudain.

– Si tu veux…

– Je veux ! m'écrié-je en quittant ma chaise.

– C'est de l'eau, Tutu. Juste de l'eau. Pas de quoi faire des claquettes… se marre-t-il en attrapant son appareil photo.

Je découvre en mettant les pieds dehors que le soleil est revenu et que l'air est chaud, presque lourd. J'étouffe un peu dans ma robe-pull mais sautille tout de même jusqu'aux berges verdoyantes du Missouri, à seulement quelques dizaines de mètres de la façade arrière du ranch. Dante me suit, en lâchant quelques soupirs, entrecoupés de son petit rire sexy. Je le désespère autant que je l'amuse, je crois. Et ça me va.

Arrivée au bord de l'eau, je retire ce vêtement sombre qui me colle à la peau et me tourne, entièrement nue, vers l'homme-oiseau qui me mitraille.

– Personne ne peut nous voir ici ? demandé-je quand même.

– Personne.

– Alors tu penses à ce que je pense, Phœnix ? ajouté-je d'une voix faussement dramatique.

– On a une piscine, Tutu.

– Non, je veux me confronter à la nature !

– Il y a du courant, rétorque-t-il.

– Lâche ton appareil photo et viens avec moi, Dante !

Son regard sombre plonge dans le mien… et s'éclaire. Son grand corps baraqué s'agite alors sous mes yeux, pour se déshabiller. Une fois en boxer gris, Dante hésite une seconde puis le retire aussi. Mon bel insoumis me rejoint et saisit ma main.

– Ne me lâche pas. Pas une seule seconde, compris ?

Je lui souris, hoche la tête et nous sautons, mains et cœurs liés dans l'eau… glaciale. Je hurle comme une bête, il rit comme je ne l'ai jamais entendu rire. Alors je ris aussi, tout en m'égosillant et en insultant la terre entière. Le courant tente de m'emporter, mais mon amant me retient contre lui, sans jamais me lâcher.

Ce que les gens passent toute une vie à chercher… J'ai l'étrange sensation de l'avoir trouvé.

– Je ne sens plus mes pieds ! m'écrié-je soudain, prise de panique.

Dante se marre de plus belle, puis me hisse sur la berge.

Il sort de l'eau et m'enveloppe dans ses bras. Puis glisse son pull autour de mes épaules. Je claque encore des dents, lâche des *« cons »* à profusion lorsque nous prenons la direction du ranch. Mes jambes ont été engourdies par le froid, je peine à marcher droit. Le farouche le remarque, me soulève du sol et m'emporte en accélérant le pas.

Il change ses plans au dernier moment. Plutôt que me déposer sur le seuil de la maison, Dante prend la tangente et nous fait pénétrer dans l'ancienne écurie. Changement radical de décor : bienvenue dans le spa Lazzari. Des fragrances de fleur d'oranger et d'huiles essentielles viennent me chatouiller les narines. Mais je n'ai pas franchement le temps de m'émerveiller puisque, sans me demander mon avis, le salaud me balance dans le jacuzzi.

– Tu pourrais prévenir, j'ai bu la tasse ! toussé-je dans sa direction.

– Pas le choix Tutu, tu devenais bleue…

Je dois reconnaître que l'eau tiède me fait déjà du bien. Dante entre à son tour dans le petit bassin, saute à côté de moi d'un geste souple et gracieux et actionne un bouton. L'eau devient rapidement chaude… très chaude… brûlante. Mes membres reprennent vie et je soupire de bonheur, sous les yeux brillants de mon brun ténébreux.

– Dante… Merci de m'avoir sauvé la vie…

– Je t'en prie. J'en ai eu pour mon argent, j'ai rarement autant ri, réplique-t-il en souriant insolemment.

***

On devrait probablement reprendre la route, mais les tentations sont nombreuses, ici.

Tandis que je m'avachis dans le salon devant un vieux thriller qui repasse sur une chaîne du câble, Dante me concocte un plat italien à base de pâtes fraîches, d'aubergines et de parmesan. Nous le dégustons lovés l'un contre l'autre sur le grand canapé, comme un vieux couple toujours autant épris l'un de l'autre après des dizaines et des dizaines d'années. Étrange impression d'évidence.

Histoire de rajeunir de quelques décennies, nous finissons à moitié nus, imbriqués et transpirants, toujours sur ce même canapé.

Le téléphone de Dante sonne et nous extrait de notre douce torpeur. Mon ténébreux répond, la voix légèrement enrouée par notre dernière activité, me chuchote que Wanda Deeter est à l'autre bout du fil et actionne le haut-parleur.

– Wanda ! m'exclamé-je. Comment va notre Morue ?

– Oh, elle se porte à merveille ! me rassure la vieille dame de Chicago. Quel amour, ce chien !

– Et sa patte ? s'enquiert Dante.

– Toujours plâtrée, mais elle s'est déjà bien remplumée !

– Formidable, sourit mon amant. Elle n'aurait pas pu espérer mieux que la vie que vous lui offrez, je crois.

– Et le gros Phœnix ? demandé-je en me souvenant du monstre aux yeux globuleux. Toujours amoureux ? Il n'essaie pas trop de la grimper ?

– Oh, il essaie, il essaie, glousse la vieille dame. Les hommes, vous savez…

– Oui. Surtout les hommes-oiseaux… répliqué-je en fixant mon voisin.

Il me fusille du regard, puis regarde ses pieds en se retenant de rire.

– Pardon ? réagit la millionnaire, un peu perdue.

– Non rien, me coupe Dante. Solveig a des petites absences, parfois. Mais merci de nous donner des nouvelles, Wanda. Et de prendre soin de notre petite protégée. Elle a eu un début de vie chaotique mais grâce à vous, elle va tout oublier.

Je revois des images de notre joli chien maigre, courant dans ce grand domaine, la queue au vent, la bouche grande ouverte, presque comme si elle souriait. Et mon cœur se serre. Même lorsque je repense à son haleine fétide.

– Elle me manque, soufflé-je à Dante.

– Elle *nous* manque, répète-t-il à Mrs Deeter, l'air touché lui aussi.

L'amoureuse des animaux nous promet de rester en contact, puis raccroche en nous annonçant que c'est l'heure de la gym. Pas la sienne. Celle des chiens.

– Elle est complètement folle, sourit le ténébreux. Et complètement géniale.

– Tu pensais ce que tu as dit ? lui demandé-je alors.

– À quel sujet ?

– Que grâce à l'amour, on pouvait tout oublier ?

Ses beaux yeux noirs se plissent, mais son visage reste serein, empreint d'une grande douceur.

– Je ne sais pas… souffle-t-il. Je n'ai jamais testé. Mais j'essaie d'y croire. Je veux y croire.

– Je pourrais tester avec toi, alors, lui glissé-je à l'oreille.

– Oui. Faisons ça.

Je m'abandonne à ses bras musclés, tatoués, si puissants, si protecteurs. Et repense à tout ce qu'il a subi.

– Dante ?

– Hmm ?

– Je ne sais pas si tu es prêt à en parler…

– De mon enfance ?

– Oui.

Son grand corps se tend légèrement, mais sa voix chaude m'encourage.

– Vas-y.

– Pourquoi tu ne l'as jamais dénoncé ? Ton père, murmuré-je. Quelqu'un aurait pu l'arrêter, vous protéger…

– Parce qu'il tenait tout le reste de ma famille en otage… et qu'il le fait toujours. C'est comme ça qu'il nous enferme dans le silence : en gardant toujours sa prochaine victime sous le bras.

– En ce moment, c'est…

– Ma mère, souffle à peine sa voix.

Je déglutis difficilement. Lui regarde ailleurs, pour ne pas affronter mon regard. Ma peine. Ma douleur. Il a suffisamment à faire avec les siennes.

– Depuis tout ce temps… Pourquoi est-ce que la pièce est restée intacte ?

– La salle des tortures ? grogne-t-il en l'évoquant.

– Oui. Je veux dire… Elle ne sert plus, j'imagine ?

– Non, plus depuis des années. Mais pour mon père, elle contient probablement de bons souvenirs, il refuse qu'ils soient effacés. Il doit se sentir tout-puissant en revoyant les traces de notre souffrance. Et c'est un moyen de nous rappeler qui est le maître, dans cette maison. Et dans toutes les autres…

– Mais c'est aussi dangereux pour lui ! Il aurait pu faire disparaître toutes ces preuves pour se protéger…

– Ça prouve à quel point il est taré. Et à quel point il se sent à l'abri de tout. Vito est persuadé que rien ne lui arrivera jamais.

Cette éventualité me donne la nausée. Ce bourreau doit payer. On ne touche pas à un enfant. Pas aux gens qu'on est censé aimer, protéger. Même pas à ceux qu'on déteste. Je hais cet homme qui a fait tant de mal à celui que j'aime.

– Je pourrais prendre la pièce en photo, moi. Et les montrer à…

– Non, Solveig. Tu ne feras rien de tel.

Son ton était ferme, sans équivoque. Je caresse tendrement la joue de Dante, il ne parvient toujours pas à me regarder en face. Il se replie, comme à chaque fois qu'on évoque son passé.

– Il y a autre chose que je ne comprends pas, avoué-je soudain.

Il soupire, passe la main sur sa barbe naissante et hoche la tête.

– Pourquoi travailler pour lui ? Tu t'es échappé, tu es libre, pourquoi t'infliger ça ?

– Parce que ma mère, Calliopé, Andrea : ils sont encore prisonniers ! Et parce que je cherche à le faire couler depuis des années. Pour ça, j'ai besoin de le surveiller de près.

– Comment ça ?

– C'est compliqué, long à raconter…

– J'ai tout le temps, Dante.

Ses yeux dans les miens, enfin. Son obscurité dans ma lumière.

– Tu te souviens qu'à 15 ans, je me suis barré ?

– Oui.

– J'ai tout fait pour garder un œil sur mon frère et ma sœur, pour rester en contact, les protéger à distance, mais c'était compliqué. Mon père ne les maltraitait plus physiquement, mon départ l'avait un peu calmé. Pour ma mère, je ne pouvais rien faire. Elle était trop proche de Vito pour que je puisse agir. Elle, il la traitait encore comme un chien.

– Quelle horreur… soufflé-je.

– À 25 ans, je suis revenu parce qu'elle m'a appelé un jour en pleurs. Elle était en sang. Je m'étais à peu près reconstruit, j'étais photographe, j'avais du fric, du succès, ma liberté… J'étais cabossé mais ça allait.

– Sauf qu'on n'ignore pas un appel au secours venant de sa mère… deviné-je.

– C'est ça. Alors je suis allé trouver mon père, lui dire que je revenais. Vito a daigné « m'ouvrir les bras », grommelle le Phœnix. Mais uniquement si j'acceptais mes responsabilités : me donner corps et âme pour l'entreprise familiale.

Là, Dante lâche un rire noir, sombre, torturé.

– C'était le prix à payer pour tous les retrouver, tu comprends ? Donc j'ai tout accepté. Je suis devenu photographe officiel de la marque et directeur adjoint.

– Et ta mère ?

– J'ai veillé sur elle comme je pouvais, je me suis tenu à carreau pour ne jamais énerver Vito. Ne jamais le provoquer, parce que dès que quelque chose le contrariait, c'est elle qui prenait. La dernière fois que je l'ai vu la frapper, il y a deux ans, j'ai composé le numéro des flics. Ma mère m'a arraché mon téléphone des mains et m'a interdit d'en parler à qui que ce soit.

– Quoi ?

– J'ai compris qu'elle était trop fière. Qu'elle avait trop honte. Et que je ne pourrais jamais le faire couler pour toute cette violence. Il fallait que je trouve autre chose.

– Mais il faut le stopper ! m'écrié-je. Pour de bon !

– J'étais à deux doigts de le faire, Sol… murmure le ténébreux.

– Quoi ? Comment ?

Dante se lève et fait quelques pas, jusqu'à la fenêtre qui donne sur le Missouri. Il pose son front contre la vitre, ses larges paumes sur les battants et continue son récit :

– J'espionne mon père depuis des années. J'ai découvert qu'il magouillait, détournait des fonds, faisait bosser des mineurs, se fournissait en Chine et non en Italie comme il le prétendait, escroquait tout un tas de gens… et j'en passe. J'ai toutes les preuves nécessaires, et même plus, pour le faire emprisonner à vie.

– Qu'est-ce que tu attends ?!

Il pivote, me fixe de son regard intense, puis se tourne à nouveau vers le ciel.

– J'allais contacter le FBI le jour où… Andrea… Preston…

– Ah.

– Depuis ce jour, je suis obligé d'attendre.

– Parce qu'Andrea a besoin de ton père pour s'en sortir, deviné-je, amère. Vito est assez influent pour lui éviter le pire…

– C'est atroce, je sais. Et je ne devrais pas te dire tout ça, souffle le tatoué. Mais c'est mon frère. Et il en a tellement bavé…

Sous le choc, assommée, épuisée, tiraillée entre mes sentiments pour lui et mon dégoût de tout ça, je me lève et m'apprête à sortir de la pièce.

– J'ai besoin d'être un peu seule, murmuré-je dans sa direction.

– Je ne t'ai pas tout dit, Solveig.

J'inspire. Hésite à m'éloigner, mais reste. Les pieds

embourbés dans ce sol qui s'apprête à se creuser sous mes pieds.

– J'étais dans la voiture, affirme la voix rauque.

Dans la voiture...

Le sol s'ouvre, ça y est. Je m'y enfonce. Et ma respiration se bloque.

– J'étais sur le siège passager.

Des étoiles défilent, devant mes yeux.

– Personne n'est au courant. Andrea m'a supplié de partir. Pour que je ne sombre pas avec lui. Je n'avais rien, pas une égratignure alors je me suis enfui avant l'arrivée des flics. Il le fallait. Je devais protéger ma mère et ma sœur.

Sa voix s'éteint, la mienne s'élève.

– Tu l'as laissé conduire... Ivre...

– Solveig...

– Et tu as vu mon mari mourir.

IV

Passion secrète

24

Avec ou sans lui

Il était dans la voiture. Il a laissé son frère conduire. Et il a vu mon mari mourir. Ces nouvelles données s'entrechoquent à l'infini dans mon esprit qui refuse de les assimiler. « J'ai besoin d'être seule », je lui ai répété avant de partir. Le Phœnix n'a pas bronché. Est-ce que j'aurais aimé qu'il me retienne ? Pas sûre. Qu'il essaie, au moins ? Peut-être. Mais il ne l'a pas fait. Et je ne veux même pas réfléchir au pourquoi. Alors je descends les escaliers, cours dans les couloirs interminables du ranch, trouve les clés du SUV dans l'entrée, traverse la grande cour pavée dans l'obscurité, et je me mets à rouler. Seule. Essoufflée. Dans cette voiture de luxe que j'ai presque volée, je quitte la somptueuse propriété des Lazzari et je rejoins l'*Interstate 15*, qui appartient à tout le monde. Un tout petit peu à moi. Je conduis de longues minutes dans la nuit. Seule. Secouée. Assez stupide pour actionner les essuie-glaces alors qu'il n'y a pas une goutte de pluie sur le pare-brise. Juste un torrent de larmes devant mes yeux.

Je roule encore sans savoir si je viens de reprendre la route sans lui. Je pourrais continuer comme ça jusqu'à Seattle. Je suis sûre que Dante me laisserait faire. Ne m'appellerait pas. Ne chercherait même pas à me rattraper. Il a une trop haute estime de la liberté. Il ne réclamerait ni explications ni sa bagnole de luxe. Il disparaîtrait de ma vie comme il s'y est glissé. Sans prévenir, sur la pointe des pieds. De sa démarche nonchalante et sexy qui m'a hypnotisée il y a plus de deux semaines.

Plus je le vois s'éloigner et moins je pars. Je n'arrive pas à me décider. À rouler vite, pour le laisser derrière moi. Loin. J'ignore combien de temps je conduis mais j'ai l'impression de freiner. Le SUV se met à tournoyer. Je perds le contrôle avant même de le réaliser. Je fais un tête-à-queue, me retrouve à contresens sur l'autoroute et me fais percuter de plein fouet. Je ressens le choc d'une violence inouïe. Je ne suis plus qu'une poupée de chiffon prise dans un tourbillon. J'ai l'impression de pouvoir entendre tous mes os se briser, sentir tous mes organes exploser et mon sang se déverser. Mais je ne vois pas ma vie défiler. Est-ce que c'est bon signe ? Je me laisse happer, j'abandonne, je ne me cramponne plus, je ne crie pas, j'attends la fin. Impuissante, résignée. Après une dizaine de tonneaux à une vitesse folle, la voiture s'immobilise. Sur le toit. Maintenant que tout le fracas de tôles assourdissant a cessé, je ne suis plus certaine d'entendre correctement. Est-ce que je suis blessée ? Paralysée ? Morte, peut-être ? Je ne ressens ni douleur ni émotions. Le grand néant. Tout doucement, je bouge les orteils. Les mains. Tourne la tête sur le côté. Sans même l'avoir décidé, je me hisse hors du SUV par une des vitres brisées. Il fait nuit noire. Seuls les phares encore allumés éclairent cette scène d'horreur. De la ferraille, des pneus et du verre partout. Des affaires éparpillées. Des bouts de vie et des bouts d'humain. C'est insoutenable. Je m'avance, lentement, sans réaliser que je marche, sentant les larmes et le sang se mélanger sur mon visage. Une autre voiture broyée gît plus loin, comme un animal mort allongé sur le côté. J'approche encore, tout en me hurlant silencieusement de ne pas y aller. Des bruits de pas saccadés me font tourner la tête. Ma nuque me fait horriblement mal. J'aperçois une silhouette qui court. Je crois. Je pensais qu'il venait vers moi mais il s'éloigne. Et disparaît tout au fond de la nuit. Je rejoins l'amas de tôles écrabouillées et tombe à genoux devant l'impensable. L'irregardable. L'homme qui a jailli à travers le pare-brise pour venir s'écrouler ici, son beau visage en sang et ses yeux sombres si vides…

– Preston, crié-je d'une voix blanche.

Mais ma bouche ne produit aucun son. Je laisse éclater mon impuissance au milieu de la nuit, face à la mort. Et je me réveille en sursaut. Me dresse sur le lit comme un ressort. Je porte mes mains tremblantes à mon visage : ni larmes, ni sang. Juste la sueur froide d'un cauchemar terrible. Je me précipite dans la petite salle de bains, allume le néon d'un jaune criard et me fixe dans le miroir. Je halète, les cheveux en désordre et les yeux écarquillés. Je me frotte les joues, m'asperge d'eau fraîche, tente de retrouver mon souffle et le sens des réalités. Je vais bien. Je n'ai pas vu mon mari mourir. Je n'ai pas vu Dante s'enfuir. Je n'étais pas là. J'ai tout inventé. Recréé. Revécu. Au décor qui m'entoure, je comprends enfin.

J'ai roulé jusqu'à Wolf Creek, hier soir. « Le ruisseau du loup », ça m'a semblé un nom de ville intéressant. Quelque chose entre le conte pour enfant et le film d'horreur. J'ai tenté de reprendre la route, seule, mais je ne pouvais pas m'éloigner de Dante, de son ranch, de son passé tourmenté et de son ultime aveu. J'aurais dû le fuir mais je me suis arrêtée dans le premier *Bed & Breakfast* que j'ai trouvé. Une dame sans âge, au rez-de-chaussée, m'a donné la clé d'une chambre à l'étage, avec un porte-clés en forme de chat roulé en boule. Kitsch à mourir. Il faisait déjà bien nuit, je me suis écroulée sur le lit et j'ai sombré.

Je retourne dans la petite chambre au mobilier suranné. Tête de lit rustique en bois orangé. Commode assortie recouverte d'un napperon brodé qui retombe de chaque côté. Des figurines de chats assis, ou qui jouent sur le dos, bêtement immobiles. Une sorte de saladier en verre plus vraiment transparent qui contient un pot-pourri… pourri depuis bien trop longtemps. Et des rideaux innommables. Rouges, verts, jaunes, mélange indescriptible de feuillages et d'animaux sauvages. Tout est vieux, dans son jus, mais propre. Il existe des endroits sans charme, sans âme. Celui-ci a dans son décor immonde quelque chose de chaleureux, d'habité. Quelqu'un a mis tout son cœur dans cette décoration. Pour que ses hôtes se sentent « comme à la maison ». Martha, la vieille fille seule qui aime les chats. Je suis quelque part un peu elle, elle est sans doute un peu moi. Ce *Bed & Breakfast* est aux hôtels ce que ma Chevy fut au monde automobile. Une merveille. Une vieillerie. Une mocheté incomprise.

Je m'affale à nouveau sur le lit défait mais refuse de fermer les yeux à nouveau. Je ne veux pas revoir l'accident, la tôle, le visage en sang de mon mari mort. Dante qui quitte les lieux comme un lâche, même avec toutes les bonnes raisons du monde. Après avoir laissé son frère, ivre, foncer tout droit dans la voiture d'un type qui n'avait rien demandé. Combien de mauvais choix a-t-il fallu pour briser tant de vies ? Deux, trois ? Ça ne prend que ça. Un verre de trop. Un petit frère à qui on ne peut rien refuser. Une pédale un peu trop appuyée. Un feu orange foncé qu'on pense pouvoir passer. Une fuite, décidée en quelques dixièmes de seconde, pour limiter les dégâts, parce qu'on pense encore qu'on peut sauver le monde, qu'on doit le porter à bout de bras.

La culpabilité m'étreint encore, me serre le cœur et m'empêche de respirer. Chaque fois que l'homme au Phœnix me fait une nouvelle révélation sordide, je lui trouve des excuses. Chaque fois que la raison me crie de le fuir, je m'attache à lui, un peu plus. Chaque fois que je devrais le détester, je me hais, moi, de tant l'aimer.

Je reste étendue sur le lit, à fixer la fenêtre et les rideaux multicolores, à m'empêcher de dormir et de cauchemarder, à attendre que le jour se lève de l'autre côté. En cette fin de mois de septembre, le soleil est encore matinal. J'attends patiemment qu'il émerge, calcule le décalage horaire entre le Montana et Cleveland, où vit mon frère. Il est dans les six heures du matin ici, donc dans les huit chez lui. Je l'appelle. Jonas ne décrochera sûrement pas, mais j'ai besoin d'entendre une voix familière. Celle de son répondeur me suffira. Celle de quelqu'un qui ne sait rien, ne me demandera rien. Ali et Phoebe comprendront à ma voix que ça ne va pas. Elles me harcèleront de questions, de conseils. Ce sera gentil, mais je n'ai pas envie qu'on soit gentil avec moi. Là, je ne peux pas. Et je ne peux pas non plus décemment aller parler à cette pauvre Martha.

– Allô ? marmonne une voix enrouée de sommeil.

– Merde, le con ! Jo !

– Tu m'appelles juste pour dire des gros mots ? baragouine-t-il encore.

– Non, pardon, je ne pensais pas que tu décrocherais !

– Donc tu me téléphones en espérant que je ne réponde pas, c'est ça ?

– Mais pourquoi tu l'as fait ?! l'engueulé-je à moitié.

– Parce que quand on m'appelle si tôt, c'est qu'il y a un problème.

– Il n'est pas *si* tôt que ça… ajouté-je pour m'excuser.

– Ou que quelqu'un est mort.

– Pas moi !

– Tant mieux. Je n'aurai pas de troisième enterrement à organiser.

– C'est moi qui ai tout fait pour papa et maman…

– Pas faux, admet-il. Mais c'était quand même chiant.

– Voilà voilà…

– Tu voulais me dire quelque chose, Sol ?

– Désolée, je n'ai rien préparé.

– Je sais que je n'ai pas été un bon grand frère… Mais je t'ai dit que j'essaierai, non ? Que j'allais changer. Et là, c'est moi en train d'essayer, tu vois ? J'ai décroché. Il faut que tu fasses l'autre moitié.

– Merci…

– Ne me remercie pas, petite sœur. Parle-moi.

– Je ne suis pas sûre que ça t'intéresse…

– Si ça parle de baseball ou de sexe, tu as une chance, lance-t-il au bout du fil.

J'imagine mon frère chez lui, en T-shirt blanc jauni et caleçon défraîchi, comme chaque nuit depuis plus de vingt ans, avec son épi blond au sommet du crâne, comme chaque matin depuis le même laps de temps. Et ses deux uniques loisirs, le sport et les filles. À 30 ans passés, il ne pratique ni l'un ni l'autre. Il se contente de regarder. Je ne sais rien de lui mais je connais Jonas par cœur. Et même sans le voir, ce crétin m'attendrit.

– J'ai fait un *touchdown* avec un mec de l'équipe adverse, improvisé-je.

– Cette phrase n'a absolument aucun sens ! réplique-t-il en retour.

– C'est bien ce que je me disais.

– Tu traduis, Sol ? Laisse tomber le base-ball, surtout que le *touchdown,* c'est au football.

– Oui, OK… Bon, j'ai rencontré un type qui est impliqué dans la mort de mon mari. Enfin, mon ancien mari. Celui qui est mort. Mais je ne me suis pas remariée, hein ? Ce n'est pas ce que je veux dire.

– Il est huit heures du mat', il faut que tu m'aides un peu, là…

– Désolée, je m'embrouille. C'est juste que ce type, Dante, il me fait craquer. Alors qu'il est lié à la famille contre laquelle je suis censée me battre. Pas physiquement, hein ? Je ne me suis pas encore mise aux combats de rue. Mais me battre au procès, quoi. Pour Preston. Bref, c'est de moins en moins clair, non ?

– OK, tu étais dans un magasin de bonbons… On t'a dit « Tu peux tous les goûter sauf celui-là, il pique ! » Et c'est exactement ce bonbec que tu as fourré dans ta bouche, en cachette.

– Je n'aurais pas dit « fourré dans ma bouche », mais la métaphore est là… avoué-je, gênée.

– L'interdit a toujours meilleur goût que le reste, qu'est-ce que tu veux y faire ? me balance mon frère sur un ton résigné. C'est comme avec le porno, tu peux regarder tout ce que tu veux sur le Net, mais tu vas toujours chercher le plus…

– Jo ! Lalalalala, fais-je à haute voix pour couvrir ses paroles.

– Ah, trop de confidences ?

– Je ne suis pas sûre qu'on soit vraiment prêts pour ces coups de fil frère-sœur, grimacé-je.

– Ouep… Il va nous falloir un peu d'entraînement, peut-être.

– Voilà voilà… On réessaye une prochaine fois ?

– Un peu moins tôt, Sol, s'te plaît. Je serai meilleur.

– J'y penserai.

– Bonne chance avec ton bonbec qui pique.

– Merci ! Bonne journée avec… ce que tu veux.

– Je ne regarde pas du porno *tout le temps*, me précise-t-il à tout hasard.

– Salut, Jonas !

– OK, bye !

Je raccroche et j'étouffe un rire contre mon téléphone. Je ne voulais pas m'épancher. Je ne me doutais pas une seconde qu'on aurait cette conversation improbable, à cette heure si matinale. Mais contre toute attente, elle m'a fait du bien. Et je réalise que rien, dans ma vie, n'a jamais été « normal ». Ni ma famille. Ni mon enfance. Encore moins ma vie d'adulte, mon mariage, mes drames, ce *road trip*.

C'est toute mon histoire qui pique.

Et le goût de mon bonbon préféré me revient sur la langue. Oui, il pétille, me surprend, réveille tous mes sens. Mais pas seulement. Il me réchauffe, m'apaise, comme le sucre dont on s'est privé trop longtemps. Il est un peu amer, inconnu, comme la bière ou le café les premières fois qu'on en boit, pour faire comme les grands. Un peu difficile à aimer. Mais on sait déjà qu'on ne pourra bientôt plus s'en passer.

Alors je m'assieds au bout du lit, jambes pendantes, pianote sur mon téléphone et envoie un message à Dante, sans réfléchir ni me relire.

[Je ne suis pas partie. Pas vraiment.
Pas encore. Ne t'inquiète pas pour moi.]

[Trop tard.]

[J'ai besoin de faire une pause.]

[Je sais.]

[Tu fais quoi ?]

[Je t'attends.]

[Je ne sais pas si je vais revenir.]

[Je comprends.]

[J'ai besoin que tu arrêtes de me mentir.]

[Je ne mens pas, je me tais.
Les mots ne sortent pas. Mais je
me soigne, avec toi. J'essaie.]

[Tu as d'autres choses à me dire ?]

[Non, c'était la dernière fois.]

[Si, des tas d'autres choses.]

[Comme quoi ?]

[Pas comme ça.]

[Dante…]

[Reviens, Tutu.]

[Je ne sais pas.]

[J'ai soupiré. Ça compte comme
une chose que j'ai dite ?]

[Non.]

[Là je me tais mais je fronce
les sourcils. Ça dit plein
de trucs, non ?]

[Toujours pas.]

[Je sais que tu détestes ça.]

[Quoi ?]

[Mes sourcils froncés.
Mes mâchoires serrées.
Mes silences.]

[Il n'y a rien que je déteste chez toi.]

[Malheureusement pour moi.]

[Je peux t'attendre
encore un peu, alors ?]

[Tu n'as pas de voiture, de toute façon.
C'est l'âme de ma Chevy qui se venge
de ton abandon. Tu es perdu dans
un ranch au milieu du Montana.
Même les gardiens ne sont pas là.
Tu ne peux aller nulle part sans moi.]

[Être prisonnier,
je connais ça par cœur.]

[Pardon, je ne pensais pas à ça…]

[Pas la peine de t'excuser.]

[Et tu n'as aucune idée de
jusqu'où je peux marcher.]

[Si, je le sais.]

[Et tu sais les tas d'autres choses
que je suis prêt à faire. Pour toi.]

[Tu mettrais un tutu, pour moi ?]

[Je viens de demander à Calliopé
de m'en faire un sur mesure.]

[Tu te baignerais encore
nu dans le Missouri ?]

[Tous les jours s'il le faut.]

[Tu remettrais des vaches
et des chevaux dans ce ranch ?]

[C'est comme si c'était fait.]

[Tu te nourrirais de barres
chocolatées jusqu'à la fin de tes jours ?]

[Facile.]

[Ça veut dire que tu envisages
la fin de tes jours avec moi ?]

[Ne me fais pas dire ce que… j'ai dit.]

[Là je me tais, mais je souris.]

[Je te l'interdis !]

[Trop tard.]

[Dante, si je revenais,
tu me raconterais l'accident ?
Sans rien me cacher ?]

[Je te le promets.]

[Je ne crois pas qu'on devrait.]

[Je sais.]

[Je t'entends soupirer d'ici.]

[Oui…]

Il y a dans ces points de suspension tous les sourcils froncés du monde. Tous les aveux d'impuissance. Les soupirs de douleur contenue. La fierté ravalée. Et le manque avoué. Celui que je connais trop bien. Je ne devrais pas lui parler… et l'on échange plus de cinquante messages en l'espace de quelques minutes. Je devrais m'éloigner… et je ne peux pas m'empêcher de le chercher. Je ne devrais même pas pouvoir sourire… et c'est moi qui me retrouve à plaisanter. Jamais je ne devrais lui laisser une chance, pas même une minuscule porte ouverte… et je lui tends presque les bras.

Juste parce que je meurs d'envie des siens.

Dante ne m'a pas demandé où j'étais. Comme s'il voulait respecter la distance imposée. J'aurais pu, mais je ne lui ai pas dit non plus. Sans doute par peur qu'il vienne me retrouver. Et que je ne puisse pas résister. Je n'ai toujours pas décidé ce que j'allais faire. Tout arrêter. Continuer, avec ou sans lui. Toutes ces options me paraissent insurmontables. Je me laisse tomber en arrière sur le lit et le sommeil m'enveloppe à nouveau.

25

Le bon versant de la montagne

J'ai dormi au moins six heures. À mon réveil, les rideaux hideux et les chats immobiles sont toujours là. Je n'ai pas fait le moindre rêve. Ou bien mon cerveau a la bonne idée de ne pas s'en souvenir. Je me glisse dans la salle de bains pour une douche tiède et sans pression. La serviette de toilette rêche me griffe la peau, quelques fils pendouillent à chaque bout, mais elle sent bon le propre. Dans la chambre, des odeurs de viande et de café semblent s'insinuer sous la porte. Je descends à pas de loup au rez-de-chaussée. Dans la salle à manger commune, tout en bois, poutres et lambris sur les murs, Martha est attablée avec son unique client, devant des restes de petit déjeuner. Ils semblent combler leur solitude par une partie de cartes silencieuse. Je m'enfuis, avec un sourire crispé et un petit signe de la main, avant d'être invitée à distribuer le jeu suivant.

La petite bourgade de Wolf Creek n'a vraiment rien du conte pour enfant. On n'est pas tout à fait dans le film d'horreur non plus, mais plutôt dans la banalité mortelle d'une petite ville du Montana, posée entre les montagnes et l'autoroute. Une station-service pas toute jeune, un bureau de poste désert, une jolie église sans doute pas beaucoup plus fréquentée, quelques ranchs et un bar où est indiqué « Saloon – Diner – Café – Jeu x – Musique ». Rien que ça. Toutes ces raisons pour seulement trois pick-up garés là. Manger, boire, danser, jouer. Est-ce que ça suffit vraiment à remplir une vie ?

Ma promenade prend fin en même temps que ma question existentielle. Pas le moment de trop réfléchir. Ni de trop déprimer. Je rejoins le *Bed & Breakfast* avec la ferme intention de m'en aller, mais sans avoir encore décidé dans quelle direction.

– Je peux encore vous servir le petit déjeuner, vous savez ! me souffle Martha quand j'entre sur la pointe des pieds.

– Oh non, c'est gentil, il est une heure de l'après-midi, je ne veux pas vous déranger.

– Howie est parti, il n'y a plus que vous et moi.

– Mais vous êtes en train de débarrasser…

– Depuis quand vous n'avez pas mangé ? m'interrompt-elle. Vous avez le teint de quelqu'un qui a besoin de fromage et de saucisses.

– Je ne sais pas comment je dois le prendre… marmonné-je dans ma barbe.

– Je sais ce que c'est, soupire-t-elle. Vous, les jeunes, vous vous réveillez à pas d'heure, vous sautez les repas et après plus rien ne va !

À la regarder de plus près, et malgré ses lèvres fines et très pincées, je ne suis pas certaine que Martha ait beaucoup plus de quarante ans. Soit elle se sent déjà vieille, soit elle me prend pour une adolescente.

– C'est pour ça que je n'ai pas eu d'enfant, m'explique-t-elle avec un petit sourire triste.

Ou bien parce que tu n'as trouvé personne pour t'en faire, pensé-je en lui rendant son sourire. Ou que tu as laissé passer ta chance, comme moi en ce moment ? Et que tu as préféré fuir le seul type aussi fou que toi pour te supporter et t'attendre ?

Non, je ne suis pas Martha. Et elle n'est pas moi.

– Installez-vous là, je reviens.

La vieille fille aux chats s'en va en traînant les pieds, chacun de ses pas glissant bruyamment sur le parquet rugueux qui aurait bien besoin d'être ciré. Elle revient quelques minutes plus tard avec une tasse de café fumant et une assiette remplie de saucisses, de fromage, de pommes de terre sautées et d'œufs au plat. Tout baigne dans le gras mais je dévore cette nourriture réconfortante avant même d'avoir réalisé que j'avais faim à ce point. Martha me regarde manger sans aucune discrétion. C'est assez déstabilisant au début, mais elle finit par s'asseoir en face de moi, comme une grand-mère qui veut s'assurer que je me remplis l'estomac. Et me regonfle le cœur du même coup. Elle pourrait me faire un peu peur, mais j'aime bien les gens qui font ce qu'ils veulent, sans trop se soucier des convenances. Une fois que j'ai presque terminé, elle pointe du menton une pomme de terre oubliée et un morceau de saucisse volontairement écarté, que je me sens quand même obligée de manger. C'est seulement à ce moment-là qu'elle éloigne mon assiette vide, passe un coup de chiffon sur la table en bois et sort son jeu de cartes de l'intérieur de sa blouse.

Quel genre de femme range encore des choses dans son soutien-gorge ?

– Je ne sais jouer ni au poker ni au bridge, tenté-je de plaisanter.

– C'est un jeu de tarot.

– Dans ce cas, je vous déconseille de jouer contre moi, j'ai remporté pas mal de tournois dans le Montana, dis-je pour frimer.

– Tirez une carte, m'ordonne Martha après avoir étalé le jeu devant moi dans un parfait éventail inversé.

– Oh non, je n'aime pas trop ces trucs-là... rétorqué-je en poussant quand même une carte du doigt.

– Il y a votre grand amour pas loin d'ici.

– Martha, je suis sûre que vous dites ça à tous vos clients...

– Une autre carte.

Je le fais, sans savoir pourquoi. La quadra aux lèvres pincées retourne une nouvelle carte qui montre un soleil surgissant derrière une montagne.

– Il est tout près, même. Il ne faut pas le laisser filer celui-là. Une autre !

Elle me donne sèchement des ordres et je devrais détester ça. Mais je pointe une autre carte, et je sens bêtement mon cœur qui bat.

– Il y avait un autre homme, avant… Encore une !

– Évidemment, il y a toujours un homme avant un autre homme, c'est trop facile.

– Ouh, je n'aime pas ça…

– Quoi ?

– Il y a la mort, là…

– Les gens ont tous des morts autour d'eux, c'est comme ça que finissent les vieux !

– Non, un homme jeune, mort. Brutal… Loin… Beaucoup de mensonges.

– Vous pouvez arrêter de lancer des mots en l'air comme ça ?!

– Et un autre homme. Tout près. Bien vivant. Beau, très beau. Très brun. Le grand amour…

– Fromage, saucisses, beaucoup de saucisses, patates, très bonnes ! lancé-je à mon tour.

– Vous n'avez pas besoin d'y croire, les cartes parlent toutes seules. Tirez-en cinq.

– Martha… soupiré-je en obéissant quand même.

– C'est très simple. Il y a la nuit, de ce côté de la montagne, c'est le passé, la mort, le deuil, l'homme à oublier. Trop de malheurs. Et il y a la lumière, sur l'autre versant, un avenir radieux pour vous et l'homme brun. Avec un grand oiseau noir au-dessus de vos têtes, qui veillera sur vous deux. C'est à vous de choisir le bon versant de montagne. C'est tout ce que je peux dire.

La vieille fille remballe son jeu de tarot avec autant de dextérité qu'elle l'a étalé devant moi. Il reprend sa place au chaud sur son cœur, comme s'il n'avait jamais existé, jamais déballé ma vie et mon dilemme sur cette table en bois. Martha récupère mon assiette et ma tasse vides, s'en va en boudant et en faisant traîner ses savates sur le parquet.

Le Phœnix noir tatoué sur le bras de Dante vient voler dans

mon ventre à grands coups d'ailes, douces et dévastatrices.

– Je peux rester une nuit de plus ? demandé-je à Martha avant qu'elle ne disparaisse.

– Comme vous voulez, me répond-elle en se retournant, un petit sourire sur ses lèvres pincées.

***

Je passe le reste de cette journée surréaliste à papoter avec Martha, à l'entendre me raconter son amour des chats, les faux, en figurines, parce qu'elle en a perdu trop de vrais et que son cœur ne s'en remet pas. Howie passe à nouveau la voir et je réalise que la vieille fille n'est pas si seule que ça. Peut-être pas vieille fille du tout. Je les laisse en tête-à-tête avec leurs cartes pour aller me promener à nouveau, au soleil. Du bon côté de la montagne. Je repense à ma culpabilité et je ne la trouve plus, pesant sur mes épaules, serrant mon cœur dans un étau. Elle s'est comme envolée.

Preston était mon mari, oui. Dante est le frère de celui qui l'a tué. Oui, aussi. Mais qu'est-ce que j'ai à voir là-dedans ? Quels mauvais choix j'ai faits, moi ? Aucun. Mes parents sont morts. Mes beaux-parents me détestaient. Mon mari me trompait. Il allait peut-être me quitter pour une autre. Andrea a trop bu, s'est cru plus fort que tout. Toutes ces erreurs, tous ces échecs et ces abandons ne doivent pas décider pour moi. Je peux encore jeter un sort au sort. L'empêcher de s'acharner. C'est ma vie à moi qui se joue, ici et maintenant. Mon futur. Pas celui de mon mari mort ou de sa mémoire. Pas celui d'un stupide chauffard. Je me laisse encore une nuit pour décider ce que je veux faire de ma vie. L'ombre ou la lumière. Le passé ou l'avenir. La mort ou l'amour.

Je crois que ce ne sera pas trop dur de choisir.

Après une nouvelle nuit sans cauchemar, je descends dans la salle à manger pour rendre la clé (et le porte-clés en forme de chat couché) à Martha. Contre un sublime petit déjeuner. Je ne laisse pas une seule pomme de terre, pas un bout de saucisse, pas une goutte de gras dans l'assiette. Avant de partir, je demande à ma voyante préférée si elle veut bien me tirer les cartes, une dernière fois, juste pour être sûre. Elle refuse.

– Elles ont déjà parlé, me dit-elle à travers ses lèvres pincées qui sourient.

Alors je me réinstalle au volant du SUV, l'estomac rempli et le cœur gonflé. Un appel sur mon portable m'empêche de démarrer. J'hésite à ignorer mon avocate, c'est un jour que je n'ai pas envie de voir gâché. Mais je décroche quand même.

– Solveig, bonjour.

– Vous avez votre voix des mauvaises nouvelles, Annette…

– Je suis désolée de n'en avoir jamais de bonnes à vous apporter.

– Rappelez-moi pourquoi je vous paye, déjà ?

– Vous ne m'avez rien réglé depuis un moment, me rappelle-t-elle gentiment, mais c'est un autre sujet. Nous allons gagner ce procès et je vous assure que vous aurez de quoi payer mes honoraires, s'emballe mon avocate à l'autre bout du fil.

– Je vous écoute, répliqué-je en me préparant au pire.

– L'une des maîtresses de Preston, Meredith Butler…

– Oui, l'infirmière…

– Elle était enceinte au moment de l'accident. L'enfant a presque deux ans aujourd'hui. Elle prétend qu'il est le fils de votre mari. Et elle réclame l'intégralité de l'héritage.

– Putain de bordel de con… dis-je dans un long soupir gémissant.

– Comme vous dites.

Tout me ramène à lui. Dante. La voyante, l'avocate, chaque jour et chaque nouvelle révélation me poussent un peu plus fort dans ses bras. Cette fois, je démarre. Et rien ne pourra m'arrêter. Pas une once de doute ou de culpabilité. Sans même avoir raccroché, je balance mon portable sur le siège passager et appuie sur l'accélérateur. Direction Great Falls.

Le ranch. L'homme au phœnix.

Le bon versant de la montagne.

Comme quoi, tout change. J'ai fui ce ranch il y a deux jours, des larmes plein les yeux et le cœur en miettes. Ce matin, alors que je gare le SUV face aux immenses façades rouges, je ressens une émotion étrange. Mélange de soulagement, d'impatience. Et d'espoir.

Preston m'a fait un enfant dans le dos. Enfin, pas à moi. à une autre. Je n'ai plus aucune raison de m'en vouloir.

Je n'ai pas prévenu Dante de mon retour. Il n'a pas non plus sillonné la région pour me retrouver. Les hôtels, motels et *B&B* ne sont pas légion dans le coin, il aurait pu facilement me localiser et pourtant, il ne l'a pas fait.

Le Phœnix est patient. Prudent. Respectueux. Il a compris que j'avais besoin de temps.

L'odeur de café frais me chatouille les narines lorsque je pénètre dans la bâtisse principale. Je me rends machinalement dans la cuisine, les mains enfoncées dans les poches de mon short en jean. C'est idiot, mais l'idée de revoir le brun ténébreux me fait tout drôle.

Il m'a manqué. Et malgré tout ce qu'il m'a appris, tout ce qu'il m'a caché, je l'aime un peu plus que lorsque je l'ai quitté. C'est l'évidence qui me frappe lorsque je le retrouve, sombre et lumineux à la fois, face à la baie vitrée plongeant sur le fleuve, un mug fumant dans la main. Mes yeux frôlent un instant sa carrure d'athlète, sa peau ambrée, ses tatouages noir ébène. Et je murmure :

– Phœnix…

– Tutu.

Sa voix rauque a résonné jusque dans mon cœur. Mais pas la moindre surprise de son côté, il savait que j'étais là. Un deuxième mug est posé près de la machine à café. Avec deux sucres au fond. Ça aiguise ma curiosité… Ça, et le fait qu'il ne daigne pas se retourner pour me voir.

– Tu m'as entendue arriver ? continué-je en le fixant.

Cette fois, Dante pivote sur ses pieds et me fait l'honneur de me regarder en face. Un sourire en coin se dessine sur ses lèvres charnues.

– Non, lâche-t-il.

– Alors comment tu savais que j'étais là ? insisté-je.

– Il fallait bien que tu reviennes un jour.

– Et ?

– Et Martha est une pipelette.

Je ferme les yeux, me retiens de sourire et fais couler le liquide noir dans ma tasse. Instantanément, les sucres fondent. Un peu comme moi, face au ténébreux.

Saloperie de faiblesse.

– Donc comme ça tu m'as « traquée » facilement ? demandé-je à l'homme-oiseau.

L'insolent sourit en entendant le terme *légèrement* exagéré.

– Avec mon fusil de chasse, ma meute et mon flambeau, tu veux dire ?

– Sérieusement.

– Il n'y a pas des milliards d'hôtels dans le coin, Tutu.

– Tu savais où j'étais depuis le début ?

Il acquiesce, puis vient s'adosser au plan de travail, près de moi.

– Je ne voulais pas m'imposer… murmure-t-il. Juste vérifier que tu étais en sécurité.

– Martha me le paiera, dis-je tout bas (sans en penser un mot).

Un silence confortable s'installe. Nous portons tous les deux nos tasses à nos lèvres, dans un mouvement parfaitement synchronisé.

– Tu veux qu'on reprenne la route ? relance le brun. On repart quand tu veux…

– J'ai besoin de faire le plein.

– D'essence ? De sucre ? De quoi ? sourit-il en fixant ses pompes.

– D'air.

Froncement de sourcils. Dieu que cet homme est beau lorsqu'il est tourmenté.

– Si tu veux qu'on en reparle Solveig, je…

– L'air de Great Falls, le stoppé-je. L'air d'ici, c'est tout ce dont j'ai besoin. Parfait pour tout oublier.

Sa main libre caresse sa barbe naissante, puis va fourrager dans ses cheveux en bataille.

– Donc on reste ?

– On reste, confirmé-je en grimpant d'un petit bond sur le plan de travail.

Il me regarde faire, une douce lueur dans le regard.

– Je n'étais pas sûr que tu reviennes, me confie-t-il d'une voix plus grave.

– Je n'étais pas sûre de revenir.

– Qu'est-ce qui t'a décidée ?

Ses iris noirs me fixent avec cette intensité qui me bouleverse à chaque fois. Je m'y perds un instant, puis remonte à la surface.

– Mes sentiments pour toi, avoué-je. Et un foutu gosse de deux ans.

– Quoi ?

– Longue histoire.

– J'ai tout le temps…

J'hésite un instant à m'épancher, puis change totalement de trajectoire.

– Et moi, j'ai faim !

Je saute de mon perchoir et fonce sur le frigo. J'en sors une tonne d'ingrédients et me lance dans la confection d'un nouveau petit déjeuner gargantuesque. Mais sucré, cette fois. Celui de Martha était généreux, gras, parfait pour me requinquer… mais salé. J'ai besoin de ma dose de sucre. Sans ajouter un mot, sans me forcer à parler, Dante vient m'aider. Son grand corps tatoué frôle le mien à plusieurs reprises, son parfum m'enveloppe, sa proximité me monte à la tête et rapidement, je n'y tiens plus.

Sa bouche appartient à la mienne. Ses lèvres s'entrouvrent quand je les embrasse. Juste une seconde.

– C'était quoi, ça ? souffle-t-il après ce baiser volé.

– Je voulais juste vérifier quelque chose, prétexté-je en reprenant ma pâte à pancakes.

– Vérifier quoi ?

– Que tu avais toujours le même goût.

Un goût de bonbon qui pique.

Le farouche se mord la lèvre en fixant ma bouche, puis grogne en découpant un melon en deux.

– Refais ça une seule fois, Tutu… Une seule fois et je ne réponds plus de rien…

– Ce sont des menaces ? murmuré-je en sentant ma peau frissonner.

– Non, juste une promesse.

La tentation est immense. Mais le Phœnix et moi parvenons à garder nos vêtements jusqu'au bout. À déguster ces pancakes au sirop d'érable sans craquer. Malgré nos regards qui se cherchent, s'aimantent et se provoquent sans cesse.

Cette fois, c'est sûr. Je ne pourrai plus jamais le quitter.

26

Plein d'air

J'ai rempli ma matinée au gré de mes envies, pour ne pas penser. J'ai traîné dans la bibliothèque, flâné sur les rives ensoleillées du Missouri, barboté dans la piscine pendant que Dante travaillait. J'ai bien essayé de l'espionner, au début, mais les coups de fil qu'il passait étaient d'un ennui mortel. Des histoires de chiffres, de capital, d'investissements et de rendements. Rien compris. Pas intéressée. Alors je lui ai piqué son appareil photo et je suis allée immortaliser tout un tas de trucs. Des arbres tordus et enlacés. Des fourmis en file indienne. La surface bleutée du fleuve. Mes doigts de pieds dans l'eau.

En tout et pour tout, je pense avoir repensé à cet enfant un bon millier de fois. Mission lamentablement échouée.

– Tu t'ennuies, Tutu ? me fait sursauter le Phœnix en me rejoignant dehors.

– L'eau est moins froide aujourd'hui.

– On y retourne ?

– Jamais de la vie.

Il se marre et se penche pour tester la température. Sa main entre dans l'eau et y reste quelques secondes. Lorsque le ténébreux se redresse, il la passe dans ses cheveux en fixant son appareil autour de mon cou.

– Je vais découvrir des trésors, là-dedans ?

– Probablement pas. Mais si tu vends l'un de mes clichés, les droits me reviennent. Tu ne vas pas te faire du fric sur mon dos, Salinger…

Sans réagir à ma blague, il plisse les yeux et me demande :

– Tu aimes ça ?

– Quoi ? Prendre des photos ?

– Oui.

– Je trouve ça… apaisant, pensé-je à haute voix.

– Moi aussi, dit-il enfin en souriant. Quand on contemple le monde derrière un objectif, on est spectateur, on se détache, on met de la distance.

– On est protégé, réalisé-je.

Dans ses beaux yeux sombres, je lis tout à la fois. De la détermination, de la douleur, de la passion. Et je comprends enfin pourquoi Dante aime à ce point capturer le monde en photo.

– On découvre aussi les choses avec plus de précision, ajoute-il. On a un regard neuf. On voit la beauté là où on ne la trouvait pas avant. Et le monde prend un nouveau sens…

Pendant de longues secondes, le clapotis de l'eau nous enveloppe et nous restons immobiles, côte à côte sur cette berge tranquille. Puis la main de Dante se glisse dans la mienne, sa peau douce se loge contre ma paume et je la serre doucement. Nous ne formons plus qu'un.

Lui et moi, face à l'adversité. Le passé. Le chagrin. Le sort qui s'est acharné mais contre lequel nous nous dressons enfin.

à deux, il paraît qu'on est plus forts.

Et puis ses bras m'emprisonnent soudain et je hurle, persuadée qu'il va me jeter à l'eau. Mais le rebelle n'en fait rien. Il récupère précieusement son appareil, se marre et reprend le chemin du ranch sans se retourner. Mais en balançant de sa voix envoûtante :

– Rendez-vous devant la maison dans trente minutes ! Laisse tes tutus dans ta valise et mets un jean, Soleil.

– *Sol-veig* ! Je m'appelle Solveig !

– Très joli prénom, lâche-t-il en marchant à reculons.

– Utilise-le, alors !

– OK, Soleil !

***

La curiosité a cet avantage : elle me rend ponctuelle. Je me pointe devant la grande porte deux minutes en avance sur l'heure convenue et j'attends que le farouche se ramène. J'ai enfilé un gros pull, un jean et des bottines. Je suis frileuse, alors lorsqu'on me dit de me couvrir, je n'hésite pas. Sauf qu'à cet instant, je suffoque. Toujours pas de Dante. J'enlève mon pull, tire sur mon débardeur trop court et remonte les ourlets de mon jean jusqu'à mes genoux.

– Une vraie gravure de mode, Stone, soupiré-je en matant ma dégaine.

– Elle va à la pêche aux moules *et* elle parle toute seule, lâche le brun en passant devant moi.

Il est lui aussi en jean brut et… santiags. J'aurais juré que ces chaussures ne pouvaient être sexy sur aucun homme. J'avais tort. Quelques mètres plus loin, mon cowboy me fait signe de le suivre et je me mets à trottiner derrière lui.

– On va à un rodéo ?

– Non.

– Alors on va voir des poneys ?

– Non plus.

– Je sais ! On va à un festival de danse country !

Cette fois, l'homme en chemise noire se tourne vers moi et grommelle :

– Tu m'as bien regardé, Solveig ?

Je glousse, il soupire et accélère le pas. Nous traversons un grand pré, une petite route, empruntons un sentier de terre et débouchons sur une belle carrière de sable blanc entourée d'une clôture en bois clair. À l'intérieur, deux chevaux déjà sellés qui patientent à l'ombre.

– Des poneys ! m'écrié-je en sautillant.

– Des mustangs, me corrige le ténébreux.

– Qu'ils sont jolis, ils ont des taches comme les vaches !

Mon cowboy lève les yeux au ciel, puis m'ordonne :

– Approche-les avec douceur, ils sont nerveux. Et ne te place jamais derrière eux.

– Je comprends, personne n'aime qu'on lui reluque les fesses. Surtout quand on ne se connaît pas bien !

– Tu me fatigues… souffle le brun.

Je ris à nouveau, puis m'approche du premier cheval, un peu plus petit que le second.

– Il brille ! m'extasié-je.

– Le tien s'appelle Light, il est « palomino », c'est une robe presque dorée, m'explique Dante.

– Le tien est tacheté ! Il s'appelle Spot ?

– Il est « pie » noir et blanc. Et son nom c'est Darko.

Je caresse les naseaux des deux bestioles. Light et Darko. Les deux facettes de mon Phœnix.

– Dante, à qui sont ces chevaux ?

– À moi.

J'écarquille les yeux.

– Qui s'en occupe ? demandé-je à nouveau.

– Jack Shelton, l'éthologue du coin. Je lui paie la pension et il veille sur eux.

Assez parlé. C'est ce que le cowboy me fait comprendre en désignant mes jambes du regard. Et en s'emparant d'un casque noir, posé sur la clôture. Je rebaisse alors mon jean, enfile la bombe en ronchonnant et il passe derrière moi. Sans me prévenir, il attrape l'une de mes jambes en la pliant en deux.

– Ahh ! C'est quoi, ce sport de combat ?

– Du calme, marmonne-t-il. Ça va, ton genou ?

– Oui…

– Alors à trois, tu pousses sur ta jambe libre et je t'aide à grimper.

– OK…

– Un… Deux…

Il n'a pas dit « trois » mais déjà, je m'envole. Et atterris sur une large selle en cuir marron, posée sur le dos de mon poney doré. Dante fixe mes deux pieds dans les étriers, m'explique de baisser les talons et de m'asseoir bien droit. Il glisse ensuite les rênes dans mes mains et m'explique rapidement comment tirer dessus pour tourner à droite, à gauche et arrêter l'animal.

Qui justement, fait un petit pas de côté. Je braille.

– Tutu ! râle le ténébreux. Tu ne risques rien, arrête de hurler !

En une seconde, l'homme est au sommet de son immense cheval tacheté et lui indique de marcher au pas. Light le suit sans se presser, m'emportant avec lui.

– Et ton casque ? demandé-je à Dante.

– Pas besoin. Je monte à cheval depuis que je sais marcher.

– Donc le programme, c'est que je suis la seule à ressembler à un champignon, c'est ça ?

– Exactement.

Après un quart d'heure passé dans la carrière, je montre à Dante que je maîtrise à peu près ma monture. Je parviens à tourner à droite toute seule, puis à gauche, puis à m'arrêter. Presque sans crier. Et tout ça du troisième ou quatrième coup… Personne n'est parfait. Et il me semble que Light est un peu dur d'oreille.

– Tutu, arrête de lui parler je t'ai dit, il ne te comprend pas ! se marre Dante. Utilise tes talons et tes rênes !

Mon instructeur rit parfois mais ne se moque jamais. Il est patient, attentif, bon pédagogue. Alors je ne bronche pas et je fais ce qu'il me demande.

Bonne petite élève qui fantasme sur son professeur…

Nous quittons enfin la carrière et nous lançons sur un chemin à l'ombre des grands arbres. Traversons une petite rivière. Une plus grande, que Light semble trouver un peu trop fraîche à son goût. Je serre les jambes, il capitule et avance à nouveau. Nous longeons un pré vert, découvrons une jolie vallée fleurie. Depuis cette hauteur, les décors du Montana me semblent encore plus stupéfiants. La nature domine. Elle est toute-puissante. Et je fais le plein d'air.

Darko est nerveux, il pile à plusieurs reprises, se lève sur ses membres postérieurs, réclame de la vitesse mais Dante est parfaitement à l'aise sur son étalon. Il ne cesse de me jeter des regards, surveille la position de mes pieds, la longueur de mes rênes, la justesse de mon assiette dans la selle. Pas pour me faire la leçon ou me critiquer comme l'aurait fait Preston, ce n'est pas son genre. Non, juste pour me garder en sécurité.

– Prête à passer au trot ? me demande soudain le Phœnix.

Je fais mine d'hésiter. Puis lui balance le plus insolent des sourires. Je serre les talons, claque deux fois ma langue et Light sort de sa léthargie. Le palomino soudain fringant démarre au quart de tour. Au grand galop. Ses foulées s'allongent peu à peu et nous détalons sur l'herbe verte sans plus nous soucier du monde qui nous entoure.

Ni du cri rauque du Phœnix, derrière nous. Suivi de son rire qui m'étourdit.

Light est incroyablement rapide, léger, libre. Debout sur mes étriers, je savoure l'ivresse de la vitesse, le vent qui s'infiltre sous mes vêtements et le bruit des sabots sur la terre ferme. J'entends Darko qui se rapproche, juste derrière nous, puis qui se met à galoper à nos côtés. Je croise le regard de Dante, intense, lumineux, puis découvre son large sourire. Un clin d'œil plus tard et le cowboy me dépasse, emporté par son mustang noir et blanc.

Nous galopons ainsi sur plusieurs kilomètres, jusqu'à ce que nos chevaux commencent à ralentir, fatigués par l'effort. Dante me fait un signe de la main, repasse au trot et je l'imite en remontant jusqu'à lui. Nous avançons désormais au pas, côte à côte. Light et Darko soufflent à travers leurs naseaux, tandis que le ténébreux me fixe avec insistance.

– Tutu, il n'y a pas quelque chose que tu aurais omis de me dire ? lâche-t-il.

– Quelque chose comme… ? rétorqué-je innocemment en souriant.

– Je ne sais pas, peut-être *« Dante, inutile de m'apprendre à diriger un canasson, je sais parfaitement monter à cheval...* » ?

– Ah...

Je hausse les épaules et bats des cils, il se marre en secouant la tête.

– Dante...

– Hmm ?

– Inutile de m'apprendre à diriger un c...

– C'est bon Tutu, tu m'as bien eu.

Le cowboy à la fois sombre et hilare (lui seul maîtrise ce doublé) arrête soudain Darko et saute de cheval près d'une rivière. Je l'imite, avec un peu moins de dextérité, et nous attachons nos deux destriers en faisant en sorte qu'ils puissent boire et brouter à volonté.

– Je meurs de soif, réalisé-je soudain en retirant mon casque.

– J'ai ce qu'il faut.

Dante desserre les deux sangles des chevaux, puis sort une bouteille d'eau fraîche, deux pommes et une barre chocolatée de la poche de sa selle. Il me fait signe de le suivre jusqu'au pied d'un grand pin, s'assied en s'adossant au large tronc. J'attrape le fruit qu'il me balance, la bouteille qu'il me tend et je m'écroule au sol, éreintée par cette course folle.

– C'était exactement ce dont j'avais besoin... Ça et un *Snickers*.

Il me lance la sucrerie, je lui souris.

– Où est-ce que tu as appris à galoper comme ça ? me demande le cowboy en croisant les bras tatoués derrière sa nuque.

– Preston, soufflé-je. Il jouait au polo. Il a bien fallu que je m'y mette.

– Je vois... répond le ténébreux en fixant ses santiags.

– Je n'aimais pas le sport en lui-même. Juste la vitesse.

– Tu viens de me le prouver.

Le farouche sourit avant de mordre dans sa pomme.

– Ça te gêne quand je parle de lui ? murmuré-je soudain. De Preston...

– Disons qu'il ne fait pas partie du top 3 de mes sujets de conversation préférés, blague Dante.

Son regard va se planter dans la rivière et suit le fil de l'eau. Je le contemple, son profil parfait, sa peau douce et hâlée, ses yeux vifs, puis je détourne le regard. Mon canasson est en train de faire un *« numéro deux »* pas loin, et je ris nerveusement.

– Parfaite diversion, bien joué, Light, confirme la voix rauque à ma droite.

Je me laisse aller en arrière et m'adosse au tronc, moi aussi. Nos bras se touchent, désormais. Et je laisse traîner mes doigts sur son tatouage sombre.

– Quand tu évoques Preston, je ne peux que repenser à tout ça… souffle-t-il soudain. À l'accident. À mon petit frère derrière les barreaux. Au mal qu'il a fait. Qu'on a fait.

– Comment ça, *on* ?

– J'étais dans la voiture, Solveig.

– Je sais.

– Je l'ai laissé conduire.

Je prends un temps pour inspirer profondément, puis rétorque, sûre de moi :

– Tu n'étais pas au volant. C'est tout ce qui compte.

Dante riposte durement :

– Je me sens coupable. Et ça me bouffe, à l'intérieur.

– Alors arrête ! affirmé-je. Arrête de tout prendre sur tes épaules, accepte de ne pas pouvoir sauver le monde en permanence ! Les gens que tu aimes font des conneries, ça ne te rend pas automatiquement responsable !

– C'est ce que tu penses de moi ?

– Oui.

– …

– J'ai tort ?

– Je ne sais pas…

Il soupire, puis fixe ma main posée sur son avant-bras.

– Raconte-moi, Dante. Ce qu'il s'est passé ce soir-là.

– Tu es sûre ? Tu sais que je ne suis pas censé…

– Dante. Tu m'avais promis.

Il acquiesce en silence et nous replongeons ensemble dans le passé. Dans l'épisode tragique qui a brisé une partie de nos vies.

– Andrea devait me rejoindre au restau, on était tous les deux à Seattle pour le boulot. Et il était en retard, comme d'habitude. J'étais venu avec la bagnole de Finn, la mienne m'avait lâchée, j'avais un *photo shoot* important plus tôt dans la journée, mon pote avait accepté de me dépanner. En attendant mon frère, j'ai commandé un verre, puis un deuxième. J'ai tué le temps comme ça, pendant près de deux heures. J'avais bu trois verres quand il est enfin arrivé. On s'est engueulés, on a dîné rapidement, il n'a rien bu parce qu'il faisait la gueule. Il était presque minuit quand on a quitté le restaurant.

Je sens le moment clé approcher. Et je me mords les joues pour me donner du courage.

– Je n'étais clairement pas en état de conduire, reprend la voix sombre. Andrea, oui. Enfin, c'est ce que je croyais.

Un millier de regrets se font entendre dans cette dernière phrase et se mélangent au léger coulis de l'eau.

– Alors il a pris le volant de la voiture de Finn. Sans me dire qu'il avait bu plus tôt dans la soirée, avant de me retrouver. Le feu était orange, presque rouge… Il est passé quand même.

Je m'accroche comme je peux, m'empêche de visualiser la scène, de revivre mon cauchemar, mais je le fais quand même.

– Et la voiture de McNeil a percuté celle de Preston.

Je n'y étais pas. Et pourtant, je vois tout.

– Et Finn McNeil a plongé avec vous, sans même le savoir… me rappelé-je.

– Oui… Il a été innocenté rapidement mais lui et Thelma ont beaucoup souffert de tout ça. Elle l'a cru mort. Et lui s'est retrouvé en taule. Tout ça à cause de…

– Ton frère, interviens-je. À cause d'Andrea ! Tu n'as rien à voir là-dedans !

– J'ai fait une erreur qui a coûté terriblement cher à tout le monde. À toi en premier, Sol.

Son regard brillant plonge dans le mien, je le soutiens farouchement. Moi aussi, je suis une insoumise. Une battante. Fragilisée, oui. Vaincue, jamais.

– Tu te fais du mal, Dante. Tu ne crois pas que tu en as suffisamment bavé ?

– Je l'ai abandonné quand j'avais 15 ans, souligne-t-il. Il n'en avait que 14. Je l'ai laissé entre les mains de notre taré de père. Alors depuis que je l'ai retrouvé, j'ai pris l'habitude de l'épargner, tu comprends ? De tout lui passer. Même ça…

– C'est injuste, murmuré-je. Et je ne crois pas que ça l'aide.

Ses mains se plaquent sur ses tempes et sa voix rauque retentit :

– Je ne crois pas non plus.

Un long silence passe. Je perçois le claquement d'ailes de quelques oiseaux, le bruit de mastication des chevaux, la rivière qui chante inlassablement.

Et je réalise que la vie continue. Que la culpabilité n'aura pas ma peau. Que cette situation, je n'en veux plus. Que j'ai atteint le point de non-retour. Il faut que je prenne une décision.

Dante l'a dit avant moi : regarder en avant ou en arrière, il suffit de choisir.

Alors je pense à haute voix, les yeux résolument plantés dans le ciel.

– Je refuse d'être tiraillée entre l'homme qui m'a trahie et celui que je n'ai pas le droit d'aimer.

Ma voix était posée. Claire. Décidée. À ma droite, Dante se redresse pour mieux m'écouter.

– Je veux que le cercle infernal cesse de tourner, ajouté-je.

Je le fixe, il plisse ses yeux noirs. Sa beauté sauvage m'arrache un grognement.

– Je veux tout reprendre à zéro.

Le farouche ne parvient pas à déchiffrer mon message. Je ne lui en tiens pas rigueur : je ne suis même pas sûre de le comprendre moi-même.

– Mieux que ça ! m'écrié-je soudain. Ce que je veux, c'est retourner dans le passé et te rencontrer toi, plutôt que Preston !

Mon brun ténébreux me sourit tristement. Son regard descend sur ma bouche, puis plonge à nouveau dans le méandre de mes yeux.

– C'était toi tout le long, Dante. Toi depuis le début…

J'étouffe mon murmure entre ses lèvres. Je m'accroche à lui, à sa force, à sa fougue, j'en appelle à sa noirceur, à sa lumière, je l'embrasse comme une dingue, glisse ma langue dans sa bouche, gémis contre lui, l'entends grogner lorsque mes mains se faufilent sous sa chemise noire, soupirer lorsqu'il s'allonge sur moi.

J'ai envie de lui. En pleine nature. À moitié déshabillée, je lui offre tout, mon corps, mon âme, mon air, et il n'en laisse rien.

Il prend tout.

27
Le langage du ciel

Le bruit violent du tonnerre nous réveille en sursaut. Je m'agrippe au corps viril contre lequel je suis lovée, mets quelques secondes à réaliser où je me trouve, avec qui, et dans quelle tenue. Débardeur en écharpe et jean en protège-tibias.

Le ciel, dégagé il y a une heure à peine, a viré au gris menaçant. Et si j'en crois les éclairs fulgurants qui le traversent, mon brun ténébreux et moi n'allons pas tarder à prendre une douche forcée. En me rhabillant à la va-vite, j'en déduis que les éléments tentent de nous faire payer notre dernière étreinte. Qui était pourtant une ode, une élégie, un vibrant hommage à la nature.

Ma bouche, ma peau et mes reins s'en souviennent…

– Et merde ! lâche brusquement Dante en sautant sur ses pieds.

Tandis que je m'étire sous mon arbre pour reprendre totalement connaissance, le cowboy court déjà jusqu'à la rivière. En chemin, il trébuche à moitié à cause de son jean ouvert qui tombe sur ses hanches et lâche une flopée de jurons comme je les aime. Puis il atteint son but. Tourne sur lui-même en jetant son regard vif partout. Et je comprends enfin.

– Mais… Que… Putain ! Aaah ! Où sont les chevaux ?! réalisé-je à voix haute.

– Le tonnerre les a fait détaler, grommelle le Phœnix me rejoignant.

– Il faut qu'on les retrouve !

– Ces mustangs ont presque un GPS intégré, ils savent où

aller pour regagner les écuries, grogne encore le ténébreux. À mon avis, ils sont déjà à mi-chemin.

Il passe la main sur sa barbe naissante et secoue la tête de frustration.

– Hum, Dante ?

– Oui ?

– Et nous ?

– Quoi, nous ?

– On rentre comment ?

– On marche, Tutu.

– Ah ah, très drôle.

Ses sourcils se froncent et ses iris noirs se plantent dans les miens d'une telle façon que je devine qu'il ne plaisante pas du tout.

– Tu ne peux appeler personne à la rescousse ? insisté-je.

– Pas pris de téléphone, balance-t-il en haussant les épaules. Et si tu crois qu'on capte dans le coin…

– Et moi qui te prenais pour mon sauveur ! Il ne te suffit pas de siffler pour faire apparaître une licorne rose ?

Je ris en nous imaginant sur le dos d'une telle créature volante, surtout mon *dark stranger* en tenue de cowboy, puis je me remets à ronchonner.

– Rentrer à pied ? Mais on en a pour trois jours ! m'écrié-je.

– Je dirais deux heures trente. Mais il faut qu'on se dépêche pour éviter de marcher de nuit.

– Il n'y a pas des grosses bestioles qui traînent par ici, hein ? m'inquiété-je. Des lions des montagnes, des coyotes ou d'autres trucs avec des grosses griffes et des crocs pointus ?

Dante m'ignore superbement en rassemblant nos quelques affaires. Puis il quitte notre arbre et part d'une bonne foulée en direction de la rivière. Pour lui, le marathon a commencé.

– Tu ne m'as pas répondu ! râlé-je en traînant des pieds quelques mètres derrière lui.

– Parce que tu risquerais de ne pas aimer ma réponse, Tutu… lance-t-il en marchant à reculons.

– Donc on va se faire bouffer, c'est ça ?

– Tout est possible.

– Dante Salinger, je…

Nouveau coup de tonnerre. Plus violent encore que les précédents. Je sursaute et le rejoins en sprintant.

– On ne va pas tarder à se faire saucer, m'apprend le cowboy en scrutant le ciel. Et crois-moi, tu n'as jamais vraiment connu la pluie tant que tu n'as pas foutu les pieds dans le Montana.

Maintenant, si.

À peine vingt minutes que l'on marche et le ciel s'abat sur nous. Une pluie torrentielle, comme promis. Fraîche, qui étanche ma soif, mais me fait rapidement grelotter.

– J'aurais dû amener mon gros pull… soupiré-je en trottinant devant le Phœnix.

– Ne marche pas trop vite Sol, garde des forces.

– J'ai froid !

– Je sais, soupire-t-il. J'aurais dû être plus prudent… Mieux attacher les chevaux. T'amener des vêtements chauds. Je suis désolé…

– Ah non !

– « Ah non », quoi ?

– Tu ne vas pas encore dire que tout est de ta faute !

Derrière moi, le Phœnix lâche un rire guttural, viril, sexy, puis me rejoint en trois grandes enjambées. Ses bras s'enroulent autour de ma taille, ses lèvres se collent aux miennes et nous nous embrassons sous une pluie diluvienne, entre les montagnes du Montana, l'eau du ciel se mêlant à la fougue humide de nos baisers. Dante m'emmène ensuite à l'abri, sous un arbre, et retire sa chemise trempée. Il l'essore sous mes yeux, en faisant rouler chaque muscle de son torse sublimement dessiné, puis l'attache autour de mes épaules.

– Non ! me rebellé-je.

– Si.

– Hors de question !

– Non négociable, grogne-t-il.

– Si tu meurs de froid, je me retrouverai seule dans ces montagnes, incapable de rentrer !

– Un coyote s'occupera de toi, ne t'en fais pas, ricane le tatoué.

Le débat « À qui revient cette chemise ? » dure encore de longues minutes, jusqu'à ce que la pluie s'arrête.

– Grouille-toi, Tutu. Il faut qu'on avance un maximum avant la prochaine averse.

– J'ai mal aux pieds.

– Déjà ? Je te pensais plus résistante.

– Moi aussi, murmuré-je.

Le Phœnix ne ralentit pas et je fais tout mon possible pour ne pas le freiner. Je le rejoins tant bien que mal, en ignorant ma fatigue, mes jambes tellement moins puissantes que les siennes… Après tout, la douleur physique, je l'ai côtoyée, apprivoisée, acceptée pendant des années. Aucune danseuse ne pourra vous dire le contraire.

L'esprit s'en souvient à jamais, mais le corps, lui, oublie. Et redevient fragile, imprévisible, défaillant.

– Je te porterai s'il le faut, lâche Dante en me tendant la main. Mais je te ramènerai saine et sauve.

Le ciel est clément. Nous parcourons plus de la moitié du chemin en un peu moins de temps que prévu et la chaleur me gagne, à nouveau. Une heure s'est écoulée et je tiens encore debout, je trébuche parfois sur une racine, sur une pierre mais les bras vigoureux du ténébreux ne me font jamais défaut. Dante me récupère dès que mon corps me lâche. Que mon genou cède.

« C'est fini. Vous ne pourrez plus danser, Solveig. Plus courir plus de quelques minutes, non plus. Oubliez les nuits folles passées à danser, le sport en général, les randonnées. Votre genou ne vous le permettra pas. »

C'est la lourde sentence que le chirurgien m'avait assénée, après six heures passées au bloc opératoire, en allumant la mèche qui mettait fin à mes rêves. Le spécialiste m'avait alors expliqué à quel point mes articulations étaient endommagées. Avant de conclure :

« Estimez-vous déjà heureuse de pouvoir marcher. »

– Tutu ?

La voix rauque de Dante me ramène à la réalité. J'atterris à nouveau dans cette immense plaine verte qui, soudain, me paraît bien hostile.

– Hmm ?

– Tu es toujours là ? me sourit-il doucement.

– Oui.

– Tu veux faire une pause ?

– Non. On avance.

– Tu es sûre ?

Je hoche la tête et accélère le pas.

– Solveig…

– Quoi ?

– Tu boites.

– N'importe quoi.

– Tutu…

Il a raison. Cela fait plusieurs kilomètres que mon genou me fait souffrir. Atrocement. Mais je serre les dents et je m'accroche, comme on m'a appris à le faire.

– On continue ! rétorqué-je d'une voix mauvaise.

Un kilomètre de plus parcouru. Puis deux. En réalité, je n'ai aucune idée précise des distances, mais ça me fait du bien de les inventer, histoire de ne pas avoir l'impression de faire du surplace.

La pluie tombe à nouveau, en vastes rideaux. Elle s'abat sur nos corps fatigués, sur la terre meuble, rend le sol moins stable, l'herbe glissante. Je m'échine à garder le même rythme, à ne pas me laisser diriger par une nature capricieuse et des jambes chancelantes, mais Dante en décide autrement. Sa main emprisonne mon poignet et m'emporte à nouveau sous un arbre. Je ne lutte pas. Je n'en ai plus la force.

– Repose ton genou, assieds-toi.

– Le sol est trempé !

– Pas ici, affirme-t-il en m'indiquant du menton un endroit miraculeusement sec.

Je m'assieds en soupirant de bonheur, il m'imite et remonte mon jean le long de ma jambe meurtrie. J'ai un mouvement de recul, mais son regard plonge dans le mien et je réalise que je n'ai rien à lui cacher.

– Qu'est-ce que je peux faire ? me demande alors l'homme aux sourcils froncés. Pour te soulager ?

– Me masser très doucement, comme ça, autour de la cicatrice… répliqué-je en lui montrant le mouvement.

Pendant de longues minutes, Dante fait tout son possible pour m'aider, tandis que je me détends en écoutant la pluie tomber. Ses mains sont prudentes, habiles, bientôt expertes, elles chassent un peu la douleur. Je pose les yeux sur lui, sur l'homme que j'aime, et je réalise qu'il ne desserre pas la mâchoire.

– Dante… Tu n'y es pour rien.

Je caresse sa joue trempée du bout des doigts, il incline la tête pour venir à la rencontre de ma paume.

– Je ne supporte pas que tu souffres, murmure sa voix grave.

– Tu ne peux rien faire pour mon genou, lui soufflé-je tendrement dans un sourire. Mais tu m'as offert un nouveau regard sur la vie. Tu es en train de me guérir, Dante. Et je voudrais tant faire pareil pour toi…

Dans ses yeux sombres, une immense tendresse. Mais toujours teintée de la même noirceur. Cette noirceur que je me jure de faire disparaître, un jour.

La pluie cesse et ses bras de fer m'aident à me relever. Nous marchons encore plusieurs kilomètres, parfois main dans la main, ou bras dessus bras dessous, ou encore l'un dans le sens de la marche l'autre à reculons, et accédons enfin au fameux sentier qui mène au ranch.

– Plus que trente minutes, Tutu.

– Chocolaaat… lancé-je d'une voix de junkie en manque.

– Quoi ? se marre le tatoué.

– Je pense au chocolat qui m'attend. Pas toi ?

Il réfléchit un instant, puis grogne d'envie :

– Douche brûlante.

– Pas mal, acquiescé-je.

– Et canapé moelleux…

– Chocolat… Douche… Canapééé… chantonné-je de ma voix de droguée.

Je suis épuisée. Dante aussi, probablement, mais il ne montre rien. Pas un signe de fatigue. De lassitude. De faiblesse. Rien. Mon genou me lâche à nouveau, le farouche le remarque mais s'empêche de commenter. Je réclame une dernière pause, il me masse à nouveau, mais la nuit menace de tomber.

Alors le Phœnix se lève et me tend les bras.

– Encore cinq minutes, lui demandé-je. Mon genou n'est pas prêt…

Le ténébreux insiste, je me lève tant bien que mal. Soudain, sa grande silhouette se positionne dos à moi et Dante plie les genoux pour se rapprocher du sol. Je ne comprends pas immédiatement ce qu'il manigance.

– Un petit problème de transit ? demandé-je en riant bêtement.

– Tais-toi et grimpe, fait sa voix profonde.

– Quoi ?

– Monte sur mon dos, Sol. C'est la seule solution.

– Je suis trop lourde !

– Monte.

– Je mange deux petits déjeuners par jour !

– C'est le meilleur repas de la journée.

– Dante, je vais te tordre la colonne…

– Elle est en titane ! Grimpe je te dis !

Il ne rigole plus. Du tout. Alors j'obéis, parce que mon genou ne me porte plus. Et parce que l'air de rien, faire du poney sur Dante Salinger, ça m'amuse un peu.

Beaucoup.

Nous arrivons dans la cour du ranch moins de vingt minutes

plus tard. J'ai gloussé au début, puis me suis tue. Dante a souffert le long du sentier, en me portant sur son dos, mais il a marché à toute vitesse, slalomant entre les gouttes. Le ciel ne l'a pas épargné, les éclairs nous ont accompagnés jusqu'au bout, mais il y est arrivé. L'homme-oiseau a vaincu les éléments.

Face à la grande porte, mon Phœnix se baisse à nouveau, pour me permettre de descendre. Je le remercie à ma façon, en glissant mes lèvres affamées sur sa bouche, mes mains dans ses cheveux. Il répond à mon baiser furtivement, avec sa langue, puis m'ordonne d'entrer dans la maison.

– Tu vas où ? lui demandé-je alors.

– Vérifier que les chevaux sont bien rentrés.

Déjà, son corps s'éloigne de moi, mais je le retiens fermement.

– Le téléphone, tu connais ? sifflé-je. Tu en possèdes un, non ? Et Jack aussi…

– Le chocolat t'attend ! me balance l'insolent. Je n'en ai pas pour longtemps !

– Tu restes *avec moi* Salinger, c'est compris ? le menacé-je.

Son sourire de sale gosse s'étend, il passe la main dans ses cheveux mouillés et mon cœur se serre. Ou alors est-ce plus bas que ça se réveille ? Beaucoup plus bas.

– La jeune femme a raison, Mr Salinger. Ça nous arrangerait que vous restiez là.

Je lâche un cri strident, Dante se place brusquement entre l'homme immense en costume noir et moi. Je panique déjà, j'imagine le pire. Et lorsque je découvre la présence d'un deuxième intrus, plus petit mais pas moins menaçant, ma voix devient hystérique. Incontrôlable.

– Vous êtes envoyés par les Camden ? m'écrié-je en direction des deux inconnus.

– Solveig, calme-toi, murmure Dante.

– Des tueurs à gages ?

– Solveig.

– Vous êtes là pour m'éliminer ? Me faire disparaître ?

– Solveig…

– Ou juste des espions ? Vous allez tout leur raconter, c'est ça ? Et ils vont se servir de tout ça contre moi, au procès ?

– SOLVEIG !

Dante ne hurle jamais, mais il vient de le faire. En me secouant doucement mais fermement. Pas pour me faire mal, mais pour me sortir de ma transe paranoïaque. Il fallait bien ça pour que je cesse de débiter mes théories fumeuses.

Je me tourne vers le brun, l'interroge du regard. Et réalise qu'il connaît ces hommes. Que leur venue n'a rien à voir avec moi.

Légère gêne. Très légère…

– Jensen, Clark, qu'est-ce que vous foutez là ? grogne Dante dans leur direction.

– Vous ne répondez plus à nos appels, lui répond le premier.

– Il fallait qu'on entre en contact avec vous, ajoute le second.

– Vous n'avez rien à faire ici, fait la voix rauque de mon amant. Vous empiétez sur ma vie privée.

Les deux pingouins se regardent un instant, un peu hésitants, puis hochent la tête après s'être mis d'accord silencieusement.

– On n'avait pas d'autre choix, balance le grand.

– On devrait rentrer à l'intérieur, pour plus de discrétion… propose son acolyte.

Dante se plante devant la porte d'entrée, bras croisés sur son torse.

– C'est non, rétorque-t-il, implacable. Vous faites demi-tour. Vous montez dans votre bagnole. Et vous quittez les lieux sur-le-champ.

– On n'a pas fait tous ces kilomètres pour rien… râle le petit.

– Malheureusement si, lâche le Phœnix.

Je tente de décrypter ce qui se passe sous mes yeux, mais je manque cruellement d'informations.

– Dante ?

– Hmm ?

– Tu peux m'expliquer ?

Sans changer de position, sans quitter ses adversaires du regard, le ténébreux répond gravement :

– Ross Jensen et Peter Clark, je vous laisse le plaisir de vous présenter.

– Nous sommes des agents du FBI, Miss Stone.

– Vous connaissez mon nom ? soufflé-je, interdite.

– Ils savent tout, puisqu'ils m'ont traqué jusqu'ici, siffle Dante. Grâce à mes comptes bancaires, j'imagine ? Ou mes relevés téléphoniques ?

– Les deux, reconnaît Jensen.

– Vous ne m'avez tout de même pas mis sur écoute ? lâche soudain le brun, d'une voix d'outre-tombe.

– Non, ce serait illégal, bredouille Clark.

Le brun soupire, regarde le ciel en faisant craquer son cou et conclut ces charmantes retrouvailles par une mise au point cinglante :

– Je n'ai rien à vous fournir sur les activités de mon père. Je vous ai dit que je mettais tout ça en stand-by. Que ça vous plaise ou non, à vous, à votre hiérarchie, vous devrez attendre. C'est moi qui mène la danse ! Maintenant, dégagez d'ici.

– Plus vous attendrez pour coopérer et plus il aura le temps de…

– De rien du tout. Il n'a aucune idée de ce qui se trame contre lui, riposte le tatoué. La sortie est par là.

Les deux agents soupirent, puis me font, l'un après l'autre, un bref signe de la tête.

– Appelez-nous. Dès que vous serez prêt, lâche Jensen avant de nous quitter.

Sans attendre, je pousse la porte et rentre dans la maison, emportant le bras crispé de Dante avec moi… et le reste de son corps, qui suit contre son gré.

– Chocolat ! lui rappelé-je en le tirant jusqu'à la cuisine.

– Douche brûlante ! gronde-t-il en me soulevant brusquement du sol.

Le ciel s'est acharné sur nous, le FBI nous est tombé dessus, mais ce n'est rien comparé à l'eau déchaînée qui ruisselle bientôt sur nos corps alanguis. Dante m'embrasse, m'emprisonne, me caresse, me possède. Encore et encore.

Et le ciel peut bien aller se faire voir…

28

Kloung

9 h 42 du matin. J'ouvre les yeux et me remémore notre épopée de la veille. Tous ces kilomètres parcourus à pied, sous une pluie battante, à la merci des lions et des coyotes. Je plie une jambe sous la couette, tends un bras jusqu'à l'oreiller de Dante, j'ai mal partout.

Et il n'est plus là.

Je me retourne en bâillant sur le matelas moelleux et trouve un petit mot sur le coussin qui sent encore son parfum. Désormais une tradition, entre le Phœnix et moi. Comme le Petit Poucet et ses cailloux. En beaucoup moins déprimant.

Les chevaux sont bien rentrés à l'écurie.
Ton genou n'est pas enflé, j'ai vérifié.
Le café t'attend en bas.
Et UN SEUL petit déjeuner.
Ma colonne tordue est allée nager pour
se remettre droite.
D.

Un peu perplexe, un peu en manque de mots doux, je retourne le papier blanc et découvre une ultime inscription :

Au fait, je t'ai dit à quel point tu étais belle, endormie ?

Je ris tout bas, m'extirpe paresseusement du lit, enfile l'un de ses immenses T-shirts et m'empare de mon téléphone avant de quitter la chambre. Une fois dans les escaliers, je sens mon portable vibrer dans ma main. Je jette un coup d'œil sur l'écran : le prénom de mon frère s'affiche.

Impossible.

– Tu as besoin de combien, Jonas ? demandé-je en décrochant.

– Tout ce que tu as… fait sa voix un peu amorphe.

– Je n'ai plus grand-chose, justement.

– Merde. Bon, je vais appeler mon autre sœur.

– Laquelle ? rétorqué-je en riant face à sa bonne humeur.

– Celle qui est pétée de thunes. Et qui ne pense pas que je l'appelle juste pour lui soutirer du fric.

Ce petit con arriverait presque à me faire culpabiliser. Sauf que ce qu'il oublie, c'est que depuis notre enfance, ça ne l'a jamais dérangé de me réclamer quelques billets et de se servir directement dans mon porte-monnaie quand j'avais refusé. Il lui est même arrivé de vendre certains de mes bijoux ou de mes fringues pour se faire quelques dollars.

Le grand frère dont toutes les petites sœurs rêvent…

– Tout va bien ? relancé-je, plus sérieusement.

– Ouais. Et toi ? Ça roule avec ton bonbec qui pique ? Tu peux tout me raconter, ça te ferait du bien de vider ton sac, je crois.

– C'est pour ça que tu m'appelles ? Pour prendre de *mes* nouvelles ?

– Ouais. Je suis un nouvel homme. Enfin, un nouveau frère.

– Ou alors tu as une tumeur au cerveau. Il paraît que ça peut transformer un psychopathe en agneau. Ou le contraire…

– Sympa, la comparaison.

– Un petit AVC, peut-être ? Tu n'as pas mal à la tête ? Des vertiges ?

– Sol, je cherche juste à être là pour toi.

Son ton a réussi à me toucher. Mon sarcasme se fait la

malle et je décide de lui laisser le bénéfice du doute. Pourtant, Jonas a déjà su me manipuler un nombre incalculable de fois.

– Je vois…

– C'est difficile, hein ? lâche sa voix triste.

– Quoi ?

– De me faire confiance, souffle-t-il, un peu peiné.

– Non. Enfin, si… Je peux être vraiment honnête ?

– Tu l'as toujours été, Sol. *Brutalement* honnête.

– Désolée…

– Pas grave. C'était mérité.

– J'ai juste peur que ça ne dure pas, Jo. Que tu te désintéresses à nouveau de moi et que je n'aie plus aucune de tes nouvelles pendant trois ans.

– Ce serait naze, confirme-t-il.

– Tu es ma seule famille, Jo. Aussi pathétique que ça ait l'air…

– Et tu es la mienne.

– Très bonne déduction.

– Saloperie.

– Petit con.

– Gamine.

– Crétin.

Un long silence suit cet échange d'amabilités, je devine qu'il sourit autant que moi, à l'autre bout du fil.

– Sol ?

– Oui ?

– Je suis à ce point un *loser* ?

– Non. Enfin, ça dépend. Juste un peu. Pas tout le temps.

– Je ne veux plus être un *loser*. Je ne veux plus te décevoir. Je veux changer, vraiment. Toi tu as réussi. Après ton opération, la danse, ton rêve, tout est parti en fumée. Et les parents ne t'ont pas beaucoup soutenue, ils s'en foutaient un peu, comme de tout le reste. Tu aurais pu mal tourner, ne plus trouver de sens à ta vie, comme moi. Mais tu t'es battue.

– Ne prends surtout pas exemple sur moi, murmuré-je. Je suis veuve, sans job fixe, ruinée, paumée et amoureuse de l'homme qui va témoigner contre Preston… Contre moi.

Jonas lâche un petit sifflement, l'air de dire que ma vie est un sacré bordel, puis il ajoute :

– Oui mais je serai là. Au procès. Je vais venir. Tu ne seras pas seule, Sol.

« Pas seule. »

Bizarrement, ça sonne mal. Je rejoins Dante juste après avoir raccroché avec mon frère. Le Phœnix a troqué sa piscine olympique contre les fourneaux et nous prenons notre petit déjeuner ensemble… assis sur le même tabouret.

Il faudrait peut-être qu'on songe à consulter.

Un kinésithérapeute vient ensuite sonner à notre porte et mon ténébreux m'apprend qu'il l'a fait venir pour s'occuper de mon genou. Au début de la séance, Dante me prend en photo, avec ma permission. Il immortalise mon corps mutilé entre les mains guérisseuses. Je ne suis toujours pas très à l'aise avec ma cicatrice, mais son regard intense et bienveillant m'apaise. Le Phœnix disparaît ensuite pour passer des coups de fil, me laissant seule avec le kiné. Un peu magicien sur les bords.

La séance m'a épuisée. Je m'endors en début d'après-midi, entre les bras de Dante, sur le canapé moelleux du salon, et ne me réveille qu'à la nuit tombée. Plus de Phœnix. Mais des bruits de casseroles dans la cuisine.

Je me rends jusqu'à lui sur la pointe des pieds, le surprends en train de sortir de la viande du four et lui lance, de ma voix la plus suave :

– Je meurs de faim, cowboy !

Dante se retourne, plonge son regard lumineux dans le mien et rit de cette manière qui me désarme.

– Bien dormi, Tutu ?

– Comme une Morue sur la banquette arrière de ma Chevy.

Il se marre et me tend un verre de vin rouge. Je le regarde

cuisiner pendant une heure. Déguste son festin pendant la suivante. L'écoute me parler de l'Italie une fois de plus. Et lui balance la seule phrase que je maîtrise dans sa langue d'origine :

– *Ti amo*, Dante.

Une petite flamme s'illumine dans ses iris intenses. Et sa belle bouche me répond, tout bas, mais avec force :

– *Ti amo*, Soleil.

***

Je profite de la langueur de cette soirée d'automne qui s'étire, affalée sur l'immense méridienne du canapé, un verre de vin à la main, en prenant des nouvelles d'Ali et Phoebe par textos. Mon ficus va toujours aussi mal, c'est que la vie continue.

Mon beau tatoué s'est installé juste à côté de moi, assis tout au bord du coussin, jambes écartées, manches de chemise relevées, coudes appuyés sur les genoux et tête entre les mains. Face à lui, posé sur la table basse, un épais dossier qui a l'air de le contrarier. Je pourrais passer des heures à étudier (en cachette) l'homme que j'aime sous tous les angles. Son profil parfait, ses sourcils froncés et ses cils si délicats, la ligne droite de son nez et le rebondi de sa bouche, la virilité de ses mâchoires anguleuses et la sensualité de ses lèvres charnues. Mais mon portable émet le doux son d'un nouveau mail arrivé. Aussi doux que la barbe de trois jours de Dante sur mon visage. Que le poil dru et mal rangé de Morue. Doux comme le bruit du tonnerre quand tu t'es endormie lovée contre ton amoureux. Peut-être même aussi doux que le visage de Patsy Camden.

Bref, pas doux du tout.

– *Diling*, le bruit que fait le malheur en sonnant à ta porte, ironisé-je à voix haute.

– Hmm ? marmonne mon brun sans lever les yeux.

– Non d'ailleurs le malheur fait plutôt « cling », je crois.

– Tu parles toute seule ou je suis censé participer ?

– À moins que ce soit *kloung*… dis-je encore en réfléchissant tout haut. Oui, le malheur a plutôt une gueule à dire *kloung* quand il se pointe devant ta porte.

– Sol, lis ton mail. Je lui enverrai la porte dans le nez si c'est Mr Kloung qui s'est ramené sans avoir été invité. Apparemment, c'est une habitude dernièrement…

– Mon héros… me moqué-je d'une voix admirative en posant une main sur son bras musclé.

Il sourit. Moi pas, en découvrant le mail de mon avocate.

De : Annette Ewing
À : Solveig Stone
Objet : Toujours pas
Bonjour Solveig,
Je sais que vous êtes aussi insomniaque que moi mais il est plus d'une heure du matin à New York, et je ne sais pas exactement à quel fuseau horaire vous en êtes de votre voyage. Quoi qu'il en soit, j'ai préféré de ne pas vous appeler cette fois.

J'interromps ma lecture ici pour me tourner vers l'homme occupé.

– Tu sais pourquoi cette fille est formidable ? Je lui dis les choses une fois et elle s'en souvient. Je lui demande de ne plus m'appeler Camden et *hop*, mon nom disparaît. Je plaisante sur le fait qu'on ne sait jamais quoi mettre dans l'objet et *paf*, elle fait une blague encore plus drôle. Si tu ne veux pas m'épouser, je crois que lui proposerai.

– C'est une soirée à thème « onomatopées » ? me demande-t-il, les yeux plissés.

– Bien joué, de relever un petit détail pour ignorer la bombe que je viens de poser.

– Et *boum*, chuchote-t-il pour me provoquer.

– *Grrrrr*, réponds-je en montrant les dents.

– Solveig Stone, je ne vais pas te demander en mariage là maintenant, et tu ne vas pas épouser ton avocate non plus.

Il se renverse en arrière pour venir m'embrasser. Mais pas n'importe quel baiser. Celui qui peut vous faire tout accepter. Ou tout oublier.

– Alors d'accord… bredouillé-je, encore étourdie de ses lèvres sur les miennes. Je m'en retourne à Mr Kloung.

– Ne lui passe pas le bonjour, grogne Dante qui se replonge dans son dossier.

De : Annette Ewing
À : Solveig Stone
Objet : Toujours pas
…
J'avais un doute sur les déclarations de Meredith Butler. N'importe quelle maîtresse pourrait s'inventer un petit héritier pour prétendre à l'héritage de Preston. Il faudra attendre que le juge ordonne un test ADN pour avoir confirmation mais je me suis procuré une photo de l'enfant pour prendre les devants. Je vous la mets en pièce jointe pour avoir votre avis. Vous connaissez mieux que moi le visage de votre mari, mais je trouve la ressemblance flagrante. Ne vous sentez pas obligée de la regarder si c'est trop dur. Mais j'ai pensé que vous voudriez savoir.
Prenez soin de vous.
Annette

Je pousse un long et lourd soupir avant de cliquer sur la photo pour l'ouvrir.

– Quoi ? Tu lui as demandé sa main et elle a accepté ? reprend le brun.

– Oh putain…

En entendant mon ton ahuri, il referme son dossier en faisant claquer la chemise cartonnée et vient s'adosser près de moi, les mains croisées derrière la tête.

– Qu'est-ce qui se passe, Tutu ?

– C'est lui… marmonné-je en fixant mon portable.

Une minuscule version de Preston envahit mon écran. Les mêmes petits yeux noisette, doux et rieurs. Le même sourire immense, d'une oreille à l'autre, mais avec deux joues rebondies autour. Ma gorge se serre un peu.

– Qui c'est ? insiste doucement Dante.

– L'héritier…

– De qui ?

– Le fils de mon mari mort…

– Ah.

– … et de sa maîtresse que j'ai bien envie de tuer.

– Je vois.

Un avant-bras tatoué approche de mon visage, une main hâlée se met à caresser mes cheveux détachés et un menton piquant dépose un baiser sur ma tempe.

– Ce gosse a vraiment une tête à s'appeler Kloung, annonce la voix grave et posée tout près de mon oreille.

– Je trouve aussi, murmuré-je dans un petit sourire triste.

Et je me retourne pour cacher mes yeux humides dans le cou le plus doux que je connaisse. Je m'y blottis en silence, je respire son odeur, me nourris de sa force tranquille, assez longtemps pour apaiser ma colère et ma tristesse.

– *Psst*, tu ne veux pas me faire un enfant pour de faux ? lui demandé-je tout bas.

– Et *vlan* ! lance Dante en posant sa main sur ma hanche.

– C'était quoi, ça ?

– Moi qui claque la porte au nez du malheur.

Le Phœnix me sourit à m'en faire fondre le cœur. M'allonge sur le canapé avant de s'étendre sur moi. Et m'embrasse langoureusement, d'un nouveau baiser qui fait tout oublier.

29

Le bruit que fait le malheur en partant

Tous les deux entremêlés, on a dû célébrer le départ du malheur jusqu'à environ trois heures du matin… Ce séjour dans le Montana semble beaucoup inspirer mon cowboy tatoué. Le réveil affiche sept heures passées mais j'ai l'impression d'avoir dormi dix minutes quand Dante bondit hors du lit.

– Solveig, habille-toi, m'ordonne sa voix rauque.

Entre mes yeux plissés, je le vois sauter dans un jean et un T-shirt noir. Je ne perçois qu'à ce moment-là les bruits qui semblent venir du rez-de-chaussée.

– Encore le FBI ?! commencé-je à paniquer.

– Pire.

– Jensen, Lois et Clark et tout ce bordel ?

– Non, je viens de te le dire.

– Alors qui ?

– Je peux reconnaître ses pas les yeux fermés, grogne Dante en frottant vigoureusement sa barbe de quelques jours.

– Tu ne veux pas me dire qui c'est ?

– C'est le vrai bruit que fait le malheur quand il arrive. Des fringues, Sol. Maintenant.

Je m'exécute en percevant l'urgence dans le froncement de sourcils, la gravité de sa voix. Et les pas qui se rapprochent.

Le brun fonce dans la salle de bains attenante, s'asperge le visage d'eau, se brosse les dents en quatre secondes, passe ses mains mouillées dans ses cheveux en désordre puis se fait craquer le cou. Si je n'avais pas si peur de ce qui va arriver, je le trouverais terriblement beau, fort, d'une masculinité à toute épreuve. Je le rejoins dans la salle de bains, me rafraîchis aussi et me fais une rapide queue-de-cheval. Dante pose alors sa large main sur ma nuque dénudée et me souffle :

– Promets-moi de ne pas flipper, et de me laisser parler.

– Ça fait deux trucs impossibles dans une seule phrase, tremblé-je.

– Fais de ton mieux, Tutu. Et n'essaie pas de me défendre, s'il te plaît.

Il dépose un baiser au creux de mon oreille et se rue à nouveau dans la chambre. Je le suis en courant, mon genou douloureux me rappelant notre randonnée forcée d'avant-hier.

– Dante Lazzari ! déclame une voix forte avec un accent italien surjoué.

La porte s'ouvre avec fracas comme si on venait d'y mettre un grand coup de pied. Un homme apparaît sur le seuil, en costume gris clair et sourire amer.

– Je m'appelle toujours Salinger, grommelle Dante en se plantant face à lui, à bonne distance.

– C'est comme ça qu'on accueille son père chez lui ? sourit encore l'homme avec une voix sans accent.

Son père…

Il ouvre grand les bras dans un geste théâtral et sourit encore plus faux quand il m'aperçoit.

Je le déteste déjà.

– On a de la compagnie, je vois…

D'un coup d'œil, j'essaie de déterminer les ressemblances entre mon brun à la beauté brute et ce type qui me semble déguisé. Un démon irascible dans un costard d'ange parfaitement maître de lui-même. Des cheveux bruns trop longs, plaqués en arrière et gominés pour en contrôler les ondulations. C'est raté. Il doit avoir une petite soixantaine d'années et je jurerais qu'il se teint pour cacher le sel sous le poivre. Pas vraiment réussi non plus. De Dante, il a la même stature imposante. Le même regard sombre, d'un noir tellement profond qu'on ne peut distinguer la pupille de l'iris. Des yeux durs, dans lesquels on ne peut rien lire.

S'ils sont le miroir de l'âme, la sienne a foutu le camp il y a longtemps.

– On peut aller ailleurs pour se parler, propose Dante d'une voix ferme.

– Pour quoi faire ? On est bien ici, dans ta chambre d'adolescent.

Le père Lazzari sourit à nouveau et avance dans la pièce, avant de déboutonner sa veste, de s'asseoir sur le lit défait et d'étendre ses bras derrière lui. Plus malsain, tu meurs.

– Tu ne nous présentes pas ? demande Vito, l'air innocent.

– Non.

– Mon fils a toujours aimé jouer les rebelles… me chuchote-t-il avec un petit regard complice qui me colle des frissons.

– Je ne crois pas qu'il joue à quoi que ce soit, réponds-je alors spontanément.

Puis je me mords les joues en sentant le regard dur de Dante se braquer sur moi.

– On allait partir, annonce le ténébreux à son père en commençant à réunir nos affaires.

– Fuir aussi, il a toujours aimé ça… ironise Vito sur un ton perfide.

Mon tatoué s'immobilise et je sens mon sang se glacer. Aucun coup n'a été échangé. Mais il règne dans l'air une telle violence, une tension sournoise prête à exploser. Tournant le dos à son père, Dante plante ses yeux sombres dans les miens et m'intime de ne rien dire. Je comprends des milliers de choses dans ce regard. Je ne suis pas censée savoir. Et je ne dois pas le trahir. Pour une fois, rien qu'une fois dans ma vie, je dois vraiment me taire.

– Je suis surpris que tu aies pris des vacances sans en avertir personne, relance le vieux.

– J'ai suivi tous les dossiers, le boulot est fait, répond simplement le fils.

– Tu as tellement de bons souvenirs ici que tu ne peux pas t'empêcher d'y revenir, ajoute-t-il avec une moue surjouant l'émotion.

Et la nausée me gagne. Je prends une grande inspiration, la plus silencieuse possible, pour m'empêcher d'intervenir. Dante continue de balancer ses affaires dans son sac en toile, les mâchoires serrées et tous ses muscles contractés.

– Tu as l'air très occupé, fils, il vaut sans doute mieux que je fasse connaissance moi-même avec ton amie… Vittorio Lazzari, se présente-t-il officiellement en se levant du lit pour me tendre la main.

Le ventre noué, je réfléchis à toute vitesse pour ne pas faire ou dire de conneries. Cet homme, c'est l'ennemi. Il ne doit pas savoir qui je suis. Et je préférerais marcher trois jours sous la pluie plutôt que devoir lui serrer la main. Mais il ne doit pas non plus imaginer que j'ai peur de lui, pour une raison ou une autre. Alors je bredouille un « bonjour » poli et me mets à ramasser mes vêtements pour me donner quelque chose à faire. Au pire, je passerai pour une nouvelle conquête un peu décérébrée de son fils aîné.

Vito mime une révérence théâtrale et un baisemain dans les airs à l'endroit où je ne suis plus. Ce type est un charmeur qui n'a pas l'habitude qu'on lui résiste. Et qui ne peut pas imaginer une seule seconde que ce soit volontaire de ma part. Il continue à me sourire, aussi mielleux que Dante semble tendu.

– Comme c'est une *maison de famille*, ici, ça ne dérange pas que ta famille s'y invite, n'est-ce pas ? relance le père en provoquant le fils.

– Tu fais ce que tu veux… comme toujours, lâche Dante sans le regarder.

– Toi en revanche, tu as des responsabilités, des obligations. Et quand on est un homme, on les honore.

Je peux sentir les phrases siffler comme des balles au-dessus de mes oreilles. Mon brun suspend ses gestes et vient croiser les bras sur son torse. Ses yeux rivés dans ceux de son paternel, il réplique.

– Et tu es venu m'apprendre à être un homme, c'est ça ?

Le père Lazzari émet un petit rire silencieux face à cette question rhétorique, il fixe un instant ses mocassins cirés qui doivent valoir une petite fortune, y admire probablement son reflet qu'il adore puis s'approche un peu plus près de Dante.

– Je suis venu te demander d'arrêter de te cacher ici comme le petit garçon borné que tu étais. Et de faire le job pour lequel je te paie.

J'hésite à m'enfuir en courant de cette pièce à l'air irrespirable. À appeler la police sur-le-champ pour qu'ils viennent arrêter ce monstre de cruauté. Mais je reste là, immobile, pour soutenir en silence l'homme que j'aime et qu'on tente de faire flancher.

– Je sais que tu n'as jamais supporté que je sois libre, rétorque posément Dante, sans perdre ses moyens. Et que tu as ce besoin viscéral, maladif, de tout contrôler. Mais moi, tu ne peux pas. Je sais que ça te rend fou. Et je retournerai bosser quand je l'aurai décidé.

Alors le père Lazzari s'éloigne, comme s'il savait que cette joute verbale était perdue d'avance. Qu'il ne pourrait pas se contrôler davantage. Qu'il allait trop en dire, trop en montrer, devant moi. Qu'il finirait par faire le geste de trop, celui qui est réservé à la salle des tortures, au premier. Celui auquel personne n'a jamais assisté, excepté ses quatre victimes. Le geste, le coup qui trahira son image léchée d'homme d'affaires respecté. Il renfile son costume d'ange et se dirige vers moi, les poings enfoncés dans les poches.

– Les Italiens ont le sang chaud, n'est-ce pas ? rit-il un peu trop fort pour me convaincre que tout est normal.

– Il paraît, fais-je bêtement avant de me rattraper. Ça dépend des hommes.

– Vous les aimez comment, vous, les hommes ? Plutôt machos ? Ou doux comme des agneaux ?

Si c'est un numéro de charme, ça échoue lamentablement. Et c'est en train de me remonter sérieusement dans l'estomac. Si c'est une façon de pousser Dante dans ses retranchements, je crois que ça fonctionne un peu mieux.

– Laisse-la en dehors de ça, lui intime mon ténébreux.

– Possessif, protecteur… commente Vito sur un ton moqueur.

– Tu as fini, on peut y aller ? lui demande Dante qui commence à fatiguer.

– Dis-moi juste une chose, fils… Pendant que tu es là à jouer les jolis cœurs, qui protège ta mère et ta sœur ?

Cette dernière question a fait l'effet d'un uppercut dans le visage de mon Phœnix. Je le vois serrer les dents, encaisser, réunir toutes ses forces pour ne pas craquer. Et devenir violent à son tour. Alors mon cœur comprimé tente de s'extirper de ma poitrine, je lis dans le regard du père tout le plaisir qu'il prend à tyranniser son fils aîné, celui qui lui a échappé. Je comprends alors toutes les humiliations dont il est capable. Sa façon de diviser pour mieux régner, de culpabiliser les uns pour manipuler les autres, d'obtenir ce qu'il veut, par tous les moyens les plus pervers. Ce type est un sadique. Un fou à lier. Il n'est bon qu'à être enfermé.

Dante ravale sa haine, ferme le zip de son sac en toile et prend ma main, qu'il serre plus fort qu'il ne l'a jamais fait. J'attrape aussi mon sac rempli et m'en remets à lui. On dévale tous les deux les escaliers des trois étages, on quitte le ranch comme deux chevaux sauvages fuyant le tonnerre. Je regarde régulièrement derrière moi mais Vittorio Lazzari ne nous suit pas. Mon ténébreux, lui, part sans se retourner. Il balance les sacs dans le coffre du SUV, m'ouvre la portière passager puis vient s'installer d'un bond derrière le volant.

– Ça ne te dérange pas si je conduis ? demande-t-il comme si ça avait la moindre importance.

Il n'attend pas ma réponse et démarre en trombe, ses yeux noirs de colère fixés sur le pare-brise. Son visage est dur, fermé. Ses sourcils plus tourmentés que jamais. Je le laisse dans sa bulle de silence, celle dont il a besoin pour redescendre. Je me tais et me contente de poser une main sur sa cuisse. Juste pour qu'il sache que je suis là, quand il aura envie de parler. Il glisse sa paume brûlante sur ma peau glacée et continue à rouler. Sans un mot.

Nous quittons Great Falls, ses montagnes et ses cascades pour reprendre l'autoroute en direction de l'Ouest. Un pont à quatre voies nous fait traverser le fleuve Missouri. Je lui dis adieu dans ma tête, à regret. Le remercie pour tous ces souvenirs précieux que j'emmène avec moi. Son grand air. On roule une bonne heure à travers le Montana. Et je tente de m'imprégner de ces paysages sauvages qui vont me manquer. Secrètement, je salue aussi Light et Darko, les chevaux rebelles qui nous ont fait vivre une parenthèse enchantée. Et puis Martha, la vieille fille aux chats qui a lu dans ses tarots un avenir radieux pour moi. Dans mes pensées, je lui souhaite d'être heureuse avec Howie, de choisir le bon versant de la montagne, elle aussi, et j'efface une stupide larme qui s'enfuit sur ma joue, avant que Dante ne la voie. Je n'y peux rien. Ce *road trip* et toutes ces rencontres me rendent sentimentale. Celle du type aux cheveux teintés et au sourire aussi faux ne gâchera rien. Je ne veux pas lui laisser le pouvoir de salir quoi que ce soit. Il n'aura rien de mes souvenirs ou de notre futur.

Je retourne lentement ma main sur le jean noir de Dante pour entrelacer mes doigts aux siens. C'est le moment qu'il choisit pour briser le silence.

– Tu peux prendre mon portable dans ma poche ?

– Je peux… dis-je en m'insinuant sous le tissu tendu.

Tout en conduisant, mon chauffeur lève un peu les fesses de son siège en cuir pour me faciliter la tâche.

– Oh pardon, ce n'était pas ton téléphone, m'excusé-je pour le faire sourire.

Ça ne rate pas. Mon cœur se regonfle à la vue de mon brun un peu moins ténébreux. Un peu plus lumineux.

– Cherche Jensen dans mes contacts.

– Dommage, soupiré-je, j'aurais bien appelé Lois et Clark.

– C'est juste Clark, Tutu. Et ce n'est pas Superman, juste un type du FBI.

– OK, je me concentre.

– Appelle-le. Et active le haut-parleur. S'il te plaît… ajoute-t-il un ton plus bas.

– Tu n'as pas besoin d'être poli avec moi, Dante. Ni de me demander la permission pour conduire ta propre voiture. Je sais que tu n'es pas lui. Pas un macho, un tyran. Que tu ne me traiteras jamais comme il le fait.

– OK… dit-il après un long silence. Merci.

Il se tourne vers moi pour m'offrir son regard brillant, presque fragile, reconnaissant. Mon cœur explose, cette fois, de le voir si sincère, si tendre, si mis à nu devant moi.

– Arrête de me regarder comme ça ou bien tout ce que le FBI entendra, ce sera mes cris quand je me serai jetée sur toi.

– J'ai bien pris note de cette menace, confirme-t-il dans un sourire.

– Jensen, j'écoute, braille tout à coup le haut-parleur du téléphone.

– Ici Salinger, s'annonce Dante en faisant porter sa voix dans l'habitacle.

– Du nouveau ?

– J'en suis. Je veux coincer mon père. Il faudra frapper fort et vite. J'espère que vous vous tenez prêts.

– On attend votre feu vert.

– Je vous donnerai toutes les preuves que j'ai dès la fin du procès.

– Entendu.

– Merci, Jensen. Désolé pour l'accueil, avant-hier.

– Ouais ouais, soupire l'agent, apparemment blasé. On veut la même chose, Salinger. Peu importe comment on y arrive.

– On y arrivera.

Mon farouche acquiesce plusieurs fois de la tête, sûr de

lui, déterminé, et me fait signe de raccrocher. On s'engage dans la *Flathead National Forest* qui s'étend entre les montagnes Rocheuses. Un doux parfum de pin et de nature sauvage flotte par nos fenêtres entrouvertes. Puis Dante pile subitement sur l'autoroute déserte. Et se rabat sur le côté.

– Tu entends ? me demande-t-il soudain.

– Quoi ?

– Le silence…

– Oui, rétorqué-je en souriant sans bien comprendre.

– C'est le bruit que fait le malheur quand il se barre… Et le bonheur quand il revient.

Le Phœnix me balance un de ses sourires ravageurs qui font battre mon cœur beaucoup trop fort.

– C'est pour ça que tu t'es arrêté ? Pour écouter le silence ?

– Non. Pour entendre tes cris. Tu ne devais pas te jeter sur moi en hurlant, à un moment ? souffle l'insolent en plissant ses yeux.

Ceux-là, je les connais par cœur. Joueurs, provocateurs, fous de désir et d'amour.

Nous nous défions du regard, l'un comme l'autre trop fier, trop borné pour céder. Ses iris noirs sont remplis d'un désir sombre, animal et je sais déjà que je vais craquer. Que je serai la seule à capituler. Mais je fais durer, juste parce que Dante est si beau. Si intense. Et que je ne me lasse jamais de le regarder.

– Embrasse-moi, Solveig. Fais-moi oublier.

Il a suffi d'une phrase, d'une seule, prononcée de sa voix de velours, rauque et sensuelle, pour que je plonge. Que j'atterrisse sur ses genoux. Entre son torse, sa chaleur, sa virilité et le volant du SUV. Déjà, nos langues s'emmêlent, nos mains s'empoignent, nos corps se rebellent de la plus belle des manières.

Insoumis, encore et toujours.

Frissons.

Soupirs.

Sa langue est chaude. Douce. Impérieuse.

Alors que notre baiser s'éternise, s'approfondit, que ma peau s'enflamme, que l'intérieur de mes cuisses fourmille, j'ondule de plaisir contre l'homme qui glisse ses mains sous mon top bleu marine. Dante atteint mes seins libres, les soupèse, les englobe de ses paumes audacieuses et devient dur contre moi. Très dur.

– Pas de soutien-gorge ? grogne le Phœnix.

– Pas eu le temps, soufflé-je en le sentant pincer l'un de mes tétons.

Le baiser reprend. Plus impatient, plus animal encore. Il fait mille degrés dans cette voiture. Le ténébreux me goûte, me suce, me mordille les lèvres, tout en martyrisant délicieusement mes seins gorgés de désir. Assise à califourchon sur lui, les jambes écartées, je me consume. Tout en bas, tout en haut, je ressens un milliard de choses. D'émotions. De sensations.

Indécentes.

Interdites.

– On ne devrait pas faire ça ici, Dante, soupiré-je tout en me frottant contre lui. On pourrait être découverts, il doit y avoir des gardes forestiers dans le coin.

– Il faut vivre dangereusement, Tutu… sourit l'insolent. On ne te l'a jamais appris ?

– J'ai tout appris toute seule, susurré-je contre sa bouche.

– Et c'est exactement ça qui me rend dingue de toi.

Je le contemple un instant, sans jamais cesser ma langoureuse danse du ventre contre lui.

– C'est *ça* que tu veux, Dante ?

Ma voix était provocante, sexy. Mes yeux descendent sur sa bosse, puis replongent dans son regard embrasé.

– C'est toi que je veux, gronde mon amant.

J'ondule de plus belle, frôlant son sexe emprisonné de plus en plus fort.

– Dis-moi ce que tu veux, Dante. *Tout* ce que tu veux.

Un sourire de sale gosse s'esquisse sur sa bouche entrouverte.

– Je veux que tu me goûtes, Solveig.

Sa phrase répand un millier de frissons entre mes reins.

– Je veux que tu t'agenouilles et que tu me prennes tout entier entre tes lèvres, continue sa voix profonde.

Chaque frottement m'arrache un gémissement, maintenant. Mon intimité est trempée, son érection bandée à l'extrême.

– Et en même temps, je veux que tu te caresses, murmure l'homme aux yeux noirs.

Nos regards restent soudés, imbriqués pendant de longues secondes, puis la tentation devient trop forte. Trop alléchante. Je déboutonne mon short, puis son jean. Je défais ma fermeture éclair, puis la sienne. Tout ça, sans jamais quitter ses iris dans lesquels brûle un feu ardent.

Je le libère enfin. Prends son sexe dans ma main. Le fais coulisser dans ma paume. Il frémit, je me liquéfie. D'un geste agile, Dante actionne une poignée et le siège avant recule au maximum. J'ai maintenant largement la place de glisser au sol. Lentement, sa virilité au chaud dans ma main, je descends. Je m'agenouille doucement, avec précaution pour ne pas briser le moment, il me sourit.

Il savoure déjà sa petite victoire.

Et moi aussi.

– Tu en as autant envie que moi ? murmure sa voix sexy.

– Je ne suis pas du genre à me forcer à faire quoi que ce soit…

Et sur ces belles paroles, je goûte enfin au fruit défendu. Je l'embrasse, le suce du bout des lèvres, puis du bout de la langue. Dante se tend contre le cuir de son siège, soupire mon nom plusieurs fois. Il a bon goût. Je faufile une main sous ma culotte humide, me caresse et me mets à le lécher avec plus de ferveur. Je titille d'abord son gland rose, puis fais courir la pointe de ma langue sur toute sa longueur. Sa peau est douce, nervurée, tendue. Son sexe est immense, brûlant, délicieux.

Je commence à gémir. Parce que j'aime ce que je lui fais.

Et parce que mes doigts jouent avec mon clitoris.

Le Phœnix lâche de nouveaux grognements lorsque je le prends vraiment en bouche. Lorsque j'effleure ses testicules. Il me caresse doucement les cheveux, défait ma queue-de-cheval, je le dévore et me touche encore plus intensément. Je gémis, halète, et je progresse sur sa virilité, gagnant centimètre sur centimètre.

– Tutu… Putain… C'est tellement bon…

Le farouche croise les bras derrière sa tête, comme pour s'immobiliser, se retenir d'intervenir, de prendre les choses en main– façon de parler. Sous son T-shirt noir, je devine son torse sculpté, sa peau mentholée, ses muscles bandés.

Et je le déguste de plus belle, un peu plus excitée par ce que je vois.

Mes allers-retours se font plus rapides, plus profonds. Mes lèvres glissent sur lui, ma langue chaude et entreprenante monte et descend sur son sexe. Je ne parviens pas à le prendre en entier, mais j'essaie. Dante grogne, soupire, me couve de son regard noir. Je me caresse encore, introduis un doigt en moi. Puis deux.

Contre ma main, je sens ma féminité qui palpite, qui s'impatiente.

Et lui aussi.

– Remonte, m'ordonne-t-il soudain.

Je secoue la tête, continue mes caresses buccales, décidée à l'emmener jusqu'au bout.

– Viens ici, je te dis, sourit-il, amusé par ma soudaine tentative de rébellion.

Je serre un peu plus mes lèvres autour de son sexe, je le lèche, le suce avec un peu plus d'insistance, comme un bonbon qu'on essaierait de me retirer et auquel je m'accrocherais jusqu'au bout. Sa voix gronde, Dante grommelle je ne sais quoi et décroise lentement ses bras. Et puis, en une seconde à peine, je suis soulevée du sol et j'atterris sur le siège passager. Son grand corps m'y rejoint, se contorsionne et se plaque contre moi. Cette position plutôt acrobatique me fait sourire. Je glousse, même, l'embrasse dans le cou, mon amant appuie sur une nouvelle poignée, le siège s'allonge et je suis enfin à sa merci.

La main droite toujours dans ma culotte.

– Tu essaies de me rendre dingue ? souffle mon amant en me regardant me caresser.

Dans ses yeux, un désir animal. Sauvage. Que je ne me lasse jamais de contempler.

– Ça a l'air de marcher… soupiré-je de plaisir.

Il passe à l'attaque. Ses grandes mains se posent de chaque côté de mon short, puis tirent dessus sans ménagement en emportant mes tennis du même coup. Pareil pour mon top, qui se fait la malle et vole jusqu'à la banquette arrière. Dante passe son T-shirt par-dessus sa tête et se dénude rapidement sous mes yeux gourmands. Je ne rate rien du spectacle. Pas une miette. Pas un tatouage. Pas un abdo.

Au final, seule ma culotte échancrée a survécu à son coup de folie.

– Ce bout de tissu m'a provoqué, grogne-t-il en s'en approchant. Je vais lui montrer qui commande…

Dante me mordille à travers le coton. Je hurle. De surprise. De plaisir. Le Phœnix embrasse mon intimité, s'en prend à mes cuisses, à mon sexe, ma peau fine et ultrasensible. Le feu se propage en moi, de mes reins jusqu'à ma nuque.

Puis ma culotte disparaît à son tour.

– Je crois qu'elle a compris… couiné-je.

– C'est *toi* qui vas comprendre, Tutu.

Ce n'était pas une menace en l'air. Dante glisse brusquement sa langue entre mes lèvres. Celles du bas. Celles qui se gonflent de désir pour lui. Celles qui n'en peuvent plus de l'attendre.

Je crie, il plaque sa paume sur ma bouche. Il me lèche, me titille, m'effleure, m'aspire. J'écarte les cuisses au maximum, me cambre contre sa bouche aventureuse, me caresse les seins, murmure mille et une choses inavouables tandis qu'il fait de moi ce qu'il veut.

Tout ce qu'il désire.

Mes griffes se plantent dans son dos, il grogne mais continue d'agacer mon clitoris, de pénétrer mon intimité. Cette divine séance de torture dure une petite éternité, mais pas suffisamment à mon goût.

– Peur qu'on se fasse surprendre ? murmure-t-il finalement en remontant jusqu'à mon oreille. Tu veux que j'arrête ?

– Non… soufflé-je, obnubilée par le feu qu'il a réveillé en moi.

– Sûre ? ronronne sa voix chaude.

– Dante !

– Quoi ?

– Baise-moi !

Son sourire machiavélique s'étend de part et d'autre de son sublime visage. Je rêve un instant de le gifler, puis me rappelle à quel point c'est une mauvaise idée. Alors je l'aguiche. Je me tortille sous lui. M'agite. Fais en sorte de frôler son sexe tendu, prêt à partir à l'assaut.

Son sourire s'efface, son regard s'assombrit, il se redresse sur ses genoux, s'élève et j'entends le bruit d'un emballage qui se déchire. Dante a toujours ce qu'il faut. Il prévoit tout. N'est jamais pris de court.

Sauf par moi, parfois.

Je lui vole le préservatif en l'attirant à moi, l'embrasse brusquement, il rit tout bas, insolemment, chaudement, entre mes lèvres. À tâtons, je trouve son sexe et l'habille. Il gémit d'une voix rauque. Je romps notre baiser, le fixe dans les yeux et lui murmure :

– Viens. Prends-moi. Prends tout.

Mes désirs sont des ordres. Dante coulisse en moi instantanément. Profondément. Il ne fait pas de manières. Il me pénètre avec fougue, avec force, sans me quitter du regard. J'entrouvre la bouche, m'apprêtant à gémir, à crier, il la couvre de ses lèvres avides. Insatiables. Comme sa virilité qui va, qui vient, en avant, en arrière. Je m'accroche à son cou, il goûte ma peau, plante ses dents dans mon épaule, respire mon odeur.

Je me perds en lui. Il se noie en moi.

– Encore… soupiré-je. Dante… Ne t'arrête pas.

La vague m'emporte toujours plus haut. Je murmure contre sa bouche, l'embrasse, le mords, le supplie.

Il attrape mes hanches, me pénètre plus fort, plus loin, je suffoque. Je plante mes ongles dans sa peau, me cambre pour mieux l'accueillir, il plonge et replonge en moi, sublime Phœnix renaissant de ses cendres.

Mon ventre se contracte, je serre mes jambes derrière lui, pour l'encourager, le guider, l'emprisonner. Pour qu'il m'appartienne, qu'il ne m'échappe jamais, qu'il soit tout à moi.

Comme je suis toute à lui.

Aucun autre que lui ne m'a jamais fait ressentir ça. Aucun autre ne le pourra jamais, j'en ai l'intime certitude. Son corps a été créé, dessiné, sculpté pour moi. Pour s'unir au mien.

– Tu es partie où, Tutu ? grogne le mâle qui me possède.

Je gémis sous un nouvel assaut.

– Reviens.

Ce dernier mot, il l'a soufflé au creux de mon oreille. Et les frissons m'ont envahie.

Je gémis plus fort, je halète, cherche à reprendre ma respiration, mais mon amant ne m'en laisse pas le loisir. Dante me pénètre comme un diable, il est proche de l'orgasme. Nos corps claquent l'un contre l'autre, il glisse en moi, me remplit, sans me laisser le moindre répit.

J'adore ça. Quand mon esprit quitte mon corps. Quand plus rien ne compte, si ce n'est lui en moi.

– J'y suis… presque… gémis-je sous sa peau tatouée.

Dante frémit et m'embrasse passionnément, sa langue retrouve la mienne, l'enroule de son désir. Le ténébreux me pistonne en me retenant prisonnière de ses bras musclés. Je m'accroche à ses cheveux. À sa tignasse rebelle. Et je me laisse doucement décoller.

La jouissance. Enfin. Dévastatrice. Salvatrice. Tout à la fois.

Mon Phœnix me rejoint dans un même souffle. Son cri rauque me déchire intérieurement. Et puis nos corps qui s'immobilisent. Le silence qui revient. Ses lèvres douces, paresseuses, qui déposent un infime baiser sur ma bouche. Et un « je t'aime » que je crois entendre, sans en être vraiment certaine.

Dante s'allonge sur le côté, je l'imite et me love contre sa peau. Nous nous serrons sur le siège en cuir de cette bagnole, pour ne faire plus qu'un.

Un seul et même corps.

Un seul et même cœur.

30

La définition du bonheur

« État de satisfaction complète, stable et durable. »

Excusez-moi mais c'est la pire définition que l'on pouvait donner au bonheur. Tous ces mots sont d'un ennui mortel. Même eux ont l'air profondément malheureux les uns à côté des autres. Si à tout hasard, les gens du dictionnaire acceptaient de changer, j'ai quelque chose à proposer : « Corps engourdi d'amour, juste après l'extase, roulant dans une voiture, fenêtres ouvertes et cheveux au vent, à côté de l'être humain le plus profond et le plus unique qu'il vous ait été donné de rencontrer, en laissant votre main se perdre dans sa nuque et jouer dans ses cheveux, le tout sur une autoroute déserte entre montagnes et forêts, vous donnant la sensation d'être seuls au monde, invincibles, plus vivants que vous ne l'avez jamais été. » Bon, c'est un peu long. Mais chaque détail a son importance. Peu importe la durée ou la stabilité de l'histoire. À ce moment précis, je défie toute femme sur terre d'être plus heureuse que moi. Mon visage me fait mal tellement je souris. Des larmes d'émotion s'envolent vers mes tempes. Et mon cœur cogne à tout rompre comme si lui aussi, il savait qu'il ne battrait jamais plus fort qu'à cet instant. J'essaie de graver ces quelques secondes de plénitude dans ma mémoire mais je sens déjà qu'elles m'échappent, que je ne pourrai jamais les revivre aussi vibrantes qu'elles le sont vraiment. Alors j'essaie de les savourer, ici et maintenant. Sans penser à l'après ni à l'avant.

– Je voudrais me faire tatouer quelque chose, lancé-je sans y avoir pensé avant.

– Mauvaise idée, se marre le brun.

– Tu t'es regardé ?! me rebellé-je en criant par-dessus le vent.

Dante remonte nos vitres et actionne la clim pour que l'on puisse s'entendre dans le SUV. J'observe ses bras musclés noircis de dessins et me décide.

– Je voudrais un phœnix.

– Les tatouages sont censés te ressembler, me rembarre sa voix grave. Dire quelque chose de ta vie, de ton histoire, de ta personnalité.

– Oui mais je ne peux pas me faire tatouer une barre chocolatée !

L'homme-oiseau rit à nouveau.

– Ma Chevy ? proposé-je alors, excitée. En énorme sur tout le dos, avec les grilles devant et tous les trucs chromés rutilants !

– Ce ne serait pas très fidèle à la réalité… se moque mon copilote.

– Bon alors le portrait de Morue. Comme ces filles *badass* qui ont une tête de loup sur l'épaule.

– Ne compte plus sur moi pour te déshabiller après ça… répond Dante avec une moue de dégoût.

– Bon, je vais me faire tatouer « rabat » sur une fesse et « joie » sur l'autre, comme ça tu te sentiras concerné !

– J'aime trop ta peau pour qu'elle soit recouverte de quoi que ce soit, grogne-t-il en posant son regard brillant sur mon décolleté.

– Tu ne dirais pas ça si c'était de la chantilly.

– Bof, rétorque-t-il en haussant les épaules.

– Du chocolat ?

– Non plus.

– OK, pas la peine d'insister, je m'enroulerai dans une tranche de bacon géante juste pour toi.

– Préviens-moi avant, que je prépare mon appareil photo.

Nos sourires un peu bêtes s'entrechoquent et nos yeux rejoignent le bitume, comme s'ils avaient du mal à croire à tant d'amour, tant de bonheur, tant de simplicité. Ils ne sont pas habitués. Alors nos cerveaux torturés reprennent un peu le dessus, je le sais. C'est ce qu'ils font toujours en silence. Le sien revit sans doute sa dernière entrevue avec son père, s'inquiète pour sa mère et sa sœur. Le mien vagabonde entre New York où j'ai laissé toute ma vie, mon appart, mes rares amis, Ali… et Seattle où je vais bientôt revoir mes pires ennemis. Russell et Patsy Camden, ces parents éplorés prêts à tout pour tuer leur chagrin. Vittorio Lazzari, ce monstre inhumain. Annette Ewing, mon avocate presque aussi folle que moi. Andrea, que je pensais détester, mais pour qui j'ai presque de l'empathie. Même s'il mérite toujours d'être puni. Je repense aussi à Preston, à sa mort brutale. À l'époque, j'aurais tout donné pour prendre sa place, mourir plutôt que vivre sans lui. Aujourd'hui, je sais que sans sa mort, Dante ne serait jamais entré dans ma vie. Affreux paradoxe. Un mort et deux familles brisées contre le grand amour : terrible prix à payer.

– Il reste combien de kilomètres jusqu'à Seattle ? demandé-je soudain pour m'empêcher de penser.

– Un peu plus de mille.

– En roulant normalement, ton bolide les ferait en combien de temps ?

– Une dizaine d'heures.

Son visage est fermé, sa voix dure, ses sourcils froncés. Je soupire en sentant la plénitude me quitter.

– Qu'est-ce que tu veux faire, Tutu ? demande-t-il, tentant de m'apaiser en venant poser sa large main sur ma cuisse.

– Durer… Je veux faire durer. Ça ne peut pas s'arrêter.

– Je sais.

– Pourquoi on s'arrêterait, d'ailleurs ? Qu'est-ce qui nous oblige à freiner en passant Seattle ? Pourquoi on ne continuerait pas notre route, hein ? On a qu'à rouler, sans se retourner !

– Il y a l'océan après. C'est la fin de la côte, le bout du chemin. Si on ne s'arrête pas… on tombe.

Sa voix rauque et profonde a prononcé ces mots comme la pire des sentences. Implacable. Inéluctable.

– J'ai envie de dire des gros mots, répliqué-je. Plein. Très fort.

– Je t'en prie.

Dante descend ma vitre en appuyant sur un bouton près de son volant. Le vent s'engouffre dans le SUV, fait voler mes cheveux et pleurer un peu mes yeux. Je tire sur ma ceinture de sécurité, sors entièrement la tête et me mets à hurler tous les jurons que je connais. Les pires, les plus grossiers. J'en invente même de nouveaux, jusqu'à épuisement. Puis je laisse l'air pur et grisant me remplir la bouche, les poumons, le cœur. Et je reprends ma place sur le siège passager. Les lèvres closes, l'esprit vidé, ma vitre remontée.

– Ça va mieux ? me demande le Phœnix.

– Un peu.

– Tu ne veux plus te faire tatouer ?

– Non. Le procès est dans une semaine. Je veux que ce soit la plus belle de notre vie. Je veux que tu prennes tous les détours, tous les chemins interdits. Qu'on s'arrête dans les motels les plus pourris et qu'on en fasse des palaces. Qu'on se baigne dans des piscines moches et qu'on se croie dans des super jacuzzis. Qu'on fasse l'amour partout tant qu'on a encore le droit. Qu'on ramasse tous les paumés qui traînent sur le bord de la route et qu'on les rende un peu plus heureux qu'avant. Qu'on leur donne un tout petit peu de ce qu'on a. De ta force et de ma folie. Je veux qu'on vive sans penser. Je veux qu'on arrête le temps et qu'on s'aime assez fort pour effacer tout le reste, le passé, le futur et tous les malheurs qui vont encore nous arriver. Je veux que le bonheur gagne, juste une semaine. Tu crois qu'on peut faire ça ? le supplié-je presque, les yeux pleins de larmes.

– Non.

– Dante…

– Mais comme on ne peut pas, on va quand même essayer.

Mon insoumis appuie sur l'accélérateur, un sublime sourire aux lèvres, et notre voiture se transforme en tapis volant, en licorne rose, en phœnix puissant, capable de nous mener n'importe où. De déplacer les montagnes qui nous entourent.

***

Le premier jour, nous quittons l'autoroute pour nous enfoncer dans la forêt jusqu'à nous arrêter dans la réserve indienne des Têtes-Plates. Un endroit sauvage et préservé, hors du monde et du temps, exactement comme on en rêvait. On se baigne dans une rivière transparente au pied des Rocheuses. On remonte à cheval, mais sans selle, et je crie de plaisir autant que de douleur. Dante se fait faire un tatouage tribal par un Amérindien sympathique, à qui je ne trouve pas la tête si plate que ça… et qui finit par m'expliquer que c'est ceux qui regardent les crânes des autres d'un peu trop près qui finissent avec la tête aplatie. Charmant.

Le deuxième jour, nous reprenons la route pour traverser le Montana et atteindre l'Idaho. On décide de faire escale au Lake Pend Oreille et je demande en tremblant à mon copilote s'il risque d'arriver quelque chose à mes lobes. Wikipédia nous apprend que c'est juste la forme du lac vu du ciel qui lui vaut son nom poétique. Sur l'eau paisible et fraîche, je découvre les joies tranquilles du *paddle*, jusqu'à ce que Dante trouve plus intéressant de m'arroser avec sa pagaie puis de me déséquilibrer pour me voir tomber à l'eau. Je me venge en réclamant une balade sur le sublime pont pédestre qui surplombe le lac et je termine cette randonnée sur son dos après avoir râlé tout le premier kilomètre. On finit par prendre nos quartiers dans un joli bungalow sur une plage en galets donnant sur le lac. Et on assiste à un coucher de soleil spectaculaire à rendre romantique le plus coriace des hommes.

Les jours se suivent et ne se ressemblent pas, comme les paysages qui évoluent au fur et à mesure des kilomètres parcourus, des villes traversées, de nos arrêts improvisés et des lieux paradisiaques qui abritent notre amour, le temps d'une heure ou d'une nuit. D'un petit déjeuner au lit à un déjeuner en terrasse, d'un pique-nique dans la voiture à un corps-à-corps passionné en pleine nature en guise de dîner. On vit d'amour et d'eau fraîche, en plus des tranches de bacon et des barres chocolatées. On se nourrit l'un de l'autre, construisant des souvenirs indélébiles. Qui n'effacent rien des blessures du passé, des angoisses du futur, mais qui apaisent nos cœurs lourds ou serrés, selon les jours. Le bonheur change de définition à chaque minute, selon ce que je partage avec mon Phœnix aux regards renversants et sourires ravageurs. Le *dark stranger* n'est plus : de moins en moins sombre et de moins en moins inconnu. J'apprivoise ce farouche, qui me supporte en retour. Je l'aime comme je n'aurais jamais cru pouvoir aimer… et je crois qu'il me le rend bien.

Lorsque la nature laisse place aux paysages urbains de l'État de Washington, l'avant-dernier jour, Dante dépasse Seattle sans s'arrêter et se met à accélérer.

– Qu'est-ce que tu… ? lui demandé-je, tremblante.

– C'est le bout de la côte, la fin de la route… mais ça ne veut pas dire que l'on doit s'arrêter d'avancer.

– Tu ne vas pas nous faire foncer dans l'océan pour nous noyer comme des amants maudits qui ont décidé de mourir ensemble plutôt que devoir vivre séparés, hein ?

– Tu regardes trop de films d'amour, Tutu, se marre-t-il.

– Et toi je sens que tu te crois dans un film d'action où la voiture décolle au-dessus de l'autoroute pas terminée, comme si elle pouvait retomber sur ses roues, de l'autre côté, sans même savoir où.

– C'est exactement ce qu'on va faire, m'apprend mon copilote, parfaitement sûr de lui. Il nous reste deux jours, une nuit. On ne va pas les gâcher ici.

– Alors on va où ?! commencé-je à m'emballer.

– On va être encore un peu fous, un peu insoumis. S'aimer jusqu'au bout.

Dante me regarde et sourit. Je pousse de petits cris d'excitation en sautillant sur le siège passager. Puis il quitte l'*Interstate 90* pour monter vers le nord. Trois heures de route et une traversée en ferry plus tard, nous nous retrouvons sur San Juan Island, à l'extrémité des États-Unis, la dernière île du dernier archipel américain avant la frontière du Canada.

Dans ce petit écrin de paradis posé sur l'océan Pacifique, le temps se suspend encore un peu. On marche en silence le long du petit port charmant, en entrelaçant nos doigts et en imaginant que rien ne pourra les défaire. À tort. On s'embrasse, on s'étreint, chaque fois que l'on s'arrête pour admirer une vue à couper le souffle, une maison de pêcheurs, une forêt de pins, une montagne ensoleillée au loin. On se prend en photo l'un l'autre, ensemble parfois, on se mitraille, on immortalise notre amour comme s'il fallait ça pour ne jamais oublier. On s'amuse à se faire tout petits dans un lit immense, à ne faire qu'un comme on le fait si bien. On fusionne nos corps et nos âmes, comme si c'était la dernière fois. Avant de recommencer, pour conjurer encore un peu le sort.

Dante m'abandonne une petite heure, avec ma boule au ventre et cette solitude que je ne supporte plus, depuis lui. Mais il revient avec deux surprises : une ballerine aux cheveux platine tatouée sur quelques centimètres de peau encore vierge, à l'intérieur de son biceps. « À un endroit qu'il pourra regarder, qu'il pourra embrasser, dès qu'il le voudra, même quand je ne serai plus là », m'explique-t-il de sa voix étouffée. Je ravale mes larmes. Le deuxième cadeau est pour moi, un pendentif en or, comme une petite plaque militaire, sur laquelle apparaît un phœnix aux ailes déployées. De l'autre côté, une autre inscription gravée sur trois lignes :

à Tutu,
mon Soleil,
mon Insoumise.

Mes larmes coulent sans que je puisse les retenir. Les mots, eux, refusent de sortir. Ni les mercis ni les « je t'aime » que je voudrais lui hurler. Mon brun ténébreux attache la longue et si délicate chaîne en or autour de mon cou, je serre le pendentif contre mon cœur pendant qu'il me serre contre lui. Et je ne sais plus qui serre quoi, qui serre qui, juste que nous serrons fort.

***

Le lendemain, le dernier jour, nous reprenons la route pour la dernière fois. On ne parle toujours pas. Il y a des adieux qu'il vaut mieux taire. On se contente d'échanger des regards, des soupirs, des silences, quelques sourires. Comme au tout début, quand on ne savait pas quoi se dire. On roule jusqu'à Seattle, sans s'arrêter. Le téléphone de Dante ne cesse de vibrer. Il ne répond pas.

Cette dernière semaine, il a reçu et passé des coups de fil de plus en plus fréquents. Il n'a jamais décroché devant moi. S'est toujours éloigné pour parler à ses interlocuteurs mystères. J'ai tout imaginé. Son père qui continue à le menacer. Sa mère qui fait comme si tout allait bien et attend d'avoir raccroché pour se mettre à pleurer. Andrea qui l'appelle depuis la prison. Calliopé qui plaisante pour tenter de faire oublier le pire à son frère. Et les avocats de la famille Lazzari qui préparent leur défense. Tous ces gens qui seront mes adversaires au procès. Qui foutront sans doute mon histoire d'amour en l'air.

Je ne sais plus très bien si j'ai envie de gagner. Pour quoi faire ? Convaincre les Camden que je n'ai pas fait assassiner leur fils pour récupérer l'argent de son assurance-vie ? Je m'en fiche. Ces pauvres fous ne savent pas ce qu'ils disent. Venger la mémoire de Preston et faire enfermer ce chauffard pour le reste de sa vie ? À quoi bon ? Je suis mal placée pour juger des erreurs des hommes et des punitions qu'ils méritent. Me battre contre des maîtresses aussi seules et abandonnées que moi, pour obtenir l'héritage qui me revient ? J'aurai sans doute l'impression de voler quelqu'un. Empocher des « dommages et intérêts » pour le « préjudice subi », comme l'espère mon avocate ? Ce jargon me semble soudain grotesque, cet argent dérisoire face aux cœurs brisés de tous ces gens. Le mien, ceux de Russell et Patsy, de (presque) toute la famille Lazzari. Celui de Dante que rien ne réparera jamais tout à fait. La justice pourra bien trancher, punir, décider qui est coupable ou innocent, bon ou méchant : elle ne changera rien à la souffrance, aux rancœurs, aux regrets, aux douleurs. Elle distribuera des peines à certains, des dollars à d'autres, mais rien qui ressemble à de l'amour, à du bonheur.

Et est-ce qu'on a besoin de quoi que ce soit d'autre pour continuer à vivre ?

Le SUV s'arrête à proximité du tribunal. Près de l'hôtel où nous serons sans doute tous logés. L'heure des adieux a sonné, mon cœur se comprime et je ne peux plus respirer. Je m'extirpe de la voiture pour trouver de l'air. Mon brun ténébreux en sort aussi, fait le tour et me rejoint de mon côté.

– Ça va aller, me souffle-t-il.

– On avait dit plus de mensonges, répliqué-je dans un sourire triste.

– Je ne sais pas ce qui va arriver, Solveig. Tout ce que je sais, c'est que ce *road trip* est ce que j'ai vécu de plus beau, de plus vrai. Je ne suis pas hyper doué pour le bonheur, depuis que je suis né. Mais ça, pour la première fois, ça y ressemblait.

Sa voix grave et son regard profond, si intense, si sincère, me donnent des frissons.

– Demain, au procès… commencé-je à bredouiller. Personne ne doit savoir, pour nous.

– Je sais.

– Je n'ai pas honte de toi, Dante. De ce que je ressens, de ce qu'on a fait. C'est juste que…

– Je sais.

– Les gens penseront, parleront… S'en serviront contre moi… Contre vous.

– Je sais tout ça. Ne t'inquiète pas, dit-il en caressant doucement ma joue.

– J'ai peur de ne pas pouvoir le cacher. Je suis nulle à ça.

– Tu es bien plus forte que tu ne le crois.

– Si c'est la dernière fois que je peux te le dire… Je t'aime, murmuré-je dans un sanglot ravalé.

– Écoute-moi, Solveig, ajoute-t-il en entourant mon visage de ses mains. On n'a pas besoin de se dire ces choses-là. On les sait. On a juste à se regarder. C'est ce qu'on fera demain, et pendant tout le procès. Je n'aurai qu'à regarder mon bras pour savoir que tu es là. Tu n'auras qu'à sentir ton pendentif contre ton cœur pour entendre tous les mots que je ne te dis pas.

– D'accord… marmonné-je malgré moi, en essayant de le croire.

– Je préfère qu'ils soient gravés là plutôt que sur ta peau claire, sourit mon ténébreux en jouant avec ma plaque en or. Tu es la lumière, Solveig Stone, laisse-moi la noirceur.

– Je n'ai pas besoin d'un tatouage pour t'avoir dans la peau, Dante Salinger.

Nos bouches se soudent, nos corps se percutent, nos larmes se mélangent et nos cœurs insoumis cognent l'un contre l'autre, en secret.

Quand je rouvre les paupières, un poignard me transperce, un frisson lugubre me parcourt l'échine. Et je panique, intérieurement, en découvrant que Patsy et Russell Camden se tiennent là, face à moi. Juste de l'autre côté de la route. Leurs petits yeux tristes et pleins de reproches, rivés sur mon grand bonheur.

Sur mon pire et mon plus beau secret.

Révélé.

Je suis... foutue.

V

Trahisons

31

Prisonniers

Le baiser de trop.

– Dante ! Remonte ! Et démarre ! Vite !!

Je vois les yeux de mon ténébreux se poser un instant sur ma cible – les parents de Preston sur le trottoir d'en face, puis je ne vois plus rien. J'ouvre ma portière du SUV en balançant des « cons » à toutes les sauces et me réfugie à l'intérieur en mode commando, pour échapper à leurs regards cruels et assassins. Mon Phœnix prend son temps, lui. Il fait lentement le tour de la voiture, de sa démarche nonchalante, puis s'installe au volant sans même démarrer le moteur.

Envie de meurtre.

– Qu'est-ce que tu attends ?! m'écrié-je en trépignant sur mon siège, dos à ma vitre pour me protéger des Camden.

– Tutu… souffle-t-il.

– C'est ça que tu veux ? Qu'on soit découverts ?

– Tutu, grogne-t-il d'une voix plus grave.

– Après tout, ça servirait la cause de ton frère, non ?!

Soudain, sa grande main vient se plaquer sur ma bouche et son beau visage se plante à quelques centimètres du mien.

– Maintenant, tu vas te taire et m'écouter… gronde le tatoué.

J'acquiesce en hochant lentement la tête.

– Ne remets *jamais* en cause ma loyauté, c'est compris ? siffle-t-il d'une voix rauque.

Sourcils froncés. Mâchoire serrée. Dante Salinger dans toute sa splendeur.

– C'est compris ?

– Tu m'empêches de parler ! répliqué-je d'une voix étouffée, contre sa paume.

– Cligne une fois pour oui. Deux fois pour non.

Un sourire insolent s'esquisse sur ses lèvres, je tente de reculer pour échapper à son emprise.

– Arrête ça, gronde-t-il à nouveau.

Je cligne une fois, en signe de reddition.

– Quand tu parles sous le coup de l'émotion, tu vas trop loin Solveig, m'explique-t-il. Et certains mots ne s'effacent pas si facilement, ils restent gravés, tu vois ?

Mes paupières font signe que « oui, je vois ».

– On n'a pas été repérés, Tutu.

Mes sourcils se soulèvent, je n'ose pas y croire.

– Ils seraient déjà là, à nous harceler, continue mon ténébreux en retirant sa main de ma bouche. Regarde-les, ils n'ont pas bougé.

Je me retourne vers ma vitre et leur lance un regard, d'abord hésitant. Et puis je les regarde vraiment. Petit couple parfaitement apprêté et triste, sur ce trottoir de Seattle, près du tribunal où sera bientôt jugé l'homme qui a tué leur unique fils. Les revoir me crispe, mais je réalise que Dante a raison. S'ils m'avaient prise en flagrant délit en train d'embrasser un autre homme, ils seraient déjà là, à empiéter sur mon espace vital en me traitant de tous les noms.

– On s'est embrassés… murmuré-je. À quelques mètres d'eux. Je jurerais qu'ils regardaient dans notre direction.

– Ils nous ont vus, confirme le brun à ma gauche. Mais sans nous voir vraiment.

– Ils ne m'ont pas reconnue, percuté-je enfin en passant la main dans mes cheveux.

Plus courts et bien plus clairs qu'avant.

– Ma tignasse vient de me sauver la vie… réalisé-je à haute voix.

Je cherche le regard de Dante, mais ne parviens pas à le

capter. Mon ténébreux est reparti dans ses pensées, les yeux rivés sur la route devant lui. J'étudie un instant son sublime profil, tente de l'imprimer dans mon esprit, consciente que le temps nous est compté.

J'ai soudain l'impression d'être dans un mauvais rêve. Ceux qui vous font douloureusement prendre conscience des choix que vous devez faire. Patsy et Russell sur le trottoir d'en face, représentent mon passé. Sans joie, sans vie. Cet homme tourmenté, si près de moi, ses lèvres tendres, sa peau tatouée, c'est mon présent. Mon futur. Et je dois à tout prix le protéger.

– Dante, on n'y va pas.

– Quoi ?

– On laisse tomber ce procès ! Ils peuvent bien se déchirer sans nous, non ?

– Tutu…

– Toi et moi, c'est ce qui compte le plus, murmuré-je, presque désespérée.

Je vois mon Phœnix se tendre, son visage se baisser, son regard intense m'échapper. Dante est coincé. Déchiré. Prisonnier.

Incapable de choisir entre Andrea et moi.

– Laisse tomber, soufflé-je doucement. C'était une idée à la con.

Discrètement, je sors de la voiture, vais récupérer mon sac dans le coffre et m'avance jusqu'à la vitre du côté conducteur. Dante n'a pas bougé d'un centimètre. Ses mains sont crispées sur le volant, les muscles de ses bras tatoués sont tendus, son regard posé sur un point invisible, face à lui.

– On ne se connaît plus, c'est ça ? murmuré-je en guise d'au revoir, en posant la main sur mon pendentif gravé.

Il acquiesce, sans me regarder, sans émettre le moindre son.

– J'espère que ça te fait moins mal qu'à moi… soufflé-je avant de lui jeter un dernier regard.

Je fais volte-face et, la mort dans l'âme, des larmes plein

les yeux, je prends la direction de l'hôtel, à seulement quelques dizaines de mètres de là.

– Ça me tue, Solveig, retentit la voix profonde, derrière moi.

Je me retourne, croise son regard noir.

– Te laisser derrière moi, renier tout ce qu'on a vécu, c'est la pire des tortures qu'on m'ait jamais infligée, déclare-t-il sombrement avant de démarrer en trombe.

Le SUV décolle sur les chapeaux de roues, laissant une odeur de pneu brûlé derrière lui.

Mon Phœnix s'est définitivement envolé.

***

J'ai mis une bonne heure à choisir ma tenue… pour en arriver à *ça*.

Face au miroir de ma chambre d'hôtel, j'observe mon reflet en tournant lentement sur moi-même. Rien de palpitant : pantalon noir, chemisier blanc, veste grise et cheveux réunis dans une micro queue-de-cheval. J'ai atrocement mal dormi cette nuit et ça se voit.

Atrocement mal dormi sans lui.

En le sachant dans le même hôtel, à la fois si près et si loin. Pas de chambres mitoyennes, cette fois. Pas de petit déjeuner partagé. Pas de regards enamourés, ni d'étreinte sauvage. Le néant. Le vide.

Et le manque, déjà.

Le procès débute aujourd'hui, le jury doit être sélectionné dans la matinée. J'ai bien essayé d'échapper à cette étape laborieuse et sans grand intérêt, mais mon avocate m'a rappelée à l'ordre. Pour faire bonne figure – et pour repartir avec un max de dollars – je ne dois *rien* rater de tout ce procès. Le jury sera sensible à ma présence, chaque jour, à mes yeux tristes, à mon visage de veuve éplorée.

Et j'ai la désagréable sensation de jouer un rôle…

Sur le chemin du tribunal, je fais tout mon possible pour ne penser à rien. Je place un pied devant l'autre, sans jamais ralentir, portée par l'envie que tout ça se termine. Il est encore tôt, l'audience ne débute pas avant une bonne heure, mais Annette m'a donné rendez-vous à cette heure tranquille pour pouvoir faire le point.

Ou m'annoncer une mauvaise nouvelle.

– Solveig, vous voilà ! Comme vous êtes chic ! m'accueille-t-elle sans me saluer, en fourrant son téléphone dans son sac à main bourré à craquer. Bon, je viens d'avoir le procureur…

Je revois pour la première fois depuis une éternité ce petit bout de femme, aussi bordélique que passionnante, avec qui j'ai passé tant d'heures au téléphone. Annette Ewing n'est pas franchement jolie, mais elle a un charme fou. Elle est petite – encore plus que moi, un peu ronde, mais elle s'assume parfaitement, perchée sur d'immenses talons, les cheveux noirs et crépus coiffés dans un chignon afro étudié. Sa peau caramel lui donne un beau teint et son sourire est communicatif.

– Apparemment, la défense de l'accusé a déjà réussi à foutre le boxon dans les jurés et la juge est hors d'elle, m'explique l'avocate. Bref, pas de constitution de jury avant demain !

Je mets une seconde à imprimer, face au débit de parole incroyable de mon avocate.

– Donc qu'est-ce qu'il va se passer aujourd'hui ? demandé-je enfin.

– Absolument rien.

Un jour de plus à attendre que cette torture prenne fin : cette idée me désespère.

– Je me suis déguisée pour rien… soupiré-je en tirant sur les pans de ma veste.

– Il va falloir vous armer de patience, Miss Stone. Ce n'est pas la dernière surprise que nous réserve ce procès…

– C'est toujours comme ça ? lui demandé-je.

– Oui. C'est pour ça que j'adore mon métier, dit-elle en

souriant de ses dents du bonheur. Un éternel recommencement, chaque jour…

– Vous me vendez du rêve, grommelé-je en étudiant la façade du tribunal.

Elle pose gentiment sa main sur mon épaule, je lui souris tant bien que mal, puis lui serre la main avant de quitter les lieux.

– Solveig ? lance-t-elle, derrière moi.

– Oui ?

– Vu la réputation de mes trois confrères de la défense, Andrea L. risque de mieux s'en sortir que prévu…

Elle semble gênée de me l'avouer, et ce détail me déstabilise. Depuis le temps que j'échange avec elle – quasiment depuis la mort de Preston, deux ans plus tôt – Annette n'a jamais été gênée de quoi que ce soit.

– Ne vous inquiétez pas, ça n'a plus d'importance.

Sur ces quelques mots, je retrouve le chemin de l'hôtel. De ma chambre. De mon néant.

***

Le regard perdu dans le plafond blanc, j'hésite un instant à tout plaquer. À prendre la fuite. À fuguer. En kidnappant mon brun ténébreux.

Deux problèmes. Un : je n'ai pas les moyens d'organiser cette échappée belle. Plus que quelques dollars en poche, aucune économie et zéro expérience en braquage de banque. Deux : Dante est beaucoup trop costaud pour se faire enlever. J'ai bien pensé aux somnifères et au chloroforme, mais je ne suis pas une psychopathe.

Alors je continue à fixer ce plafond sans nuances ni quelconque attrait, espérant que quelque chose se produise. Que le temps passe plus vite. Que le sommeil me gagne, enfin. Il m'a échappé toute la nuit, qui sait, il pourrait se pointer ce matin ?

Je ne me fais pas beaucoup d'illusions à ce sujet. Surtout lorsque mon téléphone se met à vibrer, que mon cerveau et mon cœur passent en surrégime, persuadés que Dante tente de me joindre.

Loupé.

[Je crois que ça commence
aujourd'hui. Ton ficus et moi,
on est de tout cœur avec toi.]

[Merci Ali. Audience
reportée à demain.
Vous me manquez.]

[Tu sais, si tu décides
de ne jamais revenir,
je ne le laisserai pas tomber.]

Ce dernier SMS est accompagné d'une photo sur laquelle je reconnais mon amie, embrassant les feuilles de ma précieuse plante desséchée. Je devrais sûrement sourire, mais je n'y parviens pas.

[Je vais revenir, Alicia.]

[Pas si ton beau ténébreux
t'emmène à nouveau sur les routes…]

[Je doute qu'il en ait encore
envie, après tout ça.]

[Et toi ?]

[Moi ? J'ai peur de ne plus
pouvoir sourire, sans lui…]

[On guérit de tout, Sol.]

[Pas de lui. Je ne crois pas.]

Les larmes me montent aux yeux, je décide que cette conversation a assez duré, mime un baiser et envoie ce selfie de moi à Ali. Je me roule en boule sur le lit, mes mains emprisonnant précieusement mon pendentif.

Et je trouve le sommeil, enfin.

Des coups dans ma porte me réveillent, plusieurs heures plus tard. Je m'extirpe difficilement de mon lit, me cache derrière un grand peignoir pour me rendre à peu près présentable et entrouvre la porte. Sans que j'aie vraiment le temps de comprendre ce qui se passe, Dante se glisse dans ma chambre, refermant rapidement derrière moi.

Sa famille séjourne dans cet hôtel. Les Camden aussi. Tous les avocats de la défense. Autant dire que sa présence ici nous fait prendre à tous les deux un risque énorme.

J'en lâche mon peignoir.

– Personne ne m'a vu, Tutu, me rassure immédiatement le Phœnix en allant s'asseoir sur mon lit.

Je pose mes yeux sur sa chemise blanche et son jean noir. La montre imposante qui brille à son poignet. Sa large silhouette postée face à moi. Pendant tout ce temps, sous ses sourcils froncés, ses yeux me détaillent aussi, de la tête aux pieds. Je réalise que je ne porte qu'un débardeur blanc et une petite culotte rose. Et que le ténébreux n'en laisse pas une miette.

– Tu devrais peut-être t'habiller… finit-il par lâcher, en se raclant la gorge.

– Pour quoi faire ?

– Je t'emmène quelque part.

– Où ça ?

– Tu verras, me répond sa voix rauque.

– J'ai déjà eu une mauvaise surprise ce matin, pas envie de remettre ça…

Nos regards s'aimantent, se défient. Il est beau à crever, sombre, déterminé, et clairement d'une humeur de chien.

– Qu'est-ce que tu fais là, Dante ? insisté-je en enfilant un jean.

– Je viens de te le dire. On nous attend quelque part.

Il passe sa main sur sa barbe naissante en fixant ses pompes. Et je revois le farouche des débuts. Le Phœnix sauvage, qui refusait de se laisser apprivoiser.

– Je ne joue plus aux devinettes, soufflé-je.

– Et je ne sais plus dormir sans toi, bordel, grogne-t-il en me fixant soudain. Tu viens ou pas ?!

Un battement s'échappe, dans ma poitrine. Sans résister davantage, j'attrape un gilet noir, le boutonne, m'attache les cheveux et vais me laver les dents. Il quitte ma chambre en me donnant rendez-vous dans le parking, je le rejoins quelques minutes plus tard.

Nous roulons en silence pendant dix-sept minutes. Lorsque le SUV passe un immense portail électrique et un premier poste de garde, je comprends. Face à nous, une pancarte l'annonce noir sur blanc :

« Centre de Détention Fédéral »

– Qu'est-ce que tu fais, Dante ? murmuré-je soudain, sous le choc.

– J'ai besoin que tu le rencontres. Et qu'*il* te rencontre.

Un long silence s'ensuit, je suis perplexe, perdue. J'ignore si je devrais être en colère. Tout se mélange et je ne ressens plus rien. Dante nous conduit jusqu'à un grand parking et se gare sur la première place libre. Une fois le moteur éteint, il se tourne vers moi et sa voix grave, prudente me parvient :

– Tu n'es obligée de rien, Solveig.

Je me mords la joue, sentant peu à peu mes émotions remonter.

– Je t'ai amenée ici pour un tas de raisons. Pour moi, pour toi, pour lui. Pour que tu te rendes compte que c'est une *personne* qui a tué ton mari. Quelqu'un comme toi et moi.

Pour que tu le voies autrement que demain, dans sa peau d'accusé…

–Parce que le voir prisonnier, derrière des barreaux, tu trouves ça beaucoup mieux ? riposté-je.

–Tu vas le voir vulnérable… souffle-t-il. Comme je l'ai toujours vu.

J'inspire profondément, ayant soudain l'impression d'étouffer. Je sors brusquement de la voiture et me mets à faire les cent pas sur le parking. Dante m'observe, adossé au SUV.

–Tu peux refuser, Sol. On peut rentrer à l'hôtel quand tu veux.

– Tais-toi, je réfléchis !

Je marche encore pendant une bonne dizaine de minutes, pesant le pour et le contre, évaluant ce qui me semble le pire : trahir un peu plus Preston en laissant « une chance » à Andrea, ou refuser cette entrevue et retourner dans mon néant.

– Mon deuil ! décidé-je soudain. J'y vais pour faire mon deuil. Rien d'autre.

– Tu es sûre ?

– C'est toi qui m'as amenée ici Dante, je te rappelle ! marmonné-je. Et tu veux me faire changer d'avis ?

–Je veux juste m'assurer que…

–On y va !

Je trépigne lorsque le garde me demande mes papiers d'identité. Puis lorsqu'on me fouille rapidement. Qu'on me passe aux détecteurs de métaux. Et qu'on nous guide jusqu'à une grande pièce ouverte totalement vide, où trônent une dizaine de tables rondes.

– Vous avez trente minutes, nous apprend le garde. Après ça, les visites classiques débutent et vous ne pourrez pas rester.

L'endroit n'est pas chaleureux, mais c'est un peu moins glauque que ce que j'imaginais. Je m'assieds, repère un distributeur de boissons et de cochonneries et me relève aussitôt. Je n'ai pas de monnaie sur moi, mais Dante a toujours un temps d'avance et me tend plusieurs pièces. Je les accepte, les glisse dans la fente et lui balance :

– Cette visite n’est pas « classique », si je comprends bien ?

Le sachet de bonbons tombe, je le ramasse tandis que le ténébreux se décide à me répondre.

– Disons que les avocats d’Andrea ont la main longue… Il n’y aura que nous trois. Je ne voulais pas prendre le risque que qui que ce soit nous voie.

Je décide de ne pas rebondir, consciente qu’il est trop tard pour faire machine arrière. Je retourne m’asseoir en mâchant un premier bonbon rose, le brun me suit et s’assied à ma droite.

Pas de bonbon pour lui. Manquerait plus que ça.

– On s’en va quand tu veux, Tutu, me glisse-t-il à l’oreille.

Trop tard. Une sonnerie retentit et une grande porte à barreaux s’ouvre, face à nous. Un jeune homme en uniforme orange apparaît. Andrea. Le cœur battant trop vite, trop fort, je porte toute mon attention sur le garde qui l’accompagne. L’homme baraqué se poste à droite de la porte, les bras croisés sur son torse et regarde le prisonnier avancer vers nous, puis s’asseoir à notre table.

Il est maintenant assis en face de moi. Le chauffard. L’homme qui a tué Preston. Le frère de Dante. Et je n’arrive toujours pas à poser mes yeux sur lui. À le regarder en face.

– Je suis Andrea, prononce alors sa voix douce.

Je le fixe enfin. Il est beau, mais particulier. Extrêmement racé, presque trop. Plus fin que son frère. Moins viril. Il a les cheveux longs et frisés, comme un enfant, mais ses yeux sont très noirs, dénués de lumière. Son air est dur.

Cet homme a vécu l’enfer.

– Je suis Solveig, me présenté-je sommairement.

La main de Dante se pose sur mon genou, délicatement. Et la voix de mon Phœnix retentit.

– Solveig était la femme de Preston Camden.

Les yeux d’Andrea s’écarquillent, puis se plissent. Et je réalise que le chauffard ignorait qui j’étais. Que son frère ne l’a pas prévenu.

– Qu’est-ce que tu me fais, Dante ? grogne le jeune homme.

– Prends tes responsabilités, Andy.

– Quoi ? Quelles responsabilités ?

Le malaise l'étreint, même lorsque son frère pose une main protectrice sur son épaule. Ses bras s'agitent, il le repousse, se recoiffe, joue avec ses mains comme un gosse hyperactif. Je ne vois plus que du orange et du noir.

– Avoir tué mon mari… soufflé-je.

Andrea me fixe, l'air aussi perdu que moi.

– Je… Je suis tellement désolé…

Et je comprends ce que je fais là. Je vois la détresse dans ces yeux noirs. Je vois l'homme derrière le crime. L'enfant derrière le père diabolique. Et je décide de laisser le passé là où il appartient.

Derrière.

– Bonne chance pour le procès… déclaré-je en me levant.

Dante se lève à son tour, mais son frère le retient.

– Tu me laisses ? Tu pars déjà ? Avec elle ?

– Je dois la ramener… lui explique doucement le ténébreux.

– Quoi ? Vous êtes… ensemble ?

Dante ne dit rien, mais ses yeux parlent pour lui. Andrea comprend instantanément. Et n'accepte pas. Du tout.

– Espèce de traître… siffle-t-il en se levant d'un bond.

Le garde se rapproche de lui et lui ordonne de se rasseoir, mais Andrea l'ignore, le regard braqué sur son frère aîné.

– Tu n'aurais jamais dû me laisser prendre le volant ! vocifère-t-il soudain.

Cette fois, le garde intervient et lui ordonne froidement de le suivre pour retourner dans sa cellule.

– Tu étais là, toi aussi ! continue le prisonnier.

– Andrea, fais ce qu'il te dit, bordel ! lui balance soudain mon Phœnix. Tu veux encore finir au trou ?!

Le cadet des Lazzari finit par obtempérer, après un dernier regard dans ma direction. Lorsqu'ils se posent sur moi, ses yeux expriment à nouveau un immense remord, une peine criante, mais il n'obtient rien en retour.

Pas cette fois. Pas maintenant que j'ai vu la façon dont il torturait son frère.

Je quitte la prison en suivant Dante à la trace, jusqu'à grimper dans le SUV. Et puis je romps le silence :

– Dante, tu n'es pas…

– Pas maintenant, Tutu.

– Dante, je…

– S'il te plaît…

Je la boucle. Parce qu'il n'est pas derrière des barreaux, mais qu'il est prisonnier, lui aussi. Parce que si je ne me trompe pas, ce sont bien des sanglots que je l'entends réprimer. Et je retiens mes mains qui rêvent de l'entourer, parce que ça ne fera qu'aggraver sa peine.

Dante a besoin d'air. D'espace. Alors je lui donne un peu de tout ça, en me perdant dans le paysage.

Et en fantasmant sur le *road trip* infini que pourrait être notre vie.

32

La tête haute

J'emprunte l'ascenseur de l'hôtel pour rejoindre ma chambre, Dante les escaliers. Incognito. Une fois la porte refermée derrière nous, je suis bien décidée à le faire parler. À le faire réagir. Comme un être humain. Chose qu'il n'est plus depuis que nous avons quitté la prison. Adossé au mur, le Phœnix silencieux et absent me fixe tandis que je sors deux petites bouteilles du mini-bar.

– Rhum ou vodka ?

– Scotch, gronde sa voix.

Je mets la main sur son alcool de prédilection et lui balance. Il l'attrape au vol, ouvre la bouteille et la descend d'un trait.

– Tu as retrouvé ta voix… commenté-je en me vengeant sur la vodka.

– Pourquoi tu bois ?

– Quoi ?

– Ça ne t'a rien fait, de le voir…

Son regard intense et tenace ne me lâche pas une seconde. Je m'assieds au bord du lit et tente de comprendre.

– Comment tu peux dire ça ? riposté-je.

– Je lis dans tes pensées.

– Très drôle.

– Tu n'as pas flanché, Solveig, murmure-t-il. Tu es restée toi-même. Sous contrôle.

J'écoute chacun de ses mots et réalise quelque chose de crucial.

– Je ne lui en veux pas, avoué-je soudain. Pas comme avant.

– Quoi ?

– Il a fait une erreur… fatale. Impardonnable. Et pourtant, je lui ai pardonné.

– Pourquoi ?

– Parce que ça n'a pas de sens de faire autrement. Parce que Preston est mort. Que ton frère a assez souffert. Et toi aussi.

– Qu'est-ce que je viens faire là-dedans ?

– Il faut que tu lui pardonnes, Dante. Pour te pardonner à toi-même.

Ses yeux se plissent davantage, signe que le ténébreux n'apprécie pas ce qu'il entend.

– Je ne suis pas d'humeur, Tutu…

– Ça tombe bien, moi non plus.

– Alors restons-en là.

– Non.

– C'est reparti… marmonne-t-il en fixant le sol.

– Tu n'es pas responsable, Dante.

– J'ai déjà entendu ça quelque part, lâche-t-il dans un sourire triste.

– Parce que c'est la vérité.

– La vérité est une notion subjective.

– Arrête de jouer avec les mots, grondé-je.

– Change de sujet.

Je soupire longuement, le regarde se rapprocher de la fenêtre, observer cette rue passante de Seattle. Son profil est éclairé par la lumière de fin de journée. Il est beau… bouleversant… mais il est habité par cette noirceur qui m'effraie.

– Tu n'es pas responsable, répété-je alors qu'il refuse de me regarder en face. Tu n'es pas responsable d'être tombé sur un père tyrannique qui tapait sur ses gosses.

– Sol…

– Laisse-moi parler.

Il se marre tout bas, puis me contemple. Nos yeux se cherchent et se trouvent. Enfin.

– Tu n'es pas non plus responsable du malheur de ton frère et ta sœur. De leurs faiblesses. De leurs cicatrices. De leurs séquelles. Tu as déjà les tiennes à soigner.

Dante passe la main sur sa barbe naissante, puis s'adosse à nouveau au mur, comme si son propre équilibre vacillait.

– Tu as fait ton maximum, continué-je. Tu portes le poids du monde sur tes épaules, tu es prisonnier, toi aussi. Il faut que ça cesse. Il faut que tu te libères. Ou…

– Ou… ? souffle-t-il.

– Ou tu sombreras.

Un sourire triste traverse à nouveau ses lèvres. Et le Phœnix ajoute :

– J'ai sombré il y a bien longtemps, Tutu… Mais avec toi, j'ai l'impression de refaire surface.

Nous nous dévisageons un instant, comme suspendus dans le temps, à un fil. Un seul. Fin. Fragile. Tellement précieux.

Et puis son grand corps se lance vers moi, le mien se lève, et nos bouches se retrouvent, avides, intrépides, insoumises. Dante m'embrasse farouchement, je lui arrache sa chemise, il déboutonne mon jean, je m'occupe du sien et récupère le petit emballage qu'il pose au creux de ma paume. Mon ténébreux me prend contre le mur, sauvagement, brusquement, passionnément. Nos souffles s'emmêlent, nos respirations s'affolent et nos peaux fusionnent.

Et je prie encore et encore pour que ce ne soit pas la dernière fois.

***

Lorsque je me suis réveillée, aux aurores, le Phœnix s'était envolé. J'ai pris une douche interminable, me suis préparé un café infâme, j'ai grignoté quelques gâteaux secs et me suis empêchée de pleurer.

Et puis quand l'heure est venue, j'ai enfilé mon déguisement de la veille, j'ai attaché mes cheveux, légèrement maquillé mes yeux et j'ai quitté ma chambre d'hôtel.

Direction le tribunal.

Annette est là, au pied de l'édifice. Et elle n'est pas la seule. Une nuée de journalistes et cameramen se sont réunis, micros et calepins à la main, aux aguets. Ils me voient approcher et m'interrogent, sans avoir la moindre idée de qui je suis :

– Vous allez au procès d'Andrea Lazzari ?

Je reste interdite, incapable de répondre quoi que ce soit. Tout ce que je comprends, c'est que l'information a fuité. Les Lazzari n'ont pas pu garder le secret.

Vito n'est pas tout-puissant, finalement.

– Vous confirmez qu'il est bien dans le box des accusés ? m'aborde une grande blonde bien trop maquillée.

Un autre journaliste me glisse à l'oreille :

– Cinq cents dollars si vous confirmez…

C'est là que mon avocate intervient, d'un ton qui ne laisse aucune place au débat :

– Ce que vous faites est méprisable. Et puni par la loi de cet État !

Sa main s'enroule autour de la mienne et je monte les marches deux par deux, en la suivant tant bien que mal.

– Ne parlez à personne d'autre que moi, compris ?

Je hoche bêtement la tête, dépassée par les événements.

– Allez, c'est juste un mauvais moment à passer, me sourit mon avocate, prête à en découdre. Gardez la tête haute, c'est tout ce que vous avez à faire.

Au moment d'entrer dans le tribunal de Seattle, je sens ma petite existence de citoyenne américaine moyenne basculer. Enfin. Avant, j'étais juste tristement banale. Orpheline et veuve un peu trop tôt. Femme trompée, comme des milliers. Pauvre, mais pas tant que ça. Seule, presque par choix. Et tombée amoureuse du mauvais gars. Mais aujourd'hui, les choses sérieuses commencent. Je mets les pieds dans une cour de justice pour la première fois de ma vie. Et j'ai la douloureuse impression qu'elle ne sera plus jamais la même.

Avant de pénétrer dans la salle d'audience, nous attendons tous dans un large couloir où se jouent déjà mille procès d'intention. Je me tiens dans un angle, presque recroquevillée, à moitié cachée par mon avocate qui me chuchote entre ses dents du bonheur :

– Relevez la tête, Solveig ! Vous n'êtes pas l'accusée.

Pourtant, à quelques mètres de là, Russell et Patsy Camden braquent leurs regards mauvais sur moi. En deux ans sans les voir, j'avais presque oublié qu'ils portaient leur soixantaine comme ils traversaient la vie : le front fier et le menton en l'air, pour bien s'assurer de regarder tous les autres de haut. Au propre comme au figuré. Leur élégance m'impressionne toujours autant. Ses lourdes boucles d'oreilles à elle, son brushing sophistiqué ; ses lunettes en écaille à lui, ses boutons de manchettes et ses beaux cheveux gris, aussi bien brushés que ceux de son épouse. Mais ni le temps ni le chagrin ne les ont épargnés. Je trouve leurs visages émaciés, affaissés, comme si tous leurs traits avaient descendu un étage. Trop vite, trop fort.

C'est ce qui arrive sans doute lorsque l'on va voir le corps de son enfant au sous-sol d'une morgue.

– Je devrais peut-être aller les saluer, murmuré-je, hésitante, à mon avocate.

– Oh, surtout pas !

– Mais on fait partie du même camp, non ?

– Il n'y a pas d'équipe, Solveig. Personne ne va se frapper dans le dos. Ici, c'est chacun pour sa peau. Vous vous battez pour vous et personne d'autre. Je suis là pour m'assurer que vous repartirez de ce tribunal avec ce qui vous revient.

– Ils détestent ma nouvelle couleur de cheveux… dis-je dans ma barbe.

– Vous m'avez écoutée ?

– Oui… Non, pas vraiment. Annette, est-ce que vous pouvez

faire un petit pas de côté… ? Non, de l'autre côté… Voilà, vous me cachez mieux.

Les regards hautains et haineux de mes ex-beaux-parents disparaissent. Je respire un peu à nouveau. Mais au-dessus de l'épaulette gauche de mon avocate, c'est l'autre camp qui apparaît sous mes yeux. Les Lazzari forment un cercle serré, soudé, qui m'oppresse encore plus que le reste. Trois avocats qui semblent parfaitement sûrs d'eux, même en étant dos à moi. Calliopé, de trois quarts, qui lisse sa courte frange brune du plat de la main, dans un tic nerveux. En plus de son habituel maquillage charbonneux, je vois qu'elle n'a pas oublié sa bouche rouge, comme pour mettre de la couleur dans ce clan intégralement vêtu de noir. À côté d'elle, il me semble reconnaître leur mère, une femme d'une cinquantaine d'années à la beauté fanée. Le teint pâle, des boucles châtain clair entourant son visage fatigué, les seuls yeux bleu délavé au milieu de tous les regards sombres. « Ma mère, c'est la lumière », me disait Dante quand il avait encore le droit de me parler. J'imagine une seconde cette femme sous les coups et l'emprise de son mari. Et je trouve qu'elle ressemble plutôt à la flamme vacillante d'une bougie presque terminée. Mrs Lazzari, anciennement Salinger, a dû être sublime. Mais n'est plus que l'ombre d'elle-même.

Un des avocats du clan italien s'éloigne pour téléphoner et ouvre une nouvelle fenêtre dans mon champ de vision. Mon brun ténébreux m'apparaît, de profil. Ma respiration se bloque encore. Je ne le regarde pas seulement avec les yeux, mais avec tous mes souvenirs qui me courent sous les paupières. Il paraît qu'on ne voit bien qu'avec le cœur. C'est exactement ce que je suis en train de faire. Même de loin, je peux distinguer le tourment dans ses sourcils froncés, la longueur de ses cils bruns et courbés, la ligne droite et racée de son nez, le velouté de ses lèvres charnues, chaque détail de son visage qui me manque tant. Je peux même deviner la chaleur de son souffle lourd, l'odeur mentholée de son cou, le goût sucré de sa bouche. Pourtant, Dante me semble différent. Lointain. Il s'est rasé. Il a planqué ses tatouages, ses muscles et sa peau hâlée sous un costume noir très chic. Il me rappelle la fois où j'ai découvert mon *dark stranger* en costard, à son expo de Chicago. Sa beauté m'avait renversée. Son charisme pétrifiée. Et j'avais eu l'impression d'être la seule à connaître un peu l'homme, l'animal blessé, sous ce déguisement de photographe charmeur, accompli, tant convoité. Il ne m'appartenait pas encore. Mais j'avais la sensation étrange que l'on était en train de s'apprivoiser. Que tout pouvait, allait arriver.

Sauf qu'aujourd'hui, Dante Salinger ne m'appartient plus vraiment.

Le beau brun serre les dents, je peux voir ses mâchoires se contracter sous sa peau imberbe. Puis il croise les bras sur son torse, se referme pour ne laisser personne approcher. Ces gestes, je les connais par cœur. À la seconde où je me demande quand il va passer sa main sur sa joue, son menton, pour sentir sa barbe disparue qui lui donne l'impression d'être nu, il le fait. Je souris toute seule. C'est le moment où son regard noir croise le mien. Mon cœur rate un battement. Dante ne me sourit pas en retour. Il se contente de plisser les yeux, dans ma direction. Sa main quitte son visage et poursuit son geste en allant glisser deux doigts entre ses boutons de chemise, sous sa cravate. J'imagine la douceur de sa peau sous mes mains à moi, la dureté de son torse musclé et je comprends enfin. Le pendentif qu'il m'a offert. La plaque gravée qui se promène sous mon chemisier. Le phœnix aux ailes déployées et les mots de l'homme que j'aime, en secret contre mon cœur.

à Tutu,
mon Soleil,
mon Insoumise.

Je vais chercher à tâtons ma longue chaîne dorée et y laisse glisser mes doigts. Dante me sourit enfin. D'un infime sourire que moi seule peux deviner, je crois. Une vague de chaleur et d'amour m'envahit. Je ne suis pas seule. L'insoumis n'a pas changé.

– Pas de contact visuel avec la partie adverse, m'interrompt Annette en posant sa main caramel sur mon bras. Ne vous laissez pas attendrir par ces gens-là. Ils savent y faire.

– Si vous saviez comme je le sais… bredouillé-je pour moi-même.

– Je vous demande pardon ?

– Non, rien. Je cherchais mon frère. Il m'avait dit qu'il viendrait.

– Pendant tout ce procès, vous ne pourrez compter que sur vous-même, Solveig. Et sur moi, bien entendu. Ça va commencer, suivez-moi.

Elle opère un demi-tour tout en rondeur et fantaisie, ses talons claquent et j'accroche mes yeux à son haut chignon afro, ma bouée de sauvetage au milieu de cette foule hostile, cette vague qui nous emporte.

Les doubles portes s'ouvrent et nous entrons tous dans une des salles du tribunal. Ça ne ressemble en rien à ce que j'ai vu dans les films. Les trois avocats du clan Lazzari prennent place derrière une longue table, sur la gauche. Un autre duo s'installe à la table de droite, le procureur général et son adjointe, m'explique mon avocate à voix basse. Ils représentent l'État, la société, ceux qui accusent Andrea L. et veulent obtenir la peine la plus lourde possible en convainquant les jurés qu'il est un dangereux criminel. Tous les autres participants à ce procès s'asseyent sur les longs bancs réservés au public, un peu en arrière. Dante, Calliopé et leur mère du côté de l'accusé. Les méchants. Les Camden et moi du côté des gentils. Comme si c'était aussi simple que ça. J'ignore qui sont tous les autres gens et je ne cherche pas à le savoir. Je donnerais cher pour m'en aller d'ici en courant, sauter dans un SUV qui sent un peu trop le neuf et reprendre la route avec un certain Phœnix.

À la place, la juge entre à son tour et se perche sur son estrade, face à nous tous. Mon avocate lève un pouce dans ma direction, ça joue apparemment en notre faveur qu'une femme ait été désignée pour juger cette affaire. Comme si un type allait forcément excuser qu'un autre conduise bourré et tue un innocent au passage. Il y a des moments comme ça où je déteste l'humanité.

– À partir de maintenant, nous ne sommes plus censées chuchoter, me murmure Annette en retenant un petit rire. Je vous parlerai en écrivant sur ce bloc, vous pourrez faire la même chose.

Elle me tend le bloc de feuilles jaunes qui me revient et un crayon à papier, très fière d'avoir pensé à tout pour nous permettre de communiquer en silence. Puis Andrea apparaît par une porte latérale. Il porte un costume gris et a tenté de discipliner ses cheveux frisés un peu trop longs.

« Aïe ! Les Lazzari ont obtenu qu'il puisse porter des vêtements civils ! Au lieu de sa tenue de prisonnier ! Pas bon pour nous ! » me griffonne rapidement Annette.

J'ai l'impression que son crayon qui percute le papier à chaque point d'exclamation fait bien plus de bruit que nos chuchotements. Russell Camden se tourne vers nous avec une moue de désapprobation, comme un vieux qui demande de se taire à deux gamines chahutant au cinéma.

Après ça, la matinée s'écoule comme dans un sablier presque bouché. Chaque minute me paraît une heure. Chaque heure une éternité. Les deux parties sélectionnent les jurés, en récusent certains, pour arriver jusqu'à douze, pendant que mon avocate essaie de m'expliquer à l'écrit des choses qui n'ont pas le moindre sens pour moi. Ni le moindre intérêt.

« M'en fous !!! » finis-je par lui répondre en marquant plusieurs fois les points d'exclamation, juste pour le plaisir d'agacer mon ex-beau-père.

Je gagne quand il se tourne à nouveau en levant les yeux au ciel et Annette doit encore réprimer un petit rire dans une sorte de toux soudaine. Je me mets à gommer soigneusement ce que je viens d'écrire avec l'autre bout du crayon quand Dante, de l'autre côté de l'allée centrale, se penche en avant, pose ses coudes sur ses genoux, croise ses mains entre ses jambes et se mordille la lèvre inférieure d'un air préoccupé. Comment fait-il pour être aussi sexy même dans une telle situation ?

C'est *drôle*, nous sommes dans la même position que lorsqu'il était au volant, assis à ma gauche, lui concentré, moi ne tenant pas en place sur le siège passager. Drôle n'est pas le mot. C'est fascinant. Je crève d'envie de pouvoir mettre ma tête à la fenêtre pour prendre une bouffée d'air frais. De liberté. Mais je continue à observer mon ancien copilote, mon beau brun tatoué, comme hypnotisée. Annette m'envoie un petit coup de coude et m'oblige à fermer la bouche d'un doigt sous mon menton.

Après une pause-déjeuner où je ne peux rien avaler, nous reprenons nos places sur nos bancs respectifs. Je reste assise tout au bord, comme si je voulais pouvoir m'en aller à tout moment. Ou ne faire partie ni des bons ni des méchants. Quand Dante rejoint sa famille, un peu après les autres, il laisse glisser quelque chose près de moi. Je sens sa main brûlante qui frôle ma nuque dégagée à m'en donner des frissons. Et je découvre un Snickers à moitié déballé qui vient d'atterrir sur mes genoux. Au dos de l'emballage, griffonné en noir sur le papier blanc brillant :

Mange, c'est un ordre.

Cette attention me gonfle le cœur et me fait sourire malgré moi. Des milliers de souvenirs affluent, aussi doux que douloureux. Je mords dans le chocolat en sentant les yeux noir ébène me dévorer du regard. Puis un homme en uniforme s'approche de moi, une corbeille à la main, et me lance d'une voix autoritaire.

– Vous ne pouvez pas manger ici.

– Trop tard… bougonné-je avant de jeter ma barre chocolatée à la poubelle.

Et l'autre insoumis sourit, de son côté.

33

À la barre

Un T-shirt blanc jauni remplit soudain mon champ de vision et Jonas surgit. Mon frère s'excuse de son retard à voix basse, puis vient s'asseoir à côté de moi en me bousculant pour se faire une place sur le banc. Il me tapote la cuisse en murmurant à mon oreille gauche :

– Je t'avais dit que je serais là pour toi, petite sœur !

– Tu aurais pu mettre un costard, Jo. Ou juste une veste. Et aplatir ton épi.

– Pour quoi faire ?

– Ignorez-le… souffle mon avocate près de mon oreille droite. Il ne sert pas votre cas.

Ça, ce n'est pas nouveau…

Je souris tout de même à mon frère, réalisant tous les kilomètres qu'il a parcourus pour être ici, à mes côtés. La juge apparaît. Le silence se fait, à mon grand soulagement. Elle rappelle d'une voix solennelle les chefs d'inculpation qui ont été retenus contre Andrea, dans un jargon presque incompréhensible pour moi, puis les deux parties s'adressent aux jurés pour relater deux versions totalement opposées des faits. L'un des avocats des Lazzari évoque une erreur terrible et terriblement humaine, que chacun de nous aurait pu commettre à la fin d'une très mauvaise journée. Je le trouve sobre et particulièrement convaincant.

Le pouvoir de l'argent…

Le procureur général retrace à son tour la nuit de l'accident, presque minute par minute, en insistant sur l'ivresse, l'imprudence et l'égoïsme du chauffard qui a pris la vie d'un innocent, un prestigieux médecin ayant dédié sa vie aux autres, un véritable héros américain, en laissant des parents orphelins et une veuve éplorée qui n'aura pas eu le temps de savourer sa nouvelle vie de jeune mariée. Écœurant à souhait. Les parents Camden reniflent bruyamment en se tenant la main. Aucune larme ni aucune expression ne me vient, alors que les douze regards du jury semblent attendre de ma part un déversement d'émotions. J'ai l'impression de me rendre coupable de ne rien ressentir, rien montrer.

« Tristesse ! » me suggère discrètement Annette sur son bloc.

Je plonge le nez vers mes chaussures et ça semble faire l'affaire. L'adjointe du procureur enchaîne avec la liste des preuves et documents à charge, des rapports toxicologiques de l'accusé et des divers comptes-rendus des secours intervenus la nuit de l'accident. Un policier, le premier arrivé sur les lieux, vient raconter ce qu'il a vu deux ans plus tôt. Glaçant.

Et je revois Preston. Tellement souriant. Tellement vivant.

La première fois que mes larmes coulent depuis le début de ce procès.

Puis un médecin légiste prend sa place et vient lister les blessures infligées à Preston, semblant prendre un plaisir morbide à décrire la violence du choc. Accablant. Et très difficile à entendre pour moi. Patsy Camden est interrogée à son tour pour dresser un portrait sublimé de son fils unique, le meilleur dont on puisse rêver. Larmoyant. Et c'est à mon tour d'être appelée à la barre pour témoigner en faveur de Preston.

« Réponses courtes, précises, sans digression ! » me rappelle rapidement mon avocate sur son bloc.

« Aucune blague !!! » insiste-t-elle au moment où je me lève, tremblante.

On m'installe dans une sorte de box en bois dans lequel je devrais me sentir protégée. Mais j'ai la sensation d'être une condamnée à mort montée sur l'échafaud. Tous les regards sont tournés vers moi. La juge m'observe avec une certaine compassion, pas très loin de la pitié. Les douze jurés me dévisagent et doivent me trouver trop jeune, trop blonde, trop à côté de mes pompes pour être la veuve du Dr Camden. Du côté des Lazzari, les avocats ont l'air de ne même pas se soucier de moi, chuchotant entre eux comme si je n'existais pas. Calliopé m'envoie un petit sourire triste quand nos regards se croisent. Andrea détourne le sien. Leur mère m'observe en se demandant sûrement si mon sort est pire que le sien, si elle n'aurait pas préféré perdre son mari dix jours après leur union plutôt que vivre trente ans avec lui.

Je me fais tout un tas de films en imaginant les pensées des uns et des autres, en remarquant enfin l'absence de Vito Lazzari, comme s'il avait mieux à faire qu'être ici. Et mes yeux tombent sur Dante. Au fond de son regard sombre et profond qui me happe.

« Je ne cherche ni un ami ni un amant, encore moins un amoureux. »

C'est l'une des premières phrases que j'ai prononcées face à lui, au début de notre *road trip*. Avant de savoir qui cet inconnu deviendrait pour moi. Aujourd'hui, il n'est plus rien de tout ça. Juste mon ennemi. Et tous les mots qui sortiront de ma bouche, désormais, enfonceront un peu plus son frère, son clan, l'autre partie.

Je m'apprête à défendre l'homme que j'ai épousé, qui m'a trahie, contre celui que j'aime, qui a bouleversé ma vie. Et plongée dans l'abîme sombre et mystérieux de ses yeux, je n'entends même pas la question du procureur. Qui la répète pour la troisième fois.

– Mrs Camden ? Vous pouvez nous parler de votre mari ? Nous pouvons tous imaginer la douleur qui vous étreint en ce moment même, mais les jurés ici présents ont besoin d'entendre ce que vous avez à dire.

Le haut chignon de mon avocate s'agite et me ramène sur terre.

– C'était un bon… médecin, me lancé-je d'une voix hésitante.

– Je suis désolé d'avoir à insister, s'excuse le procureur en quittant sa table pour s'approcher de moi. Pouvez-vous nous dire ce que Preston Camden représentait pour vous, sur un plan plus personnel ?

– Preston aimait… beaucoup la vie, improvisé-je, faute de mieux. Vous avez une question précise ?

Quelques rires étouffés se font entendre dans l'assistance. Ils doivent tous imaginer que le chagrin, au mieux, les antidépresseurs, au pire, me rendent incapable de réfléchir. Je balaye à nouveau les regards braqués sur moi, au fond de la salle. Celui de Jonas, un peu vide. Ceux des Camden, pleins de reproche. Celui d'Annette, qui tente de m'encourager en écarquillant grand les yeux. Celui, charbonneux, de Callie, qui respire l'empathie. Et enfin les iris noirs, à nouveau, qui effacent tous les autres et semblent me dire tant de choses.

– Vous pouvez peut-être nous parler du conducteur qu'il était, par exemple ? relance le procureur gêné.

– Ah… Il conduisait… bien. Il respectait les règles… en général. Preston aimait exceller dans tout ce qu'il faisait.

– Est-ce qu'il lui arrivait de boire ?

– Il s'hydratait, oui, dis-je sans réfléchir, en sentant que je réponds à côté. Mais de l'alcool, presque jamais. Il disait qu'il fallait qu'il soit opérationnel. Au cas où l'hôpital l'appelait. Quand les urgences débordaient ou qu'ils manquaient de médecins. Mais ça lui arrivait de…

De loin, mon avocate me fait signe de faire court. Je crois. Sa main se tranche le cou plusieurs fois, j'ai plutôt l'impression que c'est le mime universel pour « Tais-toi ! ».

– Vous diriez que c'était un homme engagé, dévoué à son métier, résolument tourné vers les autres ? me demande le procureur qui commence à me détester.

L'un des avocats des Lazzari bondit pour émettre une objection. Je sursaute. La juge trouve aussi que ces questions sont légèrement orientées pour guider mon témoignage. Je ne sais plus si je dois répondre. Le procureur reformule sa question mais je suis déjà en train de réfléchir aux qualités de cœur de mon mari mort. À ses nombreuses maîtresses. Et toutes celles que j'ignore probablement encore.

– Il aimait… *vraiment beaucoup* les autres, oui, finis-je par bredouiller. Parce qu'il aimait être aimé en retour.

L'adjointe me coupe dans ma nouvelle digression, les avocats de la partie adverse annoncent ne pas vouloir m'interroger et je suis rapidement invitée à aller me rasseoir. Légèrement vexée. Lourdement soulagée.

« J'ai été si mauvaise que ça ? » griffonné-je sur mon bloc à l'attention d'Annette.

Elle me répond par un unique point d'exclamation qui traverse presque toute une feuille. Et la mine de son crayon se brise en bas, sous le coup du point final.

Juste après moi, le procureur général appelle Dante à la barre. J'imaginais qu'il n'interviendrait pas avant le lendemain, en faveur de son frère. Tout le monde semble aussi étonné que moi. Mon brun en costard prend place dans le box, sans trembler, et je lutte de toutes mes forces pour ne rien dire, ne rien montrer.

– Mr Salinger, c'est comme ça que l'on doit vous appeler ? commence le procureur sur un ton qui m'agace un peu.

– Oui.

– Pourquoi ne portez-vous pas le nom du reste de votre famille ?

– Choix personnel, réplique sommairement la voix grave.

– Parfait… Je peux passer à ma question suivante, nettement plus intéressante. Où étiez-vous, la nuit de l'accident ?

– Seattle.

– Laissez-moi être un peu plus précis, Mr Salinger. Étiez-vous dans la voiture qui a causé l'accident fatal, à côté de votre frère ?

Le clan Lazzari se glace. Je me pétrifie. Dante parvient à

garder son visage dur et fermé, sans aucune expression. Qui d'autre que moi connaît la vérité ? Pendant ce qui me semble une interminable seconde, je me demande si le Phœnix va mentir pour se protéger. Pour aller au bout de son ultime mission, faire tomber son père, libérer toute sa famille des griffes de Vito. Mais je connais déjà la réponse. Il n'est pas capable d'un tel mensonge.

– Oui, souffle-t-il avant de passer sa main sur ses mâchoires nues.

– Avez-vous fui les lieux de l'accident avant l'arrivée des secours et de la police, cette nuit-là ?

– Oui, réitère le brun d'une voix encore plus rauque.

Les jurés ouvrent de grands yeux, les avocats des Lazzari s'agitent et grondent à voix basse, la mère de Dante prend sa tête entre ses mains pendant qu'une Calliopé paniquée tente de l'apaiser. Les parents Camden hurlent au scandale et la juge réclame sévèrement le calme en menaçant de faire évacuer la salle. Finalement, le procureur général reprend la parole et se met à lister les preuves de la présence de Dante. Des témoins qui disent avoir vu les deux frères partir ensemble, en voiture, d'un restaurant de Seattle. Une photo qui les montre tous les deux dans la voiture appartenant à Finn McNeil, obtenue par une caméra de surveillance à l'angle d'une rue.

« Très bon pour nous ! » écrit rageusement Annette sur une nouvelle feuille jaune qu'elle me met sous le nez.

Je ravale mes larmes qui affluent en voyant Dante acculé et tous ces gens qui se réjouissent de cette nouvelle révélation. Comme si cette affaire avait besoin de faire de nouvelles victimes.

– Pourquoi avoir omis de raconter ce détail aux enquêteurs ? interroge à nouveau le procureur.

– Pour des raisons qui me sont propres. Et qui n'ont rien à voir avec ce procès, répond calmement mon ténébreux.

– Comme c'est pratique… ironise le procureur.

– Je ne vous demande pas de me croire. Mais je dis la vérité.

– Étiez-vous alcoolisé, Mr Salinger ?

– Oui. C'est pour ça que je n'ai pas pris le volant ce soir-là. Mais je n'aurais jamais dû laisser Andrea conduire. Et j'aurais dû rester, au lieu de fuir. Pour assumer mes responsabilités… et protéger mon frère.

Les insultes fusent à nouveau dans le tribunal. « Salaud ! », « Bande de menteurs ! », « Vedettes qui se croient tout permis ! », « Famille d'alcooliques ! », entend-on du côté des *gentils* qui ont apparemment oublié de l'être. Les *méchants* se défendent à coups de « Complot ! », « Machination ! », « Acharnement ! », « Diffamation ! » et la juge décide de suspendre immédiatement l'audience. La salle du tribunal est évacuée dans un désordre innommable qui ne me laisse même pas le temps de plonger une dernière fois mes yeux dans ceux de mon brun ténébreux.

Pourquoi ça me fait si mal, quand c'est lui qu'on blesse ?

34

Dans un gouffre

Contempler le néant a quelque chose de vertigineux.

Je me suis réfugiée en courant dans ma chambre d'hôtel, comme me l'a conseillé mon avocate, avec la consigne de ne pas en sortir avant demain matin. Et de ne parler à personne. Mais alors que je devrais me sentir à l'abri, dans ma solitude, je ne parviens pas à décoller mon dos de la porte. Je ne peux pas reculer davantage. Mais si je fais un seul pas en avant, je tombe. Devant moi, un gouffre. À l'intérieur ? Un volcan. Impossible de me sortir de la tête ces idées qui se percutent :

– Je devrais faire quelque chose pour Dante, dis-je en réfléchissant tout haut, à toute vitesse. Aller le trouver. Lui parler. Lui proposer à nouveau de fuir, rien que nous deux. Non, il m'a déjà dit non. Alors juste le protéger, comme il le fait toujours pour moi. Oui, je devrais faire ça. Mais comment ? En commençant par arrêter de parler toute seule, peut-être !

Je me colle les deux mains sur la bouche. J'observe encore cette chambre vide, sombre, dont je n'ai même pas allumé la lumière. Il fait presque nuit dehors. Seules les lumières de cette avenue de Seattle éclairent à l'intérieur. Et j'étouffe. Ce n'est pas ma place. Mes pensées se bousculent encore, comme les mots qui jaillissent de mes lèvres.

– Ma place est auprès de lui, contre son torse, entre ses bras. Ou sur le siège conducteur avec Dante installé sur le siège passager. Pour l'emmener loin d'ici. Sur une île ! Au bord d'un fleuve ! Dans un ranch perdu au milieu de nulle part ! Ou quelque part dans les Rocheuses du Montana ! N'importe où pourvu qu'on ne nous retrouve pas.

Je me tais et je repense à son terrible aveu, à la barre. À ses conséquences encore plus terribles. Le cœur serré, le souffle toujours aussi court, le dos contre cette porte, j'imagine mon Phœnix comme un lion en cage, en train de faire les cent pas dans sa chambre d'hôtel, à ne pas pouvoir déployer ses ailes. Il doit grogner, bouillir à l'intérieur, serrer les dents, les poings, les sourcils. Peut-être que son père l'a appelé, en urgence, pour lui dire quel bon à rien il est. Pour l'appeler « fils », avec tout le mépris et la perfidie qu'il peut mettre dans un seul mot. Peut-être le pire de tous. Ou alors Dante est avec sa mère, sa sœur, à tenter de les apaiser, les rassurer, leur promettre que ça va aller. Alors que c'est tout le contraire. Et qu'elles viennent sans doute de perdre deux fils, deux frères.

Boum

Comme un coup sur la porte. À moins que ce soit mon cœur qui cogne ?

Boum

Non, il y a quelqu'un derrière. Un journaliste qui a réussi à se faufiler ? Qui pense pouvoir m'extorquer des informations, une réaction à chaud ? Un avocat du clan Lazzari qui veut ma peau ? Celui des Camden qui pense unir nos forces ? Je panique.

– Tutu, ouvre avant que je défonce ta porte.

J'ai juste le temps d'abaisser la poignée. Une pression de l'autre côté et mon brun ténébreux se glisse dans ma chambre d'hôtel. Avec la grâce d'un félin. La fougue d'un fauve.

– Personne ne t'a vu ?

– Non.

– Mais merde, Dante, qu'est-ce que tu as fait ?!

– Doucement…

– Tu veux aller en prison ?!

– Calme-toi…

– Tu veux rejoindre ton frère, c'est ça ?

– Sol…

– Tu penses pouvoir le protéger de l'intérieur ?

– Solveig…

– Tu t'en veux tellement d'avoir fui que tu te sacrifies pour lui ?

– SOLVEIG.

Sa voix rauque dans mes oreilles. Sa main chaude sur ma bouche. Son regard noir planté dans le mien.

– Je savais que ça finirait par sortir, m'explique Dante sur un ton parfaitement calme. Il y a des caméras partout. Des gens qui parlent. Même quand on croit s'échapper, la vérité nous rattrape toujours. Ne pleure pas, s'il te plaît…

Je ravale mes larmes mais je sais qu'il sait lire dans mes yeux humides.

– Fuir, c'est pour les lâches. Et je suis des tas de choses, mais pas ça. Je l'ai déjà été une fois… C'est terminé.

Son souffle balaye mon visage. Je le questionne du regard, sans même chercher à retirer sa paume plaquée sur mes lèvres. Elle me fait du bien, me réchauffe, me contient.

– Je me suis protégé, m'annonce sa voix profonde. En acceptant de livrer mon père au FBI, j'ai obtenu l'immunité. Au cas où ça tournerait mal pour moi. Je ne serai pas inculpé. Ils ne vont pas m'enfermer, Tutu.

Mon cœur fou ralentit un peu. Ma poitrine se soulève toujours, mais un peu moins haut, un peu moins vite. Quand il me sent enfin sous contrôle, la main de Dante quitte peu à peu ma bouche et s'en va courir le long du mur, près de la porte, jusqu'à trouver l'interrupteur.

– Pourquoi tu allumes ? bredouillé-je en plissant les yeux pour m'habituer à la lumière.

– Je veux te voir.

Il parle de plus en plus bas et me fait frissonner.

– D'accord… dis-je en tremblant.

– Tu n'as rien d'autre à dire, à me demander ?

Ses yeux se font joueurs, sa main restée en suspens revient

se poser près de ma tête, sur le mur derrière moi.

– Tu es fou… ? murmuré-je sans réfléchir à une question plus importante.

– Peut-être un peu.

– Tu m'aimes ?

– Peut-être un peu trop… souffle-t-il tout près de ma bouche.

– Tu as envie de me faire taire ?

– Tu connais la réponse.

Et ses lèvres enferment les miennes dans un tourbillon sensuel, humide, passionné. Le néant a changé de camp. Dans cette chambre d'hôtel vide et sombre, la lumière se fait et la vie remplit tout. Je tombe dans un tout autre gouffre : celui de l'amour, du désir. Celui où il est si bon de s'abandonner. Parce qu'il y a toujours des bras pour vous serrer. Une autre bouche pour vous aider à respirer. Un corps solide, puissant, invincible, pour vous rattraper.

Je réalise seulement à cet instant que mon brun ténébreux est toujours dans son costard élégant. Ce déguisement qui masque ses tatouages, ses muscles, son âme insoumise. Mais le farouche a dû tirer sur sa cravate qui tombe, un peu défaite, sur le côté.

– Tu n'étouffes pas ? lui susurré-je.

– Pas tant que tu m'embrasses, réplique-t-il.

Nos lèvres se mêlent à nouveau dans un baiser fougueux, profond. Mais je libère quand même mon Phœnix emprisonné. Mes doigts fébriles se faufilent près de son cou pour défaire son nœud de cravate. Le tissu satiné coulisse sur son col de chemise dans un bruit que je trouve follement érotique. Au moment où je pense laisser filer la cravate entre mes doigts, Dante la récupère et vient caresser ma joue avec.

– Ce serait dommage de ne rien en faire, non ?

Une flamme s'allume au fond de ses yeux noirs. Un sourire se dessine au coin de ses lèvres charnues. Et je sais que j'ai déjà perdu. Mon amant fera ce qu'il veut de moi, ce soir. Je suis tout offerte à lui.

Dante entoure soigneusement ma bouche de sa cravate noire, la noue doucement derrière ma tête et m'en fait un bâillon. Je pourrais m'en libérer d'un geste, mais je ne bouge pas.

– À partir de maintenant, tu ne dis plus rien, m'ordonne-t-il de sa voix suave. Et tu m'écoutes.

J'acquiesce lentement en souriant des yeux.

– Déshabille-toi. Et prends ton temps.

Mon ténébreux fait un pas en arrière pour profiter du spectacle. Je comprends aussi un peu mieux pourquoi il a allumé la lumière. À voir son regard brillant, il n'aime pas tant que ça le noir.

Pétrie de désir, je laisse glisser ma veste grise le long de mes bras. Je n'ai jamais fait de strip-tease à aucun homme. Personne ne me l'a jamais demandé. Et l'idée ne me serait jamais venue à l'esprit. Quand on est transparente de nature, on préfère le rester. Mais Dante pose sur moi un regard gourmand, à la fois rassurant et follement excitant. Qui me fait exister. Qui me donne envie de briller, de me montrer. Qui me fait me sentir belle, audacieuse. Le Phœnix me donne un peu de ses ailes.

Je retire mes escarpins sans me pencher et les balance un peu plus loin dans la chambre. Je perds sept centimètres en une seconde et Dante me domine un peu plus. Je dois lever un peu la tête mais je continue à soutenir son regard ardent. Il me sourit, juste par défi. Je me liquéfie.

Puis je dégrafe mon pantalon de tailleur et le laisse tomber sur mes pieds nus, pendant que mon amant suit sa course du bout des yeux. J'envoie valser le pantalon noir sur le côté pendant que l'incendie s'allume entre mes cuisses dénudées. Mon chemisier blanc me recouvre encore jusqu'aux hanches, cachant ma lingerie. Je me mets à défaire les boutons, un par un, en me demandant lequel de nous deux apprécie le plus ce strip-tease improvisé. Tout mon corps vibre à l'idée de me déshabiller pour lui. De me mettre à nu devant lui. À sa merci. Et d'être une autre que moi, pour une fois. Bâillonnée. Reluquée. L'objet de son désir. Son fantasme.

– Ne pense pas… dit la voix rauque et douce près de moi. Et surtout, surtout… ne t'arrête pas.

Je cache mon sourire sous la cravate satinée et ouvre enfin mon chemisier déboutonné. Dante découvre mon soutien-gorge en dentelle couleur chair, mon tanga assorti, qui semblent lui plaire. Ses prunelles noires se perdent entre les broderies pour tenter de voir en dessous. Puis elles s'arrêtent sur le pendentif qu'il m'a offert, coincé entre mes seins. Le farouche se mord la lèvre puis fonce plonger son visage dans mon décolleté.

Sa bouche goûte ma peau, ses mains entourent ma taille et caressent tout ce qui se trouve à leur portée. Des flèches de désir me transpercent de part en part. Il me lèche, me masse, me pétrit, arrache mon bâillon et vient m'embrasser avec passion. Je le laisse changer les règles du jeu en gémissant entre ses lèvres. En savourant la nouvelle partie qui commence.

– C'est mon tour, lâche-t-il dans un souffle.

Les mains expertes et impatientes de mon amant dégrafent mon soutien-gorge dans mon dos, font claquer les bretelles et disparaître la dentelle. Puis elles se faufilent plus bas et déchirent d'un seul geste mon pauvre tanga. Je frémis. Totalement nue, sous ses mains, je me languis du moment où il va me toucher, enfin. Il n'est plus très loin. Et mon intimité l'attend, vide, avide de lui, trempée pour lui.

Mais le farouche fait un nouveau pas en arrière et m'échappe. Ses yeux sombres se plissent, ses lèvres humides s'entrouvrent.

– Les cheveux aussi, décrète-t-il, parfaitement maître de lui.

Je tire sur l'élastique qui retient ma micro queue-de-cheval et laisse mon carré court retomber de chaque côté de mon visage, sans doute complètement décoiffé. Dante opine plusieurs fois, l'air satisfait de ce qu'il voit. Puis s'approche lentement de moi, récupère la cravate toujours nouée qui pend autour de mon cou, la relève sur mon visage et la serre encore autour de mes yeux fermés.

Le noir se fait à nouveau dans la chambre, juste pour moi. Je tente de calmer mon pouls affolé mais contre toute attente, la perte de la vue est plus dure à accepter que celle de la parole. J'hésite à me rebeller. On m'en empêche aussitôt.

– Tu ne vas pas me voir me déshabiller, murmure mon ténébreux tout près de mon oreille.

– Pourquoi ? soufflé-je, impuissante.

– Pour que tu puisses encore mieux m'écouter. Me sentir…

Je me soumets à l'insoumis. Un peu malgré moi. Et je me concentre sur son odeur, le son de ses gestes sensuels, de ses vêtements qui glissent sur sa peau soyeuse. La veste de costard est la première à disparaître. J'entends la ceinture, la braguette, le pantalon qui se fait la malle. Peut-être les chaussures, les chaussettes, mais je n'en suis pas sûre. Le corps viril et chaud s'approche du mien. Ça, je n'en ai aucun doute. Tous mes sens sont envahis de sa présence.

Puis Dante saisit doucement mes mains et les plaque sur son torse. Il guide mes doigts vers sa chemise entrouverte. Il me fait fermer les poings autour du tissu. Et il tire d'un coup sec. Je sursaute. Ses mains sur les miennes viennent de faire sauter tous les boutons. Il finit de retirer sa chemise pendant que je retrouve sa peau, caresse ses larges pectoraux, suis les bosses de ses abdominaux, atteins l'élastique de son boxer. Je m'essouffle, même à ne rien faire. Juste à le sentir sous mes doigts. À subir son sex-appeal.

Mon farouche, décidément d'humeur joueuse, empoigne à nouveau mes mains et les colle contre le mur de la chambre, au-dessus de ma tête.

– Je n'ai pas dit que tu pouvais toucher, gronde-t-il.

Et ça me tue de ne pas pouvoir lire l'expression si intense sur son visage. La détermination dans son regard profond. L'infime sourire provocateur sur sa bouche démoniaque. Dante est là, juste devant moi, et il me manque. Lui seul peut provoquer ça.

– Est-ce qu'il faut que je te les attache ? me demande-t-il, un sourire dans la voix.

Je fais non de la tête et garde mes mains là où il les veut. Loin de lui. Si loin. Je tente à nouveau de me concentrer sur les bruits, les parfums de son corps. J'ai l'impression qu'il se penche. Se déshabille encore. Farfouille dans une poche. Revient se planter devant moi. Soudain, sa cuisse se fraie un chemin entre les miennes. Son genou autoritaire me fait écarter les jambes. Sa peau brûlante se plaque contre mon intimité. J'en gémis, de surprise autant que de plaisir. Mon clitoris en feu se soulage contre je ne sais quelle partie du corps de mon amant, sensuelle, ferme, entre le velouté de sa peau et la dureté de ses muscles. Peut-être le haut de sa cuisse. C'est étrange de ne pas savoir. C'est à devenir folle de perdre tous ses repères. Mais de sentir se réveiller tous ses sens. Et d'aimer autant ça.

Celui qui est redevenu mon inconnu, derrière mon bandeau de satin, s'échappe à nouveau. Il délaisse mon sexe incendié. Et vient allumer un feu ailleurs. Son torse s'approche jusqu'à frôler mes seins. Mes tétons durcissent au contact infime de ses pectoraux. Il les attise encore, en se pressant un peu plus fort. Et c'est sa bouche qui effleure bientôt la mienne. Je tends les lèvres pour obtenir un baiser. Il y glisse sa langue sans m'embrasser. Plus bas, mes autres lèvres reçoivent aussi une visite ténue, presque imperceptible, déjà inoubliable. Je jurerais qu'il est venu se glisser par là. Il recommence. Je crois reconnaître la peau douce et tendue de son sexe qui s'amuse à titiller le mien. Je respire un peu plus fort. Le visiteur revient. Je devine un peu plus clairement son érection qui me cherche. Qui me trouve. Son gland embrasse mon clitoris et je perds les pédales. Je gémis trop fort. Je le réclame. Je m'agite et descends mes mains que j'avais sagement gardées au-dessus de ma tête.

Dante émet un petit rire guttural et terriblement sexy. Puis pose au creux de ma paume cet emballage de préservatif que je connais par cœur. Je le déchire sans perdre une seconde. Habille son sexe que je trouve à tâtons. Empoigne ses fesses musclées qui m'ont tant manqué. J'y plante mes ongles, comme une ultime menace.

– Je ne peux plus attendre, déclaré-je en haletant.

– Ça tombe bien, je te veux, décide sa voix implacable.

Et mon amant enfonce sa langue entre mes lèvres et son sexe entre mes cuisses. Il me prend sauvagement en me plaquant contre la porte de la chambre. Me soulève et me possède. Tout mon corps lui appartient. J'enroule mes jambes autour de ses hanches, enfouis mes doigts dans ses cheveux. Et le laisse me remplir, me combler, me percuter, me faire tout oublier. Ses coups de reins emportés me brûlent à l'intérieur, comme j'aime. Ses râles virils résonnent au creux de mon oreille, comme j'aime. Et son cœur insoumis cogne contre le mien. Comme un fou.

Soudain, sa main arrache le bandeau sur mes yeux. Mon beau brun apparaît, d'abord flou. Il fige son corps, imbriqué dans le mien, tout au fond. Et les traits de son visage sublime, habité, se révèlent à moi.

– Regarde-moi, Soleil.

Je me noie dans ses iris sombres, allumés d'une étrange lueur, comme s'il luttait à l'intérieur.

– Je te veux dans la lumière. Je ne laisserai pas ma noirceur te contaminer. Tu mérites tout le contraire.

– Je ne veux rien d'autre que toi, Phœnix.

Il pose son front brûlant contre le mien. Son souffle court s'enfuit entre mes lèvres. On respire le même air. Et sa bouche prononce un « je t'aime » en silence.

En secret.

Son corps puissant recommence à se mouvoir dans le mien. J'écarte encore un peu les cuisses pour l'accueillir en moi. Je m'enroule un peu plus fort, comme une liane vivante, une plante carnivore. Je voudrais me fondre en lui. Je me serre contre Dante et je le serre contre moi, en pensant qu'on ne fait qu'un, vraiment. Et peu importe que cette fusion soit éphémère. Elle a quelque chose d'éternel.

Ses tatouages noirs dansent sur ses muscles qui se déchaînent. Sa peau claque contre la mienne. Notre corps-à-corps tambourine contre la porte. Pendant que nos cœurs martèlent encore plus fort à l'intérieur. Mes cris s'envolent vers le plafond blanc. Le phœnix déploie ses ailes qui détruisent tout sur leur passage. Les plafonds, les murs, les portes de chambres trop vides et trop grandes.

Mon amant ténébreux s'abandonne dans un râle animal. Je le rejoins au septième ciel. Ce soir-là, tout un hôtel a entendu un couple qui s'aimait. Et qui avait besoin de le faire savoir.

En secret.

35

Sombres mensonges

8 h 02. Un café amer dans l'estomac, je me rends au tribunal en pressant le pas. En arrivant suffisamment en avance, j'éviterai la foule, la cohue, la presse et je n'aurai pas à croiser certains visages hostiles. Il a beau avoir à peine débuté, ce procès m'a déjà fait perdre bon nombre de repères. Je ne suis plus tout à fait sûre de détester Preston. Plus tout à fait certaine de vouloir qu'Andrea en prenne pour vingt ans. Et de plus en plus inquiète pour mon secret. Mon avenir. Dante et moi.

Au pied des marches du tribunal de Seattle, je repère trois silhouettes. Même de très loin, je n'ai aucun mal à reconnaître la plus grande, qui est aussi la plus sombre. Mon Phœnix. Je me rapproche et étudie ceux qui l'entourent. À sa droite, un très bel homme à lunettes, portant un trench élégant par-dessus un costume bleu marine. Il tape affectueusement Dante dans le dos et je réalise alors qu'il s'agit de son ami et écrivain réputé… Finn McNeil. À leur gauche, une jolie brune aux cheveux ondulés leur sourit. La femme de McNeil. Thelma quelque chose, je crois. Son visage me revient immédiatement en mémoire. C'est elle que j'ai agressée verbalement le jour où Preston est mort.

Mes talons claquent sur le bitume et elle est la première à me repérer. À me sourire. Pour de vrai. Cette fille ne sait pas mentir.

Les yeux intenses de Dante se posent à leur tour sur moi, je fais tout mon possible pour l'ignorer. Je ne change pas de trajectoire, je marche droit, la tête haute, m'apprêtant à monter les premières marches. Mais une main s'enveloppe autour de mon bras et me stoppe avec douceur. Je me retourne et croise alors le regard de la fille aux yeux noirs. Elle est vraiment très belle. Elle porte en elle quelque chose de sauvage et de tendre à la fois. Le jour et la nuit. Comme mon ténébreux.

– Je suis Thelma…

– Je sais, dis-je doucement. Je me souviens.

– Il t'aime, Solveig.

Je plisse les yeux malgré moi, récupère lentement mon bras et la fixe, bêtement.

– Ne lâche rien, chuchote-t-elle à nouveau. Un jour, vous arriverez à mettre tout ça derrière vous… Crois-moi, les amours impossibles, c'est mon rayon.

Finn McNeil s'approche de nous, l'air profondément bienveillant, et enroule son bras autour des épaules de sa femme. Ils sont beaux à se damner, tous les deux. Leur amour crève les yeux et me fait un petit pincement au cœur. Je tente un regard en direction de mon Phœnix…

Erreur. En un instant, je me noie dans sa noirceur.

– Tu devrais y aller, Tutu… murmure sa voix rauque.

– Ne m'appelle pas comme ça.

Je monte les marches après avoir lâché ces quelques mots banals, idiots, sans émotions. Alors que dans mon cœur, ça palpite, ça se bouscule, ça hurle. Heureusement pour moi, Annette est déjà là, postée à l'entrée du tribunal, et je me reprends immédiatement.

Mon avenir se joue aujourd'hui, comme elle dit.

***

Des chuchotements fusent de toutes parts lorsque le célèbre écrivain et présentateur télé est appelé à la barre. Les femmes se pâment un peu trop, les hommes redressent leurs épaules, tous les regards se posent sur l'homme aux yeux bleus et perçants.

Même Andrea, depuis son box des accusés, semble reprendre un peu de vigueur. D'espoir.

– Un peu de silence, je vous prie ! rappelle la juge en fixant les rangs bondés de sa salle d'audience.

Elle a sacrément bien fait de refuser que la presse empiète sur son territoire et assiste à ce procès. Les flashs nous auraient déjà rendus aveugles à force de crépiter. Je m'assieds bien droite et tape sur le genou de Jonas pour qu'il arrête de battre de la jambe.

– Quoi ? ronchonne-t-il.

– Tu fais tout trembler, lui chuchoté-je.

– Putain, je peux dire que je connais Finn McNeil maintenant. Genre, personnellement !

Je soupire, Annette nous fait les gros yeux et une voix masculine tranche l'air.

– Mr McNeil, pouvez-vous nous expliquer ce que faisait l'accusé au volant de votre voiture, le soir de l'accident ?

Nous l'avons tous ressenti : le ton du procureur n'était pas dénué de reproches, comme si l'écrivain y était pour quelque chose. Pourtant, Finn McNeil a déjà payé pour un crime qu'il n'a pas commis. Plusieurs jours derrière les barreaux, les gros titres de la presse, sa réputation remise en doute. Ce cauchemar ne l'a pas épargné, lui non plus.

– Andrea était au volant de ma voiture parce que je lui ai prêtée, ce jour-là, explique simplement l'écrivain.

– C'est faux, n'est-ce pas ?

– Pardon ?

– Vous avez prêté serment à l'instant, vous en avez conscience ?

– Parfaitement, grommelle la célébrité.

– Alors dites la vérité telle qu'elle est ! Vous n'avez pas prêté votre Mercedes à Andrea Lazzari, je me trompe ?

L'écrivain retire ses lunettes, replie les branches et les range dans la poche intérieure de sa veste, en prenant bien son temps. Beauté insolente.

– J'ai prêté mon véhicule à Dante Salinger, reconnaît-il

alors. En lui précisant que son frère et lui pouvaient l'utiliser à leur guise. J'ai donc prêté mon véhicule aux deux frères, sans distinction.

– Ils pouvaient l'utiliser à leur guise… reprend le procureur en provoquant des frissons dans l'assistance. En tuant un innocent au passage, par exemple ?

La juge n'apprécie pas ce raccourci, et les avocats de la défense encore moins.

– Objection ! rugissent-ils.

– Retenue.

Le procureur acquiesce pour faire bonne figure, puis se racle la gorge, à nouveau prêt à passer à l'attaque :

– Comment décririez-vous le caractère d'Andrea Lazzari, Mr McNeil ?

Question difficile, qui embarrasse l'écrivain. Et tout le clan italien. J'imagine le cœur de Dante battre à tout rompre, ses poings et mâchoires se serrer. Et je souffre avec lui.

– Andrea est fragile, affirme doucement McNeil. Ça ne fait pas de lui un criminel.

– Non. Mais conduire en état d'ivresse, si, commente à nouveau le magistrat.

Nouvelle objection. Nouvelle question.

– Pensez-vous qu'il soit la meilleure personne à qui prêter son véhicule ?

– Vous êtes là pour en juger, pas moi, riposte l'interrogé.

– Répondez à mes questions.

– Dante Salinger est l'homme le plus droit et le plus respectable que je connaisse, lâche le romancier d'une voix puissante. Il a toujours tout fait pour protéger son petit frère. Depuis leur enfance jusqu'à ce jour…

Je me raidis sur mon banc, n'osant pas imaginer l'état de nerfs de mon Phœnix, de sa sœur, de sa mère.

– En leur prêtant ma voiture, je ne me faisais pas le moindre souci, conclut-il en croisant le regard de son ami.

De mon ténébreux.

– Vous l'avez dit vous-même, répète le procureur avec suffisance. Dante Salinger est droit, respectable, digne de confiance. Pas son frère, qui est aujourd'hui sur le banc des accusés.

– Objection !

La séance de torture du grand romancier prend fin environ vingt minutes plus tard et il retrouve sa place et sa femme sous les regards admiratifs de l'assemblée. Les doigts de Thelma entourent immédiatement les siens, elle lui chuchote quelques mots à l'oreille et il semble enfin se détendre. J'observe un instant les deux amoureux, réalisant que c'est exactement ça que je veux. N'être plus jamais seule. Tout affronter à deux.

Et je sais parfaitement avec qui.

Pendant la pause-déjeuner, j'écoute mon frère d'une oreille, mon avocate de l'autre, je mords sans conviction dans mon sandwich et renverse la moitié de mon soda sur ma veste. Je ne suis pas là. Plus sur terre. Je flotte, sans trop savoir ce que je fais ici.

– Solveig, revenez parmi nous ! me secoue Annette en claquant des doigts.

– À quoi bon… soupiré-je.

– Gardez votre objectif en tête ! s'écrie la petite brune survoltée.

– *Money, money, money*… chantonne mon crétin de frère.

– Et si l'argent ne rendait pas heureux ?

Les deux me dévisagent comme s'il fallait m'interner, puis Jonas quitte notre table pour aller fumer dehors et mon avocate reprend du service.

– Ça va être délicat, cet après-midi, Solveig. Vous allez entendre des choses que vous n'allez pas apprécier…

– Sur Preston ? deviné-je.

– Oui. C'est à son tour d'être disséqué… Enfin… Pardon pour ce terme, mais c'est l'image la plus proche de ce qui va se passer.

– Je vais serrer les dents, la rassuré-je.

– Vous allez devoir serrer bien plus que ça… soupire-t-elle

en se levant. Allons-y, la séance reprend dans un quart d'heure.

Je l'imite, en frottant rapidement ma tache avec une serviette en papier.

– Annette ?

– Oui ?

– Vous aimez vraiment votre métier ?

– Oui.

– Vous ne rêvez pas d'autre chose, parfois ?

– Comme quoi ?

– Je ne sais pas. Aller vivre sur une île déserte ? Faire le tour du monde ? Élever des chèvres dans le Montana ?

– Solveig, vous avez besoin que j'appelle un médecin en urgence ? s'inquiète l'avocate.

– Non, ris-je tout bas. Je suis opérationnelle, ne vous inquiétez pas.

***

Annette m'avait prévenue… mais je ne m'attendais pas à ça. Pas à un tel déchaînement de violence. Cette fois, Andrea n'est plus l'homme à abattre. C'est au tour de Preston d'en prendre pour son grade.

Un homme décédé, donc. Qui ne peut plus se défendre. ça ne choque que moi ?!

Les avocats du clan Lazzari sont de vrais requins. Non, à la réflexion, cette comparaison est insultante pour les squales. Ils sont pires que ça. Sans cœurs. Sans scrupules. Sans morale. Ils tentent coûte que coûte de salir l'intégrité de mon défunt mari. De l'attaquer sur tous les fronts. Ils remettent d'abord en cause sa sobriété en faisant témoigner un technicien du médecin légiste, pas vraiment son assistant, mais presque.

– Lors de l'autopsie, vous vous souvenez avoir entendu parler de traces d'alcoolémie dans le sang de la victime, c'est exact ?

– Oui, confirme l'homme à la barre.

– Or, il n'y a rien dans le rapport… insiste l'avocat.

– La morgue était sens dessus dessous ce soir-là, explique l'interrogé. Trop d'arrivées, pas assez de personnel. Je crois que l'autopsie de Mr Camden a été un peu trop vite expédiée…

– Donc selon vous, Preston Camden avait bu avant de prendre le volant ? clarifie l'avocat.

– C'est mon avis, confirme le soi-disant expert.

Deux rangs devant moi, Patsy Camden se lève et fait un esclandre. Son mari la force doucement à se rasseoir sous l'œil torve de la juge. J'ai presque de la peine pour eux, tout à coup. Et je ressens ce besoin étrange de défendre celui qui m'a trahie et ceux qui m'ont accusée des pires ignominies. Tout à coup, les frontières se dessinent à nouveau. Eux contre nous. Les Lazzari contre les Camden. Et je déteste ça. Je me masse le front, perturbée, et jette un coup d'œil de l'autre côté de la salle d'audience. Je repère mon Phœnix vêtu tout de noir, la tête emprisonnée entre ses deux mains, le regard fixant le sol. Pas fier. Probablement conscient que tout ça n'est qu'une immense supercherie.

À mes côtés, Jonas s'endort à moitié, tandis qu'Annette est en ébullition.

« *Ce mythomane a probablement reçu un beau dédommagement pour inventer ça de toutes pièces !!!* » me gribouille mon avocate.

J'acquiesce, puis écris à mon tour :

« *Vito Lazzari est capable de tout…* »

Elle trépigne, arrache la page et la déchire bruyamment. Pour la discrétion, on repassera.

Le technicien de la morgue cède sa place à un collègue de Preston, éminent chirurgien. L'homme affirme que mon mari buvait un peu trop à son goût, même pendant ses rondes à l'hôpital. Une infirmière vient confirmer cette théorie, salissant un peu plus l'image parfaite du héros américain. C'est totalement faux, Preston n'était pas un alcoolique, il ne buvait jamais en cachette, mais le jury semble y croire.

« *Les addictions, ça marche à tous les coups. Pas de preuve réelle, mais les jurés réagissent à l'affect et se contentent de témoignages bidon. Pas bon pour nous...»* griffonne à nouveau Annette.

La colère me grignote un peu plus, Jonas me fait remarquer que c'est moi qui bas de la jambe, désormais.

– Dis donc, c'était pas un enfant de chœur, ton mari... chuchote-t-il.

– Ne sois pas idiot Jo et réfléchis, pour une fois. Ne crois pas tout ce que tu entends, rétorqué-je froidement.

Ma réplique n'était pas tendre, mais je ne comprends toujours pas ce que mon frère fait là. Son soutien est inexistant. Sa concentration médiocre. Ses remarques ne m'aident absolument pas à garder la tête froide. Et quand c'est au tour des maîtresses de mon défunt mari de passer à la barre, ses sifflements approbateurs me donnent des envies de meurtre.

« C'est le moment de tout serrer... » m'écrit Annette.

Mes larmes coulent. Pas de tristesse. Pas de déception. De colère. Une colère froide, sourde, immense. J'ai accepté que Preston m'ait trompée. Je suis tombée amoureuse d'un autre, ainsi va la vie. Mais qu'on utilise ça contre lui... contre moi... Non.

Je croise le regard compatissant de Calliopé. Puis celui sombre, tourmenté, de celui que j'aime. Et pour la première fois, je détourne les yeux. Je n'ai plus la force de le regarder en face. Plus l'envie de faire semblant. De prétendre que ce procès ne changera rien.

Je ne suis plus déchirée, à l'intérieur. Je suis en lambeaux. Avec cette horrible impression que mon ancienne vie n'était qu'un sombre et lugubre mensonge. Et qu'elle est maintenant la risée de tous.

– Preston n'était pas l'homme formidable que tout le monde imagine, insiste la maîtresse Numéro Trois depuis son perchoir.

Meredith Butler. Celle qui peut faire le plus de dégâts.

– Il draguait tout ce qui bougeait, c'était maladif, il ne pouvait pas faire autrement. Je suis tombée dans le panneau et il m'a fait un enfant, ajoute-t-elle. Et il est mort avant même de le voir naître…

Ses larmes de crocodile émeuvent le jury et l'assemblée, mais pas moi. Cette femme ne court qu'après une seule chose : sa part de l'héritage.

– Nous comprenons tous votre peine, Miss Butler. Mais cet enfant, Preston Camden comptait le reconnaître ? l'interroge l'avocate d'Andrea.

– Non. Il m'avait même proposé une grosse somme pour que j'avorte…

Cette fois, c'est au tour de Russell Camden de crier au mensonge. La juge lui ordonne de se rasseoir, mais le père de Preston préfère quitter la salle plutôt que d'entendre son fils se faire lyncher de plus belle.

– Mon enfant méritait un père et il en a été privé ! s'insurge Meredith. La moindre des choses, c'est qu'il soit reconnu comme son héritier !

– Ce n'est pas l'objet de ce procès, Miss Butler, lui rappelle la juge. Et si vous comptez poursuivre cette action, un test ADN sera nécessaire.

Après cette formidable conclusion, la séance est levée et cette deuxième journée de procès prend fin. En quelques heures, Preston a été sali, dénigré, traité de tous les noms.

Alcoolique. Infidèle. Pervers. Irresponsable. égoïste.

Et je pleure sur le chemin du retour, en me remémorant l'homme que je pensais avoir épousé. Ma porte reste fermée, ce soir-là. Dante vient me visiter, de sa voix douce et rauque à la fois, mais je ne lui ouvre pas. Il tente de m'appeler, j'éteins mon téléphone.

Ce soir, je reste avec mes souvenirs. Ceux qui me réchauffent partout là où j'ai froid. Notre *road trip*. Son phœnix, mes arabesques.

Notre amour secret, libre, intouchable.

Perdu ?

***

J'ai mauvaise mine le lendemain matin. Annette me le fait remarquer avec son tact légendaire, puis me tend un pinceau plein de blush qu'elle fait jaillir de son sac bien rempli. Nous n'avons pas franchement la même couleur de peau, mais mon avocate insiste quand même.

– C'est beaucoup mieux. La tête haute, on a dit ! me sourit-elle en examinant mes pommettes rosées.

Je la suis sans entrain dans le couloir du tribunal qui mène à la salle d'audience, épuisée rien qu'à l'idée de subir cette troisième journée de procès. Et c'est là que je le vois. Posté près de la grande porte, adossé au mur, son regard intense rivé au mien.

Mon *dark stranger*.

Annette parle toute seule en avançant, je me perds dans les iris noirs. Une douce chaleur se répand dans mes veines et sans me soucier de qui nous entoure, j'esquisse un sourire en posant ma main sur le pendentif caché contre mon cœur. Dante lâche un long soupir, puis sourit à son tour, les sourcils froncés.

– Insoumis… me souffle sa voix profonde alors que je le dépasse.

– Insoumis, toujours, répété-je tout bas.

Je retrouve mon banc, mon avocate, mon frère qui a décidé d'arriver en avance… et de porter un costume. Je n'en reviens pas, souris en lui ébouriffant les cheveux et m'assieds à ses côtés pendant qu'il raplatit soigneusement son épi.

L'espoir est revenu. Cette journée sera peut-être moins éprouvante que la précédente.

***

La matinée défile sans grande surprise. Un côté attaque, l'autre se défend, et vice-versa. Je m'échappe pendant la pause-déjeuner, vais grignoter quelques cookies dans un petit parc en étudiant les passants.

L'audience reprend à quatorze heures et démarre fort. Très fort.

– Nous avons un dernier témoin à interroger, Votre Honneur, annonce le procureur.

– La défense est au courant ? s'étonne la juge.

– Oui, confirme l'avocat des Lazzari. Pas d'objection.

« Bizarre… » écrit mon avocate avant d'ajouter :

« Si c'est un témoin de dernière minute, ça devrait déstabiliser le clan Lazzari ! »

Je n'y connais pas grand-chose à tout ce charabia d'avocat, de juge, de procureur, je ne saisis pas tout, mais je ressens soudain un profond malaise. Quelque chose me dit que le vent va tourner.

Et que je vais me le prendre en pleine figure.

– J'appelle Jonas Stone à la barre.

La voix du procureur m'a fauchée. Mon frère se lève, sous mes yeux exorbités, et s'avance jusqu'à prendre place dans le box en bois.

Son costume. Sa ponctualité. Je comprends mieux.

Et je ne comprends plus rien…

– Mr Stone, vous savez quelque chose que la plupart d'entre nous ignorent, n'est-ce pas ?

– Oui, Monsieur le Procureur, répond mon frère d'une voix faiblarde.

– Veuillez en informer cette cour, je vous prie.

Ma peau se glace, mes muscles se crispent, mon cœur s'arrête. Je sens venir le coup fatal. Je l'attends.

– Ce n'était pas un accident, souffle Jonas.

Un courant électrique parcourt toute l'assistance. Les avocats d'Andrea se lèvent et accusent le procureur de vice de procédure – et d'autres termes qui m'échappent. Apparemment, ils ne s'attendaient pas à ce que Jonas ait quoi que ce soit à révéler. Rien qui enfonce encore plus leur client, en tout cas.

– Un peu de calme ! ordonne la juge, dépassée.

– Continuez, Mr Stone, insiste le procureur.

– Ma sœur n'aimait pas son mari, reprend-il.

Mes larmes coulent, je ne les contrôle plus. Et chacun de ses mots mensongers me fait un mal de chien. Il les prononce sans aucune émotion, rien. Un robot. Comme s'il récitait une leçon trop bien apprise.

– Elle l'a épousé pour échapper à son destin médiocre. Pour l'argent. La gloire.

– Elle vous l'a dit elle-même ?

– Oui. Un milliard de fois.

– C'est faux, murmuré-je, le cœur en miettes.

– Solveig… tente de me calmer Annette.

– C'est FAUX ! répété-je en hurlant. Les Camden t'ont payé combien pour ces mensonges, Jonas ?

La juge doit intervenir à nouveau, me menaçant de sa voix autoritaire de m'exclure du procès.

– Mr Stone, s'adresse-t-elle à lui, clairement agacée. Avez-vous une quelconque preuve de ce que vous avancez ?

– Juste ma parole, Votre Honneur.

– Alors permettez-moi de la remettre sérieusement en doute, siffle-t-elle. Et de vous demander de quitter cette salle.

– Je sais autre chose ! se défend lamentablement mon frère.

– Mr Stone… soupire la juge.

– Elle se tape le frère du chauffard ! Et ça ne dérange personne ?

Silence de mort. Puis les chuchotements, sifflements, huées montent dans l'assistance. Je les prends d'abord pour moi. Mais ils sont dirigés contre Jonas, il me semble. Les gens ne le croient tout simplement pas. Dante et moi, c'est impensable. Je cherche mon Phœnix du regard, il est en pleine conversation, houleuse, avec les avocats de son frère.

Moi, je fixe le mien. Sans le reconnaître. Sans éprouver pour lui autre chose que du dégoût.

Deux choix s'offrent à moi. Tourner de l'œil. Ou l'égorger sur place. Je ne fais ni l'un ni l'autre, puisque mon avocate me tient d'une main de fer.

– Ne bougez pas d'un cil, Solveig… me menace-t-elle tout bas. Et ne prononcez pas *un seul* mot.

La juge se charge pour moi de se débarrasser du traître avec qui j'ai grandi. Elle fait signe aux policiers d'escorter Jonas en dehors du tribunal et s'exprime une fois pour toutes, d'une voix qui fait trembler les murs :

– Toute nouvelle digression ou pure invention de la défense ou de l'accusation entraînera l'annulation et le report pur et simple de ce procès. Et les sanctions pénales qui vont avec ! Ce genre de manipulation est intolérable ! Faites un peu honneur à la justice que vous prétendez rendre ! Je rappelle à toutes les parties que nous sommes ici pour juger un accident de voiture ayant causé la mort d'un homme, pas un homicide volontaire, prémédité ou je ne sais quelle autre théorie fumeuse ! Vous ne tournerez pas ma Cour en ridicule. Et vous ne me ferez pas perdre mon temps. Je demande aux membres du jury de ne pas tenir compte du témoignage grotesque de Mr Stone. Et je reporte l'audience à demain !

Sur ce monologue autoritaire, la femme aux yeux de feu fait signe au procureur et aux avocats Lazzari de la suivre dans son bureau.

– Ça va chauffer… commente Annette en se levant.

Je quitte moi aussi mon banc et observe les parents Camden qui prennent la fuite, pas franchement fiers de leur coup.

– Si vous vouliez me faire porter le chapeau, il fallait trouver quelqu'un de plus intelligent et plus convaincant que mon frère ! leur balancé-je.

– Vous pourriez porter plainte contre eux, vous savez ? me précise mon avocate.

– Pas la force… soupiré-je en prenant la sortie.

Je m'interdis de jeter ne serait-ce qu'un regard en direction du clan Lazzari. Ça me coûte, mais j'y parviens. Une fois dehors, à l'abri des oreilles qui traînent, Annette ose me poser la question qui lui brûle les lèvres :

– Vous et Dante Salinger, c'est vrai ?

Je la contemple un instant, son teint caramel, son haut chignon afro qui lui donne tant de classe, de fantaisie, ses dents du bonheur et son regard bienveillant. J'ai toujours éprouvé de la sympathie pour cette femme. Un peu d'admiration aussi. Et je me confie à elle sans même savoir si c'est une bonne idée.

– Jonas n'a pas menti sur toute la ligne, soupiré-je. Je crois que je n'ai jamais aimé Preston. Pas comme j'aime Dante…

Première fois de ma vie que je vois Annette Ewing à court de mots. Soufflée. Mon avocate cligne plusieurs fois des yeux, puis me regarde partir, sans tenter de me retenir.

***

Ce soir-là, lorsque le Phœnix frappe à ma porte, je l'ouvre. J'ai besoin de ses bras, de sa peau, de son odeur.

De dormir avec lui. Juste dormir. Tout contre lui.

Nous n'échangeons pas un mot. Nos corps parlent tout seuls. Et, alors que le sommeil m'emporte enfin, je tente d'effacer les visages et les mensonges de tous ceux qui veulent nous empêcher de nous aimer.

36

En pleine nuit

Sa respiration est régulière.

J'observe le torse de Dante à peine éclairé par les lumières de la rue monter et descendre, toujours au même rythme. Comme un métronome. De chair, de muscles et de peau ambrée.

Hypnotisant.

Il n'est pas encore cinq heures du matin mais une fois de plus, le sommeil m'a lâchée. J'ai tout essayé. Me rouler en boule. Me lover contre mon ténébreux endormi. Envoyer un SMS à Ali. Fixer le plafond. Penser à mon ficus. Compter les flammes de son phœnix. Imaginer tous les instruments de torture que je pourrais utiliser sur Jonas. Ou sur Meredith Butler.

Finalement, repenser à tout ça me met dans un tel état de nerfs que l'espoir de me rendormir me paraît illusoire. Je me glisse hors du lit, discrètement, sur la pointe des pieds, me rends dans la salle de bains et me plante face au miroir.

– Tiens, un panda blond ! C'est nouveau, ça.

Je mets un peu d'ordre dans ma tignasse, m'asperge le visage, tente de faire disparaître les traces laissées par le mascara de la veille et me brosse les dents. Lorsque je regagne la chambre, il est… 5 h 03. Pas vraiment surprenant : le temps joue contre moi, il s'amuse à me torturer. Il s'écoule au ralenti depuis notre arrivée à Seattle, depuis le début de ce procès. Et la route, le bitume, la liberté ne m'ont jamais autant manqué.

J'ai le sentiment que notre road trip s'est terminé il y a mille ans...

À pas de loups, je rejoins le grand fauteuil en velours hideux mais confortable qui jouxte la fenêtre et m'y assieds en repliant mes jambes sous moi. Mon genou tire un peu, mais obtempère. Je rêvasse en observant le paysage urbain et les lumières de la nuit, mais mes pensées négatives reviennent m'encombrer l'esprit.

Toujours les mêmes. Jonas. Les Camden. Les maîtresses de Preston. La description de son corps brisé, sur les lieux de l'accident.

Je secoue la tête en espérant naïvement chasser toutes ces images douloureuses, jusqu'à ce que mon regard se pose sur la table ronde devant moi. Dessus, un bouquin d'un ennui mortel, trouvé sur une aire d'autoroute, un reste de muffin et... le téléphone de Dante.

– Bingo ! murmuré-je.

Je m'empare du portable, clique sur l'icône « photos » et enfin, je m'évade. Je revis notre *road trip* en images. Je traverse les États, j'en prends plein les yeux. Je quitte cette nuit triste à mourir et je retrouve la route, en gloussant en silence. Je me souviens des odeurs, des sensations, je nous revois. Moi qui souris, qui fais la gueule, qui conduis, qui tente quelques pas de danse sur un bord de route, Dante qui fixe l'horizon, qui se baigne dans un lac, Morue qui se goinfre, qui dort, qui court sur trois pattes, moi qui mange comme quatre, moi qui ris beaucoup trop, mon ténébreux qui sourit malgré lui. Je fais défiler une bonne centaine de photos. Elles sont prises sur le vif, par l'œil affûté de mon Phœnix, ou par mes doigts maladroits. Peu importe qui les prend, si l'exposition est bonne, l'angle correct. Elles sont magnifiques. Émouvantes.

Et je nous trouve beaux. Libres. Insoumis.

Tellement assortis...

Je jette un regard en direction de mon ténébreux. Il dort

toujours paisiblement, le visage relâché, le corps abandonné. Vision sublime. Impossible de détacher mes yeux.

Une légère vibration me ramène sur terre et sur l'écran du téléphone s'affiche *« Nouvel e-mail de Duncan PD. »*

Un détective privé ?

Dante ne m'en a jamais parlé. Et une alarme retentit, en moi. Stridente. Étouffante. Mon doigt frôle l'icône des mails et le message s'ouvre. Cas de conscience. J'hésite un instant à lire son contenu ou à faire machine arrière. Je sais que je m'apprête à faire quelque chose de mal. À trahir celui que j'aime. Je contemple à nouveau sa silhouette immobile, sa force tranquille et apaisante. Et pendant un instant, je suis tentée de le réveiller, de lui demander ce qu'il trame dans mon dos. Mais mon intuition m'incite à le découvrir par moi-même. Et je la suis…

Je me plonge dans ce mystérieux e-mail, fourni et compliqué, plein de pièces jointes, de rapports et de documents datant de 2008, auxquels je ne comprends pas grand-chose. Rien, en fait. Tout ce que j'en retiens, c'est que Dante n'était pas au courant d'un événement crucial dans le passé de son frère.

Mr Salinger,
Vous auriez sûrement préféré ne pas l'apprendre, cela s'est produit durant vos années de séparation, mais voici les informations que je viens de déterrer…

Même à l'écrit, le ton du détective me fait froid dans le dos.

Afin de reprendre les choses dans l'ordre et m'y retrouver, je fais défiler l'historique des mails et découvre toute la conversation entre Dante et le fameux Duncan, depuis leur tout premier échange. J'apprends que depuis des mois, mon Phœnix fait bosser cet homme et dépense des fortunes pour préparer la défense de son frère. Pour trouver des éléments susceptibles d'alléger sa condamnation. Voire de le disculper. Je comprends sa démarche de grand frère protecteur, je la respecte, mais mon cœur se serre. J'aurais aimé qu'il m'en parle.

En relisant finalement le mail reçu ce matin même, je comprends mieux. Tout. Et je réalise que l'élément évoqué ne sert pas la défense d'Andrea, bien au contraire… il l'accule. Terriblement. Dante voulait prévenir les attaques de la partie adverse, il vient de lui donner des armes. De *me* donner des armes.

Je découvre ce qu'il s'est passé il y a presque dix ans, comment, pourquoi, et je serre les dents.

Je repose le téléphone sur la petite table, me lève, enfile un jean, un sweat épais et mes tennis. Je quitte la chambre comme une voleuse et dans la nuit, je vais marcher. Je me perds dans les rues désertes de Seattle, dans le gris, le noir, le froid, le néant. Touteseule est de retour. Au bout d'une heure, mon genou commence à flancher mais je marche encore. Je n'ai que ça à faire. Rien trouvé de mieux. À part hurler. Et pleurer.

Parce que ces informations sont une vraie bombe à retardement. Parce que cette bombe, je la tiens désormais entre les mains. Parce que j'ai à nouveau un choix cornélien, crucial, atroce à faire. Parce que je me retrouve à nouveau déchirée entre mon défunt mari et l'homme de ma vie.

Putain de curiosité, d'intuition, d'insomnie… Putain de conne !

Tu ne pouvais pas compter les moutons, comme tout le monde ?!

***

Ma chambre est vide lorsque je la retrouve. Dante m'a laissé un petit message sur l'oreiller, je le lis distraitement et le repose là où il était. Ses mots doux ne me font pas sourire, ce matin. Ils ne me réchauffent pas vraiment. Et lorsque le farouche m'appelle à trois reprises sur mon téléphone, je ne réponds pas.

C'est mieux comme ça.

J'ai décidé de ne pas utiliser l'information que je lui ai volée. De ne pas foutre en l'air mon histoire pour gagner un procès qui ne signifie plus grand-chose pour moi. Mais le cerveau humain est fait de telle manière que certaines images ne s'oublient jamais. Et je ne pourrai jamais effacer de ma mémoire ce que j'ai découvert dans cet e-mail privé.

Je file sous la douche, masse mon genou douloureux, puis enfile un énième costume ridicule. Une jupe de tailleur noire et un chemisier rose pâle. Si ça ne tenait qu'à moi, je me pointerais au tribunal en jean-baskets, mais Annette me truciderait.

À 8 h 30, mon avocate m'attend déjà de pied ferme dans le long couloir qui mène à la salle d'audience. Son téléphone vissé à l'oreille, elle dicte tout un tas de choses dans son jargon judiciaire à je ne sais qui, tout en réappliquant son rouge à lèvres. Elle raccroche en me repérant, agite son chignon, me sourit, puis plisse les yeux en faisant la grimace.

– Quelque chose vous préoccupe, devine-t-elle. Quelque chose de grave.

– Ce procès, soufflé-je en haussant les épaules. Je n'en vois plus le bout.

– Non, c'est plus que ça. Qu'est-ce que vous me cachez, Solveig ?

– Rien du tout ! Allons nous installer.

Elle me suit en trottinant sur ses hauts talons, pas dupe pour autant, et nous retrouvons ce foutu banc sur lequel l'empreinte de nos fessiers sera bientôt gravée à jamais.

– Si ça peut servir notre cause, vous devriez tout me dire, tente encore mon avocate.

– Notre « cause » ? répété-je.

– Vous voyez ce que je veux dire…

– On est là pour *l'argent*, Annette, pas pour sauver un pays de la famine.

– Inutile de vous braquer, Solveig.

– Preston est déjà mort, il n'y a plus personne à secourir.

Un peu vexée, elle se replonge dans ses dossiers, tandis que j'observe la salle qui s'anime peu à peu. Les Camden, accompagnés de leur avocat sinistre, s'assoient au dernier rang, probablement honteux de leur stratagème de la veille. Les bancs se remplissent. Je reconnais certains visages, d'autres non. Je reçois quelques sourires de compassion, quelques regards accusateurs, aussi.

Je m'en contrefous. Ces gens ne m'atteignent pas.

Calliopé fait son entrée, de l'autre côté de l'allée centrale. Elle est particulièrement belle dans sa robe de satin bleu nuit, ses yeux maquillés de noir fixant la foule de curieux sans ciller. Cette fille est torturée, mais dégage une force incroyable. Lorsque je réalise qu'elle est suivie de mon Phœnix, mon cœur s'arrête. Et repart. Nos regards se captent immédiatement. Il s'accroche au mien avec cette intensité qui me désarme, et je fuis.

Je n'arrive pas à le regarder en face plus longtemps. Pas après ce que j'ai fait. Pas avec ce que je sais.

– Gardez les yeux de ce côté, chuchote Annette à mon oreille. Les gens n'ont pas cru votre frère hier, pas la peine de les convaincre aujourd'hui que vous êtes folle amoureuse de Dante Salinger… Les amours interdites, ça ne plaît pas à tout le monde.

Les lourdes portes se referment au fond de la salle. L'accusé est escorté jusqu'à la table de ses avocats où il prend place à son tour, après avoir échangé quelques regards avec sa famille, placée juste derrière lui dans le public. Les douze jurés font leur entrée, en ligne et bien disciplinés, puis c'est au tour de la juge de s'installer. L'audience peut commencer. Les témoignages reprennent, les discours, spectacles et parodies interminables des uns et des autres. Je suis lasse. Épuisée. Je rêve que tout ça se termine.

– Faites-lui un signe, quelque chose ! enrage Annette, à

côté de moi. Qu'il arrête de vous bouffer des yeux !

Mon avocate, hors d'elle, ne gribouille plus sur son carnet, mais chuchote d'une voix agacée.

– Pardon ?

– Dante Salinger, grogne-t-elle en cachant sa bouche derrière sa main. Il ne vous quitte pas du regard depuis une heure !

Je me tourne vers mon brun ténébreux et plonge dans ses iris noirs. L'émotion me submerge mais je tente de ne rien montrer. C'est peine perdue : Dante me connaît par cœur. Il se doute de quelque chose, s'interroge, s'inquiète. Les sourcils froncés, l'air troublé, il dépose lentement sa main entre ses deux pectoraux. Et me fait signe de faire de même.

– Mon pendentif… murmuré-je à moi-même.

– Votre quoi ?

– Rien, sursauté-je en croisant le regard irrité de mon avocate.

– Concentrez-vous, Solveig.

– J'essaie… grommelé-je en sentant un regard noir et intense posé sur moi.

Lorsque mon nom est prononcé par la défense, dix minutes plus tard, c'est tout mon sang qui se glace. Je suis à nouveau appelée à la barre. Je jette un regard désespéré à mon avocate, qui semble aussi paniquée que moi. En bon petit soldat, je me lève sur mes jambes tremblantes, me rends au petit box en bois réservé aux témoins et fais face à la juge, plus impressionnante que jamais.

Je prête serment à nouveau, puis dois répondre aux questions insistantes des avocats du clan Lazzari. Mon interrogatoire dure une éternité, j'ai l'impression de me répéter cent fois, de tourner en rond, de n'aller nulle part. Et finalement, la question fatidique m'est posée :

– Miss Stone, pensez-vous que votre mari aurait pu vouloir mettre fin à ses jours ?

– Quoi ? Je… Vous plaisantez ?!

Non. Le grand ponte qui me fixe de son air supérieur ne plaisante pas du tout.

– Miss Stone, réfléchissez bien, grince-t-il. Votre mari était rongé par les addictions. L'alcool. Le sexe. L'une de ses maîtresses était enceinte de son fils illégitime. Une honte dans son milieu. Pour sa famille. Preston Camden était coincé. Au pied du mur !

– Preston n'était pas alcoolique, répliqué-je d'une voix glaciale. Et encore moins suicidaire.

– Vous ne connaissiez pas si bien votre mari…

– Vous essayez juste de disculper votre client ! enragé-je alors. Mais, jusqu'à preuve du contraire, c'est bien Andrea Lazzari qui a percuté la voiture de mon mari ! Pas le contraire !

– Sur ce point, les experts ne sont pas unanimes, Miss Stone.

– Parce que vous les avez payés ! Manipulés ! Parce que tout ce procès est une immense blague ! Parce que l'argent des Lazzari vous permet de…

La voix de la juge s'élève soudain, froide, tranchante. L'autorité suprême me demande de calmer mes ardeurs. Je m'exécute.

– Ma réponse est non, insisté-je plus sobrement. Preston n'aurait jamais mis fin à ses jours.

– Et il ne vous aurait jamais trompée, n'est-ce pas ? sourit l'enfoiré qui me prend de haut.

En moi, la bombe explose. Trop tard pour reculer, le mal est fait… et sort de ma bouche :

– Ce n'est pas le premier « exploit » d'Andrea, vous savez ?

Des chuchotements fusent dans la salle, l'avocat se crispe, la juge penche la tête vers moi, clairement intéressée. Et je fais le vide, pour me protéger. J'ignore la présence de l'accusé, à quelques mètres de moi, j'évite le regard de Dante… mais le sens braqué sur mes lèvres.

– Objection ! tente le grand ponte, soudain décontenancé.

– Continuez, Miss Stone, m'encourage la juge en l'ignorant.

– Votre Honneur !

– Maître Lannister, je vous ai assez entendu ! gronde-t-elle.

J'inspire profondément, puis révèle ce que j'ai découvert ce matin même, dans le mail de « Duncan PD ».

– Ce n'est pas la première fois qu'Andrea provoque un accident, affirmé-je.

Murmures dans l'assemblée.

– Ça s'est déjà produit il y a neuf ans, continué-je. Il a blessé deux personnes en prenant le volant sous l'emprise de je ne sais quels produits.

Ma voix se met à trembler, mes yeux se remplissent de larmes, je lutte pour continuer.

– Et pour s'en sortir, il a simplement acheté le silence de ses victimes… Cinq cent mille dollars pour que tout ça disparaisse et que le nom « Lazzari » ne soit pas sali…

Mon témoignage n'est plus qu'un soupir. En prononçant ces mots, je les regrette déjà. Et j'imagine le mal que je fais à l'homme que j'aime. À sa famille. Qui a déjà tant souffert.

Les avocats de la défense réclament un temps mort, la juge refuse. C'est le chaos du côté des Italiens et lorsque le calme revient enfin, la question est adressée directement au premier intéressé. Andrea.

Que je viens de balancer, d'enfoncer, de piétiner…

– Mr Lazzari, vous confirmez ces informations ?

Andrea jette un regard affolé à ses avocats, à son frère, puis me fixe, moi. Presque pour la première fois depuis le début du procès. Et ce sont des sanglots étouffés qui s'échappent de ma gorge.

– Je n'étais ni alcoolisé, ni drogué, se défend le petit frère de Dante.

– Que s'est-il passé ce jour-là ? insiste la juge.

– Je sortais d'une séance de chimiothérapie. Je me battais contre la maladie de Hodgkin. Le traitement m'a épuisé, je me suis endormi au volant…

Mes larmes se déversent sur mes joues lorsque j'apprends la vérité. Andrea n'était pas responsable. Pas vraiment. Et la honte me saisit, les remords m'étreignent.

– Les blessures des victimes étaient superficielles et un arrangement à l'amiable a été conclu, Votre Honneur, intervient alors le grand ponte. En toute légalité.

Le sourire mauvais que m'adresse l'avocat m'achève. On m'invite à regagner ma place, je me rue sur mon banc, avec la furieuse envie de disparaître. De ne plus jamais croiser le regard de personne.

De ne plus jamais croiser *son* regard.

Dans les yeux tourmentés de Dante, juste du noir. Sous ses sourcils froncés, du sombre, sans étincelle. Je ne suis plus sa lumière.

Et je me retrouve à nouveau toute seule, en pleine nuit.

37

S'envoler ailleurs

Trois jours. Ça fait trois jours que j'ai trahi l'homme que j'aime. Trois jours qu'il refuse de m'ouvrir sa porte, le soir. Ignore mes dizaines d'appels, mes centaines de messages. Trois jours qu'il est redevenu mon *dark stranger*, le bel inconnu que j'ai rencontré à New York. Le brun ténébreux qui ne lâche pas un mot. Le mystérieux tatoué qui regarde de l'autre côté, par sa vitre. Enfermé dans sa bulle.

Pendant les deux jours de pause imposés par la juge, il a tout simplement disparu. Envolé, mon Phœnix. Hier, quand le procès a repris pour les plaidoiries finales des deux parties, il est réapparu dans son costume noir, sans cravate, comme pour effacer toute trace de moi. Et il n'a pas cherché une seule fois à croiser mon regard. À frôler mon bras en passant. Il ne m'a rien chuchoté sans que personne ne l'entende. Assis sur son banc, côté accusé, il ne s'est pas penché en avant pour poser ses coudes sur ses genoux et me laisser voir son profil parfait. Il n'a pas cillé quand les avocats ont prononcé mon prénom. Celui qu'il a tant aimé déformer en Soleil, en Tutu. Il n'a pas une seule fois passé la main sur sa barbe naissante, qu'il laisse apparemment repousser. Ça sent la fin. Pour ce procès comme pour notre histoire. Et ce parfum d'adieu me donne la nausée.

Au quatrième jour, qui sera sans doute le dernier, j'ai laissé mon tailleur grotesque au placard. Enfilé un pantalon et un pull noirs au-dessus de mes escarpins. Comme une envie de noirceur, à l'image de mon humeur. Et j'ai sorti mon pendentif doré, que je ne veux plus cacher près de mon cœur. Devant le tribunal, au petit matin, alors que je longe quelques groupes de journalistes et reporters, j'espère que tout le monde le voit. Que le soleil matinal s'y reflète pour aveugler cette pauvre assemblée.

Dante arrive à son tour et m'ignore toujours. Est-ce que je le comprends ? Oui. Est-ce que je le supporte ? Impossible. Mon pouls accélère. Ma gorge se serre. Je fais les cent pas en tournant sur moi-même face à mon avocate qui se ronge l'ongle du pouce entre ses dents du bonheur. Et je prends mon élan. Sans réfléchir. Sans que personne ne puisse me retenir. Je fonce droit sur lui et ma démarche déterminée l'oblige à reculer. Je l'entraîne un peu à l'écart, juste assez pour qu'on ne puisse pas nous entendre. Il se laisse faire mais dévie d'un mouvement souple pour que ma main lâche son bras. Et glisse les mains dans ses poches pour prendre cet air nonchalant et n'inquiéter personne. Il pense à tout, toujours. Et je ne réfléchis même pas avant de parler, comme d'habitude.

– Pour la millième fois, pardon, murmuré-je. Je peux vivre avec ta colère, mais pas avec ton indifférence. Parle-moi, Phœnix.

– Il n'y a rien à dire, réplique sa voix grave et calme.

– Il y a tellement à dire au contraire ! Pendant ce *road trip*, tu m'as appris des tas de choses. Sur les hommes, sur moi, sur la vie. Mais pas à me taire. Ça, tu ne pourras jamais.

– Je le sais trop bien… grogne-t-il amèrement, en regardant ailleurs, au loin.

Je me déplace de quelques centimètres pour river mes yeux aux siens.

– J'ai eu tort. J'ai fait l'erreur de laisser ce procès se mettre entre nous, Dante. Ne fais pas la même chose, je t'en supplie.

Il prend une longue inspiration, entrouvre les lèvres… et se tait finalement. Mon cœur rate un battement quand sa bouche charnue se referme.

– Toi et moi, c'était réel, tenté-je encore. Ça, ce n'était pas une erreur. Et c'est le seul petit morceau de bonheur qu'on peut sortir de tout ce malheur. Si tu le veux encore…

Cette fois, le brun ténébreux réagit un peu. Il fronce les sourcils, à peine. Sort une main de sa poche, la glisse sur sa mâchoire, puis vient la mettre sur mon épaule. Juste une seconde. Juste pour me repousser sur le côté.

– C'est le dernier jour, je ne peux pas être en retard, lâche-t-il avant de repartir en direction du tribunal et de disparaître à l'intérieur.

Dans sa voix, au fond de son regard ébène, pas la moindre émotion. Illisible, incernable, comme le jour de notre rencontre. Je ne suis plus invitée dans sa bulle. Sous sa peau. Et la mienne me brûle.

***

Après quelques minutes d'un blabla que je n'écoute même pas, la juge explique que le test ADN ordonné par la cour s'est révélé négatif. Le petit garçon de Meredith Butler n'est pas celui de Preston. La maîtresse n'a pas d'héritage à réclamer. Les Camden n'ont pas de petit-fils caché. Et je les entends pousser des soupirs de soulagement à côté de moi, sur le banc des *gentils*. L'infirmière avec le feu aux fesses quitte la salle d'audience en sanglots, comme si elle apprenait la nouvelle elle-même. Moi ? Je devrais me sentir soulagée mais rien ne me touche. Ni l'argent que je n'aurai pas à partager. Ni l'enfant qu'on ne m'a pas fait dans le dos. Ni le petit mot d'encouragement que me gribouille Annette sur son bloc jaune. Je me sens vide. Nue. Comme un *black-out* à l'intérieur. Le noir total.

La juge agacée redemande le silence pour annoncer la fin des audiences. Elle invite le jury à sortir pour délibérer et l'assemblée à quitter la salle en attenant le verdict. Je suis la foule comme un robot. Me retrouve dans ce couloir froid où chaque petit clan reprend sa place. À bonne distance les uns des autres. Mon avocate et moi dans un angle, puisque je n'ai plus personne. Dans un autre, mes beaux-parents au port de tête hautain mais aux visages affaissés. Plus loin, les Italiens soudés, avec leur armée d'avocats bruyants et décontractés. Dante qui me tourne le dos, comme pour ne rien m'offrir de ses beaux yeux sombres et de son âme torturée. Et Vittorio Lazzari qui se pointe à ce moment-là.

Vito Tout-Puissant...

À moitié planquée derrière Annette, je reconnais immédiatement la dégaine du père. Sa stature dans son costume griffé gris foncé. Ses longs cheveux ondulés, gominés et plaqués en arrière. Cette teinture noire risible qui ne dupe personne. Ce faux sourire immense alors que ses petits yeux noirs sans éclat crient leur cruauté. Dante se fige quand il reçoit une tape paternelle dans le dos. Il se tourne un peu sur le côté pour lui échapper et je peux voir ses mâchoires qui menacent de déchirer sa peau ambrée. Les deux femmes de la famille se rapprochent et nouent leurs bras, comme pour faire front ensemble face à la menace. Vito se met à se plaindre haut et fort des journalistes et photographes qui l'ont accueilli dehors.

– Ils ont foncé sur moi comme des rapaces. Une bande de brutes qui ne connaissent rien aux bonnes manières ! Je me demande où ils ont été élevés. Et ils osent traiter mon fils comme un chien ?!

Le sexagénaire se fend d'un rire malveillant, qui résonne jusque sous ma peau. Et la nausée me reprend. Presque en même temps que l'audience.

Un homme en uniforme nous annonce que les jurés ont fini de délibérer et que nous devons reprendre place dans la salle pour entendre le verdict. Dans la cohue, mon épaule percute celle de Vito et nos regards se croisent un instant.

– Vous ici ? me siffle-t-il, souriant à m'en glacer le sang.

Je réalise qu'il me reconnaît et cherche quelque chose à

répondre quand mon avocate m'emporte sur la droite pour nous faire rejoindre notre banc. Les Lazzari regagnent le leur.

– C'est presque terminé, Solveig, me souffle doucement Annette à l'oreille. Quoique vous ayez envie de dire ou de faire, ne gâchez pas tout. Après ça, vous aurez la vie devant vous.

Je tente une seconde d'imaginer ce que sera ma vie et j'en ai le tournis. Je m'oblige à ne pas penser, je m'accroche à mon pendentif sans même m'en rendre compte. Et j'écoute d'une oreille la juge lire le verdict rendu par les jurés. Andrea L. est reconnu « non coupable » pour la plupart des chefs d'accusation. Seule la conduite en état d'ivresse est retenue. Pour ça, il récolte une peine de cinq ans d'emprisonnement. Les avocats des Lazzari se congratulent sobrement, Calliopé serre sa mère dans ses bras et Vittorio se lève et s'avance en ignorant les règles pour donner une petite tape derrière le crâne de son fils cadet, en signe de victoire. Je vois Andrea baisser la tête, par réflexe. Et ça me déchire un peu plus, à l'intérieur. Dante reste immobile, les bras croisés sur le torse, le regard dur et le visage fermé. Seul. Loin. Tellement loin de moi.

Les avocats de toutes les parties sont appelés dans le bureau du juge pour fixer les accords financiers.

– À moi de jouer ! déclare Annette en redressant son chignon afro avant de me quitter.

Quelques minutes plus tard, elle me retrouve dans le couloir, affichant un grand sourire autour de ses dents du bonheur.

– Les Lazzari ont été plus que généreux, me chuchote-t-elle. Les Camden ont reçu un million de dommages et intérêts. Je vous en ai obtenu deux. Sans compter l'héritage qui vous revient et l'assurance vie de votre mari. Les comptes ont été immédiatement dégelés. Votre nouvelle vie va pouvoir démarrer !

– Merci… j'imagine, bredouillé-je sans réussir à me réjouir.

– Je vous ai connue plus bavarde ! commente Annette en m'entraînant vers la sortie. C'est normal, ça va revenir !

Dehors, devant le tribunal, les clans s'éparpillent. Les avocats se réunissent pour échanger entre confrères et consœurs, comme si les parties adverses n'existaient plus. Les familles se disloquent, comme si elles n'avaient plus besoin de faire semblant. Vittorio Lazzari abandonne la sienne et s'engouffre dans une berline noire avec chauffeur. Calliopé et sa mère se lâchent, pour aller parler à d'autres. Dante reste seul, comme moi. Je le regarde de loin, retirer sa veste de costume, ouvrir le col de sa chemise, retrousser les manches sur ses avant-bras tatoués. Redevenir mon bel inconnu sombre et sexy. Je crève d'envie d'aller le toucher, l'embrasser, de percuter son torse et de m'y blottir. Mais je ne bouge pas.

Le temps semble comme suspendu. Personne n'y est obligé mais tout le monde reste. Chacun semble avoir du mal à partir. Comme si la chute était trop brutale. Presque trop facile. Entre l'enquête et le procès, cette affaire dure depuis deux ans. Elle a occupé toutes nos vies. Et ni moi ni tous les autres n'avons l'air de savoir ce qu'elles vont bien pouvoir devenir.

Russell et Patsy s'approchent lentement de moi et j'ai presque envie de les serrer dans mes bras. De leur dire au revoir, d'une façon ou d'une autre. De leur pardonner, pour tout ce dont ils m'ont accusée. Et de prononcer un dernier mot pour Preston, leur fils, que j'ai aimé.

– Vous avez eu ce que vous vouliez ? me lance ma belle-mère d'une voix amère.

– Je vous demande pardon ?

– Même votre frère était corrompu, intervient mon beau-père. Il a suffi qu'on agite quelques billets verts pour lui faire dire ce qu'on voulait.

– Alors c'était vraiment vous… soupiré-je, faute de mieux.

– Il faut croire que vous les Stone, vous avez ça dans le sang !

– Profitez bien de l'enfer avec tout cet argent ! surenchérit Patsy.

Puis mes ex-beaux-parents tournent les talons et me laissent, incrédule, sous leur flot d'insultes. Je suis bien trop naïve.

J'espérais de leur part un mot gentil, des excuses, une tentative de réconciliation, ou juste une façon maladroite de partager nos chagrins, enfin. Je n'aurai rien. Rien d'autre que leur mépris et leurs mentons hautains.

Ils peuvent bien me regarder de haut, je suis déjà plus bas que terre.

Je fixe le bout de mes escarpins et me mords les joues pour renvoyer mes larmes d'où elles viennent. Raté. Les yeux trempés et rivés sur le bitume, je fais le compte dans ma tête des gens qui m'ont abandonnée. Mes parents, mon mari, qui ont eu la bonne idée de mourir un peu trop vite. Mon frère, qui a oublié sa loyauté au fond de son portefeuille vide. Ma belle-famille qui n'a jamais souhaité l'être. Et mon copilote qui veut désormais poursuivre sa route de son côté. Je suis partie toute seule, c'est comme ça que je suis vouée à rester.

– Je déteste te voir pleurer, gronde une voix rauque à mon oreille.

Dante a planté ses yeux noirs dans les miens comme deux coups de poignard. J'ai du mal à respirer.

– Je pourrais partir sans rien dire, poursuit-il gravement. Mais toi aussi, tu m'as appris quelque chose. À parler.

Je souris tristement et je ne réponds rien, attendant que ses mots sortent, suspendue à ses lèvres charnues.

– Je n'ai pas de reproches à te faire. Je t'ai menti… Tu m'as trahi… C'est comme ça. Je crois que c'est juste la vie. On fait des erreurs. On est tous des monstres, à un moment ou à un autre. On a chacun notre part de noirceur.

– Et de lumière, tenté-je doucement.

– Peut-être. Mais je ne crois pas qu'on pourra effacer tout ça. Réparer quoi que ce soit.

– Ah.

– On a fait un beau voyage, toi et moi.

– Oui… murmuré-je douloureusement.

– Mais je crois qu'il s'arrête là, Solveig.

Il a prononcé mon prénom en entier. Ni Sol, ni Soleil, ni

Tutu. Solveig. Nous sommes redevenus des étrangers. Et j'ai de plus en plus de mal à respirer.

– D'accord, réponds-je d'une voix étouffée.

– Tu n'as rien d'autre à dire, pour une fois ? me demande Dante en fronçant les sourcils sur son regard sombre.

– Je ne crois pas.

Rien ne me vient. Tout me fait mal. Je suis incapable de penser, d'agir, de me battre pour le retenir. Je sens mon *dark stranger* qui m'échappe. Le Phœnix qui s'envole à nouveau pour ailleurs. Et je n'ai pas le cœur de l'arrêter. Je le préfère heureux sans moi, si c'est ce dont il a besoin pour survivre, cette fois.

Le soleil pointe au-dessus de nos têtes, plus haut que les buildings de Seattle, droit dans le ciel, presque au zénith. Comme s'il n'avait pas encore choisi quel versant de la montagne il allait éclairer. Lequel de nous deux il allait laisser dans le noir.

En silence, je repense à Martha, la vieille fille aux chats du Montana, et ses tarots qui m'avaient promis un avenir radieux. Elle s'est trompée, comme moi. Je repense à Morue, qui coule des jours heureux sans nous à Chicago, et qui ne se souvient probablement de rien. Je repense à Hell, notre fugueuse gothique, qu'on a réussi à rendre un peu moins triste, un peu moins seule, sur un bout d'autoroute de Pennsylvanie. Mais dont on n'a rien changé à la vie. Je repense à ce mécano libidineux, qui doit s'en prendre aux autres conductrices paumées qui s'arrêtent chez lui. Je repense au sublime *Lac des Cygnes* à l'opéra de Minneapolis. À tous ces motels pourris que j'ai pris pour des palaces, dans ma folie. Et je me demande comment j'ai pu croire un instant que notre *road trip* finirait bien.

On a beau fuir, traverser tout le pays, goûter un peu au bonheur, se laisser griser par le vent, berner par l'amour, la réalité nous rattrape toujours. C'est mon brun ténébreux qui l'a dit.

– Alors salut, Phœnix, tenté-je de conclure avant de m'effondrer.

– Je ne t'abandonne pas, prononce sa voix profonde et implacable. Mais tu l'as choisi lui. Le passé. Preston. C'est aussi simple que ça.

– Non, ça ne l'est pas… murmuré-je pour moi-même.

– Ne t'arrête jamais de danser, Tutu.

Et Dante tourne sur lui-même, s'éloigne de sa démarche nonchalante, avec ses tatouages qui ondulent sur sa peau hâlée. Et sa petite ballerine cachée au creux de son biceps.

Je vois tout blanc, tout noir, ça tourne dans ma tête, ça explose dans mon cœur, j'éclate en sanglots et manque de m'écrouler. C'est Calliopé qui me rattrape au vol. Me serre dans ses bras quelques secondes. Me replante sur mes pieds. Me chuchote de tenir bon, de m'accrocher, tout là-haut, là où je suis perchée. Comme elle.

Et le joli cygne noir s'envole à son tour, comme un ange éphémère.

VI

Love on the road

38

Son absence

– Alléluia ! braillé-je, les bras en l'air, en faisant irruption dans la cuisine.

– Allélu quoi ?

– Noël et le jour de l'an sont passés, on n'est plus obligés de tous faire semblant de s'aimer.

– Sympa pour moi.

– Ali, tu sais que tu es ma deuxième personne préférée du monde entier.

– Et la place de numéro un revient à…

Ma colocataire imite (très mal) un roulement de tambour sur le bord de la table et attend, bouche ouverte, le nom du grand gagnant.

– Fifi mon ficus, *of course !*

– Je savais que j'aurais dû le laisser crever ! marmonne-t-elle, faussement jalouse. Toujours pas de nouvelles de… ?

– Shht ! la coupé-je tout net. Ne prononce pas son prénom, tu avais promis.

– J'allais dire « Phœphœ le Phœnix » ! Ça j'ai le droit, non ?

Je range mon pendentif à l'intérieur du débardeur qui me sert de pyjama et sens l'étau habituel se refermer d'un cran autour de mon cœur. Je me suis presque habituée à la sensation. Je serre les dents, le temps que ça passe. Juste le temps de me faire couler un *cafe lungo*, qui s'arrête à mi-chemin dans mon mug.

– Saloperie de machine à la con ! Au prix que ça coûte, elle ne peut pas se recharger en eau elle-même ?!

– Ça fait trois mois, Sol…

– Trois mois que je peste contre cet engin ?

– Trois mois que tu es rentrée à New York. Trois mois que tu dis des gros mots dans toutes les phrases. Trois mois que tu fais cette tête chaque fois qu'on parle de… lui.

– Ali… Mon compte en banque est plein. Notre nouvel appart est cool. Notre plante est vivante. De quoi on se plaint ? Qu'est-ce qu'on peut bien vouloir de plus, hein ?

Je lui souris tristement et je me mords les joues pour empêcher les larmes d'affluer. Pour ça aussi, je suis devenue experte.

– Je ne sais pas, soupire-t-elle. Un café à la bonne taille ?

– Exactement !

Je remplis la réserve d'eau et me fais couler un autre *lungo* sur la moitié du précédent. Le résultat est immonde. Mais j'emporte quand même mon mug et m'installe à la table de la cuisine en face de ma copine.

– Tu crois qu'on finit par arrêter ?

– De poser des questions pas terminées ? se marre ma coloc.

– D'avoir des réflexes de pauvre quand on ne l'est plus. De ne pas vouloir gâcher un foutu café.

– Justement Sol… Je voulais te demander si on pouvait ouvrir un nouveau gel douche ou si on était obligées de finir la semaine avec le « air savon » qui sort du flacon ?

Je ris et étends mes jambes nues devant moi, les pieds posés sur la chaise vide qui me fait face. La cicatrice sur mon genou me sourit amèrement. Je lui réponds en imitant sa grimace. Il me fait à nouveau souffrir, depuis que je passe mes soirées debout.

Beaucoup de choses ont changé en trois mois. J'ai pris l'avion pour rentrer. J'avais de quoi me payer un billet. Et puis j'ai rendu mon appart miteux pour en louer un grand, un beau, un qui ne sent pas le moisi et ne fait pas mourir les plantes vertes. J'aurais pu en acheter un, mais je ne suis pas sûre de pouvoir rester longtemps au même endroit. Depuis que j'ai passé toutes ces semaines sur la route, j'ai la bougeotte. Et une folle envie de repartir. Le seul problème, c'est de savoir où aller.

Et avec qui.

J'aurais pu habiter seule, aussi. Mais quand on partage un bout de chemin avec quelqu'un qui ressemble à son âme sœur, vivre sans lui est un enfer. Depuis Dante, je ne supporte plus la solitude. Solveig Touteseule Stone s'est rebaptisée Sol « Comblez son absence sinon je meurs ». Un peu long pour un deuxième prénom.

Mais tellement vrai.

Du coup, je cohabite avec Alicia. Elle me fait rire et me ramène sur terre, quand je flotte un peu trop haut, perchée dans mes pensées, là où presque rien ne m'atteint. Elle vient aussi me chercher quand je creuse un peu trop profond, quand j'ai envie de disparaître sous terre, de m'allonger et de ne jamais me relever. À la mort de Preston, j'ai cru toucher le fond. Mais ce chagrin d'alors me semble indolore face au manque que je ressens en ce moment. Dante n'est pas mort, il vit juste loin de moi. Par choix.

Et c'est plus douloureux encore.

Alors il a fallu que je comble un peu plus. Que je remplisse ma vie pour ne pas céder à l'appel du vide. Plutôt qu'un loft hors de prix ou un animal de compagnie, je me suis acheté un petit café. Pas un vulgaire gobelet avec du noir dedans. Non, un endroit à moi, rempli de lumières, de bruits et de gens. Mon banquier m'a dit que je devais investir tout cet argent quelque part. Depuis que mes comptes ont été débloqués, ils ont fait des petits. Un pour l'assurance-vie de Preston, un pour mon héritage de veuve, un pour les dommages et intérêts gagnés au procès. C'est presque indécent mais j'ignore combien il y a dedans.

Et Dante avait raison : « Tout avoir ne change rien ».

Si, ça permet de faire la grasse matinée tous les jours. De s'acheter des machines à café qui vous disent *Good morning !*

même à midi. De surchauffer son appart pour se balader en short et débardeur au mois de janvier.

– Que d'accomplissements ! ironisé-je à voix haute.

– Hein ?!

– J'espère que vous êtes fiers, papa et maman ! lancé-je en levant les yeux vers le plafond.

– J'ai raté le début ou tu l'as fait dans ta tête ?

– Merde, Ali ! Fais un effort, à la fin ! C'est quand même pas compliqué de lire dans mes pensées !

Elle pouffe et bondit sur ses pieds, emporte nos deux mugs dans l'évier et décrète le début de la journée.

– Allez, au boulot ! J'en ai marre de te voir traîner en pyjama avec cette queue de rat et ces yeux de panda.

– Franchement, pourquoi est-ce que je me démaquillerais le soir pour me remaquiller le matin ?

Et pourquoi je me laisserais pousser les cheveux alors qu'il les aimait court ?

Et pourquoi je me mettrais à les coiffer alors qu'il les préférait lâchés et désordonnés ?

Et pourquoi je continue à faire des choses pour un homme qui ne les voit pas ?

Très simple : parce que comme ça, il est un tout petit peu moins loin de moi.

– Sol ! crie Ali en claquant des doigts devant mon visage. Douche, air-shampoing, sèche-cheveux, mascara, on y va !

Je suis ma guide et l'étau se desserre un peu autour de mon cœur.

***

Une heure plus tard, j'embarque ma copine-coloc-collègue dans ma toute nouvelle Chevy. Enfin, nouvelle dans ma vie mais c'est une Chevrolet d'occasion, presque la même qu'avant, sans l'odeur et avec une clim et une radio qui marchent. J'ai même installé un grand plaid rouge sur la banquette arrière au cas où je croiserais un chien errant à sauver. Ou un paumé qui aurait froid.

Il y a des habitudes qui ne se perdent pas.

– On peut mettre du chauffage ou tu tiens absolument à cette petite brise glaciale en plus des moins deux degrés dehors ? souffle Alicia en tentant de se réchauffer les doigts.

– Désolée, je ne sais pas encore comment régler.

Ali se met à bidouiller les boutons du tableau de bord pendant que je roule, bien emmitouflée, vers Williamsburg. Un quartier un peu défraîchi de New York qui est en train de devenir branché. Une enclave de Brooklyn au bord de l'East River. J'avais envie d'eau. Et d'authenticité. C'est là que j'ai trouvé mon petit café. Coincé entre un barbier pour *hipsters* et un snack végétalien, il ne paye pas de mine. Pas encore. Sur le rideau de fer descendu, des graffitis colorés mais pas très jolis et des affiches arrachées que je n'arriverai sans doute jamais à décoller complètement. Mais j'aime plutôt bien ces marques du temps et des gens qui passent. J'ai décidé de ne rien changer. Sauf le nom.

– Tu es toujours sûre de vouloir l'appeler comme ça ? me redemande Ali quand on se gare devant.

– On peut revenir à *Chez Tutu* si tu préfères.

– Non, ça fait toiletteur pour chiens.

– *L'endroit où on n'arrête jamais de danser* ?

– Trop long. Et on dirait une épreuve du téléthon.

– Le *Pas tout seul* ?

– Au secours ! C'est d'une tristesse ! Autant l'appeler *Café S.O.S. Amitié* !

– Alors tu vois que son nom est parfait !

Je souris en levant les yeux vers la devanture noire aux lettres dorées qu'on a fait installer récemment. *Not that simple*. « Pas si simple que ça ». Parce que je sais mieux que personne comme les apparences peuvent être trompeuses. Comme un petit café moche et banal peut cacher des trésors de chaleur et d'humanité. Comme il suffit d'un peu de lumière tamisée dans un endroit sombre pour lui rendre son âme.

J'ai aménagé mon café comme le salon d'une maison. À la place des tabourets de bar et des tables de bistrot, de grands et profonds canapés se faisant face autour de tables basses. À la place du bar, de vieux buffets de cuisine en bois vieilli que j'ai chinés et alignés là, pour que les tiroirs servent à tout le monde. Dedans, des tasses, des couverts, des assiettes, des serviettes en libre-service. Sur les comptoirs, des fontaines de thé, de café et de chocolat chaud pour mon offre « à volonté », des donuts, cookies et muffins sous cloche. Et bien sûr des pyramides de barres chocolatées. Plusieurs frigos américains renferment de l'eau, des sodas et des smoothies frais, des salades de fruits dans des bols en plastique et même des yaourts. Seuls les alcools sont enfermés de l'autre côté du bar. Là où personne d'autre qu'Ali ou moi ne va. Au mur, on a installé un écran de télé dont on a éteint le son, comme on la laisse allumée chez soi sans vraiment la regarder. Il a bien fallu que je décide des prix de tout ça. Mais comme je change tout le temps d'avis, je les ai écrits à la main sur des ardoises noires, disposées çà et là. De toute façon, puisque chacun se sert, je ne suis pas certaine que tout le monde paye pour ce qu'il prend. Je suis même presque sûre du contraire. Cet endroit ne sera jamais « une affaire qui marche », mais est-ce vraiment le but ? J'avais envie d'un café où on passe la journée, la soirée, où on est si bien enfoncé dans les canapés qu'on ne veut plus se relever.

Et je crois que pour une fois, j'ai réussi.

Le soir, mon petit salon « comme à la maison » se transforme en piano-bar. Alicia joue les serveuses pendant que je fais semblant de tenir la caisse. J'ai aussi embauché une fille qui chantait dans la rue et un type qui ne joue que du jazz, pour avoir des ambiances musicales différentes selon les soirs. Je ne suis pas sûre qu'ils soient très bons. Mais j'avais envie de rendre service. Et je crois que les clients n'écoutent pas vraiment. Tant pis. Ce qui compte, c'est le bruit de fond.

L'impression d'être tous un peu moins seuls, d'avoir un peu moins froid, dans un petit lieu intimiste au cœur de la Grosse Pomme. Avoir créé un endroit comme ça en l'espace de trois mois est ma plus grande fierté. Et je ne peux pas dire que je les collectionne. Mais je peux enfin me regarder fièrement dans la glace quand j'efface mes larmes sous mes yeux de panda.

Comme tous les jours, je prépare les litres de thé et de café pendant qu'Ali installe les montagnes de pâtisseries et viennoiseries qu'on se fait livrer chaque matin par un boulanger new-yorkais. Je pourrais arrêter de bosser. Embaucher plus de monde. Mais j'ai besoin de m'occuper.

– Un type avec des piercings absolument partout vient de me demander s'il pouvait installer un salon de tatouage éphémère au fond de ton bar, se marre Alicia en revenant de dehors.

– Bonne idée… réponds-je distraitement.

– Hein ?! Je l'ai envoyé bouler ! Il avait des petits picots en métal à la place des sourcils, Sol !

– Plus de problèmes d'épilation, ajouté-je en haussant les épaules.

– Tu veux que je le rappelle ?

– Non…

Des phœnix et des ballerines tatoués me dansent devant les yeux comme des moucherons qu'on n'arrive pas à chasser de son champ de vision. Je vais m'installer sur l'un des canapés pour me changer les idées, avec mon ordinateur portable sur les cuisses. Mon petit rituel quotidien peut commencer. Échanges de mails avec ma comptable, mon banquier, mon avocate (avec qui je n'ai jamais rompu le contact). Puis des bêtises envoyées à Phoebe, qui prépare son mariage et se demande si elle peut épouser son pompier en pantalon et T-shirt blancs. Je dis que oui.

Enfin, j'active ma recherche sur Google, comme presque tous les jours depuis bientôt trois mois. *Dante Salinger*. Je guette le moindre signe de lui. Une nouvelle exposition de photos. Une campagne de pub pour la marque Lazzari. Un article dans la presse sur sa célèbre famille. Rien. S'il avait voulu disparaître de la surface de la terre, il n'aurait pas pu mieux faire.

Dans la rue aussi, je le cherche. À chaque type aux yeux noirs, aux bras tatoués, à la barbe naissante ou aux sourcils froncés, je crois le reconnaître. Parfois, je me rue sur cet inconnu et je lui déverse un flot de paroles continu, insensé, théâtral, passionné. Avant de réaliser que ce n'est pas *lui*. Que j'ai l'air d'une idiote. D'une folle. D'une paumée.

Et je me plais à penser que ça l'aurait fait sourire. Juste un peu.

39

Pas si simple que ça

Not that simple n'ouvre jamais à la même heure. En général, je laisse un petit mot sur la devanture, chaque soir, pour dire à quelle heure on lèvera le rideau de fer le lendemain. Selon mon envie, mon état de fatigue, mon humeur du jour. C'est devenu une manie, une petite coutume que les habitués apprécient. Les autres trouvent portes closes, tant pis.

Aujourd'hui, les clients commencent à affluer au café en début d'après-midi. Vers quatre heures, les canapés se remplissent et les verres aussi. Avec Ali, on aime imaginer leur vie, la raison de leur présence ici. Des chômeurs qui n'en peuvent plus de rester coincés chez eux à regarder les mêmes jeux télé que leurs grands-parents. Des travailleurs de nuit qui viennent juste de se réveiller, vont prendre leur petit déjeuner ici avant de commencer leur journée de barmaid, infirmier, strip-teaseur, pompier… Parfois, c'est difficile de distinguer. Et puis, quartier branché oblige, des artistes en panne d'inspiration qui se sont gratté la tête toute la journée, qui ont fini par balancer leurs pinceaux, leurs instruments et leurs corps à travers leurs ateliers, en décidant tout à coup « Je m'en fous, j'arrête tout ! ». Et en venant siroter un unique café à deux dollars jusqu'à la nuit tombée. C'est pour eux que j'ai créé l'offre « à volonté ». On a l'air un peu moins misérable avec une tasse pleine devant soi.

Je connais bien ça.

Vers six heures, c'est la ruée des employés à la sortie des

bureaux. Et Ali et moi on continue à se demander ce qui les empêche de rentrer chez eux tout de suite. Un boulot pénible qui oblige à décompresser. Un ou une collègue avec qui on n'aurait pas dû flirter. Un ou une boss à qui on aurait bien claqué la porte au nez. Des engueulades à refaire dans sa tête. Des réunions à revivre pour savoir si on a été si mauvais que ça. Des entretiens où on aurait voulu dire tellement plus, tellement moins. C'est fou le nombre de gens seuls qui remuent les lèvres comme s'ils parlaient à quelqu'un. Alors que les duos, les trios ou plus se parlent finalement peu. Ils l'ont déjà fait toute la journée : là, ils ont seulement besoin de boire un coup, de souffler un peu, de regarder les autres et de s'assurer qu'il y a plus malheureux qu'eux.

C'est aussi une de mes activités préférées.

Vers huit heures déboulent les petits veinards du soir. Ceux qui se sont octroyés une soirée libre en semaine. Qui ont confié les petits à leur moitié, qui ont envoyé un texto à leurs rares amis qu'ils ne voient décidément pas assez : « Viens on va danser jusqu'au bout de la nuit comme quand on avait vingt ans et qu'on s'en foutait du lendemain ». L'ami fatigué a répondu « D'accord mais pas tard. Et pas trop loin. Et si possible pas trop bruyant. » Finalement, plutôt qu'une soirée déchaînée en boîte, ce sera une bière sage au café du coin, le mien, et au lit avant minuit. Et en rentrant, ils se diront qu'ils sont heureux de retrouver leur nid.

Je n'ai ni oisillons ni phœnix qui m'attendent à la maison…

Vers neuf heures, Ali me dit qu'on est à court de vin blanc. Et que personne ne veut du rouge. Je ne gère pas encore très bien les stocks. Alors j'offre une tournée de « ce que vous voulez » à la quinzaine de clients enfoncés sur mes canapés. Et ils me sourient comme des enfants qui viennent de gagner un autre tour de manège. Même s'ils ont déjà un peu mal au cœur. Je me faufile jusqu'au pianiste de jazz et lui glisse :

– Joue moins fort, on est jeudi. Ils ont tous la migraine.

Je les aime, tous ces gens. Ça me fait du bien de prendre

soin d'eux plutôt que de moi. Je ne les connais pas mais je les aime dès qu'ils s'assoient. Et j'ai quand même l'impression de les connaître un peu par cœur. Parce qu'on est tous un peu pareils. Coincés dans des vies qui nous vont à peu près, même si on rêve à d'autres. Un tour du monde en bateau. Un aller simple pour la Patagonie. Un *road trip* qui n'en finirait jamais. Un petit goût de liberté et un gros grain de folie.

Je les aime et je les admire. Parce qu'ils arrivent toujours à rentrer chez eux. À aimer la vie qu'ils ont, les boulots qu'ils font, les gens qu'ils se sont choisis ou les petits humains qu'ils ont fabriqués. À penser que c'est ça et rien d'autre le bonheur. Qu'il n'y a pas besoin d'aller le chercher bien loin. L'étau sur mon cœur et le vide dans mon ventre me rendent jalouse. Triste à mourir. Romantique à pleurer.

***

Vers dix heures du soir, j'ai l'impression d'entendre la mélodie horripilante de *Titanic*. Et même une voix qui reprend « My heart will go on ». Je dois rêver. Ou quelqu'un doit l'écouter sur son portable. Une minute plus tard, c'est la symphonie de Beethoven qui résonne dans mon café. Je reconnais les célèbres premières notes, celles que le chien aboie dans le film avec le saint-bernard. Et là, je dois halluciner. Je me demande qui a mis de la drogue dans mon verre. Oui, je bois pendant le service. Non, je ne devrais pas. Promis, ce n'est pas moi qui conduis.

– Qu'est-ce qui lui prend à ton pianiste ? vient me souffler Alicia près de la caisse.

– Je ne sais pas, il doit chercher son style…

– Ben il est loin d'avoir trouvé ! grimace ma copine.

Je me décide à lever la tête vers le piano au fond du bar quand j'entends une reprise enjouée de Freddy Mercury. Mes yeux tombent sur Calliopé Lazzari, hilare, assise sur le tabouret de mon pianiste qui lui a laissé la place. Elle joue *Bohemian Rhapsody* en fredonnant les paroles et en martelant les touches comme une virtuose. Tous mes clients s'arrêtent de parler pour l'écouter, puis se mettent à chanter ce tube de Queen. Et mon petit café de Williamsburg se transforme soudain en salle de concert. Mon cœur et mon ventre se remplissent de sourires, de surprises, de questions et de tas de sensations qui pétillent à l'intérieur.

La jolie brune suspend soudain ses mains au-dessus des touches et fait signe à mon pianiste de prendre la suite, au milieu de la chanson. Elle quitte son tabouret en soufflant sur son épaisse frange qu'elle fait voler au-dessus de son front. Et, dans une mini robe rouge au-dessus de *moon boots* en fourrure noire, elle me rejoint au comptoir.

– Sympa, ton bar ! Aussi bizarre que toi, dit-elle en guise de bonjour.

– Je vais prendre ça pour un compliment… bredouillé-je dans un sourire hésitant.

– J'aurais bien envie de faire le tour pour te prendre dans mes bras, mais la dernière fois que j'ai fait ça, tu pleurais super fort. C'est que je ne dois pas être très douée pour les câlins.

– Tu ne peux pas savoir comme ça m'a fait du bien… rétorqué-je à voix basse, en me souvenant de nos adieux devant le tribunal de Seattle.

– C'était il y a une éternité, hein ?

– Mais comme si c'était hier… réponds-je en sentant l'émotion me gagner.

– Bon, Tutu, on picole ou on continue à être mal à l'aise ? me propose Calliopé avec son énergie habituelle.

Je ris et nous sers à chacune un généreux verre de vin rouge. Je me souviens qu'elle aime ça, comme moi, comme Dante, comme le soir où on avait dîné tous les trois, au manoir de Kenilworth. C'était au tout début de notre *road trip*. Il y a sûrement un siècle.

– Qu'est-ce que tu fais là, Callie ? lui demandé-je après avoir trinqué. Et ne me dis pas que le monde est petit.

– Non, juste que je suis bien renseignée. J'avais envie de te voir.

– Pour… ?

– Vérifier que l'argent ne t'avait pas changée. Que tu étais bien restée perchée, lâche-t-elle en levant les yeux au ciel.

– Et… ?

– Et tu parles moins qu'avant. Mais tout le reste a l'air d'y être ! déclare-t-elle en observant mon petit café atypique.

– J'avais envie d'un endroit un peu spécial, expliqué-je. Où on se sent comme à la maison. Ou encore mieux que chez soi, quand on a un appart pourri, pas de famille digne de ce nom, pas beaucoup d'amis, pas du tout d'amoureux ni d'amant… Et quand on n'a pas envie de prendre un chien ou de finir vieille fille avec des tas de chats, mais qu'on se sent seul quand même, quoi…

– Tu recommences à délirer, c'est que c'est réussi.

Et Calliopé part dans un fou rire inexpliqué dont elle seule a le secret, qui fait bouger son *bun* de cheveux noirs au sommet de son crâne.

– Pourquoi tu ris ? demandé-je en plissant les yeux.

– Je viens d'imaginer plein de chats de toutes les couleurs, couchés les uns sur les autres, qui forment un joli petit tas.

– Je pensais plutôt à un gros tas, moi.

La brune rit de plus belle.

– Ça me donne envie de créer un manteau d'hiver ! s'exclame-t-elle en sortant un carnet et un crayon. Un genre de doudoune multicolore à poils. Chaque boudin serait un corps de chat. Et les boutons pourraient être des yeux de félins un peu flippants.

– C'est bon, j'ai envie de vomir… dis-je en louchant sur le dessin.

La styliste se met à gribouiller *Not that simple* en arc de cercle autour de sa doudoune et relève finalement les yeux vers moi.

– Pourquoi tu as appelé ton bar comme ça ?

Ma gorge se serre. L'étau aussi. J'hésite un instant, mais je ne me sens pas capable de lui mentir. Et je n'en ai même pas envie.

– Une des dernières phrases qu'il m'a dites…

– Mon frère ?

– Juste avant de partir, ce jour-là, à Seattle… continué-je en acquiesçant.

– Quelle phrase ?

– « Tu l'as choisi lui, c'est aussi simple que ça »… répété-je en sentant le couteau s'enfoncer un peu plus dans ma plaie.

– Ce n'est jamais aussi simple qu'on le croit, murmure Callie. Ni qu'on le dit.

Sa jolie voix cassée me fait l'effet d'une caresse sur mon cœur blessé.

– Dante ne va pas très bien, depuis trois mois. Si tu veux savoir…

– Je ne sais pas si je veux, la coupé-je par réflexe.

– Je vais te le dire quand même, parce que c'est un peu pour ça que je suis là. Lui non plus, Tutu, il ne s'est pas remis de toi.

Sa petite sœur me fixe de ses beaux yeux noirs en amande. Et l'espace d'une seconde, sous le maquillage charbonneux, je crois voir le regard du Phœnix. Dur, doux. Tendre, tourmenté. Vrai. Un regard profond qui en dit long. Un regard que je paierais cher pour revoir. Et pouvoir m'y plonger.

– Je crois qu'il se noie dans le boulot pour ne pas penser, poursuit Calliopé. Il continue ses photos. Mais il est surtout revenu bosser pour mon père.

– Je ne peux pas y croire… marmonné-je pour moi-même.

– Je sais. Moi aussi j'ai cru qu'on l'avait perdu. Mais il m'a expliqué ce qu'il faisait. Il m'a dit que tu étais la seule à savoir. L'enquête. Le FBI. Les preuves à réunir… Il veut toujours faire tomber Vito, ce fou. Et le pire, c'est que je crois qu'il va réussir.

Je lâche un long soupir de soulagement. Et Calliopé se

remet à rire, fort, très fort. Je vide mon verre d'un trait pour m'empêcher de pouffer. Mais son fou rire communicatif m'entraîne. Et je ris aux larmes avant même de le savoir. Peut-être que je pleure un peu mais je ris quand même. Et ça faisait une éternité. Peut-être qu'on a l'air de folles. Mais ça fait un bien fou de ne plus être la seule.

– Je ne sais pas laquelle de vous deux a un admirateur secret, mais ça vaut le coup d'œil ! nous glisse Ali avant d'emporter des bières remplies à ras bord.

Un immense type est planté sur le seuil du *Not that simple*, la main en visière comme s'il cherchait quelqu'un (malgré l'absence totale de soleil à l'extérieur et de spots lumineux à l'intérieur). Il porte des baskets vert fluo, un pantalon de yoga à motifs ethniques et une veste de costume noire très chic sur une silhouette bien dodue. Mélange de styles improbable, auquel s'ajoute un bonnet jaune moutarde à l'ourlet roulé très haut au-dessus de ses oreilles. On a l'habitude des *hipsters* au look décalé, par ici, mais jamais à ce point.

– Gus, je suis là ! braille Calliopé en agitant une main au-dessus de sa tête.

– Ah, il est donc à toi, me marré-je. J'aurais dû m'en douter.

– Meilleur ami à la vie à la mort, précise la brune. Ni amoureux ni amant par ici non plus.

Elle me balance un clin d'œil complice comme si on faisait partie d'un club secret de filles incasables.

– Pourquoi ? lui demandé-je en attendant que le fameux Gus arrive.

– Je sais faire des tas de trucs, Tutu. Dessiner des fringues, jouer n'importe quoi au piano, faire des blagues nulles et retrouver une âme égarée au fin fond de New York… Mais avoir un mec ? Jamais arrivé. N'arrivera jamais !

Je n'ai pas le temps de lui demander si c'est juste une façon de parler. Si elle exagère ou non. Et ce que son père a bien pu lui faire pour la briser à ce point, elle aussi. Le meilleur ami arrive et l'étreint vigoureusement en la faisant décoller du sol.

– Il était introuvable, ton café ! Et je déteste tous ces gens super lookés qui essaient de me faire de l'ombre ! ironise-t-il en regardant mes clients.

– Les sourcils métalliques, annoncé-je. C'est *ça* la super tendance.

– Je vais y songer, acquiesce-t-il en riant.

– Gus, je te présente Tutu, intervient Callie. La fille qui a trahi mon frère alors qu'elle est folle de lui… et qui se terre ici en attendant qu'il vienne la chercher.

– Très bon résumé, me forcé-je à confirmer.

– Salut ! se présente-t-il à son tour. Moi je suis Gus, je pourrais avoir l'air gay mais pas du tout. Et imbuvable alors que c'est tout le contraire.

– Ce n'est jamais aussi simple que ça, commenté-je, amusée.

– Mais plus que tout, je suis *hyper* mal garé ! ajoute le gaillard en en faisant des tonnes.

– OK, on y va ! décide la brune. De toute façon, j'ai des tas de chats à zigouiller, moi ! Mais il faut qu'on se revoie, Sol, tu m'as beaucoup trop manqué !

Elle note son numéro au crayon à côté de la doudoune dessinée, arrache la page de son carnet de croquis et me la tend. Puis elle s'allonge complètement sur le comptoir pour me prendre dans ses bras, de l'autre côté. Pendant qu'elle me serre, fort, mon étau se desserre d'un cran. Et mon cœur retrouve forme humaine, juste un instant.

– Ciao, gros tas ! lancé-je à Calliopé sans réfléchir, juste pour avoir l'air drôle et sympa.

Je rougis aussitôt à l'idée que le meilleur ami potelé l'ait pris pour lui. Je me mords les joues de honte mais les deux copains éclatent de rire.

– Salut, petit tas de tutus !

Et l'ange noir hilare disparaît à nouveau. En fredonnant des notes de Beethoven. Et en faisant des pointes et des entrechats jusqu'à la sortie.

40

En cage

Le lendemain soir, mon petit café au bord de l'East River est bondé. Il y a les habitués, mais aussi de nouvelles têtes, des touristes un peu perdus, des squatteurs de canapés… et une dizaine de filles en manteaux et couronnes de fleurs, venues fêter un enterrement de vie de jeune fille.

– Ma sœur est en cloque ! m'explique la demoiselle d'honneur avec un tact qui lui est propre. C'est pour ça qu'ils se marient en plein hiver… et qu'on se tape une soirée sans alcool !

– Encore un peu de thé ? lui propose mon sourire forcé.

– Vous ne cacheriez pas une petite bouteille de vodka, dans un de ces tiroirs ?

Je lève le doigt vers le mur, pour orienter son regard vers l'ardoise, derrière moi, qui liste tous les cocktails alcoolisés.

– Je tuerais pour un *bloody mary*. Mais je ne peux pas, elle me ferait la gueule pendant trois semaines… marmonne la fille aux marguerites en regardant sa sœur enceinte. Et vous savez le pire ?

– Hum ? fais-je distraitement.

– Ma sœur s'appelle *Mary*…

– Comme la Vierge Marie ? se marre Ali, en apparaissant à mes côtés.

– Ouais, soupire la demoiselle d'honneur. Mes parents se sont définitivement gourés…

Nos trois paires d'yeux se tournent vers le ventre très

rebondi de la future mariée, et nous pouffons discrètement. Je me lance dans la confection d'un shot façon *bloody mary* et le tends à Miss Marguerites en murmurant :

– Ce sera notre petit secret…

La fille m'offre un sourire ravageur, avale le liquide d'un geste et s'éloigne pour aller retrouver son petit groupe. Au passage, j'ai gagné une couronne de fleurs.

– Très seyant, ce pot pourri sur ta tête, se moque Ali en nettoyant le comptoir.

– J'en connais un autre que ça aurait fait marrer… murmuré-je en repensant à mon Phœnix.

Ma meilleure amie, slash coloc, slash employée, me serre un instant dans ses bras, puis lâche un tonitruant « *bordel de merde !* » en fixant l'écran plat derrière moi. Je me retourne brusquement, le cœur battant, et manque de vaciller. À gauche de l'écran scindé en deux, une journaliste blonde et bien faite qui baragouine je ne sais quoi. À droite de l'écran, une photo récente de Vittorio Lazzari. Et tout en bas, un bandeau qui défile : *Le magnat de la mode arrêté, il risque la perpétuité.*

– Monte le son ! lancé-je en direction d'Ali.

– C'est bien le père de… ?

– Oui.

– Tu savais qu'il… ?

– Oui, fais-je dans un souffle. Mais je ne savais pas quand ça ferait surface.

– Tu…

– Monte le son, Ali !

Soudain, la voix de la journaliste me parvient distinctement, malgré le brouhaha des clients qui s'affairent ou s'indignent derrière nous. La jeune femme parle de « choc », de « catastrophe », de « scandale ». Elle explique que le PDG de l'empire Lazzari est interrogé en ce moment même par le FBI, qu'il sera bientôt présenté à un juge et qu'il risque d'être poursuivi pour de nombreux chefs d'inculpation, dont « fraude fiscale »,

« blanchiment d'argent », « esclavagisme moderne », « travail dissimulé » mais aussi « violences conjugales et maltraitances ». Les prénoms de Dante, Andrea et Calliopé sont cités. Puis une nouvelle photo envahit l'écran : le visage tuméfié de Lynette Lazzari, leur mère, bouffi d'ecchymoses violacées, de plaies rouges et de bosses ayant viré au bleu puis au jaune. Comme un immonde tableau. Comme dans un très mauvais film d'horreur.

– L'œuvre de son mari, songé-je à voix haute. Peut-être la dernière, celle de trop… Celle qui l'enverra en cage, pour le restant de ses jours.

On peut croire aux miracles, non ?

– C'est lui qui a fait ça ?! enrage Alicia. Mais ce type est censé être un saint ! Et il battait ses enfants ? Faisait bosser des gosses en Chine ? Volait l'argent des autres, comme s'il en manquait ?!

– Laisse tomber, Ali, il est cuit, souris-je tristement.

– Il frappait Dante ? demande-t-elle soudain.

Pour toute réponse, je lui adresse un regard plein de larmes. Mon amie coupe le son, fait voler la couronne de ma tête, m'attrape par la main et m'emmène quelques mètres plus loin.

– Choisis ton poison ! m'ordonne-t-elle.

– Scotch. Pur.

– Tu détestes ça !

– Je rends un hommage… soufflé-je.

– À ton ténébreux, devine-t-elle.

– À mon héros.

Le liquide coule dans ma gorge, en brûlant tout sur son passage. Comme mon amour pour lui, qui me blesse autant qu'il me transporte.

Dante l'a fait. Il a réussi à terrasser ce père qui a fait souffrir tous ceux qu'il aimait. Il a vaincu le géant, l'intouchable, le Tout-Puissant. Mon Phœnix l'a fait en affrontant ses propres démons. En assumant son passé, toutes ces images, ces souvenirs qui font mal, qui terrifient, qui humilient. Dante est un enfant battu. Aujourd'hui, il l'a affirmé haut et fort, sans honte, sans crainte.

Et je l'aime à en crever.

– Un autre ! dis-je en tendant mon verre vide à Alicia.

– Tu es sûre ?

– J'ai l'air d'hésiter ?

***

Soyons honnête : j'ai trop bu. Et les chaussures de ma coloc s'en souviennent. Alicia m'a rapidement forcée à monter dans un *Uber* et, pendant que je chantais *I will survive* à tue-tête en comptant les réverbères avec mon chauffeur – ravi, elle s'est occupée de fermer le café.

Arrivée chez moi, je n'ai pas résisté. J'ai dégainé mon téléphone et j'ai tapé les quelques mots qui me trottaient dans la tête depuis trop longtemps.

[Tu es libre, Phœnix. Je savais
que tu pouvais le faire…]

Je fixe mon écran pendant une éternité, guettant les petits points clignotants qui indiqueraient une présence de l'autre côté de la ligne. Mais rien ne vient et, la mort dans l'âme, je me traîne jusqu'à mon lit et m'endors tout habillée, le mascara coulant et la tignasse en vrac.

Après tout, qui est là pour me voir dans cet état lamentable ? Personne.

Une vibration me réveille, quelques heures plus tard. Et, les yeux plissés par le sommeil et la gueule de bois, je lis le message qui s'affiche une bonne centaine de fois :

[Merci Tutu.]

« Merci ». « Tutu ». Point. Ça s'arrête là. J'analyse pendant une bonne heure les aspects positifs et négatifs de ce message sommaire. Il n'est pas froid, le « Tutu » en atteste. Il n'est pas franchement chaleureux non plus. Plutôt expéditif. Voire lapidaire. Le point semble final. Il n'appelle à aucune réponse de ma part. Rien du genre « Tu me manques ». « Je t'aime ». Ou encore « Viens, on repart sur les routes, on recommence tout pour toujours. »

Je tape cette dernière folie qui me passe par la tête et m'apprête à l'envoyer. Mais mon doigt résiste. Comme s'il était dirigé par mon instinct, qui me dicte d'être patiente. De ne rien brusquer.

– Viens me chercher, Phœnix… murmuré-je en lâchant mon téléphone. Viens, je t'attends.

Et je me rendors dans ces draps doux, qui ne sentent rien de lui. Dans ce bel appartement new-yorkais, dans lequel il n'a jamais mis les pieds. Dans ma cage dorée, si vide de lui.

***

J'ai mis deux jours à me remettre de cette cuite. Et à ne plus fixer l'écran de mon portable en permanence, espérant une « suite » à son message.

Ce matin, je suis plus fraîche. Plus enjouée. Plus moi. J'ai décidé de sortir de ma cage. De vivre, enfin.

– L'amour, je l'ai cherché. Trouvé. Perdu. Je ne le cherche plus.

– Sol, tu parles toute seule, s'inquiète Ali, face à son bol de céréales.

Je lui pique sa cuillère et le muesli qui va avec.

– Je sais, commenté-je en haussant les épaules. C'est l'une de mes petites *particularités* que tu préfères, non ?

– Tu ne voudrais pas en discuter avec quelqu'un ? tente-t-elle prudemment.

– Un psy ? Pour quoi faire ? Je t'ai toi, rétorqué-je en souriant.

– Tu as souvent le regard dans le vide…

– Ça s'appelle un chagrin d'amour, Ali. Cent milliards d'humains l'ont vécu avant moi.

– Ça fait trois mois…

– Je l'aimerai toujours dans trente ans.

En l'affirmant, je réalise que c'est vrai. Dante Salinger s'est glissé sous ma peau. Et j'aurai beau tout essayer, laisser les jours, les mois, les années défiler, rien ne pourra l'en déloger.

– Tu es sûre que c'est normal ? murmure ma coloc.

– La « normalité », c'est chiant. Alors je veux bien souffrir, si ça veut dire ne jamais m'ennuyer. Me sentir vivante !

Elle soupire, je lui souris en lui rendant sa cuillère, saute de mon tabouret, tourne sur moi-même et file dans mon dressing pour m'habiller. Vingt minutes plus tard, je grimpe dans ma Chevy et roule jusqu'à Williamsburg en évitant de justesse un stand de hot-dogs, un dogue allemand fugueur et une poussette lâchée par une nounou débordée. J'ouvre mon petit café, prépare des litres et des litres de boissons chaudes, salue et sers les premiers arrivés, réceptionne la livraison de sucreries – en mange une de chaque par égard professionnel – et allume la radio pour me dandiner.

Sauf que c'est la chaîne info qui retentit. Et que le journaliste prononce ce foutu nom qui me suit à la trace – et chasse ma bonne humeur.

– Nouveaux rebondissements dans l'affaire Lazzari : le milliardaire a non seulement nié en bloc toutes les accusations portées contre lui, mais il a déjà pu payer sa caution de deux millions de dollars pour sortir de prison ! L'ex-PDG est désormais démis de ses fonctions, assigné à résidence, interdit d'entrer en contact avec les membres de sa famille et restera sous haute surveillance jusqu'à son procès…

J'éteins le poste et me tourne vers mes clients, impatients d'être servis.

– Désolée, dis-je au grand brun qui pianote sur le comptoir.

– Pas de problème, j'écoutais aussi. J'ai pris un grand *latte* à emporter, m'indique-t-il en me montrant son gobelet. Et c'est une machination, tout ça…

– Pardon ?

– Si vous voulez mon avis, Lazzari est innocent. Son fils veut simplement prendre sa place. *« Tu quoque, mi fili »*, vous voyez le genre ?

Je reste interdite, face à son aplomb. Et je réalise qu'il ne doit pas être le seul à penser ce genre de conneries.

– Vittorio Lazzari n'a rien de Jules César. Et Dante Salinger rien de Brutus… grommelé-je en sortant son ticket de caisse. Évitons les généralités douteuses.

Je récupère le billet de cinq qu'il me tend et passe à la personne suivante. Une jolie rousse d'une quarantaine d'années, qui a un muffin dans chaque main et ajoute son grain de sel :

– Bien sûr qu'il est coupable, vous avez vu la photo de sa femme ?!

Je lui rends sa monnaie en tentant de ne plus prendre part au débat, mais le type derrière elle s'en mêle.

– Il est richissime, il ne craint rien, soupire-t-il. C'est comme ça que tourne le monde…

– Son autre fils a quand même pris cinq ans ! riposte le premier, toujours pas parti.

– Il aurait dû en prendre vingt ! rétorque la rousse. Tous des pourris…

Je sers tout ce petit monde, encaisse à la vitesse grand V et file en direction de la réserve. Besoin urgent de faire un pseudo-inventaire. Et de m'éloigner de tout ça.

Ou plutôt, de dégainer à nouveau mon téléphone. Mais pour cliquer sur un autre numéro, cette fois.

– Calliopé à l'appareil ! Si vous êtes journaliste et à la recherche d'une « interview exclusive », adressez-vous plutôt à mon arrière-train ! Mais il est très occupé ces derniers temps, vous risquez de devoir attendre…

Je souris en entendant la voix cassée et insolente de la

brune, mais précise rapidement avant qu'elle ne raccroche :

– Callie, c'est moi !

– Moi, qui ? se méfie-t-elle.

– Solveig !

– Tutu ! Désolée, ton numéro m'était inconnu. Je vais l'enregistrer !

– Tu as deux minutes ?

– Mieux que ça. Je te rejoins, je ne suis pas loin.

– Je suis au café !

– Je sais. Tu es *toujours* au café, Tutu, rigole l'Italienne avant de raccrocher.

Je ne sais pas trop comment le prendre, mais décide de compter les paquets de café – par pays et variétés – plutôt que me poser la question. J'interromps mon inventaire deux fois afin d'aller aider des clients qui n'ont pas tout à fait compris le principe du « libre-service », puis vois débarquer la gravure de mode… une longue frange rousse cachant à moitié ses yeux.

Calliopé Lazzari retire son manteau aux différentes nuances de gris et je découvre ce qu'elle porte en dessous. Une combinaison col roulé intégralement noire, serrée à la taille par une ceinture de cuir et de dentelle. Ses escarpins à talons argentés claquent sur le parquet avec légèreté, tandis qu'elle me rejoint derrière le comptoir.

– Rousse ? lancé-je en l'embrassant.

– Une perruque, chuchote-t-elle. C'est ça ou on me reconnaît à tous les coins de rue…

– Vos photos ont été diffusées aux infos, deviné-je.

– Évidemment. Saloperie de journalistes. De fric. De Justice. Mon père est libéré sous caution et c'est nous qui payons l'addition… On est harcelés jour et nuit ! soupire-t-elle en triturant son sac à main tricolore – aussi pointu que le reste de sa tenue.

– Je suis désolée que vous ayez à revivre tout ça… déclaré-je sincèrement.

– Merci Tutu.

« Merci ». « Tutu ».

– Tu sais comment *il* va ? demandé-je soudain d'une minuscule voix.

Calliopé se sert un café, ajoute une tonne de sucre et le porte à ses lèvres. Puis elle s'adosse au comptoir en me fixant de ses beaux yeux noirs. J'en frissonne, tant ils me rappellent ceux de son frère.

– Il a mal.

Je déglutis difficilement, mais parviens à demander :

– Il n'est pas trop… seul ?

– Je veille sur lui, me sourit-elle doucement. Enfin, tu le connais. C'est plutôt lui qui veille sur moi. Sur maman. Sur la terre entière. Mais la presse ne nous lâche pas. C'est humiliant de porter l'étiquette « enfant battu » sur son front. Et puis… tu lui manques. Je crois. Non, je le sais.

Une larme s'échappe et creuse un sillon le long de ma joue. Callie la récupère au bout de son doigt et souffle dessus. Je l'interroge du regard.

– C'est pour que le malheur s'envole. C'est Dante qui a inventé ça, quand on était petits. Ça nous a aidés, Andy et moi.

Je soupire, sèche mes larmes puis passe les mains dans mes cheveux en lâchant un cri rauque.

– Comment tu vas, Solveig ?

– À merveille, ça ne se voit pas ? dis-je en riant tristement.

– Ce procès n'a laissé personne indemne, je crois…

– J'ai gagné un paquet de fric… et perdu tout le reste.

– Dante ? Et… ton frère ?

– Jonas ? Ce n'est plus mon frère.

– Tu dis ça, mais tu seras la première à lui tendre la main le jour où il en aura besoin…

Je hausse les épaules, lasse de penser à celui avec qui j'ai grandi et qui m'a trahie, et vais encaisser deux nouvelles clientes. Lorsque je leur souhaite une bonne journée, Calliopé est plantée à dix centimètres de la caisse.

– Et tes formidables beaux-parents ? me demande-t-elle sur un ton sarcastique.

– Les Camden ? Je n'entendrai plus jamais parler d'eux.

– Comment tu peux en être si sûre ?

– Deux mots magiques : « faux » et « témoignage ». Ils ont trop honte pour me courir après. Pareil pour la maîtresse mythomane.

– Tant mieux, souffle la rousse en croquant dans un donut.

Je souris en la voyant mimer un orgasme, et ajoute :

– Ton frère m'avait prévenue.

– Comment ça ?

– Il m'avait dit que tu croquais la vie à pleines dents…

Elle rit doucement.

– Il me connaît bien, confirme-t-elle.

– Je crois qu'il a un don pour ça.

– Un don ?

– Il sait lire directement dans notre âme, murmuré-je. Il déjoue les secrets, il fait jaillir la vérité. Pour que la douleur nous quitte, pour que notre cœur s'allège. Ton frère est un ange, en fait. Un ange sombre, un ange ténébreux, mais un ange quand même.

– Je crois aussi, sourit-elle. Il est le seul que je connaisse à faire ça…

– Et je l'ai fait fuir.

– Il reviendra peut-être.

– C'est ça mon problème, Callie. Je ne suis pas sûre que les anges accordent de secondes chances…

Ali arrive sur les coups de midi pour démarrer son service et nous retrouve au piano, assises sur le même siège. Calliopé tente de m'apprendre la mélodie de *No woman no cry*, sans grand succès.

– Tu ferais mieux d'aller lui faire prendre l'air… se marre ma coloc en saluant la virtuose qui s'est remise à jouer.

– J'y pense sérieusement. Ou à fuir. Sans me retourner. En

sacrifiant mes escarpins que je serais obligée d'abandonner pour courir assez vite.

La rousse éclate de rire, imitée par la traîtresse brune – qui enfile son tablier de serveuse.

– Très drôle. Je ne suis pas si nulle que ça… lancé-je en tentant une démonstration.

J'essaie de rejouer le morceau, je m'applique, j'y mets toute ma bonne volonté, mais suis incapable de me souvenir de la troisième note. Les suivantes, je n'en parle pas. Ali se marre, Callie soupire, je jette un regard aux clients qui espèrent probablement que ce carnage prenne fin.

– Tu dis que je passe trop de temps dans ce café ? questionné-je soudain l'Italienne.

– Léger euphémisme…

– Elle a raison, confirme Alicia.

– Alors emmène-moi ! décidé-je soudain en me levant.

Calliopé se lève à son tour, referme le piano et dit d'une voix gênée :

– T'emmener ? Mais où ? J'ai des choses à faire cet après-midi. Des gens à voir.

– Je serai muette ! m'écrié-je. Et transparente ! Je sais très bien faire ça, tu verras !

– Tutu…

– Callie, j'ai décidé que cette journée serait différente !

– Et ?

– Et grâce à toi, elle va l'être !

41
Noir et blanc

Quinze minutes plus tard, au volant de sa berline aux rétroviseurs customisés, Calliopé nous fait traverser le pont surplombant l'East River et menant à *Rikers Island*. La petite île du Bronx abritant la plus célèbre prison de New York. Inutile d'être un devin pour comprendre.

– J'ai oublié de te demander… dis-je soudain en voyant le paysage défiler.

– Oui ?

– Dans quel centre pénitentiaire a été transféré Andrea ?

– New York, me répond-elle évasivement sans quitter la route des yeux.

Je souris, malgré moi.

– Je me suis foutue toute seule dans cette situation, hein ? soufflé-je.

– On peut dire ça, acquiesce la cachottière.

– Callie ?

– Oui ?

– On va où exactement ?

– Tu le sais, non ? réplique-t-elle en feignant l'innocence.

J'inspire profondément, puis lâche le fond de ma pensée :

– On va voir Andrea en prison…

– *Je* vais voir Andrea en prison, me corrige-t-elle. Et tu es la bienvenue si tu veux m'accompagner.

Un silence pesant s'installe dans la voiture, jusqu'à ce que la sœur de Dante gare sa voiture aux abords d'un premier poste de contrôle.

– Tu as tes papiers d'identité sur toi ? me demande-t-elle.

– Oui.

– Alors ? Tu m'accompagnes ou pas ?

Je fixe l'homme en uniforme qui nous regarde d'un sale œil et soupire :

– Ton frère m'a déjà fait ce coup-là.

– C'est différent cette fois. Tu as insisté pour venir avec moi.

– Je ne savais pas qu'on atterrirait ici !

– Le destin…

Elle me sourit sans malice, juste avec bienveillance, et j'hésite à pénétrer ou non dans cette foutue prison.

– À quoi bon ? lancé-je doucement.

– Ça pourrait t'aider…

– Et à quoi ?

– Soit à te battre pour lui. Soit à tourner la page.

– Qu'est-ce qu'Andrea vient faire dans mon histoire avec Dante ? Qu'est-ce qu'il a à voir avec tout ça ?

– Bien plus que tu ne le crois… murmure-t-elle. Andy est le seul à avoir vécu ce que Dante a vécu. Et encore, Dante l'a souvent protégé, quitte à prendre les coups qui allaient avec.

– Là tu me parles du passé, Callie. Moi c'est le futur qui m'intéresse. Et je crois qu'eux aussi.

– Tout est lié, Tutu.

Ses beaux yeux noirs en amande m'interrogent à nouveau et, sans réfléchir davantage, j'acquiesce. Si cette entrevue peut m'aider à retrouver mon Phœnix, je suis prête à tout tenter.

On ne plaisante pas avec les mesures de sécurité, à *Rikers Island*. Nous mettons presque une heure à accéder au parloir, et attendons l'arrivée du détenu Lazzari quinze minutes de plus. Cette fois, une vitre nous sépare d'Andrea et c'est un déchirement pour Calliopé de ne pas pouvoir embrasser son frère.

Lorsqu'il me voit et me reconnaît, le brun me sourit en

s'asseyant de son côté. Ses boucles désordonnées ont été coupées, il a les cheveux ras et me semble particulièrement mince. Plus pâle aussi. Pas vraiment lui.

– Tu manges à ta faim ? Ta cellule a assez de lumière ? s'inquiète immédiatement sa sœur.

– Merci d'être venue me voir, petite sœur. Et Solveig… ajoute-t-il en me fixant d'un regard doux. Je vis dans une cage, comme un animal, mais les visites m'aident à tenir.

– Il n'était pas prévu que je vienne, bafouillé-je à moitié. Mais je voulais…

– Je peux parler d'abord ? me demande-t-il.

Je hoche la tête et lui fais signe de démarrer.

– Je suis en paix. J'ai mérité d'être ici, je le sais. J'en sortirai bientôt et je serai un nouvel homme. Mon père a été mis hors d'état de nuire. Ma famille est en sécurité. Et je voudrais à nouveau m'excuser pour tout le mal que j'ai causé…

– Tu nous manques tellement, lui glisse Callie d'une voix pleine de douleur.

Il lui jette un regard ému, tendre comme je ne lui en ai jamais vu, puis me fixe à nouveau.

– Je m'excuse aussi… bredouillé-je. D'avoir utilisé ton passé. D'avoir trahi Dante. D'avoir rendu ce procès plus difficile encore, pour tout le monde.

– C'est oublié. Il n'y a plus qu'une chose qui m'empêche de dormir la nuit.

– Laquelle ? murmuré-je.

– De tous ces drames, il était sorti une chose de bien, reprend-il de l'autre côté de la vitre. Une seule. Dante et toi. Si vos chemins se sont croisés, c'était à cause de moi… Ou plutôt grâce à moi.

Je souris, en réalisant que c'est exact. Paradoxal, difficile à croire, presque choquant, mais vrai. Que de la pire tragédie est né le plus grand amour de ma vie.

– Vous n'avez pas le droit de tout gâcher, insiste le détenu.

– Andy…

– Non, Callie. Je l'ai vu hier. Il est en train de disparaître… Il sombre à nouveau.

Mon cœur s'éteint, un instant, avant de repartir de plus belle.

– Disparaître ? Comment ça ?

– Ne va pas trop loin, Andrea… grommelle sa sœur.

– Il faut qu'elle sache ! Tu es sa liberté, Solveig. Son soleil. Il n'y a que toi qui peux le guérir de cette noirceur qui le ronge à l'intérieur. De ce passé qui le hante et le martyrise, jour après jour. Il a toujours dit que maman était sa lumière. Mais cette fois, ça ne s'allume plus. Cette fois, il a besoin de toi.

J'écarte les larmes qui coulent à torrent sur mes joues, pour ne pas me laisser déconcentrer.

– Le guérir ? Mais comment ?

– Sois moins fière que lui, Solveig. Mais encore plus bornée. Bats-toi pour Dante. Va le retrouver.

– Il ne veut pas de moi ! m'écrié-je soudain.

– C'est tout le contraire, il crève sans toi ! insiste Andrea.

– Il a peur de te contaminer… murmure Callie. Que sa noirceur déteigne sur toi. C'est pour ça qu'il reste à distance.

– Mais je n'attends que ça !!

Que de mon blanc et de son noir, on fasse un gris. Le plus beau, le plus bouleversant, le plus vivant des gris.

Une chose est sûre : personne ne sera jamais ressorti plus vite de cette prison de haute sécurité. Personne.

***

Jaillir de la prison comme un diable de sa boîte est une chose. Pénétrer dans une berline de luxe sans en posséder la clé en est une autre. En un mot : impossible. Alors je m'adosse à la satanée bagnole et j'attends que Calliopé me rejoigne. Je trépigne. Je bats de la jambe. Je fais quelques pointes et quelques extensions, aussi.

Normal.

–Je peux vous emmener quelque part, petite mademoiselle ? me sourit un quinquagénaire édenté, au volant de son pick-up pourri.

L'homme un peu louche s'apprête à quitter *Rikers Island* pour retrouver la civilisation et si j'étais suicidaire, j'accepterais sa proposition pour me tirer d'ici au plus vite. Mais non. Je tiens à ma vie.

–Non merci, j'attends quelqu'un, lui souris-je timidement.

–Allez, je vois bien que tu es pressée de partir ! Je te dépose où tu veux, insiste le lourdingue. Fais-moi confiance, je suis doux comme un agneau…

Ce sale type ne m'a pas touchée, mais toute ma peau se crispe lorsqu'il me fixe de ses yeux libidineux. Je devine qu'il s'apprête à ouvrir sa portière et ne sais plus comment m'en sortir. Je jette un coup d'œil à droite, à gauche, pas de garde à l'horizon.

Pas de Dante, non plus…

Des talons claquent soudain dans mon dos et je respire à nouveau. Lorsque je me retourne, je me retrouve face à une Calliopé au regard noir, assassin. Elle fixe « l'agneau à deux dents » l'air mauvais et lui balance :

– Circulez le mouton, elle vous a dit qu'elle n'était pas intéressée !

Le conducteur siffle entre ses lèvres dégoûtantes en la voyant, puis rétorque d'une voix glaciale :

– Vous allez être un peu plus polies, toutes les deux…

– Et vous allez dégager ou je sors le *taser* gentiment rangé dans ma poche.

L'édenté l'observe un instant de plus, comme pour s'assurer qu'elle ne plaisante pas. Puis il redémarre son tas de ferraille et quitte le parking en polluant notre air. Je me détends enfin. Et remercie mon ange gardien.

–Tu m'as évité de finir dépecée, je crois, soufflé-je en direction de la fausse rousse.

–Moi aussi…

– Comment ça ?

– S'il t'arrivait quoi que ce soit en ma présence, Dante me tuerait ! gémit-elle en ouvrant la berline.

Je m'installe sur le siège en cuir – chauffant – et fixe un peu plus la belle Italienne en me disant qu'à seulement 22 ans, elle a du cran… La voiture démarre, Calliopé conduit d'une main assurée et finit par capituler :

– Je ne suis pas censée te dire ce que je vais te dire. Où il se trouve. Dante voulait plus de temps. Pour lui, mais surtout pour toi, pour que tu te « retrouves ».

– Sans lui, je suis perdue… répliqué-je doucement en admirant les reflets qui caressent la surface de l'East River.

– Je sais. Et Andy m'a convaincue… Je ne veux pas que mon frère sombre. Je veux qu'il retrouve la lumière. Ta lumière, murmure-t-elle d'une voix émue.

À un feu rouge, nos regards se croisent et nous nous fixons avec tendresse.

– Je t'aime beaucoup, Solveig. Et je n'aime pas beaucoup de gens.

– Idem.

– Alors je vais te dire où te rendre, ce soir. Si tu veux le revoir.

J'inspire lentement, sentant mon cœur battre à tout rompre sous mon pendentif gravé.

– Mais d'abord, on va te trouver autre chose à te mettre sur le dos ! se marre la styliste.

– Quoi ?!

– Ce jean *boyfriend* est beaucoup trop grand, il ne flatte pas tes formes. Ce pull est ennuyeux à mourir. Et on a parlé de ces boots défraîchies ?

– C'est comme ça qu'il m'aime ! lancé-je en riant. Mal attifée, naturelle, les cheveux lâchés.

Elle sourit, tandis que j'observe son profil parfait en espérant l'avoir convaincue.

– Je sais, admet-elle de sa voix cassée. Mais rien ne m'empêche de m'amuser…

En sortant du troisième magasin, je n'en peux déjà plus. Calliopé me fait à chaque fois le coup : elle choisit une pièce dans chaque boutique, m'oblige à l'essayer, à prendre tout un tas de pauses pour mieux l'étudier, puis décide de l'accompagner de tout un tas d'accessoires que je n'oserais *jamais* porter sauf à un bal costumé. Une énorme broche en dentelle, un épais headband en cuir, une large ceinture imitation fourrure, de grosses lunettes sans verres, une bague gigantesque courant sur quatre doigts…

Tout dans la mesure.

Au bout de deux heures de ce shopping lunaire, la fashionista barrée et moi trouvons finalement un compromis : une robe noire près du corps me découvrant les épaules, des collants aux reflets argentés et des escarpins noirs dans lesquels j'arrive à peu près à marcher. À part les collants (mais il faut bien une touche de lumière), la tenue est plutôt sobre. Féminine, sexy, élégante, mais sobre.

– Tu es renversante, sourit Calliopé en étudiant le résultat. La coiffure, maintenant…

– Non. Mes cheveux restent lâchés.

– Tu…

– Non négociable, Callie, grondé-je.

– OK ! Alors juste un *smoky eyes* et on est bons !

– Non plus.

– Mais…

– Naturelle, répété-je. C'est comme ça qu'il m'aime.

Elle lève les yeux au ciel, enfonce deux doigts dans sa bouche d'un geste très classe et se marre en mettant la main sur un foulard. Sur le tissu noir, dans des teintes bleutées… un phœnix.

– OK, ajouté-je en souriant. Ça, c'est un signe.

– Il est temps… murmure la rousse.

– Il est temps, acquiescé-je.

42

La ballerine et le Phœnix

La petite sœur de Dante arrête sa berline devant un bel immeuble ancien de Manhattan aux environs de dix-neuf heures. À travers la vitre, je guette un quelconque signe de lui, une silhouette virile postée à une fenêtre, un passant aux yeux noirs et hypnotisants, le flash d'un appareil photo. Rien. J'ai le cœur en vrac. Mes chaussures me scient les pieds. Cette robe est trop élégante pour moi. J'ai chaud. Froid.

Quel est mon nom, déjà ?

Me retournant vers Calliopé, je m'apprête à l'inonder de questions, mais la belle pose son index sur ma bouche et m'explique de sa voix cassée :

– Entre dans cet immeuble. Le code est AA009. Traverse le grand hall et passe la porte, tout au fond. Va dans la cour. Au bout à droite, tu pénétreras dans l'immeuble suivant. Reste au rez-de-chaussée et franchis la grande double porte qui doit être ouverte. Là, tu comprendras.

Je tente de tout imprimer dans mon cerveau en surchauffe, puis réalise quelque chose :

– Pourquoi est-ce que je ne rentre pas directement dans le bon immeuble ?

– Parce que ce serait trop simple, me sourit insolemment l'Italienne. Et surtout, parce que tu n'es pas sur la liste des invités…

– Il s'attend à me voir ?

– Non.

– Tant mieux, dis-je en triturant mon pendentif à travers le tissu de ma robe.

Calliopé m'embrasse sur la joue et me fait signe de sortir de la berline. Lorsque je m'apprête à refermer la portière derrière moi, ma complice me glisse :

– Fais gaffe au verglas. Et n'oublie rien de cette soirée. De vos retrouvailles. Tu t'en souviendras toute ta vie…

– Callie, tu devrais te laisser une chance, à toi aussi. C'est évident : tu crois en l'amour.

– Pour les autres, oui. Pas pour moi.

– Pourquoi ?

– Parce que j'y ai renoncé il y a cinq ans, explique-t-elle doucement.

– À 17 ans ? C'est un peu tôt pour s'interdire d'aimer, non ?

Je me penche pour mieux contempler son beau visage, soudain assombri, empli de tristesse. Et lorsque je tente d'insister, la farouche m'interrompt en faisant rugir son moteur et en lissant sa frange rousse avec ses doigts :

– Je dois y aller. Va retrouver ton insoumis, Tutu !

J'observe la voiture noire s'éloigner, emportant mon drôle d'ange gardien loin de moi. Et mon cœur s'emballe à nouveau, lorsque je réalise pourquoi je suis là. Ce qui m'attend. Ses yeux noirs. Ses lèvres douces. Sa peau ambrée. Son phœnix éblouissant.

Je n'ai pas vu Dante depuis plus de trois mois. Pas senti ses bras se refermer sur moi depuis tout ce temps. Pas entendu son cœur cogner contre le mien.

Et cette absence, ce manque, ce vide a assez duré.

– Phœnix, me voilà… grondé-je en pianotant le code du premier immeuble.

Perchée sur mes talons trop hauts, je suis précautionneusement le plan dessiné dans ma tête, et accède au second immeuble. J'ai à peine pénétré à l'intérieur qu'un agréable brouhaha, mélange de voix, de pas et de musique jazzy me parvient.

Je m'approche de la double porte évoquée par Calliopé,

la franchis et foule désormais le parquet d'un immense loft aux murs immaculés, éclairés par un millier de spots et noir de monde. Il fait chaud, je sens déjà que le rouge me monte aux joues. Je ne sais plus trop quoi faire de moi. J'ignore pourquoi je me trouve ici, entourée de tous ces inconnus. Je me mets dans un petit coin, retire mon manteau, le glisse sur mon bras et croise quelques regards curieux, parfois insistants. On me propose une coupe de champagne, je refuse poliment, puis change d'avis et trottine après le serveur pour la récupérer.

Je la bois d'un trait. Comme un shot de courage.

D'autres regards se tournent vers moi, des bouches me sourient. On m'observe de tous côtés maintenant. Les chuchotements fusent de toutes parts. Soit je suis en pleine crise de paranoïa aiguë, soit quelque chose m'échappe. Lorsqu'un grand type en costard s'écarte du mur le plus proche, je comprends.

Un cliché de moi. De mon visage. Un portrait pris dans le Montana. Par Dante.

Je reste immobile, interdite, face à cette fille aux cheveux platine et aux yeux rieurs. Face à cette joie, cette force de vie qu'elle renvoie. Cette fille, c'est moi… et je n'en reviens pas.

Mur suivant. Je tente un pas de danse au bord de la route. On ne voit pas mon visage, sur ce cliché. Je suis de dos, la jambe droite ancrée dans le sol, la gauche tentant un plié. À côté de cette ballerine d'autoroute, ma Chevy. Elle est aussi pourrie et merveilleuse que dans mon souvenir.

– Ce *road trip*… soupiré-je, nostalgique.

Les larmes me montent aux yeux. Mes talons me font souffrir. Alors je retire mes chaussures pour mieux voir. Pour que plus rien ne me déconcentre, ni ces foutus escarpins, ni les regards qui se multiplient, ni les murmures qui couvrent maintenant la musique. Mes chaussures à la main, dans ma robe des grands soirs, j'erre dans ce grand loft, en posant mes yeux partout.

Sur la photo suivante, mon profil se détache dans la lumière rosée de la fin de journée. C'était lors de notre première halte, à Luzerne. Dante m'avait dit que j'étais photogénique, ce jour-là. Naïve, je lui avais demandé si c'était un compliment.

C'en était un, mais il était trop fier pour l'admettre.

Et je crois que je l'aimais déjà. Je n'étais simplement pas prête.

– J'aurais dû m'en douter… me souffle une voix rauque, à l'oreille. Tu n'en fais toujours qu'à ta tête.

Je ne sursaute pas, pour une fois. Parce que cette voix suave, envoûtante, je me prépare à l'entendre depuis des mois. Je me retourne, les yeux humides, et croise enfin le regard sombre de l'homme que j'aime. Sombre, lumineux, tendre, presque souriant. Mais pas vraiment.

– Tu les aimes ces photos, Tutu ? me demande-t-il doucement.

Impossible de lui répondre. Je suis bien trop occupée à le bouffer des yeux. Dans son costume noir, il est beau à crever. Il arbore sa barbe de quelques jours et je meurs d'envie d'y passer mes doigts, de m'y perdre avant de l'embrasser voracement. Mais je me retiens et tente de rassembler mes pensées.

– Elles sont toutes… de moi ?

Il acquiesce, un sourire insolent au coin des lèvres.

– Et mes droits à l'image ? demandé-je en souriant à mon tour.

Le farouche rit tout bas, ignorant lui aussi les dizaines de regards rivés sur nous.

– Tous les profits iront à une association de femmes battues, m'explique le ténébreux.

– J'aime mieux ça.

– Tu m'as manqué, souffle-t-il.

Ses yeux s'obscurcissent, ses sourcils se froncent et la douleur le gagne, à nouveau.

– Je ne te manquerai plus, Dante, murmuré-je.

– Pourquoi ?

– Parce que je ne te laisserai plus jamais me quitter.

Je crois que le Phœnix ne m'a jamais fixée aussi intensément. Il se mord la lèvre, croise les bras sur son torse et se racle la gorge. Une femme tente de le féliciter pour cette « formidable collection de photos », il lui sourit poliment et m'attrape par le bras. Doucement, il m'attire derrière lui, jusqu'à une pièce vide, à l'abri de la foule.

Un studio photo qui ressemble davantage à un boudoir, avec ses murs sombres, son canapé rétro et son tapis molletonné au sol.

– Tu t'es reconverti dans les photos de charme ?

Il sourit et s'adosse au mur prune.

– Je ne travaille pas ici, j'expose simplement.

Je m'approche de lui, il recule de quelques pas.

– Je te dérange peut-être ? lancé-je, curieuse. Tu ne dois pas aller parler à tous tes admirateurs ?

– Ils peuvent attendre.

Son petit jeu du chat et de la souris continue.

– Arrête de me fuir, Dante, murmuré-je.

– Tu ne devrais pas être là.

– Pourquoi ?

– Tu n'es pas prête.

– Parce que tu lis dans mes pensées, c'est vrai... ironisé-je sans le quitter des yeux.

Le taiseux se marre, passe la main sur sa barbe naissante et lâche un long soupir.

– Ce n'était pas drôle tous les jours, sans toi, reconnaît-il.

Ils n'en avaient peut-être pas l'air, mais ces mots étaient des mots d'amour. Je m'empare de mon pendentif, lui montre que je ne l'ai jamais retiré.

– Le procès est terminé. Vito ne peut plus vous faire de mal. On est libres, Dante... Toi et moi, je n'ai jamais cessé d'y croire.

– On s'est beaucoup menti, beaucoup trahis, toi et moi, fait sa voix sombre.

– C'est fini, tout ça. On efface l'ardoise, on recommence.

– Tu as l'air heureuse, dans ta nouvelle vie.

– Je… Quoi ? Tu…

– J'en crevais de ne pas savoir, murmure-t-il en se rapprochant enfin de moi. Alors je t'ai observée, certains jours. En bas de ton nouvel immeuble. Près de ton café.

– Ce n'est pas « aussi simple que ça », Dante.

Les mots qu'il a prononcés devant le tribunal, en me quittant. Ils me déchirent encore, à l'intérieur.

– Je sais, souffle-t-il. Et je le savais déjà, à l'époque. J'avais juste besoin de…

– De me faire mal ?

– Un peu, soupire-t-il. Et de vérifier que tu m'aimerais encore, des mois après, malgré tout…

Les yeux pleins de larmes, je lui murmure que je l'aime. Dante m'entoure de ses bras, je me blottis contre son torse et écoute les battements de son cœur. Toujours aussi insoumis.

Je l'entends battre à tout rompre. Comme les ailes d'un phœnix qui s'envole. Et je m'envole avec lui.

– Je mourrais, sans toi… gémis-je.

– On mourra ensemble, alors.

Ses lèvres déposent un baiser délicat sur les miennes. Puis, gourmande, je glisse ma main sous sa chemise noire et sa langue douce et chaude s'invite dans ma bouche en m'arrachant un soupir.

À son tour, sa paume caresse mon épaule nue et remonte le long de ma nuque, en soulevant mes cheveux. Là, le farouche se stoppe net.

– Tutu…

– Je l'ai fait pour toi…

– C'est… une ballerine ?

Dante me retourne dos à lui et contemple mon tatouage. Une folie que j'ai fait graver dans ma peau le lendemain de notre rupture. Parce que j'avais besoin d'avoir mal. Pour ressentir quelque chose. Et parce que je voulais lui faire ce cadeau, même s'il ne devait jamais le voir de ses propres yeux.

– Je me suis inspirée du portrait de la jeune danseuse… Tu sais, l'expo de Chicago…

Je me retourne et plonge dans son regard.

– C'est très beau, grogne sa voix rauque. Mais je n'avais pas besoin de ça pour te vouloir à jamais…

– Moi, j'avais besoin de ça, soufflé-je tendrement. Et j'ai autre chose…

Dante ne bouge pas d'un cil mais observe chacun de mes mouvements. Je retrouve mon manteau, posé sur le canapé, enfonce ma main dans une poche et en ressors un boîtier en cuir noir. Je le tends au ténébreux, qui fronce à nouveau les sourcils.

– Qu'est-ce que tu…

– Ouvre et tais-toi.

Après m'avoir lancé un regard de défi, Dante finit par obtempérer. À l'intérieur de l'écrin, il découvre une montre en argent massif. Au centre de l'écran, entouré des chiffres, un phœnix noir qui déploie ses ailes.

– Tu es au centre, expliqué-je tandis qu'il l'enfile à son poignet. Les aiguilles, c'est moi. Surtout la trotteuse. Parce que tu te moques souvent de mes petits pas. Et de mes petits pieds. De mes entrechats.

– Tutu, elle est sublime…

– C'est pour symboliser tout le temps qu'on a perdu, soufflé-je. Et tout le temps qu'on va passer à ne plus se quitter. Jamais. On va reprendre la route, toi et moi. Tu veux b…

Pas le temps de finir ma phrase. Le ténébreux me balance un sourire flamboyant et m'attrape par la taille. Il m'emprisonne contre son corps musclé, brûlant, tendu. Ses lèvres avides se plaquent sur les miennes, sa langue s'invite à nouveau dans cette danse sensuelle, indécente, et je gémis contre sa bouche.

– On a beaucoup de temps à rattraper, Tutu, grogne sa voix virile. Et on va commencer dès maintenant…

Il a le diable au corps.

Après m'avoir plaquée contre le mur, Dante laisse à peine un centimètre entre nos deux cœurs battants et retire sa veste d'un geste nerveux. Le ténébreux déboutonne ensuite ses manches de chemise pour les relever sur ses bras tatoués aux muscles bandés. Vision virile, érotique, excitante à mourir.

– Trois mois, putain… souffle sa voix rauque.

Son regard plein de défi plonge dans le mien, caresse mes épaules dénudées, mes seins qui pointent de désir sous le tissu, les contours de ma taille parfaitement épousée par le tissu noir.

– Ton corps m'a manqué chaque jour, Solveig, continue le farouche.

Il est sombre, tendu, immense et face à lui, à son animalité, son charisme, son désir, mes reins prennent feu, mes cuisses se réchauffent et chaque cellule de mon corps est en ébullition. À l'affût de lui.

Trois mois que j'attends ça.

Tout en dézippant lentement le dos de ma robe, il murmure :

– Nos peaux s'appartiennent, maintenant. Sans toi, je suis foutu…

La fête bat son plein, un peu plus loin, mais les bruits de la foule nous parviennent à peine. Ma robe échoue à nos pieds, révélant le pendentif qui ne m'a jamais quitté et la lingerie fine que je porte en dessous. Un soutien-gorge sans bretelles entièrement en dentelle noire, qui est là pour faire beau et ne cache presque rien. Sa bouche s'entrouvre dans un sourire insolent, puis va se poser sur chacun de mes tétons. Dante les frôle, les embrasse, les empoigne, les aspire. Il dégrafe le bout de dentelle, le jette par terre. Je lâche une litanie de jurons, dans un souffle. Je m'agrippe à ses cheveux rebelles, me tortille sous ses caresses démoniaques tandis qu'il s'en prend à mes flancs.

– Déshabille-toi, m'ordonne sa voix rauque.

Le long de mes jambes, je déroule mes collants le plus

sensuellement possible. Dante découvre alors ma culotte, bout de dentelle rouge minuscule censé recouvrir mon intimité.

– Garde-la… soupire-t-il avant de l'empoigner à pleines mains.

Je lâche un cri de surprise, puis me rue sur ses lèvres. J'embrasse mon Phœnix comme une affamée, je gémis contre sa bouche tandis qu'il me caresse… tout en bas. J'écarte une cuisse, me cambre, pour mieux accueillir ses doigts.

Soudain, un coup dans la porte. Je sursaute, cesse de respirer, mais le Phœnix vole déjà jusqu'au verrou et le tourne. Juste à temps…

– L'homme de la situation, commenté-je, essoufflée, contre mon mur.

Iris noirs. Sourire en coin. Mon brun ténébreux me bouffe du regard. Il passe tout en revue, rien ne lui échappe : mes yeux fiévreux, mes tétons pointés, ma poitrine qui se soulève, ma culotte presque inexistante et mes jambes pantelantes. Ce spectacle semble lui convenir. Lui plaire, même. Beaucoup.

Sa bosse en atteste.

– Envie de moi, Phœnix ? le provoqué-je en posant les mains sur mes hanches.

– Envie de jouer, d'abord… susurre-t-il en allant chercher un appareil photo.

Je l'observe, curieuse, presque nue, docile, adossée au béton peint en prune. Lorsque l'artiste pointe son objectif dans ma direction, je glousse, un peu embarrassée et cache mes seins par réflexe :

– Je ne suis pas sûre que ma culotte soit très photogénique. Si rouge et si petite…

– Tu es sublime, Tutu. Tes courbes sont parfaites. Ta peau attire la lumière. Et le plus beau, c'est que tu n'en as aucune idée… riposte le photographe en m'immortalisant une première fois.

Je laisse retomber mes bras, mes tétons pointant fièrement vers le ciel.

– Alors capture-moi, lui soufflé-je. Capture-moi vraiment. Montre-moi comment tu me vois.

Le défi contenu dans ma voix ne lui a pas échappé. Dante m'adresse un sourire entendu, presque fier, puis ses sourcils se froncent sur ses beaux yeux noirs. La séance dure de longues et excitantes minutes. Je l'aguiche de ma démarche la plus féline. Je me cambre pour offrir nonchalamment ma croupe à son regard expert. Lorsqu'il s'y attend le moins, je prends des poses lascives, sexy, indécentes. Son sourire s'élargit alors… et sa bosse s'agrandit. Je me désinhibe, je prends des libertés, je m'assume.

Sous son regard, je me sens belle.

Terriblement belle, désirable, insoumise.

– Prends mon corps, sans mon visage, lui demandé-je soudain. Celle-là, tu auras le droit de l'exposer.

Dante s'immobilise et me fixe intensément. J'en frémis. Il est renversant de virilité. De puissance. De noirceur. Son appareil échoue brusquement sur le canapé et le farouche bondit pour me rejoindre en trois grands pas.

– Jamais de la vie, grogne-t-il en plaquant sa main dans mon cou.

– Pourquoi ?

– Je ne t'exposerai pas. Et je ne te partagerai jamais, Tutu.

– C'est de l'art, murmuré-je.

– Jamais, s'obstine sa voix autoritaire.

Ses bras me soulèvent soudain et m'emportent avec lui. Le Phœnix m'embrasse, sa langue me fouille, ses lèvres me caressent, je gémis, je halète, jusqu'à ce que nous soyons tous deux à bout de souffle. Il me renverse sur le canapé et, sans me quitter des yeux, se déshabille à son tour. Sa chemise disparaît d'abord. Son pantalon de costard et ses chaussures italiennes suivent le mouvement. Puis c'est au tour de son boxer noir de se faire la malle.

Et je le vois enfin. Droit. Dur. Bandé. Immense.

Je me redresse, m'assieds et m'empare de sa virilité.

Doucement, d'abord, retenue par une soudaine timidité due au manque. À ces trois mois loin de l'autre. Mais mes craintes s'évaporent au gré de ses grognements. Je caresse son sexe du bout des doigts, le cajole, comme s'il était un animal sauvage capable de fuir à tout moment. Puis je l'embrasse, tandis que mon ténébreux se raidit et lâche un long soupir. D'extase.

Je le suce avec gourmandise, de la base jusqu'au gland, sentant ma propre excitation grimper. Je le prends en bouche, commence des allers-retours sous son regard embrasé. Dante passe amoureusement ses doigts dans mes cheveux, m'accompagne de son bassin. D'où je suis, je peux admirer chaque courbe et chaque vallée de son torse si bien dessiné, chacun de ses muscles bandés et soyeux.

L'œuvre d'art, c'est lui.

– Tutu, tu me rends dingue… soupire-t-il alors que je le déguste de plus belle.

Je continue à le titiller du bout de ma langue, à planter mes ongles dans son fessier ferme et rebondi, à le goûter encore et encore. J'en veux plus, je n'en ai jamais assez, la boule de chaleur s'étend délicieusement entre mes reins, mais mon Phœnix se retire de ma bouche et vient se positionner au-dessus de moi, sur le canapé.

– Ta bouche est délicieuse… mais si tu crois que je vais me contenter de ça… sourit-il en déposant un baiser entre mes seins.

Son grand corps recule et, sans me laisser le temps de réagir, ses lèvres aventureuses se posent sur ma féminité en feu. Mes fesses décollent du sofa, mais d'une main ferme, Dante m'oblige à rester en place. Sa langue lèche l'intérieur de ma cuisse droite, puis la gauche, poursuivant millimètre par millimètre son irrésistible ascension vers mon sexe.

– Dante ! m'écrié-je, impatiente et insatiable.

J'ai envie de lui comme jamais. J'ai été privée de son corps, de sa douceur, de sa fougue, de sa dureté durant trois interminables mois. Je n'ai pas la force de jouer, de patienter, d'attendre. Je le désire tellement fort que c'en est presque douloureux.

Soudain, la langue ardente de mon amant scinde mon sexe en deux. Je gémis, soupire, crie de bonheur et empoigne ses cheveux. C'est miraculeux. Divin. Jamais mon sexe n'a ressenti un tel soulagement. Sa langue habile s'introduit en moi, me pénètre, puis remonte régulièrement sur mon bouton gonflé. Ses lèvres me titillent, me caressent en me rendant folle. Des éclairs comme des chocs électriques me cisaillent le ventre. Mon clitoris balance décharge sur décharge et tous les muscles de mon corps se tétanisent.

Je ne suis plus qu'une pauvre chose en manque de lui. À sa merci.

– Je t'ai manqué, à ce que je vois, grogne le Phœnix en m'entendant couiner.

Je n'y tiens plus. Je me penche sur le côté, attrape mon manteau et faufile mes doigts dans la poche intérieure. L'emballage argenté atterrit dans ma bouche, je l'ouvre d'un coup de dents et tends le préservatif à mon ténébreux. Qui lâche un éclat de rire viril avant de l'enfiler.

Dante et moi nous jaugeons du regard pendant un instant, puis, d'un bond, je me redresse et le repousse en arrière. Le farouche ne résiste pas, il s'assied et me laisse m'installer à califourchon sur lui. Seule barrière entre nous ? Ce sexe tendu, dressé, palpitant, qui m'appelle. Alors je me positionne, coulisse sur lui et le chevauche lentement. Mes chairs s'écartent pour l'accueillir, les sensations sont infernales, divines, célestes. Tout à la fois. Je me sens moi, à nouveau. Entière. À lui.

– C'est si bon… et ça fait si longtemps… soupiré-je, la tête levée vers le ciel.

Le Phœnix s'empare de mon visage et me force à le regarder droit dans les yeux, à admirer notre corps-à-corps, notre belle étreinte, notre si parfaite fusion. Le rythme de ses percées augmente, il fait rouler mes tétons entre ses doigts, le plaisir monte déjà en moi, je dois lutter pour ne pas perdre la tête, pour ne pas sombrer dans ses iris noirs.

– Reste avec moi, me souffle mon amant.

– Toujours… gémis-je.

Il frôle mon pendentif, j'effleure sa montre. Puis il s'empare de ma nuque et je m'agrippe à ses biceps. Nos peaux s'épousent et se quittent en claquant l'une contre l'autre, musique érotique, envoûtante. Je monte et descends un peu plus vite sur sa virilité, guidée par la boule de feu qui ravage désormais tout mon corps. Lorsque je faiblis, Dante prend les devants, en plaçant ses mains sous mes fesses pour me soulever. Et en me possédant de plus belle.

La jouissance le guette, lui aussi. Je le lis dans ses yeux troubles, sur sa peau chaude et luisante. Je l'embrasse voracement, lui mords la lèvre inférieure, il grogne et fait de même. Je me déchaîne sur lui, il embrasse mes seins, les saisit, les happe, les excite. Mes cris sont de plus en plus rauques, ses grognements de plus en plus profonds.

Totalement grisée par mon plaisir, je me laisse doucement glisser en arrière. Le Phœnix en profite pour reprendre le contrôle, s'allonger sur moi et me dominer de toute sa hauteur. M'écartant les cuisses, il me prend tout entière, dans des coups de reins brusques et magiques, en me glissant des mots salaces à l'oreille.

C'est parfaitement indécent. Et je ne pourrais pas rêver mieux.

Cet homme est un dieu du sexe.

La ballerine est à la merci du phœnix. Dante entre en moi et ressort presque entièrement, sans jamais faillir. J'ai une vue sublime sur ses mâchoires serrées, sa pomme d'Adam, ses abdos en titane, sa peau ambrée et son phœnix somptueux. Plus je le trouve beau, puissant, alléchant et plus mon sexe se contracte autour du sien.

L'orgasme est proche, je le sens. Le bruit de clapotis envahit toute la pièce. Son pubis claque contre moi, plus vite, plus fort. Les sensations deviennent confuses. Je suis sur le point de partir, de m'enflammer. Je love mon visage dans son cou, les mains pendues à ses épaules carrées. Je m'accroche, prête à décoller.

– Tu me fais revivre, Dante, suffoqué-je. Pitié, n'arrête jamais…

Je termine ma phrase dans un râle plein d'amour, tout le corps en émoi. Je viens de jouir. Lui aussi.

Dante se laisse retomber à côté de moi et m'entoure de ses bras. De sa voix rauque et essoufflée, mon ténébreux soupire :

– C'est insensé comme je t'aime, Tutu. Et je ne pourrais jamais te capturer. Pas vraiment. Tu es trop libre. Et j'aime trop ça chez toi…

43

Et si

– Et si c'était juste l'affaire d'une nuit ?

– Tu n'es pas le plan cul de Dante, Sol.

– Et s'il avait changé d'avis ?

– Il te l'aurait dit…

– Et s'il ne savait pas comment le dire ?

– Il te l'aurait écrit.

– Justement, il m'envoie des messages avec trois mots dedans… C'est louche.

– Non, c'est Dante. Tu t'attends à des romans ?

Dans ma Chevy, je me balance d'avant en arrière sur le siège conducteur, attendant que le feu passe au vert. Et que la clim se change en chauffage. Côté passager, ma copine-coloc-collègue semble aussi agacée par le froid que par moi.

– Ali, tu crois qu'il a changé d'avis ?

– Non, Solveig, pour la dixième fois. Il t'a dédié toute une expo photo ! Je crois qu'on peut dire que le type est légèrement obsédé par toi.

– Alors pourquoi on ne se voit pas ?

– Il a peut-être besoin de temps pour…

– Ça fait quatre jours !

– Oh qu'elle est pénible ! On dirait une adolescente après son premier rencard.

– Pas du tout…

– Bon, alors on dirait une fan de Justin Bieber en manque de Justin Bieber.

– Encore moins… me renfrogné-je.

– Vous avez été séparés plus de trois mois. Peut-être que quatre jours, ce n'est pas si grave.

– Si, je suis désolée mais c'est très grave, décrété-je en me tournant vers ma passagère. C'est gravissime, même ! C'est au moins le stade quatre du grave ! Je lui ai offert une montre juste pour ça, symbole du temps qui passe, de l'éternité que j'ai passée sans lui, de tout le reste de ma vie que je veux passer avec lui. Quand l'homme de ta vie te quitte et revient, il ne se fait pas désirer, bordel ! Ça n'existe dans aucun film d'amour, ça ! Il devrait vouloir passer chaque seconde avec moi. Dormir avec moi. Prendre ses douches avec moi. Ses petits dej avec moi. Me supplier de ne pas aller bosser le matin. Me retenir en me poussant sur le lit et s'allonger sur moi. Puis me laisser partir en lâchant des grognements. Et me courir après dans la rue pour m'embrasser encore une fois…

– OK, me coupe-t-elle. On a compris. Et je crois que tu es *légèrement* obsédée par lui, toi aussi.

– Mais pourquoi il me klaxonne, cet enfoiré derrière ?

– Peut-être parce que le feu est vert ?

– Merde ! Pourquoi il est à nouveau rouge ?

– Peut-être parce que ça fait trois minutes que tu me parles sans reprendre ton souffle et regarder la route ?

– Les cons ! Ils ne peuvent pas mettre un signal sonore en même temps que le changement de couleur ?

– On va écrire au maire de New York, c'est un scandale, soupire Ali, contente de passer à un autre sujet.

– N'empêche que si Dante a changé d'avis…

– Sol !

– OK, je me tais.

Deux interminables minutes s'écoulent pendant lesquelles je fixe le feu, affreusement rouge, terriblement immobile et silencieux. Une minute pendant laquelle je rédige dans ma tête la pétition pour le changement sonore des couleurs. Et une autre minute pour écrire une nouvelle lettre d'adieu à Dante.

– Il ne m'a pas à nouveau quittée, hein ?

– Non, Solveig, me répond Ali dans un souffle épuisé. Mais honnêtement ?

– Oui ?

– Je crois qu'il devrait.

– Traîtresse ! balancé-je en éclatant de rire.

– Comment il arrive seulement à te supporter ? se marre-t-elle aussi.

– Il m'aime, c'est tout. Et je ne suis chiante que pendant les premiers kilomètres. Après, je me régule toute seule.

– Démarre et régule-toi, alors !

Je passe enfin le feu vert et conduis jusqu'à Williamsburg pour retrouver mon petit café adoré. J'arrive à me taire jusqu'à ce qu'on se gare au bord de l'*East River* et qu'on ouvre le *Not that simple*. Et ça me reprend.

– Je lui ai proposé de reprendre la route, tu sais ?

– Hmm… ? m'écoute distraitement Ali en commençant sa mise en place.

– Et il m'a souri.

– Super…

– Un sourire c'est comme un oui, non ?

– Un sourire, c'est comme un sourire. C'est plutôt un oui, qui serait comme un oui.

– Qu'est-ce que ça veut dire ? demandé-je dans une grimace inquiète.

– Aucune idée. Je fais comme toi. Je parle sans réfléchir.

Je m'arrête net, plisse les yeux de colère et examine l'idée de lui lancer un muffin en plein visage. Mais ma copine me sourit, alors je change de stratégie.

– J'ai une folle envie de te virer, Alicia Perez ! Tu sais que je pourrais ?

– Et qui tu soûleras de paroles, après ?

– OK… Je te garde. Mais quand même, fais gaffe !

– Je peux aller faire gaffe dans la réserve ?

– Oui. Mais fais bien bien gaffe.

– Tu auras forcément le dernier mot ?
– Absolument.
– Je m'en doutais.
– Je sais.
– Sol, on peut arrêter de faire ça ?
– Oui.
– OK.
– Du moment que j'ai le dernier mot.

Ali pousse un « Arrrg » de frustration et on rit à nouveau. Comme des adolescentes en attendant le concert de Justin Bieber. Ou le coup de téléphone de leur premier rencard. Ou le retour du Phœnix. Au choix.

Je passe la matinée à m'occuper de mes mails, de mes fournisseurs, de ma comptable et des problèmes vestimentaires de Phoebe, pendant qu'Alicia gère les clients et les stocks. Vers onze heures, ma serveuse de choc m'appelle à l'entrée du café. Je la rejoins lentement, en me demandant quel artiste de rue s'est encore installé par terre pour dessiner à la craie à même le bitume ou jouer des percussions sur des bassines en plastique. Mais le spectacle du jour est tout autre.

Une sorte d'énorme bus noir et blanc à la carrosserie rutilante vient de se garer devant le *Not that simple*.

– Vous ne pouvez pas rester là, monsieur ! commencé-je à brailler en faisant de grands gestes.

– Je ne reste pas, me répond le chauffeur en sautant du véhicule.

Dante apparaît, sourire aux lèvres, en jean noir, T-shirt blanc échancré et chemise en jean aux manches retroussées. L'exacte réplique de la tenue qu'il portait le jour où l'on s'est rencontrés. Le jour du départ de notre premier *road trip*. Mon cœur s'emballe et fond. Il hésite entre sortir de ma poitrine ou dégouliner d'amour à l'intérieur.

OK. Il dégouline.

– Tu dois avoir froid… soufflé-je pour toute réaction.

Mon Phœnix aux bras nus et tatoués s'approche de moi en lâchant un petit rire guttural.

– Comment je pourrais avoir froid, avec un Soleil pareil ?

Son sourire me renverse et ses mots me font frissonner. Il dépose un baiser dans mon cou, glisse sa main dans la mienne et m'entraîne vers le bus flambant neuf. Je n'ose comprendre ce que je crois comprendre. Alors je le suis sans rien dire, en retenant mon souffle.

– Je me suis dit que si on repartait sur les routes, il nous fallait une bagnole à notre image, m'annonce sa voix grave.

– Un poids lourd ? demandé-je en riant nerveusement.

– Un peu de noir, un peu de blanc. Beaucoup d'espace.

– Beaucoup… bredouillé-je en suivant du regard l'engin de plus de dix mètres de long.

Peut-être même douze. Ou quinze. Je n'en ai aucune idée. Et mon cerveau refuse de coopérer.

– Il y a une chambre et une vraie salle de bains, dedans. Au cas où on ne trouve pas de motel à notre goût…

– Ah oui ? balbutié-je, incrédule.

– Et un petit studio photo, pour que je puisse développer sans qu'on ait à s'arrêter.

– Bonne idée…

– Et on peut garer une voiture à l'arrière, m'apprend-il.

– Pour ma Chevy ?

– J'ai pensé que tu ne voudrais sans doute pas l'abandonner.

– Dante… commencé-je à craquer.

– Je suis là, Tutu.

– J'ai cru que tu ne reviendrais pas, dis-je en me lovant dans ses bras.

– Ça fait des semaines que je fais monter ce *motor-home* sur mesure.

– Ce quoi ?

– *Motor-home*, sourit-il. Un camping-car un peu amélioré.

– Un peu ?!

– D'accord, c'est une caravane de luxe. Une vraie maison

qui roule. Sans doute le truc plus fou et le plus kitsch qu'on ait installé sur des roues.

– Pourquoi tu ne m'as rien dit ?

– Parce que j'aime mieux les actes que les mots.

– C'est toi qui es complètement fou ! lâché-je dans un sanglot de joie.

– Complètement, grogne le cachottier avant de me soulever de terre et de m'embrasser.

Je m'abandonne à ce baiser tendre et fougueux, avant de percevoir les sifflements derrière moi. Tous les clients du *Not that simple* se sont agglutinés dehors, près de la devanture. Je n'arrive pas à trouver Ali au milieu de tous ces visages souriants. Et je ne sais plus où regarder, où sourire, où donner de la tête.

– Attends, murmure Dante en séchant les larmes sur mon visage. J'ai d'autres surprises. Tu veux visiter ?

Il m'entraîne vers le bus noir et blanc, m'ouvre la grande porte latérale et me fait monter les trois petites marches qui mènent à l'intérieur.

– Salut, petit tas ! me lance Calliopé, plantée au milieu d'une pièce.

Qui a tout l'air de ressembler à un salon, avec des fenêtres, un immense canapé d'angle logé dans un coin et une cuisine ouverte à l'opposé, aux meubles gris laqués incrustés dans les murs. Enfin, dans les parois de l'engin. J'ai du mal à en croire mes yeux. Avec tout cet espace, cette hauteur, le confort et la modernité des lieux, on ne s'imaginerait jamais dans un truc qui roule. Et l'Italienne hilare me fait une présentation exagérée, les bras écartés et le sourire figé, comme une potiche silencieuse du téléachat.

– C'est moi qui ai pensé toute la déco, me raconte-t-elle enfin. Il m'a semblé que tu voulais du gris, j'ai exploité toute la palette ! Gris perle, gris souris, anthracite. De l'acier, du béton ciré, un peu d'ardoise et d'inox. Je trouvais que ça faisait trop gris avec tout le bitume que vous allez avaler. Mais Dante m'a obligée à faire sobre. Alors j'ai juste ajouté des touches de noir et de blanc pour le contraste.

– C'est magnifique, Callie.

– Je peux t'ajouter des petits froufrous de couleurs quand tu veux, marmonne-t-elle entre ses dents serrées.

– Non merci, c'est là que tu nous quittes, lui sourit son frère qui m'emmène déjà ailleurs.

– Tadaaa ! s'exclame Ali, allongée dans une baignoire ovale (et vide).

J'écarquille les yeux dans cette salle de bains luxueuse et incroyablement blanche, du sol au plafond. Il y a même un petit hublot qui s'ouvre vers l'extérieur, laissant entrer la lumière du jour.

– Tu as vu que j'étais là ou tu préfères parler aux meubles ? ronchonne ma copine.

– Je ne t'ai même pas vue grimper à bord !

– T'étais trop occupée à embrasser le type qui n'a apparemment pas changé d'avis sur le fait de te supporter encore des semaines, voire des mois.

– Des années ! rectifié-je d'une voix faussement autoritaire.

– Probablement, confirme-t-il en souriant.

– Ali, tu étais au courant de tout ?

– Presque pas, me ment-elle.

– Je vois…

– Mais si tu insistes, je suis d'accord pour sous-louer à nouveau ton appart de rêve pendant que tu seras sur la route.

– Pas la peine de me payer de loyer, lui réponds-je aussitôt.

– Bon, comme tu veux. Alors je m'occuperai de ton café en échange. Pas la peine de me donner un salaire, je me servirai juste dans la caisse.

– Tu as définitivement le sens des affaires, Alicia Perez !

– Elle m'a déjà embauchée comme pianiste d'appoint, intervient Callie qui nous a rejoints.

– Vous avez vraiment pensé à tout, hein ? demandé-je en reniflant.

– Attends, une dernière petite chose, me souffle Dante.

Il me guide vers le fond du *motor-home*.

– « Petite » n'est pas le mot que j'aurais choisi…

– « Chose » non plus, chuchotent les deux brunes dans mon dos.

Mon brun ténébreux ouvre la porte de ce que je découvre être notre chambre, mais je n'ai pas le temps d'admirer le décor qu'une énorme bête se dresse sur ses pattes arrière et tente de me lécher le visage. Je reconnais l'odeur avant quoi que ce soit d'autre. Un parfum de brandade tenace masqué sous un shampoing à l'abricot.

– Morue ?! m'écrié-je en découvrant le chien surexcité.

Elle a dû prendre dix kilos depuis la dernière fois que je l'ai vue à Chicago. Son poil noir est toujours mi-long mi-court et rangé dans n'importe quel sens. Mais sa patte sans plâtre semble assurément guérie, à voir les bonds qu'elle fait tout en tournoyant sur elle-même.

– Wanda n'en veut plus ? demandé-je à Dante en repensant à la riche veuve qui l'a recueillie.

– Si, c'est moi qui la voulais. Je suis retourné la chercher au refuge. J'ai pensé qu'on aurait besoin d'un compagnon de route… Pour éviter de s'entre-tuer en restant en tête à tête.

Je me jette dans ses bras pendant que la chienne se faufile cent fois entre nos jambes comme dans un parcours d'*agility*. Je perds l'équilibre et mon tatoué me retient, m'embrasse, me serre.

– Alors on repart ? murmuré-je, tremblante.

– Quand tu veux, Tutu.

– Je suis prête, Phœnix. Mais je te préviens, c'est toi qui conduis !

44

L'éternité devant soi

Trois heures plus tard, le temps de réunir des affaires, de mettre mes papiers en ordre, de dire au revoir à mes deux amies et de garer ma Chevy sur la rampe à l'arrière, je grimpe à bord du bus. Des larmes plein les yeux et des ailes de phœnix qui me papillonnent dans le ventre. Sans oublier le gros chien noir et malodorant roulé en boule à mes pieds.

Mon chauffeur a retiré sa chemise en jean et actionné le chauffage dans la cabine. Il règne comme une canicule en plein mois de janvier. Je m'assieds d'abord sur le siège passager tout à droite. Puis défais ma ceinture pour m'installer sur la place du milieu.

– J'adore avoir le choix, gloussé-je en m'attachant à nouveau.

« J'adore pouvoir regarder, toucher, embrasser mon beau brun et je préfère le garder à portée de main » serait plus près de la vérité.

– Je m'appelle Solveig Stone, deuxième prénom « Tutu », âge 25 bientôt 26, dis-je pour me présenter, comme la première fois.

Il me sourit.

– Ça me rappelle quelque chose… répond-il doucement.

– À toi !

– Je m'appelle Dante…

– Salut, bel étranger.

– … et je n'aime pas trop parler.

– Ça c'est ce que tu crois.

– Je n'aime pas trop qu'on me contredise non plus, continue-t-il à me provoquer.

– Tu étais moins chiant quand tu jouais les taiseux.

– Bon, on y va ?

– Mais je t'attends, moi !

Il me sourit encore, l'air à la fois exaspéré et attendri par moi.

– Tu étais nettement moins souriant, la première fois.

– Tu étais déjà exactement aussi folle.

– Bon, alors je peux rappeler les règles de ce *road trip* pour que les choses soient bien claires. C'est peut-être toi qui conduis mais c'est moi qui change la radio, moi qui règle le chauffage et la clim, moi qui décide des arrêts.

– Si ça te fait plaisir de le croire…

– Et je ne l'ai pas précisé, mais je ne cherche ni un ami ni un amant, encore moins un amoureux.

– Ah bon ? gronde sa voix rauque.

– Non, j'ai déjà tout ce qu'il me faut.

Et je me colle au corps chaud de mon pilote, laisse aller ma tête sur son épaule, mon bras pâle sur le sien, noirci de dessin.

– Maintenant on peut y aller ? s'impatiente-t-il pour de faux.

– Non, j'ai changé d'avis !

– Quoi encore, Tutu ?

– Je veux que tu m'apprennes à conduire cet engin. Il n'y a pas de raison que tu sois le seul au volant.

– Je t'apprendrai…

– Sûr ?

– Sûr.

– Et il faut qu'on s'arrête pour faire le plein de *Snickers* !

– Regarde dans la boîte à gant.

Quand j'ouvre l'énorme coffre devant moi, une montagne de barres chocolatées se déverse en avalanche sur Morue qui couine de bonheur. Après avoir reniflé les emballages quasiment un par un, elle décide de sauter sur le siège de droite et de s'y installer confortablement, la tête contre la portière et une babine retroussée qui se colle à la vitre.

– Je ne suis pas certaine de pouvoir supporter son haleine… chuchoté-je à Dante avec du dégoût dans la voix.

– Tu sais qu'elle ne te comprend pas ?

– Tu n'en sais rien du tout !

– En tout cas, tu la voulais, tu l'as.

– OK, mais arrête-toi à la première station-service.

– On n'a même pas encore démarré ! soupire-t-il.

– Il faut qu'on achète des désodorisants pour voiture. Une bonne centaine. Parfum « haleine fraîche ».

– Ce *road trip* me fatigue déjà… dit-il en fermant les yeux.

– On n'a même pas quitté New York.

– Après combien de kilomètres tu t'endors, déjà ?

– Démarre, tu verras bien.

Dante allume le contact sans pouvoir s'empêcher de sourire et je pousse de petits cris excités en sentant le moteur rugir sous mes pieds. Dans ce *motor-home* gigantesque à la peinture noire et blanche rutilante, j'ai l'impression d'être la reine du monde, la patronne des autoroutes, la présidente du cercle des voyageurs sans destination. Plus haute et plus imposante que toutes les autres voitures. Plus heureuse que toutes les autres passagères de l'univers.

Transparente, moi ? Oubliez ça !

Mon tatoué se penche en arrière, farfouille dans son sac en toile et en ressort son appareil photo. Il me glisse la sangle autour du cou et retire le cache de l'objectif.

– C'est toi qui es responsable de ça pour le moment, alors. Tant que je conduis.

– Si tu crois que je ne sais pas ce que tu es en train de faire…

– Quoi ? me demande l'innocent.

– Tu essaies de m'occuper pour que je ne te parle pas !

– Je dis juste que tu peux faire des commentaires dans ta tête, si tu en as envie, pendant que tu photographies.

Clic. J'immortalise son beau visage en train de se moquer de moi. La malice qui se dessine sur ses lèvres charnues. La tendresse dans ses sourcils détendus. L'amour qui jaillit du fond de son regard. Et je ne crois pas avoir déjà vu un noir si doux. Si rempli de lumière.

– Bye bye la noirceur, lancé-je m'enfonçant dans mon siège. On se taille !

– Sol, à qui tu parles ?

– T'occupe. Roule !

L'engin s'ébranle enfin et je bidouille tous les boutons pour finir par descendre nos vitres. Et laisser le vent glacial de janvier nous enivrer. Mes cheveux volent dans tous les sens. Les paupières de Dante se plissent. Et personne ne saura jamais à quoi sont dues les larmes qui s'enfuient sur nos tempes.

Au froid. À la vitesse. À tout le reste.

***

Nous roulons une petite heure dans le silence le plus total. Nos doigts entrelacés, posés sur sa cuisse. Le temps pour moi de m'habituer à ce vertigineux sentiment de liberté. À ce grand amour retrouvé. Le temps de me pincer pour parvenir enfin à y croire. Et de refaire dans ma tête tout le chemin parcouru pour en arriver là. Les obstacles surmontés. Le procès. Tous les mensonges et les vérités qu'il a fallu entendre. Tous les gens rencontrés. Les peurs ignorées. Les évidences à accepter. J'en ai le tournis. Un sublime tourbillon qui m'emporte, sans même savoir où.

– On va où, au fait ?

– Une heure ! Tu as tenu une heure, Soleil !

– Avoue que ça t'avait manqué, rétorqué-je souriante en ignorant ses sarcasmes.

–Presque, admet-il.
–Tu trépignais en attendant que je brise le silence.
–Peut-être pas à ce point-là.
–Donc, tu sais où on va ?
–Je crois. À Luzerne, Cleveland, Chicago… non ? Les mêmes étapes que la première fois.
–Je ne veux pas voir mon frère.
–Je sais. Je pensais plutôt rendre une petite visite à Hell.
– La fugueuse gothique ?
–J'ai bien envie de revoir tous ces gens qu'on a croisés l'année dernière. Essayer de les retrouver. Savoir ce qu'ils deviennent.
– J'adorerais te contredire, juste pour le plaisir, Dante Salinger…
–Mais ?
–Mais j'aime trop cette idée.
L'insolent sourit à nouveau, sans quitter la route des yeux. Et je réalise qu'il y a deux choses chez lui auxquelles je ne me fais toujours pas. Auxquelles je ne m'habituerai sans doute jamais. Sa beauté, cette espèce de charisme naturel, débordant de sex-appeal. Et le fait qu'il ait toujours raison.
–Combien de kilomètres avant le prochain arrêt ? demandé-je l'air de rien.
–Environ deux cents jusqu'au bled paumé où on avait déposé Hell.
–Donc un peu plus de deux heures de route.
–Pourquoi ? commence-t-il à s'inquiéter.
–C'est la durée idéale pour faire connaissance ! m'exclamé-je.
–C'est hors de question.
–Tu réponds juste par oui ou par non, d'accord ?
–Non.
–Quoi ? Attends, le jeu n'a pas encore commencé.
–J'ai dit non, pour jouer.
–Comme si tu avais le choix !

– Je te connais déjà par cœur, insiste le rebelle. Tu t'appelles Solveig, ça veut dire quelque chose en norvégien mais tu ne sais pas vraiment quoi et tes parents ne savaient pas non plus. De toute façon, tout le monde t'appelle Sol. Mais ce qui te va le mieux, c'est Tutu. Tu as 25 ans, tu es toujours orpheline et toujours veuve mais plus du tout à découvert. Ton ficus est re-né de ses cendres comme mon phœnix. Tu te nourris exclusivement de sucre. Tu conduis des voitures pourries et tu portes des jeans trop grands. Tu parles toute seule même quand il y a des gens pour t'écouter. Tu dis des trucs très grossiers quand tu es énervée. Tu ne danses plus, sauf quand on te le demande très gentiment. Ou que tu te traînes au bord d'une autoroute, en pensant que personne ne te voit. Avant moi, tu ne savais pas que tu aimais les tatouages, les expos et les mecs qui ne se rasent pas. Depuis moi, tu gardes toujours tes cheveux détachés. Tu veux avoir le pouvoir mais tu aimes quand je le prends…

– Et je *déteste* ce résumé ! pesté-je en me faisant une rapide queue-de-cheval de mon carré court.

– Tu vois que ce jeu est nul !

– C'est juste que tu ne sais pas jouer !

– Non, c'est juste que tu as perdu et que j'ai gagné.

– Salinger, je préférais *vraiment* quand tu ne parlais pas du tout.

– Tu vois ? On finit toujours par être d'accord.

Son demi-sourire me donne des envies de meurtre. Et une encore plus terrible envie de lui. Éternel paradoxe. L'homme de ma vie est un dilemme à lui tout seul. Le haïr ou l'adorer. Le trucider ou le désirer. Sauf que désormais, j'ai la vie devant moi pour hésiter.

***

Pendant les jours et les semaines qui suivent, nous parcourons les États-Unis d'est en ouest, traversons les États, changeons de décor presque tous les jours, découvrons de nouvelles aires d'autoroute sans âme, visitons de nouvelles petites bourgades pleines de charme. Notre engin noir et blanc dehors, gris dedans, nous ramène à des lieux familiers, des visages souriants. Nous roulons jusqu'à Hell, qui n'a jamais changé de look mais vit maintenant chez ses grands-parents. Jusqu'à Wanda à Chicago, dont le refuge pour animaux ne désemplit pas… et qui se laisse lécher tout le visage par notre Morue intenable. Jusqu'à l'opéra de Minneapolis où nous assistons à un nouveau ballet émouvant… dont Dante rate la moitié, à force de me regarder. Jusqu'à Martha, la vieille fille aux chats de Wolf Creek, qui nous tire les cartes devant un petit déjeuner gargantuesque et nous promet un avenir radieux… entrecoupé d'orages. Évidemment. Et on sourit en entendant cette vie folle qui nous attend.

En conduisant d'une main, Dante caresse souvent la ballerine tatouée dans ma nuque. Je regarde le soleil se refléter dans l'écran de sa montre. Et je ne pense plus au temps qui passe. Au temps qu'on perd, au temps qu'on prend. Les jours et les nuits prennent un autre sens quand rien ne presse. Quand rien n'a d'importance. Juste lui, moi et le bitume à perte de vue. L'éternité devant nous.

Plusieurs fois, au cours de notre périple, nous faisons halte dans les propriétés des Lazzari, sur lesquelles l'ombre de Vito ne plane plus. Au manoir de Kenilworth, nous partageons un plongeon dans la piscine aux gargouilles et un somptueux dîner italien. Puis faisons l'amour toute une nuit durant. Au ranch de Great Falls, nous partons nous promener à cheval, en savourant le silence apaisant et les paysages grandioses le long du fleuve Missouri, avant de rentrer au grand galop dans le froid et de nous jeter à corps perdus dans la chaleur du spa. C'est le plus beau bain de minuit de ma vie. Nous ne parlons presque pas de la salle des tortures, tout au fond du couloir, dont la porte a été scellée par le FBI. Mon beau taiseux s'assombrit encore, parfois. Je le laisse tranquille, dans sa bulle noire, jusqu'à ce qu'il m'appelle en murmurant « Soleil ? ».

Au bout d'un mois, nous atteignons Seattle. Et décidons de ne même pas nous arrêter. C'est moi qui conduis, ce jour-là. En poussant des cris d'excitation et de peur mêlées, j'opère le demi-tour le plus grisant de toute mon existence, à bord de mon bus inarrêtable. Nous reprenons la route dans l'autre sens, sans but. Juste pour démarrer un nouveau *road trip*.

Notre seule étape obligatoire : le mariage de Phoebe au printemps, vers Chicago. Dante a proposé de prêter son joli manoir aux futurs mariés et leurs invités. Et il paraît que je n'ai « pas intérêt à reluquer des pompiers ». Mon copilote a froncé les sourcils. Mais, sous l'orage, ses beaux yeux noirs souriaient.

45

Les insoumis

On est en retard. *Très* en retard.

Je ne sais pas ce qui m'a pris de vouloir aller me baigner dans le lac Michigan. J'avais envie de voir de l'eau. Du bleu à perte de vue, pour changer du gris. Mais on est fin mars. Les températures commencent juste à s'adoucir dans le nord du pays. Apparemment pas assez pour piquer une tête. Et les zones de baignade sont fermées à cette époque de l'année. Oui, Dante m'avait prévenue. Oui, j'ai insisté quand même. Et non, je ne me suis finalement pas baignée. *Beaucoup* trop froid. Le temps de trouver un endroit pour stationner le *motor-home*, de faire un créneau impossible, d'aller vérifier sur la plage que j'avais tort et Dante raison, on a perdu au moins une heure. Et il a repris le volant.

– Il y a une piscine chauffée au manoir, grommelle mon chauffeur énervé.

– Ce n'est pas pareil.

– Je t'ai dit que ce serait trop froid.

– Mais il fallait que je sois sûre !

– On n'avait pas le temps de faire un détour.

– On a toujours le temps quand on le prend ! C'est toi qui me l'as dit.

– Pas aujourd'hui ! gronde-t-il en serrant les mâchoires.

– Dante ?

– Hmm ?

– Promets-moi de ne jamais m'épouser.

– Avec plaisir, réplique-t-il du tac au tac. Et pourquoi au fait ?

– Parce qu'on ressemble déjà à un vieux couple, me marré-je sur le siège passager.

Il pile. On est encore à cinq minutes de Kenilworth, la cérémonie doit déjà être terminée et la fête avoir bien commencé. Mais le brun tire sur le frein à main et se tourne vers moi.

– Écoute-moi bien, Tutu Stone. Je t'épouserai si j'ai envie de t'épouser. C'est-à-dire sûrement jamais. Ou peut-être un jour. Mais toi et moi, on ne sera jamais un vieux couple chiant, d'accord ? Je nous l'interdis. Nous, on est libres. Libres de s'engueuler si on en a envie. Libres d'avancer ou de s'arrêter. Alors on va aller au mariage de ta copine, faire des sourires et des courbettes à tous ces gens beaucoup trop heureux, et on va reprendre la route très vite. Toi, moi et ta mauvaise foi. C'est clair ?

– Clair ! On emmène aussi ta mauvaise humeur ? Ou pas ?

– Bien sûr que oui, grogne-t-il dans un sourire.

– Alors roule, Salinger ! Faut toujours que tu nous mettes en retard avec tes grands discours.

Il lâche un cri de bête enragée et redémarre l'engin monstrueux. Huit minutes et six feux rouges plus tard, on abandonne le bus devant la grille de la propriété des Lazzari. On saute dans la Chevy pour faire le reste du chemin sur le joli sentier en graviers. Le long des pelouses parfaitement entretenues, des pancartes fléchées annonçant « Mariage de Dan & Phoebe » nous montrent le chemin jusqu'au manoir. On se gare sous le grand platane, à côté de dizaines d'autres voitures, et Morue part s'ébrouer sans nous attendre. En jean brut et Converse, Dante enfile rapidement une veste de costard bleu nuit par-dessus sa chemise blanche puis tente d'attacher – en râlant – son nœud papillon jaune. *Dress code* oblige.

– Rappelle-moi de faire la gueule à ma sœur, marmonne mon brun ténébreux.

Sans parvenir à fixer le nœud pap, il décide de le laisser pendouiller d'un côté et se dirige vers la grande porte aux vitraux. Je le rejoins en courant, un sourire moqueur aux lèvres, sans lui dire à quel point je le trouve sexy, dans cette tenue mi-élégante mi-rebelle. Comme lui.

Nous pénétrons enfin dans le manoir joliment décoré aux couleurs du jour. Le thème dénote joyeusement avec l'opulence ancienne des lieux, moulures, cheminées, sols en marbre et meubles en bois laqué. Nous rejoignons au pas de course la salle de réception et trouvons une centaine de pompiers en uniforme : épaisses vestes ignifugées et larges pantalons bleu marine ceinturés de bandes jaune fluo, casques sur la tête. Difficile de repérer les autres invités dans cette marée humaine, uniforme et bruyante. Dante plisse les yeux, se passe la main sur la barbe et décide de m'abandonner. Un baiser dans mon cou plus tard, il me souhaite « bon courage » et s'éloigne de la foule pour atteindre le bar.

– Pourquoi mon rabat-joie de frère s'est enfui ? me demande une voix cassée dans mon dos.

Je me retourne pour tomber dans les bras de Calliopé, hilare, dans une sublime robe fourreau jaune fluo sur des *platform shoes* marine. J'ai évidemment opté pour le contraire : robe bleu sombre très sobre et escarpins jaune poussin.

– Tu as bien fait de me mettre en contact avec Phoebe, j'ai adoré ce thème pompier ! me crie la styliste par-dessus la musique.

Tout à coup, j'aperçois la mariée en train de se faire propulser dans les airs par un groupe de costauds. Après une dizaine de bonds forcés, Phoebe finit par toucher terre et se précipite vers moi, tout échevelée. Je découvre à ce moment-là sa tenue de mariage dessinée par une Callie très inspirée : un tailleur-pantalon bleu nuit d'une classe folle, de fins liserés jaunes aux coutures et une longue traîne en tulle jaune partant d'un serre-tête presque invisible. En guise de diadème au sommet du crâne de Phoebe, une minuscule réplique de casque de pompier argenté.

– Je n'aurais pas pu rêver mieux, Sol ! s'époumone la jeune mariée. Tu remercieras Dante pour le manoir, hein ? Et la déco, les costumes, j'adore tout ! Calliopé a des doigts de fée !

– Tu es magnifique, Phoebs. Félicitations ! Et je suis désolée d'avoir raté la cérémonie tout à l'heure. C'est de ma faute, on…

– On s'en fout ! me coupe-t-elle. Ce qui compte c'est la fête !

L'armoire à glace blonde se fait à nouveau entraîner par une horde de pompiers survoltés qui ont décidé que c'était le moment pour un concours de pompes et de tractions entre elle et son nouveau mari.

– Tu n'as que des amies aussi allumées que toi, en fait ? rigole l'Italienne.

– J'en ai peu… mais je les choisis bien, lui souris-je en retour.

– Quand est-ce que je te crée un tutu de mariée ? s'emballe-t-elle.

– Quand ton frère acceptera de le porter…

– OK, je peux changer de carrière tout de suite !

Phoebe réapparaît, le front luisant de sueur et le sourire jusqu'aux oreilles. Elle nous présente deux amis de New York, Abraham Lawson et Jazmin Rasgotra : un beau métis aux yeux bridés et à la carrure athlétique, une jolie Indienne à la chevelure brillante qui lui arrive jusqu'aux fesses. La sportive fait une boule de sa traîne en tulle et nous hurle :

– Eux non plus ne connaissent presque personne ! Amusez-vous tous ensemble !

Puis elle repart aussitôt affronter Dan, dans la deuxième manche de leur petite compétition conjugale.

– C'était un ordre ou une suggestion ? demandé-je, amusée.

– Je crois qu'on est obligés. Je m'appelle Jazz, se présente la première.

– Moi, c'est Abe.

– Sol, réponds-je, un peu gênée.

– Merde, moi je n'ai pas de petit surnom super court et super cool ! Calliopé ou Callie, désolée, déclare la brune à frange.

– Mais tu as la robe la plus cool de tout ce mariage, admire l'autre fille.

– Vous n'êtes pas mal non plus, commenté-je en observant le couple. Mariés ?

– Oh non, pas du tout ! rigole le baraqué. On était à la fac avec Phoebe à Columbia. En coloc tous les trois, puis avec Thelma.

– Moi je suis mariée avec Owen Lamar, un basketteur des New York Knicks, crâne un peu l'Indienne. On a deux petites filles.

– Elles doivent être sublimes ! rétorqué-je, sincère.

– Aussi pénibles que jolies, oui, confirme leur mère.

– Et moi je suis un éternel célibataire, trop pris par mon boulot de journaliste pour penser à me caser… Mais je n'ai jamais rien contre une nouvelle rencontre, annonce Abraham en faisant les yeux doux à Callie.

L'Italienne se racle la gorge comme si elle n'avait jamais été draguée de sa vie et ne supportait même pas l'idée. Elle m'envoie un petit coup de coude discret pour que je la sorte de là.

– Je pourrais vous dire qu'on est lesbiennes mais mon mec se cache quelque part, balancé-je spontanément.

– Et il a une grosse tendance à tout voir en noir, on devrait aller le retrouver avant qu'il se noie dans la piscine, décrète Calliopé en s'en allant déjà.

– Contente de vous avoir rencontrés ! crié-je aux deux New-Yorkais en m'éloignant. On se reparle plus tard ?

Après quelques minutes de recherche dans le manoir, on retrouve Dante dehors, sur la grande terrasse en pierres blanches qui borde la piscine. Sourire aux lèvres et regard lumineux, une coupe de champagne dans chaque main, il n'est ni noyé ni assombri, mais bavarde en bonne compagnie. Je reconnais son ami Finn McNeil, le célèbre écrivain aux lunettes sexy, qui porte le nœud papillon mieux que personne. Sa femme Thelma Bellamy, en smoking très féminin, qui tient par la main une petite fille asiatique de deux ou trois ans, en robe bleue à pois jaunes. Adorable portrait de famille.

Tout doux, la montée hormonale, tout doux…

– Thelma, Finn, vous vous souvenez de Solveig ? lance Dante en me tendant une coupe.

– Bien sûr, disent-ils en chœur.

Je salue tout ce petit monde en souriant et j'avale la moitié de mon champagne pour me donner une contenance.

– Elle, c'est Scarlett, m'annonce la jeune maman en caressant les cheveux raides et noirs de sa fille.

– Comme dans le film *Autant en emporte le vent* ? demandé-je.

– Non, comme dans le roman, précise l'écrivain amusé.

– Ma mère nous a donné des prénoms de cinéma, à mes frères et moi, m'explique Thelma. On a plutôt cherché dans la littérature pour notre fille.

– Je vois… dis-je en rougissant. D'habitude j'ai l'air plus cultivée… Là c'est juste pour ne pas vous faire de l'ombre.

– Moi c'est Calliopé, ce n'est pas parce qu'on se connaît déjà qu'il ne faut pas me présenter ! lâche la brune qui fait sa fofolle à ma droite.

– Et ma petite sœur est responsable de ça, ajoute Dante dans un soupir.

Il tire sur le nœud papillon jaune pendouillant de son col et l'enfonce dans la poche arrière de son jean. Puis il retire sa veste de costard et la glisse sur mes épaules recouvertes de chair de poule.

– Je suis content de vous voir ensemble, nous sourit Finn. Après tout ce que vous avez traversé.

– Depuis qu'on t'a vue à l'hôpital, le soir de l'accident… Puis au tribunal, pendant le procès… On a beaucoup pensé à toi, souffle Thelma. À vous deux. On espérait tellement que vous soyez enfin heureux.

– On n'est pas hyper doués pour ça à la base, plaisanté-je. Mais on y travaille.

– Ça vous réussit bien !

– Il y a des rencontres fortuites qui ont presque l'air planifiées, sourit le romancier. La vie s'est arrangée comme elle a pu pour croiser vos chemins… Mais on dirait bien que vous deviez vous trouver.

– Vous ne croyez pas au hasard ? demandé-je en riant pour masquer mon émotion.

– Seulement quand il fait des merveilles, répond la jolie écrivaine.

Je me laisse bercer par leurs mots bien choisis, leurs vœux de bonheur, enivrer par les bulles de champagne et réchauffer par la veste du Phœnix sur ma peau. Son pendentif contre mon cœur. Sa main doucement posée sur ma nuque, renfermant le secret de mon tatouage. Dante et Finn se mettent à parler boulot, tournage, cinéma, photo. Calliopé et moi tentons de faire sourire la timide petite Scarlett avec force de grimaces et bruits d'animaux.

Mais ce sont de vrais aboiements de chien qui interrompent notre petit groupe dans ses conversations. Un peu plus loin dans l'herbe, Morue bondit partout et bat frénétiquement de la queue en espérant communiquer avec un congénère, apparemment endormi. Il me semble que c'est un chien, mais avec son énorme tête, sa grosse truffe rose et ses grandes taches blanches sur son épais corps marron clair, ça pourrait aussi bien être un veau. L'animal reste allongé sans broncher, ouvrant à peine un œil quand notre Morue vient lui renifler longuement l'oreille.

– Je crois qu'elle lui dit des mots salaces pour le faire réagir, improvisé-je.

Les rires fusent.

– J'espère qu'elle est tenace, me prévient Thelma. Il en faut des mots pour faire bouger Forrest !

– Comme dans *Forrest Gump* ?

– Oui. Parce qu'il n'a jamais obéi à « Cours, Forrest ! » de toute sa vie, malgré les supplications de mes frères.

– Je n'ai jamais lu ce livre, blagué-je encore.

– Je crois que c'est un film, me chuchote Callie.

– Je crois que c'était de l'ironie, lui explique son frère sur un ton moqueur.

– Je crois que je vais devoir t'étouffer avec un nœud pap, le menace-t-elle avant de se jeter sur lui.

Le frère et la sœur se chamaillent comme des gosses pendant que Morue tente une nouvelle danse nuptiale auprès de Forrest, le chien statue.

– Comment s'appellent tes frères, alors ? demandé-je, curieuse, à la jolie brune.

– L'aîné, c'est Neo. Il a bientôt 18 ans et il passe son premier week-end chez sa copine. Ma mère en est malade. Les deux suivants c'est Anakin et Sparrow, ils sont là-bas près des chiens. Le grand roux et le petit métis.

Je découvre deux jeunes ados aussi différents que des frères peuvent l'être. Le premier est plutôt costaud, pâle et son joli visage joufflu recouvert de taches de rousseur. Le second a la peau café au lait, des jambes maigrichonnes et une paire de lunettes bleues qui lui donnent un air sérieux. Il bouquine, assis dans l'herbe, comme si c'était l'activité la plus naturelle à un mariage. Pendant que son frère tente d'approcher Morue, qui finit par le remarquer et lui sauter dessus. Elle lui repeint le visage de sa langue baveuse et le rouquin de 14 ou 15 ans rit comme si c'était le plus beau jour de sa vie.

– J'espère qu'il aime la brandade, commenté-je.

– Hein ? me demandent les autres en chœur.

– Non, rien.

– C'est ma mère qui arrive, nous chuchote Thelma. Au cas où vous vous posez la question, elle n'a pas dévoré le buffet, elle est bien enceinte. À 44 ans passés. C'est un accident, mais elle tient à le garder. Il a le même père que Sparrow et c'est la première fois que ma mère a deux enfants de suite avec le même homme, on peut considérer ça comme un exploit. Mais si c'est encore un garçon, je ne donne pas cher de notre peau à tous !

– Wow, m'exclamé-je. Tu as répondu à absolument toutes les questions que j'avais en tête et que je m'apprêtais à m'empêcher de poser. Tu veux m'épouser ?

– Désolée, déjà prise, grimace la brune.

– Elle aussi, intervient mon tatoué amusé en m'enlaçant par-derrière.

– Bonjour, je suis Jill ! annonce la mère de Thelma, enceinte d'au moins six mois.

On se calme, les hormones, j'ai dit !

– Comment vous allez l'appeler, celui-ci ? demandé-je sans réfléchir. Nemo ? Dory ?

– Plutôt Alien, me répond-elle avec une moue épuisée.

– J'adore l'idée ! Et félicitations pour le bébé !

La future maman me remercie et appuie sur une petite bosse qui déforme son ventre rond, tout en regardant avec envie nos coupes de champagne vides.

– C'est bientôt fini, maman… l'encourage gentiment Thelma.

– C'est mamie ! la contredit la petite Scarlett dont j'entends enfin la voix.

Et je réalise que cette femme aura bientôt un enfant plus jeune que sa petite-fille adoptive.

– Ce sera donc son oncle ou sa tante, réfléchis-je tout haut.

– Tout le monde t'entend, Tutu, marmonne Dante près de mon oreille.

– Le bébé aura déjà une nièce en naissant ! continué-je quand même.

– Excusez-la, elle ne peut pas s'en empêcher, se marre Calliopé.

– On va aller voir les mariés ! propose mon brun qui m'entraîne par la main.

– Non mais tu te rends compte ?

– Oui, Sol.

– Nemo sera à moitié afro-américain, il aura une mère qui est déjà grand-mère et une nièce asiatique plus vieille que lui !

– Tout le monde a fait ces déductions dans sa tête, Solveig.

– Pardon, je t'ai fait honte ? réalisé-je tout à coup, prise d'un fou rire.

– À force de passer tes journées avec moi dans ce bus, je crois que tu ne sais plus te comporter en société… grommelle-t-il.

– Insoumis ou rabat-joie, il faut choisir ! lui balancé-je comme un slogan.

– Tu me fatigues, souffle-t-il sans pouvoir s'empêcher de sourire. Le pire c'est que tu n'as bu qu'une seule coupe !

– Non, le pire c'est que tu m'aimes ! m'exclamé-je en lui sautant au cou.

– Insoumise toi-même… murmure-t-il, comme la plus douce des insultes.

***

On devait repartir le lendemain. On a finalement passé toute la semaine au manoir avec Finn, Thelma et leur petite Scarlett, qui avaient bien besoin de prendre quelques jours loin de la folie new-yorkaise, de leurs carrières et des « trois Terribles ». Lors de longues balades, de journées paresseuses, de grands dîners, j'ai appris à connaître l'écrivain renommé, sa femme tout aussi talentueuse et leur fille, aussi ravissante que précoce. J'ai vu à quel point mon tatoué était attaché à son ami de toujours. À quel point il avait besoin de sa présence dans sa vie, de son équilibre. Dante a passé sa vie à protéger les autres. Finn McNeil n'a pas besoin de lui pour ça, et cette relation d'égal à égal fait un bien fou à mon ténébreux… qui l'est un peu moins en présence d'une jolie petite brune aux yeux rieurs. Et haute comme trois pommes.

– J'en veux une comme ça… lui soufflé-je un soir, au moment d'aller nous coucher.

– C'est parti ! s'écrie le Phœnix en m'emportant jusqu'au lit.

Je glousse, goûte une nouvelle fois à sa peau, jamais rassasiée de lui, puis finis par m'endormir dans ses bras.

Ma nouvelle vie. Parfaite. Romanesque. Presque trop belle pour être vraie.

Nous quittons le manoir de Kenilworth un lundi matin et reprenons la route. Libres à nouveau. Nous laissons le tank derrière nous pour cette fois et grimpons dans la Chevy, humains à l'avant, Morue à l'arrière. Sa couverture rouge n'ayant pas fait long feu face aux trous et taches douteuses, je l'ai déjà remplacée par une autre, rayée noir et blanc.

Dante prend des photos de l'*Interstate* en direction de New York, je tente de garder les yeux sur la route.

–Tu peux m'expliquer ?

–Je peux. Il faut seulement que je sache quoi.

Je ris doucement et ajoute :

– Tout est moche, sur cette autoroute. Qu'est-ce que tu peux bien photographier ?

–La mocheté, me sourit le ténébreux.

–Moi. Pas. Comprendre.

–Le bitume. Une crevasse. Une ligne blanche. Tout ce qui n'intéresse personne.

–Les mochetés laissées pour compte, ajouté-je, comme si j'avais compris.

–La lumière transforme tout, Tutu. Elle embellit ce qui n'est pas joli à l'origine. Quand je développerai ces photos, tu comprendras.

Je lui souris, tends le cou vers lui pour qu'il y glisse sa main.

–Un peu comme toi et moi, dis-je alors. On était perdus. Seuls. Un peu laissés pour compte. Pleins de crevasses. Et on s'est éclairés l'un l'autre.

Son regard glisse sur mon visage, descend sur ma bouche, puis fixe l'horizon.

–Exactement comme toi et moi.

Sa voix grave résonne encore en moi lorsqu'il monte le son de la radio. Depuis que Vito a été inculpé, Dante écoute les informations plusieurs fois par jour. En fronçant les sourcils, toujours.

Le journaliste évoque d'une voix soporifique un nouvel attentat qui a l'air de lui faire ni chaud ni froid, puis sa collègue présente les chiffres de la bourse. Du chinois, pour moi. Je bois une gorgée d'eau à la bouteille ouverte qu'il me tend, puis mon copilote la reprend et monte le son lorsqu'un flash info spécial est soudain annoncé.

– Nous venons de l'apprendre : Vittorio Lazzari a été retrouvé grièvement blessé chez lui ! Transporté à l'hôpital, l'homme aux dix chefs d'inculpation serait actuellement entre la vie et la mort. S'agit-il d'un suicide, d'un règlement de comptes ou d'un accident ? Nous ignorons encore tout des circonstances de ce drame…

Je réalise, au bout de longues secondes d'apnée, que je ne respire plus. Je me retourne brusquement vers mon *dark stranger*, observe son profil immobile, sans émotions.

– Dante ? fais-je d'une toute petite voix.

– Cet enfoiré nous pourrira la vie jusqu'au bout, siffle le ténébreux.

Une sonnerie retentit soudain, dans l'habitacle de la Chevy. Morue bâille à l'arrière – de toute son haleine – lorsque le Phœnix décroche à l'avant en actionnant le haut-parleur.

– Calliopé ? Tu es déjà au courant ?

– Dante, sanglote sa petite sœur de sa belle voix cassée.

– Ça va aller, Callie, calme-toi.

Nouveaux sanglots, suivis d'un long silence. Un silence qui nous glace le sang. Et l'Italienne le brise enfin en nous annonçant d'une voix blanche :

– Je crois que j'ai fait une grosse connerie…

FIN

Retrouvez Dante et Solveig
dans *Âmes indociles*, bientôt en poche !

Chapitre bonus

La fille à la Chevrolet

– Je dérange ?

La fille sursaute. C'est souvent l'effet que fait ma voix un peu trop rauque. Mon ton un peu trop brut. Je ne pense jamais à m'excuser. De toute façon, elle a l'air perdue dans ses pensées.

– Si tu veux la place, je ne pars pas, j'attends quelqu'un… lâche-t-elle sans me regarder.

Les trottoirs de New York sont peuplés de gens comme elle. Comme moi. Pas le temps. Pas envie. Qui ne font même pas l'effort d'écouter, de sourire, de croiser les regards ou de s'intéresser aux autres. Il fait trop chaud, il y a trop de bruit, trop de monde, trop de bagnoles. Souvent, la vie est un peu trop dure. Et elle semble porter difficilement la sienne sur ses petites épaules. D'ailleurs, elle a l'air minuscule dans sa vieille Chevrolet, assise derrière le volant qu'elle tient hyper fort, alors qu'elle est à l'arrêt. Étrange. Ça n'a pas trop l'air d'aller. Mais c'est moi qu'elle attend, je le sais.

– Oui, moi, fais-je plus doucement.

– Pardon ?

Cette fois elle lève la tête. Un joli petit minois, genre oisillon tombé du nid. Elle fait jeune, fragile, un peu timide. Mais son blond platine est plutôt osé. Et elle a les cheveux courts, comme j'aime. Il n'y a pas beaucoup de filles qui osent couper la tignasse derrière laquelle elles peuvent se cacher. Leur éternel attribut de féminité. Cette fille n'a pas besoin de ça pour être sexy. Sans même le savoir. Et c'est sans doute ce que je préfère.

– C'est moi que tu attends, lui répété-je.

J'essaie de ne pas avoir l'air impatient, bourru, pour ne

pas la brusquer. Mais soit cette blonde est complètement allumée, soit elle est aussi handicapée que moi pour les rapports humains. Elle me regarde sans rien dire. Et elle reste dans sa bagnole, sans avoir l'idée d'en sortir.

– Oh, le mec du covoiturage ! Oui, bien sûr. Je t'avais presque oublié. Enfin, je n'allais pas partir sans toi, hein ? Désolée, je parle trop. Et je réfléchis après. D'habitude je parle toute seule, du coup, je ne saoule que moi. Mais on me prend pour une folle. Ce qui n'est pas ton cas, n'est-ce pas ? Haha ! Bref, salut…

OK, j'opte pour allumée. Mais je préfère ça aux allumeuses.

Elle ouvre enfin sa portière et se glisse sur le trottoir pour me faire face, avant de me tendre la main.

– Je m'appelle Solveig Stone, deuxième prénom « Toute-seule », âge 25 et… je ne sais pas du tout pourquoi je te dis ça…

– Parce que tu parles trop et sans réfléchir. Tu viens de le dire.

Je ne voulais pas être méchant. Juste sincère. Je fronce les sourcils parce que je déteste avoir l'air d'un connard. Et je lui serre rapidement la main mais je n'insiste pas, je pourrais lui briser les os juste en la caressant. Et je ne sais même pas pourquoi cette idée me traverse.

Si, je sais. Parce que son jean clair et son débardeur noir moulent son petit corps menu mais musclé. J'ai l'habitude de photographier des femmes. Je connais par cœur les silhouettes filiformes des mannequins qui portent les fringues Lazzari. Elles ne me font ni chaud ni froid. Enfin si, plutôt carrément froid. Pas de cul, pas de poitrine. Des angles partout. Des poses travaillées.

Cette fille-là ne doit pas dépasser le mètre soixante. Ni les cinquante kilos. N'empêche qu'elle a des courbes bien placées. Des petits seins ronds et serrés, un joli décolleté, des cuisses de sportive, un truc tonique et déterminé dans sa façon de se planter face à moi, une grâce naturelle dans sa façon de bouger. Peut-être une danseuse.

Et pas si timide que ça...

Je devrais peut-être me présenter au lieu de la mater. Mais je crois qu'elle ne se gêne pas pour faire la même chose, en ce moment même. J'espère juste être un peu plus discret que ça.

– Je m'appelle Dante, dis-je à mon tour, sans plus de formalités.

Elle n'a pas besoin de connaître mon nom de famille, mon âge, mon surnom ou les trucs que je fais quand je suis mal à l'aise. Comme là. Sauf qu'elle n'a pas l'air de vouloir se contenter de ça. Et je me passe la main sur la barbe parce que je n'aime pas trop sa façon d'en attendre plus. De me regarder sans se cacher. Droit dans les yeux. Et partout ailleurs. D'habitude, les autres filles font semblant de ne pas m'avoir remarqué. Ou alors elles sourient franchement pour me faire comprendre qu'elles sont intéressées. Celle-ci n'a pas trop l'air de savoir ce qu'elle veut. Ce qu'elle fait. Ce qu'elle veut montrer. Ni même de savoir se maîtriser.

Pas sûr que je devrais en faire mon chauffeur personnel pour les cinq mille bornes à venir.

Trop tard pour reculer. Il faudrait juste qu'on y aille, pour éviter d'avoir à douter. Partir sans réfléchir, sans me retourner, c'est ce que j'ai toujours fait.

– Prête ? insisté-je.

– Oui, je crois… bredouille-t-elle.

Mais je vois bien qu'elle hésite, elle aussi. Je dois la faire flipper, avec mes tatouages, mes manières, mon air mauvais et ma façon de ne rien lui demander. Elle n'arrive pas à me cerner. Ni à me faire réagir. Ça doit la gonfler. Mais je suis comme ça, autant qu'elle le sache tout de suite. Pendant qu'elle me reluque encore un peu pour savoir si elle peut me faire confiance, j'observe sa bagnole en sale état. Et je ne suis pas certain de pouvoir en dire autant. Tant pis. Ça fait longtemps que je n'ai pas risqué ma vie. L'idée me fait presque vibrer.

– On y va ? soufflé-je, plus comme une décision que comme une vraie question.

Puis je fais le tour de la Chevrolet, ouvre la portière côté passager et balance mon sac à l'arrière. C'est un vrai sauna à l'intérieur. Je retire ma chemise en jean avant de m'installer, je la jette aussi sur la banquette. Si elle n'a pas la clim, c'est encore pire que ce que je pensais. Mais ça explique que son maquillage ait coulé. À moins qu'elle ait pleuré ? Je ne la connais pas mais je sais reconnaître de la souffrance quand il y en a. Même étouffée. Coincée sous un beau décolleté.

En combien de morceaux on t'a brisée, petite allumée ?

La blonde me rejoint à l'intérieur et reluque mes tatouages, maintenant qu'elle remarque qu'ils recouvrent tous mes bras. Elle ne s'en cache toujours pas. Ça me plaît bien, qu'elle ne calcule rien. Les gens vrais sont rares. Mais je vois bien qu'elle se cramponne à nouveau à son volant comme si elle voulait s'empêcher de flancher.

Cette fille doit avoir l'habitude de tomber.

– Je te rappelle juste les règles pour que les choses soient claires, m'annonce-t-elle, avec son ton déterminé qui me fait marrer intérieurement. C'est moi qui conduis, moi qui change la radio, moi qui décide des arrêts, sauf cas d'extrême urgence.

Les filles comme elle, un peu trop sexy, un peu trop sensibles, beaucoup trop faciles à emmerder, savent qu'il faut se méfier. Gueuler un plus fort que les autres pour se protéger. S'imposer avant qu'on leur ait marché sur les pieds. Je ne réponds rien, juste pour voir comment elle se défend quand personne ne l'attaque. Elle a l'air presque déçue de ma passivité. Boucle sa ceinture et poursuit :

– Étapes obligatoires à Cleveland, Chicago et Minneapolis. Pour commencer. Après ça, on verra…

Tout ça était déjà écrit dans sa petite annonce. J'acquiesce pour lui faire plaisir, d'un petit mouvement de tête. J'ai hâte de me barrer d'ici. Je regarde partout autour de moi, le ciel lourd, la foule, le trafic, en faisant semblant de ne pas la voir.

Mais je l'observe du coin de l'œil. Il y a de la tristesse dans son visage de poupée. De la peur dans sa façon de vouloir tout contrôler. Un chagrin bien caché derrière ses sourires enjoués. De la douleur enfouie quelque part sous son petit grain de folie. Putain, dans quoi je me suis embarqué ?

Et toi, jolie, qu'est-ce que tu fuis, en quittant New York pour rejoindre l'autre bout des États-Unis ?

– Je ne l'avais pas précisé dans l'annonce, ajoute-t-elle encore, mais je ne cherche ni un ami ni un amant, encore moins un amoureux.

Cet élan de franchise et d'autorité me pousse à la regarder. J'aime son cran. Ses petites prises de pouvoir. Mais je déteste qu'on me mette des barrières. Par principe. Plus elle me dicte de règles, plus je pense à les transgresser. Je ne peux pas m'empêcher de sourire à l'idée de bidouiller sa radio, de l'obliger à s'arrêter ailleurs que là où elle le voulait, d'essayer de la séduire. Peut-être. Ou plutôt pas, en fait. Moi non plus, je ne suis rien venu chercher. Ni amitié ni plan cul. Et surtout pas d'emmerdes.

– C'est bien résumé, soupiré-je. Maintenant, on peut y aller ?

La blonde a l'air contente de m'avoir fait sourire. Comme si elle avait gagné une première bataille dans notre petite guerre d'ego, de regards et de silences. Il ne faudrait pas qu'elle gagne trop souvent… Je serai obligé de me mettre à jouer.

Alors je fixe à nouveau le pare-brise pour l'ignorer. J'espère qu'elle ne s'attend pas à ce que je fasse la conversation. Je replonge dans mes pensées.

Tout est bouché. Un bordel sans nom. L'impatiente à ma gauche n'a pas l'air du genre à se contenir. Ni d'être un as du volant. On roule depuis cinq minutes à peine et déjà, elle s'en prend à une passante et à son chien qui ont le malheur de traverser trop lentement. Je ne m'en mêle pas, mais j'observe. Tout. La lèvre qu'elle se mord en se retenant d'agresser la terre entière. Son corps qui se tend. Ses yeux un peu fous, faussement méchants.

– Elle a de la chance d'être tombée sur moi, grogne-t-elle en redémarrant. D'autres n'en auraient fait qu'une bouchée.

– Les joies de New York… fais-je dans ma barbe, en retenant un sourire.

Je me surprends à le faire souvent, avec elle. Pourtant, ils sont rares, ceux qui parviennent à m'en arracher plus de deux ou trois d'affilée.

Quelques mètres plus tard, c'est un taxi qui manque de nous emboutir. Je vois le truc venir, alors quand la blonde écrase enfin la pédale de frein, je place instantanément ma main gauche devant elle. C'est inutile puisqu'elle a freiné pile à temps. Et je me maudis un peu d'être passé pour un chevalier servant. Pas mon style.

– Juste un réflexe, précisé-je pour qu'elle évite de se faire des films.

Le regard reconnaissant qu'elle me jette ne me dit rien de bon. Ou plutôt, c'est ma réaction qui me dérange. Cette fille me fait déjà de l'effet. Mais pas comme les autres. Celle-ci est clairement allumée. Sans doute un peu brisée. Et j'aime ça.

Et merde.

Cette fois, c'est un vendeur de hot-dogs qui passe lentement devant la Chevrolet avec son chariot et tout son merdier à tirer. Il s'excuse d'une main et ma pilote agacée va se taper la tête contre le volant. Elle reste comme ça, penchée en avant. Et je ne peux pas m'empêcher de mater son débardeur noir qui remonte un peu sur son dos, son jean qui s'arrête juste à la naissance de ses fesses, sa peau fine et claire qui a l'air franchement douce, sa chute de rein joliment cambrée.

Elle ne va pas se mettre à pleurer, hein ?

Juste au cas où, je fais diversion en allant allumer la radio. C'est interdit, je sais. Elle va peut-être gueuler. Me demander de dégager. Et je l'aurai bien cherché. Mais au moins, elle s'en prendra à moi au lieu de maltraiter ce pauvre volant. Finalement, je crois que je préfère encore quand elle parle trop, toute seule, que quand elle se tait et que je ne sais pas ce qu'elle fait. En entendant la chanteuse à la mode beugler à la radio, la blonde se redresse et me fixe. Toujours en silence. Je regarde par ma fenêtre ouverte histoire d'échapper à son regard. Et je prends quelques photos du bordel à ma droite. C'est beau, bruyant, vibrant, incontrôlable. Follement vivant.

C'est un peu comme elle.

– C'est comme ça que j'apprivoise les choses, plutôt que me braquer, dis-je à voix basse. Tu devrais peut-être essayer…

Mais qu'est-ce que je fous, là ? Pourquoi je suis en train de donner des conseils de vie à une inconnue qui n'a rien demandé ? Moi, qui déteste ça.

Comment j'en suis arrivé là, déjà ?

Quelques fringues jetées dans mon sac, mon appareil photo autour du cou, mon portefeuille dans ma poche arrière de jean : je n'ai emporté que l'essentiel. Je ne sais pas pour combien de temps je pars. Il faut être un peu frappé pour penser à faire New York – Seattle en bagnole. Cette petite annonce de covoiturage était inespérée. Et un peu désespérée aussi. C'est peut-être ce qui m'a plu. Et poussé à accepter.

J'avais mille autres moyens d'y aller. Un billet d'avion, classique. Il y a bien dix vols par jour entre les deux côtes des States. En six heures, j'y étais. Fondu dans la foule. Et j'aurais pu dormir sans avoir à parler à personne. Mais je n'aurais pas eu assez de temps pour réfléchir. À la merde dans laquelle Andrea nous a tous mis. À ce qui arrivera à ma famille après tout ça. Au plan que j'ai élaboré pour mettre les miens à l'abri. Je dois aller jusqu'au bout. Et pour ça, je dois penser à tout.

Et pas à la blonde à ma gauche, bordel.

Autre solution, un peu moins classique mais tout aussi… pratique. J'aurais pu me rendre à Seattle en famille, dans le jet de la compagnie. Le fric et la réussite de papa auraient enfin servi à quelque chose. Ma petite sœur aurait plaisanté, mis les pieds dans le plat, juste pour dire tout haut ce que tout le monde évite de penser tout bas. Maman aurait été contente qu'on soit tous réunis. Elle aurait aimé que je lui tienne la main pendant le décollage et l'atterrissage, alors qu'elle n'a même pas peur. Pas de ça, en tout cas. Mais quelle indécence de se pointer au procès d'une famille détruite, qui n'a plus rien, avec toute l'opulence et l'ostentation de la mienne ?

Ça me fait gerber rien que d'y penser.

Il restait encore un moyen, prendre un chauffeur. Maman, Calli et moi. Anonymes, bien à l'abri. Dans une bagnole confortable et puissante, avec un type payé pour rouler dix ou douze heures d'affilée, on n'aurait pas mis plus de trois jours. On aurait pu s'arrêter, incognito, dans les baraques que la famille possède un peu partout aux États-Unis. Ça aurait évité qu'elles ne servent à personne, comme tout le reste de l'année. Mais pour ça, il aurait fallu que je regarde ma mère pleurer, encore, en pensant à son fils enfermé, à sa propre prison dorée. Et il aurait fallu que je fasse comme si je ne voyais rien. Parce qu'il n'y a rien à dire, rien à faire. Elle se serait murée dans le silence, moi aussi, comme on sait si bien le faire. Et on aurait eu à supporter les palabres incessants de Calliopé. Sa façon maladroite de nous aider. Et j'aurais été obligé de la balancer par la fenêtre, en roulant. Peut-être que là, enfin, maman aurait souri. Ou à nouveau pleuré.

Ouais, c'était une très mauvaise idée.

L'ultime solution aurait été de conduire tout seul. En silence. Pour prendre le temps. Réfléchir. Voir du pays. Mais j'aurais été capable de faire une connerie. Rouler sans m'arrêter. Jusqu'en Amérique latine. Et ne jamais revenir. Disparaître et changer de vie. Les abandonner, encore une fois. Laisser mon frère en taule. Ma mère en larmes. Ma petite sœur en miettes, malgré les apparences. Et ne pas affronter mon père.

Impensable.

Ce *road trip* avec cette inconnue, c'est tout ce dont j'ai besoin. Un peu de solitude, mais pas vraiment. Quelqu'un pour me ramener sur terre. Sa bagnole pourrie, pour me confronter à la réalité. Son but, pour me rappeler que j'en ai un. La débrouille, pour revivre un peu mes années de galère, il y a déjà plus de dix ans. En laissant tout et tout le monde derrière moi, la famille, le fric, la facilité… c'est moi que j'essaie de retrouver. Ce voyage sera mon pèlerinage.

La fille à la Chevrolet ne veut rien. Pas un ami, pas un amant, pas un amoureux. Elle me l'a dit très clairement, sans en faire des tonnes. Aucun chichi. Contrairement à toutes celles qui ont l'habitude de dire ça pour attiser la curiosité masculine, celle-là ne joue pas. Elle le pensait vraiment. Et c'est bien le problème.

Parce que j'ai déjà envie d'elle. Son regard me trouble. Son audace me bouscule. Son âme me touche. Et j'ai l'infime impression que quelque chose nous rapproche.

C'est une insoumise. Comme moi.

Chapitre bonus

Un samedi soir au soleil

Je pensais qu'on repartirait. Ça ne fait qu'un peu plus de deux mois qu'on roule, Solveig et moi. Qu'on a fait de ce bus démesuré notre bagnole de luxe, notre maison roulante… Et je n'ai plus envie de m'arrêter. Mais après le mariage de Phoebe et son pompier, il flottait encore un air de fête au manoir de Kenilworth. Alors on a décidé de rester. Un peu. De laisser Morue faire des trous dans la pelouse si bien entretenue. Et d'inviter Finn, Thelma et leur fille à passer la semaine avec nous. Enfin, Sol a eu cette idée lumineuse. Et elle l'a concrétisée avant même de m'en avoir parlé. Ce n'est pas comme si j'avais eu le choix. Mais je m'en fous. C'est bien comme ça.

Ce que j'aime le plus dans cette vie-là, c'est l'imprévu.

Et ce que j'aime le plus chez cette fille-là, c'est qu'elle est encore plus imprévisible que moi.

En fait, je pensais que je serais incapable de rester longtemps au même endroit. Une semaine entière, c'est long, quand on a l'habitude de changer de décor tous les jours. Ma copilote m'a sérieusement donné goût au *road trip*. Au point que je ne m'imagine plus me fixer quelque part. Me priver de cette liberté d'aller et venir, de rouler sans savoir où, sans décider à l'avance où l'on va s'arrêter. Mais en fait, quand on trouve le bon spot, les bonnes personnes, c'est pas mal aussi de rester, parfois. Je crois que Tutu m'a juste donné goût à la vie. À la vie avec elle.

Peu importe l'endroit, tant qu'elle est là.

Kenilworth. Cet endroit-là, je l'ai vraiment haï. De tout mon être. À m'en faire mal au bide. Quand j'étais gosse, n'importe quel séjour dans l'une des propriétés de mon père était un enfer. Mais Solveig « Perchée » Stone a réussi à me réconcilier avec pas mal d'entre elles. Le ranch de Great Falls. Et cette foutue baraque avec ses grands airs de manoir. Des souvenirs en ont remplacé d'autres. Je ne vois plus les employés de maison raser les murs pour éviter les éternelles remontrances de Vito : je vois Sol courir en chaussettes dans le couloir en marbre et apprendre l'art de la glissade à la petite Scarlett. Je n'entends plus mon père nous humilier au moindre coude sur la table ou tâche sur le polo blanc : j'entends le rire de mon Soleil quand elle grimpe sur le plan de travail de la cuisine et m'attire à elle après avoir enduit sa bouche de sauce tomate en guise de rouge à lèvres. Je ne regarde plus le « chef de famille » traiter ses enfants comme des chiens sans rien dire : je me marre, fort, en voyant Solveig traiter Morue comme une reine (chambre d'amis rien que pour elle, shampouinage et massage quotidiens, gamelle remplie à ras bord de nos « restes » quasi gastronomiques).

Je croyais être un gros dur… Et voilà que je fonds pour ses conneries un peu plus chaque jour.

Le samedi, Thelma et Finn décident de s'accorder une soirée en amoureux, expo puis resto à Chicago. On leur a promis de garder Scarlett mais Sol râle parce que la petite brune dort déjà depuis une heure. Les concours de dérapages, ça crève.

– C'est nul, je pensais qu'on allait faire les folles ! Je voulais lui apprendre à sauter dans la piscine en criant des gros mots.

– À sept heures du soir ?

– Et ben ?

– Au mois d'avril ?

– Ben quoi ? La piscine est chauffée.

– On n'a pas encore trouvé le moyen de chauffer l'air en extérieur, me moqué-je gentiment.

– Et ben quoi ? Elle aurait juste eu froid !

– OK. Rappelle-moi d'annuler le projet « Et ils eurent beaucoup d'enfants »…

– Ça va, je lui aurais mis des brassards, hein ?

– Ouf ! Je peux dire à Finn et Thelma de dîner tranquilles, Scarlett aurait juste attrapé une pneumonie au lieu de se noyer.

– Salinger, retire tout de suite que je ne serai pas une bonne mère, me menace Solveig en plissant les yeux.

– Ce n'est pas ce que j'ai dit, Stone.

– Retire que tu ne veux pas me faire des tas d'enfants, alors !

– Je n'ai jamais dit ça non plus.

– Que tu m'en ferais des tas ou que tu ne m'en ferais pas ? insiste-t-elle, l'air suspicieux.

– Pourquoi j'ai l'impression qu'un piège est en train de se refermer sur moi… ?

Je lui souris, elle me fixe sans se laisser amadouer. Alors je me passe la main sur le menton, comme si ça me grattait. Comme je fais toujours. Et ça ne me gratte jamais. Je sais qu'elle le sait.

– Ce geste est beaucoup trop sexy pour que je ne vienne pas t'embrasser, bougonne-t-elle. Mais cette conversation n'est pas terminée !

Ma petite allumée s'approche de moi avec sa démarche de danseuse, vient coller ses lèvres aux miennes et son corps menu contre le mien. Et je suis plutôt content d'éluder la question des enfants dans un baiser. Les faire, ça me plaît bien. Les avoir, les élever, un peu moins. Je n'y ai jamais vraiment réfléchi. Ou plutôt, j'ai toujours pensé que ça n'arriverait pas. Pas à moi.

Quand on a un père comme le mien, je ne crois pas qu'on rêve d'en devenir un.

– Tu ne m'avais pas promis un dîner italien ? relance-t-elle. Ou ça aussi, c'est annulé ?

– C'est toujours d'actualité, confirmé-je.

– Tant mieux, je meurs de faim.

– Je ne t'avais juste pas précisé la liste des invités, ajouté-je à voix basse, en la tenant toujours dans mes bras.

– Quoi ?!

– Ne t'enfuis pas.

– Qui vient ?

– Ne panique pas…

– Qui ?! crie-t-elle un peu plus fort.

– Juste ma mère.

– Dante !

– C'était l'occasion ! Je veux juste que les deux femmes de ma vie se rencontrent. Elle a pris l'avion depuis New York, elle ne devrait pas tarder, annoncé-je doucement.

– Pourquoi tu ne me l'as pas dit avant ? J'aurais pu me préparer, bon sang !

– Parce que tu aurais flippé. Tu aurais répété des phrases en boucle pour m'engueuler ou tenter de te rassurer. Tu aurais dit mon prénom mille fois et prononcé tous les gros mots que tu connais, peut-être même devant Scarlett. Et tu aurais essayé cinquante tenues en trouvant tout trop guindé, trop décontracté, trop pas assez. Alors que tu es parfaite comme tu es.

– Mais merde, Dante ! Je porte un jean à toi, dix fois trop grand et avec d'énormes ourlets !

– C'est le principe du jean *boyfriend*, non ?

– Et un pull blanc, Dante ! On ne peut pas manger des spaghettis bolognaise devant sa belle-mère en pull blanc !

– On peut. *Tu* peux.

– Putain, Dante !

– Tu vois… ? lui souris-je, amusé.

– Je vais me changer !

– Non, dis-je en la retenant par la main. Écoute-moi, Sol… C'est Lynette Salinger, épouse Lazzari. Qui ne quitte presque jamais sa prison de New York. Qui ne dîne quasiment jamais avec quelqu'un d'autre que son mari, sauf quand j'arrange un dîner d'affaires pour réussir à l'éloigner juste une soirée. C'est ma mère, qui pensait que je n'aimerais jamais personne et qu'aucune femme ne me supporterait jamais. Tu rends heureux son fils aîné, le plus irrécupérable et le plus torturé, c'est tout ce qu'elle a besoin de voir et de savoir. Je te promets que tu es déjà sa belle-fille préférée…

– Arrête de me faire pleurer, répond-elle en bredouillant. Je vais avoir un maquillage de panda en plus des taches de bolo.

J'éclate de rire et l'attire à nouveau à moi, avant d'embrasser ses yeux humides et salés.

– Je t'aime, Tutu.

– Je t'aime et je te déteste à la fois, Phœnix…

– Je sais. Et ma mère t'adore déjà.

Il s'écoule quelques secondes avant que la sonnette du manoir retentisse. Et que Sol sursaute. Et que ma mère ouvre la porte. Partout où elle entre, c'est toujours sur la pointe des pieds. En espérant ne pas se faire remarquer, ne surtout pas déranger. Question d'habitude, sans doute.

Question de Vittorio Lazzari, surtout.

Pourtant, c'est tout un fracas qu'on entend dans l'entrée en s'y rendant, main dans la main. Ces rires, ces *blabla*, ça ne ressemble pas à ma mère. Pas du tout. Encore moins à ma mère seule. Et je ne suis pas plus étonné que ça en découvrant la troisième femme de ma vie (qui ne mérite vraiment pas ce titre) :

– Vous ne croyiez quand même pas que vous alliez faire un dîner de famille sans moi ! s'exclame Calliopé.

Ma petite sœur porte une sorte de chapka en fausse fourrure blanche à petites taches noires qui se poursuit en longue écharpe au même motif.

– Tu n'étais pas invitée, Callie, lui lancé-je aussitôt. Et combien d'animaux sont morts pour que tu ressembles à ça ?

– Aucun ! Mais crois-moi, quelques frères sont morts de ne pas avoir convié leur petite sœur chérie aux « présentations officielles » !

Elle dessine de grands guillemets dans les airs et nous

balance son plus beau sourire de peste. Je sens Solveig qui recule un peu, enroule ses mains autour de mon bras, pose sa bouche contre mon omoplate et tente de disparaître un peu derrière moi.

– Bonjour, glisse-t-elle simplement en direction de ma mère.

– Et attends, vous n'avez pas vu les petites oreilles ! relance ma sœur.

Callie secoue la tête dans tous les sens, ce qui a pour effet d'agiter deux petites oreilles pointues perdues au milieu des poils.

– J'adore, je veux la même ! lui sourit Sol.

– Sœur ou chapka ? demandé-je, blasé.

– Tiens, Tutu, elle est à toi ! décide Calliopé en enfonçant le chapeau ridicule sur la tête de Tutu.

– C'est vrai que j'avais absolument besoin de ça pour parfaire mon style « rencontre avec ma belle-mère », dit-elle en imitant à son tour les guillemets.

Sol rougit mais ma mère sourit, de toute la tendresse dont elle est capable. Puis elle se déplace doucement et va serrer la femme de ma vie dans ses bras, comme si c'était la chose la plus naturelle du monde. Et ça l'est. C'est beau à voir, cette évidence, cette simplicité. Tous ces yeux pâles et ces peaux claires mélangés.

Ma mère lumière et ma femme soleil.

– Donc ça, Tutu, ça veut dire qu'elle est tellement heureuse de te rencontrer qu'elle ne trouve pas les mots, traduit Callie. Et maman, tu devrais bientôt entendre la cascade de mots et de phrases sans aucun sens que Solveig prononce quand elle, elle est heureuse. Vous ne pourriez pas être plus différentes. Mais comme vous aimez toutes les deux Dante à en crever (et franchement, faudrait m'expliquer pourquoi), vous allez finir par vous adorer. Si ce n'est pas déjà fait, à voir les sourires niais sur vos visages respectifs. Donc c'est bon, on peut aller manger ?!

– Et ça, murmuré-je à mon tour, c'est ce que fait ma sœur

quand elle sent qu'elle perd sa place de chouchoute…

Sol et maman éclatent de rire en même temps. Callie récupère sa chapka, se drape dans sa fierté en en faisant des tonnes avec l'écharpe, puis s'éloigne, son éternel sourire aux lèvres. Le dîner peut commencer.

Finalement, la table qui avait été dressée dans une des salles de réception est transférée dans la cuisine. A la cool. Tutu et Chapka se disputent la place sur le plan de travail (et Solveig cède la première). Ma mère ne peut s'empêcher de rectifier l'assaisonnement de ma sauce (tout en vantant mes talents de cuisinier). Bizarrement, comme souvent dans ce genre de dîners, aucun souvenir d'enfance n'est évoqué. Ce soir, le passé n'existe pas. Le futur, pas beaucoup non plus. C'est du présent qu'on discute tous les quatre, de choses futiles et essentielles. De la beauté du marbre et ses nervures folles. De la joie de glisser en chaussettes sur un sol aussi parfait, qu'on ait trois ans ou vingt-cinq. De la rareté de la couleur jaune dans la garde-robe des gens. De la mocheté des imprimés tachetés. Et de l'importance de se tâcher en mangeant. Parce que rien n'est plus libre, rebelle et insoumis qu'une goutte de sauce tomate volant vers un pull blanc. Ce sont les mots de Solveig, après sa troisième tâche et sa deuxième tentative de nettoyer les premières.

Et je pourrais l'épouser sur-le-champ, juste pour les avoir prononcés. Pour baisser les armes aussi joliment. S'abandonner à être elle-même. Comme je la préfère.

J'aurais aimé prendre des photos pour fixer tous ces instants, ces sourires, ces partages ; toutes ces façons de s'apprivoiser. Immortaliser les joues rosies par le vin rouge, les corps qui se relâchent et les langues qui se délient, les soupirs de bonheur qui suivent les éclats de rire, les mille échanges de regards. Mais je me contente de les graver dans ma mémoire. S'ils sont si précieux, c'est justement d'être éphémères, uniques, tout sauf immortels. Comme nous.

Il est un peu plus de dix heures du soir quand la porte du

manoir s'ouvre à nouveau. Finn et Thelma rentrent plus tôt que prévu, en courant dans les couloirs pour arriver jusqu'à nous. Mon radar à emmerdes s'agite un peu à l'intérieur. Quand ils arrivent dans la cuisine, je ne peux pas empêcher ma voix trop grave de demander s'il y a un problème. C'est la jolie brune essoufflée qui me répond :

– Oui ! Et non ! C'est encore un garçon !

– Hein ?!

– Thelma a un quatrième petit frère, explique Finn dans un sourire. Jill, sa mère, a accouché un peu plus tôt dans la soirée.

– L'oncle de Scarlett ! s'écrie Sol, excitée.

– Tout le monde va bien ? insisté-je.

– Oui. Il a deux mois d'avance mais il a l'air costaud, se marre mon ami.

– S'il savait seulement dans quelle famille il débarque, il n'aurait pas été si pressé d'arriver, commente Thelma, encore sous le choc.

– Alors, elle l'a appelé Nemo ? s'emballe Solveig en serrant les poings comme si elle tenait la victoire.

– Elle dit qu'ils n'ont pas encore décidé… Et moi je vais avoir besoin de ce verre de vin en attendant le verdict, souffle la brune en louchant sur celui de Callie.

– Je t'en prie !

– Non, on va faire mieux que ça, décidé-je. Champagne ?

Ma mère, fatiguée de toutes ces émotions, préfère rentrer à New York. Ma sœur, que je trouve à nouveau éteinte, perdue dans ses pensées, décide de repartir avec elle. J'appelle un chauffeur pour les ramener toutes les deux à l'aéroport et elles nous quittent après mille autres effusions, entre rires et larmes.

Après être allés border leur fille, les jeunes parents nous rejoignent dehors, Solveig et moi, sur la terrasse du manoir devant la piscine éclairée. La nuit est bien tombée mais c'est l'une des premières soirées du printemps où l'air reste doux. Comme si la nature avait aussi quelque chose à célébrer. On trinque tous les quatre à cette nouvelle vie qui commence. Aux familles, aux amitiés et aux amours. La lune, ou peut-être autre chose, fait briller tous les yeux. Thelma et Finn s'adossent chacun sur un transat, en se tenant la main de loin. Je m'installe sur les petites marches en pierre, Tutu vient s'asseoir un peu plus bas entre mes jambes.

– Je veux un bébé, déclare-t-elle spontanément.

– Hmm hmm… réponds-je simplement en glissant mon nez dans ses cheveux lâchés.

– Ou quatre.

– Ah oui ? souris-je derrière elle.

– C'est vrai que vous avez de la place dans votre bus géant, plaisante Finn.

– Quatre petits Tutus, ça en ferait du bruit et de la vie ! renchérit Thelma.

– Si c'est quatre petits Dante, je vous en donne un ou deux gratis ! leur propose Sol.

– Non merci.

– Je passe mon tour aussi.

– Au moins ils se tairont de temps en temps ! grommelé-je pour ma défense. Et ils ne mangeront pas comme quatre. Et ils ne saliront pas leurs fringues…

– Et ils ne suivront aucune règle, me coupe Solveig. Ils n'en feront qu'à leurs têtes, ils fronceront les sourcils tout le temps, ils refuseront mes câlins dès trois ans et réclameront un tatouage à quinze. Ils bouderont en regardant la vitre et ils souriront en coin quand je les embêterai… Ils auront un peu honte de moi et oh mon Dieu je les veux ! Je les aime déjà ! Dante, fais-moi quatre petits toi !

Ma petite allumée s'enflamme, se retourne sur sa marche et se jette à mon cou en renversant son fond de champagne.

– On va commencer par un seul… lui glissé-je à l'oreille.

Et mon Soleil sourit. Et c'est comme si quelqu'un venait d'allumer la lumière au milieu de la nuit.

Un petit bruit retentit, Thelma se précipite sur son portable et nous résume le message en direct :

– Ce n'est pas possible… Ma mère a appelé son fils… Grey. Comme dans *Cinquante Nuances*. Parce que c'est après avoir vu ce film que le bébé a été conçu.

La brune ferme les yeux et se renverse la tête en arrière, dépitée. Finn est pris d'un fou rire qui l'oblige à retirer ses lunettes pour essuyer ses larmes. Il quitte son transat pour rejoindre celui de sa femme. Et l'embrasser passionnément, tout en riant.

– Je te préviens, c'est moi qui choisis le prénom ! me menace Tutu tout à coup.

Sauf qu'au même moment, j'ai prononcé la même phrase. Au mot près. Ma voix rauque sur son cri. Sa bouche tout près de la mienne. Mon regard sombre et ses yeux lumineux qui entrechoquent leurs défis.

Quelque chose me dit qu'on n'a pas fini… de jouer aux insoumis.

Fin

Extrait

Your Game, My Rules

Chloe Wilkox

1

PETITS SECRETS

Tess

– Je vois d'ici les titres de la presse *people*, me charrie Kate en se vautrant à côté de moi sur le lit. « Tess Harper, la bimbo musclée du cerveau » : je pense que la production de *Petits Secrets entre amis* va adorer, c'est tellement leur style…

– Kate, lui annoncé-je l'air grave en refermant d'un geste vif le livre auquel j'essaye désespérément de m'intéresser depuis trente minutes, je ne pense pas que j'intégrerai l'émission demain.

– Quoi ? s'exclame Kate en se redressant sur le coude. Mais Tess, on est à moins de 24 heures du premier prime ! T'as des doutes ? Tu veux laisser tomber, c'est ça ? Tu ne peux pas abandonner maintenant alors que tu as passé le barrage des présélections !

– Kate, pas de panique, tenté-je de la calmer. Je n'ai

pas changé d'avis et j'espère bien faire partie des dix personnes qui intégreront demain soir la Maison des Murmures.

– Alors, quel est le problème ? me demande la sympathique assistante dont le job, durant toute cette semaine d'isolement, a été de veiller sur moi.

– Le problème, soupiré-je exagérément, c'est que j'ai peur d'être morte d'ennui d'ici demain !

Pensant qu'une fois de plus je plaisante, Kate éclate d'un grand rire soulagé.

Sauf que je ne plaisante pas : je suis réellement en train de me momifier dans cette chambre d'hôtel.

Ça fait maintenant six jours que la production du show me garde enfermée au *Peninsula Beverly Hills*, avec Kate Wilson dans le rôle de la geôlière. Cela fait partie de la procédure : les vingt candidats susceptibles de rejoindre la Maison des Murmures doivent passer une première semaine coupés du monde. C'est une manière de vérifier qu'ils sont assez solides pour supporter l'émission.

En six jours, les seuls êtres humains avec qui j'ai eu des contacts sont la psy mandatée par les studios Cooper et Kate, ma *nanny* – une étudiante de troisième cycle qui a été embauchée pour me surveiller jour et nuit. Par ailleurs, je n'ai droit ni au téléphone, ni à Internet, ni même de faire un tour dans le couloir : il ne faut surtout pas que je croise un autre candidat, ça serait considéré comme un manquement à mon contrat. Tout ce que je peux faire, c'est lire les bouquins que Kate a amenés avec elle.

Et me plaindre.

– Sérieux, enchaîné-je, c'est hyper sympa de me prêter tes livres mais, quand même, tu aurais pu choisir autre chose que…

Je regarde la couverture.

– *La Nausée*, Kate ! m'exclamé-je. *Qui* a envie de lire un livre qui s'appelle *La Nausée* ?

– Les Français. À ce qu'il paraît, ils ont deux marottes : le *french kissing* et l'œuvre de Jean-Paul Sartre.

– Pour ce qui est du *kissing*, je comprends le délire. Mais pour ce qui est de Jean-Paul Sartre, j'ai du mal à suivre.

– Ils disent que ses livres sont « philosophiques » et « existentialistes ».

– Ils sont surtout sacrément chiants, oui !

– Pas faux, glousse-t-elle. D'accord, qu'est-ce que tu voudrais lire pour ton dernier soir d'emprisonnement, ma jolie ?

– Je ne sais pas, moi ! Quelque chose avec de l'action, avec des sentiments, du suspens, des trahisons…

– Attends, me dit-elle en fonçant vers sa table de chevet, je dois avoir un exemplaire d'*Anna Karénine* dans le coin…

– Je pensais plus à *Closer*, Kate, gémis-je.

– Tu sais bien que je ne peux pas faire ça… La plupart des magazines n'arrêtent pas de parler de l'émission et de spéculer sur les futurs candidats. Allez, un peu de courage ! Demain, tout ça sera fini. Tu seras dans le jeu.

– Ou bien de retour dans le F2 de ma grand-mère… Tu ne peux pas savoir comme je souhaite être sélectionnée, Kate !

– Hey ! me gronde celle qui est devenue mon amie en m'attrapant le menton. Tu es Tess Harper, la bombe sexuelle. La prod' de *Petits Secrets* ne peut *pas* faire l'émission sans toi.

– Mouais… J'imagine que la prod' en a casté d'autres, des jolies filles un peu sexy…

– Oui, mais toi tu n'es pas « un peu » sexy, tu es ravageuse. Incendiaire ! Explosive ! s'exclame-t-elle en en faisant des tonnes.

– Tais-toi, Kate, ris-je nerveusement.

– Je sais de quoi je parle ! Avec tes mensurations de rêve et ton sens de la réplique qui tue, tu vas faire sensation. Les autres nanas n'ont aucune chance.

J'espère que Kate dit vrai – non que participer à *Petits Secrets entre amis* soit le rêve de ma vie mais l'argent que me rapporterait ce jeu télé serait le bienvenu. À part ça, l'émission en est à sa septième saison et, bien que le public reste fidèle au poste, je commence à trouver le principe un peu éculé… Dix candidats, cachant chacun un secret, sont enfermés pendant huit semaines dans une maison ; toutes les semaines, deux candidats sont nominés par les habitants de la maison et le public vote pour celui qu'il veut voir rester. Bref, rien de bien original.

C'est d'ailleurs de critiquer le show auprès du producteur exécutif qui m'a valu de réussir les présélections.

– Pourquoi devrions-nous vous choisir, mademoiselle Harper ? m'avait-il demandé.

– Parce que votre émission est ennuyeuse. C'est toujours la même chose : dix hypocrites essayant de dissimuler qui ils sont vraiment… Moi, je ne triche jamais, monsieur Pierce. Je serai 100 % cash et 100 % naturelle. Et c'est pour ça que le public va m'adorer.

Il faut croire que j'ai su me montrer persuasive. Kate est absolument certaine que je suis la chouchoute de son boss, Joshua Pierce.

Difficile à croire, vu comme le mec est aimable quand il me voit.

Dès que Pierce me parle, j'ai l'impression d'entendre une vieille porte qui grince.

En poussant un nouveau soupir, je pose *La Nausée* sur ma table de chevet. Je n'y arriverai pas, ce bouquin est trop relou.

Kate me lance un jeu de cartes, que j'intercepte au vol.

– Une petite partie ?

– Désolée, mais je n'en peux plus du gin-rami.

– Ah bon ? Mais je croyais que t'adorais ça ? proteste Kate, terriblement déçue.

– Oui, ris-je, mais en six jours, je crois que j'ai eu ma dose.

Il y a vraiment des moments où Kate me fait penser à ma grand-mère !

Dans ma bouche, c'est tout sauf une injure. Ma mamie, Violetta Harper, est la femme la plus classe que je connaisse. Chez nous, à Watts, même les chefs de gangs enlèvent leur casquette quand ils la croisent. Elle a été l'une des premières blanches à s'installer dans le quartier dans les années 1960, ça inspire le respect. Et puis, elle a été la nourrice de presque tous les gamins du coin. Une véritable légende !

Madame Harper, avec son odeur de cigarillos et d'eau de Cologne.

Je pose les cartes à côté du livre et me dirige vers ma guitare.

– Ça ne te dérange pas ? demandé-je à ma *nanny*.

– Pas du tout ! Tu sais bien que j'adore t'entendre jouer.

Kate se pose sur son lit pour m'écouter.

Quelle chance j'ai eu que la prod' me laisse amener ma guitare ! Chaque candidat a droit à un objet et un seul dans la Maison des Murmures – un « fétiche » qui est censé le représenter sans pour autant dévoiler son secret. Pas facile de trouver le truc adéquat…

Ma guitare, c'est vraiment ce que j'avais de plus précieux et de plus inattendu en stock. Rien ne me prédestinait à faire de la musique – je suis plus le genre de fille qu'on s'attend à voir danser sur les tables plutôt qu'à entendre chanter dans sa chambre. C'est mon premier petit copain, Charly, qui me l'a offerte. J'avais 14 ans quand on est sortis ensemble, lui en avait 16. Je n'avais pas du tout l'intention de coucher avec lui alors, à la place, je lui ai demandé de m'apprendre à jouer. Le pauvre a tenu un an avant de décréter qu'il préférait qu'on reste amis. Pour que je ne l'oublie pas, il m'a filé sa gratte en cadeau de rupture.

Deux mois après, Charly parvenait enfin à perdre son pucelage. Onze mois après, il devenait père.

C'est comme ça que les choses se passent à Watts.

Mon autre chance, dans cette aventure, ça a été Kate. Je ne sais pas à quoi ressemblent les autres *nannies* embauchées par la prod' mais la mienne est juste mortelle. Elle est toujours de bonne humeur, bavarde mais pas trop et, cerise sur le gâteau, elle me supporte.

Ce que 90 % des nanas n'arrivent pas à faire.

C'est bien simple, les filles avec qui je bosse ont peur de ma grande gueule et les autres ont des a priori à cause de mon boulot : mannequin. Elles me prennent direct pour une pouffe sans cervelle.

Heureusement, Kate n'est pas comme ça. Bien sûr, elle a toute la panoplie de la parfaite étudiante en médias de l'UCLA : lunettes à larges montures noires, chemises d'homme, zéro *make up*. Mais elle n'est pas snob. Pas une seule seconde elle ne m'a jugée sur mon job ou sur la longueur de mes jupes. Et puis, on a un passé similaire : Kate a été abandonnée par son père quand elle était bébé, moi j'ai grandi sans parents. Malgré notre différence d'âge – Kate a 27 ans, j'en ai 23 –, le courant passe. Après une semaine à être 24 h sur 24 ensemble, c'est clair qu'elle va me manquer ! Ça met la barre haut pour les candidats de *Petits Secrets.* Ils ont intérêt à être vraiment cool s'ils veulent soutenir la comparaison.

Sinon, tant pis, il y aura du clash.

Et puis, au moins, si je tombe sur une bande d'idiots bornés qui jugent sur les apparences, aucun d'entre eux ne sera capable de deviner mon secret.

« J'ai été acceptée dans plusieurs facultés prestigieuses mais j'ai refusé de les intégrer. » Quand Kate a lu mon dossier, elle en est restée bouche bée.

– Bon sang, Tess : les sections théâtre de UCLA, de Brown, de Sarah Lawrence… Comment as-tu pu laisser passer des opportunités pareilles ?

– Bof, avais-je répondu en haussant les épaules. Je n'avais pas vraiment le fric pour ça…

– Mais ils t'offraient une bourse d'études !

– Arrête, Kate, l'avais-je grondée. Tu es naïve. Oui, ils t'offrent une bourse, avec laquelle tu payes leurs mirobolants frais d'inscription et éventuellement ta chambre sur campus. Et après ? J'aurais fait comment pour manger ? J'aurais bossé dans un fast-food, séché la moitié des cours, me serais plantée aux exams ? Je sais comment ça se passe pour les filles comme moi. On nous fait croire qu'on peut accomplir de grandes choses mais c'est faux. Quand tu viens de Watts, il n'y a qu'une seule façon de t'en sortir : la célébrité.

C'est pour ça que, plutôt que de rentrer à la fac en sortant du lycée, j'avais accepté de faire des photos de mode. Grâce à mon mètre soixante-quinze, ma crinière dorée, mes longues jambes, ma peau mate et mes yeux bleu-gris, j'avais attiré l'attention d'un chasseur de têtes. Il m'avait abordée sur la plage et vendu la belle vie : voyages, fric, vie glamour… Tu parles !

À moins d'être top model, mannequin, c'est vraiment un métier de chien. T'es mal payée, on te parle comme à une demeurée, ton agent fait des pieds et des mains pour te décrocher les pages « lingerie » dans les catalogues de VPC – quand c'est pas les pages « lingerie » d'un magazine pour messieurs…

Et puis, percer, quand on commence les photos à 18 ans, c'est carrément mission impossible – surtout quand on fait comme moi un bonnet C. Les filles avec des fesses, avec des seins, ça marchait dans les années 1990 ! Là, je passe mon temps à écouter des directeurs de casting m'expliquer que mon 88-60-88 et mes 62 kg, c'est trop, et qu'ils préféreraient une fille de 16 ans. À peine si je réussis à ramasser 1 000 dollars par mois – même pas la totalité du loyer de l'appart'.

Ah ! Qu'est-ce que j'en ai marre de ce boulot !

C'est vrai que, quand j'étais au lycée, je rêvais de devenir actrice… Mais franchement, passer cinq ans à la fac pour ensuite courir les auditions, au risque de ne gagner que des clopinettes, ce n'était pas un choix raisonnable. Violetta a 64 ans, elle a passé sa vie à trimer pour qu'on ait un toit au-dessus de nos têtes et de quoi manger dans le frigo. C'est à mon tour d'assurer.

Petits Secrets entre amis *sera un tremplin incroyable. Quand je serai connue, le travail me tombera tout cru dans la bouche.*

À cette pensée, me viennent des images de moi en train de nager dans une piscine emplie de billets de banque, en train de boire du champagne dans une limousine, d'offrir un manteau en vison à ma grand-mère…

Une sonnerie m'arrache à ma rêverie. C'est le téléphone de Kate. Je repose ma guitare et jette un coup d'œil complice à ma *nanny*.

– C'est lui ? la pressé-je, alors qu'elle sort son portable de sa poche pour lire le SMS.

Par « lui », j'entends Sven, le bel assistant du prof d'histoire des médias de UCLA. Le méga *crush* de Kate. Elle n'arrête pas de me montrer ses photos Instagram en bavant à moitié. « Et Sven ceci, et Sven cela… » Elle est insupportable avec son amoureux secret !

Et plutôt touchante, c'est vrai. Dans le genre empotée…

Trois mois qu'ils se tournent autour et elle n'a toujours pas conclu. Évidemment, depuis six jours qu'elle est enfermée avec moi, son flirt avec Mister Univers n'a pas avancé d'un iota. Manque de pot, Sven est norvégien et il doit retourner demain à Oslo pour faire renouveler son permis de travail américain.

Et pas sûr qu'il revienne un jour.

Résultat, sans qu'il se soit encore rien passé, Kate a déjà le cœur brisé par son beau gosse venu du froid.

– Ce n'est pas Sven, m'annonce-t-elle. C'est le patron. Il a un truc urgentissime à nous dire, il arrive dans trente minutes.

– Ah…

– Tu as l'air encore plus déçue que moi !

– Ben, faut dire que je me suis mise à vivre un peu par procuration… C'est pas comme s'il y avait beaucoup d'action, par ici.

– Tu verras, quand tu seras sous les feux des projecteurs, tu regretteras le bon vieux temps où tu t'ennuyais avec moi.

– Pas sûr…

– Hey ! proteste Kate.

– Je ne dis pas ça pour toi, triple idiote ! Toi, je t'adore et tu le sais très bien. Non, c'est juste que je vire à moitié claustro, là.

– Et tu crois que tu vas tenir le coup pour le tournage ? C'est éprouvant aussi, tu sais.

– Oui, mais au moins, il y aura plein de gens pour partager l'aventure avec moi.

– L'aventure… soupire Kate.

Elle me trouve naïve. Pour elle, l'émission n'est qu'un zoo où on exhibe un ramassis de crétins décérébrés. Elle pense que je n'y ai pas ma place.

– Tu vaux tellement mieux que ça, Tess. Si tu savais !

– Kate, je ne comprends pas. Pourquoi est-ce que tu bosses à la télé si tu méprises tellement ça ?

– Ce n'est pas du mépris mais du réalisme. Et c'est

justement parce que j'y bosse que je sais de quoi je parle ! Ça fait trois ans que je fais ce job, Tess. Mille deux cents dollars l'émission, juste pour rester avec un candidat pendant une semaine, ça ne se refuse pas. Mais je t'assure que je n'avais jamais rencontré quelqu'un comme toi avant. Tous ces gens de la télé-réalité… Ils sont soit cyniques, soit superficiels.

– Et moi, minaudé-je, tu me trouves superficielle ?

– Toi, dit-elle avec le plus grand sérieux, tu es ma Bombe. Et j'ai envie que tu gagnes *Petits Secrets* pour quitter ce taudis où vous vivez, ta grand-mère et toi. Mais j'ai aussi peur que le système t'avale toute crue…

– Fais-moi confiance, Kate ! C'est l'inverse qui va se passer.

– Je l'espère, Tess. Je l'espère vraiment.

Ça me fait bizarre que Kate se fasse du souci pour moi. Je n'ai pas l'habitude de me faire dorloter. Petite fille, déjà, j'avais compris qu'il faudrait que je me débrouille seule dans la vie. Ma mère, Rose, était une véritable gamine, une inconsciente de première qui m'a eue à quinze ans avec un type de passage. Dès ma naissance, c'est sa mère, Violetta, qui s'est occupée de moi. Rose vivait encore avec nous mais j'ai le souvenir d'une ado qui allait et venait comme bon lui semblait. Elle m'aimait, certes… mais comme une jolie poupée avec laquelle on s'amuse. Et puis, à dix-huit ans, elle s'est de nouveau entichée d'un minable et elle a mis les voiles. En promettant bien entendu qu'elle finirait par venir me chercher.

Autant dire que j'attends toujours…

Violetta par contre, ça, c'est une sacrée bonne femme. Elle a cumulé les petits boulots pour nous faire vivre – femme de ménage, couturière, nounou – sans jamais se plaindre. Je l'adore ! Elle fume comme un pompier, ne crache pas contre un petit bourbon de temps à autre et ne mâche pas ses mots. C'est d'elle que je tiens ma langue bien pendue. Mon indépendance, elle, me vient de Rose. J'ai juré très tôt de ne jamais finir comme elle, à foutre ma vie en l'air pour le premier blaireau qui passe.

Le meilleur moyen d'éviter ça dans la vie, c'est d'être sûr de soi. Rose était splendide jeune, mais elle manquait de confiance en elle. Pour un mot doux et un peu d'amour, elle aurait fait n'importe quoi. Moi, je ne me laisse pas embobiner. Je plais, je le sais, mais ce n'est pas pour autant que je vais me laisser mettre en cage par un homme. Je prends du bon temps sans perdre de vue mon objectif : me faire un nom, gagner de l'argent et nous sortir, Violetta et moi, de ce quartier pourri.

Pauvre mamie ! Elle a trimé toutes ces années pour m'offrir une vie décente, à mon tour maintenant.

Une nouvelle fois, le téléphone de Kate sonne.

– C'est lui ? demandé-je au bord de la syncope.

Kate ne me répond pas et, en silence, lit le texto. Son expression n'est pas facile à décrypter, elle allie sourire niais et regard triste.

C'est généralement cet effet-là que fait l'amour.

Beurk. Très peu pour moi.

Mais Kate n'est pas, contrairement à moi, un cœur de pierre. Elle en est complètement mordue, de son Sven.

– Qu'est-ce qui se passe, Kitty Kat ?

Sans un mot, elle me tend le portable.

[Je termine mon sac pour demain.
Aurais bien aimé te voir avant.
Tu resteras le seul vrai soleil
de mon séjour en Californie.
J'espère pouvoir revenir bientôt. Sven]

Waouh ! Bon, OK, je retire tout ce que j'ai pu dire sur l'amour. Certains mecs ont la classe.

– Kate…

– Je sais, dit-elle. Il est…

– … magique, complété-je. Oui, je comprends mieux ton béguin, maintenant. On ne va pas se mentir, les types comme ça, ça ne court pas les rues.

– On est bien d'accord.

– Et rien ne nous dit qu'il obtiendra un nouveau visa.

– Oui, confirme-t-elle le regard humide.

– Alors la question ne se pose pas, m'exclamé-je en lui arrachant son portable des mains.

Ni une ni deux, j'envoie :

[À quelle heure
décolle ton avion ? K]

Du tac au tac, le beau Sven répond :

[7 h 00]

– Tess, qu'est-ce que tu fais ?

– Il part à l'aube, Kate, l'informé-je. Tu dois absolument dîner avec lui avant. Et quand je dis « dîner », je veux dire bai…

– Tu sais bien que je ne peux pas, me coupe Kate en rougissant jusqu'aux oreilles.

– Bien sûr que si, tu peux ! Tu n'as qu'à m'enfermer à double tour, si ça peut te rassurer. Personne n'en saura rien. Tu y vas et tu manges tout ce qu'il y a au menu, y compris le dessert, *capisci* ?

– J'aimerais bien, tu le sais. Mais j'ai pris un engagement. Vis-à-vis de toi, vis-à-vis de la prod'…

– Oui ? Eh bien moi, je te libère de tout engagement pour la nuit. Et quant à la prod', on l'emmer…

Je suis coupée dans mon élan par trois coups secs frappés à la porte.

– Chut ! m'intime Kate en gloussant. Ce doit être Joshua Pierce.

Elle fonce ouvrir à son boss, toute en sourires et courbettes.

– Joshua ! Vous venez vérifier que notre candidate se porte bien ?

Le producteur exécutif, qui doit avoir dans les trente ans, entre dans la chambre en nous jetant à peine un regard. Il a beau être séduisant avec ses cheveux noirs, ses sourcils épais et sa carrure athlétique, il est vraiment trop renfrogné. À la limite du désagréable.

« Chouchoute » mes fesses : je porte ma robe porte-bonheur (mini, noire, ultra-moulante) et pourtant, c'est comme si j'étais transparente.

– Elle a l'air d'aller, Kate, marmonne-t-il. Par contre, on a un souci pour demain.

– Un souci pour demain ? Quel souci ? demande ma *nanny* en sentant venir le plan foireux.

– Le secret. Ça ne passe pas. Le service marketing a réalisé plusieurs études auprès des téléspectateurs et cette histoire de fac n'est pas jugée assez spectaculaire ou croustillante.

– Mais… Mais… C'est impossible, bafouillé-je.

– Tess, me répond Pierce avec emportement, les chiffres ne mentent pas.

– Alors ça veut dire… que je suis *out* d'office ?

– Écoutez, me dit Pierce radouci, ça m'embête autant que vous, croyez-moi. Nos panels ont très bien réagi à vos vidéos de casting. Vous faites rire les jeunes avec votre franc-parler, la ménagère vous trouve attendrissante, les hommes fantasment sur vous… Mais votre secret est trop fade, c'est comme ça.

– Il doit bien y avoir quelque chose à faire ! proteste Kate.

– Il y aurait bien une solution, suggère Pierce.

– Laquelle ?

– Ce serait de changer de secret.

– Changer de secret ? Mais comment ? Je n'ai pas des tonnes de secrets en stock, moi !

– Mais moi, j'ai eu une idée qui pourrait tout arranger. Vous jouerez la garce de l'émission. Votre secret, ce sera : « Je suis prête à tout pour réussir. »

– Même à accepter un secret à la con ? lancé-je en grimaçant.

Ce type ne peut pas être sérieux !

Je constate immédiatement que ma remarque acerbe ne passe pas *du tout*. Pierce me fusille du regard alors que Kate vole à ma rescousse.

– Joshua, plaide ma *nanny*, je ne pense pas que Tess soit partante pour se donner en spectacle.

– Vraiment, Tess ? me demande Pierce en se tournant vers moi. Après tout ce que vous avez traversé ? Les castings successifs, les entrevues avec le psychologue de l'émission, la semaine d'isolement ? Vous renonceriez à tout ce que nous pouvons vous offrir ?

Le producteur avance dans ma direction en me lançant un regard perçant qui signifie : « Je vais t'hypnotiser, tu es ma créature, plie-toi à ma volonté de grand ponte de la télé. » Je serre les dents et tente de masquer mon dégoût.

J'ai besoin de faire cette émission. Violetta en a besoin.

– Pouvez-vous me garantir, commencé-je à négocier, que si j'accepte de signer ce nouveau contrat, j'entrerai demain dans la Maison des Murmures ?

– Tess, me répond Pierce avec un sourire satisfait, je vous jure que si vous acceptez nos conditions, vous ferez partie des candidats. Et avec ce nouveau secret, je pense que vous irez au moins jusqu'en finale ! Je vous l'ai dit, le public vous adore.

– Très bien, me résigné-je. Vous pouvez me faire monter le nouveau contrat, Joshua. J'accepte.

Joshua Pierce exulte. Kate, elle, a l'air mortifié. Et moi, je rumine mon amertume derrière un masque de soumission.

T'as des raisons d'être fier, mon coco. Réussir à faire plier une fille qui n'a pas un rond et qui ne possède aucun moyen de pression sur toi, c'est vraiment du grand art ! Bravo !

– C'est la bonne décision, Tess, me dit-il en se laissant raccompagner jusqu'à la porte. Je vais de ce pas détruire l'ancien contrat et vous faire porter le nouveau. Vous verrez, grâce à ça, vous irez loin dans le jeu.

J'espère que Pierce dit vrai, que « Prête à tout » peut m'amener en finale…

Parce que le jour où j'aurai du fric, je ne laisserai plus jamais personne me traiter de la sorte.

Après tout, si je réussis à conquérir le cœur des téléspectateurs, qui sait où je serai dans un an ? *Petits Secrets* est déjà une excellente opportunité de se faire de l'argent… Chaque candidat reçoit au début du jeu une cagnotte de 5 000 dollars. Tout au long de son séjour dans la Maison des Murmures, la production lui lance des défis qui lui donnent l'occasion de gagner encore plus. Lorsqu'il croit avoir deviné le secret de quelqu'un, il peut mettre en jeu une partie de sa cagnotte. S'il a deviné juste, celui qu'il a démasqué doit lui céder la somme pariée ; s'il s'est trompé, c'est l'inverse qui se passe. Je ne suis pas une tronche en maths mais 10 candidats détenant chacun 5 000 dollars, c'est 50 000 dollars qui circulent dans la maison et qu'on peut espérer rafler. Et ça, sans compter les défis !

50 000 dollars, 40 loyers, 3 ans de tranquillité. Là d'où je viens, nous sommes nombreux à être « prêts à tout » pour ça.

Sauf que je ne compte pas m'arrêter là. Télévision, vente d'interviews exclusives, livre… Il existe mille manières de se faire de l'argent une fois qu'on est passé à la télé.

– Oh ! une dernière chose, me glisse Pierce sur le pas de la porte. Votre objet fétiche, on veut également le changer.

Pierce me tend un petit sac dont je sors l'« objet fétiche » choisi par la prod'.

C'est pas vrai ! Ils sont dingues ou quoi ?

– Une… boîte de capotes ? demandé-je, éberluée.

– L'émission a un partenariat avec la marque, m'explique Pierce. Ce sont eux qui financent les cagnottes des candidats et, en contrepartie, ils ont droit à un placement produit dès le premier prime.

– Et c'est moi qui vais devoir faire le sale boulot ?

– Le sale boulot ? Donner à des milliers d'adolescentes qui vous admireront une leçon de sexualité libérée et responsable ?

– J'imagine que, pendant que vous y êtes, vous allez me demander de m'en servir dès le premier soir ? ironisé-je.

– Je ne vous force à rien, Tess, me répond Pierce d'un ton mielleux. Mais si jamais vous en avez envie, ne vous privez pas.

OK, Josh, l'ironie n'est visiblement pas ton fort. Il va falloir que je trouve un autre moyen de te faire comprendre que je plaisantais.

Ni une ni deux, j'ouvre la « précieuse » boîte qui rapporte à l'émission la modique somme de 50 000 dollars et en sors une capote. Je déchire l'emballage et me mets à gonfler le préservatif comme un ballon, que je lance en direction de Pierce.

– Je veux que vous sachiez, Josh, que ces ballons sont le seul usage que je compte faire de vos capotes à l'antenne.

– Vous réagissez comme une gamine, Tess, me répond-il, agacé.

– Et vous, comme un parfait proxénète. Ma place vaut mieux que la vôtre.

Piqué, Pierce récupère la boîte de capotes et fait mine de vouloir partir en claquant la porte.

Du bluff, rien que du bluff.

– C'est bon, Pierce, pas la peine d'en faire des caisses. Vous avez besoin d'une garce, je vous l'offre. Vous avez besoin d'un placement produit, vous l'avez. Je crois que j'en ai fait assez pour vous ce soir. À vous de faire quelque chose pour moi.

– OK, dites-moi ce que vous voulez en échange, me demande Pierce, acculé.

– Rester le plus longtemps possible dans cette foutue maison. Alors vous ne me sabotez pas au montage, vous ne me faites pas de coups tordus, et on sera bons copains vous et moi.

À ces mots, le producteur vire cramoisi.

– Je vais être très clair, siffle-t-il. Vous et moi ne sommes pas copains, nous sommes liés par un contrat que vous allez honorer, sinon je vous foutrai tellement de procès au cul que même gagner à la loterie nationale ne suffira pas à vous sortir de la merde, c'est bien clair ?

Stupéfaite par ce déferlement soudain de colère, je serre les poings le plus fort que je peux, en m'enfonçant les ongles dans la paume. Hors de question de laisser voir à Pierce les larmes qui me montent aux yeux et mes mains qui tremblent comme des feuilles !

– Très clair, monsieur Pierce.

– Bien, conclut-il, de nouveau gai comme un pinson. Vous êtes raisonnable, Tess, c'est très bien. Nous allons vivre une merveilleuse aventure, à n'en point douter !

Comment peut-on changer d'humeur aussi vite ? Ce mec est un vrai psychopathe, ma parole !

– Bonne soirée, mesdames, lance-t-il joyeusement. Je vous verrai demain sur le plateau du prime, Tess.

Sur ce, il referme la porte. Je me tourne vers Kate, qui est blême.

– Tu disais quoi, déjà ? plaisanté-je pour détendre la pauvre *nanny* bouleversée. Que tu avais un « devoir moral » envers la prod' ?

– Tess, me dit-elle en s'avançant vers moi pour me prendre dans ses bras. Oh ! je suis désolée. J'aurais dû m'interposer, te défendre mais…

– Kate, ce taré est notre boss à toutes les deux. Tu n'avais pas plus le choix que moi.

– Mais il n'a pas le droit de te traiter comme ça ! On ne va quand même pas se laisser faire aussi facilement, non ?

Mon visage s'illumine.

– Non, en effet, lui dis-je avec un sourire espiègle, on ne va pas se laisser faire aussi facilement.

Il ne manquerait plus que ça !

Accepter qu'on me marche sur les pieds ? Pas le genre de la maison.

***

– Tess, tu es absolument certaine que… Enfin… Tu sais ce que tu fais ?

Je continue d'appliquer à Kate son maquillage sans écouter ses récriminations.

– Kate, je suis naturellement douée pour ces trucs de nanas, crois-moi.

– Je veux bien te faire confiance mais la dernière fois que je me suis maquillée, c'était en 94.

– En 94 ? Mais t'as commencé hyper jeune ! m'exclamé-je, surprise d'imaginer Kate Wilson en mini-miss.

– T'emballe pas. C'était un maquillage de tigre pour la fête de l'école…

– Ah, OK, dis-je en riant. Je vois le genre.

– Ce que je veux dire, m'explique-t-elle en choisissant ses mots un peu trop soigneusement à mon goût, c'est que je n'ai pas exactement l'exubérance de…

– … de Nicki Minaj, la coupé-je, exaspérée. Ça va, j'ai compris le message, Wilson. Pour qui tu me prends ?

Une dernière touche d'enlumineur au niveau des tempes… Une petite touche de gloss par-dessus la bouche « effet mordu » de Kate… Waouh ! Elle est sublime.

– Alors ? lui demandé-je en la plantant devant le miroir. Tu trouves ça comment ?

Kate respire, soulagée.

– Tess, c'est… parfait ! C'est même « Waouh », comme dirait quelqu'un que je connais bien, sourit-elle, attendrie, en reprenant mon plus gros tic de langage.

– Ah ! m'exclamé-je, triomphale. Tu vois ?

– C'est dingue ! C'est moi mais… en mieux.

– J'ai juste joué sur la lumière et les volumes. Je ne voulais pas te dénaturer, tu as une peau parfaite, bien préservée des ravages du soleil de L.A. Certainement tes heures enfermée à la bibliothèque…

– Il faut bien que mon bac +15 serve à quelque chose, concède-t-elle avec une grimace comique. Et pour les fringues, on fait comment ? Je ne peux pas retrouver Sven dans un resto chic avec ma robe de plage.

J'examine sa robe bain de soleil vert émeraude. Super jolie mais trop simple, en effet.

– Viens, lui dis-je en ôtant ma petite robe noire bustier. On échange.

– Tess… Tu es certaine ? Ta robe fétiche !

Kate connaît l'histoire. Cette Dior m'a été donnée par un styliste après un shooting. « Elle te servira à sortir dans les soirées chic de Hollywood et à te faire passer pour l'une des leurs, m'a-t-il dit. Je viens de Compton, je sais ce que c'est que se battre pour s'en sortir. » Depuis, je la considère comme ma robe porte-bonheur.

Mais puisque je sais déjà que je suis prise dans le show, je n'en ai pas besoin dans l'immédiat.

– Je ne pourrai pas la porter pour le prime, de toute façon, réponds-je en haussant les épaules. C'est la prod' qui va m'habiller. Elle te portera chance ce soir.

– Et toi, qu'est-ce qui te portera chance ?

– Ta robe à toi ! m'exclamé-je, en proie à une illumination.

– Celle-là ?

– Oui ! Je serai ton porte-bonheur pour ton rendez-vous et toi, tu seras le mien pour cette dernière nuit avant le grand saut dans l'inconnu.

– Ça marche, dit-elle en s'amusant de mon idée farfelue.

– Et gare à toi si tu rentres avant l'aube ! l'avertis-je pendant que nous procédons à l'échange. Ton rencard, c'est *ma* vengeance contre ce trou du cul de Pierce.

– Mais si on se fait attraper…

– … il ne nous arrivera rien du tout, la rassuré-je. L'ancien contrat a été détruit, le nouveau n'a pas encore été signé. Jusqu'à demain matin, je ne suis officiellement plus une des candidates potentielles de *Petits Secrets entre amis*. Et si je ne suis plus candidate…

– … je ne suis plus ta *nanny* ! s'exclame Kate. Oh ! Tess, tu es un génie.

– Je sais, dis-je en partant d'un rire qui imite les méchants dans *James Bond*.

– Et comment est-ce que tu vas faire pour dîner si je ne suis pas là pour aller te chercher du chinois à emporter ?

– Room service, ma vieille.

– Prends ce que tu veux. Caviar, champagne… c'est moi qui régale.

– Des œufs de poisson ? grimacé-je. Très peu pour moi. Et pour ce qui est du champagne, je veux être fraîche comme la rose demain. Ce soir, ce sera légumes vapeur et eau minérale. Régime détox.

– Tu ne vas pas trop t'ennuyer ou stresser, toute seule ? Tu sais que je ne peux pas te laisser la clef du meuble télé…

– Je vais faire quelques réussites, dis-je en brandissant le jeu de cartes. Et puis, j'ai encore *La Nausée*. En moins d'un chapitre, je dormirai à poings fermés !

Kate rit en s'examinant une nouvelle fois dans le miroir, ravie.

Bon, OK, être amoureuse, c'est peut-être « beurk » mais ça rend belle.

Et si, au passage, ça m'aide à rendre à Joshua Pierce la monnaie de sa pièce…

Extrait

L'Inconnu de l'ascenseur et moi

Sophie S. Pierucci

PROLOGUE

Matthew

Ouais, comme enterrement, il y avait mieux. C'était barbant à mourir ! *Simple jeu de mots.* J'ai dénombré six personnes, curé compris. Ma vieille voisine de palier était peu appréciée, mais je pensais que les obsèques focalisaient les rendez-vous. Soit cette mégère de Mme Rompt était vraiment une femme ultra détestable, soit elle est morte sans un sou et personne ne s'est précipité chez le notaire pour récupérer son héritage.

Pour ma part, je me suis rendu à ses obsèques par politesse, et aussi parce que ça coïncidait avec ma visite mensuelle au cimetière.

Mme Rompt n'a jamais été odieuse avec moi, elle me faisait seulement chier à n'importe quelle heure de la nuit au moins une fois par semaine. Elle avait tendance à tomber de son lit… Je grimace en me remémorant le jour où j'ai dû la ramasser dans sa pisse devant ses toilettes.

Vision horrible que je m'évertue à oublier…

Ouais, cet enterrement était vraiment à chier. Je n'en ai pas beaucoup vu dans ma vie. Aucun, pour ainsi dire : pour ma mère, j'étais trop jeune et pour celui de Holly, dans l'incapacité de m'y rendre.

Je pénètre dans l'ascenseur, tétanisé. C'est à chaque fois la même sensation quand je rentre du cimetière. Depuis deux ans et demi. Culpabilité, rage, profond désespoir. Je ne me demande pas si ça va passer un jour, *je ne veux pas* que ça s'arrête. C'est ma peine et je l'accepte.

Au moment où j'appuie sur le bouton de mon étage, une jeune fille se rue dans l'ascenseur pour me rejoindre. Les bras encombrés d'un carton plus gros qu'elle, elle braille un « merci ».

De rien, mais de quoi ?

Je me plaque contre le fond de la cabine et j'enfonce ma casquette sur la tête, muet comme une carpe. Qu'importe que je lui réponde, d'après le vacarme qui s'échappe des écouteurs fichés dans ses oreilles, je doute qu'elle m'entende. Le rideau métallique se referme, elle fait peser son chargement dessus et m'offre la vue de son dos.

Hey ! Le bon Dieu n'a peut-être pas été très clément pour moi ces dernières années, mais il a épargné mes yeux ! Et ce que je vois devant moi *vaut* le coup d'œil !

Un cul renversant. Et encore, c'est peu de le dire. Son jean est si imbriqué à ses fesses qu'il donne l'impression de ne faire qu'un avec son popotin généreux. Mon regard remonte le long de son dos. En vitesse. Mon étage approche. Son débardeur blanc laisse deviner une cambrure exquise et de fines épaules que prolongent des bras légèrement musclés. Cette fille est une sportive. Sa nuque fine, dégagée, est humide et quelques mèches de ses cheveux noirs ondulent sous son chignon.

Avant que les portes s'ouvrent, elle réajuste sa position et lorsqu'elle sort de la cabine, ses fesses me refont de l'œil dans un déhanché provocant.

Au moment où elle se retourne, je baisse la tête et fixe prestement mes pieds. J'ai à peine le temps d'apercevoir son visage, mais je peux dire que cette fille est érotiquement belle. De grands yeux bleus, une bouche pulpeuse, c'est la seule chose que j'enregistre.

Seulement…

Parce qu'il y a toujours un seulement dans ma vie, je constate avec pas mal d'amertume que d'autres cartons s'amoncellent devant la porte de Mme Rompt.

Je ne suis pas stupide non plus, et le propriétaire de l'appartement en face du mien n'a pas perdu de temps. Cette fille aux fesses aguicheuses et au visage angélique est ma nouvelle voisine.

Est-ce que je dois me réjouir de ne pas avoir une autre Mme Rompt à ramasser en pleine nuit ?

Je ne crois pas. Cette mégère aveugle ne me posait pas de question, au moins. Je n'avais pas besoin de me cacher, elle ne voyait rien de mon apparence. En revanche, les filles posent des questions. Elles posent des tonnes de questions et elles ont toujours besoin de quelque chose.

Je me tâte les poches à la recherche de mes clefs. Rien. Elles sont restées dans ma voiture. Je m'apprête à rebrousser chemin quand une autre fille, blonde, ouvre la porte à la brune. Elles échangent quelques mots, puis la blonde me hèle :

– Salut ! Nous sommes tes nouvelles voisines. Tu n'aurais pas un tournevis, par hasard ?

Quand je disais que les filles posaient des questions et avaient toujours besoin de quelque chose… Je ne leur accorde pas un regard et dévale sereinement les escaliers. Toujours muet. Autant clarifier la situation dès le départ, je ne serai jamais un voisin *amical*.

Mais bon sang, pourquoi cette mégère est-elle morte ?! Si j'avais su, ce matin, je n'aurais pas perdu mon temps en me rendant à ses obsèques !

Petit catalogue
d'Emma Green
à l'usage des nouveaux lecteurs !

Les romans « one shot »

Cent facettes de Mr Diamonds
Fallait pas me chercher!
Bliss. Le faux journal d'une vraie romantique
(Im)parfait
It's Raining Love!
The Boy Next Room
Recherche coloc : emmerdeurs, râleurs, lovers... s'abstenir!
10 bonnes raisons de te détester!
Just 17
Love & Lies on Campus

Les séries

• Les *Toi + Moi*
Seuls contre tous raconte les années campus d'Alma et Vadim, *L'un contre l'autre* et *Envers et contre tout* les années adultes. *Seuls contre tous* peut se lire indépendamment des deux autres volumes.
Seuls contre tous (1/3)
L'un contre l'autre (2/3)
Envers et contre tout (3/3)

• Les *Jeux*
La série des *Jeux* est divisée en deux saisons : la première centrée sur le couple de Liv et Tristan, et la seconde qui raconte l'histoire de June et Harry.

Vous pouvez ne lire qu'un tome, les quatre, seulement les deux premiers ou seulement les deux derniers !
Saison 1
Jeux interdits (1/2)
Jeux insolents (2/2)
Saison 2
Jeux imprudents (1/2)
Une toute dernière fois (2/2)

Les romans qui peuvent se lire seuls ou avec spin-off
Ces livres-ci peuvent se lire indépendamment, ce ne sont pas des suites mais des spin-off, des romans compagnons. On retrouve des personnages récurrents d'un volume à l'autre, mais les héros changent à chaque fois.

• Les *Call Me*
Call Me Baby (Sidonie & Emmett)
Call Me Bitch (Joe & Jude)

• Les *Love & Kiss*
Love Me if You Can (Adèle & Damon)
Kiss Me if You Can (Violette & Blake)

• *Corps, Cœurs & Âmes*
Corps impatients (Thelma & Finn)
Cœurs insoumis (Solveig & Dante)
Âmes indociles (Calliopé & Lennon)

• *Strange & Strong*
PS: Oublie-moi ! (Léo & Wolf)
Bien plus forte que toi ! (Willa & Rio)

addictives

Romans déjà parus

Rose Becker
Le Bébé, mon milliardaire et moi (aussi en poche)
Torride, sexy & dangereux
Forever You – saisons 1 et 2
Dangerous

Phoebe Campbell
Tes ordres sont mes désirs – poche
Lui résister… ou pas – l'intégrale
You Again
Single Daddy. Try Me if You Can

Mia Carre
Bad for You
Teach Me Everything
Charmant connard !

Mélodie Chavin
Campus Rules
Fucking Wedding

Olivia Dean
À lui, corps et âme – volumes 1 et 2 – poche

Emma Green
Toi + Moi : L'un contre l'autre (aussi en poche)
Toi + Moi : Envers et contre tout (aussi en poche)
Toi + Moi : Seuls contre tous (aussi en poche)
Call Me Baby – volumes 1 et 2
Call Me Bitch
Love Me if You Can
Kiss Me if You Can
Bliss. Le faux journal d'une vraie romantique – volumes 1 et 2
Jeux interdits
Jeux insolents
Jeux imprudents
Une toute dernière fois
Fallait pas me chercher ! – volumes 1 et 2

Corps impatients (aussi en poche)
Cœurs insoumis (aussi en poche)
Âmes indociles (aussi en poche)
Cent facettes de Mr Diamonds – l'intégrale
Bliss. Le faux journal d'une vraie romantique – l'intégrale
(Im)parfait
Love Me if You Can – l'intégrale
Kiss Me if You Can – l'intégrale
It's Raining Love!
The Boy Next Room
Call Me Baby – l'intégrale
Call Me Bitch – l'intégrale
PS: Oublie-moi!
Fallait pas me chercher! – l'intégrale
Recherche coloc: emmerdeurs, râleurs, lovers… s'abstenir!
10 bonnes raisons de te détester!
Just 17
Love & Lies on Campus
Bien plus forte que toi!

Kim Grey
Insolent Bastard

Megan Harold
Sublime-moi! – poche
Breaking the Rules
Initiation with My Boss

Amy Hopper
Gone Boy
Le Coloc

Julie Huleux
Alpha Player

Charlie Lazlo
Mon insupportable boss

Sienna Lloyd
Mords-moi!

Caroline Mongas
Mariage forcé. Un contrat indécent

June Moore
Étreinte – volumes 1 à 3

Zoé Murat
Stepbrother Love
Boss Me Around

Clara Oz
Arrogant

Lise Robin
Infiltrée. Sex, Drugs & Danger
Love Scandal
Forbidden Stepbrother – poche

Gaëlle Sage
Kiss, Kill & Ride

Ana Scott
Dark Ride
Last Ride
Vicious Ride
The Dominant
Evil Ride
Sensual Stepbrother

Camilla Simon
Le voisin parfait est un enfoiré
Initiation with My Enemy

Ève Souliac
Sexy Mistake

Liv Stone
Love Lessons

Lisa Swann
Adore-moi ! – l'intégrale

Louise Valmont
Toi & moi, c'est compliqué !
Campus Initiation

Chloe Wilkox
Extreme Lover – l'intégrale
Immoral
Your Game, My Rules – poche
Dominant Boss. Apprends-moi
The Virgin's Price

Luv

Romans déjà parus

Ana K. Anderson
Indompté
Scottish Bastard

Sophie Auger
Be with Me

Sonia Birdy
L'Initiation
Touchdown. Campus Star

Laura Black
Dark Initiation
Games of Desire
H.A.R.D. Hot, Arrogant, Rebelle, Déterminé
Sulfurous Bad Boy

Margot D. Bortoli
Too Young

Juliette Brunel
Delicious

Anne Cantore
Promets-moi. Louise et Marco

Sarina Cassint
Avec toi… peut-être
Insolent Boss

Mary Ann Davis
Coach Me Love

Nora Davy
Don't Resist

Gwen Delmas
Noël, toi & moi
Perfect Boss
Sex Friends. Pas de contraintes, que du plaisir !

Cléa Dorian & Ninon Vars
Dark Love

Laurie Eschard
Love Naked

Lil Evans
Savage Rider
Crash & Burn
Boss Affair

Lou Everly
Bad Boy Crush – poche

Lou Garance
Can You Keep a Secret?

Alexandra Gonzalez
Shades of You

Erin Graham
Teach Me Love
The Boss
Secret Stepbrother
Strong Addiction
Coloc avec mon boss

Joh Harper
Crazy Love

Marie Hayle
Under Control

Emma S. James
Under the Rain

Iris Julliard
Catch & Shoot

Lucie F. June
Fight with Darkness

Sara June
Rider in the Dark
Sexy Wild Rider

Lena Jung
Mon coloc, mes désirs & moi

Emily Jurius
Love to Hate You

Allie Krown
High School Challenge

Pauline Libersart
Tiger. Entre ses griffes

Nina Loren
Breaking the Ice

Ella Lores
Mariée par accident à un connard arrogant rencontré la veille…

Jessica Lumbroso
Emma X. Secrète et insoumise

Mila Marelli
Dark Man in Love
Crazy Wedding

Mag Maury
Fast Games
No Love, No Limits
My Hipster Christmas

Alix Parks
Never Kiss the Boss

Jeanne Pears
Insupportable coloc
Colocs & Sex Friends
H.O.T. Hypnotique, Obstiné, Ténébreux

Alexia Perkins
Arrogant Fake Lover

Sophie S. Pierucci
L'Inconnu de l'ascenseur & Moi (aussi en poche)
My Stepbrother. L'initiation
Deep & Dark – poche

Silvia Reed
Darkest. La dernière heure
Too Close

Anita Rigins
No Rules
My Rules

Avril Rose
Coffee, Sex & Law

Jana Rouze
Effet de vague – saisons 1, 2 et 3

Wendy Roy
Une seule fois (ou presque)

Ana Scott
À corps brisés

Léana Soal
Fight & Hope

Cara Solak
Perfect Obsession

Liv Stone
Initie-moi. Mes jours contre tes nuits

Lena K. Summers
Perfect Bad Boy

Kaly Swann
Austin. Breathe with Me

Alexane Tolley
The Boss Rules – poche

Lily Tortay
Dance for Me

Flore Valier
Ta peau contre la mienne

Anna Wendell
Arrogant Bad Boy
Apprends-moi le désir
Colosse. Le maître du jeu

Mina Zadig
Just Sex & Tattoos

Touchdown. Campus Star
Sonia Birdy

Elle est du genre à fuir, mais le footballeur star du campus court plus vite qu'elle !

Rocky a eu un parcours chaotique dont elle a conclu trois choses fondamentales : la vie est une succession de problèmes à régler, les hommes sont des connards à éviter et les promesses n'engagent que les imbéciles qui veulent bien y croire. Alors, contrairement aux autres filles du campus, les garçons ne sont pas une priorité pour elle ! Pire, elle les voit comme un obstacle à sa réussite.
Mais lors d'une soirée étudiante, elle rencontre Jude. Fraîchement transféré de Harvard pour jouer dans l'équipe de foot de Brown, Jude est la nouvelle star du campus. Beau et inaccessible, il est du genre à ne pas s'attacher : le parfait candidat pour un *one night stand*.
Mais l'alchimie est trop forte. Et si Rocky est déterminée à le fuir, lui est déterminé à la conquérir.

Auteure : Emma Green

Edisource – Éditions Addictives
100, rue Petit, 75019 Paris
Imprimé par FINIDR – Lipova cp. 1965 – 73701 Cesky Tesin, République tchèque
Dépôt légal : janvier 2021 – Achevé d'imprimer : janvier 2021
Réimprimé en septembre 2021
ISBN : 978-2-37126-354-3
Réf. contrats : ZDAN_001, ZDAN_002, ZDAN_003, ZDAN_004, ZDAN_005, ZDAN_006, ZDAG_001 et ZDAG_002